Über dieses Buch Was tat Isadora Wing, nachdem sie – auf der letzten Seite des Romans ›Angst vorm Fliegen‹ – das Badezimmer verlassen hatte? Den Fortgang der Geschichte finden ihre Fans in ›Rette sich wer kann‹. Unter der verbindenden Klammer »Isadoras ganze Geschichte« liegen die beiden Weltbest- und Dauerseller zusammengefaßt in diesem Band vor.
Neben aller Frivolität sind diese beiden Bücher unter anderem auch ein geistvolles Plädoyer für Emanzipation – und zwar beider Geschlechter. Jeder der beiden Romane konnte weltweit Millionen-Auflagen verbuchen. International renommierte Autoren überboten einander im Lob für die Bücher und über ihre Verfasserin: »Man stößt heutzutage selten auf ein Buch, von einer Frau geschrieben, das so erfrischend, so frech und traurig zugleich ist und noch dazu so voller Weisheit über das ewige Mann-Frau-Problem ...« (Henry Miller über ›Angst vorm Fliegen‹). »Ich bin beeindruckt von ›Rette sich wer kann‹, der Vitalität, der Wärme, der Intelligenz, dem Mut.« (Ingmar Bergman)

Die Autorin Erica Jong, 1942 in Manhattan geboren, studierte an der Columbia University und schrieb eine Magisterarbeit über englische Literatur des 18. Jahrhunderts. Sie lebte drei Jahre (1966 bis 1969) in Heidelberg und war anschließend als freie Autorin und Journalistin in New York tätig. Mit ihren beiden in diesem Band zusammengefaßten Romanen ›Angst vorm Fliegen‹ und ›Rette sich wer kann‹ wurde sie schlagartig weltbekannt, die internationale Presse feierte die Autorin als »weibliches Pendant zu Henry Miller«. Erica Jong lebt in der Nähe von New York City. Von derselben Autorin ist im Fischer Taschenbuch der Roman ›Fanny‹ (Bd. 8045) lieferbar.

Erica Jong

Angst vorm Fliegen

Roman

Rette sich wer kann

Roman

Fischer
Taschenbuch
Verlag

Veröffentlicht im Fischer Taschenbuch Verlag GmbH,
Frankfurt am Main, Mai 1990

Lizenzausgabe mit freundlicher Genehmigung
der S. Fischer Verlags GmbH, Frankfurt am Main
Für diese Ausgabe

Aus dem Amerikanischen von Kai Molvig
Die Originalausgabe erschien unter dem Titel
›Fear of Flying‹ bei Holt, Rinehart and Winston,
New York, Chicago, San Francisco

Aus dem Amerikanischen von Renate Gerhardt
Übersetzung der Gedichte von Wulf Teichmann
Die Originalausgabe erschien unter dem Titel
›How to Save Your Own Life‹ bei Holt, Rinehart and Winston,
New York, Chicago, San Francisco

Umschlaggestaltung: Friederike Simmel
Umschlagabbildung: © Rainer Binder / Helga Lade Fotoagentur
Druck und Bindung: Clausen & Bosse, Leck
Printed in Germany
ISBN 3-596-10357-6

Angst vorm Fliegen

Aus dem Amerikanischen von Kai Molvig

Ich danke meinen unerschrockenen Verlegern Aaron Asher und Jennifer Josephy, ebenso wie der *National Endowment for the Arts* für ihre finanzielle Unterstützung. Ich danke Betty Anne Clark, Anita Gross, Ruth Sullivan, Mimi Bailin und Linda Bogin. Und insbesondere danke ich meiner männlichen Muse, die mir von Anfang an ein eigenes Zimmer in ihrer Wohnung zur Verfügung stellte.

Für Grace Darling Griffin und für meinen
Großvater Samuel Mirsky

Auf dem Weg zum Kongreß der Träume oder Die Traumnummer

Bigamie heißt, einen Mann zuviel haben.
Monogamie heißt dasselbe.

– Anonym (von einer Frau)

In der Pan Am-Maschine nach Wien befanden sich 117 Psychoanalytiker, und mindestens sechs von ihnen hatten mich behandelt. Einen siebenten hatte ich geheiratet. Gott allein weiß, ob ich es der Unfähigkeit der Analytiker oder meiner eigenen fabelhaften Un-Analysierbarkeit zu verdanken hatte – jedenfalls hatte ich jetzt, wenn möglich, noch mehr Angst vorm Fliegen, als damals, vor etwa 13 Jahren, als ich mit meinen analytischen Abenteuern begann.

Beim Start nahm mein Mann meine Hand mit therapeutischem Griff in die seine.

»Mein Gott ... eiskalt«, sagte er. Er sollte die Symptome inzwischen kennen, da er meine Hand schon während vieler anderer Flüge gehalten hatte. Meine Finger (und Zehen) werden zu Eis, mein Magen macht einen Sprung, bis hinauf in den Brustkasten, die Temperatur meiner Nasenspitze entspricht augenblicklich der meiner Fingerspitzen, meine Brustwarzen richten sich auf und stehen sozusagen stramm vor der Innenseite meines BHs (in diesem Falle meines Kleides, da ich keinen BH trage), und eine grelle Minute lang sind mein Herz und die Triebwerke eins, beim neuerlichen Versuch des Menschen zu beweisen, daß die Gesetze der Aerodynamik nicht bloß auf läppischem Aberglauben beruhen – obwohl ich im Grunde meines Herzens *weiß,* daß sie das tun. Was immer an diabolischen Erklärungen über die Tragfähigkeit von Flugzeugen in der mehrsprachigen INFORMATION TO PASSENGERS stehen mag – ich persönlich bin davon überzeugt, daß nur meine eigene Konzentration (und die meiner Mutter, die fest damit zu rechnen scheint, daß ihre Kinder bei einem Flugzeugabsturz umkommen) diesen Vogel in den Lüften halten. Ich beglückwünsche mich zu jedem gelungenen Start, jedoch nicht allzu enthusiastisch, denn es gehört ebenso zu meiner persönlichen Überzeugung, daß ich glaube, sobald man sich *zu* lässig in Sicherheit wiegt, die Maschine im nächsten Augenblick abstürzt. Immerwährende Wachsamkeit, das ist meine Devise. Eine Art zurückhaltender Optimismus sollte vorherrschen.

Doch mein Gemütszustand wäre treffender als zurückhaltender Pessimismus zu bezeichnen. Okay, sage ich mir, es *scheint,* daß wir die Erde verlassen haben und uns in den Wolken befinden, doch ist die Gefahr nicht gebannt. Denn dies ist die allergefährlichste Ecke, hier, hoch oben über der Bucht von Jamaika, wo die Maschine in Schräglage geht und ihren neuen Kurs einschlägt und das ›No Smoking‹-Zeichen verlöscht. Es könnte durchaus sein, daß wir gerade hier in Tausenden von lichterloh brennenden Fetzen in die Tiefe sausen. Also konzentriere ich mich aufs äußerste und helfe dem Piloten (eine beruhigend-ermutigende Stimme mit dem Akzent des

Mittelwestens namens Donnelly), seine 250 Passagiere fassende Scheißmaschine in der Luft zu halten. Gedankt sei Gott für seinen Bürstenhaarschnitt und seinen Akzent. Ich als New Yorkerin würde einem Piloten, der spricht wie ich, niemals Vertrauen schenken. Sobald auch das ›Fasten Seat-belt‹-Zeichen verlöscht und Bewegung in die Leute kommt, sehe ich mich nervös um, wer alles mitfliegt. Dort sitzt die vollbusige Psychoanalytikerin Rose Schwamm-Lipkin, die ich kürzlich aufgesucht habe, um mit ihr zu beraten, ob ich meinen derzeitigen Analytiker (der gottlob nicht anwesend zu sein scheint) aufgeben soll oder nicht; dort Dr. Thomas Frommer, der harsche teutonische Experte auf dem Gebiet der pubertären Magersucht, der erste Analytiker meines Mannes. Dort drüben, das ist der freundliche, rundliche Dr. Arthur Feet jr., der dritte (und letzte) Psychoanalytiker meiner Freundin Pia, und der dort der kleine Dr. Raymond Schrift, der auf seine verkrampfte Art eine blonde Stewardeß (namens Nanci) heranwinkt, als sei sie ein Taxi. (Mit 14 ging ich ein denkwürdiges Jahr lang zu Dr. Schrift, weil ich im Begriff war, mich zu Tode zu hungern, als selbst auferlegte Buße dafür, daß ich auf der Wohnzimmercouch meiner Eltern onaniert hatte. Er bestand darauf, daß das Pferd, von dem ich träumte, mein Vater wäre und daß meine Periode wiederkehren würde, wenn ich es bloß ›akzeptierte, Frau zu sein‹.) Dort sitzt der lächelnde kahlköpfige Dr. Harvey Smucker, den ich aufsuchte, als mein erster Ehemann zu dem Schluß kam, er sei Jesus Christus, und mir düster ankündigte, auf dem See im Central Park wandeln zu wollen; dort der stutzerhafte Dr. Ernest Klumpner (im maßgeschneiderten Anzug), der angeblich ›brillante Theoretiker‹, der als letztes eine psychoanalytische Studie über John Knox geschrieben hat, und dort der schwarzbärtige Dr. Stanton Rappoport-Rosen, der kürzlich in den entsprechenden Kreisen New Yorks ins Gerede kam, als er nach Denver übersiedelte und dort etwas aufzog, was er ›Gelände-Gruppentherapie auf Skiern‹ nannte. Und der dort ist Dr. Arnold Aaronson, der so tut, als spiele er mit seiner neuen Frau (bis voriges Jahr seine Patientin, der Sängerin Judy Rose) Schach auf einem magnetischen Schachbrett. Beide schauen sich verstohlen um, ob sie auch die Aufmerksamkeit auf sich ziehen – und für einen kurzen Moment kreuzen sich unsere Blicke, Judys und die meinen. In den fünfziger Jahren wurde Judy durch Plattenaufnahmen von satirischen Balladen über das pseudo-intellektuelle Leben New Yorks berühmt. Mit weinerlicher und gewollt unmelodischer Stimme sang sie die Geschichte eines jüdischen Mädchens, das Kurse in der *New School* belegt hat, die Bibel ihrer herrlichen

Sprache wegen liest, sich im Bett über Martin Buber unterhält und sich in ihren Analytiker verliebt. Inzwischen ist sie die von ihr kreierte Figur auch im Privatleben.
Außer den Psychoanalytikern, deren Frauen, der Crew und einigen wenigen bedauernswerten Nicht-Fachleuten waren auch etliche von ihren Eltern auf die Reise mitgenommene Jugendliche an Bord – die Söhne meist mißmutig blickende Jünglinge mit schulterlangem Haar und in ausgestellten Hosen, die ihre Eltern mit einer so zynischen Geringschätzung ansahen, daß es fast mit Händen zu greifen war. Ich mußte daran denken, daß ich mich als Teenager immer bemühte, wenn ich mit meinen Eltern auf Reisen war, so zu tun, als wären sie gar nicht da. Im Louvre versuchte ich, sie aus den Augen zu verlieren! In den Uffizien, ihnen aus dem Wege zu gehen! In Paris saß ich im Café allein an einem Tisch hinter einer Cola, starrte träumerisch vor mich hin und tat, als wären die lauten Leute am Nebentisch nicht meine Eltern – obwohl sie es ganz unbestreitbar waren. (Verstehen Sie: Ich spielte mir vor, ich gehörte zur Verlorenen Generation und befände mich in Verbannung, während meine Eltern einen Meter von mir entfernt saßen.) Und nun befand ich mich hier wieder in meiner eigenen Vergangenheit oder in einem bösen Traum oder einem schlechten Film: *Psychoanalytiker* und *Sohn des Psychoanalytikers.* Ein ganzes Flugzeug voller Psychoanalytiker und mein Heranreifen sozusagen um mich herum. Freischwebend im Äther, über dem Atlantik gestrandet mit 117 Analytikern, von denen viele meine lange, traurige Geschichte gehört und wieder vergessen hatten: ein idealer Anfang für den Alptraum, zu dem diese Reise werden sollte.
Wir flogen nach Wien; es war ein historischer Augenblick. Vor Jahrhunderten und etlichen Kriegen, im Jahre 1938, floh Freud, als die Nazis seine Familie bedrohten, aus seinem berühmten Sprechzimmer in der Berggasse. Während des Dritten Reiches war in Deutschland jede Erwähnung seines Namens untersagt und Psychoanalytiker wurden ausgewiesen (wenn sie Glück hatten) oder (wenn sie keines hatten) vergast. Nun hieß Wien die Psychoanalytiker erneut feierlich willkommen. Es wurde sogar ein Freud-Museum in seinem alten Sprechzimmer eröffnet. Der Bürgermeister von Wien würde zur Begrüßung erscheinen und im pseudo-gotischen Rathaus einen Empfang geben. Als weitere Verlockungen wurden freie Verpflegung inklusive Getränke, Lustfahrten auf der Donau, Ausflüge in Weinberge, Gesang, Tanz und andere Kurzweil, Ansprachen und hochgelehrte Vorträge sowie eine steuerlich absetzbare Rundreise durch Europa geboten. Doch in der Hauptsa-

che ging es um ein reichliches Angebot von guter, alter österreichischer ›K. u. K.-Gemütlichkeit‹. Die Leute, die das (und den) Schmalz (und die Krematorien) erfunden haben, würden den Psychoanalytikern demonstrieren, wie willkommen sie nun wieder waren.
Willkommen! Willkommen! Zumindest diejenigen unter Ihnen, die Auschwitz, Bergen-Belsen, die Luftangriffe auf London und den Kriegseintritt Amerikas überlebt haben. *Küß die Hand!* Österreicher sind sehr charmant.
Ob dieser Kongreß in Wien abzuhalten sei oder nicht, war jahrelang Gegenstand hitziger Diskussionen gewesen, und viele der anwesenden Analytiker hatten sich nur widerstrebend zur Teilnahme bereit gefunden. Es ging dabei nicht nur um das Problem des Antisemitismus – es war außerdem zu befürchten, daß radikale Studenten der Wiener Universität Demonstrationen inszenieren würden. Die Psychoanalyse war bei der Neuen Linken als zu ›individualistisch‹ in Ungnade gefallen. Sie trüge nichts dazu bei, so sagten sie, den ›weltweiten Kampf für den Kommunismus‹ zu fördern.
Ich war von einer neugegründeten Zeitschrift aufgefordert worden, als kritischer Beobachter des ganzen Trubels und Traras an dem Kongreß teilzunehmen und dann einen satirischen Artikel darüber zu schreiben. Ich begann mit meinen Recherchen bei Dr. Smucker, der in der Nähe der Pantry stand und sich von einer der Stewardessen Kaffee servieren ließ. Er erkannte mich offensichtlich kaum wieder.
»Was halten Sie von der Rückkehr der Psychoanalyse nach Wien?« fragte ich in meinem muntersten Interviewer-Tonfall. Dr. Smucker schien bestürzt über die schockierende Direktheit meiner Frage. Er sah mich lange und forschend an.
»Ich schreibe einen Artikel für eine neue Zeitschrift. Sie heißt *Voyeur*«, sagte ich. Ich nahm an, daß er zumindest über diesen Namen würde feixen müssen.
»Ha«, sagte Dr. Smucker ungerührt, »was halten *Sie* davon?« Und er watschelte fort, zurück zu seiner kleinwüchsigen, blondgebleichten Frau im blauen Strickkleid mit einem winzigen grünen Alligator über ihrer rechten (blauen) Brust.
Ich hätte es wissen müssen. Warum beantworten Psychoanalytiker eine Frage immer mit einer Gegenfrage? Und warum sollte dieser Abend sich von irgendeinem anderen Abend unterscheiden – unbeschadet der Tatsache, daß wir in einer 747 durch die Luft fliegen und nicht-koscheres Essen zu uns nehmen?
»Der jüdische Dreh«, wie Antisemiten das nennen. Stell jede Frage auf den Kopf und stoß sie dem Fragenden in den Hals zurück.

Psychoanalytiker scheinen alle Talmudisten zu sein, die schon im ersten Jahr aus dem Seminar rausgeflogen sind. Ich mußte an einen Lieblingsscherz meines Großvaters denken:
Frage: »Warum beantwortet ein Jude eine Frage immer mit einer Frage?«
Antwort: »Und warum sollte ein Jude eine Frage *nicht* mit einer Frage beantworten?«
Letzten Endes jedoch war es die Phantasielosigkeit der meisten Psychoanalytiker, die mich so deprimierte. Okay, mein erster – der Deutsche, der jetzt in Wien ein Referat halten würde – hatte mir schon weitergeholfen, doch er war ein seltener Vogel: witzig und amüsant, voller Selbstironie und ohne jede Überheblichkeit. Nichts von dem schwerfälligen, starren Buchstabenglauben, der selbst die brillantesten Analytiker so hochgestochen erscheinen läßt. Doch die anderen, mit denen ich zu tun hatte, waren alle so erstaunlich buchstabengläubig. Das Pferd, von dem Sie träumen, ist Ihr Vater. Der Küchenherd, von dem Sie träumen, ist Ihre Mutter. Der Haufen Scheiße, von dem Sie träumen, ist in Wirklichkeit Ihr Analytiker. Das nennt man Transferenz oder Übertragung. Nicht wahr?
Sie träumen, daß Sie sich beim Skilaufen das Bein gebrochen haben. Sie haben sich tatsächlich gerade beim Skilaufen das Bein gebrochen und liegen auf der Couch, mit einem zentnerschweren Gipsverband, der Sie für Wochen ans Haus fesselt, Ihnen aber auch zu einer wundervollen neuen Wertschätzung Ihrer Fußzehen und der bürgerlichen Rechte eines Querschnittsgelähmten verholfen hat. Das gebrochene Bein im Traum jedoch steht für Ihr ›verstümmeltes Geschlecht‹. Sie wollten immer einen Penis besitzen und nun fühlen Sie sich schuldig, weil Sie sich *vorsätzlich* das Bein gebrochen haben, um sich das Vergnügen eines Gipsverbandes zu gönnen, nicht wahr?
Nein!
Okay, lassen wir die Sache mit dem ›verstümmelten Geschlecht‹ beiseite. Das ist ohnehin ein zu Tode gehetzter Gaul. Und vergessen Sie Ihre Mutter, den Küchenherd und Ihren Therapeuten, den Scheißhaufen. Was ist uns außer dem Gestank geblieben? Ich rede nicht von den ersten Jahren der Analyse, in denen Sie hart daran arbeiten, Ihre eigene Verrücktheit zu entdecken, damit Sie noch etwas anderes tun können, als Ihr *gesamtes* Leben Ihrer Neurose zu widmen. Ich rede von Folgendem: Wenn Sie und Ihr Mann sich seit undenklichen Zeiten analysieren lassen und der Punkt erreicht ist, an dem keine Entscheidung, auch die unwichtigste nicht, getroffen

werden kann, ohne daß beide Analytiker – auf einer Wolke über Ihren Köpfen thronend (bildlich gesprochen) – Rat halten. Sie kommen sich ungefähr wie die trojanischen Krieger in der *Ilias* vor, über deren Köpfen, hoch oben, sich Zeus und Hera streiten. Ich rede von dem Zeitpunkt, an dem Ihre Ehe zu einer *menage à quatre* geworden ist. Sie, er, Ihr Analytiker, sein Analytiker. Vier in einem Bett. Dieser Film ist für Jugendliche unter achtzehn strikt verboten.

In diesem Stadium befanden wir uns seit gut einem Jahr. Jede Entscheidung wurde dem Psychoanalytiker, respektive dem Verlauf der Analyse, überlassen. Sollen wir uns eine größere Wohnung nehmen? »Lieber erst abwarten, wie sich die Sache entwickelt.« (Bennetts Euphemismus für ›Zurück auf die Couch‹.) Sollen wir ein Baby bekommen? »Lieber erst die Sache durcharbeiten.« Sollen wir den Tennisclub wechseln? »Lieber erst sehn, wie sich alles entwikkelt.« Sollen wir uns scheiden lassen? »Lieber erst die *unterbewußte Bedeutung* der Ehescheidung durcharbeiten.«

Es war nun soweit. Wir waren in jene kritische Phase eingetreten (fünf Jahre Ehe – die Bettlaken, die man als Hochzeitsgeschenk bekommen hat, sind inzwischen fast zerschlissen), in der man sich entweder dazu entschließen muß, neue Laken zu kaufen, vielleicht ein Kind zu haben und für immer mit der Verrücktheit des anderen zusammenzuleben – oder die Ehe ihren natürlichen Tod sterben zu lassen (die Laken wegwerfen) und wieder von vorn damit anzufangen, ›Bäumchen, wechsle dich‹ zu spielen.

Die Entscheidung wurde natürlich durch die Analyse zusätzlich erschwert, denn die Grundvoraussetzung für eine Analyse (auch wenn aller Augenschein dagegen spricht) ist, daß man mit der Zeit immer normaler wird. Der Refrain lautet ungefähr so:

»O-ich-war-so-selbstzerstörerisch-als-ich-dich-heiratete-Baby-aber-jetzt-bin-ich-soooo-viel-gesünder.«

(Was besagt, daß sie sich unter Umständen einen Besseren sucht, einen, der attraktiver, zärtlicher, intelligenter ist und vielleicht sogar mehr Glück an der Börse hat.)

Worauf er erwidern könnte:

»O-ich-haßte-alle-Frauen-bevor-ich-mich-in-dich-verliebte-Baby-aber-jetzt-bin-ich-soooo-viel-gesünder.«

(Was besagt, daß er sich unter Umständen eine Bessere sucht, eine, die zärtlicher und hübscher und eine perfekte Köchin ist und vielleicht sogar eines Tages einen Haufen Geld von ihrem Vater erbt.)

»Immer langsam, Bennett, alter Junge«, sagte ich dann (wann

immer ich ihn in Verdacht hatte, solchen Gedanken nachzuhängen), »du würdest wahrscheinlich jemanden heiraten, der noch phallischer und narzißtischer ist als ich, mit einem noch größeren Kastrationskomplex.« (Als Frau eines Psychoanalytikers kommt es vor allem darauf an, ihm im passenden Moment seine eigene Terminologie an den Kopf zu werfen.)

Doch ich hatte solche Gedanken ebenfalls; wenn Bennett das wußte, so ließ er es sich jedenfalls nicht anmerken. Irgend etwas in unserer Ehe schien total verkehrt zu sein. Sein und mein Leben liefen parallel – wie Bahngeleise. Bennett verbrachte den Tag in seiner Praxis, seinem Krankenhaus, bei seinem Analytiker und die Abende wieder in seiner Praxis, meistens bis neun oder zehn Uhr. Ich unterrichtete einige Tage in der Woche und verbrachte den Rest der Zeit mit Schreiben. Meine Schulstunden waren nicht weiter anstrengend, das Schreiben dagegen erschöpfte mich, und wenn Bennett nach Hause kam, war ich bereit, auszugehen und auf die Pauke zu hauen. Ich hatte jede Menge Alleinsein hinter mir, viele lange Stunden allein mit meiner Schreibmaschine und meinen Phantasien. Und überall stieß ich auf Männer. Die Welt schien randvoll mit verfügbaren, interessanten Männern zu sein, wie sie das vor meiner Heirat nie gewesen war.

Was hat es denn nun eigentlich mit der Ehe auf sich? Selbst wenn man seinen Mann liebt, kommt unweigerlich die Zeit, wo das Ficken so fade wie Schmelzkäse wird, zwar sättigend, vielleicht sogar dick machend, doch gänzlich reizlos für die Geschmacksnerven, kein bittersüßes Ingredienz, keine Gefahr. Und man sehnt sich nach einem überreifen Camembert, nach einem raren Ziegenkäse: vollmundig, üppig, sahnig, bockshufig.

Ich war nicht gegen die Ehe. Ich glaubte sogar an sie. Man muß einen besten Freund in dieser feindlichen Welt haben, einen Menschen, dem gegenüber man sich, was auch immer geschieht, loyal und anständig verhält, einen Menschen, der diese Loyalität erwidert. Doch was wird mit all jenen anderen Sehnsüchten, dem Verlangen, das die Ehe nach einer gewissen Zeit nicht mehr stillen kann? Die Ruhelosigkeit, der Hunger, das Pochen im Bauch, das Pochen in der Möse, das süchtige Verlangen danach, zugestopft, in jede Körperöffnung gefickt zu werden, der Hunger nach trockenem Sekt und feuchten Küssen, nach dem Duft von Päonien auf einer Dachterrasse in einer Juninacht, nach dem Licht am Ende des Piers in *Gatsby* ... Verlangen nicht *wirklich* nach all dem – denn ich wußte, daß die sehr Reichen fader und stumpfer sind als Sie und ich –, doch nach dem, was diese Dinge in einem *wachrufen*. Die ironischen, bittersüßen Liebesworte in den Songs von Cole Porter, die schwermütigen, in Gefühlen schwelgenden Texte von Rodgers und Hart, all der romantische Unsinn, nach dem sich die eine Hälfte des Herzens sehnt, während die andere bitter darüber spottet.

Als weibliches Wesen in Amerika aufzuwachsen. Welche Verpflichtungen! Die Ohren randvoll mit Kosmetikreklame, Schnulzen, ganzen Kolumnen von Ratschlägen und Tips, Horoskopen, Hollywood-Klatsch und moralischen Problemen auf dem Niveau von TV-Seifenopern. Welche Litaneien die Vertreter für das ›gute Leben‹ einem einblasen! Welch sonderbarer Katechismus!

»*Ein* Wisch – körperfrisch!« »Erröten Sie mit unserer Hilfe.« »Verwöhnen Sie Ihr Haar.« »Wollen Sie eine tadellose Figur? Wir verhelfen Ihnen dazu.« »Das Leuchten auf Ihrem Gesicht sollte von *ihm* kommen, nicht von Ihrer Haut.« »Frau Königin, Ihr seid die Schönste hier, aber ...« »Wie bezirze ich die Männer aller Tierkreiszeichen?« »Die Sterne und Ihr sinnliches Ich.« »Harte Männer trinken Cutty Sark.« »Ein Diamant – ein Juwel fürs Leben.« »Wenn Sie Kummer mit Ihrer intimen Körperpflege haben ...« »Lang und kühl – das Geheimnis unserer Menthol-Zigarette!« »Wie ich das Problem meiner intimen Gerüche löste.« »Bleiben Sie *cool.*« »Alle Frauen der Welt lieben Chanel Nr. 5.« »Was verhilft einem schüchternen Mädchen zur Liebe?« »*Femme.* Wir haben es nach *Ihnen* genannt!«

Und was ließen all diese Reklamen und Horoskope durchblicken? Wenn Sie Ihrem Narzißmus die Zügel schießen lassen, wenn Sie sich genügend um Ihre Gerüche kümmern, um Ihre Brüste, Ihre Wimpern, Ihre Achselhöhlen, Ihre intime Körperpflege, um Ihre Sterne, Ihr Haar und um die richtige Whiskymarke in der richtigen Bar, dann lernen Sie einen schönen, kraftvollen, potenten und reichen Mann kennen, der jedes Verlangen befriedrigt, jedes Loch stopft, der Ihr Herz hüpfen (oder aussetzen) läßt, bis Ihnen schwummrig wird, und mit Ihnen zum Mond fliegt (vorzugsweise auf Altweibersommerfäden), wo Sie dann, rundherum glücklich, mit ihm leben, für immer.

Und das Verrückte daran: Selbst wenn man nicht dumm war, selbst wenn man einen Großteil seiner Jugend mit dem Lesen von John Donne und Shaw zugebracht hatte, wenn man Geschichte oder Zoologie oder Physik studiert hatte und hoffte, sein Leben einem verantwortungsvollen, alle Kräfte mobilisierenden Beruf zu widmen – selbst *dann* hatte man den Kopf noch voll mit all diesen mulschigen Sehnsüchten, in denen jedes Schulmädchen bis zum Hals drinsteckte. Verstehen Sie, es machte keinen Unterschied, ob man nun einen IQ von 170 oder einen von 70 hatte – der Gehirnwäsche entging man nicht. Die Sache war nur ein wenig anders aufgezogen. Was man so redete, war ein wenig ›gehobener‹, ein wenig ›intellektueller‹. Doch unter dieser Tünche sehnte man sich danach, von der Liebe überwältigt, von ihr zunichte gemacht zu werden, von einem Riesenschwanz ausgefüllt zu werden, der Sperma, Seifenblasen, Samt und Seide und, natürlich, Geld verspritzte. Niemand machte sich die Mühe, einem zu sagen, was es mit der Ehe wirklich auf sich hatte. Es stand einem nicht einmal, wie europäischen Mädchen, eine zynische, realistische Lebensphilosophie zu Gebote. Man erwartete, daß man nach der Heirat keinen anderen Mann begehrte, ebenso wie man erwartete, daß der eigene Mann keine andere Frau begehrte. Dann kamen die Wünsche und Begierden, und panischer Selbsthaß war die Folge. Was für eine verworfene Frau du doch bist! Wie ist es bloß möglich, daß fremde Männer dich nach wie vor reizen und erregen? Wie kannst du so gebannt auf die Ausbuchtung ihrer Hose starren? Wie kannst du in einer Versammlung sitzen und dir ausmalen, auf welche Weise jeder der anwesenden Männer dich vögeln würde? Wie kannst du im Zug sitzen und dich in Gedanken mit völlig Fremden im Bett herumwälzen? Wie kannst du deinem Mann das bloß antun? Hat Ihnen je einer gesagt, daß das vielleicht mit Ihrem Mann überhaupt nichts zu tun hat?

Und die anderen Wünsche und Sehnsüchte, die die Ehe unterdrückte? Der Wunsch, von Zeit zu Zeit auszubrechen, festzustellen, ob man immer noch imstande ist, allein in seinem eigenen Kopf zu leben, festzustellen, ob man es fertigbringt, allein in einer Hütte im Wald zu leben, ohne den Verstand zu verlieren, kurz, ob man noch ›ganz‹ ist, nachdem man so viele Jahre nur die Hälfte von etwas war (wie die Hinterbeine einer Pferde-Imitation als komische Nummer).

Fünf Jahre Ehe hatten mich lüstern nach all diesen Dingen gemacht: lüstern nach Männern und lüstern nach Einsamkeit. Lüstern nach Sex und lüstern nach dem Leben eines Einsiedlers. Ich wußte, daß meine Gelüste widersprüchlich waren, und das machte die Sache nur schlimmer. Ich wußte, daß meine Gelüste unamerikanisch waren – und das machte die Sache *noch* schlimmer. In Amerika ist es gleichbedeutend mit Ketzerei, sein Leben – welches auch immer – nicht als die Hälfte eines Paars zu führen. ›Alleinsein‹ ist unamerikanisch. Einem Mann mag es noch nachgesehen werden – besonders dann, wenn er ein ›begehrter Junggeselle‹ ist, der in der jeweils kurzen Zeit zwischen seinen Ehen ›Verabredungen mit Starlets‹

hat. Bei einer Frau jedoch wird immer angenommen, sie sei nicht aus freiem Willen allein, sondern weil sie verlassen worden ist. Und so wird sie behandelt: wie ein Paria. Es gibt für eine Frau einfach keine Möglichkeit, allein ein achtbares Leben zu führen. Oh, sie kann sich vielleicht finanziell durchschlagen (obwohl nicht annähernd so gut wie ein Mann), doch emotionell läßt man ihr keine Ruhe. Ihre Freunde, ihre Familie, ihre Kollegen lassen sie nie vergessen, daß ihr Junggesellentum, ihre Kinderlosigkeit – kurz, ihr *Egoismus* – ein Makel ist, eine Schande für den amerikanischen *way of life*.

Um dem Kern der Sache noch näher zu kommen: Die Frau (obwohl sie weiß, daß ihre verheirateten Freundinnen unglücklich sind) läßt *sich selbst* keine Ruhe. Sie lebt, als stünde die ›Große Erfüllung‹ vor der Tür. Als warte sie auf den Märchenprinzen, der sie von ›all dem‹ befreit und mit sich nimmt. Wovon befreit? Von der Einsamkeit, die sie mit ihrem Innenleben teilt? Von der Gewißheit, sie selbst zu sein, statt die Hälfte von irgend etwas anderem?

Meine Antwort darauf war nicht (noch nicht), eine Affäre mit jemand anzufangen und nicht (noch nicht) auszubrechen, sondern meine Phantasien von der Traumnummer (die ich in Gedanken den ›Spontanfick‹ oder den ›Fick auf Anhieb‹ nannte) weiterzuentwickeln. Der Spontanfick war mehr als ein gewöhnlicher Fick. Er war sozusagen ein platonisches Ideal. Die Reißverschlüsse lösen sich wie fallende Rosenblätter, die Unterwäsche weht davon wie Löwenzahnflocken. Die Zungen verschmelzen in Feuchte. Deine Seele strömt durch deine Zunge in dem Mund deines Liebhabers.

Die Voraussetzung für den wahren, optimalen Spontanfick: Man sollte den Partner nicht zu genau kennenlernen. Ich habe beispielsweise festgestellt, daß jede Betörtheit sich verflüchtigt, sobald ich mich einem Mann befreundet fühle, an seinen Problemen teilnehme, ihm zuhöre, wenn er sich über seine Frau oder seine gewesenen Frauen, seine Mutter, seine Kinder auslabert. Danach könnte ich ihn mögen, vielleicht sogar lieben – doch ohne Leidenschaft. Und gerade die Leidenschaft war es doch, die ich suchte. Ich war dahintergekommen, daß eine Betörtheit sich am besten austreiben läßt, wenn man über jemanden *schreibt*, seine Ticks und Marotten beobachtet, seine Persönlichkeit zerlegt und typisiert. Dann ist er nur noch ein Insekt auf einer Stecknadel, ein Zeitungsausschnitt unter einer Plastikfolie. Ich kann mich an seiner Gesellschaft erfreuen, ihn sogar augenblicksweise bewundern, doch er hat nicht mehr die Macht, mich mitten in der Nacht zitternd auffahren zu lassen. Ich träume nicht mehr von ihm. Er hat ein Gesicht.

So ist die zweite Voraussetzung für den Spontanfick die Kürze der Beziehung. Und Anonymität macht die Sache noch besser.
Während der Zeit, die ich in Heidelberg verbrachte, fuhr ich viermal die Woche nach Frankfurt zu meinem Analytiker. Die Fahrt dauerte eine Stunde – eine Stunde hin, eine zurück – und Eisenbahnzüge wurden zu einem wesentlichen Bestandteil meiner Phantasie. Immer wieder lernte ich im Zug beeindruckende, schöne Männer kennen, Männer, die kaum englisch sprachen, Männer, deren Banalitäten mir bei meiner Unkenntnis der französischen oder italienischen oder selbst der deutschen Sprache entgingen. So schwer es mir fällt, das einzuräumen – es *gibt* schöne Männer in Deutschland, eine ganze Menge sogar.
Ein bestimmtes Szenarium des Spontanficks ist möglicherweise von einem italienischen Film inspiriert worden, den ich vor Jahren gesehen habe. Mit der Zeit schmückte ich das Filmgeschehen aus, um es meiner Phantasie noch schmackhafter zu machen. Immer wieder ließ ich – während ich hin und her pendelte, von Heidelberg nach Frankfurt, von Frankfurt nach Heidelberg – die Szene in meinem Kopf abrollen:

Ein schmutziges, südeuropäisches Zugabteil (2. Klasse). Die harten Sitze sind mit Kunstleder bezogen. Eine Schiebetür führt auf den Gang. Olivenbäume huschen am Fenster vorbei. Auf der einen Seite sitzen zwei sizilianische Bauersfrauen, die ein Kind zwischen sich haben. Offenbar Mutter, Großmutter und Enkelin. Beide Frauen wetteifern miteinander, dem kleinen Mädchen den Mund mit Essen vollzustopfen. Ihnen gegenüber, auf dem Fensterplatz, sitzt eine hübsche junge Witwe mit einem zurückgeschlagenen dichten, schwarzen Schleier in einem engen, schwarzen Kleid, das ihre üppige Figur betont. Sie schwitzt sehr und ihre Augen sind geschwollen. Der Mittelplatz ist leer. Den Platz am Gang nimmt eine ungeheuer dicke Frau mit einem Schnurrbart ein. Ihr gewaltiges Gesäß beansprucht zusätzlich fast die Hälfte des mittleren Sitzplatzes. Sie liest in einem Comic-Heft, in dem die Personen von Fotomodellen dargestellt werden und der Dialog in kleinen Wölkchen über ihren Köpfen erscheint.

So rumpeln die fünf eine Weile dahin; die Witwe und die dicke Frau schweigen, während Mutter und Großmutter mit dem Kind und miteinander über das Essen reden. Und dann hält der Zug kreischend in einer Stadt, die (vielleicht) CORLEONE heißt. Ein langer, schlaksiger, gleichgültig blickender Soldat, unrasiert, jedoch mit einem prächtigen Haarschopf, gespaltenem Kinn und ein wenig diabolischen, trägen Augen, betritt das Abteil, sieht mit überheblichem Ausdruck in die Runde, erblickt den freien (halben) Platz zwischen der dicken Frau und der Witwe und setzt sich unter vielen liebenswürdig-charmanten Entschuldigungen. Obwohl verschwitzt und ungepflegt, ist er doch ein prachtvolles Stück Mann, bloß ein wenig ranzig von der Hitze. Der Zug verläßt quietschend die Station.

Dann gibt es nur noch das Rattern des Zuges und den Rhythmus, in dem sich die Schenkel des Soldaten an den Schenkeln der Witwe scheuern. Natürlich scheuern sie auch am Gesäß der dicken Dame – und sie versucht, von ihm abzurücken, was gänzlich überflüssig ist, da er ihr Gesäß überhaupt nicht wahrnimmt. Er starrt auf das große goldene Kreuz, das in dem tiefen Spalt zwischen den Brüsten der Witwe hin und her pendelt. Bums. Pause. Bums. Es schlägt gegen die eine feuchte Brust und dann gegen die andere. In der Mitte scheint es zu zögern, als befinde es sich im Kraftfeld zweier einander entgegenwirkender Magneten. *Wassergrube und Pendel.* Er ist wie hypnotisiert. Sie sieht aus dem Fenster und betrachtet jeden Olivenbaum, als habe sie noch nie zuvor Olivenbäume gesehen. Er steht ungeschickt auf und öffnet, nach einer kleinen Verbeugung zu den Damen hin, mit einiger Mühe das Fenster. Als er sich wieder hinsetzt, streift sein Arm zufällig den Bauch der Witwe. Sie scheint es nicht zu bemerken. Er legt seine linke Hand auf den Sitz zwischen seinen und ihren Schenkeln, und seine geschmeidigen Finger schließen sich um das weiche Fleisch ihres Schenkels und schieben sich dann darunter. Sie starrt weiterhin jeden Olivenbaum an, als sei sie Gott, hätte die Bäume soeben erschaffen, und überlege nun, welchen Namen sie ihnen geben solle.

Inzwischen verstaut die ungeheuer dicke Dame ihr Comic-Heft in einem schillernd-grünen Plastiknetz, das mit stinkigem Käse und überreifen, schwärzlichen Bananen gefüllt ist. Und die Großmutter wickelt Salamizipfel in fettiges Zeitungspapier. Die Mutter zieht dem Kind seine Strickjacke an und wischt ihm mit einem Taschentuch, liebevoll mit mütterlichem Speichel befeuchtet, übers Gesicht. Der Zug hält kreischend in einer Stadt, die (vielleicht) PRIZZI heißt, und die dicke Frau, die Mutter, die Großmutter und das kleine Mädchen verlassen das Abteil. Dann setzt der Zug sich erneut in Bewegung. Das goldene Kreuz beginnt wieder zwischen den feuchten Brüsten der Witwe hin und her zu pendeln, die Finger schleichen sich unter den Schenkel der Witwe, die Witwe starrt weiterhin auf die Olivenbäume. Dann drängen sich die Finger zwischen ihre Schenkel, vergrößern den Spalt und bewegen sich aufwärts, hin zu der fleischigen Lücke zwischen ihren schwarzen Baumwollstrümpfen und dem Hüftgürtel, und sie gleiten weiter und unter den Hüftgürtel, hinein in die unbedeckte feuchte Wärme zwischen ihren Beinen.

Der Zug fährt in einen Tunnel ein und in dem Halbdunkel wird die Symbolik zur Tat. Der Stiefel des Soldaten in der Luft, die dunklen Wände des Tunnels, das hypnotische Schüttern des Zuges und der lange, hohe Pfiff, als er schließlich wieder ans Tageslicht kommt.

Sie steigt wortlos aus, an einer Station, die, vielleicht, BIVONA heißt. Sie überquert die Geleise, steigt in ihren schmalen schwarzen Schuhen und den schwarzen Baumwollstrümpfen vorsichtig über sie hinweg. Er starrt ihr nach, als sei er Adam und gehe mit sich zu Rate, welchen Namen er ihr geben solle. Dann springt er auf und stürzt aus dem Zug, ihr nach. Im gleichen Augenblick fährt ein langer Güterzug durch den Bahnhof und versperrt ihm Blick und Weg. Fünfundzwanzig Güterwagen später ist sie für immer verschwunden.

Ein Szenarium des Spontanficks.
Ob Knöpfe am Hosenschlitz (wie die europäischen Männer sie bevorzugen) oder Reißverschluß – das spielt keine Rolle. Auch nicht, ob die Partner umwerfend attraktiv sind. Der schnelle Ablauf des Intermezzos hat die komprimierte Dichte eines Traumes und zieht anscheinend keinerlei Reue oder Schuldgefühl nach sich, da weder über ihren verstorbenen Ehemann noch über seine Verlobte gesprochen, noch die Ratio bemüht wird – da überhaupt nicht gesprochen wird. Die Traumnummer oder der Spontanfick ist von äußerster Reinheit, da ohne jede Nebenabsicht. Es findet kein Machtkampf statt. Der Mann ›nimmt‹ nicht, und die Frau ›gibt‹ nicht. Niemand hat den Ehrgeiz, einem Ehemann Hörner aufzusetzen oder eine Ehefrau zu demütigen. Keiner von beiden versucht, irgend etwas zu ›beweisen‹, noch den anderen in irgendeiner Weise zu übervorteilen. Der Spontanfick ist das sauberste, was es gibt. Und er ist seltener als das Einhorn. Mir ist er nie beschieden gewesen. Wann immer es so schien, als sei ich nahe dran, entdeckte ich ein Pferd mit einem Horn aus Pappmaché oder zwei Clowns in einem Einhorn-Kostüm. Alessandro, der Florentiner, wär's fast gewesen. Doch letzten Endes handelte es sich bei ihm um *einen* als Einhorn verkleideten Clown.
Sehen Sie sich diesen Gobelin, mein Leben, einmal genauer an.

»Frauen fliegen auf Faschisten«

Frauen fliegen auf Faschisten
auf den Stiefel im Gesicht,
auf das unmenschliche Herz
einer Bestie wie du.

– Sylvia Plath

Um 6 Uhr morgens landeten wir auf dem Frankfurter Flughafen, kletterten aus der Maschine und schoben uns in die mit einem gummiartigen Kunststoff ausgelegte Halle, die mich, trotz ihrer blitzblanken Neuheit, an Todeslager und Deportationen denken ließ. Dort warteten wir eine Stunde, während unsere 747 aufgetankt wurde. Alle Psychoanalytiker saßen stocksteif auf Fiberglassitzen, die in starren, monotonen Reihen ausgerichtet waren: grau, gelb, grau, gelb, grau, gelb ... Die Freudlosigkeit der Farbzusammenstellung wurde nur noch von der Freudlosigkeit ihrer Mienen übertroffen.
Die meisten von ihnen hatten teure Kameras bei sich, und trotz nicht mehr ganz kurzgeschnittener Haare, schüchterner Bärte, stahlgeränderter Brillen (und trotz ihrer Frauen mit einem für sie gerade noch vertretbaren bürgerlichen Anflug von Bohème: rindslederne Sandaletten, mexikanische Schals, handgearbeiteter Silberschmuck aus Greenwich Village), strahlten sie Achtbarkeit aus. Die trübsinnige Quintessenz des Mittelmaßes. Wenn ich darüber nachdachte, war es das, was ich gegen Psychoanalytiker hatte. Sie akzeptierten die soziale Ordnung, ohne sie je in Frage zu stellen. Ihre linksangehauchten politischen Ansichten, das Unterschreiben von Friedensdeklarationen und die Ausschmückung ihrer Sprechzimmer mit Drucken von *Guernica,* das alles war nichts als Tarnung. Sobald es um die *entscheidenden* Dinge ging: die Familie, die Stellung der Frau, die reibungslose Abwicklung der Honorarfrage, waren sie Reaktionäre. Genauso unerbittlich eigennützig, wie die Sozial-Darwinisten des Viktorianischen Zeitalters.
»Aber Frauen sind *immer* die Macht hinter dem Thron«, hatte mein letzter Analytiker gesagt, als ich ihm zu erklären versuchte, wie unredlich ich mir dabei vorkäme, wenn ich meine Verführungskünste spielen ließ, um bei Männern zu erreichen, was ich wollte. Unseren letzten Krach hatten wir einige Wochen vor dieser Reise nach Wien. Ich hatte Kolner ohnehin nie so recht vertraut, doch ich ging weiterhin zu ihm, in der Annahme, daß das *mein* Problem sei.
»Aber begreifen Sie denn nicht«, rief ich ihm von der Couch her zu, »das *ist* ja gerade das Schlimme daran. Frauen, die ihren Sex-Appeal einsetzen, um die Männer zu manipulieren, die ihre Wut unterdrücken und nie offen und ehrlich sind –«
Doch Dr. Kolner verstand lediglich etwas, das leicht nach *Women's Lib* als neurotisches Problem roch. Jeder Protest gegen das konventionelle Verhalten der Frau hatte ›phallisch‹ und ›aggressiv‹ zu sein. Wir hatten uns schon lange wegen dieser Dinge in den Haaren

gelegen, doch war es seine ›Macht hinter dem Thron‹-Masche, die mir endlich die Augen öffnete, wie ich hier eingeordnet wurde.

»Ich *glaube* nicht an das, woran Sie glauben«, schrie ich, »ich respektiere es auch nicht, und ich respektiere *Sie* nicht, weil Sie diese Überzeugung haben. Wenn Sie im Ernst so etwas sagen können, wie das mit der Macht hinter dem Thron, wie können Sie dann auch nur das Geringste von mir oder den Dingen verstehen, mit denen ich mich herumschlage? Ich *will* nicht nach Ihren Maßstäben leben. Ich *will* diese Art Leben nicht, und ich sehe nicht ein, warum ich mich diesem Maßstab unterwerfen soll. Außerdem glaube ich, daß Sie weniger als nichts von Frauen verstehen.«

»Vielleicht verstehen *Sie* nicht, was es heißt, Frau zu sein«, konterte er.

»O Gott. Jetzt kommen Sie mir auch noch *damit*. Wissen Sie denn nicht, daß die männliche Definition des Wesens der Frau schon immer davon bestimmt wurde, wie sie die Frauen am besten unterdrücken konnten? Und warum sollte ich auf *Sie* hören, um zu wissen, was es heißt, Frau zu sein? Sind Sie eine Frau? Warum sollte ich nicht zur Abwechslung einmal auf *mich* hören? Und auf andere Frauen? Ich rede mit ihnen. Sie erzählen mir von sich und verdammt viele von ihnen empfinden genauso wie ich – auch wenn der Verband amerikanischer Psychoanalytiker ihnen dafür nicht das Prädikat ›beste Hausfrau‹ verleiht.«

So ging es eine ganze Weile hin und her; wir schrien uns gegenseitig an. Ich verabscheute mich selbst, weil meine Argumente klangen, als stammten sie aus einer obskuren Aufklärungsschrift, und weil ich mich von ihm in eine Position hatte drängen lassen, die zu so einfältigen, eingleisigen Aussagen führte. Ich wußte, daß ich die subtileren Komponenten unterschlug. Ich wußte, daß es andere Psychoanalytiker gab – meinen deutschen Analytiker zum Beispiel –, die nicht diese weiberfeindliche Tour ritten. Doch ich verabscheute auch Kolner – wegen seiner Engstirnigkeit und weil er mir meine Zeit und mein Geld mit aufgewärmten Gemeinplätzen über die ›Stellung der Frau‹ stahl. Wem war *damit* gedient? *Das* konnte man auch von jeder Kartenlegerin haben. Und brauchte dafür nicht 40 Dollar für fünfzig Minuten zu bezahlen.

»Wenn das wirklich Ihre Meinung von mir ist, versteh ich nicht, warum Sie nicht abhauen«, stieß Kolner hervor. »Warum sollen Sie sich dann weiter all diesen Scheißdreck von mir anhören?«

Das war typisch Kolner. Wenn er sich angegriffen fühlte, wurde er gehässig und scheute auch vor einem Kraftausdruck nicht zurück, nur um zu beweisen, wie unkonventionell er war.

»Typischer Komplex des zu klein Geratenen«, murmelte ich vor mich hin.
»Was war das eben?«
»Ach, nichts.«
»Los, ich will es hören. Ich werd's schon verkraften.« Der große, tapfere Psychoanalytiker.
»Ich dachte gerade, Dr. Kolner, daß Sie unter dem leiden, was in der Psychiatrie unter dem Namen ›Komplex des zu klein Geratenen‹ bekannt ist. Sie sind gereizt und werfen mit Kraftausdrücken um sich, sobald jemand durchblicken läßt, daß Sie nicht der Allmächtige sind. Ich weiß, es muß Sie ziemlich hart ankommen, nur einen Meter sechzig groß zu sein – aber höchstwahrscheinlich sind auch Sie analysiert worden, und das sollte Ihnen die Sache eigentlich erleichtern.«
»Stahl und Eisen kann mich brechen, ein Wort aber nicht«, knurrte Kolner. Er war nun wieder der kleine Schuljunge von ehedem. Er hielt sich wohl für äußerst witzig.
»Hören Sie zu: wieso soll ich mir von *Ihnen* abgestandene Gemeinplätze an den Kopf werfen lassen – und auch noch *dankbar* für Ihre überragenden Erkenntnisse sein und Ihnen auch noch *Geld* dafür bezahlen? Und wenn *ich* das gleiche tue – was zweifellos mein Recht ist, wenn man an all den Kies denkt, den ich Ihnen in den Rachen werfe – dann werden Sie wütend und reden daher wie ein gehässiger kleiner Junge von sieben Jahren.«
»Ich hab bloß gesagt, daß Sie gehen sollen, wenn Sie so über mich denken. Gehen Sie. Hauen Sie ab. Knallen Sie die Tür hinter sich zu. Schicken Sie mich zum Teufel.«
»Ich soll mir also eingestehen, daß die vergangenen zwei Jahre und die Tausende von Dollar, die ihren Besitzer gewechselt haben, für die Katz waren? Vielleicht können *Sie* das auf diese Weise abschreiben – *mir* liegt nun mal viel an der Illusion, daß hier etwas Positives vor sich gegangen ist.«
»Das können Sie alles mit Ihrem nächsten Analytiker aufarbeiten«, sagte Kolner. »Sie werden dann herausfinden, was Ihrer Meinung nach hier zwischen uns schiefgelaufen ist ...«
»*Meiner* Meinung nach! Begreifen Sie denn nicht, warum es so vielen Leuten zum Hals raushängt, sich analysieren zu lassen? Daran seid nur ihr dämlichen Psychoanalytiker schuld. Bei euch geht's so ähnlich zu wie im Film ›Catch 22‹. Der Patient kommt und kommt und kommt und zahlt und zahlt, und wenn ihr Burschen zu beschränkt seid, um rauszukriegen, was eigentlich los ist, oder wenn ihr merkt, daß ihr dem Patienten nicht helfen könnt, erhöht

ihr einfach die erforderliche Behandlungsdauer um einige Jahre oder ihr sagt ihm, er soll zu einem *anderen* Analytiker gehen, um rauszukriegen, was mit dem *ersten* Analytiker schiefgelaufen ist. Fällt nicht sogar *Ihnen* auf, wie absurd das ist?«

»Es fällt mir allerdings auf, wie absurd es ist, hier zu sitzen und mir diese Tirade anzuhören. Ich kann also nur noch einmal wiederholen, was ich bereits gesagt habe. Wenn es Ihnen nicht paßt, warum hauen Sie nicht ab?«

Wie im Traum (ich hätte mir das nie zugetraut) erhob ich mich von der Couch (wie viele Jahre hatte ich dort gelegen?), griff nach meiner Handtasche und ging (nein, direkt ›schlendern‹ tat ich nicht, obwohl ich es gern getan hätte) zur Tür hinaus, die ich leise hinter mir schloß. Kein Türenschlagen à la Nora, um den Effekt zu erhöhen. Leben Sie wohl, Kolner. Im Fahrstuhl war ich einen Augenblick lang nahe dran zu weinen.

Nachdem ich die Madison Avenue zwei Blocks weit hinuntergegangen war, jubilierte ich innerlich. Keine 8-Uhr-Sitzungen mehr! Keine bange Frage mehr, wenn ich jeden Monat den Scheck mit der Riesensumme ausfüllte, ob es mir wohl hilft! Kein Herumstreiten mit Kolner mehr, als sei ich ein Parteiführer! Ich war frei! Und dazu all das Geld, das ich nun für mich behalten konnte! Ich verschwand in einem Schuhgeschäft und ließ sofort 40 Dollar für ein Paar weiße Sandaletten mit Goldkettchen springen. Sie vermittelten mir ein erhebenderes Gefühl, als fünfzig Minuten Behandlung bei Kolner das je getan hatten. Okay, so war ich also doch nicht wirklich frei (ich mußte mich noch mit Einkäufen trösten), doch zumindest war ich von Kolner befreit. Jedenfalls war es ein Anfang.

Ich trug die Sandaletten während des Fluges nach Wien und hielt den Blick auf sie gerichtet, als wir hintereinander die Maschine wieder bestiegen. Mußte man das Flugzeug mit dem rechten oder mit dem linken Fuß zuerst betreten, damit es nicht abstürzt? Wie konnte ich den Absturz verhindern, wenn mir sogar *das* entfallen war? »Mutter«, murmelte ich. Ich murmle immer ›Mutter‹, wenn ich Angst habe. Das Komische daran ist, daß ich sie gar nicht Mutter nenne und es auch nie getan habe. Sie gab mir die Namen Isadora Zelda, aber von Zelda mache ich nach Möglichkeit keinen Gebrauch. (Es heißt, daß sie damals auch Olympia [Griechenland!] und Justine [de Sade] in Erwägung zog.) Als Gegenleistung für diese lebenslange Verpflichtung nenne ich sie Jiddy. Ihr richtiger Name ist Judith. Niemand außer meiner jüngsten Schwester nennt sie Mommy.

Wien. Schon der Name allein beschwört Walzerseligkeit. Doch ich konnte die Stadt nie ausstehen. Sie kommt mir tot vor. Einbalsamiert.
Wir kamen um 9 Uhr morgens an – der Flughafen erwachte gerade erst zum Leben. WILLKOMMEN IN WIEN stand da zu lesen. Wir latschten, unsere Koffer schleppend, übermüdet und benommen von der mehr oder weniger schlaflosen Nacht, durch den Zoll. Das Flughafengebäude war blitzsauber, wie frisch geschrubbt. Ich dachte an das Maß von Unordnung, Schmutz und Chaos, an das die New Yorker sich wohl oder übel gewöhnt haben. Die Rückkehr nach Europa war immer so eine Art Schock. Die Straßen machten einen unnatürlich sauberen Eindruck, in den Parks gab es unnatürlich viele intakte, von Vandalismus verschonte Bänke, Spring- und Trinkbrunnen und Rosenbüsche. Die öffentlichen Blumenanlagen wirkten unnatürlich gepflegt. Sogar die Telefonzellen funktionierten.
Die Zollbeamten warfen nur einen Blick auf unsere Koffer, und in weniger als zwanzig Minuten bestiegen wir einen Bus, den das Wiener Institut für Psychiatrie für uns gemietet hatte, mit der naiven Hoffnung, in ein paar Minuten im Hotel zu sein und schlafen zu können. Wir wußten nicht, daß der Bus durch die Straßen von Wien schleichen und an sieben Hotels halten würde, ehe er, fast drei Stunden später, endlich das unsrige erreichen sollte.
Diese Fahrt glich einem jener Träume, in denen man dringend ein Ziel erreichen muß, bevor etwas Schreckliches passiert, doch der Wagen hat unerklärlicherweise eine Panne nach der anderen oder er fährt rückwärts. Jedenfalls war ich verstimmt, gereizt und benommen, und alles und jedes irritierte mich an diesem Morgen.
Zum Teil lag das wohl auch an der Panik, die mich jedesmal überfiel, wenn ich wieder in das ehemalige ›Groß-Deutschland‹ kam. Ich hatte länger in Heidelberg gelebt als in irgendeiner anderen Stadt, abgesehen von New York, und so war Deutschland (wie auch Österreich) so eine Art zweite Heimat für mich geworden. Ich beherrschte die Sprache recht gut – besser als die verschiedenen Sprachen, die ich in der Schule gelernt hatte – und alles war mir hier vertraut: das Essen, die Weine, die Markennamen, die Ladenschlußzeiten, die Kleidung, die volkstümliche Musik, die umgangssprachlichen Redewendungen, die besonderen Eigenheiten ... Alles, als hätte ich meine Kindheit in Deutschland verbracht oder als seien meine Eltern Deutsche. Doch ich wurde 1942 geboren, und wären meine Eltern deutsche, und nicht amerikanische, Juden gewesen, so wäre ich in einem Konzentrationslager zur Welt

gekommen (und höchstwahrscheinlich auch gestorben) – trotz meiner blonden Haare, blauen Augen und meiner polnischen Bauernnase. Auch das konnte ich nie vergessen. Deutschland war wie eine Stiefmutter: zutiefst vertraut, zutiefst verachtet. Noch mehr verachtet, weil so vertraut.

Ich sah aus dem Busfenster auf die rotbäckigen alten Damen in ihren ›vernünftigen‹ beigefarbenen Schuhen, unförmige Tirolerhüte auf dem Kopf. Ich sah auf ihre unförmigen Beine und unförmigen Hinterteile. Ich haßte sie. Ich sah ein Plakat: SEI GUT ZU DEINEM MAGEN, und ich haßte die Deutschen dafür, daß sie immer an ihre verdammten Mägen denken, an ihre *Gesundheit* – als hätten sie Gesundheit, Hygiene und Hypochondrie erfunden. Ich haßte ihre fanatische Besessenheit, mit der sie die Illusion von Sauberkeit aufrechterhielten. Illusion, wohlgemerkt, denn die Deutschen sind nicht wirklich sauber. Die weißen Spitzengardinen, die Steppdekken, die zum Lüften aus den Fenstern hängen, die Hausfrauen, die den Bürgersteig vor ihrem Haus schrubben und die ihre Schaufenster putzenden Ladeninhaber – all das gehört zu einer sorgfältig ausgetüftelten Fassade, dazu bestimmt, Ausländer mittels aufdringlich rühriger deutscher Tüchtigkeit und ›Normalität‹ einzuschüchtern. Aber betreten Sie mal in Deutschland eine öffentliche Toilette, und Sie werden eine Anlage vorfinden, wie es sie sonst auf der Welt nicht gibt. Die reizende, für die fallende Scheiße bestimmte kleine Porzellanplatte (damit Sie erstere begutachten können, bevor sie auf Nimmerwiedersehen in den gurgelnden Schlund wirbelt) ist so gut wie trocken, ehe Sie ziehen. Infolgedessen stinken deutsche Toiletten stärker nach Scheiße als sonstige Toiletten, wo auch immer. (Ich sage das als erfahrene, abgehärtete Weltreisende.) Ferner gibt es einen dreckigen Lumpen als Handtuch – eines für alle –, das über einem winzigen Waschbecken hängt, welches lediglich einen Kaltwasserhahn aufzuweisen hat (unter dem Sie sich kaltes Wasser über Ihre rechte Hand tröpfeln lassen können – oder welche Hand Sie zu benutzen pflegen).

Ich beschäftigte mich in Gedanken ziemlich häufig mit Toiletten, als ich in Europa lebte. (So *meschugge* hatte Deutschland mich gemacht.) Einmal versuchte ich sogar die verschiedenen Nationen aufgrund ihrer Toiletten zu klassifizieren.

»Die Weltgeschichte, gesehen durch die Toilettenbrille« (schrieb ich voller Optimismus oben auf eine unbenutzte Seite meiner Kladde), »ein episches Gedicht???«

Großbritannien:
Britisches Toilettenpapier. (Fast) eine Weltanschauung. Imprägniert. Nicht saugend, unnachgiebig, bretthart. Lerne leiden ohne zu klagen. Oft staatliches Eigentum. Im Wohlfahrtsstaat schlechthin ist sogar das Toilettenpapier mit Werbesprüchen bedruckt.
Die britischen Klosetts als letztes Refugium des Kolonialismus. Über Ihnen rauscht Wasser wie die Victoria-Fälle; darunter Sie als Afrika-Forscher, Sprühregen im Gesicht. Für einen kurzen Augenblick (während Sie ziehen) beherrscht Britannia wieder die Wogen.
Die Zugkette ist vornehm und geschmackvoll. Ein Klingelzug in einem herrschaftlichen Landsitz (sonntags, gegen geringen Eintrittspreis, für das Publikum geöffnet).

Deutschland:
Deutsche Toiletten sind klassenbewußt. In 3. Klasse-Wagen: rauhes, braunes Papier. In der 1. Klasse: weißes P. genannt *Spezial Krepp*. Doch das deutsche Klosett ist einmalig wegen der kleinen Bühne (die ganze Welt ist eine), auf die die Scheiße fällt. Dies ermöglicht es Ihnen, dieselbe eingehend zu betrachten, sich für einen parteipolitischen Kandidaten zu entscheiden und sich einfallen zu lassen, was Sie Ihrem Psychoanalytiker erzählen werden. Vorzüglich geeignet für Diamanten schmuggelnde Minenarbeiter, die die edlen Steine in ihren Eingeweiden transportieren. Deutsche Toiletten sind in Wahrheit der Schlüssel zu den Greueln des Dritten Reiches. Menschen, die imstande sind, Toiletten dieser Art zu konstruieren, sind zu allem fähig.

Italien:
Zuweilen können Sie Bruchstücke des *Corriere della Sera* lesen, bevor Sie sich mit den neuesten Nachrichten den Hintern wischen. Da die Spülung im allgemeinen rasant funktioniert, ist die Scheiße schon lange verschwunden, bevor Sie aufspringen und sich umdrehen können, um sie zu bewundern. Daher die Bildende Kunst der Italiener. Die Deutschen haben ihre eigene Scheiße zum Bewundern. In Ermangelung dessen erschaffen die Italiener Skulpturen und Gemälde.

Frankreich:
Die alten Pariser Hotels mit je einem eisernen Fußabdruck eines Riesen zu beiden Seiten eines stinkenden Loches. In Versailles Orangenbäume, gepflanzt, um gegen Senkgrubengerüche abzuschirmen. *Il est defendu de faire pipi dans la chambre du Roi.* Das Licht in Pariser Toiletten, das erst aufglimmt, wenn Sie die Tür verschließen.
Im Hinblick auf die Einstellung der Franzosen zu *merde* bleibt mir die französische Philosophie und Literatur irgendwie unverständlich. Franzosen sind höchst abstrakte Denker – doch haben sie andererseits einen so esoterischen Dichter wie Ponge hervorgebracht, der ein episches Poem über Seife schrieb. Wie läßt sich das mit französischen Toiletten vereinbaren?

Japan:
Das Hocken als Grundhaltung des Lebens im Fernen Osten. Klosettschüssel im Fußboden versenkt. Dahinter Blumenarrangements. Dieses hat irgendwas mit Zen zu tun (vgl. Suzuki).

Es ging schon auf halb eins, als wir endlich in unserem Hotel ankamen und feststellten, daß für uns ein winziges Zimmer im obersten Stock reserviert war. Ich wollte reklamieren, doch Bennett lag mehr daran, sich auszuruhen. Wir ließen also wegen der Mittagssonne die Jalousien runter, zogen uns aus und fielen neben unseren ungeöffneten Koffern ins Bett. Ungeachtet der fremden Umgebung schlief Bennett sofort ein. Ich schlug mich mit dem Federbett herum, bis ich einnickte, gepeinigt von Träumen von Nazis und Flugzeugabstürzen. Immer wieder fuhr ich aus dem Schlaf, mit klopfendem Herzen und klappernden Zähnen. Es war die übliche Panik, die mich immer am ersten Tag an einem fremden Ort überfällt; und daß wir wieder in Großdeutschland waren, machte es noch schlimmer. Ich wünschte bereits, wir wären nicht wiedergekommen.
Gegen halb vier wachten wir auf und bumsten mehr oder weniger lustlos in einem der beiden getrennt stehenden Betten. Ich hatte das Gefühl, immer noch zu träumen, und stellte mir vor, Bennett sei jemand anderer. Aber wer? Ich konnte mir kein rechtes Bild von ihm machen. Ich konnte es nie. Wer oder was war dieses Phantom, das mein Leben so hartnäckig überschattete? Mein Vater? Mein deutscher Analytiker? Meine Traumnummer? Warum nahm sein Gesicht nie scharfe Konturen an?
Gegen vier saßen wir in der Straßenbahn, auf dem Wege zur Wiener Universität, um uns als Kongreßteilnehmer registrieren zu lassen. Das Wetter hatte sich aufgeklärt, der Himmel war blau und mit flaumigen, weißen Bilderbuchwölkchen betupft. Und ich klapperte auf meinen hochhackigen Sandaletten die Straße entlang, haßte alles Deutsche und haßte Bennett, weil er kein Fremder in einem Zugabteil war, weil er nicht lächelte, weil er so gut im Bett war, mich aber nie küßte, weil er die Termine beim Analytiker und für die gynäkologische Krebsvorsorge-Untersuchung für mich ausmachte, eine teure elektrische Schreibmaschine für mich kaufte, mir aber niemals Blumen mitbrachte. Und nicht mit mir sprach. Und mich nie mehr an den Hintern packte. Und mich nie leckte, niemals. Was soll man nach fünf Jahren Ehe schon erwarten? Gekicher im Dunkeln? An den Hintern gepackt zu werden? Ausgeleckt zu werden? Nun, zumindest hin und wieder. Was wollt ihr Frauen eigentlich? Freud hat sich darüber den Kopf zerbrochen und

doch nicht allzu viel herausgebracht. Wie wollt ihr Damen denn umgelegt werden? Wollt ihr einen Mann, der euch leckt, wenn ihr eure Tage habt? Einen Mann, der euch küßt, bevor ihr euch morgens die Zähne geputzt habt, und der dann nicht *Iiiiihh* macht? Einen Mann, der mit euch lacht, wenn der Strom ausfällt?
Einen steifen Schwanz, sagte Freud, in der Annahme, daß Frauen Wert darauf legen, weil die Männer Wert darauf legen. Einen großen, sagte Freud, in der Annahme, daß *ihre* Zwangsvorstellung die *unsere* sei.
Phallozentrisch, hat jemand von Freud gesagt. Er glaubte, die Sonne kreise um den Penis. Und seine Tochter ebenfalls.
Und wer konnte protestieren? Bevor Frauen anfingen, Bücher zu schreiben, gab es nur die eine Seite der Medaille. Solange man zurückdenken kann, wurden Bücher mit Sperma geschrieben, nicht mit Menstrualblut. Bis zu meinem 21. Lebensjahr maß ich meine Orgasmen an denen der Lady Chatterley und fragte mich, was wohl bei mir nicht stimme. Ist mir je der Gedanke gekommen, daß Lady Chatterley in Wirklichkeit ein Mann war? Daß sie in Wirklichkeit D. H. Lawrence war?
Phallozentrisch. Das männliche Problem ist auch das weibliche Problem. Eine Freundin von mir fand kürzlich folgende Weisheit in einem Knallbonbon:

DAS PROBLEM DES MANNES: MÄNNER.
DAS PROBLEM DER FRAU: MÄNNER.

Einmal, bloß um auf Bennett Eindruck zu machen, erzählte ich von der Aufnahmezeremonie der *Hell's Angels*. Den Teil davon, in dem der Neuling sein Mädchen auslecken muß, wenn sie ihre Periode hat, während alle seine Kumpel zusehen.
Bennett blieb stumm.
Ich ließ nicht locker. »Ist das nicht interessant? Ist das nicht'n dolles Ding?«
Schweigen.
Ich bohrte weiter.
»Warum kaufst du dir nicht einen Hund und dressierst ihn dir«, sagte er schließlich.
»Ich sollte dich beim Verband amerikanischer Psychoanalytiker anzeigen«, sagte ich.

Das Gebäude der Medizinischen Fakultät der Wiener Universität ist voller Säulen, kalt und höhlenartig. Wir keuchten unendlich viele Stufen hinauf. Oben drängten sich Dutzende von Psychoanalytikern vor dem Anmeldetresen.

Eine geschäftig-wichtigtuende junge Österreicherin (rotes Dirndl, modische Glitzerbrille) machte jedermann wegen seiner Beglaubigungsschreiben alle nur denkbaren Schwierigkeiten. Sie sprach ein bemühtes Schul-Englisch. Sicherlich war sie die Frau eines österreichischen Teilnehmers. Sie konnte kaum älter als fünfundzwanzig sein, doch lächelte sie mit der ganzen Überheblichkeit einer ›Frau Doktor‹.

Ich legte ihr meinen Brief vom *Voyeur* vor, doch sie wollte mich nicht einschreiben.

»Warum nicht?«

»Weil die Presse nicht zugelassen ist«, sagte sie, Hohn in der Stimme.

»Es tut mir wirklich außerordentlich leid.«

»Das kann ich mir vorstellen.«

Ich spürte Wut in mir aufsteigen und sich in meinem Kopf wie Dampf in einem Schnellkochtopf sammeln. Diese Nazihexe, dachte ich, diese gottverdammte ›Krauttucke‹.

Bennett warf mir einen Blick zu, und der hieß: *immer mit der Ruhe.* Er haßt es, wenn ich mich in der Öffentlichkeit mit Leuten anlege. Doch der Versuch, mich zurückzuhalten, machte mich noch wütender.

»Hören Sie zu – wenn Sie mich nicht reinlassen, werde ich auch *darüber* schreiben.« Ich wußte, daß ich auch ohne Anstecknadel hineingehen konnte, sobald die Konferenz begonnen hatte – also war das Ganze eigentlich recht unwichtig. Außerdem war ich im Grunde gar nicht so erpicht darauf, diesen Artikel zu schreiben. Ich war ein Spion aus der Außenwelt. Ein Spion im Haus der Psychoanalyse.

»Sie wollen doch sicher nicht, daß ich darüber schreibe, daß die Psychoanalytiker *Angst* vor Journalisten haben, nicht wahr?«

»Es tut mir *so* leid«, wiederholte die österreichische Schlampe. »Aber ich darf Sie wirklich nicht hineinlassen ...«

»Sie folgen bloß Ihren Anweisungen, nehme ich an.«

»Ich muß mich nach meinen Instruktionen richten.«

»Sie und Eichmann.«

»Wie bitte?«

Sie hatte mich nicht verstanden.

Jemand anderer *hatte* es verstanden. Ich drehte mich um und sah diesen blonden, zottelhaarigen Engländer mit einer Pfeife im Mundwinkel.

»Wenn Sie nur eine Minute lang Ihre Paranoia zügeln und Charme statt Brachialgewalt einsetzen würden, könnte Ihnen sicherlich

niemand widerstehen«, sagte er. Er lächelte mich an, wie ein Mann lächelt, wenn er noch auf einem draufliegt – nach einem besonders gelungenen Fick.
»Sie müssen Psychoanalytiker sein«, sagte ich, »sonst würden Sie nicht so lässig mit dem Wort Paranoia um sich werfen.«
Er grinste.
Er trug eine sehr dünne, baumwollene, weiße indische *kurtah*, und ich sah darunter sein rotblondes gekräuseltes Brusthaar.
»Kesses Miststück«, sagte er. Dann packte er sich eine Handvoll von meinem Hintern und drückte genüßlich zu.
»Sie haben einen herrlichen Hintern«, sagte er. »Jetzt sorg' ich erst einmal dafür, daß Sie reinkommen.«
Natürlich stellte sich später heraus, daß er in dieser Angelegenheit hier gar nichts zu melden hatte, doch das wußte ich noch nicht. Er tat so geschäftlich und amtlich, daß man meinen konnte, er wäre der Kopf des ganzen Kongresses. In Wirklichkeit war er der Vorsitzende eines Ausschusses, doch was die Presse betraf, hatte er weniger als nichts zu sagen. Aber Presse hin, Presse her – ich wollte bloß, daß er meinen Hintern noch einmal preßte. Ich wäre ihm überallhin gefolgt, nach Dachau, nach Auschwitz, überallhin. Ich warf einen Blick über den Anmeldetresen und sah Bennett in ein ernsthaftes Gespräch mit einem New Yorker Kollegen vertieft.
Der Engländer hatte sich durch die Menge gedrängt und knöpfte sich nun (in meinem Interesse) die Österreicherin vor. Dann kam er zu mir zurück.
»Passen Sie auf – sie sagt, daß Sie warten müssen und mit Rodney Lehmann sprechen. Er ist ein Freund von mir, aus London, und muß jede Minute kommen, also gehen wir doch rüber ins Café, trinken ein Bier und lauern ihm auf.«
»Ich sag's nur rasch meinem Mann«, sagte ich. Das sollte in den kommenden Tagen zu einer Art Kehrreim werden.
Er schien erfreut, daß ich einen Mann hatte, oder doch zumindest nicht unangenehm berührt.
Ich fragte Bennett, ob er nachher auch zu uns ins Café rüberkommen würde (natürlich in der Hoffnung, daß er nicht zu rasch käme), aber er winkte ungeduldig ab. Er unterhielt sich eifrig über Gegenübertragung.
Ich folgte dem Rauch aus der Pfeife des Engländers die Treppe hinunter und über die Straße. Er paffte vor sich hin wie eine Dampflok; die Pfeife schien ihn vorwärts zu treiben. Ich war selig, sein Tender zu sein.
Wir pflanzten uns ins Café – ein Viertel Weißwein für mich, ein Bier

für ihn. Er trug indische Sandalen, dazu dreckige Fußnägel. Er hatte nichts von einem Seelendoktor an sich.
»Wo kommen Sie her?« fragte er.
»Aus New York.«
»Ich meine, Ihre Familie?«
»Warum wollen Sie das wissen?«
»Warum weichen Sie meiner Frage aus?«
»Ich bin nicht verpflichtet, auf Ihre Frage zu antworten.«
»Ich weiß.«
Er paffte an seiner Pfeife und sah in die Ferne. In seinen Augenwinkeln saßen hundert winzige Fältchen, und seine Lippen kräuselten sich zu einer Art Lächeln, auch wenn er gar nicht lächelte. Ich wußte, daß ich zu allem, worum er mich bat, ja sagen würde. Meine einzige Sorge war, daß er nicht rasch genug darum bitten würde.
»Polnische Juden von der einen Seite her, russische von der anderen.«
»Das dachte ich mir. Sie sehen aus wie eine Jüdin.«
»Und Sie sehen aus wie ein britischer Antisemit.«
»Aber nicht doch – ich mag Juden *gern* ...«
»Einige Ihrer besten Freunde ...«
»Jüdinnen sind nämlich so verdammt gut im Bett.«
Mir wollte ums Verrecken keine witzige Entgegnung einfallen. Liebster Jesus, dachte ich, nun ist es soweit. Meine Traumnummer. Der Spontanfick *par excellence.* Worauf in Gottes Namen warteten wir denn noch? Doch sicher nicht auf Rodney Lehmann.
»Ich mag auch Chinesen«, sagte er, »und Sie haben einen gutaussehenden, sympathischen Mann.«
»Vielleicht sollte ich euch verkuppeln, schließlich seid ihr beide Psychoanalytiker. Ihr hättet viel Gemeinsames. Ihr könntet einander unter einem Bild von Freud in den Arsch ficken.«
»Votze«, sagte er. »Aber eigentlich sind's eher Chines*innen,* die mir gefallen – doch Jüdinnen aus New York, die einem guten Clinch nicht abgeneigt sind, sind für mich auch äußerst sexy. Jede Frau, die solchen Krach schlagen kann, wie Sie vorhin, ist ziemlich vielversprechend.«
»Danke.« Zumindest kann ich ein Kompliment als solches erkennen, wenn mir eines gemacht wird. Mein Höschen war feucht genug, um die Straßen von Wien damit aufzuwischen.
»Sie sind der erste, der findet, daß ich jüdisch aussehe«, sagte ich, um die Unterhaltung auf ein neutraleres Gebiet zurückzuführen. (Genug von Sex. Zurück zur Scheinheiligkeit.) Daß er fand, ich sähe jüdisch aus, erregte mich. Gott allein weiß, warum.

»Hören Sie zu – ich bin kein Antisemit, aber *Sie* sind es. Wieso glauben Sie, daß Sie *nicht* jüdisch aussehen?«
»Weil die Leute immer annehmen, ich sei Deutsche – und ich habe mein halbes Leben damit verbracht, Leuten zuzuhören, die jüdische Witze erzählten, in der Annahme, daß ich keine –«
»Genau das ist es, was ich an den Juden hasse«, sagte er. »Sie sind die einzigen, die jüdische Witze erzählen dürfen. Das ist verdammt unfair. Warum sollte *ich* des Vergnügens an masochistischem jüdischen Humor beraubt werden, nur weil ich ein Goi bin?«
Es klang so gojisch, als er Goi sagte.
»Sie sprechen es nicht richtig aus.«
»Was? Goi?«
»Nein, das ist okay, ich meine *masochistisch.*« (Er sagte *mä*sochistisch, wie eben ein Engländer.) »Sie müssen darauf achten, wie Sie jiddische Worte wie *masochistisch* aussprechen«, sagte ich. »Wir Juden sind da sehr empfindlich.«
Wir bestellten jeder eine zweite Runde. Er tat weiterhin so, als hielte er Ausschau nach Rodney Lehmann, und ich ließ ein höchst professionelles Gerede vom Stapel, über den Artikel, den ich schreiben würde. Fast hätte ich mich von neuem selbst überzeugt. Das ist eines meiner größten Probleme. Wenn ich erst mal loslege, um andere Leute zu überzeugen, gelingt mir das zwar nicht immer, doch ich überzeuge mich unweigerlich selbst. Als Angeberin bin ich eine völlige Niete.
»Sie haben wirklich einen amerikanischen Akzent«, sagte er und lächelte sein Schlafzimmerlächeln.
»Ich hab keinen Akzent – *Sie* haben einen –«
»Äck-ssent«, äffte er mich nach.
»Sie können mich mal.«
»Gar keine schlechte Idee.«
»Wie sagten Sie, daß Sie heißen?« (Welcher Satz, wie Sie sich vielleicht erinnern, in Strindbergs *Fräulein Julie* die Klimax einleitet.)
»Adrian Goodlove«, sagte er. Dann wandte er sich plötzlich um und schüttete mir sein ganzes Bier in den Schoß.
»Entschuldigen Sie vielmals«, sagte er immer wieder und wischte mit seinem schmutzigen Taschentuch, mit der Hand und schließlich mit seinem indischen Hemd über den Tisch – das er dann auszog, zusammenknüllte und mir gab, damit ich mein Kleid damit abtupfen konnte. Welche Ritterlichkeit! Doch ich saß bloß da, starrte auf seine rotblonden, gelockten Brusthaare und spürte, wie mir das Bier zwischen die Beine tropfte.

»Es macht wirklich gar nichts«, sagte ich. Was nicht stimmte. Ich fand es himmlisch.

Goodlove, Goodall, Goodbar, Goodbody, Goodchild, Goodeve, Goodfellow, Goodford, Goodfleisch, Goodfriend, Goodgame, Goodhart, Goodhue, Gooding, Goodlet, Goodson, Goodridge, Goodspeed, Goodtree, Goodwine.

Man kann nicht Isadora White Wing (geborene Weiss – mein Vater hatte kurz nach meiner Geburt *Weiss* zu *White* geläutert) heißen, ohne einen Gutteil seines Lebens über Namen nachzudenken.
Adrian Goodlove. Seine Mutter hatte ihm den Namen Hadrian gegeben, und dann hatte sein Vater sie dazu gezwungen, Adrian daraus zu machen, weil das ›englischer‹ klang. Sein Vater legte großen Wert darauf, als Engländer zu gelten.
»Typisch verkniffener, kleinkarierter englischer Mittelstand«, sagte Adrian von seinen Erzeugern. »Sie würden sie gräßlich finden. Ihr ganzes Leben widmen sie dem Bemühen um geregelten Stuhlgang – zu Ehren der Queen. Aber auch da kämpfen sie auf verlorenem Posten. Ihre Arschlöcher sind ständig wie zugegipst.«
Sozusagen zur Bekräftigung des Gesagten ließ er einen lauten Furz. Er grinste. Ich sah ihn starr vor Staunen an. »Sie sind ein waschechter Primitiver«, sagte ich von oben herab, »ein unverbildeter Naturmensch.«
Doch Adrian grinste weiter. Beide wußten wir, daß mir – endlich! – meine Traumnummer über den Weg gelaufen war.

Okay. Ich gebe also zu, daß mein Geschmack, was Männer angeht, fragwürdig ist. Dafür werden weitere Belege in großer Zahl folgen. Doch läßt sich über Geschmack streiten? Und wer kann einem anderen schon wirklich vermitteln, was ihn anzieht, reizt, betört? Es ist, als würde man versuchen, den Geschmack von *mousse au chocolat* zu beschreiben, oder einen Sonnenuntergang, oder wieso man stundenlang vor seinem eigenen Baby sitzen und Gesichter schneiden kann ... Gibt es wohl jemanden, der all das überzeugend zu Papier bringt? Wir nehmen Romeo auf Treu und Glauben hin, und Julian Sorel und den Grafen Wronsky, und selbst Mellors, den Wildhüter. Das Lächeln, das zottige Haar, der Geruch nach Pfeifentabak und Schweiß, die zynische Rede, das verschüttete Bier, der laute Furz im Café .. Mein Mann hat einen wunderbaren Schopf schwarzer Haare und lange, schlanke Finger. Am ersten Abend, als wir uns kennenlernten, packte auch er meinen Hintern (während er sich über neue Tendenzen in der Psychotherapie verbreitete). Im allgemeinen gefallen mir offenbar Männer, die diesen schnellen Übergang vom Geist zur Materie schaffen. Warum Zeit verlieren, wenn die Attraktion in greifbarer Nähe ist? Doch wenn ein Mann, der mir *nicht* gefällt, mich am Hintern packte, wäre ich wahrscheinlich außer mir, vielleicht sogar angewidert. Und wer kann erklären, warum die gleiche Handlung einen in dem einen Falle anwidert und im anderen wohlig erschauern läßt? Und wer kann die Kriterien der Auswahl ›erklären‹? Spinnrige Astrologen versuchen es. Und Psychoanalytiker ebenfalls. Doch ihren Erklärungen scheint immer irgend etwas zu fehlen. Als hätten sie das Wesentlichste ausgelassen.

Nachdem die Betörung vorbei ist, tritt die Ratio wieder in ihre Rechte. Ich war einmal verrückt nach einem Dirigenten mit Schnittlauchhaaren, der nie badete und ein vollkommener Versager im Hinternwischen war. Er hinterließ immer braune Spuren (sozusagen Bremsspuren) auf meinem Bettlaken. Normalerweise stehe ich nicht auf so was, doch bei ihm war es okay – warum, weiß ich bis heute nicht. In Bennett verliebte ich mich zum Teil deswegen, weil er die appetitlichsten Eier hat, die ich je im Mund hatte. Unbehaart und er schwitzt so gut wie nie. Sie könnten (wenn Sie das wollten) aus seinem Arschloch essen (wie vom Fußboden meiner Großmutter). Ich bin also, was meine Fetische angeht, keineswegs festgelegt. Andrerseits werden meine Obsessionen dadurch noch unverständlicher.

Doch Bennett sah in allem das ›Muster‹.

»Dieser Engländer, mit dem du dich da unterhalten hast«, sagte er, als wir wieder in unserm Hotelzimmer waren, »der war ja ganz verrückt nach dir –«

»Wie kommst du darauf?«

Er warf mir einen zynischen Blick zu.

»Na, wie der dich dauernd betatscht hat und so weiter ...«

»Er war der aufdringlichste Dreckskerl, der mir je begegnet ist.« Zum Teil stimmte das sogar.

»Genau – aber du findest aufdringliche Männer immer attraktiv.«

»Wie dich, zum Beispiel?«

Er zog mich an sich und begann, mich zu entkleiden. Ich spürte die sexuelle Erregung, die die unverfrorenen Attacken von Adrian in ihm ausgelöst hatten. Und ich selbst verspürte sie ebenfalls. Dann trieben wir es sozusagen Adrians Schatten zuliebe. Glücklicher Adrian. Vorne mich und Bennett von hinten.

Die Weltgeschichte als Mega-Fick. Ins Bett gehen. Die alte Leier.

Das ergäbe eine noch bessere, weitaus umfassendere Chronik als die Weltgeschichte, gesehen durch die Toilettenbrille. Denn was läuft letzten Endes nicht aufs Ficken hinaus?
Bennett und ich hatten es nicht immer mit Phantomen getrieben. Es gab eine Zeit, da er es mit mir und ich es mit ihm trieb.
Als ich ihn kennenlernte, war ich dreiundzwanzig und bereits geschieden. Er war einunddreißig und noch nie verheiratet gewesen. Der schweigsamste Mann, dem ich je begegnet war. Und der liebevollste. Zumindest hielt ich ihn damals dafür. Was weiß man schon über schweigsame Menschen? Ich stamme aus einer Familie, bei der die am Mittagstisch herrschende Phonstärke einem das Trommelfell für immer lädieren konnte. Und es vielleicht auch getan hat.
Bennett und ich begegneten uns auf einer Party in Greenwich Village. Beide waren wir von anderen Leuten mitgenommen worden, und beide kannten wir die Gastgeberin nicht. Alles fabelhaft und stromlinig, im Schick der sechziger Jahre. Die Gastgeberin war schwarz (man sagte damals noch ›farbig‹) und hatte irgendeinen ebenfalls schicken lukrativen Beruf, irgendwas mit Werbung. Sie war – Modellkleid, goldene Lidschatten – ganz groß aufgemacht. Es wimmelte von Psychoklempnern und Werbeleuten und Sozialarbeitern und Professoren von der New Yorker Uni, die aussahen wie Psychoklempner. 1965: Vor-Hippie- und Vor-*black-is-beautiful*-Zeit. Die Psychoanalytiker und Werbeleute und Professoren trugen noch kurzes Haar und Schildpattbrillen. Sie rasierten sich noch. Die Renommier-Neger ließen sich noch ihre krausen Haare glätten. (O Erinnerung an Vergangenes!)
Ein Freund hatte mich mitgebracht, und bei Bennett war es ebenso. Da mein erster Mann ein Psychopath gewesen war, schien es nur natürlich, daß ich das zweite Mal einen Psychoanalytiker heiraten wollte. Als Gegengift, könnte man sagen. Ein zweites Mal sollte so etwas *mir* nicht passieren. Dieses Mal würde ich jemanden auftreiben, der den Schlüssel zum Unbewußten besaß. Also trieb ich mich mit Psychoklempnern herum. Sie faszinierten mich, da ich annahm, sie wüßten alles, was zu wissen sich lohnt. Und ich faszinierte sie, da sie annahmen, daß ich ein ›schöpferischer Mensch‹ sei (was die Tatsache bezeugte, daß ich auf dem Bildschirm, Kanal 13, erschienen war und eigene Gedichte gelesen hatte – braucht ein Analytiker noch einen anderen Beweis für Kreativität?).
Wenn ich auf mein noch nicht einunddreißigjähriges Leben zurückblicke, sehe ich alle meine Liebhaber paarweise Rücken an Rücken sitzen, wie bei dem Spiel ›Die Reise nach Jerusalem‹. Jeder ein

Gegengift für seinen Vorgänger. Jeder eine Reaktion, jeder ein Rückschlag, jeder eine Enttäuschung.
Brian Stollerman (mein erster Liebhaber und erster Ehemann) war sehr klein, behaart und dunkel und neigte zu einem Bauch. Im übrigen war er ein Bulldozer in Menschengestalt und ein Nonstop-Redner. Immer in Bewegung, immer fünfsilbige Wörter hervorsprudelnd. Er war Mediävist, und bevor man ›Albigenserkriege‹ sagen konnte, erzählte er einem bereits mit übertrieben minuziöser Genauigkeit seine Lebensgeschichte. Brian machte den Eindruck, als höre er nie auf zu reden. Das stimmte allerdings nicht ganz, denn wenn er schlief, war er still. Doch als er schließlich überschnappte (wie wir uns im engsten Familienkreis höflich ausdrückten) oder Anzeichen von Schizophrenie zeigte (wie einer seiner vielen Analytiker sich ausdrückte) oder den tieferen Sinn seines Lebens erkannte (wie er selbst sich ausdrückte) oder einen nervösen Zusammenbruch erlitt (wie sein Doktorvater sich ausdrückte) oder sich-in-einem-Erschöpfungszustand-befand-als-Folge-seiner-Ehe-mit-dieser-jüdischen-Prinzessin-aus-New-York (wie seine Eltern sich ausdrückten) – hörte er nicht einmal auf zu reden, um gelegentlich zu schlafen. Statt dessen verzichtete er auf den Schlaf und hielt auch mich die ganze Nacht mit der Wiederkehr Christi wach und damit, daß Jesus dieses Mal durchaus als jüdischer, am Riverside Drive lebender Mediävist zurückkommen könne.
Wir lebten allerdings am Riverside Drive und Brian war ein faszinierender Unterhalter. Ich war immerhin so sehr mitverstrickt in seine Phantasien, ein so williger Mitspieler in einer *folie à deux*, daß es sieben schlafloser Nächte des Zuhörens bedurfte, ehe mir dämmerte, daß Brian höchstpersönlich Anspruch darauf erhob, der wiedergekehrte Christus zu sein. Auch nahm er es nicht sehr freundlich auf, als ich ihn darauf hinwies, dies sei möglicherweise eine Wahnvorstellung; er hätte mich wegen dieses meines Beitrags zur Unterhaltung fast erwürgt. Nachdem ich wieder zu Atem gekommen war (ich stelle dies hier ein wenig harmloser dar, als es war, damit die Sache weitergeht), versuchte er sich in allerlei Dingen, wie zum Fenster hinaus zu fliegen und auf dem See im Central Park zu wandeln, und schließlich mußte man ihn mit Gewalt in die geschlossene Abteilung bringen und ihn mit Hilfe von Thoracin, Compacin, Stelacin und was den Leuten sonst noch einfiel, ruhigstellen. Anschließend brach *ich* vor Erschöpfung zusammen, zog mich zu einer Liegekur zu meinen Eltern zurück (die angesichts des lodernden Irrsinns von Brian erstaunlich normal geworden waren) und weinte etwa einen Monat lang. Bis ich eines

Morgens erleichtert in der Stille unserer verlassenen Wohnung am Riverside Drive erwachte und mir klar wurde, daß es mir vier Jahre lang nicht möglich gewesen war, mich selbst denken zu hören. Ich wußte jetzt, daß ich nie wieder mit Brian zusammenleben würde – ob er nun weiterhin glaubte, Jesus Christus zu sein oder nicht.

Gatte *numero uno* geht ab. Eine seltsame Prozession von Gegenspielern tritt auf. Doch ich wußte zumindest, wie ich mir *numero due* dachte: als gütige, verläßliche Vaterfigur – als Psychoanalytiker (anstelle eines Psychopathen), als diesseitigen, potenten Beischläfer (als Gegenmittel gegen Brians religiösen Wahn, der das Ficken auszuschließen schien), als schweigsamen Mann (anstelle eines lärmenden Vielredners), als geistig gesunden Nichtjuden (anstelle eines verrückten Juden).

Als Bennett Wing in mein Leben trat – Wing! Flügel! –, war mir, als träumte ich. Er kam sozusagen auf Flügeln des Traumes. Groß, schlank, gut aussehend, dazu fernöstlich-unergründlich. Lange schmale Finger, unbehaarter Sack, die wunderbarsten Hüft-Rotationen beim Vögeln, worin er einfach unermüdlich war. Doch er war auch stumm, und damals war seine Schweigsamkeit Musik für meine Ohren. Woher sollte ich wissen, daß ich ein paar Jahre später das Gefühl haben würde, ich triebe es mit Helen Keller?

Wing. Schon Bennetts Familiennamen fand ich wunderbar. Und es war auch, als hätte er Flügel. Keine Flügel an den Knöcheln, dafür aber einen beschwingten Schwanz. Beim Vögeln glitt er halb schwebend dahin, stieß herab und schraubte sich in mich hinein. Er blieb immer hart und war der einzige Mann, den ich kannte, der nie im Bett versagte, selbst dann nicht, wenn er deprimiert oder verärgert war. Aber warum küßte er mich nie? Und warum sagte er nichts? Ich kam und kam und kam und jeder Orgasmus schien wie aus Eis.

War es zu Beginn anders? Ich glaube schon. Damals betörte mich seine Schweigsamkeit, wie Brians ausufernder Redefluß mich dereinst überwältigt hatte. Kurz vor Bennett gab es jenen Dirigenten, der seinen Taktstock liebte, sich jedoch nie den Hintern wischte, einen florentinischen Weiberhelden (Alessandro der Schwerbestückte), einen blutschänderischen arabischen Schwager (später, später), einen Professor der Philosophie (Universität von Californien) und jede Menge von Einnachtsfliegen. Dem Dirigenten war ich quer durch Europa gefolgt; ich trug ihm seine Partituren hinterher und sah ihm bei seinen Konzerten zu, bis er abhaute und mich wegen einer früheren Pariser Freundin sitzen ließ. So hatten also Musik, Irrsinn und Promiskuität mir seelische Wunden geschlagen. Und der schweigende Bennett war mein Heilmittel. Arzt für meinen Kopf und Psychoanalytiker für meine Möse. Er vögelte und vögelte in ohrenzerreißendem Schweigen. Er hörte zu. Er war ein guter Analytiker. Er kannte alle Symptome von Brian, bevor ich sie nannte. Er wußte, was ich durchgemacht hatte. Und das Erstaunlichste war – er wollte mich, nachdem ich ihm von mir erzählt hatte, immer noch heiraten.

»Such dir lieber ein nettes chinesisches Mädchen«, riet ich ihm. Das hatte nichts mit Rassismus zu tun – ich scheute innerlich wie ein Pferd, wenn ich an die Ehe dachte. Etwas so Dauerhaftes versetzte mich in Schrecken. Sogar das erste Mal, mit Brian, hatte es mich geschreckt, und ich hatte wider besseres Wissen geheiratet.

»Ich will kein nettes chinesisches Mädchen«, sagte Bennett. »Ich will dich.«

(Es stellte sich heraus, daß Bennett in seinem ganzen Leben keine Chinesin ausgeführt, geschweige denn gebumst hatte. Er stand ein für allemal auf Jüdinnen. Solche Männer scheinen mein Schicksal zu sein.)

»Ich bin froh, daß du mich willst«, sagte ich. Dankbar. Ich war ihm wirklich dankbar.

Wann hatte ich damit begonnen, mir vorzustellen, Bennett sei jemand anderer? Irgendwann am Ende unseres dritten Ehejahres. Und warum? Das hatte niemand mir sagen können.

Frage: »Lieber Dr. Reuben: Warum wird das Ficken mit der Zeit immer so fade wie Schmelzkäse?«

Antwort: »Sie scheinen an Nahrungsfetischismus zu leiden, oder was in der Psychoanalyse als ›orale Fixierung‹ bekannt ist. Haben Sie je daran gedacht, sich in entsprechende Behandlung zu begeben?«

Ich schloß meine Augen ganz fest und stellte mir vor, Bennett sei Adrian. Wer B sagt, kann auch A sagen. Wir kamen beide – erst ich, dann Bennett – und lagen dann schwitzend auf dem gräßlichen Hotelbett. Bennett lächelte. Mir war jämmerlich zumute. Was für eine Betrügerin ich doch war! Tatsächlicher Ehebruch konnte nicht schlimmer sein als dieser allnächtliche Betrug. Mit einem Mann schlafen und dabei an einen anderen denken und diesen Betrug verheimlichen – das war weit, weit schlimmer, als es vor den Augen seines eigenen Mannes mit einem anderen zu treiben. Es war dem schlimmsten Treuebruch, dem schlimmsten Verrat an die Seite zu stellen. »Eine Phantasievorstellung, nichts weiter«, würde Bennett wahrscheinlich sagen. »Eine Phantasievorstellung ist nur eine

Phantasievorstellung, und *jeder* Mensch hat Phantasievorstellungen. Nur Psychopathen setzen ihre Phantasievorstellungen in die Tat um, normale Menschen tun das nicht.«

Doch *ich* achte die Phantasie höher. Du bist, was du träumst. Das gilt auch für deine Wachträume. Masters' und Johnsons Tabellen und Diagramme und Zahlenwerte und Blinklichter und Plastikschwänze sagen uns alles über Sex und sagen uns doch nichts darüber. Weil Sex sich ganz und gar im Kopf abspielt. Pulsfrequenzen und Sekretionen haben nichts damit zu tun. Und darum sind auch all die wie wild gekauften Sex-Leitfäden ein solcher Schwindel. Sie bringen den Leuten das Ficken per Unterleib bei, nicht durch den Kopf.

Was spielte es für eine Rolle, daß ich de facto Bennett ›treu‹ war? Was spielte es für eine Rolle, daß ich, seit ich ihn kennengelernt hatte, mit keinem anderen Kerl im Bett war? Ich war ihm mindestens zehnmal die Woche in Gedanken untreu – und mindestens fünfmal davon war ich ihm untreu, während wir vögelten.

Vielleicht stellte sich Bennett ebenfalls vor, ich sei jemand anderer. Das war *sein* Problem. Zweifellos ficken 99% aller Menschen Phantome. Oder doch höchstwahrscheinlich. Das tröstete mich jedoch in keiner Weise. Ich verachtete meine eigene Falschheit, und ich verachtete mich selbst. Im Geiste war ich längst eine Ehebrecherin, ich zögerte bloß mit der Ausführung – aus Feigheit. Das machte aus mir eine Ehebrecherin *und* einen Feigling (Feiglingin?). Wenn ich mit Adrian vögelte, wäre ich zumindest nur eine Ehebrecherin – wie Fontanes L'Adultera (adult?).

Poch, Poch

Wie ich schon sagte, kann Sex unter den drei folgenden Begriffen zusammengefaßt werden: Zeugung, Lust, Stolz. Auf weite Sicht gesehen – die wir immer in unsere Überlegungen mit einbeziehen sollten – ist die Zeugung das Wichtigste, denn ohne Zeugung gäbe es keinen Fortbestand der Menschheit ... So ist also der weibliche Orgasmus nichts als die nervliche Klimax des Sexualverkehrs ... und als solcher vergleichsweise ein beträchtlicher Luxus, den die Natur sich leistet. Man könnte es als eine Art von Lust-Preis betrachten, wie ein Sammelbild in einer Packung Haferflocken. Um so besser, wenn die Zugabe dabei ist, doch die Haferflocken sind auch ohne sie wertvoll und nahrhaft.

– Madeline Gray, Die normale Frau (sic), 1967

Im Traum befand ich mich auf dem Spielplatz im Central Park, wo ich als Kind oft hinging. Adrian und Bennett saßen auf einer Wippschaukel und schwebten auf und nieder.
»Vielleicht sollte sie sich in England analysieren lassen«, sagte Bennett, während sein Ende der Wippe sich hoch in die Luft erhob. »Ich werde Ihnen Reise- und Impfpaß von ihr geben.« Adrians Füße berührten nun den Boden und er begann an der Wippe zu rütteln, wie ein bösartiger großer Junge auf einem Spielplatz für kleine Kinder.
»Hör auf!« schrie ich. »Du tust ihm weh!« Doch Adrian grinste nur und rüttelte weiter. »Siehst du denn nicht, daß du ihm *weh* tust! Hör auf!« wollte ich schreien, doch die Worte blieben unverständlich, wie immer in meinen Träumen. Ich hatte entsetzliche Angst davor, daß Adrian Bennett zu Boden stürzen lassen und ihm dabei das Rückgrat brechen würde. »Bitte, bitte, hör auf!« flehte ich.
»Was ist?« murmelte Bennett. Ich hatte ihn aufgeweckt. Ich sprach immer im Schlaf, und er antwortete mir immer.
»Was ist los?«
»Du hast mit jemand auf einer Wippschaukel gesessen. Ich hatte solche Angst.«
»Ach so.« Er drehte sich auf die andere Seite. Üblicherweise hätte Bennett seine Arme um mich geschlungen, doch jeder von uns lag in seinem eigenen schmalen Bett, getrennt vom anderen, und so schlief Bennett wieder ein.
Ich lag nun hellwach da und hörte die Vögel im Garten hinter dem Hotel lärmen. Zunächst beruhigte und tröstete mich das. Dann fiel mir ein, daß diese Vögel deutsch sangen und schon war ich wieder deprimiert. Im stillen hasse ich das Reisen. Zu Hause bin ich ruhelos, aber kaum fahre ich irgendwo hin, spüre ich über meinen alltäglichsten Verrichtungen ein drohendes Verhängnis lasten. Warum war ich überhaupt nach Europa zurückgekommen? Mein ganzes Leben lag in Scherben. Zwei Jahre lang hatte ich mit Bennett im Bett gelegen und an andere Männer gedacht. Zwei Jahre lang hatte ich mit mir gerungen, ob ich schwanger werden oder für eine Weile meiner Wege gehen und noch etwas mehr von der Welt kennenlernen sollte, bevor ich mich auf etwas von solcher Dauer einrichtete. Wie entschließen sich Frauen zu einem Kind, fragte ich mich. Es ist ein so furchterregender, verantwortungsvoller Entschluß. Und irgendwie auch so ein *anmaßender* Entschluß. Die Verantwortung für ein neues Leben zu übernehmen, wenn man doch gar nicht wissen kann, wie dieses Leben verlaufen wird. Ich nahm an, daß die meisten Frauen schwanger wurden, ohne weiter

darüber nachzudenken, denn wenn sie je erwägen würden, was es bedeutet, kämen ihnen sicherlich die schwersten Bedenken. Ich hatte nie den blinden Glauben daran, daß das Schicksal mir gewogen sei, den andere Frauen offenbar haben. Ich wollte für mein Schicksal immer selbst verantwortlich sein. Schwangerschaft erschien mir wie ein schwerwiegender Verzicht auf Selbstbestimmung. In dir wächst etwas heran, das schließlich von deinem Leben Besitz ergreifen wird. Ich hatte wie zwanghaft so lange Zeit ein Pessar benutzt, daß eine Zufallsschwangerschaft sich für mich ausschloß. Und während der zwei Jahre, in denen ich die Pille nahm, habe ich keinen einzigen Tag übersprungen. So schlampig ich in allen anderen Dingen war – auf diesem Gebiet herrschte bei mir Ordnung. Ich war tatsächlich unter meinen Freundinnen die einzige, die nie abgetrieben hatte. Was stimmte bei mir nicht? War ich ›unnatürlich‹? Mir fehlte bloß der übliche unwiderstehliche weibliche Trieb, den Bauch voll zu kriegen. Das einzige, woran ich dachte, war ich selbst – ich mit meiner Ruhelosigkeit, mit meinen süchtigen Wünschen nach dem Spontanfick und dem Fremden in der Eisenbahn, und dann an ein Baby gebunden! Wie konnte ich einem Baby *das* wünschen?

»Wenn du nicht gewesen wärst, wäre ich heute eine berühmte Künstlerin«, verkündete meine furiose rothaarige Mutter immer wieder. Sie hatte in Paris ein Kunststudium absolviert, hatte sich mit Anatomie und Zeichnen nach Gipsabdrücken, Aquarellmalerei und Graphik beschäftigt, und sogar gelernt, ihre eigenen Farben zu reiben. Sie hatte berühmte Künstler und berühmte Schriftsteller und berühmte Musiker und deren berühmte Schmarotzer kennengelernt (sagte sie). Sie hatte im Bois de Boulogne Nackttänze aufgeführt, in einem schwarzen Samtmantel in *Les Deux Magots* gesessen (sagte sie), war auf den Kotflügeln von Bugattis durch die Straßen von Paris gefahren (sagte sie), war fünfunddreißig Jahre vor Jacqueline Kennedy Onassis auf den griechischen Inseln gewesen (sagte sie), und dann war sie nach Hause zurückgekehrt, hatte einen aus den Appalachen stammenden Alleinunterhalter geheiratet, der im Begriff stand, in der *Tzatzka*-Branche mit allerlei Kitsch-Souvenirs ein Vermögen zu machen und hatte vier Töchter zur Welt gebracht, die alle höchst poetische Namen erhielten: Gundra Miranda, Isadora Zelda, Lalah Justine und Chloe Camille.

War irgend etwas davon meine Schuld?

Mein ganzes Leben lang hatte ich das Gefühl, daß dem so sei. Und vielleicht war ich in gewisser Weise wirklich schuld. Die Nabelschnur verbindet Mutter und Kind nicht nur im Mutterleib. Sie

bleiben weiterhin durch geheimnisvolle Kräfte miteinander verbunden. Wenn meine Generation schon so viel Zeit damit verbringt, an ihren Eltern herumzukritteln, dann sollten wir unseren Eltern vielleicht das gleiche Recht zubilligen.
»Ich wäre eine berühmte Künstlerin geworden, wenn ihr Kinder nicht gewesen wäret«, sagte meine Mutter. Und die längste Zeit habe ich das geglaubt.
Natürlich gab es für sie immer noch das Problem mit ihrem eigenen Vater; er war auch Künstler und über die Maßen eifersüchtig auf ihr Talent. Sie war nach Paris gegangen, um ihm zu entrinnen, warum kam sie also zurück nach New York, zog zu ihm und lebte bei ihm bis zu ihrem vierzigsten Lebensjahr? Sie hatten ein gemeinsames Atelier, und von Zeit zu Zeit übermalte er ihre Bilder (natürlich nur dann, wenn er gerade keine unbenutzte Leinwand zur Hand hatte). Sie hatte sich in Paris dem Kubismus verschrieben und war nun auf dem Wege, einen eigenen, zeitgenössisch beeinflußten Stil zu entwickeln, doch Papa, für den die Malerei mit Rembrandt begann und endete, zog sie so lange damit auf, bis sie ihre Experimente resigniert einstellte und sich aufs Kinderkriegen beschränkte.
»Verdammte moderne Schmiererei«, sagte Papa. »Hochgestochener Quatsch.«
Warum zog sie nicht aus? Ich stellte diese Frage, ohne die schwerwiegende Konsequenz für mich zu vergessen, denn dann wäre ich vielleicht nie geboren worden.
Wir wuchsen in einer weitläufigen, westlich vom Central Park gelegenen 14-Zimmer-Wohnung auf. Das Dach war undicht (wir bewohnten das oberste Stockwerk), alle Sicherungen knallten durch, wenn man das Brot in den Toaster schob, die Badewannen hatten Klauenfüße und die Installation war rostig und vergammelt, der Küchenherd sah aus wie aus einem TV-Werbespot für Eingemachtes nach Großmutterart, und die Fensterrahmen waren so altersschwach und ausgeleiert, daß der Wind hindurchpfiff. Doch es war ein ›Stanford White-Haus‹ mit ›zwei Ateliers (Fenster nach Norden)‹; die Bibliothek war ›holzgetäfelt‹, hatte ›in Blei gefaßte Fensterscheiben‹ und die zwölf Meter hohe Decke im Wohnzimmer war mit ›echtem Blattgold belegt‹. Diese Immobilienmakler-Schlagworte geisterten durch meine Kindheit. Blattgold. Goldblatt. Ein goldenes Blatt. Ich stellte mir ein Ahornblatt aus Gold vor. Aber wie befestigten sie die Blätter an der Decke? Und warum sah es nicht aus wie Blätter? Vielleicht wurden sie zermahlen und Farbe daraus gemacht? Wo aber konnte man ein goldenes Blatt pflücken? Ob sie auf Bäumen aus echtem Gold wuchsen? Mit goldenem Geäst? (Ich

gehörte zu den Kindern, denen Worte wie ›Geäst‹ geläufig waren.)

In der Bibliothek meiner Eltern gab es ein dickes, in großen altmodischen Lettern gedrucktes Buch mit dem Titel *Der goldene Zweig*. Immer wieder blätterte ich vergebens darin, um irgend etwas über ›echtes Blattgold‹ zu finden. Dafür stand eine Menge Zeug über Sex drin. (Das war um die Zeit, als ich *Liebe ohne Furcht* in meiner Kommodenschublade versteckt hielt – unter meinen Unterhemden.)

So blieben wir also bei Mama und Papa (meinen Großeltern) wohnen – wegen der ›nach Norden gelegenen Atelierfenster‹ und des ›echten Blattgoldes‹. Zumindest sagte meine Mutter das. Und unterdessen reiste mein Vater in seinen Tzatzka-Geschäften um die Welt, und meine Mutter blieb zu Hause und kriegte Kinder und schrie mit ihren Eltern herum. Mein Vater entwarf Sektkühler, die aussahen wie Bierkrüge, und Bierkrüge, die aussahen wie Sektkühler. Er entwarf ganze Familien von Keramik-Tieren, die mit dünnen goldenen Kettchen aneinandergekettet waren. Und – erstaunlich genug – er verdiente eine Menge Geld damit. Wir hätten uns leicht eine andere Wohnung nehmen können, doch meine Mutter wollte oder konnte das nicht. Eine dünne Goldkette kettete meine Mutter an ihre Mutter und mich an meine Mutter. Alle hingen wir mit unseren persönlichen Problemen und Schwierigkeiten an ein und derselben (rasch oxidierenden) Goldkette.

Natürlich hatte meine Mutter für all das eine rationale Erklärung – die altehrwürdige Selbstrechtfertigung der Frauen, die vor Talent und Ehrgeiz bersten und ein ums andere Mal schwanger werden.

»Beides kann eine Frau nicht«, sagte sie, »sie muß sich entscheiden. Entweder Künstlerin sein oder Kinder in die Welt setzen.«

Mit einem Namen wie Isadora Zelda lag es auf der Hand, wofür ich mich erwartungsgemäß entscheiden sollte: für all das, was sich ihr geboten und worauf sie verzichtet hatte. Wie konnte ich also mein Pessar ad acta legen und schwanger werden? Was andere Frauen tun, ohne weiter darüber nachzudenken, war für mich ein schwerwiegender Entschluß von großer Tragweite. Es wäre eine Verleugnung meines Namens und meiner Mutter gewesen.

Meine Schwestern waren da anders. Gundra Miranda nannte sich ›Randy‹ und heiratete mit achtzehn. Und zwar einen libanesischen Physiker in Berkeley, Californien, wo sie ihm vier Söhne gebar und dann mit ihrer Familie nach Beirut übersiedelte, wo sie weitere fünf Kinder zur Welt brachte, alles Töchter. Trotz der scheinbaren Aufsässigkeit, die darin lag, daß ein wohlerzogenes, hübsches, jüdisches junges Mädchen aus Central Park West einen ›Kameltreiber‹ heiratete, führte sie in Beirut das normalste Familienleben der Welt. Die drei großen K's – Kinder, Küche, Kirche – waren sozusagen ihr Lebensinhalt, besonders die katholische Kirche, die sie besuchte, um den Arabern nachdrücklich vor Augen zu führen, daß sie nicht Jüdin sei. Nicht, daß die Araber den Katholizismus so besonders geschätzt hätten, aber es war immer noch besser als die andere Alternative. Sowohl meine Schwester als auch mein Schwager Pierre glaubten an Robert Ardrey, Konrad Lorenz und Lionel Tiger, als seien sie Jesus, Buddha und Mohammed. »Instinkt!« sagten sie verächtlich, »nichts als animalischer Instinkt!« Sie verabscheuten inzwischen die Berkeley-Beatniks ihrer Collegezeit und predigten nun das Territorialitätsprinzip, die Unmoral der Empfängnisverhütung und Abtreibung und die Allgegenwärtigkeit des Kampfes. Zuweilen schienen sie tatsächlich an das Ausleseprinzip und das Gottesgnadentum der Könige zu glauben. Im übrigen pflanzten sie sich eifrig fort.

(»Warum sollten Menschen mit *überragenden* Genen Verhütungsmittel benutzen, wenn all die *Unerwünschten* die Welt zu Tode bevölkern?« – dies der ständige Kehrreim, so oft Randy eine neue Schwangerschaft ankündigte.)

Lalah (die zweite, ›mittlere‹, nach mir geborene Tochter) war vier Jahre jünger und hatte einen Neger geheiratet. Doch wie bei Randy war diese unkonventionelle Wahl irreführend. Lalah ging nach Oberlin, wo sie Robert Goddard kennenlernte, wohl der angepaßteste aller angepaßten Neger, seitdem man überhaupt von der Anpassung der Farbigen spricht. Mein Schwager Bob ist zwar schokoladenbraun, doch sein Gemüt ist so weiß wie das Glied eines Ku-Klux-Klan-Mitgliedes. Über Bobs Glied weiß ich allerdings nichts. Daß er auf ein College wie Oberlin geriet, ist für mich einigermaßen verblüffend, wie es vielleicht auch ihn verblüffte. Nach dem College ging er an die Medizinische Fakultät nach Harvard und steuerte bald kurzentschlossen auf das zu, was Geld versprach: auf die orthopädische Chirurgie. Heute verbringt er vier Tage der Woche damit, gebrochene Beine einzurichten und Hüften zu nageln (und enorme Honorare von Unfallversicherungen einzuheimsen). Die restlichen drei Tage wird in einem exklusiven Club geritten, im schicken, jedoch integrierten Vorort von Boston, in dem sie leben.

Und wie sie leben! Umgeben von dem umfassendsten Aufgebot an elektrifiziertem Krimskrams, das sich denken läßt: Eiszerkleinerungsmaschinen, Weinkühler, künstliche Brandungsgeräusche erzeugende Apparate neben dem Bett, automatische Eierköpfer, Luft-

*be*feuchter, Luft*ent*feuchter, automatische Cocktailshaker, ferngesteuerte, auf phantastische Formen programmierte Rasenmäher, Heckenbeschneidungsmaschinen, Apparate, die das Badewasser strudeln lassen, Bidets mit Rücktrittbremse, in denen es wirbelt, gluckst und sprudelt, aus der Wand schießende Rasierspiegel mit Innenbeleuchtung, Farbfernseher, verborgen hinter gerahmten Reproduktionen abgedroschenster moderner Graphik und eine Hausbar in der Halle, die sich selbsttätig aus der Wand schiebt, sobald auf die Türklingel gedrückt wird. Übrigens spielt diese die ersten Takte von ›When the Saints Come Marching In‹ – Bobs einzige Konzession an seine Rassenzugehörigkeit.
Wegen all dieser Apparate und Pferde und Wagen (je einen für sie und ihren Mann und einen dritten für die weiße südamerikanische Haushälterin) nahmen wir alle an, daß ihnen keine Zeit bliebe, es auch nur in *Erwägung* zu ziehen, sich Kinder anzuschaffen – zur Erleichterung meiner Eltern, wie ich glaube. Schon arabische Enkelkinder sind eine Sache für sich, aber die haben zumindest glattes Haar.
Doch wir irrten uns. Lalah hatte zwei Jahre lang Hormonpräparate geschluckt (wie sie später uns und die gesamte Presse wissen ließ) und brachte im vergangenen Jahr Fünflinge zur Welt. Alles andere ist allgemein bekannt. Vielleicht haben Sie sogar einen Artikel im *Time*-Magazin über die ›Goddard-Fünflinge‹ gelesen, in dem sie als »niedlich und kaffeebraun – ein ganzer Arm voll« beschrieben werden.
»Bruch!« hatte Mutter Lalah Justine Goddard (geb. White), 24, geäußert, als ihr mitgeteilt wurde, sie hätte Fünflinge geboren.
Und nun haben Lalah und Bob die Hände voll zu tun, mit gebrochenen Knochen, elektrischen Apparaten, Pferden, sozialem Aufstieg und ihren Fünflingen (denen sie, nebenbei bemerkt, die allergängigsten Namen gaben, die ihnen einfielen: Timmy, Susie, Annie, Jennie und Johnnie). Und Dr. Bob machte mehr Geld als je zuvor, da Mulatten-Fünflinge offenbar der sicherste Weg zum Aufbau einer florierenden ärztlichen Praxis seit der Erfindung der Vitamin-B-Spritzen sind. Was Lalah angeht, so schreibt sie mir einmal im Jahr, warum ich nicht mit dieser ›poetischen Rumfurzerei‹ Schluß mache und statt dessen ›etwas Sinnvolles‹ tue, wie zum Beispiel Fünflinge kriegen.
Nach Randys Araber und Lalahs Neger und der inneren Überzeugung meines ersten Mannes, er sei Jesus Christus, waren meine Eltern doch recht erleichtert, als ich Bennett heiratete. Sie hatten nicht das mindeste gegen seine Rasse, doch um so mehr gegen seine

Religion, die Psychoanalyse. Die (irrige) Annahme, Bennett könne ihre Gedanken lesen, bedrückte sie schwer. Dabei dachte er, wenn er so recht bedeutend und undurchdringlich aussah und sie mit den Blicken zu durchbohren schien, meistens daran, daß der Wagen einen Ölwechsel nötig habe, oder an eine Hühnerbrühe mit Nudeln zum Lunch, oder daran, daß er eigentlich kacken müsse. Doch davon konnte ich sie nie überzeugen. Sie bildeten sich hartnäckig ein, daß er tief in ihre Seelen hineinsehen und all die garstigen Geheimnisse entdecken könne, die sie selbst vergessen wollten.

Bleibt noch Chloe Camille, geboren 1948 und sechs Jahre jünger als ich. Das Nesthäkchen. Chloe mit ihrem scharfen Verstand und ihrer scharfen Zunge und ihrem trägen Unvermögen, irgend etwas damit anzufangen. Schöne, mollige Chloe, mit braunem Haar, blauen Augen und einem makellosen Teint. Mit dem einzigen wirklich wunderbaren Paar Brüste in einer mehr oder weniger flachbrüstigen Familie. Chloe heiratete natürlich einen Juden. Keinen einheimischen Juden etwa, sondern einen Import. (Kein weibliches Familienmitglied würde sich soweit herablassen, den ›Jungen von nebenan‹ zu ehelichen.) Chloes Mann, Abel, ist Israeli deutschjüdischer Abstammung. (Verwandte von ihm besaßen dereinst das Spielkasino von Baden-Baden.) Und Abel trat natürlich in das Tzatzka-Geschäft meines Vaters ein. In ein Geschäft, in dem frühere Alleinunterhalter aus den Appalachen den Ton angaben, brachte er seine im Wharton-College erworbenen Kenntnisse ein. Zunächst protestierten meine Eltern, doch dann, als alle reich und reicher wurden, adoptierten sie ihn. Abel und Chloe hatten einen Sohn, Adam, blond und blauäugig und ganz offensichtlich der Lieblings-Enkel. Zu Weihnachten, wenn alle Familienmitglieder sich in der Wohnung meiner Eltern zusammenfanden, sah Adam aus wie der einzige Arier auf einem Kinderspielplatz der dritten Welt.

So war ich also die einzige kinderlose Schwester, und nie ließ man mich das vergessen. Als Pierre und Randy das letzte Mal mit ihrer Brut zu Besuch in New York waren, kam gerade mein erstes Buch heraus. Mitten in einer unserer üblichen lärmenden Streitereien (über irgend etwas so Idiotisches, daß es das Nachdenken nicht lohnt, worum es ging), nannte Randy meine Gedichte ›onanistisch und exhibitionistisch‹ und warf mir meine ›Sterilität‹ vor.

»Du tust gerade so, als sei Schreiben das Wichtigste auf der Welt«, brüllte sie.

Ich hatte mir vorgenommen, diese eine Woche lang ruhig und abgeklärt und psychologisch weise auf meine Familie zu reagieren,

und setzte alles daran, die fällige Explosion hintan zu halten.
»Randy«, bat ich flehentlich, »ich *muß* daran glauben, daß Schreiben das Wichtigste auf der Welt ist, schon, um überhaupt weiter schreiben zu können, aber niemand verlangt von dir, daß du meine fixe Idee teilst, also warum sollte ich die deine teilen?«
»Schon gut, aber es kommt nicht in Frage, daß ich und mein Mann und meine Kinder in deinen dreckigen Büchern auftauchen, hast du gehört? Ich bring dich um, wenn du mich auch nur darin *erwähnst*. Und wenn *ich* dich nicht umbringe, tut Pierre es. Hast du verstanden?«
Es folgte eine lange, ohrenbetäubende Diskussion über den Gegensatz zwischen Autobiographie und frei erfundener Dichtung, in deren Verlauf ich Hemingway, Fitzgerald, Boswell, Proust und James Joyce anführte – offenbar ohne jeden Erfolg.
»Du kannst deine ekelhaften Drecksbücher nach dem Tode veröffentlichen«, kreischte Randy, »wenn darin auch nur mit *einem* Wort jemand erwähnt wird, der mir im *entferntesten* ähnelt!«
»Ich nehme an, daß du mich jetzt umbringst, um die Veröffentlichung nicht zu verzögern.«
»Ich meine, nachdem *wir* tot sind, nicht du.«
»Ist das eine Einladung zur Enthauptung?«
»Ach, steck dir doch deine literarischen Anspielungen sonstwo rein. Du hältst dich wohl für ungeheuer klug, wie? Bloß, weil du so'n Streber warst und die Nase schon immer in Bücher gesteckt hast und in der Schule gut vorwärtsgekommen bist. Bloß weil du so ehrgeizig bist und mit diesen gräßlichen Intellektuellen und sonstigen Angebern herumtust. Ich hätte genauso viel Talent zum Schreiben gehabt wie du, und das weißt du auch genau, aber ich würde mich doch nie so weit *erniedrigen* und mich der Welt nackt zeigen, wie du das tust. Ich würde nicht *wollen*, daß die Leute meine geheimsten Träume kennen. Ich bin einfach nicht so'ne widerliche *Exhibitionistin* wie du, das ist es ... Und jetzt mach, daß du rauskommst! Raus mit dir! Hast du verstanden?«
»Dies ist zufällig Jiddys und Daddys Wohnung – nicht die deine.«
»Raus! Jetzt hab ich die entsetzlichsten Kopfschmerzen, und du bist schuld!«
Die flachen Hände an die Schläfen gepreßt, rannte Randy ins Badezimmer.
Es war das gute, alte, psychosomatische Ausweichmanöver. Jeder in meiner Familie bedient sich seiner bei jeder sich bietenden Gelegenheit. Ich habe die entsetzlichsten Kopfschmerzen, und du bist schuld! Jetzt habe ich Bauchschmerzen, und du bist schuld! Ich hab

Mösenfäule, und du bist schuld! Ich hab Gehörhalluzinationen, und du bist schuld! Jetzt krieg ich 'nen Herzanfall, und du bist schuld! Ich hab Krebs, und du bist schuld!

Randy kam mit geschmerztem Gesicht aus dem Badezimmer zurück. Sie hatte sich wieder in der Gewalt. Jetzt versuchte sie es mit Toleranz.

»Ich wollte mich nicht mit dir streiten«, sagte sie.

»Ha.«

»Nein, wirklich. Bloß ... du bist immer noch meine kleine Schwester, und ich glaube wirklich, daß du dich auf dem falschen Weg befindest. Ich meine ... ehrlich, du solltest das Schreiben aufgeben und ein Kind haben. Du wirst sehen, es wird dir eine so viel größere Befriedigung und Erfüllung geben als das Schreiben ...«

»Vielleicht hab' ich gerade davor Angst.«

»Wie meinst du das?«

»Sieh mal, Randy, das mag jemandem, der neun Kinder hat, absurd erscheinen, aber ich *entbehre* wirklich nichts, weil ich keine Kinder habe. Ich meine ... ich *liebe* deine Kinder, und auch Chloes und Lalahs Kinder, aber meine Arbeit macht mich zur Zeit glücklich und zufrieden, und ich *möchte* im Augenblick keine andere Befriedigung oder Erfüllung. Es hat *Jahre* gedauert, bis ich gelernt habe, länger als jeweils zwei Minuten am Schreibtisch sitzen zu bleiben, bis ich gelernt habe, mich mit der Einsamkeit und der Angst vor dem Versagen einzurichten, mit der furchtbaren Stille um mich her und dem leeren, weißen Papier vor mir. Und nun, da ich all dem gewachsen bin ... nun, da ich *endlich* so weit bin ... jetzt geht es einfach mit mir durch. Ich *will* im Augenblick keinerlei Störung. Herrgottnochmal! Es hat so lange gedauert, bis ich diesen Punkt erreicht habe ...«

»Hast du im Ernst vor, den Rest deines Lebens auf diese Art zu verbringen? In einem Zimmer hocken und Gedichte schreiben?«

»Warum denn nicht? Ist das schlimmer, als neun Kinder zu haben?«

Sie sah mich verächtlich an. »Von Kindern verstehst *du* weniger als nichts.«

»Und du nichts vom Schreiben.« Ich war mir selbst zuwider, weil das so kindisch klang. Randy gab mir immer das Gefühl, wieder fünf Jahre alt zu sein.

»Aber du würdest es wunderbar finden, Kinder zu haben«, insistierte sie, »glaube mir, wirklich.«

»Ja doch, wahrscheinlich hast du sogar recht! Aber *eine* Ethel Kennedy langt für eine Familie – wozu müssen bei uns denn immer *noch* mehr Kinder her? Und warum sollte gerade *ich* welche haben, wo mir so vieles daran *so* fragwürdig erscheint? Warum soll ich mich dazu *zwingen*? Wem ist damit gedient? Dir? Mir? Den ungeborenen Kindern? Die menschliche Rasse wird nicht gleich aussterben, wenn ich *keine* Kinder kriege.«

»Aber bist du denn gar nicht neugierig darauf, das wenigstens *einmal* zu erleben?«

»Vielleicht schon ... aber diese Neugier bringt mich nicht gerade um. Außerdem, ich hab ja Zeit ...«

»Du bist fast dreißig. Du hast nicht mehr so viel Zeit, wie du glaubst.«

»O Gott«, sagte ich, »du kannst es offenbar wirklich nicht ertragen, daß jemand etwas anders handhabt als du. Warum muß ich das gleiche Leben führen und die gleichen Fehler machen wie du? Darf ich denn verdammtnochmal nicht meine *eigenen* Fehler machen?«

»Was für Fehler?«

»Zum Beispiel, daß du deine Kinder in dem Glauben erziehst, sie seien Katholiken, und ihnen und dir selbst da was vorlügst, daß du verleugnest, wer und was du bist ...«

»Ich bring dich um!« kreischte Randy und stürzte mit erhobenen Armen auf mich zu. Ich rettete mich durch die Halle in die Kleiderkammer, wie ich das als Kind so oft getan hatte. Es kam damals immer wieder vor, daß Randy mich regelrecht verprügelte. (Eines steht fest: wenn ich je Kinder haben sollte, werde *ich* nie den Fehler begehen, mehr als eines zu bekommen. Es heißt zwar, daß ein Einzelkind seinen Status psychologisch schwer verkraftet, doch war es genau das, was ich mir als Kind glühend gewünscht habe – das einzige Kind meiner Eltern zu sein.)

»PIERRE!« hörte ich Randy vor der Kammer brüllen. Ich schloß die Tür ab und machte Licht. Dann kroch ich unter den Zobelpelz meiner Mutter (der nach altem *Joy* und muffigem *Diorissimo* roch) und ließ mich im Türkensitz zwischen all den Schuhen und Stiefeln nieder. Über mir befanden sich noch zwei weitere Kleiderstangen mit Mänteln, bis hoch zur Decke hinauf. Alte Pelzmäntel, englische Kindermäntel mit kniehohen Ledergamaschen, Anoraks für den Wintersport, Regencapes, Trenchcoats, mit Unterschriften bekritzelte lange Regenmäntel aus unseren Zeltlagertagen, Blazer aus der Schulzeit mit eingenähtem Namensschild unter dem Aufhänger und vergessenen Schlittschuhschlüsseln in den Taschen, Abendmäntel aus Samt, Brokatmäntel, Kamelhaarmäntel, Nerzmäntel ... fünfunddreißig Jahre wechselnder Mode und vier erwachsene

Töchter ... fünfunddreißig Jahre des Kaufens und Verschwendens und des Kinder-Aufziehens und des Herumschreiens ... und was hatte meine Mutter dafür vorzuweisen? Ihren Zobel, ihren Nerz und ihren heimlichen Groll?

»Isadora!« Jetzt war es Pierre. Er klopfte an die Tür.

Ich saß, die Arme um die Knie geschlungen, auf dem Boden und wiegte mich vor und zurück. Dieser wunderbare Geruch nach Mottenkugeln und *Joy*.

»Isadora!«

Manchmal hätte ich wirklich gern ein Kind, dachte ich. Ein sehr gescheites, verständiges und amüsantes kleines Mädchen, das zu der Frau aufwachsen würde, die ich nicht sein konnte. Ein sehr selbständiges kleines Mädchen ohne Schrammen im Hirn oder in der Psyche, ein Kind, das weder abstoßend unterwürfig ist, noch sich unter Einsatz weiblicher Waffen einzuschmeicheln sucht. Ein kleines Mädchen, das sagt, was es meint, und meint, was es sagt, das weder biestig noch servil ist, da es weder sich selbst noch seine Mutter haßt.

»Isadora!«

Was ich wirklich wollte, war, *mich selbst* gebären – das kleine Mädchen, das ich in einer anderen Familie, in einer anderen Umwelt hätte werden können. Ich umschlang mit beiden Armen meine Knie. Hier fühlte ich mich auf merkwürdige Weise sicher – hier, unter dem Pelzmantel meiner Mutter.

»Isadora!«

Warum mußten sie mich immerzu bedrängen und es darauf anlegen, mich in die gleichen Verhaltensmuster zu pferchen, die sie selbst so unglücklich gemacht hatten? Ich würde ein Kind haben, wenn ich innerlich dazu bereit war. Und wenn diese Bereitschaft sich nicht einstellte, dann eben nicht. Ist ein Kind etwa eine Garantie dafür, daß einem Einsamkeit oder Leid erspart bleibt? Gab es das überhaupt? Wenn sie mit ihrem Leben so zufrieden waren, warum versuchten sie dann immerfort, einen zu bekehren? Warum bestanden sie darauf, daß jeder sich an ihnen ein Beispiel nimmt? Warum dieser gottverdammte missionarische Eifer?

»Isadora!«

Warum hatten meine Schwestern und meine Mutter sich offenbar verschworen, über meine Leistungen zu spotten und mir einzureden, sie stünden mir nur im Wege. Ich hatte einen Band Gedichte veröffentlicht, die sogar ich selbst immer noch akzeptieren konnte. Sechs Jahre schreiben und verwerfen, schreiben und ändern, im redlichen Bemühen, tief und immer tiefer in sich selbst einzudringen. Und Leser hatten mir Briefe geschrieben und mich mitten in der Nacht angerufen, um mir zu sagen, daß das Buch von Belang, daß es mutig und ehrlich sei, daß *ich* mutig und ehrlich sei. Mutig! Und ich kauerte hier in einer Kleiderkammer! Doch für meine Angehörigen war ich ein Versager, weil ich keine Kinder hatte. Es war absurd. Ich wußte, daß es absurd war. Doch etwas in mir repetierte diesen (ihren) Katechismus. Etwas in mir entschuldigte sich bei all den Menschen, die mich zu meinen Gedichten beglückwünschten, etwas in mir sagte: *»Oh, aber vergessen Sie nicht ... ich habe keine Kinder.«*

»Isadora!«

Fast dreißig. Fremde halten mich zuweilen für fünfundzwanzig, doch mir selbst entgehen die unbarmherzigen Anzeichen des nahenden Alters nicht, das Sich-Nähern des Todes, die schrittweise Vorbereitung auf die Nicht-Existenz. Schon weist meine Stirn feine Furchen auf. Ich kann sie mit den Fingern glätten, doch gleich darauf sind sie wieder da. Unter den Augen macht sich ein Gespinst von haarfeinen Linien bemerkbar: hauchzarte Fältchen, ein Miniaturhalbmond beginnt sich abzuzeichnen. In meinen Augenwinkeln eine, zwei, drei spinnwebdünne Linien, wie von einer spitzen Zeichenfeder gezogen, mit unsichtbarer Tinte. Kaum wahrnehmbar – außer für den Künstler selbst. Und die Bewegungen des Mundes sind festgelegter, als sie es waren. Ein Lächeln braucht mehr Zeit, um zu schwinden. Als ob das Altern sich vor allem in zunehmender Starre ausdrücke. Das Gerinnen des Mienenspiels zu vorbestimmten Mustern, als würfe die Todesstarre ihre grauen Schatten voraus. Oh, an der Kinn-Hals-Linie ist noch nichts zu bemängeln ... aber läuft da nicht eine feine, fast unsichtbare Kette rings um den Hals? Die Brüste sind noch fest, aber wie lange noch? Und die Möse? Die wird sich am längsten halten. Die wird noch allen Anforderungen gewachsen sein, wenn auf den Rest niemand mehr den geringsten Wert legt.

Es ist sonderbar, wie ich, trotz meines Widerstandes gegen eine Schwangerschaft, in meiner eigenen Möse zu leben scheine. Alles, was in meinem Körper an Veränderungen vor sich geht, beschäftigt mich. Nichts bleibt unbemerkt. Zum Beispiel weiß ich offenbar genau, wann bei mir der Eisprung eintritt. In der zweiten Woche des Zyklus verspüre ich ein leises *Ping* und dann eine Art von kribbelndem Schmerz im Unterleib. Einige Tage später entdecke ich öfters einen winzigen Blutfleck in der kleinen Gummimulde meines Pessars. Ein leuchtend roter Punkt, die einzig sichtbare Spur des Eies, aus dem ein Baby hätte werden können. Dann wallt Trauer in

mir auf, Trauer, die sich fast nicht beschreiben läßt. Trauer und Erleichterung. Ist es wirklich besser, nicht geboren zu sein?
Das Pessar ist für mich so etwas wie ein Fetisch geworden, ein geheiligter Gegenstand, eine Schranke zwischen meinem Schoß und dem Mann. Irgendwie empört mich die Vorstellung, *sein* Kind gebären zu müssen. Soll er sein Kind doch selbst gebären. Wenn ich ein Baby bekomme, soll es ganz und gar *mein* Baby sein. Ein Mädchen wie ich, aber vollkommener. Ein Mädchen, das irgendwann seine eigenen Babys wird haben können. Es ist nicht das Kinderkriegen als solches, das mir so unfair vorkommt, sondern daß es für den Mann geschieht. Kinder, die *seinen* Namen bekommen. Kinder, die einen durch die Mutterliebe an einen Mann ketten, dem man, bei Strafe des Verlassenwerdens, zu Gefallen und dienstbar zu sein hat. Und Liebe ist schließlich das stärkste Band, das Band, das am meisten scheuert und am längsten hält. Und dann säße ich endgültig in der Falle. Die Geisel meiner eigenen Gefühle und meines eigenen Kindes.
»Isadora!«
Doch vielleicht war ich bereits eine Geisel, die Geisel meiner Phantasie. Die Geisel meiner Ängste. Die Geisel meiner Fehlurteile. Was heißt es denn, eine Frau zu sein? Wenn es das hieß, was Randy oder meine Mutter waren, dann wollte ich das nicht sein. Wenn damit brodelnder Groll und Vorträge über die Freuden des Kinderkriegens gemeint waren, dann wollte ich das nicht sein. Dann schon viel lieber eine intellektuelle Nonne.
Doch der Status der intellektuellen Nonne macht auch keinen rechten Spaß. Sie läuft Gefahr zu vertrocknen. Und welche Möglichkeiten gab es sonst? Warum wies mich keiner auf sie hin? Ich hob den Kopf, und mein Kinn streifte den Saum des Zobelpelzes meiner Mutter.
»Isadora!«
»Okay. Ich komme.«
Ich trat aus der Kammer und vor mir stand Pierre.
»Entschuldige dich bei Randy!« sagte er. Es klang wie ein Befehl.
»Wofür?«
»Für all die ekelhaften Gemeinheiten, die du mir gesagt hast!« schrie Randy mit gellender Stimme. »Entschuldige dich!«
»Ich hab nur gesagt, daß du verleugnest, wer und was du bist und daß ich nicht so sein möchte wie du. Wieso bedarf es da einer Entschuldigung?«
»Entschuldige dich!« brüllte sie.
»Wieso?«

»Seit wann legst du so großen Wert darauf, Jüdin zu sein? Seit wann bist du so gottverdammt fromm?«
»Ich bin nicht so besonders fromm«, sagte ich.
»Warum machst du dann so'n Wirbel?« Pierre bediente sich nun seines melodischsten nah-östlich-französischen Akzents.
»Ich habe diesen heiligen Kreuzzug zur höheren Ehre des wahren Glaubens ja nicht begonnen – das habt *ihr* getan. *Ich* versuche nicht, euch zu irgend etwas zu bekehren. Ich versuche bloß, mein eigenes Leben zu führen – soweit sich das in diesem ganzen Tohuwabohu überhaupt machen läßt.«
»Aber Isadora«, schmeichelte Pierre, »darum geht es ja – wir versuchen doch, dir dabei zu *helfen.*«

In der Nähe des Schwarzwaldes

Kinder im zarten Alter wurden unweigerlich liquidiert, da sie aufgrund ihrer Jugend unfähig waren zu arbeiten ... Sehr oft versteckten Frauen ihre Kinder unter ihrer Kleidung, doch wenn wir sie entdeckten, wurden diese Kinder selbstverständlich ebenfalls liquidiert. Wir waren angewiesen, diese Liquidierungen in aller Heimlichkeit durchzuführen, doch der üble, ekelerregende Gestank, den die ständigen Leichenverbrennungen hervorriefen, verpestete die gesamte Umgebung, und die Bevölkerung der umliegenden Ortschaften wußte, daß in Auschwitz Liquidierungen vorgenommen wurden.

Eidesstattliche Erklärung des SS-Obersturmführers Rudolf Höß
5. April 1946, Nürnberg

8.29 nach Frankfurt
Europa: staubiger Plüsch,
Erste-Klasse-Wagen
mit erklassigem Staub.
Und der Schaffner
gleicht einem rosa
Marzipanschwein
und geht
im Stechschritt
den Gang hinunter.
FRÄULEIN!
Vier Umlaute treffen mein Ohr,
und der rote Lacklederriemen
schräg über seiner Brust
macht ein zuschnappendes Geräusch
wie ein zurückschnellendes Gummiband.
Und der Schirm seiner Dienstmütze
sticht zu wie ein Horn.
Die Mütze:
eine päpstliche Krone,
eine himmelwärts ragende Tiara,
die absolute Autorität
für sich beansprucht,
das Gottesgnadentum
der Bundesbahnschaffner.
FRÄULEIN!
E pericoloso sporgersi.
Nicht hinauslehnen.
Il est dangereux ...
unermüdlich wiederholen es
die Räder.
Doch so dumm bin ich nicht.
Ich weiß, wo die Geleise enden
und der Zug sich im Schweigen verliert.
Ich weiß, die Station wird
keinen Namen haben.
Mein Haar ist so arisch
wie Haar es nur sein kann,
mein Name: Erica – *Heidekraut.*
Mein Paß, meine Augen
sind blauer als der
bayrische Himmel.
Doch er sieht
den Davidsstern
in meinem Nabel.
Lasziv. Bauchtanz.
Ich trage ihn
für den letzten Strip-tease.
FRÄULEIN!

Jemand rüttelt mich wach.
Meine feige Hand,
fast hätte sie
vor dieser
bedrohlichen kleinen Uniform
von einem Mann salutiert.
Schönes Wetter heute,
sagt er und nickt
in Richtung der
verschleierten Bauernhöfe,
weit jenseits der Fenster.
Ein leises Knacken –
er knipst meine Fahrkarte,
dann lächelt sein Mopsgesicht
auf mich herunter
im Licht der Sonne,
das plötzlich sanft
und milde ist
wie Hühnerbrühe.

Bevor ich in Heidelberg lebte, machte es mir eigentlich nichts aus, Jüdin zu sein. Oh, an gewissen Erinnerungen fehlt es nicht: meine Großmutter, die meine Hände einseifte und sagte, sie wasche ›die Nazibazis‹ weg, womit sie die Bazillen meinte. Meine Schwester Randy dachte sich ein Spiel aus, das ›Vor den Deutschen davonlaufen‹ hieß. Wir zogen unsere wärmsten Sachen an, packten unsere kleine Schwester Chloe in den Puppenwagen und machten uns Brote mit Apfelmus, die wir dann, in der duftenden Tiefe des Wäscheschrankes hockend, verspeisten, in der Hoffnung, daß unsere Vorräte so lange reichen würden, bis der Krieg vorbei wäre und die Alliierten kämen. Dazu eine flüchtige Erinnerung an meine Intima Gillian Battcock (5), deren Eltern zur Anglikanischen Kirche gehörten und die einmal sagte, sie könne nicht mit mir in einer Wanne baden, weil »Juden immer Pipi ins Badewasser machen«. Doch im großen und ganzen hatte ich eine recht ›ökumenische‹ Kindheit. Die Freunde meiner Eltern waren von verschiedenster Hautfarbe, Konfession und Rasse – wie die meinen. Ich muß den Ausdruck ›Family of Man‹ schon gekannt haben, bevor meine Windeln trocken waren. Obwohl bei uns zu Hause hin und wieder jüdisch gesprochen wurde, so doch nur als eine Art Geheimsprache, falls das Dienstmädchen etwas nicht verstehen sollte. Manchmal sprachen die Erwachsenen auch jiddisch, um uns Kinder irrezuführen, doch wir, mit dem stark entwickelten Gespür der meisten Kinder begabt, errieten den Inhalt, auch wenn wir die einzelnen Worte nicht verstanden. Die Folge davon war, daß wir fast kein Jiddisch lernten. Ich mußte erst *Goodbye, Columbus* lesen, um das Wort Schmonzes, und *Das Zauberfaß*, um etwas von der Zeitung *The Forward* zu hören. Ich war vierzehn, als ich zum erstenmal an einem *Bar-Mizwah* teilnahm (es handelte sich um einen Vetter in Spring Valley, N.Y.) und meine Mutter mit Kopfschmerzen zu Hause blieb. Mein Großvater, ein ehemaliger Marxist, der daran glaubte, daß Religion Opium für das Volk sei, verbot meiner Großmutter jedweden ›religiösen Quatsch‹, und dann (als Achtziger und rührseliger Zionist) beschuldigte er mich, eine ›gottverdammte Antisemitin‹ zu sein. Natürlich war ich keine Antisemitin. Ich empfand mich bloß nicht als sonderlich jüdisch und konnte nicht verstehen, warum ausgerechnet *er* plötzlich daherredete wie Chaim Weizmann. Meine Jungmädchenzeit (verbracht im Ferienlager der Hochschule für Musik und bildende Kunst, sowie als Freizeitbetreuerin, angestellt von der Ferienstiftung des *Herald Tribune*) fiel in die glorreichen Tage, als unweigerlich ein Farbiger zum Klassensprecher der Oberstufe gewählt wurde und es den gesellschaftlichen

Status ungeheuer hob, andersrassige Freunde und Flirts zu haben. Nicht, daß ich die Heuchelei dieser Diskriminierung mit umgekehrtem Vorzeichen nicht durchschaut hätte – aber trotzdem trug ich das meine an ehrlich gemeinter Integration bei. Ich betrachtete mich als Anhängerin des Internationalismus und Fabianische Sozialistin, als Freund der Menschheit (die damals ausschließlich aus Männern zu bestehen schien) – kurz: als Philanthropin. Ich wand mich innerlich, wenn ich bornierte jüdische Chauvinisten darüber palavern hörte, daß Marx und Freud und Einstein alle Juden waren und daß Juden die überlegenen Gene und Gehirne hätten. Mir war es klar, daß man minderwertig ist, sobald man sich besser dünkt als andere, und daß es ein sicheres Zeichen für Durchschnittlichkeit ist, wenn man sich selbst für *über*durchschnittlich hält.

Seit meinem zweiten Lebensjahr hatten wir jede Weihnachten einen Christbaum. Bloß, daß wir nicht die Geburt Christi feierten, sondern (wie meine Mutter sagte) die ›Wintersonnenwende‹, das Julfest. Gillian, die unter *ihrem* Weihnachtsbaum eine Krippe stehen hatte (seine Spitze zierte der Stern von Bethlehem), brach deswegen eine hitzige Kontroverse mit mir vom Zaun. »Die Wintersonnenwende gab es schon *vor* Jesus Christus«, plapperte ich beherzt meiner Mutter nach. Die arme, unaufgeklärte Person, Gillians Mutter, hatte auf ihr Jesuskind und der jungfräulichen Geburt bestanden. Zu Ostern suchten wir gefärbte Eier, doch wir feierten nicht die Auferstehung Christi, sondern ›das Frühlings-Äquinoktium‹ – die Wiedergeburt des Lebens, die Frühlingsriten. Wenn man meiner Mutter so zuhörte, hätte man uns für Druiden halten können.

»Was wird mit den Menschen, wenn sie sterben?« fragte ich sie.

»Sie sterben nicht wirklich«, sagte sie. »Sie werden wieder zu Erde, und nach einer Weile werden sie wiedergeboren, als Gras oder vielleicht sogar als Tomaten.« Das war höchst sonderbar und beunruhigend. Zwar war es in gewisser Weise tröstlich, sie sagen zu hören »sie sterben nicht wirklich«, aber wer wollte schon eine *Tomate* sein? War mir *das* vorherbestimmt? Eine Tomate zu werden, mit all diesen glitschigen Kernen?

Aber wie dem auch sei: es war die einzige Religion, die ich kannte. Wir waren nicht wirklich Juden, wir waren Heiden und Pantheisten. Wir glaubten an die Reinkarnation, an die Seele von Tomaten und sogar (und das in den vierziger Jahren!) an Ökologie. Und trotz all dem begann ich mich von dem Augenblick an, da ich mich auf deutschem Boden befand, ganz intensiv als Jüdin zu fühlen – und dazu reichlich paranoid (ist das vielleicht dasselbe?).

Plötzlich fuhren die Leute im Bus nicht einfach nach Hause, sondern zu Häusern, in denen sie heimlich schmucke, kleine Sammlungen von Goldzähnen und Trauringen hüteten ... Die Lampenschirme im *Hotel Europa* waren so verdächtig fein genarbt ... Die Seife in der Toilette vom *Silbernen Hirsch* roch sonderbar ... Die makellos sauberen Eisenbahnwagen waren in Wirklichkeit dunkle, enge, übelriechende Viehwagen ... Der Schaffner mit seinem Gesicht wie ein rosafarbenes Marzipanschweinchen würde mich nicht aussteigen lassen ... Der Stationsvorsteher mit seiner bedrohlich aufragenden Mütze würde unter irgendeinem Vorwand meine Papiere kontrollieren und mich dann eiligst einem jener Polizisten in grünem Mantel und schwarzen Lederstiefeln mit dazu passender Peitsche überantworten ... Der Zollbeamte an der Grenze würde mich sicherlich aufhalten, meinen kleinen versteckten Vorrat von Lomotil, schmerzstillenden Mitteln, Schwefeltabletten, V-Cillin und Librium aus der Army-Apotheke entdecken – die übliche Versorgung mit Naschwerk für eine Reise nach Italien – und mich in eine versteckte Höhle unter den Alpen bringen, wo ich auf grausam-raffinierte Weise gefoltert werden würde, bis ich gestand, daß an mir – abgesehen von meinem Heidentum, meinem Pantheismus und meiner profunden Kenntnis der englischen Poesie – jeder Zoll so jüdisch sei wie an Anne Frank.
Im Rückblick gesehen liegt es auf der Hand, daß Bennett und ich unseren Aufenthalt in Heidelberg und auch unsere Heirat den Machenschaften verdankten, mit denen die Regierung die amerikanische Öffentlichkeit hinters Licht geführt hatte – was die *Pentagon Papiere* später an den Tag brachten. Mit anderen Worten: wir heirateten als direkte Folge davon, daß Bennett eingezogen wurde – und eingezogen wurde er als direkte Folge der Aufstockung des Truppenkontingents für Vietnam in den Jahren 1965/66, was wiederum die direkte Folge davon war, daß die Regierung die amerikanische Öffentlichkeit hintergangen hatte. Doch wer wußte das damals? Wir argwöhnten es zwar, doch hatten wir keine Beweise. Statt dessen gab es ironischerweise Schlagzeilen, die uns versicherten, daß die Aufstockung der Truppen »den Krieg beenden und den dauernden Frieden sichern« würde. Es gab lapidare Nachrichten, wie zum Beispiel: »Die Siedlung mußte zerstört werden, um sie vor dem Untergang zu bewahren.« Wir hatten ebenso redegewandte Aktivisten wie alle die, die später auftauchten. Doch einen Beweis – schwarz auf weiß auf der Titelseite der *Times* –, den hatten wir nicht.
Bennett, ein Kinderpsychiater, der seine Ausbildung zum Psycho-

analytiker erst zur Hälfte hinter sich hatte, wurde also mit einunddreißig eingezogen. Wir kannten einander drei Monate. Beiderseitige unglückliche Liebesaffären hatten uns einander in die Arme getrieben. Dazu kam bei mir eine unter katastrophalen Umständen in die Brüche gegangene erste Ehe. Wir hatten es gründlich satt, allein durch die Welt zu stolpern, wir hatten Angst vor der Einsamkeit, wir verstanden uns blendend im Bett, wir fürchteten uns vor der Zukunft, wir heirateten einen Tag, bevor Bennett nach Fort Sam Houston einrücken mußte.

Unsere Ehe war von Anfang an absonderlich. Wir hatten uns beide Rettung erhofft. Und nun klammerten wir uns aneinander und drohten beide zu ertrinken. Schon in wenigen Tagen standen wir uns feindlich gegenüber. Von Verbalinjurien gingen wir rasch zu tödlichem Schweigen über, unterbrochen von leidenschaftlichen Umarmungen (erstaunlicherweise blieb unsere Bettbeziehung davon unberührt). Beide wußten wir nicht so recht, in was wir da hineingeschlittert waren, und warum.

Bevor wir nach Heidelberg kamen, war das Drum und Dran der beiden ersten Monate unserer Ehe ebenso sonderbar wie die Gründe, die uns zu dieser Heirat bewogen hatten. Da waren wir nun, zwei verschreckte, geradewegs von Manhattan nach San Antonio, Texas, verpflanzte Großstädter. Bennett wurden die Haare geschoren, man steckte ihn in Army-Grün und er war gezwungen, sich Stunde um Stunde anzuhören, wie und was ein Militärarzt zu sein habe – etwas, was er von ganzem Herzen verabscheute.

Ich blieb ›zu Hause‹, in einem sterilen Motel außerhalb von San Antonio, sah fern, pusselte an meinen Gedichten herum und in mir ballte sich ohnmächtige Wut. Wie die meisten New Yorker Mädchen hatte ich nie Autofahren gelernt. Ich war vierundzwanzig und in einem Motel in Texas gestrandet, vor mir einen von der Sonne ausgedörrten Streifen der Schnellstraße San Antonio – Austin. Ich schlief bis halb elf, stand auf, sah mit einem Auge fern, während ich mein Gesicht sorgfältig zurechtmachte (für wen?), ging hinunter und stopfte mich mit einem texanischen *brunch* voll (Pfannkuchen, Würstchen und Hafergrütze), zog meinen Badeanzug an (der mir knapp und knapper wurde) und ließ mich etwa zwei Stunden von der Sonne braten. Anschließend schwamm ich fünf Minuten im Swimming-pool und ging wieder hinauf, um mich meinem ›Werk‹ zu stellen. Doch es war mir fast unmöglich zu arbeiten. Die Einsamkeit des Schreibens machte mir Angst. Jeder Vorwand, dem zu entrinnen, war mir recht. Ich hatte kein Gefühl dafür, ob ich nun wirklich

eine Schriftstellerin war, ich glaubte nicht an meine diesbezüglichen Fähigkeiten. Es war mir damals nicht klar, daß ich mein ganzes Leben lang ›geschrieben‹ hatte. Mit acht hatte ich damit begonnen, mir kleine Geschichten auszudenken, sie zu Papier zu bringen und zu illustrieren. Seit ich zehn war, führte ich ein Tagebuch. Ab dreizehn war ich eine eifrige und sarkastische Briefschreiberin, und während meiner Jungmädchenzeit imitierte ich vorsätzlich die Briefe von Keats und G.B.S. Mit siebzehn, als ich mit meinen Eltern und meinen Schwestern in Japan war, schleppte ich meine Olivetti-Reiseschreibmaschine mit und trug jeden Abend die Eindrücke des Tages in ein Ringbuch ein. Während meines Senior-Jahres im College (wo ich die meisten Preise für Lyrik gewann und das literarische Magazin herausgab) begann ich, Gedichte in kleinen literarischen Zeitschriften zu veröffentlichen. Und doch ... ungeachtet der augenfälligen Tatsache, daß ich vom Schreiben wie besessen war, ungeachtet der Briefe von literarischen Agenten, die anfragten, ob »ich an einem Roman arbeite«, glaubte ich keineswegs wirklich an die Ernsthaftigkeit meiner Berufung.
Statt dessen ließ ich mich dazu breitschlagen, meinen Doktor zu machen. Der Doktor wurde als todsichere Sache betrachtet, als etwas ›fürs Leben‹ (wie ein Baby?) – bevor man sich der Dichtkunst hingab. Was für ein aufgelegter Schwindel – wie ich es heute sehe! Doch damals erschien es als ein vernünftiger, kluger und verantwortungsbewußter Schritt. Ich war so zwanghaft eifrig und lernbegierig, daß meine Professoren mich immerzu mit Stipendien köderten. Wie gern hätte ich das abgelehnt, aber ich hatte nicht den Mumm dazu. Und so verschwendete ich zweieinhalb Jahre an den *Master of Arts* und einen Teil des Dr. phil., bevor mir aufging, daß das Studium meinem Bildungsgang entschieden im Wege stand.
Die Heirat mit Bennett befreite mich aus diesem Dilemma. Ich unterbrach mein Studium, um ihm zur Army zu folgen. Was konnte ich anderes tun? Nicht daß ich mein Stipendium hätte aufgeben wollen – es war die geschichtliche Entwicklung, die mir einen Tritt in den Hintern versetzte. Durch die Heirat mit Bennett entkam ich New York, entkam ich meiner Mutter und der Englischen Fakultät der Columbia-Universität, entkam ich meinem Ex-Gatten und meinen Ex-Beischläfern – die inzwischen für mich alle irgendwie identisch miteinander waren. Ich wollte raus aus dem Ganzen, fliehen. Und Bennett war, unter anderem, das Mittel zum Zweck. Diese Tatsache belastete schon den Beginn unserer Ehe erheblich.

In Heidelberg richteten wir uns häuslich ein, in einer trostlosen amerikanischen Neubausiedlung in einem kurz nach dem Kriege entstandenen Stadtviertel (weitab von der wunderschönen Altstadt unterhalb des Schlosses, die die Touristen zu sehen bekommen). Fast alle unsere Nachbarn waren Captains in der Army und deren Anhang. Mit einigen wenigen bemerkenswerten Ausnahmen waren es die aufmerksamsten, rücksichtsvollsten Menschen, unter denen ich je gelebt habe. Die Kinder waren aufreizend freundlich und höflich. Die Ehemänner eilten einem galant zu Hilfe, um den in einer Schneewehe steckengebliebenen Wagen wieder flottzumachen, oder sie trugen einem schwere Kartons die Treppe hinauf. Um so erstaunlicher war es dann, sie sagen zu hören, daß das Leben in Asien billig sei, daß die amerikanischen Bomber dem Viet Cong die Hölle heiß machen sollten, und nicht zu knapp, und, schließlich, daß Soldaten dazu da seien, ihren Job gut zu machen, und nicht, um politische Meinungen zu haben. Sie betrachteten Bennett und mich wie Wesen von einem andern Stern und so ähnlich kamen wir uns auch vor.

In nächster Nähe lebten unsere anderen Nachbarn, die Deutschen. 1945, als sie noch Militaristen waren, hatten sie die Amerikaner gehaßt, weil sie den Krieg gewonnen hatten. Jetzt, 1966, waren die Deutschen Pazifisten (zumindest soweit es um andere Nationen ging) und haßten die Amerikaner wegen ihres Engagements in Vietnam. Die Ironie der Situation nahm rasch ein Ausmaß an, das kaum noch zu verarbeiten war. Wenn das Leben in San Antonio schon sonderbar genug gewesen war, so war es in Heidelberg noch tausendmal sonderbarer. Wir lebten zwischen zwei Gruppen von Feinden und waren beide so unglücklich, daß auch wir einander feind wurden.

Wenn ich die Augen schließe, kann ich mir die Mittagsstunde in Mark Twain Village, Heidelberg, mit allen Einzelheiten ins Gedächtnis zurückrufen. Der Geruch nach Fertigmahlzeiten in den Gängen. Der AFN, der die letzten *football*-Ergebnisse und die (nach oben hin manipulierte) Verlustziffer des Viet Cong auf der anderen Seite der Erdkugel in die Gegend plärrt. Kreischende Kinder. Fünfundzwanzigjährige sommersprossige Matronen aus Kansas, die, den Kopf voller Lockenwickel, im Morgenrock umhergehen und Tag für Tag auf den Großen Abend warten, der die Lockenpracht wert sein würde. Er kommt nie. Statt dessen kommen die Händler, die sich durch die Hausflure heranpirschen und an den Türen klingeln und alles nur Denkbare an den Mann bringen wollen, von Versicherungen aller Arten und illustrierten Konver-

sationslexika (mit leicht verständlichem Text) bis zu orientalischen Teppichen. Neben amerikanischen Gammlern und englischen Dropouts und pakistanischen Studenten, die ›unter der Hand‹ etwas verkaufen wollen, gibt es eine ganze Armee von zwergenhaften Deutschen, die alles nur mögliche verhökern, angefangen von ›handgemalten‹ Ölgemälden mit verzuckerten Berggipfeln und rosenrotem Alpenglühen über Bierkrüge, die ›God Bless America‹ spielen bis hin zu Schwarzwälder Kuckucksuhren, die ununterbrochen schlagen. Und die Army-Leute kaufen und kaufen und kaufen. Die Ehefrauen kaufen, um ihr leeres Leben aufzufüllen, um in ihren tristen Unterkünften die Illusion eines ›Heims‹ zu schaffen, um mit ihrem amerikanischen Geld um sich zu werfen. Die Kinder kaufen Helme und Kriegsspielzeug und Khaki-Overalls, um ihr Lieblingsspiel – Viet Cong gegen Green Berets – zu spielen und sich damit auf ihre Zukunft vorzubereiten. Die Männer kaufen elektrische Bohrmaschinen mit den verschiedensten Aufsätzen, um das Gefühl ihrer Ohnmacht zu kompensieren. Und alle kaufen sie Uhren, als seien diese ein Sinnbild dafür, daß die Army ihnen Stunde um Stunde und Jahr um Jahr ihres Lebens stiehlt.
Irgend jemand hatte das Gerücht aufgebracht, daß Kuckuckuhren im ›Land des Großen PX‹ ein Vermögen einbrächten, und so ließ jeder Captain oder Sergeant oder Lieutenant es sich angelegen sein, mindestens dreißig dieser Uhren nach Hause zurückzubringen. Sie sammelten sich im Laufe von zwei Jahren an seinen Wänden, kuckuckten in unregelmäßigen Abständen vor sich hin und machten Frau und Kinder ebenso verrückt wie die Army ihn. Und da die Wände papierdünn waren, wurden auch Mieter ohne Kuckucksuhren (wie wir) den lieben langen Tag mit einem Sperrfeuer von Kuckucksrufen belegt. Wenn es nicht die Kuckucke nebenan waren, so spielte irgendwo ein unmusikalisches Kind das (unspielbare) ›Star Spangled Banner‹ auf einer Hammondorgel (die in bequemen monatlichen Raten abgezahlt wurde – das Unerträgliche daran war nur, sich das *anhören* zu müssen), oder irgendein Officer vom Dienst brüllte über das Geviert des Hofes hinweg nach seinen beiden Jungen (Zwillinge namens Wayne und Dwayne – im übrigen ›das Ungeziefer‹ genannt). Wenn das pausenlose ›Kuckuck‹ mich nicht gerade rasend machte, amüsierte ich mich über den Symbolgehalt dieser Uhren. Jedermann in der Army zählte immerzu die Tage und Minuten: noch acht Monate, bis ich abgelöst werde, noch drei Monate, bis mein Mann nach Vietnam muß, noch zwei Jahre, bis ich mit meiner Beförderung rechnen kann, noch drei Monate, bis ich Frau und Kinder nachkommen lassen kann ... Die Kuckucke

registrierten jede Minute einer jeden Stunde des langen, mühevollen Weges zur Nichtexistenz.
Abgesehen davon, daß wir keine Kuckucksuhren hatten, unterschied sich unsere Wohnung nur wenig von der typischen Wohnung eines jungen Officer in dieser gefängnisähnlichen Siedlung. Die Einrichtung bestand aus jenen gräßlichen, ausschweifend gepolsterten Möbeln, kurz nach Kriegsende von den Deutschen hergestellt und den Amerikanern als Teil der Reparationsleistungen überlassen. Zweifellos waren sie deshalb noch häßlicher als sonst – aus Rache. Das ursprüngliche, abstoßend schwindsüchtige Beige der Bezüge hatte sich, nach zwanzig Dienstjahren, in ein fleckiges, verschmutztes Uringelb verwandelt, das die Spuren von vielen Haustieren und Kindern und – nach nächtlichen Biergelagen – frühmorgens Erbrochenem aufwies. Wir hatten unser Bestes getan, um diese nilpferdähnlichen Couchen und Elefantiasis-Sessel unter leuchtendbunten Schärpen und Tüchern und Kissen und Dekorationsstoffen zu verstecken, hatten die Wände mit Postern vollgehängt und viele Topfpflanzen auf die Fensterbänke gestellt. Die Regale hatten wir mit dem größten Teil unserer eigenen Bücher (unter erheblichen, von der Regierung getragenen Kosten herübergeschafft) gefüllt. Doch der Gesamteindruck war und blieb bedrükkend. Heidelberg als Ort war trostlos. Eine wunderschöne Stadt, in der es zehn Monate im Jahr regnet. Die Sonne versucht tagelang, sich durch die Wolken zu kämpfen, scheint dann etwa eine Stunde lang und verschwindet wieder. Und wir lebten in einer Art Gefängnis, in einem seelischen und intellektuellen Getto, aus dem wir buchstäblich nicht fort konnten, ohne tatsächlich im Gefängnis zu landen. Bennett hatte sich verloren – in der Army sowohl wie in seiner Depression. Er konnte mir keine Hilfe bieten. Ich konnte ihm keine Hilfe bieten. Ich ging häufig im Regen allein durch die Straßen der Altstadt. Stundenlang wanderte ich durch Kaufhäuser, nahm diesen und jenen Gegenstand in die Hand, obwohl ich wußte, daß ich ihn nie kaufen würde, träumte in der Menschenmenge vor mich hin, hörte um mich herum die Leute lange Unterhaltungen führen, von denen ich anfangs nur hier und da ein Wort verstand, hörte die Werbeweiber lauthals die Vorzüge ihrer Kunstfaser-Perücken, künstlichen Fingernägel, Tranchiergabeln und -messer, Fleischwölfe und Hackbretter anpreisen . . . »Meine Damen und Herren . . .«, damit fangen sie an, und jeder längere Satz ist gespickt mit dieser Wendung. Nach einer Weile kriegt man sie nicht mehr aus dem Ohr.
All die kartoffelförmigen Damen standen als graue Lodenwand um

mich herum. In Deutschland gibt es ganze Armeen von Frauen in grauen Mänteln, mit Tirolerhüten und derbem, praktischem Schuhwerk (sogenannten Gesundheitsschuhen) und hochroten Wangen voller geplatzter Kapillaren. Aus der Nähe betrachtet sehen ihre Backen aus wie die Momentaufnahme eines winzigen Feuerwerks im Augenblick des Abbrennens. Diese rüstigen Witwen sind überall anzutreffen: sie tragen Einkaufsnetze mit herausragenden Bananen, fahren, breitärschig auf winzigen Sätteln thronend, mit dem Fahrrad durch die Gegend, reisen in vom Regen streifigen Zügen von München nach Hamburg, von Nürnberg nach Freiburg. Eine Welt voller Witwen. Die Endlösung, die der Nazi-Traum verhieß: eine judenlose Welt ohne Männer.

Manchmal, wenn ich ziellos umherwanderte, mit der Straßenbahn fuhr, in einem Café Bier und Salzbrezeln bestellte, oder Kaffee und Kuchen in einer Konditorei, überfiel mich die Vorstellung, ich sei der Geist eines Juden, der am selben Tag in einem Konzentrationslager ermordet wurde, als ich zur Welt kam. Wer konnte mir beweisen, daß dem nicht so war? Ich entwarf im Geiste komplizierte Handlungsabläufe, die, wie ich mir einredete, lediglich surrealistische ›Geschichten‹ seien und demnächst von mir zu Papier gebracht werden würden. Aber es waren mehr als ›Geschichten‹, und ich brachte zu der Zeit überhaupt nichts zu Papier. Zuweilen dachte ich, ich würde verrückt. Zum erstenmal in meinem Leben verspürte ich ein brennendes Interesse an der Geschichte der Juden und der des Dritten Reiches. Ich ging zur USIS, der *Special Service*-Bibliothek und vertiefte mich in Bücher, die ausführlich vom Grauen der Deportationen und der Todeslager berichteten. Ich las über die ›Einsatzgruppen‹ und stellte mir vor, wie ich mein eigenes Grab aushebe und, mein Baby umklammernd, am Rand einer tiefen Grube stehe, während die Nazi-Schergen ihre Maschinenpistolen schußbereit halten. Ich hörte im Geiste die Entsetzensschreie und das Geräusch stürzender Leiber. Ich stellte mir vor, ich sei schwer verwundet und rollte hinunter in die Grube mit den zuckenden Körpern, während von oben Erde auf mich fiele. Wie hätte ich beteuern können, daß ich keine Jüdin sei, sondern Pantheistin? Wie konnte ich die Feier der Wintersonnenwende und der Frühlingsriten zu meinen Gunsten in die Waagschale werfen? Für die Pläne der Nazis war ich so jüdisch wie jeder andere Jude. Würde ich wieder zu Erde werden und als Blume oder Frucht neu erstehen? War das den Seelen all der Juden geschehen, die an dem Tag, als ich zur Welt kam, ermordet wurden?

An den seltenen sonnigen Tagen trieb ich mich auf den Märkten

herum. Die diabolische Schönheit der deutschen Obst- und Gemüsemärkte faszinierte mich. Es gab einen Samstagsmarkt hinter der Heiliggeistkirche, auf einem Platz aus dem 17. Jahrhundert: rotweiß gestreifte Markisen und Berge von Früchten, rot-blutend wie von Menschenblut, Himbeeren, Erdbeeren, violette Pflaumen, Blaubeeren. Wahre Massen von Rosen und Päonien. Alles blutfarben und blutfarben blutend, hinein in die hölzernen Blumenkästen und hinunter auf die Holzbretter der Stände. Waren die Seelen der toten jüdischen Kinder *hier* zu finden? War es *das* hier, was mich an der Leidenschaft der Deutschen für Blumenzucht und Gartenarbeit so verstörte? All diese Wertschätzung des geheiligten Lebens am falschen Ort? So viel Liebe, die sich in der Aufzucht von Pflanzen und Tieren ihr Ventil sucht? *Aber wir haben doch nichts davon gewußt, was mit den Juden geschah,* sagten sie immer und immer wieder. *Es stand nicht in der Zeitung. Ich war ja damals erst zwölf.* Und einerseits glaubte ich ihnen sogar. Einerseits verstand ich sie sogar. Und andererseits hätte ich mich an dem Anblick weiden mögen, wie sie alle einen langen, qualvollen Tod sterben. Es war die blutrünstige, höllische Schönheit der Märkte – die alten Weiber, die all diese blutenden Früchte auswogen, die derben, blonden, jungen Frauen, die den Kunden die Rosen abzählten –, die unweigerlich meine heftigsten Empfindungen gegen Deutschland wachrief.
Später war ich fähig, über diese Dinge zu schreiben und damit die Dämonen zu bannen – zumindest zum Teil. Später war ich fähig, mich mit Deutschen anzufreunden und sogar Liebenswertes an der Sprache und der deutschen Dichtung zu entdecken. Doch in jenem ersten, einsamen Jahr war ich unfähig zu schreiben, und ich kannte fast keinen Menschen. Ich lebte wie ein Einsiedler, las, ging spazieren und hatte das Gefühl, meine Seele sei mir entschlüpft und die Seele eines Menschen, der statt meiner gestorben war, hätte sich in meinem Körper eingenistet.
Ich kundschaftete Heidelberg aus wie ein Spion und entdeckte all die Wahrzeichen des Dritten Reiches, die mein Reisehandbuch geflissentlich unterschlug. Ich entdeckte den Ort, an dem sich die Synagoge befand, bevor sie niedergebrannt wurde. Nachdem ich meinen Führerschein gemacht hatte und nun auch die weitere Umgebung der Stadt für mich erreichbar war, stieß ich auf ein stillgelegtes Nebengleis der Eisenbahn mit einem alten Güterwagen, auf dem REICHSBAHN zu lesen stand. (Auf all den blitzblanken neuen Waggons stand BUNDESBAHN.) Ich kam mir vor wie einer von jenen fanatischen Israelis auf den Spuren von Nazis in Argentinien. Bloß, daß ich im Grunde meiner eigenen Vergangenheit nach-

spürte, meinem Judentum, an das ich bisher wirklich hatte glauben können. Was mich wohl am allermeisten aufbrachte, war die Art und Weise, in der die Deutschen ihre Schutzfärbung veränderten, die Art und Weise, mit der sie über Frieden und Nächstenliebe sprachen, und wie sie alle behaupteten, an der russischen Front gekämpft zu haben. Die *Heuchelei* war es, die mich so anwiderte. Wenn sie sich offen dazu bekannt und gesagt hätten: *Wir haben Hitler geliebt,* so hätte man ihre menschliche Schwäche und ihre Ehrlichkeit gegeneinander abwägen und ihnen vielleicht vergeben können. In den drei Jahren, die ich in Deutschland verbrachte, bin ich nur *einem* Mann begegnet, der es offen zugab. Er war Nazi gewesen und wurde mein Freund.

Horst Hummel leitete (von einem winzigen Büro in der Altstadt aus) eine eigene kleine Druckerei. Auf seinem Schreibtisch türmten sich Bücher, Zeitungen, Papiere und allerlei Krimskrams. Wenn er nicht am Telefon hing, schrie er seinen sogenannten Assistenten, drei verschüchterten Männern, irgendwelche Anweisungen zu. Er maß nur etwa 1,55 m, hatte einen stattlichen Bauch und trug eine dicke Brille mit bräunlich getönten Gläsern, die die Ringe unter seinen Augen hervorhoben. Nachdem Bennett ihn das erstemal gesehen hatte, nannte er ihn nur noch den Gnom. Im großen und ganzen sprach Herr Hummel (wie ich ihn anfangs nannte) recht gut englisch. Doch gelegentlich unterlief ihm ein so grober Schnitzer, daß die Geläufigkeit, mit der er sich sonst ausdrückte, äußerst fragwürdig wurde. Als ich ihm eines Tages sagte, ich müsse jetzt fort, um Bennett etwas zu essen zu machen, sagte er: »Wenn Ihr Mann hungrig ist, dann gehen Sie nach Hause und kochen Sie ihn.«

Hummel druckte alles, von Speisekarten über Handzettel bis zum *The Heidelberg Officers' Wives' Club Newsletter* – ein 4seitiges, kleinformatiges Blatt auf Glanzpapier, das von Druckfehlern wimmelte. Der Inhalt bestand aus scherzhaften Reimen über das traurige Los der Army-Ehefrau, nebst Fotos einiger dieser Damen: Matronen, angetan mit Blumenhüten und von Rheinkieseln glitzernden Phantasiebrillen, eine lebende Orchidee am Busen. Immerzu verliehen sie einander irgendwelche Preise – für die verschiedensten gemeinnützigen Aktivitäten.

Zu seinem eigenen Vergnügen druckte Hummel auch ein wöchentlich erscheinendes Blättchen, genannt *Heidelberg Alt und Neu.* Es bestand im wesentlichen aus Anzeigen für Gaststätten und Hotels, einem Zug-Fahrplan, dem laufenden Kinoprogramm und ähnlichem. Doch gelegentlich schrieb Hummel (der im Kriege als Kriegsberichterstatter an der Schlacht von Anzio teilgenommen hatte) einen kleinen Leitartikel über dieses oder jenes strittige kommunale Problem, und von Zeit zu Zeit interviewte er, nur so zum Spaß, irgendeine Lokalgröße oder einen illustren Gast auf der Durchreise.

Nachdem ich in Heidelberg ein Jahr lang Nazis nachgespürt (und die ausgefallensten Gelegenheitsarbeiten, die meine Depression nur noch verstärkten, übernommen) hatte, lief ich Hummel über den Weg, der mir vorschlug, sein ›amerikanischer Schriftleiter‹ zu werden und ihm damit eine größere Anzahl englisch sprechender Leser für *Heidelberg Alt und Neu* zu verschaffen. Die Absicht war, diese Leser mit einem Artikel über irgendeine touristische Attraktion zu ködern und ihnen gleichzeitig die Produkte seiner Inserenten unterzujubeln: Rosenthal-Porzellan, Hummel-Figuren (eine zufällige Namensgleichheit), Haushaltsgeräte, einheimische Weine und Biere. Ich sollte für DM 25,– (gleich 7 $) jede Woche einen Artikel schreiben und Hummel würde die Fotos dazu liefern und den von ihm ins Deutsche übersetzten Text auf der gegenüberliegenden Seite bringen. Ich könne über alles schreiben, was mich interessiere, ohne Einschränkung. Natürlich ging ich auf seinen Vorschlag ein.

Zunächst schrieb ich über ›ungefährliche‹ Dinge – über Burgruinen, Weinmärkte, historische Gaststätten, über dies und jenes Authentische oder auch über unbeglaubigte Begebenheiten aus Heidelbergs Geschichte. Ich benutzte diesen Job dazu, mich zu informieren. Er bot mir die Gelegenheit, mich an Orten oder bei irgendwelchen Veranstaltungen umzusehen, die mir sonst entgangen wären. Zuweilen zog ich meine Artikel satirisch auf und machte mich über Veranstaltungen wie die Deutsch-Amerikanische Freundschaftswoche oder den Faschingsball in der Stadthalle lustig. Dann wieder besprach ich Kunstausstellungen und Opernaufführungen, ließ mich über Architektur und Musik aus oder erzählte etwas über historische Persönlichkeiten, die Heidelberg besucht hatten, wie Goethe und Mark Twain. Ich erfuhr allerlei Interessantes über die Stadt, schnappte eine ganze Menge Umgangsdeutsch auf, wurde mit der Zeit so eine Art von kleiner Lokalberühmtheit (sowohl bei den Heidelbergern wie bei den Army-Leuten) und wurde von den Heidelberger Restaurateuren, die lobend von mir erwähnt werden wollten, üppig bewirtet (inklusive Wein). Doch zwischen meinen sprühenden Artikeln über die Vorzüge von Heidelberg und meinen wahren Gefühlen Deutschland gegenüber bestand ein schreiendes Mißverhältnis. Nach und nach wurde ich mutiger und es gelang

mir, wenn auch mit Mühe, meine Empfindungen und das, was ich schrieb, irgendwie zu koordinieren. Was ich anhand meiner Artikel für Hummels Blättchen lernte, war sozusagen eine Vorbereitung auf das ›richtige Schreiben‹, das ich später lernen sollte. Zunächst war ich gewitzt, oberflächlich und unehrlich. Nach und nach wurde ich, wie gesagt, mutiger. Nach und nach gab ich den Versuch auf, mich zu verstellen. Ich ließ die Masken Stück für Stück fallen: die ironische Maske, die Klugscheißer-Maske, die Maske der Pseudo-Welterfahrenheit, die Maske der Gleichgültigkeit.
Auf meiner Suche nach Spuren der Vergangenheit hatte ich die bis jetzt handfesteste Spur entdeckt – ein Nazi-Amphitheater, versteckt in dem hügeligen Gelände oberhalb der Stadt. Dorthin zu fahren, wurde für mich zur Manie. Es schien, als wolle kein Mensch in Heidelberg die Existenz dieser Anlage gelten lassen, und diese allgemeine Verleugnung verlieh dem Amphitheater einen zusätzlichen Reiz. Vielleicht existierte es auch wirklich nur in meinem Kopf. Immer und immer wieder kehrte ich dorthin zurück.
1934 oder 1935 vom Reichsarbeitsdienst errichtet (ich sah sie vor mir: blond, mit nacktem Oberkörper; sie türmen rötliche Sandsteinquader aus dem Neckartal aufeinander und singen dabei ›Deutschland, Deutschland über alles‹, während breithüftige rotbackige Rheintöchter Maßkrüge mit pißfarbenem Bier herbeischleppen), schmiegte sich das Freilichttheater in eine Schlucht des Heiligenberges, wo sich, wie es heißt, einst ein dem Wotan geweihtes Heiligtum befand. Um das Amphitheater zu erreichen, überquerte ich, von der Altstadt kommend, den Fluß, fuhr dann eine breite Straße hinunter, die zu den Vororten der Stadt führte, und, den Hinweisschildern zu der Ruine der St.-Michaels-Basilika folgend, weiter den Heiligenberg hinauf. Für das Freilichttheater als solches gab es – merkwürdig genug – keinerlei Hinweise. Die Straße schlängelte sich durch den Wald aufwärts, das Tageslicht sickerte spärlich durch die schwarzgrünen Föhren, und ich war Gretel in einem hustenden, prustenden Volkswagen, doch niemand ließ hinter mir Brotkrumen fallen. Wenn ich mich so hocharbeitete und an all die grausamen deutschen Märchen mit ihren verängstigten kleinen Mädchen und dunklen Wäldern dachte, blieb der Wagen meist im dritten Gang stehen. Da ich fürchtete, rückwärts den Berg hinunterzurollen, schaltete ich den zweiten Gang ein und der Wagen blieb nach kurzer Zeit erneut stehen. Schließlich mußte ich im ersten Gang weiterschleichen.
Auf dem Gipfel des Heiligenberges stand ein kleiner Turm aus rotem Sandstein, mit moosigen ausgetretenen Stufen, die sich zu

einer Aussichtsplattform hinaufwanden. Ich erkletterte die glitschigen Stufen, um einen Blick auf das Panorama tief unter mir zu werfen: auf den glitzernden Fluß, die buntscheckigen Wälder, die rötliche, ungefüge Masse des Schlosses. Warum sparen die Chronisten des Dritten Reiches die Tatsache aus, daß Deutschland ein schönes Land ist? Ist das, vom moralischen Standpunkt aus gesehen, zu problematisch? Die Schönheit der Landschaft und die Häßlichkeit der Menschen? Sind wir der Ironie der Sache nicht gewachsen?

Ich stieg wieder hinunter und fuhr tiefer in den Wald hinein, vorbei an einem kleinen Lokal mit dem Namen ›Waldschenke‹, wo im Sommer dickärschige Bürger im Freien Bier tranken und im Winter in der Gaststube Glühwein. Dort mußte ich den Wagen stehenlassen und zu Fuß weiterklettern (raschelnde Blätter unter den Füßen, sich neigende Föhren über mir, die Sonne verdunkelt von Laubwerk). Da die Sitzreihen in die Flanke des Berges eingehauen waren, befand sich der Eingang oben. Plötzlich lag das Theater wie ein gähnender Riesenmund unter mir – Reihe um Reihe um Reihe steinerner Sitze, verunziert von Unkraut, Glasscherben, Präservativen und Bonbonpapieren. Ganz unten befand sich die weit in den Zuschauerraum hineinragende Bühne, flankiert von Flaggenmasten für das Hakenkreuz oder den Deutschen Adler, dazu zu beiden Seiten Auftrittsmöglichkeiten für Redner (umgeben von Leibwachen in Braunhemden).

Doch am verblüffendsten war die einmalige Lage und Anordnung des Ganzen: eine riesige, von Föhren gesäumte Mulde, eingebettet in die unirdische Stille dieses Märchenwaldes. Der Boden war heilig. Hier war Wotan verehrt worden, dann Christus und dann Hitler. Ich sprang die Sitzreihen hinunter, stand dann in der Mitte der verlassenen Bühne und rezitierte meine eigenen Gedichte für ein Publikum von Echos.

Eines Tages sagte ich Horst, daß ich über das Amphitheater schreiben wolle.

»Warum?« fragte er.

»Weil jeder so tut, als gäbe es das gar nicht.«

»Glauben Sie, daß das Grund genug ist?«

»Ja.«

Ich ging in die Heidelberger Stadtbibliothek und blätterte in den verschiedenen Handbüchern. Die meisten waren Schablone: leuchtendbunte Aufnahmen des Schlosses und alte Stiche mit den teigigen Gesichtern der pfälzischen Kurfürsten. Schließlich stieß ich auf ein Handbuch in Bibliothekseinband – englisch-deutsch, billiges vergilbtes Papier, Schwarz-Weiß-Fotos, Frakturschrift –, erschienen 1937. Etwa alle zehn Seiten waren ein ganzer Absatz oder auch nur wenige Zeilen oder ein Foto mit braunem Klebestreifen überklebt. Diese braunen Rechtecke saßen so fest, daß man nicht einmal eine Ecke davon hätte zurückbiegen können. Doch ich wußte sofort, daß ich nicht ruhen würde, bis ich sie alle abgelöst und festgestellt hatte, was sich darunter verbarg.

Ich lieh mir das Buch aus (und dazu noch vier andere, damit der Bibliothekar nicht mißtrauisch wurde) und stürmte nach Hause, wo ich die inkriminierten Buchseiten über die Tülle eines dampfenden Wasserkessels hielt.

Es war höchst interessant zu sehen, was der Zensor zu zensieren für nötig gehalten hatte:

Eine Fotografie des Amphitheaters (damals *Thingstätte* genannt) in seiner ganzen Herrlichkeit: im Winde flatternde Fahnen, ein Meer von im Nazi-Gruß erhobenen Händen, Hunderte von kleinen Lichtflecken: arische Köpfe – oder vielleicht arische Hirne?

Einen Absatz, der das Amphitheater folgendermaßen beschrieb: Einer der Monumentalbauten des Dritten Reiches, ein gigantisches Freilichttheater, um Tausende von Volksgenossen in festlichen Feierstunden im Gemeinschaftserlebnis der Treuebekundung zum Vaterland inmitten einer erhabenen Natur zu vereinen.

Einen Absatz über die Autobahn Heidelberg–Frankfurt (heute ausgefahren und holprig): »... eine gigantische und monumentale Schöpfung des verheißungsvollen Neuen Zeitalters.«

Einen Absatz, in dem Deutschland wie folgt beschrieben wurde: »Die Nation, der die Vorsehung gewogen ist, führend in der Reihe der großen, mächtigen Nationen ...«

Ein Foto der alten Aula der Universität mit Hakenkreuzen in jedem gotischen Bogenzwickel ...

Ein Foto der Mensa mit Hakenkreuzen in jedem romanischen Bogenzwickel ...

Und so weiter und so weiter.

Ich war außer mir vor Zorn und moralischer Entrüstung. Ich setzte mich an meinen Schreibtisch und schrieb in wilder Hast einen wütenden Artikel über Aufrichtigkeit, Unaufrichtigkeit und die Allmacht der geschichtlichen Wahrheit. Ich forderte kategorisch Wahrheit, historische Wahrheit statt Schönfärberei, vor allem aber Aufrichtigkeit. Ich kochte vor Zorn und feuerte aus allen Rohren. Ich wies auf die anstößigen Überkleber hin, als Beispiel für all das, was im Leben und in der Kunst hassenswert ist – wie viktorianische Feigenblätter auf griechischen Skulpturen oder mit Kleidern aus dem 19. Jahrhundert übermalte erotische Fresken des Quattrocento. Ich wies auf Ruskin hin, der Turners Bilder von venezianischen Bordellen verbrannt hatte, und darauf, wie Boswells Urenkel die anstößigen Stellen seiner Tagebücher zu unterdrücken suchten, und stellte das dem Versuch der Deutschen an die Seite, ihre eigene Geschichte zu leugnen. Welche Unterlassungssünde! Und wie sinnlos! Nichts Menschliches sollte geleugnet werden. Selbst wenn es unaussprechlich häßlich ist, können wir daraus lernen, nicht wahr? Oder? Doch das hätte ich zu der Zeit nie in Frage gestellt. Die Wahrheit – ich war da ganz sicher – würde uns frei machen.

Am nächsten Morgen haute ich mein Elaborat mit zwei Fingern in die Maschine und stürmte in die Stadt, um es Horst zu übergeben. Dann ging ich rasch wieder fort. Drei Stunden später rief er mich an.

»Wollen Sie wirklich, daß ich das übersetze?« fragte er.

»Ja.« Und in einem Zornesausbruch erinnerte ich ihn daran, daß er versprochen habe, mir nicht in meine Arbeit hineinzureden.

»Ich werde mein Wort halten«, sagte er, »aber Sie sind jung und Sie *verstehen* die Deutschen nicht, wirklich nicht.«

»Was wollen Sie damit sagen?«

»Die Deutschen *liebten* Hitler«, erwiderte er ruhig. »Wenn sie aufrichtig wären, so würde Ihnen das, was Sie dann zu hören bekämen, keineswegs zusagen. Aber sie sind nicht aufrichtig. Sie sind es seit fünfundzwanzig Jahren nicht. Sie haben nie um ihre im Krieg Gefallenen geweint und sie haben nie um Hitler geweint. Sie haben alles unter den Teppich gekehrt. Sogar sie selbst kennen ihre wirklichen Gefühle nicht. Wenn sie ehrlich wären, so wäre Ihnen ihre Ehrlichkeit noch mehr zuwider als ihre Heuchelei.«

Dann erzählte er mir, wie das war, in der Hitlerzeit als Kriegsberichterstatter zu arbeiten. Es war ein quasi-militärischer Status, und alle Nachrichten wurden von oben zensiert. Die Presseleute wußten eine Menge Dinge, die der Öffentlichkeit vorenthalten wurden, und hielten diese Dinge vorsätzlich geheim. Sie wußten Bescheid über die Todeslager und Deportationen. Sie wußten es, aber trotzdem stießen sie ins Propagandahorn.

»Aber wie brachten Sie das bloß fertig?« schrie ich.

»Was hätte ich denn anderes tun sollen?«

»Sie hätten Deutschland verlassen können, Sie hätten sich der Widerstandsbewegung anschließen können, Sie hätten ... Sie hätten ... Sie hätten *irgendwas* tun können!«

»Aber ich war kein Held und ich wollte nicht als Emigrant im Ausland leben. Ich war Journalist, das war mein Beruf.«

»Na und?«

»Ich will damit nur sagen, daß die meisten Menschen keine Helden sind und daß die meisten Menschen nicht aufrichtig sind. Ich sage nicht, daß ich gut oder bewunderungswürdig bin. Ich sage bloß, daß ich bin wie die meisten Menschen.«

»Aber *warum?*« wimmerte ich.

»Weil es so ist«, sagte er. »Einen Grund gibt es nicht.«

Darauf gab es keine Antwort, das wußte auch Horst. Ich begann, mich zu fragen, ob ich wohl auch so sei wie die meisten Leute. Hätte ich mich heroischer verhalten als er? Ich dachte daran, wie lange es gedauert hatte, bis ich damit aufhörte, geistreiche Artikel über Burgruinen und zahme, gefällige Sonette über Sonnenuntergänge und über Vögel und Wasserspiele zu schreiben. Auch ohne Faschismus war ich unehrlich. Auch ohne Faschismus unterstand ich der Zensur, und zwar meiner eigenen. Ich verbot mir selber, über das zu schreiben, was mich wirklich bewegte: meine Aufgewühltheit, wenn ich an Deutschland dachte, das Unglück in meiner Ehe, meine Sexualphantasien, meine Kindheit, meine negative Einstellung meinen Eltern gegenüber. Auch ohne Faschismus war es verdammt schwierig, an die Ehrlichkeit ranzukommen. Auch ohne Faschismus hatte ich imaginäre Papierstreifen über gewisse Abschnitte meines Lebens geklebt und mich beharrlich geweigert, genau hinzusehen. Ich nahm mir vor, nicht selbstgerecht über Horst zu urteilen, bis ich nicht gelernt hatte, mir selbst gegenüber aufrichtig zu sein. Vielleicht waren unsere Unterlassungssünden nicht die gleichen, doch die innere Haltung war in beiden Fällen die gleiche. Bevor ich mit dem, was ich schrieb, keinen Beweis für meine Aufrichtigkeit liefern konnte – welches Recht hatte ich dann, über *seine* Unaufrichtigkeit zu wüten? Der Artikel wurde so gedruckt, wie ich ihn geschrieben hatte, und wurde von Horst auch gewissenhaft übersetzt. Ich dachte, die Stadt Heidelberg würde in Rauch aufgehen, doch Schriftsteller neigen dazu, die Wirkung ihrer Arbeit zu überschätzen. Nichts geschah. Ein paar von meinen Bekannten ließen ironische Bemerkungen darüber fallen, wie sehr ich doch dazu neige, mich übermäßig für die Dinge zu engagieren. Das war alles. Ich fragte mich, ob überhaupt jemand *Heidelberg Alt und Neu* las. Wahrscheinlich nicht. Meine Artikel glichen Briefen, die man während eines Poststreiks abschickt, oder einem geheimen Tagebuch. Mir war, als hätte ich die Weltgeschichte aufgesprengt, doch niemand zuckte auch nur mit der Wimper. Der ganze ›Sturm und Drang‹ wurde zur schweigenden Windstille. Es war fast so wie die Veröffentlichung von Gedichten.

Ein Bericht vom Kongreß der Träume oder der Leiber

Ich bin Isadora, Flieg mit mir.
– National Airlines

Dr. Goodlove führt den Vorsitz bei dem Meeting, das im feuchten Souterrain der Universität stattfindet. Hier, in diesem fensterlosen Raum mit den amphitheatralisch ansteigenden, ausgeleierten, hölzernen Klappsitzen befleißigt er sich (immer in demselben löcherigen Hemd) seines offiziellen englischen Gehabes, sorgfältig Silbe um Silbe (englisch) artikulierend, vor sich die (polyglotten) Zuhörer, die sich, ein wenig spärlich, auf die Sitzreihen verteilen.
Er sieht aus wie Christus beim Abendmahl. Zu seiner Rechten und Linken dunkelgekleidete Psychoanalytiker mit Schlips und Kragen. Ernsten Gesichts beugt er sich zum Mikrophon vor, saugt an seiner Pfeife und faßt den ersten Teil des Meetings – den wir versäumt haben – noch einmal zusammen. Sein nackter Fuß schwingt vor und zurück, während die ausgelatschte Sandale friedlich unter dem Tisch liegt.
Ich gebe Bennett zu verstehen, daß ich in der letzten Reihe sitzen möchte, in der Nähe der Tür – und so weit fort wie möglich von der Hitze, die Adrian ausstrahlt. Bennett wirft mir einen mißbilligenden Blick zu, der besagt, daß ihm das nicht paßt, marschiert nach vorne und läßt sich neben einer hennahaarigen Teilnehmerin aus Argentinien nieder.
Ich sitze in der letzten Reihe und starre Adrian an. Adrian starrt zurück. Er saugt an seiner Pfeife, als sauge er an mir. Das Haar fällt ihm in die Augen. Er streicht es zurück. Mein Haar fällt mir in die Augen. Ich streiche es zurück. Er nuckelt an seiner Pfeife. Ich nuckle in Gedanken an seinem Schwanz. Unsere Augen scheinen durch kleine Blitze miteinander verbunden zu sein – wie in einem Raumfahrt-Comic. Kleine Hitzewellen verbinden unsere Becken wie in einem Porno-Comic.
Oder sieht er mich vielleicht gar nicht an?
»... was bleibt, ist natürlich das Problem der äußeren Abhängigkeit des Patienten von seinem Analytiker«, sagt ein Psychotherapeut links von Adrian.
Adrian grinst mich an.
»... äußerste Abhängigkeit, die nur durch die Realitätsanpassung des Patienten abgeschwächt werden kann, was aber, wenn man die Kafkaische Atmosphäre des Instituts in Betracht zieht, wohl kaum ins Gewicht fällt ...«
Kafkaisch? Ich dachte immer, es hieße Kafkaesk.
Ich bin sicher der erste Fall einer Neunundzwanzigjährigen im Klimakterium. Ich habe Wallungen. Fliegende Hitze. Ich habe das Gefühl, daß mein Gesicht knallrot ist, mein Herzschlag rast wie der Motor eines Sportwagens, meine Wangen prickeln wie von tausend

winzigen Nadelstichen. Die untere Hälfte meines Körpers hat sich verflüssigt und tropft langsam auf den Boden. Es handelt sich längst nicht mehr um feuchte Höschen – ich schmelze dahin.
Ich greife nach meinem Notizblock und fange an zu kritzeln.
»Ich heiße Isadora Zelda White Stollerman Wing«, schreibe ich, »und ich wünschte, ich hieße Goodlove.«
Das streiche ich durch.
Dann schreibe ich:

Adrian Goodlove
Dr. Adrian Goodlove
Mrs. Adrian Goodlove
Isadora Wing-Goodlove
Isadora White-Goodlove
Isadora Goodlove
A. Goodlove
Mrs. A. Goodlove
Dame Isadora Goodlove
Isadora Wing-Goodlove, Member of the Order of the British Empire
Sir Adrian Goodlove
Isadora und Adrian Goodlove
wünschen Ihnen
ein frenetisches
~~Weihnachtsfest~~
~~Chanuka~~
~~Wintersonnenwende~~
Julfest.

Isadora White Wing und Adrian Goodlove
sind außer sich vor Freude,
die Geburt ihrer Tochter
Sigmunda Keats Whitewing-Goodlove
– ein Kind der Liebe –
bekanntzugeben.
Isadora und Adrian
bitten Sie zu einer *Housewarming-Party*
in ihre neue Bleibe
35 Flask Walk
Hampstead
London NW 3
Hasch, LSD usw.
für den eigenen Bedarf
sind mitzubringen.

Ich streiche das alles hastig durch und blättere um. Mit so einem Quatsch habe ich mich nicht mehr abgegeben, seit ich ein fünfzehnjähriges, bis über beide Ohren verliebtes Ding war.
Ich hatte gehofft, nach dem Meeting mit Adrian sprechen zu

können, doch Bennett zerrte mich mit sich, bevor es Adrian gelungen war, sich aus dem Gedränge rund um das Podium zu befreien. Wir bildeten bereits ein recht barockes Trio. Bennett spürte meine explosiven Gefühle und setzte alles daran, mich so rasch wie möglich fortzubekommen. Adrian spürte meine explosiven Gefühle und sah Bennett immer wieder an, um festzustellen, wieviel er wußte. Und mir kam es bereits so vor, als würden die beiden mich in zwei Teile reißen. Dafür konnten sie natürlich nichts. Sie symbolisierten lediglich den Kampf, der sich in mir abspielte. Bennetts rechtschaffene, zwanghafte, langweilige Beständigkeit stand für meine eigene Panik vor Veränderungen, für meine Angst vor dem Alleinsein, für mein Verlangen nach Sicherheit. Adrians bizarres Benehmen, seine Hinterntätschelei stand für den Teil von mir, den es vor allem nach zügelloser Ungebundenheit verlangte. Es war mir nie gelungen, diese beiden Teile meines Wesens miteinander zu versöhnen. Mir war nicht mehr gelungen, als den einen Teil (zeitweise) zu unterdrücken – auf Kosten des anderen. Die bürgerlichen Tugenden: Ehe, Sicherheit, Arbeit gehen vor Vergnügen, hatten mich nie zufriedengestellt. Ich war zu neugierig und abenteuerlustig, um mich nicht an diesen Beschränkungen wund zu scheuern. Doch ich litt auch an nächtlichen Angstanfällen, die sich bis zur Panik steigern konnten – ausgelöst durch die Tatsache, daß ich so allein war. Und so endete es immer damit, daß ich mit jemandem zusammenlebte – oder heiratete.

Doch abgesehen davon glaubte ich wirklich, daß eine dauerhafte, innige Beziehung zu *einem* Menschen das Erstrebenswerte sei. Es entging mir keineswegs, daß es *à la longue* zu nichts führte, von einem Bett ins andere zu hüpfen und eine Menge seichter Affären mit einer Menge seichter Leute zu haben. Ich hatte die unaussprechlich trostlose Erfahrung gemacht, neben einem Mann aufzuwachen, mit dem ich unmöglich auch nur ein Wort hätte wechseln können – und das war schließlich auch kein sehr befreiendes Gefühl. Leider gab es wohl keinen Weg, die Vorzüge der Ungebundenheit mit denen der Dauerhaftigkeit in *einem* Leben zu vereinen. Die Tatsache, daß schon klügere Köpfe als ich über dieses Problem nachgegrübelt hatten, ohne eine schlüssige Antwort darauf zu finden, tröstete mich auch nicht sonderlich; es gab mir lediglich das Gefühl, daß meine Sorgen banal und alltäglich waren. Wenn ich wirklich etwas Besonderes wäre, dachte ich, würde ich mir nicht stundenlang den Kopf über Ehe und Ehebruch zerbrechen. Ich würde losziehen und das Leben mit beiden Händen packen und, was immer ich täte, weder Reue noch Schuldgefühl empfinden. Daß ich mich mit diesen alten Hüten herumschlug, bewies mir nur, wie durchschnittlich ich war.

Am Abend begannen die vorgesehenen Festivitäten mit einem ›geselligen Beisammensein‹ aller Kongreßteilnehmer in einem Lokal in Grinzing. Es war eine höchst unelegante Angelegenheit. Große phallische Knackwürste mit Sauerkraut bildeten das Freudsche Hauptgericht. Zur Unterhaltung sangen die Wiener Studenten der Psychiatrie – die Gastgeber – unter anderem ›*When the Analysts Come Marching in* ...‹ (zur Melodie von ›*When the Saints* ...‹). Der Text schien englisch zu sein – oder doch zumindest eine Sprache, von der ein Wiener Student annehmen könnte, es sei Englisch.
Alle lachten und applaudierten heftig, während ich dabei saß wie Gulliver unter den Yahoos. Ich runzelte die Stirn und dachte an das Ende der Welt. Wir würden allesamt in einer nuklearen Hölle untergehen, während diese Clowns hier saßen und ihre Psychoanalytiker ansangen. Trostlos. Adrian sah ich nirgends.
Bennett sprach mit jemand vom Londoner Institut über die Ausbildung von Psychoanalytikern, und schließlich stürzte ich mich in eine Unterhaltung mit meinem Gegenüber, einem chilenischen Analytiker, der in London studierte. Als er sagte, er sei aus Chile, fiel mir dazu bloß Neruda ein. Also unterhielten wir uns über Neruda. Ich steigerte mich in einen meiner hektischen Rede-Paroxysmen hinein und sagte ihm, was für ein Glück er habe, Südamerikaner zu sein, in einer Zeit, in der die größten lebenden Schriftsteller alle Südamerikaner seien. Ich dachte, was für eine gräßliche Angeberin ich doch wäre, doch er schien erfreut. Als hätte ich *ihm* ein Kompliment gemacht. Auf diesem absurden literarisch-chauvinistischen Gleis lief die Unterhaltung weiter. Wir sprachen über den Surrealismus und seine Beziehung zur südamerikanischen Politik – worüber ich weniger als nichts wußte. Doch im Surrealismus kannte ich mich aus. Er ist sozusagen mein Leben.
Als ich gerade etwas über Borges und seine *Labyrinthe* hervorsprudelte, tippte Adrian mir auf die Schulter. Wenn man vom Minotaurus spricht ... Dort stand er, dicht hinter mir – von Kopf bis Fuß gehörnt. Mein Herz machte einen Sprung – bis hinauf in die Nase. Ob ich tanzen wolle? Natürlich wollte ich tanzen, und nicht nur das.
»Ich hab Sie den ganzen Nachmittag gesucht«, sagte er. »Wo haben Sie gesteckt?«

»Bei meinem Mann.«
»Er sieht ziemlich angeschlagen aus, wie? Womit haben Sie ihn unglücklich gemacht?«
»Mit Ihnen, nehme ich an.«
»Vorsicht«, sagte er. »Lassen Sie nicht die Eifersucht ihr grauses Haupt erheben.«
»Das ist schon geschehen.«
Wir sprachen miteinander, als wären wir bereits ein Liebespaar, und in gewissem Sinne waren wir das auch. Wenn der Vorsatz so schwer wiegt wie die Tat, war das Urteil schon gefällt – wie bei Paolo und Francesca. Aber wo hätten wir hingehen sollen? Außerdem gab es keine Möglichkeit, sich zu verdrücken, fort von den Leuten, die uns beobachteten. Also tanzten wir.
»Ich tanze nicht besonders gut«, sagte er.
Das stimmte. Doch er machte es dadurch wett, daß er lächelte wie Pan. Er scharrte mit seinen kleinen gespaltenen Hufen. Ich lachte – eine Spur zu schrill.
»Tanzen ist wie ficken«, sagte ich, »es kommt nicht darauf an, wie es aussieht – Hauptsache, wie einem dabei ist.« Einfach toll, wie ich mir kein Blatt vor den Mund nahm! Und wozu diese Show einer weltgewandten Dame?
Ich schloß die Augen und überließ mich wollüstig dem Rhythmus. Ich wand mich wie eine Schlange, ließ mein Becken kreisen und stieß es immer wieder gegen das seine. Irgendwann, in den längst vergangenen Tagen des Twist, war mir plötzlich aufgegangen, daß *niemand* wußte, wie das eigentlich geht – also wozu Hemmungen? *Chuzpe* ist alles – sowohl beim Gesellschaftstanz wie im gesellschaftlichen Leben. Von da an wurde ich eine ›gute Tänzerin‹ – oder das Tanzen machte mir zumindest Spaß. Es war wirklich wie ficken: Rhythmus und Schweiß.
Adrian tanzte auch die nächsten fünf oder sechs Tänze mit mir, bis wir – total erschöpft und tropfnaß – soweit gewesen wären, miteinander ins Bett zu fallen. Dann tanzte ich mit einem der österreichischen Teilnehmer – um den Anschein zu wahren, was ohnehin immer schwieriger wurde. Und dann tanzte ich mit Bennett, der ein fabelhafter Tänzer ist. Ich genoß es, daß Adrian mir zusah, während ich mit meinem Mann tanzte. Bennett tanzte um so vieles besser als Adrian, und er tat es genau mit der Eleganz und Grazie, die Adrian abging. Wenn Adrian beim Tanzen ein hoffnungsloser Oldtimer war, so war Bennett ein stromliniger Jaguar XKE. Und Bennett war so verdammt *lieb* zu mir. Seit Adrian auf der Bildfläche erschienen war, war Bennett wieder so galant und dazu unablässig um mich

bemüht. Er machte mir von neuem den Hof. Das gestaltete das Ganze *noch* viel schwieriger. Wenn er doch bloß ein Ekel gewesen wäre, wie einer von diesen Ehemännern in Romanen – gemein und tyrannisch, ein Mann, der es *verdient*, daß man ihm Hörner aufsetzt! Statt dessen war er einfach entzückend. Und das Teuflische daran war, daß das meine Begierde nach Adrian um keinen Deut verringerte.

Meine Begierde hatte wahrscheinlich mit Bennett gar nichts zu tun. Warum mußte es immer ›entweder – oder‹ sein? Ich wollte sie einfach beide haben. Die *Wahl* war das Unmögliche.

Adrian brachte uns in seinem Wagen ins Hotel zurück. Während der Fahrt, die gewundene, abfallende, von Grinzing stadteinwärts führende Straße hinunter, sprach er über seine Kinder – zehn oder zwölf Jahre alt – die poetischerweise Anaïs und Nikolai hießen und bei ihm lebten. Die anderen beiden, Mädchen, und zwar Zwillinge, deren Namen er nicht nannte, lebten bei ihrer Mutter in Liverpool.

»Es ist arg für meine zwei, daß sie keine Mutter haben«, sagte er, »aber andererseits bin ich ihnen eine ganz gute Mama. Ich koche sogar recht gern. Mein Curry-Reis ist nicht von schlechten Eltern.«

Daß er so stolz darauf war, eine gute Hausfrau zu sein, entzückte und amüsierte mich. Ich saß in Adrians *Triumph* vorne auf dem Beifahrersitz, Bennett auf dem Notsitz hinter uns. Wenn er doch bloß verschwinden, sich auflösen, aus dem offenen Sportwagen hinausschweben und sich im Wald verlieren würde. Und natürlich haßte ich mich auch dafür, *daß* ich das wünschte. Warum bloß war alles so kompliziert? Warum konnten wir nicht freundschaftlich und offen darüber reden. »Du nimmst es mir doch nicht übel, Schatz, aber ich muß jetzt mit diesem schönen Fremden vögeln.« Warum konnte es nicht einfach und aufrichtig und ohne tierischen Ernst vor sich gehen? Warum mußte man sein ganzes Leben aufs Spiel setzen – für einen lumpigen Spontanfick.

Am Hotel angekommen, sagten wir einander Aufwiedersehen. Welche Heuchelei, mit einem Mann aufs Zimmer zu gehen, mit dem man *nicht* ficken möchte, und den, mit dem man möchte, allein und einsam zurückzulassen, und sich dann, im Zustand großer Erregung, von *dem* ficken zu lassen, mit dem man *nicht* ficken möchte, und sich dabei vorzustellen, er sei derjenige, mit dem man möchte. Das nennt man eheliche Treue. Das nennt man Monogamie. Das nennt man das Unbehagen in der Kultur.

Am nächsten Abend fand die offizielle Eröffnung des Kongresses statt, der, im Dämmerlicht des scheidenden Tages, ein Cocktail-Empfang im großen Innenhof der Hofburg – einem der Wiener Paläste aus dem 18. Jahrhundert – voranging. Das Palais war innen renoviert worden, so daß die für die Öffentlichkeit bestimmten Räume den ganzen herkömmlichen Charme amerikanischer Motel-Restaurants aufwiesen, doch im Innenhof waberten noch die Nebel des 18. Jahrhunderts.

Wir erschienen zur blauen Stunde – acht Uhr abends spät im Juli. Lange Tische säumten den Innenhof. Kellner, Tabletts mit Champagnergläsern (die leider, wie sich herausstellte, süßlichen deutschen Sekt enthielten) über ihren Köpfen balancierend, wanden sich durch die Menge. Selbst die Psychoanalytiker glitzerten in der violetten Dämmerung. Rose Schwamm-Lipkin trug einen rosafarbenen, perlenbestickten Abendpulli aus Hongkong, dazu einen roten Seidenrock und ihre schicksten orthopädischen Sandalen. Judy Rose glitt in einem BH-losen hautengen Hosenanzug aus Silberlamé an uns vorüber. Sogar Dr. Schrift trug eine weinrote samtene Smokingjacke und dazu eine riesige azaleenfarbene Frackschleife aus Seide. Und Dr. Frommer war in Frack und Zylinder erschienen.

Bennett und ich schoben uns durch die Menge, auf der Suche nach jemand, den wir kannten. Wir wanderten ziellos umher, bis einer der Kellner uns zuvorkommend sein Tablett mit Champagnergläsern hinhielt und uns etwas zu tun gab. Ich trank schnell und hastig, in der Hoffnung, in Windeseile betrunken zu sein – was mir meistens mühelos gelingt. Nach etwa zehn Minuten schwebte ich durch purpurnen Nebel dahin; in den Augenwinkeln sah ich Sektperlen spielen. Ich tat, als sei ich auf der Suche nach der Damentoilette (während ich in Wirklichkeit natürlich auf der Suche nach Adrian war). Ich fand Tausende von ihm; sie erstreckten sich in der langen barocken Spiegelgalerie (in deren Nähe sich die Damentoilette befand) bis ins Unendliche.

Er schimmerte in all den Spiegeln. Eine unendliche Anzahl von Adrians in beigefarbenen Cordhosen und pflaumenfarbenen Rollkragenpullovern und braunen Wildlederjacken. Eine unendliche Anzahl schmutziger Zehennägel in unzähligen indischen Sandalen. Eine unendliche Anzahl von Meerschaumpfeifen zwischen ebenso vielen makellos geschwungenen Lippen. Meine Traumnummer? Mein Mann unter dem Bett! Vervielfältigt wie die Liebenden in *Letztes Jahr in Marienbad.* Vervielfältigt wie Andy Warhols Selbstporträts, wie die tausendundein Buddhas im Tempel von Kioto. (Jeder Buddha hat sechs Arme, jeder Arm hat ein eigenes

Auge ... wie viel Schwänze hatten wohl diese Millionen von Adrians? Und war jeder Schwanz ein Symbol für die unendliche Weisheit und das unendliche Erbarmen Gottes?)

»Hallo, Schätzchen«, sagt er, sich nach mir umwendend.

»Ich hab was für Sie«, sagte ich und überreichte ihm das Buch mit Widmung, das ich den ganzen Tag mit mir herumgetragen habe. Die Ränder der Seiten werden schon unansehnlich von meinen feuchten Handflächen.

»Wie süß von dir!« Er nimmt das Buch. Arm in Arm gehen wir durch die Spiegelgalerie. »*Galeotto fu il libro e chi lo scrisse*«, wie mein alter Kumpel Dante gesagt hätte. Die Gedichte hurten um Liebe, wie ihre Autorin. Das Buch meines Leibes war aufgeschlagen und der zweite Kreis der Hölle nicht fern.

»Weißt du«, sage ich, »wir werden uns wahrscheinlich nie wiedersehen.«

»Vielleicht tun wir es deshalb?« sagt er.

Wir gehen hinaus und in einen anderen Innenhof, der jetzt hauptsächlich als Parkplatz dient. Inmitten dunkler Schatten von Opels, Volkswagen und Peugeots umarmen wir einander. Mund an Mund und Leib an Leib. Sein Kuß ist zweifellos der nasseste Kuß in der Geschichte der Menschheit. Seine Zunge ist überall, wie das Weltmeer. Wir segeln davon. Sein Penis (der sich in seiner Cordhose aufbäumt) ist der hochaufragende rote Schornstein eines Ozeandampfers. Und ich streiche an ihm entlang, ächzend und stöhnend wie der Meereswind. Und ich sage all die törichten Dinge, die man sagt, wenn man sich auf einem Parkplalz abknutscht und versucht, ein Verlangen, eine Sehnsucht in Worte zu fassen, die nicht in Worte zu fassen ist – außer vielleicht im Gedicht. Und alles klingt so lahm. Ich liebe deinen Mund. Ich liebe dein Haar. Ich liebe deine Ohren. Ich muß dich haben. Ich muß dich haben. Alles, um nicht zu sagen: Ich liebe dich. Denn das hier ist fast zu schön, um Liebe zu sein. Zu prickelnd und köstlich für etwas so Ernsthaftes und Nüchternes wie Liebe. Mein ganzer Mund hat sich verflüssigt. Sein Mund schmeckt köstlicher, als die Brustwarze einem Baby schmeckt. (Und komm mir jetzt nicht mit deinen psychiatrischen Interpretationen, Bennett, ich schlag sofort zurück. Infantil. Regressiv. Zutiefst inzestuös. Zweifellos. Doch ich gäbe mein Leben dafür, wenn ich ihn nur immer weiter so küssen könnte, und wie willst du *das* analysieren?) Inzwischen hat er beide Hände in meinen Hintern geschlagen. Mein Buch hat er auf dem Kotflügel eines Volkswagens abgelegt und dafür meinen Hintern gepackt. Schreibe ich denn nicht deswegen? Um geliebt zu werden?

Ich weiß es nicht mehr. Ich weiß nicht einmal mehr, wie ich heiße.
»Ich kenne keinen Arsch wie deinen«, sagt er. Und das macht mich glücklicher, als wenn ich soeben den *National Book Award* verliehen gekommen hätte. Den *National Arsch Award* – den will ich haben! Den transatlantischen Arschpreis 1971.
»Ich komme mir vor wie Mrs. Amerika auf dem Kongreß der Träume«, sage ich.
»Du *bist* Mrs. Amerika auf dem Kongreß der Träume«, sagt er, »und ich will dich lieben, so intensiv ich kann, und dann verschwinden.« Gewarnt ist gewappnet, heißt es. Doch wer achtet schon darauf? Alles, was ich hörte, war das dumpfe Hämmern meines Herzens.

Der Rest des Abends war ein Traum aus Spiegelbildern und Sektkelchen und angetrunkenem Psychiatrie-Geschwätz. Wir gingen durch die Spiegelgalerie zurück zur Gesellschaft. Wir waren so erregt, daß wir uns kaum die Mühe machten, eine neue Verabredung zu treffen. Ich sah Bennett. Die rothaarige Argentinierin hatte ihn untergehakt, und er lächelte sie an. Ich trank noch ein Glas Sekt und machte mit Adrian einen Rundgang. Er stellte mich allen anwesenden Analytikern aus London vor und schwatzte eine Menge Zeug über meinen bis dato noch ungeschriebenen Artikel. Ob sie bereit wären, sich von mir interviewen zu lassen? Ob sie sich für meine journalistische Arbeit interessierten? Und die ganze Zeit lag sein Arm um meine Taille und seine Hand hin und wieder auf meinem Hintern. Sehr diskret benahmen wir uns nicht gerade. Jeder konnte es mitkriegen. Sein Analytiker. Mein Ex-Analytiker. Der Analytiker seines Sohnes. Der Analytiker seiner Tochter. Der frühere Analytiker meines Mannes. Mein Mann.
»Die Frau Gemahlin?« fragte einer der älteren Herren aus London.
»Nein«, erwiderte Adrian, »aber ich wünschte, sie wäre es. Wenn ich ganz großes Glück habe, wird sie es vielleicht noch.«
Ich schwebte dahin. In meinem Kopf summte es von Sekt und Heiratsgesprächen. Meine Gedanken kreisten um die Vorstellung, New York, diesem öden Kuhdorf, den Rücken zu kehren, und statt dessen in *swinging* London zu leben. Ich war nicht mehr recht bei Sinnen. »Sie ist mit irgendeinem Engländer durchgegangen«, hörte ich meine New Yorker Freundinnen sagen, nicht ohne Neid. Alle haben sie lauter Klötze am Bein: Kinder und Babysitter-Sorgen und Weiterbildungskurse und Lehrstellen und psychiatrische Behandlung und Patienten. Und ich flog auf meinem geklauten Besenstiel

durch die purpurnen Wolken von Wien. Ich war diejenige, die ihre Phantasien für sie zu Papier bringen mußte. Ich war diejenige, die ihnen immer komische Geschichten über meine verflossenen Liebhaber erzählte, diejenige, die sie nach außenhin beneideten und über die sie im stillen lachten. Ich sah im Geiste den Bericht über die Ereignisse in *Class News* vor mir:

Isadora White Wing und ihr neuer Mann, Dr. Adrian Goodlove, leben in London in der Nähe von Hampstead Heath – nicht zu verwechseln mit Heathcliff (dies für die Mathe-Studenten unter euch). Isadora würde zu gern gelegentlich etwas von ihren früheren Kommilitoninnen, die sich gegebenenfalls im Ausland aufhalten, hören. Sie arbeitet eifrig an einem Roman und wird demnächst auch einen neuen Gedichtband veröffentlichen. Im Augenblick nimmt sie am Internationalen Psychoanalytiker-Kongreß in Wien teil, wo sie ...

Alle meine Phantasien drehten sich um Heirat. Kaum war ich im Geist dabei, dem einen Mann davonzulaufen, da sah ich mich bereits an einen anderen gebunden. Ich war wie ein Schiff, das immer einen Anlaufhafen braucht. Ich konnte mir mich selbst ohne Mann einfach nicht vorstellen. Ohne Mann kam ich mir vor wie ein Hund ohne Herr, wurzellos, gesichtslos, konturlos.
Aber was war denn eigentlich an der Ehe so großartig? Ich war ja nun bereits zum zweiten Male verheiratet. Es hatte seine guten, aber auch seine schlechten Seiten. Die sogenannten Vorzüge der Ehe standen zumeist unter negativem Vorzeichen. Unverheiratet in einer Männerwelt zu leben, bedeutete eine solche Mühsal, daß *alles* andere besser sein mußte als das. Die Ehe *war* besser. Aber nicht viel. Ziemlich raffiniert, wie die Männer ledigen Frauen das Leben so unerträglich zu machen gewußt haben, daß die meisten mit Freuden sogar eine schlechte Ehe vorziehen würden. Fast alles bedeutete eine Verbesserung, verglichen mit der Strampelei, sich mit einem schlecht bezahlten Job durchschlagen zu müssen und sich in seiner Freizeit unattraktive Männer vom Leibe zu halten, während man verzweifelt bemüht ist, sich einen attraktiven zu angeln. Obwohl ich nicht daran zweifle, daß ledig zu sein für einen Mann die gleiche Einsamkeit bedeutet, so fällt bei ihm immerhin die zusätzliche Erschwerung der Lebensgefahr fort, die das Alleinsein für eine Frau darstellt, und es hat nicht automatisch Armut und unweigerlich den Status eines sozialen Parias zur Folge.
Würden die meisten Frauen überhaupt heiraten, wenn sie wüßten, was ihnen blüht? Ich denke an die jungen Frauen, die ihren Männern folgen, wohin der Beruf ihre Männer auch führt, und wie sie sich unversehens weit entfernt von ihren Freunden und Angehöri-

gen wiederfinden. Ich sehe sie in Orten leben, wo sie keine Arbeit finden, wo sie die Sprache nicht sprechen. Ich sehe sie aus lauter Einsamkeit und Langerweile Kinder in die Welt setzen, ohne zu wissen, warum. Ich denke an ihre Männer, immer gehetzt und müde von der Jagd nach dem Geld. Ich denke daran, wie sie einander nach der Hochzeit seltener sehen als zuvor. Ich denke daran, wie sie abends ins Bett fallen, zu erschöpft zum Vögeln. Ich denke daran, wie sie sich schon im ersten Ehejahr fremder gegenüberstehen, als sie es, bevor sie einander heirateten, bei zwei Menschen auch nur für möglich gehalten hätten. Und dann denke ich an die beginnenden Wunschträume. Er schielt nach den vierzehnjährigen Lolitas im Bikini. Sie ist scharf auf den Fernsehmonteur. Das Baby wird krank, und sie treibt es mit dem Kinderarzt. Er vögelt seine masochistische kleine Sekretärin, die *Cosmopolitan* liest und sich für ein tolles Weib hält. Nicht: Wann begann alles schief zu laufen? Sondern: Wann war jemals alles in Ordnung?
Ein trübes Bild. Nicht alle Ehen sind so. Ich denke da an die Ehe, von der ich in meiner idealistischen Pubertät träumte (als ich glaubte, daß Beatrice und Sidney Webb sowie Virginia und Leonard Woolf eine vollkommene Ehe führten). Was wußte ich schon? ›Vollkommene Übereinstimmung‹, ›Kameradschaft‹, ›Gleichheit‹ – das war es, was ich von der Ehe verlangte. Wußte ich etwas davon, wie Männer sich hinter ihrer Zeitung verschanzen, während man den Tisch abräumt? Wie sie tun, als hätten sie zwei linke Hände, wenn man sie bittet, einen Saft-Cocktail zu mixen? Und wie sie, wenn sie Freunde mitbringen, von einem erwarten, daß man die Herren von vorn und hinten bedient, und sich andererseits das Recht herausnehmen, zu schmollen und sich zurückzuziehen, sobald man selbst einmal jemanden mitbringt? Welches idealistische, heranwachsende junge Mädchen könnte sich das alles wohl vorstellen, während es Shaw und Virginia Woolf und Beatrice und Sidney Webb liest?
Ich kenne einige gute Ehen. Meistens sind es zweite Ehen. Ehen, in denen beide Partner dem ›Ich-Tarzan‹-›Du-Jane‹-Schwachsinn entwachsen sind und ihr Bestes tun, den Alltag zu bewältigen, indem sie einander helfen, einander mit Rücksicht und Güte begegnen, den täglich anfallenden häuslichen Kleinkram ohne Murren erledigen, ohne sich allzu viele Gedanken darüber zu machen, wer was tut. Manche Männer erreichen diesen wunderbar lässigen Gemütszustand um die vierzig herum, oder nach ein paar Scheidungen. Vielleicht sind diejenigen Ehen die besten, in denen die Partner im mittleren Alter stehen. Wenn all der Unsinn wegfällt und man

begreift, daß man einander lieben *muß*, da man eines Tages doch sterben wird.

Wir waren alle blau (ich dunkelblau), als wir uns in Adrians grünen *Triumph* quetschten und losfuhren, in irgendein Nachtlokal. Wir waren zu fünft: Bennett, Marie Winkleman (eine vollbusige Studiengenossin von mir, inzwischen Psychologin, die Bennett auf dem Fest aufgerissen hatte), Adrian (der uns fuhr, wenn man es so nennen kann), ich (mit zurückgelegtem Kopf, wie die erste Isadora nach ihrer Strangulation) und Robin Phipps-Smith (ein farbloser, krausköpfiger englischer Doktorand mit einem deutschen Brillengestell, der ununterbrochen davon redete, wie sehr er ›Ronnie‹ Laing verabscheue – was ihn Bennett teuer machte). Adrian dagegen war ein Laing-Anhänger; er hatte bei ihm studiert und konnte seinen schottischen Akzent wunderbar nachahmen – allerdings wußte ich damals noch nicht, wie Laing sprach.
Wir zickzackten durch die Straßen von Wien, über Kopfsteinpflaster und Straßenbahngeleise, und überquerten die schöne, schmutzigbraune Donau.
Wie die Diskothek hieß oder die Straße oder sonstwas, weiß ich nicht mehr. Ich habe Zustände, in denen ich meine Umgebung nicht mehr zur Kenntnis nehme, ausgenommen die Männer darin und die Vibrationen, die sie in meinen verschiedenen Körperteilen (Herz, Bauch, Brustwarzen, Möse) auslösen. Das Lokal flirrte von Silber. Chromfarbene Tapeten. Grellweißes Licht. Überall Spiegel. Gläserne Tische auf Gestellen aus Chrom. Mit weißem Leder bezogene Stühle. Ohrenbetäubende Rock-Musik. Nennen Sie das Beisl, wie Sie wollen: *The Mirrored Room, The Seventh Circle, The Silvermine, The Glass Balloon.* Ich weiß nur noch, daß es ein englischer Name war. Sehr schick und ebenso leicht zu vergessen.
Bennett, Marie und Robin sagten, sie wollten sich an einen Tisch setzen und Drinks bestellen. Adrian und ich begannen zu tanzen; unsere trunkenen Windungen wiederholten sich in den endlosen Spiegeln. Schließlich suchten wir uns einen toten Winkel zwischen zwei Spiegeln, wo wir uns küssen konnten, beobachtet einzig und allein von uns selbst in zahllosen Exemplaren. Ich hatte das deutliche Gefühl, meinen eigenen Mund zu küssen – wie damals, als ich, mit neun Jahren, mein Kopfkissen mit Speichel befeuchtete und die Stelle dann küßte, um eine Vorstellung davon zu bekommen, wie ein ›Zungenkuß‹ wohl schmecke.
Als wir uns auf die Suche nach dem Tisch mit Bennett und den anderen machten, befanden wir uns unversehens in einem Irrgar-

ten von ineinander übergehenden Nischen und abgeteilten Sitzekken. Immer wieder traten wir uns selbst entgegen. Wie in einem Traum gehörte keines der Gesichter an den Tischen jemandem, den wir kannten. Wir suchten und suchten, in zunehmender Panik. Mir war, als sei ich in eine Spiegelwelt versetzt, wo ich, wie die *Rote Königin,* laufen und laufen mußte, bis sich herausstellte, daß ich rückwärts lief. Und nirgends eine Spur von Bennett.
Blitzartig ging mir auf, daß er Marie nach Hause gebracht hatte, um mit ihr ins Bett zu gehen. Entsetzen überfiel mich. *Ich* hatte ihn soweit gebracht. Das war das Ende. Ich würde den Rest meines einsamen Lebens ohne Mann, ohne Kinder, ohne menschliche Anteilnahme zubringen.
»Gehn wir«, sagte Adrian. »Sie sind nirgends zu sehen. Sicher sind sie fortgegangen.«
»Vielleicht konnten sie keinen freien Tisch finden und warten draußen auf uns.«
»Schon möglich«, sagte er.
Doch ich kannte die Wahrheit. Bennett hatte mich verlassen. Für immer. Jetzt, in diesem Augenblick, umfaßte er mit beiden Händen Maries gewaltigen kellerbleichen Arsch und vögelte ihr Freudsches Gemüt.
Während meines ersten Trips nach Washington, mit zehn Jahren, bin ich meinen Angehörigen abhanden gekommen, während wir das FBI-Gebäude besichtigten. Ausgerechnet dort habe ich mich verirrt. Abteilung vermißte Personen. Fahndung veranlassen.
Die McCarthy-Ära war auf ihrem Höhepunkt, und ein FBI-Mann mit verkniffenem Mund erklärte den Anwesenden ausführlich, wie man am besten Kommunisten fängt. Ich lungerte vor einer Glasvitrine herum und war vertieft in den Anblick der darin ausgestellten Fingerabdrücke, als die ganze Gesellschaft um eine Ecke bog und verschwunden war. Ich wanderte umher, betrachtete mein Spiegelbild im Glas der Vitrine und versuchte, meine Angst zu bezwingen. Sie würden mich nie wiederfinden. Die Fingerabdrücke eines behandschuhten Verbrechers waren leichter aufzuspüren als ich. FBI-Beamte mit Bürstenhaarschnitt würden mich auf teuflische Weise verhören, bis ich gestand, daß meine Eltern Kommunisten seien (sie waren tatsächlich irgendwann Kommunisten gewesen), und wir alle würden unsere Tage wie die Rosenbergs beenden, in unseren feuchten Zellen *God Bless America* singen und daran denken, wie es wohl sei, auf dem elektrischen Stuhl zu sterben.
Und dann begann ich zu brüllen. Ich brüllte so lange, bis die ganze Gesellschaft zurückgerannt kam und mich dort fand – in einem Saal

mit lauter Hilfsmitteln zur Spurensicherung. Aber jetzt konnte ich nicht brüllen. Und außerdem war die Musik so laut, daß niemand mich gehört hätte. Plötzlich begehrte ich Bennett so heftig, wie ich vor wenigen Minuten Adrian begehrt hatte. Und Bennett war fort. Wir gingen hinaus und stiegen in Adrians Wagen.
Auf dem Weg zu seiner Pension geschah etwas Sonderbares. Oder, besser gesagt: es geschah zehnmal etwas Sonderbares. Wir verfuhren uns zehnmal. Und jedes Mal war einzig in seiner Art – nicht, daß wir etwa immerzu in die Runde gefahren wären. Und nun, da wir einander bis in alle Ewigkeit auf dem Halse hatten, schien das Bett im Augenblick an Dringlichkeit verloren zu haben.
»Ich habe nicht vor, dir von all den anderen Männern zu erzählen, mit denen ich im Bett war«, sagte ich. Ich kam mir recht kühn vor.
»Das ist recht«, sagte er und tätschelte mein Knie. Statt dessen fing er an, mir von all den Frauen zu erzählen, die *er* aufs Kreuz gelegt hatte. Das hatte ich nun davon.
Zunächst mal war da May Pei, die junge Chinesin, an die Bennett ihn erinnerte.
»May Pei – erst HI-FI und dann *bye-bye.*«
»Sehr witzig.«
»Witzig oder nicht – wie ging es denn aus?«
»Ich hab schwer dafür büßen müssen. Ich habe noch Jahre daran geknabbert.«
»Du meinst, nachdem Schluß war, hast du immer noch an ihr geknabbert? Nicht schlecht. Der Spukfick. Den könntest du dir patentieren lassen. Leute von historischen Berühmtheiten ficken lassen: von Napoleon, Karl II., Ludwig XIV. ... so ähnlich, wie Dr. Faustus die schöne Helena fickt ...« Ich alberte zu gern mit ihm herum.
»Halt den Mund, Votze – laß mich zu Ende erzählen, von May ...« und dann, während die Bremsen aufkreischten, drehte er sich zu mir: »Mein Gott, bist du schön ...«
»Sieh vor dich, auf die Straße, du Spinner«, sagte ich – verzückt.

Meine Gespräche mit Adrian klangen immer wie Zitate aus *Alice hinter den Spiegeln.* Etwa so:
Ich: »Wir scheinen immerzu im Kreise zu fahren.«
Adrian: »Darum geht es ja gerade.«
Ich: »Würdest du bitte meine Aktentasche tragen?«
Adrian: »Wenn du mir versprichst, daß du vorläufig nichts für mich trägst.«
Oder:

Ich: »Ich hab' mich hauptsächlich deswegen von meinem ersten Mann scheiden lassen, weil er verrückt war.«
Adrian (seine Laingschen Brauen runzelnd): »Aber das scheint mir ein guter Grund zu sein, jemanden zu *heiraten*, nicht, sich von ihm scheiden zu lassen.«
Ich: »Aber er sah jeden Abend fern.«
Adrian: »Ach so ... *dann* versteh ich gut, daß du geschieden bist.«

Wieso hatte May Pei Adrians Leben durcheinandergebracht?
»Sie ließ mich sitzen und ging zurück nach Singapur. Sie hatte ein Kind dort, das lebte bei seinem Vater, und das Kind hatte einen Autounfall gehabt. Sie *mußte* wohl zurück, aber sie hätte wenigstens schreiben können. Monatelang bin ich herumgegangen und hatte das Gefühl, daß es nur noch Roboter auf der Welt gibt. So deprimiert wie damals war ich nie. Das Aas heiratete dann zum Schluß den Kinderarzt, der das Kind behandelte – irgend so 'n amerikanisches Rindvieh.«
»Und warum bist du ihr nicht nachgereist, wenn sie dir so viel bedeutete?« Er sah mich an, als sei ich verrückt – als wäre ihm so etwas nie in den Sinn gekommen.
»Ihr nachreisen? Wieso?« (Er bog mit rauchenden Reifen um eine Ecke. Es war wieder mal die verkehrte Ecke.)
»Weil du sie liebtest.«
»Das Wort habe ich nie ausgesprochen.«
»Aber du hast es doch so empfunden, warum also nicht?«
»Meine Arbeit ist wie Hühnerhalten«, sagte er. »Es muß doch jemand da sein, der den Dreck wegmacht und die Körner streut.«
»Das ist Bockmist«, sagte ich. »Ärzte benutzen ihre Arbeit immer als Entschuldigung dafür, sich unmenschlich zu verhalten. *Die* Tour kenne ich.«
»Nicht Bockmist – Hühnermist«, sagte er. »Und welche Tour kennst du noch nicht?«
Ich lachte.
Nach May Pei kam eine ganze UN-Vollversammlung von Damen aus Thailand, Indonesien und Nepal. Dann gab es eine Afrikanerin aus Botswana und ein paar französische Psychoanalytikerinnen und eine französische Schauspielerin, die »eine Zeitlang in der Klapsmühle« war.
»*Wo* war sie?«
»In der Klapsmühle – du weißt schon, im Narrenhaus. Im Irrenhaus, meine ich.«

Adrian idealisierte den Irrsinn auf typisch Laingsche Weise. Schizophrene waren die wahren Dichter. Jeder tobende Irre ein Rilke. Er wollte, daß ich mit ihm zusammen Bücher schriebe. Über Schizophrene.
»Ich wußte doch, daß du was von mir willst«, sagte ich.
»Stimmt. Ich will mich deines Zeigefingers und deines niedlichen Däumchens bedienen.«
»Den kannst du dir sonstwo reinstecken.«
Wir sagten uns immerzu Grobheiten, wie Zehnjährige. Unsere einzige Möglichkeit, Zuneigung auszudrücken.
Was die Frauen in seiner Vergangenheit anging, so hätte Adrian gut in unsere Familie gepaßt. Vögele niemals eine Rassengenossin, schien sein Wahlspruch zu sein. Seine gegenwärtige Freundin (die, wie ich erfuhr, seine Kinder hütete) stand ihm in der Beziehung noch am nächsten: sie war Jüdin und stammte aus Dublin.
»Molly Bloom?« fragte ich.
»Wer?«
»Du weißt nicht, wer Molly Bloom ist???« Ich konnte es kaum glauben. Alle die kultivierten englischen Silben und er hat nicht einmal Joyce gelesen. (Ich habe auch lange Partien aus *Ulysses* überschlagen, aber ich erzähle jedem, daß es mein Lieblingsbuch sei. *Tristram Shandy* desgleichen.)
»Ich bin Analphabet«, sagte er höchst selbstzufrieden. Er sprach es wie Anal-phabet aus. Noch so 'n doofer Doktor, dachte ich. Wie die meisten Amerikaner nahm ich naiverweise an, daß ein englischer Akzent gleichbedeutend mit Bildung und Kultivierheit sei.
Na wenn schon. Literarisch gebildete Männer sind, wie sich später oft genug herausstellt, Charakterschweine. Oder Widerlinge. Aber ich war doch enttäuscht. Wie damals, als sich herausstellte, daß mein Analytiker noch nie etwas von Sylvia Plath gehört hatte. Da hatte ich nun tagelang über ihren Selbstmord geredet und daß ich geniale Gedichte schreiben und meinen Kopf in den Gasherd stekken wolle. Und er hatte wahrscheinlich die ganze Zeit dabei an Heringssalat gedacht.
Ob Sie es glauben oder nicht – Adrians mollige Freundin hieß zwar nicht Molly Bloom, dafür aber Esther Bloom. Sie war ein dunkler Typ und krankte, wie er sagte, an »allen jüdischen Leiden. Sehr sinnlich und neurotisch.«
Eine Art jüdischer Prinzessin (auf der Erbse?) aus Dublin.
»Und deine Frau – wie war die?« (Inzwischen hatten wir uns so hoffnungslos verfahren, daß wir einfach irgendwo an einem Randstein stehen blieben.)

»Katholisch«, sagte er, »eine Papistin aus Liverpool.«
»Hatte sie einen Beruf?«
»Sie war Hebamme.«
Eine eigenartige Kurzinformation. Ich wußte nicht genau, wie ich darauf reagieren sollte.
»Er war mit einer katholischen Hebamme aus Liverpool verheiratet«, sah ich mich schreiben. (In meinem Roman würde ich Adrian einen exotischeren Namen geben und ihn ein gutes Stück größer sein lassen.)
»Warum hast du sie geheiratet?«
»Weil ich ihr gegenüber Schuldgefühle hatte.«
»Auch ein Grund.«
»Doch, es ist einer. Als Medizinstudent hatte ich irgendwie dauernd ein schlechtes Gewissen. Puritanisch bis in die Knochen. Ich meine, es gab schon Mädchen, mit denen ich mich wohl fühlte – aber gerade das machte mir Angst. Eine war dabei, die mietete öfters eine riesige Scheune, lud dann Gott und die Welt ein und jeder sollte mit jedem ficken. Bei ihr war mir wohl – also mißtraute ich ihr natürlich. Und bei meiner späteren Frau fühlte ich mich schuldig – also heiratete ich sie. Ich war wie du. Ich traute dem Genuß und meinen eigenen Impulsen nicht. Ich hatte Todesangst, wenn ich mich glücklich fühlte. Und als die Angst übermächtig wurde, habe ich geheiratet. Genau wie du, Schätzchen.«
»Wie kommst du darauf, daß ich aus Angst geheiratet habe?« Ich ärgerte mich, weil er recht hatte.
»Ach, wahrscheinlich fandest du, daß du zuviel rumvögelst, einfach nicht nein sagen konntest und manchmal machte es dir sogar Spaß, und dann fühltest du dich schuldig. *Weil* es dir Spaß machte. Wir sind für das Leiden programmiert, nicht für den Genuß. Der Masochismus wird uns schon sehr früh eingepflanzt. Arbeiten mußt du und leiden – und das Schlimme daran ist, daß man es auch noch glaubt. Nun, das ist auch Bockmist. Ich habe sechsunddreißig Jahre gebraucht, bis ich begriffen habe, was für'n *Haufen* Bockmist das ist, und wenn es etwas gibt, das ich für dich tun möchte, dann ist es folgendes: ich möchte dich dazu bekehren, daß auch du das begreifst.«
»Du hast allerlei mit mir vor, wie? Du willst mich lehren, was Freiheit ist, was Genuß ist, du willst Bücher mit mir schreiben, mich bekehren ... Warum wollen Männer mich immer zu irgend etwas bekehren? Sehe ich so bekehrungsbedürftig aus?«
»Du siehst *rettungs*bedürftig aus, Schatz, in hohem Maße rettungsbedürftig. Du schlägst deine großen kurzsichtigen Augen zu mir

auf, als wäre ich Big Daddy, der Große Psychotherapeut. Du bist ständig auf der Suche nach einem Mentor, und wenn du ihn gefunden hast, wirst du so abhängig von ihm, daß du anfängst, ihn zu hassen. Oder du wartest, bis er seine Schwächen zeigt, und dann verachtest du ihn, weil auch er nur ein Mensch ist. Du sitzt da und beobachtest, machst dir im Kopf Notizen, siehst die Menschen als Romanfiguren oder ›Fälle‹ – ich kenn' das Spielchen. Du redest dir ein, daß du Material sammelst. Du redest dir ein, daß du die ›menschliche Natur‹ studierst. Die Kunst kommt vor dem Leben, wie auch immer. Eine andere Version von diesem puritanischen Bockmist. Nur, daß du noch 'n zusätzlichen Schlenker drin hast. Du hältst dich für eine Hedonistin, weil du abhaust und dich mit mir rumtreibst. Aber es ist und bleibt doch die gute alte Arbeitsmoral, denn im Grunde willst du nur über mich *schreiben*. Also ist es *doch* Arbeit, *n'est-ce pas*? Du kannst mit mir ficken und es Poesie nennen. Gar nicht so dumm. Auf diese Weise betrügst du dich selbst mit Erfolg.«

»Und du bist ganz groß darin, Analysen wie für 'ne Illustrierte loszulassen. Wie so 'n Fernsehpsychiater.«

Adrian lachte. »Ich kenne all das von mir selbst. Psychoanalytiker spielen nämlich genau dasselbe Spielchen. Sie sind darin wie Schriftsteller. Alles wird mit Abstand betrachtet, als Fall, als Studienobjekt. Auch sie haben gräßlichen Bammel vor dem Sterben – genau wie die Dichter. Ärzte hassen den Tod – deshalb werden sie Arzt. Und sie müssen dauernd Wirbel machen und immer auf'm Trab sein, um sich selbst zu beweisen, daß sie noch leben. Ich kenn' dein Spielchen, weil ich es selber spiele. Es ist kein solches Mysterium, wie du glaubst. Du bist ziemlich leicht zu durchschauen, weißt du.«

Es machte mich wütend, daß er mich noch zynischer sah als ich selbst. Ich glaube immer, mich am besten vor den Ansichten anderer Menschen über mich zu schützen, indem ich mich selbst möglichst negativ betrachte. Und dann stelle ich plötzlich fest, daß selbst dieses negative Bild noch geschmeichelt ist. Wenn ich verletzt bin, verfalle ich in mein Schul-Französisch: »*Vous vous moquez de moi.*«

»Da hast du verdammt recht. Paß auf – du sitzt in diesem Augenblick neben mir, weil dein Leben unehrlich und deine Ehe tot ist – oder sie liegt, von Lügen vergiftet, in den letzten Zügen. Und diese Lügen sind dein Werk. Und nun mußt du dich irgendwie retten. Aber es ist *dein* Leben, das du verpfuschst, nicht meines.«

»Ich dachte, du sagtest, ich wollte, daß *du* mich rettest?«

»Stimmt. Aber in *die* Falle gehe ich nicht. Irgendwann werde ich dich enttäuschen, und zwar nachhaltig, und dann wirst du mich noch mehr hassen, als du deinen Mann haßt ...«
»Ich hasse meinen Mann nicht.«
»Kann sein. Aber er langweilt dich – und das ist schlimmer, nicht wahr?«
Ich gab keine Antwort. Nun war ich wirklich deprimiert. Die Wirkung des Sekts begann nachzulassen.
»Warum versuchst du jetzt schon, mich zu bekehren? Du hast mich ja noch nicht mal umgelegt.«
»Weil dir das das Wichtigste ist.«
»Dummes Zeug, Adrian. Das Wichtigste ist mir im Augenblick, daß du mich aufs Kreuz legst. Und kümmere dich nicht um mein Innenleben.« Doch ich wußte, daß ich log.
»Wenn Sie umgelegt werden wollen, Gnädigste, werden Sie umgelegt.« Er ließ den Wagen anspringen. »›Gnädigste‹ ist eigentlich gut. Werd' ich jetzt immer zu dir sagen.«
Doch ich hatte kein Pessar und er keine Erektion, und als wir endlich in seiner Pension ankamen, waren wir von der langen Herumfahrerei beide zu Tode erschöpft.
Wir lagen auf seinem Bett und hielten uns umschlungen. Zärtlich und mit belustigtem Staunen betrachteten wir gegenseitig unsere Nacktheit. Das beste daran, nach so vielen Ehejahren mit einem anderen Mann zu schlafen, war die Wiederentdeckung des männlichen Körpers. Der Körper des eigenen Mannes ist eines Tages praktisch wie der eigene Körper. Man kennt alle Einzelheiten, alle Gerüche, den Geschmack, jede Falte, die Behaarung, die Muttermale. Adrian jedoch war wie ein fremdes Land. Meine Zunge begann, es zielstrebig zu erkunden. Ich fing bei seinem Mund an und glitt langsam abwärts. Sein sonnengebräunter kräftiger Hals. Seine Brust mit den rötlichen Löckchen. Sein Bauch, ein wenig dicklich – so anders als Bennetts bräunlich-magere Straffheit. Sein schlaffer, rosafarbener Penis, der leicht nach Urin schmeckte und sich in meinem Mund nicht aufrichten wollte. Seine rosigen, stark behaarten Hoden, die ich, einen nach dem anderen, in den Mund nahm. Seine muskulösen Schenkel. Seine sonnenverbrannten Knie. Seine Füße. (Die ich nicht küßte.) Seine schmutzigen Zehennägel. (Dito.) Dann fing ich wieder von oben an. Bei seinem wunderbar feuchten Mund.
»Wieso hast du so kleine, spitze Zähne?«
»Meine Mutter war ein Frettchen.«
»Was war sie?«

»Ein Frettchen.«
»Ach so.« Ich wußte nicht, was das ist, es war mir aber auch egal. Wir kosteten einander. Wir lagen Kopf bei Fuß und seine Zunge machte Musik in meiner Möse.
»Du hast eine wunderbare Möse«, sagte er, »und den herrlichsten Arsch, der mir je untergekommen ist. Nur schade, daß du keine Titten hast.«
»Danke.«
Ich hielt mich dran mit Saugen, aber kaum war sein Schwanz steif, wurde er auch schon wieder schlaff.
»Ich hab' eigentlich keine Lust, dich zu ficken.«
»Warum nicht?«
»Ich weiß nicht – mir ist einfach nicht danach.«
Adrian wollte um seiner selbst willen geliebt werden und nicht wegen seiner blonden Haare (oder wegen seines rosafarbenen Pimmels). Das hatte irgendwie etwas Rührendes. Er wollte keine Fickmaschine sein.
»Ich kann die schönsten Weiber ganz prima durchziehen, wenn mir so ist«, sagte er herausfordernd.
»Natürlich kannst du das.«
»Jetzt klingst du wie so 'ne beschissene Fürsorgerin.«
Ich hatte schon ein paarmal im Bett die Fürsorgerin spielen müssen. Zunächst mal bei Brian, nach seiner Entlassung aus der Heil- und Pflegeanstalt, als er zu vollgepumpt mit Thoracin (und zu schizoid) war, um überhaupt vögeln zu können. Einen Monat lang lagen wir im Bett und hielten Händchen. »Wie Hänsel und Gretel«, sagte er. Das war eigentlich auch rührend. Wie man sich Dodgson und Alice in einem Boot auf der Themse vorstellt. Es war aber auch irgendwie eine Erleichterung, nach Brians manischer Phase, in der er mich um ein Haar erwürgt hätte. Allerdings waren Brians sexuelle Vorlieben schon vor seinem Nervenzusammenbruch ein wenig merkwürdig. Er stand ausschließlich auf Blasen, am Ficken lag ihm nichts. Damals war ich noch zu unerfahren, um zu wissen, daß nicht alle Männer so sind. Ich war einundzwanzig und Brian fünfundzwanzig, und da ich immer davon gehört hatte, daß Männer sich mit sechzehn auf ihrem sexuellen Höhepunkt befinden, Frauen aber erst mit dreißig, so nahm ich an, daß Brians *Alter* daran schuld sei. Er baute bereits ab. Auf dem absteigenden Ast, dachte ich. Aber immerhin wurde ich dadurch eine Expertin auf diesem Gebiet.
Auch bei Charlie Fielding, dem Dirigenten, dessen Taktstock ebenfalls immer wieder den Kopf hängen ließ, hatte ich Fürsorgerin gespielt. Er wußte sich vor Dankbarkeit nicht zu lassen. »Du bist

wirklich einmalig«, sagte er in jener ersten Nacht immer wieder (womit er meinte, daß er erwartet habe, ich würde ihn vor die Tür setzen, hinaus in die Kälte, was ich nicht tat). Er machte es später wieder gut. Den Kopf hängen ließ sein Taktstock nur bei Premieren.

Aber Adrian? Adrian, die Sexbombe? Er sollte mein Spontanfick werden. Was war los? Das Merkwürdigste daran war, daß es mir eigentlich nichts ausmachte. Er war so schön, wie er da lag, und sein Körper roch so gut. Ich dachte daran, wie die Männer nun schon viele Jahrhunderte lang die Frauen um ihres Körpers willen angebetet, ihre Seele jedoch mißachtet hatten. Damals, als ich noch die Woolfs und die Webbs verehrte, war das für mich unfaßbar, doch jetzt verstand ich es. Weil es genau das war, was ich so oft über die Männer dachte. Ihr Innenleben war ein hoffnungsloses Durcheinander, aber ihre Körper waren *so* reizvoll, ihre Ansichten und Meinungen schier unerträglich, doch ihr Penis war seidig. Ich war mein Lebtag eine Feministin gewesen (meine ›Radikalisierung‹ datiert meiner Meinung nach aus dem Jahr 1955, als der beknackte Horace Mann [17], mit dem ich an jenem Abend ausgewesen war, mich in der U-Bahn fragte, ob ich vorhabe, Sekretärin zu werden), doch das große Problem dabei war, wie der Feminismus mit dem unstillbaren Hunger nach Männerkörpern zu vereinbaren ist. Das war nicht so einfach. Außerdem, je älter man wurde, desto deutlicher trat zutage, daß Männer eine tiefverwurzelte Angst vor Frauen haben. Die einen im geheimen, die anderen, ohne es zu verbergen. Was konnte bitterer sein, als eine emanzipierte Frau Auge in Auge mit einem schlaffen Schwanz? Die schwerwiegendsten Probleme in der Geschichte der Menschheit verblaßten neben diesen zwei Kernpunkten: die ewige Frau und der ewig schlaffe Schwanz.

»Mach ich dir Angst?« fragte ich Adrian.

»*Du*?«

»Nun ja, manche Männer behaupten, sie hätten Angst vor mir.«

Adrian lachte. »Du bist ein Schatz«, sagte er, »eine ›pussycat‹ – wie ihr Amerikaner sagt. Aber das ist es *nicht*.«

»Passiert dir das öfters?«

»Nein, Frau Doktor, und ich will jetzt nicht weiter verhört werden. Das ist einfach lächerlich. Ich *habe* kein Potenzproblem – ich bin bloß so *überwältigt* von deinem phantastischen Arsch, daß mir nicht nach ficken ist.«

Das letzte Mittel, den Gegner zu demütigen: der Schwanz, der einem (wem? ihm oder mir?) den Dienst verweigert. Die tödliche Waffe im Kampf der Geschlechter: der schlaffe Schwanz. Das

Banner des feindlichen Lagers: der Schwanz auf halbmast. Das Symbol der Apokalypse: der Atomsprengkopf-Schwanz, der sich selbst vernichtet. *Das* ist die fundamentale Ungerechtigkeit, die nie aus der Welt geschafft werden kann: nicht, daß das Männchen eine einmalige zusätzliche Attraktion, genannt Penis, besitzt, sondern daß das Weibchen eine einmalige Allwetter-Möse ihr eigen nennt. Weder Sturm noch Hagel noch das Dunkel der Nacht können ihr etwas anhaben. Sie ist immer da, immer bereit. Ziemlich beängstigend, wenn man darüber nachdenkt. Kein Wunder, daß Männer die Frauen hassen. Kein Wunder, daß sie das Märchen von der weiblichen Unzulänglichkeit erfunden haben.

»Ich weigere mich, aufgespießt zu werden wie ein Schmetterling«, sagte Adrian, ohne daran zu denken, welche Assoziation das sofort in mir auslöste. »Ich weigere mich, rubriziert zu werden. Wenn du dich dann schließlich hinsetzt, um über mich zu schreiben, wirst du nicht wissen, ob ich ein Held oder ein Anti-Held, ein Schuft oder ein Heiliger bin. Es wird dir nicht gelingen, mich in eine Kategorie einzuordnen.«

Und in diesem Augenblick verliebte ich mich leidenschaftlich in ihn. Sein schlaffer Schwanz hatte an Dinge gerührt, zu denen der prächtigste Ständer nie vorgedrungen wäre.

Paroxysmen der Leidenschaft oder Der Mann unterm Bett

Unter allen Erscheinungsformen von geradezu aberwitzigem Mut ragt der Mut junger Frauen hervor.
Andernfalls gäbe es weniger Ehen und noch weniger tollkühne Wagnisse, die alles über den Haufen werfen, selbst die Ehe ...

– Colette

Nicht, daß es etwas so Ungewöhnliches für mich gewesen wäre, mich leidenschaftlich zu verlieben. In dem Jahr hatte ich mich immerzu Hals über Kopf in jemanden verliebt. Ich verliebte mich in einen irischen Dichter, der auf einer Farm in Iowa Schweine züchtete. Ich verliebte mich in einen Romanschriftsteller (1,80 m), der aussah wie ein Cowboy und ausschließlich Allegorien über die Folgen atomarer Strahlen schrieb. Ich verliebte mich in einen blauäugigen Literaturkritiker, der hingerissen von meinem ersten Gedichtband war. Ich verliebte mich in einen mürrischen Maler (dessen drei Frauen sich umgebracht hatten), dann in einen äußerst gepflegten, zuvorkommenden Professor der Philosophie (hauptsächlich die der Italienischen Renaissance), der Azeton schnüffelte und Studentinnen der ersten Semester aufs Kreuz legte, und anschließend in einen UN-Dolmetscher (Iwrith, Arabisch, Griechisch), in dessen riesiger Wohnung am Riverside Drive außer ihm noch seine fünf Kinder und seine bettlägrige Mutter lebten. Außerdem hatte er dort sieben unveröffentlichte Romanmanuskripte auf Eis liegen. Ich verliebte mich in einen bleichen angelsächsischen Biochemiker, der mich zum Lunch in den Harvard Club einlud und zwei Ehen mit Schriftstellerinnen hinter sich hatte – beide mit nymphomanen Neigungen.
Doch all das führte zu nichts. Ja, schon, es gab Knutschereien auf Autorücksitzen und lange, betrunkene Küsse in dreckstarrenden New Yorker Küchen, hinter Krügen mit lauwarmem Martini. Und allerlei Flirts, während man einen dickmachenden Lunch auf Spesenrechnung zu sich nahm. Und Kniffe in meinen Hintern zwischen den Bücherregalen der Butler Library. Und Umarmungen nach den Lesungen von Gedichten. Und verstohlenes Händchenhalten bei Vernissagen. Und lange, bedeutungsvolle Telefongespräche und Briefe, strotzend von Zweideutigkeiten. Es gab sogar einige unverblümte Anträge (meistens von Männern, die mich überhaupt nicht interessierten). Doch es führte zu nichts. Statt dessen ging ich nach Hause und schrieb Gedichte für den Mann, den ich wirklich liebte (wer immer das sein mochte). Schließlich hatte ich genug rumgevögelt, um zu wissen, daß der eine Schwanz sich nicht *so* sehr von dem anderen unterschied. Also was wollte ich denn – wonach suchte ich denn eigentlich? Und warum war ich so ruhelos? Vielleicht widerstand ich der Versuchung, mich mit einem dieser Flirts ins Bett zu legen, weil ich wußte, daß der Mann, auf den ich wartete, für mich weiterhin unerreichbar bleiben und es doch bloß wieder auf eine Enttäuschung hinauslaufen würde. Aber wer war der Mann, auf den ich so sehnsüchtig wartete? Ich wußte nur, daß meine verzwei-

felte Suche nach ihm schon mit sechzehn begonnen hatte.

Mit sechzehn, als ich mich als Fabianische Sozialistin bezeichnete, mit sechzehn, als ich mich weigerte, mit Jungs rumzuknutschen, die für ›Ike‹ waren, mit sechzehn, als ich über die *Rubaijat* und über die Sonette von Edna St. Vincent Millay Tränen vergoß – da träumte ich von dem vollkommenen Mann, dessen Körper *und* Geist gleichermaßen begehrenswert wäre. Er sah aus wie Paul Newman und hatte eine Stimme wie Dylan Thomas. Er hatte den Körper von Michelangelos *David* (»mit diesen unter der Haut spielenden steinharten Muskeln«, wie ich zu meiner Busenfreundin Pia Wittkin sagte, deren Lieblingsstatue eines nackten Mannes der *Diskuswerfer* war; wir studierten beide voll Enthusiasmus Kunstgeschichte). Er hatte den Verstand von George Bernard Shaw (oder doch zumindest das, was *mein* sechzehnjähriger Verstand sich unter dem Verstand George Bernard Shaws vorstellte). Er zog Rachmaninows Drittes Klavierkonzert und Frank Sinatras *In the Wee Small Hours of the Morning* jeder anderen je von Sterblichen geschriebenen Musik vor. Er teilte meine Leidenschaft für mittelalterliche Tapisserien *(Die Dame mit dem Einhorn!)*, den Film *Schach dem Teufel*, *die Cloisters*, jene von den Rockefellers in Spanien erworbene alte Abtei, die abgetragen und in der Nähe von New York wieder aufgebaut wurde, *Das andere Geschlecht* von Simone de Beauvoir, Magie und *mousse au chocolat*. Er teilte meine Verachtung für Senator Joe McCarthy, Elvis Presley und für meine philiströsen Eltern. Ich bin ihm nie begegnet. Mit sechzehn schien mir der Gedanke, daß ich ihm vielleicht nie begegnen würde, unerträglich. Später habe ich gelernt, mich zu behelfen und nicht auf das Dröhnen ferner Trommeln zu achten. Der Kontrast zwischen meinen Wunschvorstellungen (Paul Newman, Laurence Olivier, Humphrey Bogart, Michelangelos *David* und den pickligen Pubertätsjünglingen meiner Bekanntschaft entbehrte nicht der Komik. Bloß, daß ich weinen mußte. Auch Pia weinte. In der düsteren Wohnung ihrer Eltern am Riverside Drive teilten wir unseren Schmerz.

»Ich stell' ihn mir vor ... so irgendwie – du weißt schon ... als so 'ne Art Mischung zwischen Laurence Olivier als *Hamlet* und Humphrey Bogart in *Schach dem Teufel* – mit so 'nem tollen weißen Raubtiergebiß und einem einfach phantastischen Körper – so ähnlich wie der *Diskuswerfer*.« Sie deutete auf ihr wohlgepolstertes Bäuchlein.

»Was wirst du zur Trauung tragen?« fragte ich.

»Ich stell' mir – du weißt schon – so 'ne Art mittelalterliche Hochzeit vor. Ich trage so einen spitzen weißen Hut mit einem langen,

wehenden Schleier aus Chiffon dran – und ein rotes Samtkleid ... vielleicht weinrot – und nadelspitze Schuhe.« Sie zeichnete für mich die Schuhe auf, mit einem schwarzen Filzstift. Dann zeichnete sie das ganze Kostüm: ein hochgegürtetes Kleid mit einem sehr tiefen Ausschnitt und langen, hautengen Ärmeln, getragen von einem zauberhaften Geschöpf, dessen schwellend-üppige Brüste sich verführerisch aus dem Kleid hoben. (Zu der Zeit hatte Pia Übergewicht, aber vorne war sie flach wie ein Plättbrett.)
»Und das Ganze findet dann in den *Cloisters* statt«, fuhr sie fort. »Ich bin sicher, daß man die *Cloisters* mieten kann, wenn man bloß die richtigen Leute kennt.«
»Wo werdet ihr wohnen?«
»Ja, also da stell' ich mir ein ganz ausgefallenes, sehr altes Haus in Vermont vor – ein verlassenes Kloster oder eine Abtei ... so was in der Art ...« (Beide hielten wir es für ausgemacht, daß es in Vermont verlassene Klöster und Abteien gab.) »... mit so 'nem tollen rustikalen Eichenholzfußboden und einem Oberlicht im Dach. *Ein* Riesenraum, zugleich Studio und Schlafzimmer ... mit einem riesigen runden Bett mit schwarzen Seidenlaken. Und wir haben 'ne Menge Siamkatzen, mit Namen wie John Donne und Maud Gonne und Dylan – du weißt schon.« Ich wußte es oder glaubte es doch zu wissen.
»Jedenfalls ...«, fuhr sie fort, »... ich sehe mich selbst als so 'ne Art Mischung zwischen Gina Lollobrigida und Sophia Loren ...« (Pia war ein dunkler Typ.) »Was meinst du?« Sie hob mit beiden Händen ihr fettiges braunes Haar hoch, zog die Wangen ein, riß ihre großen blauen Augen auf und sah mich an.
»Ich finde, du bist eigentlich eher so 'ne Art Anna Magnani«, sagte ich, »erdhaft und bodenständig, aber unglaublich sinnlich.«
»Vielleicht«, sagte sie nachdenklich. Sie betrachtete sich lange im Spiegel.
»Ach, es ist einfach gräßlich«, sagte sie nach einer Weile. »Wir lernen aber auch nie jemanden kennen, der unserer auch nur annähernd würdig ist.« Und sie schnitt eine Grimasse.

Im letzten Jahr unseres Studiums der Musik und Kunstgeschichte nahmen Pia und ich noch einige ausgewählte einzelgängerische Außenseiter in unsere der Umwelt feindlich gesinnte Minderheit auf. Das war das Äußerste an eigener ›Clique‹, was wir je erreicht haben. Darunter war ein vollbusiges Mädchen namens Nina Nonoff, die als anerkennenswerte Besonderheit ihre nekrophile Leidenschaft für den Geist von Dylan Thomas zu bieten hatte sowie ihre angebliche Kenntnis chinesischer und japanischer Kraftausdrücke und ihren ›Kontakt‹ zu einem veritablen Yale-Studenten (Visionen von *football*-Wochenenden für uns alle – doch leider stellte sich heraus, daß der ›Kontakt‹ in dem Freund eines Freundes eines Bekannten ihres Bruders bestand). Ferner besaß Ninas Mutter eine große Sammlung von ›Sex-Büchern‹, zu denen wir auch *Mannbarkeitsriten in Samoa* und *Sex und Temperament* rechneten; jedes Buch, in dem das Wort ›Geschlechtsreife‹ vorkam, war okay. Und endlich die Tatsache (die wirklich ›Klasse‹ war), daß Ninas Vater in den vierziger Jahren die *Blue Wasp*-Serie fürs Radio geschrieben hatte. Jill Siegel dagegen war nicht dank irgendwelcher Besonderheiten ein Mitglied unserer Gruppe, sondern weil sie uns leid tat – ein Akt der Barmherzigkeit. Sie hatte wenig an Scharfsinn, Zynismus und Formulierungskunst beizusteuern, doch machte sie das durch kritiklose Loyalität sowie durch die schmeichelhafte Weise, in der sie selbst unsere albernsten Affektiertheiten nachäffte, wett. Gelegentlich gehörte auch Grace Baratto dazu, deren Hauptfach Musik war – wir hielten zwar nicht viel von ihrem Intellekt, doch sie erzählte uns phantastische Geschichten über ihre sexuellen Erfahrungen. Obwohl sie es leugnete, tuschelten wir hinter ihrem Rücken darüber, daß sie es höchstwahrscheinlich bereits ›getan‹ habe. »Zumindest ist sie ganz bestimmt eine *demivierge*«, sagte Pia. Ich nickte wissend. Später habe ich dann nachgeschlagen, was das bedeutet.

Von Jungen waren nur zwei zugelassen, und wir behandelten sie so geringschätzig wie möglich, damit sie begriffen, daß sie von uns bestenfalls geduldet wurden. Da sie mit uns in derselben Klasse saßen und keine ›echten‹ Studenten waren, machten wir ihnen deutlich, daß wir sie ausschließlich als ›platonische‹ Freunde betrachteten. John Stock war der Sohn alter Freunde meiner Eltern. Er war rundlich und blond und schrieb Kurzgeschichten. Sein Lieblingsausdruck war »Paroxysmen der Leidenschaft«. Das tauchte in jeder seiner Erzählungen mindestens einmal auf. Ron Pixer (den wir natürlich Wichser nannten) war in mich verliebt. Er war lang und mager und anglophil, mit einer riesigen Hakennase und einem schier unglaublichen Sortiment an Mitessern und Pickeln (die ich zu gern ausgedrückt hätte). Er war auf den *Punch* und die Luftpostausgabe des *Manchester Guardian* abonniert, trug (bei jeder Witterung) einen enggerollten Schirm, betonte das Wort ›banal‹ (eines seiner Lieblingsworte) auf der ersten Silbe und würzte seine Rede mit Ausdrücken wie ›verdammter Schweinehund‹ und ›rumgammeln‹.

Nachdem die Qual der Zulassungsprüfungen für das College und das Warten auf den Aufnahmebescheid überstanden waren, gammelten wir sechs rum, vorwiegend in der Wohnung meiner Eltern. Die langen, müßigen Wochen des Frühjahrstrimesters mußten totgeschlagen werden, während wir ungeduldig auf unsere Abschlußdiplome warteten. Wir saßen im Wohnzimmer auf dem Boden, vertilgten Berge von Früchten, Käse, Brote mit Erdnußbutter und Plätzchen, ließen Frank Sinatra stundenlang singen und schrieben gemeinsam ›Kurzgeschichten‹, die wir so pornographisch abfaßten, als unsere begrenzten Erfahrungen auf diesem Gebiet es zuließen. Wir dichteten auf meiner Olivetti-Schreibmaschine, die dabei von Schoß zu Schoß ging. Wenn John dabei war, waren natürlich die Paroxysmen der Leidenschaft an der Tagesordnung.
Nur wenige dieser Gemeinschaftskreationen sind erhalten geblieben, doch neulich fiel mir ein Fragment in die Hände, das mehr oder weniger den Geist vermittelt, den auch alle die verlorengegangenen Meisterwerke atmeten. Es hatte sich so eingespielt, daß wir uns, nach einer möglichst kurzen Einleitung, sofort in die Handlung stürzten, was dazu führte, daß der Aufbau der Geschichten meist an Folgerichtigkeit zu wünschen übrigließ. Eine der Spielregeln verlangte, daß jedem Autor nur drei Minuten zur Verfügung standen, worauf er die Schreibmaschine dem nächsten übergeben mußte, was die spastische Beschaffenheit der Prosa natürlich erhöhte. Da Pia gewöhnlich den Anfang machte, hatte sie das Vorrecht, die handelnde Person in groben Zügen zu skizzieren. Mit diesen Gegebenheiten hatten wir anderen uns dann abzufinden.

Dorian Fairchester Faddington IV war ein der Promiskuität huldigender Dichterling, von dem selbst seine besten Freunde sagten, er eile von Bett zu Bett mit gelegentlichen Abstechern an den Schreibtisch. Obwohl sexuell ein Allesfresser, der gelegentlich auch Kamele nicht verschmähte (wie neun von zehn richtigen Männern), bevorzugte er im allgemeinen Frauen. Hermione Fingerforth war eine Frau – das nahm sie jedenfalls an – und wann immer sie Dorian begegnete, dauerte es nicht lange, bis ihrer beider Lippen sich in komplizierten Küssen fanden.
»Die Haut ist das größte Organ des Körpers«, bemerkte sie einmal so ganz nebenbei, als sie beide auf Hermionens Dachterrasse in Flatbusch nackt in der Sonne lagen.
»Deine vielleicht«, erwiderte er und besprang sie in einem plötzlichen Paroxysmus der Leidenschaft.
»Raus, raus aus meiner Möse, verdammtnochmal!« brüllte sie, stieß ihn fort und hielt sich zum Schutze ihrer vielgerühmten Jungfräulichkeit einen Sonnenreflektor aus Alu-Folie vor dieselbe.

»Du willst wohl, daß ich zunächst einmal darüber reflektiere, was ich tue«, scherzte er.
»Herr des Himmels«, sagte sie böse, »Männer interessieren sich eben wirklich nur stoßweise für Frauen.«

Damals hielten wir das für das komischste Stück Prosa, das je geschrieben wurde. Es gab auch eine Fortsetzung dieses Dialogs – irgendwas mit einem Hubschrauber der Verkehrspolizei mit zwei Technikern für die Verkehrsdurchsage an Bord, der auf dem Dach landete, worauf das Ganze in eine Orgie ausartete, die aber nicht erhalten geblieben ist. Das hier wiedergegebene Fragment jedoch vermittelt immerhin etwas von unserer Gefühlslage in jener Periode unseres Lebens. Hinter all dem aufgesetzten, altklugen Zynismus und der Pseudo-Welterfahrenheit verbarg sich die süßlichste Romantik, seit Edward Fitzgerald sich endgültig mit Omar Khayyam identifizierte. Pia und ich warteten auf jemand, mit dem wir auch auf einer einsamen Insel glücklich wären, und wir wußten, daß John Stock und Ron Pixer nicht ganz *das* waren, was wir uns vorstellten.

Wir waren beide Bücherwürmer, und wenn das Leben uns enttäuschte, suchten wir unsere Zuflucht bei der Literatur – oder doch zumindest bei der verfilmten Literatur. Wir sahen uns selbst als Heldinnen und konnten nicht begreifen, wo all die Helden geblieben waren. Es gab sie in Büchern. Es gab sie im Film. Doch in unserem Leben glänzten sie offensichtlich durch Abwesenheit.

Die subjektiven Ansichten
einer Sechzehnjährigen über Geschichte und Literatur

I
Dorian Graw hatte Locken von Gold,
Rhett Butler jedoch war den Frauen hold ...
Julien Sorel kannte sich aus in der Liebe,
Graf Wronsky (Russe!) reimte Liebe auf Hiebe.
Wie gerne gäb' ich mich hin den Galanen,
Doch sie sind zu beschäftigt – in den Romanen.

II
Julia, kaum sechzehn, war Romeo verfallen.
Nana in Paris, die trieb es mit allen.
Helenas Schönheit entfesselte Kriege.
Salomes Schleier führten zum Siege.
Die biblische Esther war hochgeehrt.
Maria hat der Menschheit – na, was schon? – beschert.
Marie Antoinette eilt' zu Spiel und Tanz,
Nur für mich (über sechzehn!) int'ressiert sich kein Schwanz.

Das Versmaß hinkte zwar beträchtlich, doch die Botschaft war unmißverständlich: wie gern wären wir vor einem Mann im Staube gekrochen, wenn wir nur Männer gekannt hätten, die es *wert* gewesen wären.

Die jungen Männer im College waren eigentlich noch schlimmer. John und Ron waren zwar Nulpen, aber zumindest gutartige Nulpen, die uns bewunderten und verehrten. Sie besaßen weder den Verstand von G. B. S. noch Körper wie Michelangelos *David*, aber sie waren uns ergeben und sahen in uns brillante, geistreiche, überlegene Geschöpfe. Doch im College begann der Kampf der Geschlechter im Ernst, und in uns gähnte die Kluft zwischen Körper und Geist immer tiefer.

Während meines ersten College-Jahres lernte ich meinen ersten Mann kennen und habe ihn, vier Jahre später – dazwischen lagen einige sogenannte Seitensprünge und ›Experimente‹ mit anderen –, nach meinem Abschluß geheiratet. Mit zweiundzwanzig war ich bereits ein weiblicher Ehekrüppel (das ist wörtlich zu nehmen) – meine Ehe war unter den schmerzlichsten Umständen in die Brüche gegangen. Pia lernte eine Reihe von Scheißkerlen kennen, die sie bumsten und anschließend enttäuschten. Sie schrieb mir aus dem College, in ihrer winzigen, verschnörkelten Handschrift, die längsten epischen Episteln, in denen sie mir jedes einzelne Arschloch minuziös schilderte, aber irgendwie konnte ich sie nie auseinanderhalten. Sie schienen alle hohlwangig und glatthaarig zu sein (blond!). Wie gewisse jüdische Männer, die ausschließlich auf *schicksen* stehen, so stand Pia ausschließlich auf Gojim; am schärfsten war sie auf die aus dem Mittelwesten. Es war, als handele es sich immer um denselben Mann. Huckleberry Finn ohne Floß. Blondes Haar, blaue Jeans, Cowboy-Stiefel. Und es endete immer damit, daß sie auf ihr herumtrampelten.

Nach und nach nahm unsere Frustration zu. Das war natürlich unvermeidlich, wenn man die absurden Wunschvorstellungen in Betracht zieht, von denen wir ausgegangen waren, doch ich glaube nicht, daß wir uns so sehr von anderen jungen Mädchen unterschieden (obwohl wir literarisch gebildeter als der Durchschnitt und sicherlich auch anspruchsvoller waren). Dabei wollten wir doch lediglich einen Mann, mit dem wir alles teilen konnten. Warum war das zuviel verlangt? Weil Männer und Frauen von Grund auf verschieden konstruiert sind? Oder hatten wir bloß den Richtigen noch nicht gefunden?

Im Sommer 65, als wir beide dreiundzwanzig waren und zusammen

Europa bereisten, hatte unsere Frustration einen solchen Grad erreicht, daß wir hauptsächlich deswegen mit Männern schliefen, um uns gegenseitig mit der Anzahl der Skalps an unserem Gürtel zu imponieren.
Pia in Florenz, in Abwandlung von Robert Browning:

In meiner Möse steht geschrieben:
Italien, ich muß dich lieben.

Wir schliefen mit Burschen, die vor den Uffizien Brieftaschen verkauften, mit zwei schwarzen Musikern, die in einer *pensione* an der Piazza wohnten, mit Angestellten der *Alitalia,* mit Angestellten von *American Express.* Eine Woche lang hatte ich es mit jenem verheirateten Italiener, Alessandro, der wollte, daß ich ihm beim Ficken »Scheiße vögeln Votze« ins Ohr flüsterte. Dabei mußte ich meistens hysterisch lachen und dann machte mir das Ficken keinen Spaß mehr. Die folgende Woche kam ein amerikanischer Professor der Kunstgeschichte dran; er hieß Michael Karlinsky und unterschrieb seine Liebesbriefe mit ›Michelangelo‹, hatte eine trunksüchtige amerikanische Frau in Fiesole, einen glänzenden, kahlen Schädel, einen Spitzbart und eine wahre Leidenschaft für *Granità di Caffee.* Er wollte Orangenschnitze aus meiner Möse essen, weil er das in *The Perfumed Garden* gelesen hatte. Und dann der Italiener (Tenor), der Gesang studierte und mir bei unserer zweiten Verabredung anvertraute, daß sein Lieblingsbuch de Sades *Justine* sei, und ob ich Lust habe, gewisse Szenen daraus mit ihm nachzuspielen. Wir waren durchaus dafür, Erfahrungen zu sammeln, Pia und ich – aber ich habe ihn nie wiedergesehen.
Das Schönste an diesen Abenteuern kam eigentlich erst später – wenn Pia und ich einander davon erzählten und dann zusammen Tränen lachten. Im übrigen waren sie recht freudlos. Männer hatten zwar für uns eine große Anziehungskraft, aber wenn es um gegenseitiges Verstehen und ein gutes Gespräch ging, waren Pia und ich ganz aufeinander angewiesen. Allmählich waren die Männer für uns nur noch Sexualobjekte.

Das war im Grunde tieftraurig. Schließlich nahmen wir die Lügen und Kompromisse und das vorsätzliche Rollenspiel als so selbstverständlich hin, daß uns unser Verhalten kaum noch bewußt war. Wir begannen unwillkürlich, Dinge vor unseren Liebhabern zu verbergen. Wir ließen sie, zum Beispiel, nie wissen, daß wir über sie sprachen, daß wir uns darüber unterhielten, wie sie im Bett waren, daß wir ihren Gang und ihre Art zu reden nachäfften.

Männer haben Weiberklatsch immer verabscheut, weil sie die Wahrheit vermuten. Es wird ihnen Maß genommen und die Maße werden miteinander verglichen. In den allerparanoidesten Gesellschaftsformen (Araber, orthodoxe Juden) werden die Frauen unter allerlei Textilien verborgen (oder sie bekommen eine Perücke aufgestülpt) und so gut wie möglich vor der Welt versteckt. Sie klatschen trotzdem: die Urform der Bewußtseinsbildung. Die Männer können darüber spotten, verhindern können sie es nicht. Klatsch ist Opium für die Unterdrückten.
Doch wer wurde nun eigentlich unterdrückt? Pia und ich waren ›frei‹ (ein Wort, das in diesem Zusammenhang ohne Anführungsstriche weniger als nichts bedeutet). Pia malte. Ich schrieb. Unser Leben bestand nicht nur aus Männern; wir hatten unsere Arbeit, unsere Reisen, unsere Freunde. Also warum lief unser Leben dann letzten Endes auf lange Klagelieder über die Männer hinaus? Warum schien unser Leben zu einer unaufhörlichen Männerjagd zu entarten? Wo gab es die Frauen, die *wirklich* frei waren, die nicht ihr Leben damit verbrachten, von Mann zu Mann zu stürmen, die sich mit und ohne Mann ›heil und ganz‹ vorkamen? Wir richteten den Blick hilfesuchend auf unsere zweifelhaften Heldinnen und siehe da: Simone de Beauvoir tut keinen Schritt, ohne sich zu fragen, *was wird Sartre dazu sagen?* Und Lillian Hellman möchte ein solcher Mann sein wie Dashiell Hammett, damit er sie so liebt, wie er sich selbst liebt. Und Doris Lessings Anna Wulf hat keinen Orgasmus, wenn sie nicht liebt, und das ist selten der Fall. Und der Rest – die schreibenden Frauen, die malenden Frauen ... die meisten waren menschenscheu, verkrampft, schizoid. Furchtsam und zaghaft im Leben, und mutig nur in ihrer Kunst. Emily Dickinson, die Brontës, Virginia Woolf, Carson McCullers ... Flannery O'Connor, die Pfauen züchtet und mit ihrer Mutter zusammenlebt. Sylvia Plath, die ihren Kopf in einen Backofen voller Chimären steckte. Georgia O'Keefe allein in der Wüste, eine nur scheinbar Überlebende. Was für eine Auslese! Streng und hart, selbstzerstörerisch, absonderlich. Wo war der weibliche Chaucer? Eine lebenslustige Dame mit Saft und Kraft und Liebesfähigkeit, und dazu auch noch Talent? Wer konnte uns leiten und führen? Colette mit ihrem gallischen Afro-*look*? Sappho, über die wir so gut wie nichts wissen? »Ich schmachte und vergehe«, heißt es in meiner kleinen Taschenausgabe ihrer Liebeslyrik. Das taten auch wir! Fast alle Frauen, die wir bewunderten, waren alte Jungfern oder Selbstmörderinnen. War es *das*, worauf es hinauslief?
Also ging die Suche nach dem Traum-Mann weiter.

Pia hat nicht geheiratet, ich dafür zweimal. Doch die Suche ging trotzdem weiter. Meine unzähligen Psychotherapeuten würden Ihnen, einer wie der andere, sagen können, daß ich auf der Suche nach meinem Vater sei. Aber war das nicht jeder? Diese Erklärung genügte mir nicht. Nicht, daß sie mir falsch erschienen wäre – sie war einfach zu simpel. Vielleicht war diese Suche wirklich so eine Art Ritual, bei dem die Reise mehr Gewicht hatte als das Ziel? Vielleicht war es so etwas wie die Suche nach dem Heiligen Gral? Vielleicht ging es gar nicht um einen Mann aus Fleisch und Blut, sondern um eine Art Fata Morgana, heraufbeschworen von unserer Sehnsucht und unserer inneren Leere? Wenn man hungrig zu Bett geht, träumt man vom Essen. Wenn man mit voller Blase zu Bett geht, träumt man, daß man aufsteht, um zu pinkeln. Wenn man mit wollüstigen Gedanken einschläft, träumt man, daß man aufs Kreuz gelegt wird. Vielleicht war der unerreichbare, nicht zu fassende Mann nichts als ein Phantom, eine Projektion unseres sehnsüchtigen Verlangens. Vielleicht war er so etwas wie der furchtlose Eindringling (der nur in der Einbildung existierende Mann, der auf Vergewaltigung aus ist), den Frauen unter dem Bett oder im Wandschrank vermuten. Oder vielleicht war es der Tod, der letzte Geliebte. In einem meiner Gedichte sah ich ihn als den Mann unter dem Bett.

Der Mann unter dem Bett
Der Mann, der seit Jahren dort liegt und wartet
Der Mann, der auf meinen schwebenden nackten Fuß wartet
Der Mann, lautlos wie Staubflocken, die durchs Dunkel schweben
Der Mann, dessen Atem dem Atem kleiner weißer Schmetterlinge gleicht
Der Mann, dessen Atem ich höre, wenn ich den Telefonhörer abhebe
Der Mann im Spiegel, dessen Atem Silber schwärzt
Der Knochenmann im Wandschrank, der mit den Mottenkugeln rasselt
Der Mann am Ende des Endes der Reihe

Heute abend bin ich ihm begegnet. Ich begegne ihm immer
Er steht im Bernsteindämmer der Bar
Wo die Krabbe sich krümmt wie ein winkender Finger
& auf ihrem Zahnstocherbesen durch die Luft reitet
Wenn das Eis birst & unter mir Tiefe sich auftut
Die dunklen Waken seines Gesichts
Dann blickt er mich an aus blicklosen Augen
Die Tiefe und er, sie warten seit Jahren
Mich hinabzuziehen in Nacht und Schwärze
& nun sagt er, er warte ja nur darauf
mich nach Hause zu bringen
Wir walzen durch Straßen
Der Tod und das Mädchen
Wir schweben durch Mauern, durch die Wand meines Zimmers

Wenn er mein Traum ist, wird er wieder in meinen Körper eingehen
Sein Atem haucht Nebellettern auf meine gläsernen Wangen
Ich schlinge mich um ihn gleich dem Dunkel
Ich atme in seinen Mund
& mache ihn wirklich

Nervöses Hüsteln

Unsere Erinnerungen ermangeln der scharfen Konturen der Faktizität. Um uns weiterzuhelfen, ersinnen wir kleine Fiktionen, höchst subtile, persönlich gefärbte Szenarien, die unsere Erfahrungen klären und ihnen Form verleihen. Das erinnerte Geschehen wird zur Fiktion, zu einem Gefäß, in dem bestimmte Gefühle ihren angemessenen Platz finden. Das steht für mich fest. Wenn es diese Hilfskonstruktionen nicht gäbe, würde die Kunst zu privat werden und der Künstler könnte sein Werk nicht hervorbringen, von einer verständnisvollen Aufnahme durch das Publikum ganz zu schweigen. Selbst der Film, die wahrheitsgetreueste aller Künste, unterliegt unserer eigenen Zensur.

– Jerzy Kosinski

Bennett schläft. Auf dem Rücken. Mit angelegten Armen. Marie Winkleman ist nicht bei ihm. Ich lege mich leise und verstohlen in mein eigenes Bett; durchs Fenster dringt blaues Licht. Ich bin zu glücklich, um schlafen zu können. Doch was werde ich morgen früh Bennett sagen? Ich liege im Bett und denke an Adrian (der soeben fortgefahren ist und sich inzwischen sicher wieder hoffnungslos verirrt hat). Ich bete ihn an. Je hoffnungsloser er sich verirrt, desto vollkommener erscheint er mir.

Ich erwache um sieben und bleibe noch zwei Stunden liegen, bis Bennett wach wird. Er stöhnt, furzt und steht auf. Er beginnt, sich schweigend anzuziehen und stampft dabei lärmend im Zimmer umher. Ich trällere vor mich hin und hüpfe zwischen Bade- und Schlafzimmer hin und her.

»Du warst ja gestern abend so plötzlich verschwunden?« sage ich munter. »Wir haben dich überall gesucht.«

»*Ich* war verschwunden?«

»Ja, in diesem Lokal – du warst plötzlich weg. Adrian Goodlove und ich haben dich überall gesucht wie verrückt ...«

»*Ihr* habt mich gesucht?« Es klang sehr bitter und sarkastisch. »Du und deine *liaisons dangereuses*«, sagte er. Er sprach es falsch aus. Ich wurde plötzlich von Mitleid erfaßt. »Da wirst du dir schon was Besseres ausdenken müssen.«

Angriff ist die beste Verteidigung, dachte ich. Der Rat Bathsebas an unzüchtige Ehefrauen: Immer zuerst den Mann anschuldigen.

»Und wo bist *du* mit Marie Winkleman geblieben, verdammtnochmal?«

Er sah mich düster an: »Wir saßen im Nebenraum und sahen zu, wie ihr auf der Tanzfläche praktisch im Stehen gevögelt habt. Dann seid ihr fort ...«

»Du warst noch *da*?«

»Ich saß an einem Tisch, gleich hinter der Trennwand.«

»Ich hab' keine Trennwand gesehen.«

»Du hast überhaupt nichts gesehen«, sagte er.

»Ich dachte, du wärst weggegangen. Wir sind *Stunden* rumgefahren und haben euch gesucht. Und dann hat er mich hier abgesetzt. Wir haben uns immerzu verfahren.«

»Aber sicher.« Er räusperte sich – eine Nervenreaktion, wenn er böse oder gereizt ist. Es klang wie Todesröcheln. Aber gedämpft. Es gab nichts in unserer Ehe, was ich mehr verabscheute als dieses Leitmotiv unserer schrecklichsten Augenblicke.

Wir frühstückten, ohne ein Wort zu wechseln. Ich wartete, leicht geduckt, auf die Schläge, die fallen mußten, doch es erfolgten keine weiteren Anklagen. Sein weichgekochtes Ei klapperte im Eierbecher. Sein Löffel klirrte in der Kaffeetasse. In der tödlichen Stille, die zwischen uns herrschte, erschien jeder Laut und jede Bewegung übertrieben, wie in einer Großaufnahme im Film. Wie er sein Ei köpfte, hätte ein Epos von Andy Warhol sein können. *Ei* würde es heißen. Sechs Stunden lang eine Männerhand, die einem Ei den Kopf abschlägt. In Zeitlupe.

Wie sonderbar, daß er jetzt schweigt, dachte ich, dabei hat er mich doch so oft wegen kleiner Unterlassungen angefahren, weil morgens der Kaffee nicht zur Zeit auf dem Tisch stand, weil ich versäumt hatte, diese oder jene Besorgung zu erledigen, weil ich ihn nicht auf ein Hinweisschild aufmerksam gemacht hatte, wenn wir in einer fremden Stadt den Weg nicht fanden. Doch jetzt: nichts.

Nichts als dieses nervöse Räuspern; er starrte in die offene Schädeldecke seines Frühstückseies. Sich räuspern war sein einziger Protest.

Dieses Hüsteln brachte mir die schrecklichste aller schrecklichen Episoden aus unserer gemeinsamen Vergangenheit in Erinnerung – unseren ersten Weihnachtsabend. Wir waren in Paris. Bennett war abgrundtief deprimiert, und das schon seit langem. Es begann eigentlich bereits in der ersten Woche nach unserer Eheschließung. Er haßte die Army. Er haßte Deutschland. Er haßte Paris. Er haßte auch mich, wie es schien, als sei ich für all das verantwortlich und nicht nur dafür. Wahre Eisberge von Ressentiments und Groll, die sich weit, weit unter dem Meeresspiegel erstreckten.

Während der ganzen langen Fahrt von Heidelberg nach Paris sprach Bennett fast kein Wort mit mir. Schweigen ist die stumpfeste aller stumpfen Waffen. Es ist, als würde ein Rammklotz einen in den Boden treiben – als treibe dieses Schweigen einen immer tiefer in sein eigenes Schuldgefühl hinein. Die innere Stimme klagt einen bitterer an, als eine Stimme von außen das je tun könnte.

Ich sehe die ganze Episode vor mir, wie einen gestochen scharfen Schwarzweiß-Film. Regie: vielleicht Bergman. In diesem Film spielen wir uns selber. Wenn wir doch bloß nicht immer wieder uns selbst spielen müßten!

Weihnachtsabend in Paris. Der Tag war weiß und grau. Am Vormittag waren sie in Versaillas spazierengegangen und hatten die nackten Statuen bemitleidet. Die Statuen waren grellweiß, die Schatten schiefergrau. Die gestutzten Hecken waren ebenso flach wie ihrer beider Schatten. Der Wind war schneidend und kalt. Ihrer beider Füße waren gefühllos. Die Schritte klangen hohl – hohl wie ihre Herzen es waren. Sie sind verheiratet, aber keine Freunde.

Jetzt ist es Abend. In der Nähe vom Odéon. In der Nähe von St. Sulpice. Sie gehen die Stufen der Métro hoch. Hallende Schritte von eisigen Füßen.
Sie sind beide Amerikaner. Er ist hochgewachsen und schlank, mit einem kleinen Kopf. Er sieht östlich aus, mit struppigem, schwarzem Haar. Sie ist klein und blond und nicht glücklich. Sie stolpert oft. Er stolpert nie. Er haßt ihr Stolpern. Jetzt wissen Sie alles. Außer der Story.
Wir stehen ganz oben auf einer Wendeltreppe in einem Hotel an der *rive gauche* und sehen hinunter, während die beiden zum fünften Stock hinaufsteigen, sie hinter ihm, immer in die Runde. Wir sehen ihre Scheitel sich ruckweise nähern, dann sehen wir ihre Gesichter. Der Gesichtsausdruck der Frau ist verstimmt und traurig. Seine Kinnbacken sind störrisch verhärtet. Er räuspert sich immer wieder nervös.
Sie sind nun auf der fünften Etage und gehen auf ihr Zimmer zu. Er öffnet die Tür. Es handelt sich um ein schäbiges Pariser Hotelzimmer, wie man es kennt, unwirtlich und vergammelt. Die Überdecke aus Chintz auf dem Bett ist verschossen, der Bodenbelag in den Ecken ausgefranst. Hinter einem Papp-Paravent Waschbecken und Bidet. Die Fenster gehen wahrscheinlich auf Dächer hinaus, doch sind sie mit schwerem, braunem Velours verhängt. Es hat nun wieder zu regnen begonnen; die heimlichen Morsezeichen des Regens ticken aufs Fensterblech.
Sie denkt sich, daß offenbar alle 20-Francs-Hotels in Paris denselben imaginären Innenarchitekten zu Rate gezogen haben. Das kann sie ihm nicht sagen. Er würde sie für verwöhnt halten. Doch zu sich selbst kann sie es sagen. Sie haßt das zu schmale Doppelbett mit der Kuhle in der Mitte. Sie haßt das harte Kopfpolster statt eines Kissens. Sie haßt den Staub, der ihr in die Nase steigt, wenn sie die Überdecke zurückschlägt. Sie haßt Paris.
Er zieht sich, zitternd vor Kälte, aus. Sie werden bemerken, wie schön sein gänzlich unbehaarter Körper ist, wie gerade sein Rücken, wie wohlgeformt seine bräunlichen Schenkel mit den langgestreckten Muskeln sind, wie edel seine Hände. Doch sein Körper ist nicht für sie. Vorwurfsvoll zieht er seinen Pyjama an. Sie steht in Strümpfen da.
»Warum mußt du mir das immer wieder antun? Ich fühle mich dann so allein.«
»Das ist deine eigene Schuld.«
»Wie meinst du das? Ich wollte heute abend froh und glücklich sein. Es ist Weihnachten. Warum bist du böse? Was hab ich getan?«

Schweigen.
»Was hab ich getan?«
Er sieht sie an, als sei die Tatsache, daß sie das nicht weiß, eine zusätzliche Kränkung.
»Gehn wir schlafen. Vergessen wir das Ganze.«
»Was soll ich vergessen?«
Er sagt nichts.
»Soll ich vergessen, daß du böse mit mir bist? Vergessen, daß du mich strafst – für nichts? Vergessen, daß ich einsam bin und friere, daß Weihnachten ist und daß du mir diesen Abend wieder mal verdorben hast? Ist es das, was ich vergessen soll?«
»Ich will nicht darüber reden.«
»Worüber? *Worüber* willst du nicht reden?«
»Sei still. Ich will nicht, daß du hier im Hotel so rumschreist.«
»Es ist mir scheißegal, was du willst oder nicht willst. *Ich* will anständig behandelt werden. Vielleicht hättest du zumindest die Güte, mir mitzuteilen, warum du so 'ne Scheißlaune hast. Und sieh mich nicht so an ...«
»Wie?«
»Als ob es die schwerste Sünde wäre, daß ich deine Gedanken nicht lesen kann. Ich *kann* deine Gedanken nicht lesen. Ich *weiß* nicht, warum du so 'ne Wut im Bauch hast. Ich kann nicht jeden Wunsch von dir erraten. Wenn du das von einer Frau verlangst, dann hast du die falsche Frau.«
»Das dürfte stimmen.«
»Was ist es denn? Sag es mir doch bitte.«
»Das solltest du auch so wissen.«
»Großer Gott! Erwartest du im Ernst von mir, daß ich Gedanken lesen kann? Ist das die Bemutterung, die du dir vorstellst?«
»Wenn du auch nur eine Spur von Einfühlungsvermögen hättest ...«
»Aber ich geb mir doch Mühe. Mein Gott, du gibst mir ja gar keine Gelegenheit.«
»Du schaltest ab. Du hörst nicht zu.«
»Es war irgendwas im Film, nicht wahr?«
»Was war im Film?«
»Wieder eine Gegenfrage. Mußt du mich eigentlich immer verhören wie so 'nen Verbrecher? Mußt du ein *Kreuzverhör* mit mir anstellen? ... Es war die Beerdigungsszene ... Wie der kleine Junge seine tote Mutter ansah. Das hat dich irgendwie ... Seitdem bist zu so deprimiert.«
Schweigen.

»Nicht wahr, das *war's* doch?«
Schweigen.
»Los, Bennett, du machst mich *rasend*. Bitte sag es mir. Bitte.«
»Was war mit der Szene im Film, die mich ›irgendwie‹ ...?« (Die Worte kommen einzeln wie kleine Almosen. Wie kleine, harte Kotstückchen.)
»Frag nicht, Bennett. *Sag* es mir!« (Sie schlingt die Arme um ihn. Er macht sich los. Sie fällt zu Boden und umklammert sein Bein. Es sieht weniger nach einer Umarmung als nach einer Rettungsszene aus: sie droht zu ertrinken und er überläßt ihr widerstrebend sein Bein als Halt.)
»Steh auf!«
(Sie weint.) »Nur, wenn du es mir sagst.«
Er macht sein Bein frei. »Ich geh schlafen.«
(Sie preßt ihr Gesicht an den kalten Fußboden.) »Bennett, *bitte* sei nicht so, sprich mit mir.«
»Ich bin zu wütend.«
»Bitte.«
»Ich kann nicht.«
»Bitte.«
»Je mehr du bittest, um so weniger berührt es mich.«
»Bitte.«
Sie liegen im Bett und denken. Das Polster an ihrem Gesicht ist naß. Sie zittert und schluchzt. Er scheint es nicht zu hören. Wenn sie in die Vertiefung in der Mitte des Bettes rollen, ist er der erste, der abrückt. Das geschieht immer wieder. Das Bett ist ausgehöhlt wie ein Einbaum.
Sie liebt die Wärme und Härte seines Rückens. Sie würde gern die Arme um ihn legen. Sie würde die ganze Szene gern vergessen, so tun, als sei nichts geschehen. Wenn sie miteinander schlafen, sind sie zumindest für eine Weile zusammen. Doch er will nicht. Er schiebt ihre Hand vom Schlitz seiner Pyjamahose fort. Er stößt sie von sich. Sie rollt wieder zurück. Er liegt nun am äußersten Rand des Bettes.
»Das ist keine Lösung«, sagt er.
Dem fallenden Regen lauschen. Von der Straße hin und wieder Gebrüll betrunkener Studenten auf ihrem Nachhauseweg. Nasses Kopfsteinpflaster. Paris kann so naß sein. Nach dem Kino heute abend waren sie in Notre-Dame. Eingezwängt zwischen nassen Wollmänteln und nassen Pelzmänteln. Mitternachtsmesse. Wasser von Schirmspitzen, das in ihrer beider Schuhe tropfte. Sie konnten weder vor noch zurück. Menschentrauben überall, auch

die Gänge sind verstopft. Keiner kann sich rühren. *Paix dans la Monde*, sagt eine hohe, elektronisch verstärkte Stimme. Nichts schlimmer als der Geruch von nassem Pelz.
Er ist wieder in Washington Heights. Sein Vater ist gestorben. Er empfindet nichts. Sonderbar, daß er nichts empfindet. Es gehört sich nicht, daß man nichts empfindet, wenn jemand stirbt.
Ich hab dir doch gesagt, daß ich nichts empfunden habe, warum fragst du immer wieder? Weil ich dich ganz kennen will. Du hast nie jemand verloren. Bei dir ist noch nie einer gestorben. Haßt du mich *deswegen*? Wir lebten von der Wohlfahrt. Du lebtest in Central Park West, während wir von der Wohlfahrt lebten. Ist das meine Schuld? Kennst du das chinesische Beerdigungsinstitut in der Pell Street? Wenn Menschen sterben, dann kehren sie zu ihresgleichen zurück. Rassisten im Tode. Er hat nie an Gott geglaubt. Er ist nie in die Kirche gegangen. Sie beteten auf chinesisch. Und ich dachte: mein Gott, ich verstehe ja kein Wort. Der Sarg war offen, das ist wichtig. Sonst weigert man sich, an den Tod zu glauben. Psychologisch gesehen richtig. Aber es hat etwas Schauerliches an sich. Dann kamen die Verwandten und nahmen uns unser letztes Geld ab. Ihr habt doch das Geschäft, sagten sie, doch das Geschäft machte pleite. Ich war noch in der High School. Nach meinem Abschluß könnte ich ja arbeiten gehen, sagte die Fürsorgerin. Aber ich dachte: dann werd ich wohl Kellner werden müssen. Und ich kann nicht einmal Kellner in einem chinesischen Restaurant werden, weil ich kein Chinesisch verstehe. Ich werde ein Nichts sein, eine Null, dachte ich, ein armes Schwein, das es zu nichts bringt. Ich *muß* einfach studieren. Und du lebtest die ganze Zeit in Central Park West. Und verbrachtest die Wochenenden in Cambridge. Als ich studierte, mußte ich die Versuchstiere füttern. Weihnachtsabend. Jeder ging aus, amüsierte sich. Ich hockte im Labor und fütterte die gottverdammten Ratten.
Sie liegt sehr still neben ihm. Sie berührt sich, um sich zu beweisen, daß sie nicht tot ist. Sie denkt an die ersten beiden Wochen, nachdem sie sich das Bein gebrochen hatte. Damals onanierte sie häufig, um sich zu beweisen, daß sie noch etwas anderes spüren konnte außer Schmerz. Schmerz war damals ihre Religion. Etwas, dem sie sich bedingungslos überließ.
Sie läßt ihre Hand über den Bauch abwärts gleiten. Ihr rechter Zeigefinger berührt die Klitoris, während der linke Zeigefinger tief eindringt, wie ein Penis. Was empfindet ein Penis, umgeben von diesen weichen, nachgiebigen fleischigen Grotten? Ihr Finger ist

nicht dick genug. Sie steckt zwei Finger hinein und spreizt sie. Doch ihre Nägel sind zu lang. Sie kratzen.
Und wenn er nun wach wird?
Vielleicht möchte sie, daß er aufwacht und bemerkt, wie einsam sie ist.
Einsam, einsam, einsam. In diesem Rhythmus bewegt sie ihre Hand, spürt, wie die beiden Finger in ihr schlüpfrig werden und die Klitoris hart und rot. Können die Fingerspitzen Farben fühlen? So fühlt sich jedenfalls Rot an. Und drinnen ist es purpurn, fast tief violett. Als sei das Blut dort innen blau.
»An wen denken Sie, wenn Sie onanieren?« hatte ihr Psychoanalytiker, ein Deutscher, gefragt. *Ich denke, also bin ich.* Sie denkt eigentlich an niemand und an alle. An ihren Analytiker und an ihren Vater. Nein, nicht an ihren Vater. Sie kann nicht an ihren Vater denken. An einen Mann in einem Zug, an einen Mann unter dem Bett, an einen Mann ohne Gesicht. Sein Gesicht ist ein weißer Fleck. Sein Penis hat ein Auge. Es weint.
Sie spürt den Orgasmus krampfig an ihren Fingern saugen. Ihre Hand fällt zur Seite und sie sinkt in tiefen Schlaf.
Sie träumt, daß sie wieder in der Wohnung ist, in der sie aufwuchs, doch nun ist sie von einem Traumarchitekten entworfen.
Die Gänge, die zu den dreiwändigen Schlafzimmern führen, winden sich wie der Mäander und die Pantry ist ein Windkanal, in dem Wandschränke hängen, zu hoch, um sie zu erreichen. Die Wasserrohre röcheln wie asthmatische alte Männer, das Parkett atmet. Das Mattglas in der Tür des Schlafzimmers ist voller Gesichter, die aus O-förmigen Mündern ihre Seelenqual zum Mond hinaufweinen. Eine langgezogene Silbe aus Mondlicht gleitet vorwärts und versilbert den Fußboden, dann zerschellt sie mit dem Geräusch splitternden Glases. Die Gesichter in der Tür sind wölfisch. In den Mundwinkeln geronnenes Blut.
Im Badezimmer des Dienstmädchens steht eine Wanne auf Klauenfüßen; ein Kind kann sich leicht vorstellen, darin zu ertrinken. Von der Decke des Wohnzimmers hängen vier Messinglaternen herab. Die Decke ist viele Klafter hoch und mit oxydiertem Blattgold bedeckt. Über dem Wohnzimmer ist ein Balkon mit gedrehten Geländerstäben, die genau so weit auseinanderstehen, daß ein Kind hindurchschlüpfen und seinen Schwebeflug antreten kann. Eine Treppe höher und sie steht im Atelier, wo es nach Terpentin riecht. Die Decke läuft spitz zu wie ein Hexenhut. Genau in der Mitte hängt ein dornenbewehrter eiserner Lüster an einer schwarzen Kette. Er schaukelt im sausenden Zugwind zwischen dem trapezförmigen

nördlichen Fenster und dem trapezförmigen südlichen Fenster.
An der Wand Beethovens gipserne Totenmaske. Seine gewölbten Lider sind geschlossen. Sie steigt auf einen Stuhl und streicht mit dem Finger darüber hin. Schwarzer Ruß streift jetzt den Gips. Nun hat sie ihre Fingerabdrücke auf Beethovens Augen hinterlassen. Es wird ganz sicher etwas Schreckliches geschehen.
Auf dem Tisch ein Totenschädel, daneben ein Kerzenhalter. Ein Stilleben, das ihr Großvater arrangiert hat. Gibt es so etwas wie ein stilles Leben? *Nature morte.* Auf der Staffelei steht ein halbfertiges Ölbild: ›Schädel und Kerzenhalter‹. Was ist stiller? Der Schädel? Oder das stille Abbild des stillen Schädels? Welche Stille wird länger anhalten?
In der Ecke ein Wandschrank. Dort hängt die grüne, leere Army-Jacke ihres Mannes. Die Ärmel flattern im Wind. Ist er tot? Sie hat schreckliche Angst. Sie läuft zur Falltür des Ateliers und die Stufen hinunter. Plötzlich fällt sie und weiß, daß sie sterben wird, wenn sie unten aufschlägt. Sie will schreien, schlägt um sich und erwacht, verwundert darüber, daß sie nicht im Elternhaus, sondern in Paris ist. Er liegt immer noch neben ihr wie tot. Sie betrachtet sein schlafendes Gesicht, den langgestreckten Mund mit den aufgebogenen Winkeln, die wie getuschten Brauen – chinesische Schriftzeichen –, und sie denkt, daß sie nächstes Jahr um diese Zeit nicht mehr zusammen sein oder ein Kind haben werden, das ihr nicht gleicht.
»Fröhliche Weihnachten«, sagt er, die Augen öffnend.
Sie lieben sich. Ist Hoffnung?
Es friert; der nächtliche Regen hat die Straßen mit Glas überzogen. Sie kleiden sich für einen Spaziergang an. Unterwegs hält er sie fest um die Taille, doch sie gleitet trotzdem immer wieder aus. Er ermahnt sie, ›kleine Schritte‹ zu machen.
»Als hätte ich bandagierte Füße«, sagt sie.
Er lacht nicht.
Sie gehen die Ile St. Louis entlang und bewundern die Architektur.
Sie machen sich gegenseitig auf die sonderbaren Steinmetzarbeiten aufmerksam, die die Häuser in Höhe des zweiten Stockwerks zieren. Sie bleiben stehen, um drei angelnden alten Männern zuzusehen, die zappelnde kleine Fische aus der grauen angeschwollenen Seine ziehen. In einem elsässischen Restaurant essen sie zwei Dutzend Austern und anschließend Zwiebelkuchen, und der Wein steigt ihnen zu Kopf. Dann gehen sie wieder auf der spiegelglatten Straße und halten sich krampfhaft aneinander fest. Sie fragt sich, wo sie wohl hingehen könnte, wenn sie ihn verließe. Bruchstücke

des Traumes der vergangenen Nacht tauchen vor ihr auf: das Haus und die Wohnung, und sie weiß, daß sie dorthin nicht zurück kann. Sie kann nirgends hin. Nirgends. Sie drückt ihn an sich. »Ich liebe dich«, sagt sie.

Es dunkelt bereits, als sie in einem Lokal an der *rive gauche*, gegenüber von Notre-Dame, *bûche de Noël* und Kaffee bestellen. Denkt er daran, sie zu verlassen? Sie weiß nie, was er denkt. Sie tun, als sei dies ein heiterer, unbeschwerter Tag gewesen. Er hält sie fest um die Mitte, läßt sie keinen Augenblick los, während sie die vereisten Straßen überqueren.

»Kleine Schritte machen«, sagt er immer wieder. »Du wirst dir noch das Genick brechen, und ich mir dann auch.«

»Was würde ich ohne dich anfangen?« sagt sie.

Er räuspert sich nervös, erwidert aber nichts.

Hier wäre der Film vielleicht zu Ende, mit diesem Räuspern. Doch ich habe nicht vergessen, was anschließend noch alles geschah: der Wagen gab seinen Geist auf. Die Fahrt mit dem Zug, zurück nach Heidelberg; die vier französischen Soldaten in unserem 2.-Klasse-Liegewagen, die die ganze Fahrt lang rülpsten und furzten – es war fast, als trieben sie die Lokomotive damit an; der jähe Absturz neben mir (ich lag auf der obersten Pritsche). Ein plötzlicher Anfall von Diarrhöe zwang mich, die Furcht vor diesem Abgrund nicht weniger als sechsmal in dieser Nacht zu überwinden (wobei ich einmal dem zu unterst liegenden Soldaten genau zwischen die Beine trat, worauf er, wenn man die Umstände in Betracht zieht, äußerst liebenswürdig reagierte). Und dann unsere Rückkehr nach Heidelberg. Weihnachten war vorüber, und wir hatten uns damit abzufinden, daß der ganze Army-Dreh wieder von vorne anfing. (Im Urlaub bemühten wir uns immer, so zu tun, als seien wir irgendein amerikanisches Ehepaar, das sich zu seinem Vergnügen in Europa aufhält.)

Und dann, am Silvestertag, das Telegramm – abgefaßt, wie solche Botschaften abgefaßt zu sein pflegen, und ausgerechnet an diesem grauen, bedrückenden Samstagnachmittag, an dem die gesamte männliche Bevölkerung von Klein-Amerika eifrig mit dem Waschen des Familienautos beschäftigt war, die gesamte weibliche Bevölkerung mit Lockenwicklern im Haar umherging und die Deutschen auf der anderen Seite der Goethestraße bereits der ersten Flasche Schnaps den Hals brachen, um, wenn auch verfrüht, das neue Jahr zu begrüßen …

GROSSVATER DIENSTAG SECHS UHR FÜNFZEHN GESTORBEN STOP
HERZMASSAGE MIT ERFOLG STOP DANN HERZVERSAGEN STOP
DARMBLUTUNGEN STOP KEINE HOFFNUNG STOP
BEISETZUNG 4. JANUAR STOP IN LIEBE MUTTER

Zuerst las ich das Telegramm, dann gab ich es Bennett. Ich hatte dieses beklemmende Gefühl, das ich immer habe, wenn ich weiß, daß etwas Schreckliches *mir* angelastet werden wird. Ich wußte, daß Bennett es irgendwie schaffen würde, mir die Schuld am Tod seines Großvaters zuzuschieben. Die Eltern meiner Mutter lebten noch.
Ich schlang meine Arme um Bennett; er entzog sich mir. Ich weiß noch ... ich dachte, ich sei weniger traurig darüber, daß sein Großvater gestorben war, als darüber, daß ich selbst, zur Strafe für seinen Tod, noch ein bißchen mehr würde sterben müssen. Bennett saß, das Telegramm in der Hand, im Wohnzimmer auf der Couch. Ich setzte mich neben ihn, sah ihm über die Schulter und überflog den Text noch einmal. ›Der Finger des Lebens schreibt und verschreibt sich ...‹, dachte ich. Ich hatte Bennetts Großvater kaum gekannt (ein uralter Chinese, 99 oder 100, der aussah, wie aus nachgedunkeltem Elfenbein geschnitzt, und kaum ein Wort Englisch konnte). Ich stellte mir vor, daß mein eigener Großvater gestorben sei, und fing an zu weinen. In Wirklichkeit weinte ich um mich selbst, die ich mit fünfundzwanzig Jahren eines langsamen Todes starb.
Bennett war vom Tode gezeichnet, er steckte bis zum Hals in Tod. Er trug seine Trauer mit sich herum wie einen unsichtbaren Rucksack. Wenn er sich mir zugewandt hätte, wenn er mir erlaubt hätte, ihn zu trösten, hätte ich es mit ihm gemeinsam tragen können. Doch er wandte sich ab. Und er gab mir die Schuld. Und diese Anschuldigung trieb mich von ihm. Aber ich wagte es nicht fortzugehen. Ich blieb und schloß mich immer mehr ab. Ich wandte mich immer intensiver meinen Phantasien und meiner Arbeit zu. Und damit begann ich, mich selbst zu entdecken. Bennett zog sich in seine Trauer zurück, er verbarrikadierte sich hinter ihr, und ich zog mich in mein Zimmer zurück um zu schreiben.
Den ganzen langen Winter trauerte er – um seinen Großvater, seinen Vater, seine Schwester, die mit sechzehn starb, um seinen zurückgebliebenen, mit achtzehn Jahren gestorbenen Bruder, seinen Freund, der mit vierzehn an Kinderlähmung starb; er betrauerte seine Armut und sein Verstummen. Er trauerte, weil er

eingezogen war, er trauerte um das Leben, das er in New York hinter sich gelassen hatte. Er betrauerte die Toten und seine eigene zwanghafte Beschäftigung mit dem Tod. Er betrauerte seine Trauer. Der starre Ausdruck auf seinem Gesicht war eine Art Totenmaske. So viele Menschen, die er geliebt (aber auch gehaßt) hatte, waren gestorben, und er trug diese Maske als Buße. Wieso durfte er leben, wenn sie tot waren? Also glich er sein Leben dem Tod an. Und sein Tod war auch mein Tod. Ich lernte es, durch Schreiben am Leben zu bleiben.

Das war der Winter, in welchem ich mit dem Schreiben ernst machte. Ich begann zu schreiben, als sei das meine einzige Hoffnung auf Überleben, auf Entkommen. Ich hatte, auf meine Weise, mein ganzes Leben lang schon geschrieben. Ich hatte schon immer Schriftsteller verehrt. Wenn ich ein Buch zu Ende gelesen hatte, küßte ich das Bild des Autors auf der Rückseite des Schutzumschlags. Alles Gedruckte stellte für mich eine heilige Reliquie dar, und Autoren waren Wesen von übermenschlichen Kenntnissen und ebensolcher Intelligenz. Pearl Buck, Tolstoi oder Carolyn Keene, die Autorin von *Nancy Drew*. Ich klassifizierte noch nicht so überheblich, wie man das später zu tun lernt. Unbelastet und leichtfüßig ging ich von einem Druckwerk zum anderen über, von *Alice hinter den Spiegeln* zu einem Horror-Comic, von den *Großen Erwartungen* oder *The Secret Garden* zum *Mad*-Magazin.

In meinem chaotischen Elternhaus lernte ich schon früh, daß ein Buch, das man sich zu gegebener Zeit vors Gesicht hält, als kugelsichere Weste, als Asbestschild, als Tarnkappe dienen kann. Ich lernte es, hinter Büchern Schutz zu suchen, der ›zerstreute Professor‹ zu werden, wie meine Eltern mich ohnehin nannten. Sie schrien mit mir herum, aber ich hörte sie nicht. Ich las. Ich schrieb. Ich war in Sicherheit.

Bennetts Großvater – jener tapfere alte Mann, der mit zwanzig aus China nach Amerika gekommen war, den ein Missionar, der versprach, ihm Englisch beizubringen (und es nie tat), zum Christentum bekehrte, dieser Großvater, der chinesischen Minenarbeitern in den Bergwerken des Nordwestens das Evangelium predigte, der seine Tage als Inhaber eines kleinen Souvenirladens in der Pell Street beschloß – und nie in den 99 oder 100 Jahren seines Lebens mehr als einige wenige Worte verständliches Englisch zu sprechen lernte und noch viel weniger zu schreiben – gab durch seinen Tod den Anstoß zu meiner Laufbahn als Schriftstellerin. Zuweilen ist der Tod der Beginn von etwas Neuem.

Während Bennett den langen Winter über schweigend trauerte,

schrieb ich. Ich verbrannte alle Gedichte aus meiner Studienzeit, selbst die veröffentlichten, ebenso alle mißglückten Entwürfe von Kurzgeschichten und Romanen. Ich wollte mich neu erschaffen, mir ein neues Leben durch Schreiben schaffen.
Ich vertiefte mich in die Werke anderer Schriftsteller. Ich ließ mir Bücher von Foyle's in London kommen, oder bat meine Freunde oder meine Eltern, mir welche aus New York zu schicken. Ich konzentrierte mich jeweils auf einen zeitgenössischen Dichter oder Romancier, machte mir durch mehrfaches Lesen seine Bücher zu eigen, achtete darauf, wie er sich von Buch zu Buch veränderte und imitierte alle paar Monate den Stil eines anderen Autors. Die ganze Zeit lebte ich in Angst und betrachtete mich selbst als Versager. Als ich – lang ist's her – siebzehn oder achtzehn war und Dreißigjährige für uralt hielt, hatte ich mir geschworen, mich umzubringen, wenn ich mit fünfundzwanzig noch kein Buch veröffentlicht haben würde. Und nun war ich bereits fünfundzwanzig! Und fing gerade erst an!
Eigene Arbeiten an literarische Zeitschriften zu senden, schloß sich für mich aus. Obwohl ich im College die ›Dichterin des Jahres‹ gewesen war und die üblichen Preise bekommen hatte, war ich nun davon überzeugt, daß nichts, was ich schrieb, gut genug sei, um es wem auch immer anzubieten. Ich betrachtete die Herausgeber von literarischen Zeitschriften als gottähnliche Wesen, die sich höchstens dazu herabließen, in Meisterwerken zu blättern. Und dieses glaubte ich, obwohl ich auf diese Zeitschriften abonniert war und sie auch getreulich Wort für Wort durchlas. Ich muß zugeben, daß ich viele Beiträge nicht gut fand, doch ich war davon überzeugt, daß meine eigenen Arbeiten viel, viel schlechter wären.
Ich lebte in einer von Phantomen bevölkerten Welt. Ich hatte imaginäre Affären mit Dichtern, deren Werke ich regelmäßig in jenen Zeitschriften las. Gewisse Namen gewannen für mich Leben. Ich las alle biographischen Angaben über die verschiedenen Autoren und hatte mit der Zeit das Gefühl, sie persönlich zu kennen. Es ist sonderbar, welch eine intime Beziehung man zu jemand haben kann, dem man nie begegnet ist – und wie irrig der Eindruck, den man von ihm gewonnen hat, oft ist. Später, als ich wieder in New York lebte und anfing, Gedichte zu veröffentlichen, lernte ich einige dieser magischen Namen in Fleisch und Blut kennen. Sie waren meistens ganz anders, als ich sie mir vorgestellt hatte. Geistige Größen stellten sich unter Umständen als kleine Geister heraus. Autoren düsterer Todespoeme waren zuweilen warmherzige, humorvolle Menschen. Autoren hinreißender Bücher waren oft un-

leidlich. Hochherzige, aufgeschlossene, altruistische Autoren stellten sich zuweilen als kleinkariert, monomanisch, rücksichtslos und neidisch heraus ... Nicht, daß es da feste Regeln gegeben hätte, aber Überraschungen waren immer zu erwarten. Es war eine höchst gefährliche Angelegenheit, den Charakter eines Schriftstellers danach zu beurteilen, was er schrieb. Doch so viel Realität kam erst später. In den Heidelberger Tagen ging ich völlig in einer literarischen Phantasiewelt auf, die auf die angenehmste Weise keinerlei Verbindung mit der höchst unangenehmen Wirklichkeit hatte. *Ein* Aspekt davon war mein eigenartiges Verhältnis zum *New Yorker*.

Zu der Zeit, von der ich schreibe, wurde der *New Yorker* (und alles andere Drittklassige) per Schiff über den Atlantik herangeschafft. Vielleicht war das der Grund, weshalb immer drei oder vier Nummern des *New Yorker* (keine weniger als drei Wochen alt) zugleich eintrafen – ein dickes Paket. Ich riß die Umhüllung herunter wie in Trance. Ich befolgte ein eigenes Ritual, um dieser ritualisierten Zeitschrift zu Leibe zu gehen. Sie hatte damals noch kein Inhaltsverzeichnis, bloß – Snobismus mit umgekehrtem Vorzeichen – jene gewisse kurze Zeile unter dem jeweiligen Beitrag, mit dem zaghaften Gedankenstrich davor. Ich begann von hinten, auf der Suche nach den Namen unter den langen Artikeln und den Kurzgeschichten und überflog (mit angehaltenem Atem) die Gedichte.

Der kalte Schweiß lief mir dabei herunter, begleitet vom dumpfen Schlagen meines Herzens. Was mich so in Angst versetzte, war die Möglichkeit, auf ein Gedicht oder eine Kurzgeschichte oder einen Artikel von jemandem zu stoßen, den ich *kannte*. Von jemandem, der im College als Vollidiot gegolten hatte oder als notorischer Nasenbohrer, oder der (in Kombination mit einem oder beiden der erwähnten Epitheta) *jünger* war als ich. Und wenn auch nur einen oder zwei Monate.

Ich *las* den *New Yorker* nicht nur, ich *lebte* ihn sozusagen – auf meine Art. Ich hatte mir eine ›*New Yorker*-Welt‹ geschaffen (irgendwo östlich von Westport und westlich von den Cotswolds-Bergen gelegen), wo Peter de Vries (leise vor sich hin kalauernd) bis ans Ende aller Tage sein Glas mit Piesporter hob, wo Niccolo Tucci (in weinroter, samtner Smokingjacke) auf italienisch mit Muriel Spark flirtete, wo Nabokov goldbraunen Portwein aus einem geschliffenen Kelch schlürfte (während ein roter Admiral sich auf seinem kleinen Finger niederließ) und John Updike über des Meisters schweizerische Schuhe stolperte und sich aufs liebenswürdigste entschuldigte (ein ums andere Mal versichernd, daß Nabokov zur Zeit der beste Englisch schreibende Schriftsteller amerikanischer Staatsangehörigkeit sei). Die indischen Schriftsteller hockten in einer Ecke beisammen und schnatterten à la Peter Sellers (und dünsteten einen durchdringenden Curry-Geruch aus), und die irischen Memoirenschreiber (in zünftigen dicken Fischerpullovern und mit Whiskey-Fahne) bemühten sich ostentativ, die steifen, zugeknöpften englischen Memoirenschreiber in Tweeds zu schneiden.

Oh, ich hatte auch um andere Magazine und literarische Zeitschriften einen Mythos gewoben, doch der *New Yorker* war schon seit meiner Kindheit so etwas wie ein Heiligtum für mich. (*Commentary*, zum Beispiel, veranstaltete ziemlich finstere Zusammenkünfte, auf denen gallig aussehende Semiten einander bis zur völligen Erschöpfung den Kopf vollredeten – über das Juden-, Neger- und Bewußtseins-Problem, während sie ganze Schüsseln mit gehackter Leber und Berge von geräuchertem Lachs aus Neu-Schottland vertilgten.) Diese Soireen amüsierten mich zwar, doch meine Ehrfurcht blieb dem *New Yorker* vorbehalten. Ich hätte es nie gewagt, ihm meine eigenen kümmerlichen Produkte anzubieten, und so war ich ebenso überrascht wie wütend, wenn ich in dieser Zeitschrift einen Beitrag von jemandem entdeckte, den ich von früher her kannte.

Auf jeden Fall hatte ich eine höchst exaltierte Vorstellung davon, was es heißt, *ein Schriftsteller* zu sein. Schriftsteller waren für mich eine mysteriöse Bruderschaft von Sterblichen, die – irgendwie ätherisch – sich leichtfüßiger auf dieser Erde fortbewegten als andere Menschen, fast, als hätten sie unsichtbare Flügel. Sie lächelten wissend und spöttisch und erkannten einander an einem gewissen Etwas, vielleicht vermittels einer Art Radar – so ähnlich, wie angeblich Fledermäuse sich orientieren. Jedenfalls nichts so Plumpes wie ein verstohlener Händedruck.

Bennett hatte indirekt auch etwas mit meiner Arbeit zu tun, obwohl er nur selten ein Wort davon las. In jenem Stadium hatte ich eigentlich nicht das Bedürfnis, daß jemand das von mir Geschriebene zur Kenntnis nahm (es war ja hauptsächlich eine Vorbereitung darauf, was ich einmal schreiben würde), aber das Bedürfnis, Anerkennung dafür zu finden, daß ich *überhaupt* schrieb, war durchaus vorhanden. Und diese Anerkennung fand ich bei Bennett. Zuweilen wußte ich nicht, ob er meine Schriftstellerei vielleicht nur guthieß, um ungestört seiner Depression leben zu können, oder ob es ihm Spaß machte, sich bei seiner Eliza Doolittle als Henry Higgins zu betätigen. Doch Tatsache war, daß er schon lange, bevor ich selbst an mich zu glauben begann, an mich glaubte. Es war, als würden wir uns während der langen Krise in unserer Ehe auf indirekte Weise durch meine Arbeit erreichen. Obwohl wir meine Erzeugnisse nicht zusammen lasen, erwiesen sie sich – im Hinblick auf unsere Weltflucht – als ein verbindendes Glied.

Beide lernten wir es, das Unbewußte ans Tageslicht zu heben. Bennett saß fast regungslos im Wohnzimmer und grübelte über den Tod seines Vaters nach, über den Tod seines Großvaters und über all die anderen Tode, die das Leben ihm aufgeladen hatte, als er kaum alt genug war, sein eigenes Leben zu tragen und zu begreifen. Ich saß in meinem Arbeitszimmer und schrieb. Ich lernte es, in die Tiefe meines Selbst zu tauchen und Bruchstücke aus der Vergangenheit zu bergen. Ich lernte es, das Unbewußte zu beschleichen und meine scheinbar ziellosen Gedanken und Phantasien wie mit einem Schmetterlingsnetz einzufangen. Dadurch, daß er mich aus seiner Welt ausschloß, hatte Bennett mir eine Reihe von anderen Welten in meinem eigenen Kopf *er*schlossen. Nach und nach ging mir auf, daß keines der Themen meiner Gedichte mich im Innersten berührte, daß eine tiefe Kluft gähnte zwischen dem, was mich wirklich anging, und dem, worüber ich schrieb. Warum? Wovor fürchtete ich mich? Am meisten vor mir selbst, wie es schien.

Ich begann in Heidelberg die Arbeit an zwei Romanen. Beide waren in der Ich-Form geschrieben, und in beiden war der Erzähler ein Mann. Ich nahm als gegeben an, daß der Standpunkt und die innere Sicht einer Frau niemanden interessierte. Außerdem wollte ich nicht riskieren, all das über mich zu lesen, was über alle (auch gute) Schriftstellerinnen geschrieben wird: »Intelligent, geistreich, lebendig, anrührend, ermangelt jedoch der Tiefe.« Ich wollte über *alles* schreiben. Ich wollte *Krieg und Frieden* schreiben – oder gar nichts. Keine ›fraulichen‹ Themen für mich. Schlachten und Stierkämpfe und Dschungel-Safaris – das war es, was mir vorschwebte. Bloß, daß ich genau nichts über Schlachten und Stierkämpfe und Dschungel-Safaris wußte (die meisten Männer allerdings auch nicht). Aufs äußerste frustriert, kümmerte ich dahin, weil ich glaubte, daß die Sujets, die mir geläufig waren, ›banal‹ und ›typisch weiblich‹ seien, die mir ungeläufigen hingegen ›bedeutend‹ und ›männlich‹. Was ich auch tat – ich war davon überzeugt, es würde mir mißlingen. Schrieb ich, würde es ein Fehlschlag werden, schrieb ich nicht, so war ich von vornherein ein Versager. Ich war wie gelähmt.

Dank einer Menge Glück, dank meiner Traurigkeit, meiner seltsamen Beziehung zu meinem Mann, meiner störrischen Entschlos-

senheit (an die ich damals durchaus nicht glaubte) gelang es mir in den folgenden drei Jahren, drei Sammelbände von Gedichten zu schreiben. Zwei davon warf ich weg, der dritte wurde veröffentlicht. Damit begann eine Reihe ganz neuer Probleme. Ich mußte, um nur eines zu nennen, mit meiner Angst vor Erfolg fertig werden, mit der fast schwerer zu leben war als mit der Angst vor Mißerfolg.
Wenn ich schreiben gelernt hatte – konnte ich dann nicht auch leben lernen? Adrian schien mich lehren zu wollen, wie ich leben sollte. Bennett schien mich lehren zu wollen, wie ich sterben sollte. Und ich wußte nicht einmal, was ich lieber wollte. Oder vielleicht schätzte ich die beiden falsch ein. Vielleicht war Bennett das Leben und Adrian der Tod. Vielleicht besteht das Leben aus Kompromissen und Trauer, während Ekstase unweigerlich in den Tod mündet. Trotz manichäischer Tendenzen konnte ich die Spieler ohne ihre Rückennummern nicht auseinanderhalten. Wenn ich Gut von Böse hätte unterscheiden können, hätte ich vielleicht auch wählen können, doch ich war unsicherer und verwirrter als je zuvor.

Geschichten aus dem Wiener Wald

Die Ketten der Ehe sind so bleischwer, daß es zwei Menschen braucht, um sie zu schleppen – manchmal sogar drei.

– Alexander Dumas

Und nun begann das Karussell sich zu drehen. Ich begleitete Bennett zu Arbeitssitzungen, mit dem festen Vorsatz, bis zum Ende auszuharren; ich schwor mir, daß ich Adrian nie wiedersehen würde, daß es vorbei war, daß ich mich ausgetobt hatte und nun Schluß sein mußte – und dann sah ich Adrian und alle guten Vorsätze waren beim Teufel. Ich stellte fest, daß ich auf dem besten Wege war, das Vokabular der gängigsten Liebesschnulzen, die Klischees der kitschigsten Hollywood-Filme in die Tat umzusetzen. Mein Herzschlag setzte aus. Mir wurde schwummerig, sobald er in meine Nähe kam. Er war mein Sonnenschein. Unsere Herzen hielten Händchen. Wenn wir uns im selben Raum befanden, war ich so erregt, daß ich kaum noch stillsitzen konnte. Es war eine Art Geistesverwirrung, etwas, das mich mit Haut und Haar verschlang. Ich dachte nicht mehr an den Artikel, den ich schreiben sollte, ich dachte an gar nichts mehr, außer an ihn.
Keine der Kriegslisten, zu denen ich in der Vergangenheit in solchen Fällen gegriffen hatte, schien in diesem Fall zum Erfolg zu führen. Ich versuchte, mich von ihm fernzuhalten, indem ich in Gedanken abgegriffene, verlogene Schlagworte wie ›eheliche Treue‹ und ›Ehebruch‹ in die Waagschale warf, mir sagte, daß meine Arbeit unter Adrian leiden würde, daß ich, wenn ich ihn nicht aufgab, zu glücklich sein würde, um schreiben zu können. Ich versuchte, mich selbst davon zu überzeugen, daß ich Bennett weh täte, mir selbst weh täte, mich in den Augen der Leute lächerlich machte. Was der Fall war. Aber nichts half. Ich war wie besessen. Sobald er irgendwo auftauchte und mich anlächelte, war ich verloren.
Am ersten Tag des Kongresses sagte ich nach dem Lunch zu Bennett, ich ginge schwimmen, und haute mit Adrian ab. Wir fuhren zu meinem Hotel; ich packte mein Badezeug, und was ich sonst noch so brauchte, zusammen, führte mein Pessar ein und fuhr dann mit Adrian zu seiner Pension.
In seinem Zimmer riß ich mir in einer knappen Minute die Kleider vom Leibe und legte mich aufs Bett.
»Wo brennt's denn?« fragte er.
»Bei mir.«
»Aber Schatz, wir haben doch Zeit.«
»Wie lange?«
»Solange du willst«, sagte er doppeldeutig. Das hieß: wenn er mich verließ, war ich selbst schuld. So sind Psychoanalytiker nun einmal. Bumst nie mit einem Analytiker, ihr jungen Dinger – wenn ich euch einen guten Rat geben darf.
Aber wie dem auch sei – es haute nicht hin. Jedenfalls nicht, wie

erwartet. Er blieb auf halbmast und wühlte hektisch in mir herum; er hoffte wohl, ich würde es nicht merken. Das Fazit war für mich ein höchst unzulänglicher Orgasmus sowie eine aufgeriebene Möse. Aber irgendwie war mir das sogar recht. Jetzt werde ich mich von ihm befreien können, dachte ich, im Bett taugt er nichts. Ich werde ihn vergessen.

»Was denkst du?« fragte er.

»Daß du mich prima durchgezogen hast.« Mir fiel ein, daß ich das gleiche einmal zu Bennett gesagt hatte, als es der Wahrheit viel näher gekommen war.

»Du bist eine ganz verlogene Heuchlerin. Warum lügst du? Ich weiß doch, daß es nicht stimmt. Im allgemeinen kann ich es viel besser.«

Seine Offenheit überrumpelte mich. »Okay«, sagte ich mürrisch, »du hast mich *nicht* prima durchgezogen. Ich gebe es zu.«

»Na also. Warum läßt du eigentlich immer so die Fürsorgerin raushängen? Um mein Ego zu streicheln?« Er sagte ›Eggoh‹.

Ich dachte darüber nach. Warum tat ich das? Ich nahm wohl an, daß man sich Männern gegenüber so verhalten muß. Tut man es nicht, brechen sie zusammen oder werden verrückt. Ich wollte nicht noch einen Mann in den Irrsinn treiben.

»Wahrscheinlich habe ich immer gedacht, daß das männliche Ego so empfindlich ist, daß man es hätscheln muß –«

»Also mein Eggoh ist nicht so empfindlich. Ich brech' nicht zusammen, wenn du mir sagst, daß ich dich nicht gut gevögelt habe – besonders, da es stimmt.«

»Ich glaube, ich hab noch nie jemand wie dich kennengelernt.«

Er lächelte zufrieden. »Nein, Schätzchen, sicher nicht, und es wird dir höchstwahrscheinlich auch kein zweites Mal blühen. Ich hab dir gesagt, daß ich ein Anti-Held bin. Ich bin nicht da, um dich zu retten – und dich auf einem weißen Zelter zu entführen.«

Wozu war er dann wohl sonst da, fragte ich mich. Zum Ficken jedenfalls nicht.

Wir fuhren in ein riesiges öffentliches Schwimmbad ein wenig außerhalb von Wien. Noch nie im Leben hatte ich soviel sonnenverbrannten Speck auf einem Haufen gesehen. In Heidelberg hatte ich die öffentlichen Bäder und Saunen geflissentlich gemieden, und wenn wir im Urlaub auf Reisen waren, hatten wir immer einen Bogen um die von Deutschen frequentierten Badeorte gemacht. Wir ließen Ravenna und die anderen teutonischen Hauptquartiere jedesmal links liegen. Dafür starrte ich neiderfüllt auf die konkaven Nabel an der französischen Riviera, auf die geldschweren Besitzer

sportlich-schlanker Taillen. Doch hier sahen wir uns umringt von Bergen von *Obers* und Sachertorte, die sich in Speck verwandelt hatten.
»Wie *Das Jüngste Gericht* von Michelangelo«, sagte ich zu Adrian.
»Du weißt schon ... an der Stirnwand der Sixtinischen Kapelle.«
Er streckte mir die Zunge heraus und schnitt eine Grimasse. »Nun *haben* die Leute mal 'n bißchen Spaß und tummeln sich in der frischen Luft und im Wasser, da mußt du natürlich deinen satirischen Blick auf sie richten und siehst nichts als Entartung und Verfall um dich her. Ich sollte dich Madame Savonarola nennen.«
»Du hast recht«, sagte ich zerknirscht. Konnte ich es nie lassen, alles auf diese Weise zu betrachten und zu analysieren und herunterzumachen? Ich konnte es nicht.
»Aber sie sehen doch wirklich aus wie auf dem *Jüngsten Gericht*«, sagte ich. »Das ist Gottes Rache an den Deutschen. Weil sie solche Schweine sind, läßt er sie auch aussehen wie Schweine.«
Und, bei Gott, das taten sie: nicht einfach nur fett, nicht bloß Hängebäuche und muskellose, schlaffe Arme und Doppelkinne und speckglänzende Schenkel – nein, das alles auch noch knallrosa. Verbrannt und brutzelnd. Röter als ein chinesisches Spanferkel. Sie sahen aus wie Ferkel. Oder wie der Schweinefötus, den ich in meinem zweiten Jahr Zoologie sezieren mußte – was fast zum Waterloo meiner College-Laufbahn geworden wäre.
Wir schwammen und küßten uns im Wasser zwischen all den andern ›Verdammten Seelen‹. Ich trug einen schwarzen knappen einteiligen Badeanzug mit einem V-förmigen Ausschnitt bis zum Nabel, und alle starrten mich an, die Frauen mißbilligend, die Männer begehrlich. Ich spürte Adrians Samen schleimig zwischen den Beinen; er tropfte in das gechlorte Wasser des Schwimmbekkens. Eine Amerikanerin, die den Deutschen englisches Sperma spendet. Eine Art pervertierter Marshall-Plan. Sein Samen soll ihr Wasser heiligen und sie taufen. Sein Samen soll sie von Sünden reinwaschen. Adrian der Täufer. Und ich Isadora Maria Magdalena. Doch zugleich fragte ich mich, ob ich vielleicht schwanger werden würde, weil ich so rasch nach dem Bumsen schwimmen gegangen war. Vielleicht würde das Wasser das Sperma in mich treiben, bis hinter mein Pessar? Hatte ich plötzlich Todesangst davor, schwanger zu werden, so wollte ich im nächsten Augenblick nichts lieber, als schwanger werden. Ich stellte mir das wunderschöne Kind vor, das wir gemeinsam zustande gebracht hatten. Es hatte mich gründlich erwischt.

Wir setzten uns unter einen Baum ins Gras und tranken Bier. Wir sprachen über unsere Zukunft – was immer das sein mochte. Adrian war der Ansicht, ich sollte meinen Mann verlassen und in Paris leben (da könnte er immer mal wieder rüberfliegen und mich besuchen). Ich könnte mir eine Dachkammer mieten und Bücher schreiben. Ich könnte nach London kommen und mit ihm zusammen Bücher schreiben. Wir würden dann ein Paar sein wie Simone de Beauvoir und Sartre: zu zweit und doch allein. So dummes Zeug wie Eifersucht müßten wir uns abschminken. Wir würden miteinander ficken *und* mit allen unsern Freunden. Besitz, Besitzgier und Machtansprüche würden für uns kein Problem sein. Und dann, eines Tages, würden wir eine Kommune gründen, für Schizophrene, Dichter und radikale Psychoanalytiker. Wir würden wie richtige Existentialisten leben, statt immer nur darüber zu reden, wir würden alle zusammen in Harmonie in einer Art von Höhle leben.
»Ach ja, ich verstehe – so à la *Yellow Submarine*«, sagte ich.
»Ja, warum nicht?«
»Du bist ein unverbesserlicher Romantiker, Adrian ... Walden Pond und all das.«
»Jetzt hör mir mal gut zu – ich sehe nicht recht, was an dem verlogenen Leben, das *du* führst, so großartig sein soll. Du bist gezwungen, immer so zu tun, als ob all der Quatsch wie Treue und Monogamie dir etwas bedeutet, lebst in tausend Widersprüchen, du läßt dich von deinem Mann erhalten wie so'n verwöhntes Wunderkind und wirst es nie lernen, auf eigenen Beinen zu stehen. *Unser* Leben wäre zumindest ehrlich. Wir würden zusammen leben, aber außerdem auch ficken, mit wem es uns Spaß macht. Keiner würde den anderen ausbeuten, und keiner braucht sich schuldig zu fühlen, weil er abhängig ist ...«
»Dichter und Schizophrene und Psychoanalytiker?«
»Da gibt's doch keine allzu großen Unterschiede, oder?«
»Überhaupt keine.«
Der Existentialismus war Adrian innerhalb einer Woche durch Martine, die französische Schauspielerin, die in der Klapsmühle gewesen war, in Paris beigebracht worden.
»Das ging aber schnell«, sagte ich. »Existentialismus – leicht gemacht. So'ne Art Blitzkursus, wie in der Berlitz-School. Wie hat sie das geschafft?«
Er erzählte mir, daß Martine, als er wieder einmal nach Paris gekommen sei, um sie zu besuchen, ihn zu seiner Überraschung nicht allein, sondern mit zwei Freunden in Orly abgeholt habe:

Louise und Pierre. Geplant war, daß sie die ganze Woche zu viert verbringen, nie allein sein, einander alles erzählen und kreuz und quer durcheinander ficken wollten, wie es sich gerade ergab, ohne irgendwelche ›lächerliche moralische Ausflüchte‹ vorzubringen.
»Sobald ich von meinen Patienten oder meinen Kindern oder meiner Freundin in England sprach, sagte sie ›Das ist nicht von allgemeinem Interesse‹. Sobald ich davon anfing, daß ich arbeiten, mein Brot verdienen, schlafen, dieses nervenaufreibende Experiment zumindest vorübergehend unterbrechen müsse, sagte sie ›Das interessiert jetzt nicht‹. Sie ließ keine der üblichen Entschuldigungen gelten. Anfangs war das Ganze ziemlich beängstigend.«
»Es klingt faschistisch. Und das alles im Namen der Freiheit.«
»Ich verstehe schon, was du meinst, aber es war eben nicht faschistisch, weil die Idee – Martines Idee – dahinter stand, man solle die Grenze dessen, was man gerade noch ertragen kann, immer weiter stecken. Man müsse bis auf den Grund der Erfahrung vorstoßen, auch auf die Gefahr hin, Angst und Schrecken vorzufinden. Martine war verrückt gewesen. In der Heil- und Pflegeanstalt hat sie sich am eigenen Schopf aus dem Dreck gezogen, wie man so sagt, und hatte danach eine ganze Reihe neuer Erkenntnisse. Sie bekam sich selbst wieder in den Griff und war nach ihrer Entlassung kräftiger und lebenstüchtiger als je zuvor. Und so etwas Ähnliches hat diese eine Woche auch bei mir bewirkt. Ich mußte mit dem beängstigenden Gefühl fertig werden, keine Pläne, kein Eigenleben zu haben, nicht zu wissen, was wir als nächstes tun würden, und die ganze Zeit über in allem und jedem abhängig zu sein von drei anderen Menschen. Das ließ bei mir eine ganze Reihe von Kindheitsproblemen wiederaufleben. Und der Sex – der Sex war zunächst auch beängstigend. Man wird mit seiner eigenen homosexuellen Komponente konfrontiert. Aber das Ganze war äußerst lehrreich, glaube ich.«
»Aber hat's denn Spaß gemacht? Es klingt eigentlich nicht so.« Ich fand es immerhin doch recht interessant.
»Nach den ersten traumatischen Tagen war's phantastisch. Wir gingen Arm in Arm und singend durch die Straßen. Wir teilten unser Essen, unser Geld – einfach alles. Keiner machte sich Gedanken über Arbeit oder Verantwortungen.«
»Und deine Kinder?«
»Die waren bei Esther in London.«
»So so, also *sie* mußte sich mit den Verantwortungen herumschlagen, während du den Existentialisten gespielt hast – wie Marie Antoinette, die sich als Schäferin gefiel.«
»Nein – so war es eigentlich nicht. Esther nahm sich durchaus die

gleichen Rechte heraus. Sie ist zwischendurch immer mal wieder mit anderen Kerlen abgehauen und hat mich mit den Kindern sitzenlassen. Es beruhte also auf Gegenseitigkeit.«

»Nun ja, aber immerhin sind's ja *deine* Kinder, nicht wahr?«

»Besitz, Besitz, Besitz«, höhnte er; meine Art der Fragestellung sagte ihm offenbar wenig zu. »Ihr jüdischen Prinzessinnen seid alle gleich.«

»Den Ausdruck hast du von mir, und bei der ersten Gelegenheit wendest du ihn gegen mich an. Meine Mutter hat mich vor Männern wie dir gewarnt.«

Er legte den Kopf in meinen Schoß und wühlte seine Nase zwischen meine Beine. Ein paar dicke Deutsche unter einem anderen Baum feixten. Aber das war mir egal.

»Glitschig«, sagte er.

»Dein Glitsch«, sagte ich.

»Unser Glitsch«, verbesserte er mich.

Und dann sagte er plötzlich: »Ich möchte dir das geben, was Martine mir gegeben hat – eine neue Einsicht. Ich möchte dich lehren, dich nicht davor zu fürchten, was du in dir trägst.« Er schlug seine Zähne in meinen Schenkel. Sie hinterließen tiefe Abdrücke.

Als ich um halb sechs ins Hotel zurückkam, wartete Bennett auf mich. Er fragte mich nicht, wo ich gewesen war; er umschlang mich und begann, mich auszuziehen. Er drang in mich ein, in mich, in Adrians Sperma, in unser gleichschenkliges Dreieck. Er war noch nie so leidenschaftlich und zärtlich gewesen und ich selten so erregt. Daß er ein so viel besserer Liebhaber war als Adrian, lag auf der Hand, ebenso, daß sich, dank Adrian, unsere körperliche Beziehung gewandelt hatte, daß wir uns gegenseitig auf eine neue Weise würdigten. Wir gingen völlig ineinander auf. Plötzlich war ich für Bennett so kostbar, als hätte er sich gerade frisch in mich verliebt.

Wir nahmen zusammen ein Bad, bespritzten uns gegenseitig mit Wasser. Wir seiften einander den Rücken ein. Ich war ein wenig erschrocken über meine Promiskuität – daß ich so ohne weiteres von einem Mann zum anderen gehen konnte und dabei auch noch so wunderbar gelöst und wie berauscht war. Ich wußte, daß ich später dafür würde bezahlen müssen – mit Schuldgefühl und all dem Elend, das nur ich selbst mir in so hohem Maße aufzubürden imstande bin. Doch im Augenblick war ich glücklich. Ich fühlte mich zum erstenmal entsprechend gewürdigt. Ergeben vielleicht erst zwei Männer einen ganzen Menschen?

Eine der denkwürdigsten Veranstaltungen während des Kongresses war der Empfang im Wiener Rathaus. Denkwürdig, weil es eine einmalige Gelegenheit war, 2000 oder mehr Psychoanalytiker sich den Bauch vollschlagen zu sehen, als hätten sie ein Jahr lang in Biafra gehungert. Denkwürdig, weil es eine einmalige Gelegenheit war, einigen gesetzten alten Analytikern zuzusehen, wie sie Rock'n'Roll tanzten – oder was sie dafür hielten. Denkwürdig, weil ich – in einem roten, mit Pailletten bestickten Abendkleid – unermüdlich von einem Ballsaal in den anderen schwebte, überall eine glitzernde Spur hinterlassend. Bald tanzte ich mit Bennett, bald mit Adrian und konnte mich immer noch zu nichts entschließen. Wo ich ging und stand, hinterließ ich verräterisches Beweismaterial.

Die höchst unelegant gewandete Gattin des Bürgermeisters von Wien (mit einer Figur wie ein vollgeschissener Damenstrumpf) begrüßte Anna Freud und die anderen Psychoanalytiker *aufs herzlichste* und ließ dann – in deutscher Sprache – einen Haufen gequirlter Kacke vom Stapel, wie *glücklich* die Stadt Wien sei, sie wieder alle in ihren Mauern versammelt zu sehen. Unter welchen Umständen sie 1938 die Stadt *verlassen* hatten, erwähnte sie natürlich nicht. Damals spielte kein Fünfzig-Mann-Orchester *An der schönen blauen Donau* für sie, auch wurden sie keineswegs *aufs herzlichste* verabschiedet, von Freibier ganz zu schweigen.

Als die kalten Platten aufgetragen wurden, stürzten ganze Horden von Psychoanalytikern in Abendkleidung muhend und grunzend auf die langen Tische zu.

»Schnell – die da drängen sich vor!« blökte eine Matrone mit einem Akzent, der verdächtig nach Flatbush roch, mit einer Prise Scarsdale und New School.

»Im Saal nebenan sind sie schon bei der Torte«, sagte eine andere, eine Zweihundert-Pfund-Beauté in einem kanariengelben seidenen Hosenanzug und glitzernd von Rheinkieseln. »Nicht *drängeln*!« sagte ein distinguiert (oder vielleicht nur abgeschlafft?) wirkender älterer Psychotherapeut in einem altmodischen Smoking und Kummerbund mit Schottenkaros, eingequetscht zwischen einer Frau, die einen Ausfall in Richtung Truthahnplatte, und einem Mann, der einen Ausfall in Richtung Vorspeisen machte. An allen Tischen sah man nichts anderes als lange Arme, die mit silberblitzenden Vorlegegabeln Eßbares aufspießten.

Während dieses erstaunlichen Schauspiels hielten sich oben auf ihrer Empore im großen Ballsaal die schmalzigen Geigen dran. Die pseudo-gotischen Bögen der hohen Decken wurden von Tausenden von Pseudo-Kerzen erhellt, und auf dem Parkett drehte sich eine Handvoll Unentwegter zu den Klängen eines Wiener Humpelwalzers. Ah, reisen, Abenteuer, Romantik! Ich strotzte von Wohlbefinden, wie eben eine Frau, die innerhalb von vierundzwanzig Stunden viermal von zwei verschiedenen Männern gevögelt worden ist, doch in mir herrschte ein Chaos von einander widerstreitenden Gefühlen, und es wollte mir nicht gelingen, diesen emotionalen Wirrwarr aufzulösen. Immer wieder dachte ich aufsässig, ich hätte jedes Recht darauf, mir alles zu schnappen, was mir während meines kurzen Erdenwandels an Vergnügen und Genuß geboten wurde. Warum sollte ich *nicht* hedonistisch denken und glücklich sein? Was war daran auszusetzen? Ich wußte, daß die Frauen, die das meiste aus dem Leben (und aus den Männern) herausholen, auch diejenigen sind, die am meisten vom Leben fordern, daß man, wenn man sich kostbar und begehrenswert gibt, die Männer einen auch kostbar und begehrenswert finden, und daß, wenn man sich weigert, als Fußmatte zu dienen, sie auch nicht auf einem herumtrampeln. Ich wußte, daß unterwürfige Frauen sich schlechter Behandlung aussetzen, und daß Frauen, die sich wie Fürstinnen geben, auch als solche behandelt werden. Doch kaum war diese aufsässige Stimmung verflogen, überkam mich Trostlosigkeit und Verzweiflung. Dann hatte ich panische Angst, *beide* Männer zu verlieren und mutterseelenallein zurückzubleiben, ich hatte Mitleid mit Bennett, verfluchte mich wegen meiner Treulosigkeit und verachtete mich selbst aus Herzensgrund. Dann wäre ich am liebsten zu Bennett gelaufen, um ihn um Vergebung anzuflehen, hätte mich ihm zu Füßen geworfen und ihm versprochen, ihm unverzüglich zwölf Kinder zu gebären (vor allem, um meine Abhängigkeit nicht zu verlieren), hätte ihm versprochen, ihm als ergebene Sklavin zu dienen – unter *jeder* Bedingung, solange sie mir Sicherheit garantierte. Das alles geradezu anwidernd unterwürfig und hönigsüß vorgebracht: das ganze Lügenpaket, das in dieser Welt als Fraulichkeit gilt.

Beide Verhaltensweisen waren unsinnig, und das wußte ich auch. Weder herrschen noch beherrscht werden. Weder Biestigkeit noch Unterwürfigkeit. Beides waren Fallen. Beides führte zu nichts, außer zu Einsamkeit. Und gerade diese sollte ja durch beide Verhaltensweisen vermieden werden. Doch was sollte ich tun? Je mehr ich mich selbst haßte, desto mehr haßte ich mich dafür, *daß* ich mich haßte. Es war hoffnungslos.

Mein Blick flog über die unzähligen Gesichter hin, um das von Adrian zu erspähen. Einzig und allein sein Gesicht konnte mein Sehnen stillen. Jedes andere erschien mir vulgär und abstoßend. Bennett wußte, was vor sich ging, und war gräßlich verständnisvoll.

»Du bist wie aus *Letztes Jahr in Marienbad*«, sagte er. »Hat es nun stattgefunden oder nicht? Das weiß nur ihr Analytiker.«

Er war davon überzeugt, daß Adrian für mich ›nur‹ einen Vaterersatz darstellte, und in dem Fall war die Sache *koscher*. Nur! Ich war also, kurz gesagt, bloß im Begriff, meinen Ödipuskomplex zu ›verarbeiten‹, sowie eine bislang ›unverarbeitete Transferenz‹ im Hinblick auf meinen deutschen Analytiker Dr. Happe (von Dr. Kolner, dem ich gerade die Freundschaft gekündigt hatte, ganz zu schweigen). *Das* konnte Bennett verstehen. Solange es bloß Ödipus war und nicht Liebe. Solange es Transferenz war und nicht Liebe.

Adrian war in gewisser Weise noch schlimmer.

Wir begegneten uns auf der Treppe unter einem gotischen Bogen. Auch er steckte randvoll mit Interpretationen.

»Du hetzt dauernd zwischen uns beiden hin und her«, sagte er. »Wer von uns ist wohl Mami, und wer Daddy?«

Ich verspürte plötzlich den irren Impuls, meine Koffer zu packen und beiden für immer den Rücken zu kehren. Es ging wohl weniger um die Frage der Wahl zwischen ihnen als um den Wunsch, mich von beiden zu befreien. In meine eigene Obhut entlassen. Mit dem Unsinn aufhören, von einem Mann zum anderen zu rennen. Zur Abwechslung mal auf den eigenen Füßen stehen. Warum war das wohl ein so beängstigender Gedanke? Die anderen Möglichkeiten waren schlimmer, oder? Ein Leben lang Freudsche Interpretationen oder ein Leben lang Laingsche Interpretationen. Welche Wahl! Genauso gut konnte ich mich mit einem religiösen Fanatiker zusammentun oder mit einem fanatischen Wissenschaftler oder einem doktrinären Marxisten. Jedes System wird zur Zwangsjacke, wenn man sich so verbohrt und humorlos daran klammert. Ich glaubte nicht an Systeme. Alles, was menschlich ist, ist unvollkommen und letzten Endes absurd. Aber woran glaubte ich denn dann? An Humor. Daran, über Systeme lachen zu können, über andere Menschen, über sich selbst. Sogar an das Lachen darüber, daß man nicht anders kann, als immerzu lachen. Ich glaubte an die Fähigkeit, das Leben als etwas Widersprüchliches, Vielseitiges, Variables, Komisches, Tragisches zu sehen, mit Augenblicken von unerhörter Schönheit, daran, das Leben als ein Früchtebrot zu sehen, mit köstlichen Zwetschgen und ranzigen Nüssen darin, das dazu da ist, gierig verschlungen zu werden, auch, wenn man sich nicht an den Zwetschgen gütlich tun kann, ohne sich gelegentlich an den Nüssen den Magen zu verderben. (In diesem Sinne äußerte ich mich auch Adrian gegenüber.)

»Das Leben als ein Früchtebrot! Du bist aber ganz schön oral fixiert,

wie?« Es war eher eine Feststellung als eine Frage.
»Dacht' ich's mir doch – *bedeutet* das schon wieder irgend etwas?«
Ich bekam einen nassen Kuß, und seine Zunge war eine von den Zwetschgen im Früchtebrot.

»Wie lange willst du mich weiter so quälen?« fragte Bennett, als wir wieder in unserm Hotel waren. »Auf die Dauer mach ich das nicht mit.«
»Es tut mir leid«, sagte ich. Es klang sehr lahm.
»Ich finde, wir sollten hier weg und die nächste Maschine nach New York nehmen. Dieser Wahnsinn muß ein Ende haben. Du bist in einem Zustand ... völlig von Sinnen, wie behext. Wir müssen zurück, nach Hause.«
Ich fing an zu weinen. Ich wollte nach Hause und wollte nie mehr nach Hause.
»Bitte, Bennett, bitte, bitte, bitte.«
»Bitte was?« fragte er scharf.
»Ich weiß es nicht.«
»Du hast nicht einmal den Mut, bei ihm zu bleiben. Wenn du ihn liebst, dann zieh gefälligst die Konsequenzen. Geh zu ihm und seinen Kindern nach London. Aber selbst dazu bist du nicht imstande. Du weißt einfach nicht, was du willst.« Er schwieg kurze Zeit. »Wir sollten sofort nach Hause zurück.«
»Was hätte das für einen Sinn? Du wirst mir nie mehr vertrauen. Ich habe alles verdorben. Es ist hoffnungslos.« Ich glaube, daß ich das auch wirklich glaubte.
»Wenn wir nach Hause fahren und du gehst gleich wieder zur Analyse ... wenn du dann verstehst, *warum* du das getan hast, es durcharbeitest ... vielleicht ist unsere Ehe dann noch zu retten.«
»Wenn ich gleich wieder zur Analyse gehe! Ist *das* die Bedingung?«
»Nicht meinetwegen – deinetwegen. Damit du so etwas nicht immer wieder tust.«
»Hab ich das vielleicht schon je getan? Jemals? Selbst, wenn du ganz gräßlich zu mir warst, selbst damals in Paris, als du nicht einmal mehr mit mir *gesprochen* hast, selbst diese ganzen Jahre in Deutschland, als ich so unglücklich war, als ich so dringend einen Menschen brauchte, als ich mich so einsam und ausgeschlossen fühlte, von dir mit deiner ewigen Depression – hab ich mich nie mit einem anderen eingelassen. Niemals. Und damals hast du es doch förmlich herausgefordert. Du hast immer wieder gesagt, du wüßtest nicht, ob du

eigentlich mit mir verheiratet sein wolltest. Du hast gesagt, du wüßtest nicht, ob du mit einer Schriftstellerin verheiratet sein wolltest. Du hast gesagt, du könntest dich nicht in meine Probleme hineindenken. Du hast nie gesagt, daß du mich liebst. Und wenn ich weinte und todunglücklich war und ich nichts dringender gebraucht hätte als menschliche Nähe und Zuneigung, hast du mich zum Psychoanalytiker geschickt. Jedesmal, wenn ich etwas von *dir* wollte, hast du mich zum Analytiker geschickt. Der Analytiker mußte bei dir für *alles* herhalten. Wenn mal so etwas Ähnliches wie Intimität zu entstehen drohte, hast du mich zu so 'nem gottverdammten Analytiker geschickt.«

»Und wo zum Teufel wärst du heute *ohne* Analytiker? Du würdest immer noch dasselbe Gedicht umschreiben und noch mal umschreiben. Du wärst immer noch unfähig, deine Arbeiten irgend jemand anzubieten. Du hättest nach wie vor Angst vor allen und allem. Als ich dich kennenlernte, ranntest du rum wie 'ne Irre, du konntest nicht systematisch arbeiten und stecktest voll mit tausend Plänen, aus denen nie etwas wurde. Ich habe dir ein Heim geboten, wo du in Ruhe arbeiten konntest, dich ermutigt, wenn du mutlos warst und dich selbst nicht leiden konntest, an dich geglaubt, wenn du selbst nicht an dich glaubtest, den ›gottverdammten‹ Analytiker bezahlt, damit aus dir ein vollwertiger Mensch wird, damit du dich entwikkeln und wachsen konntest, statt dich weiter mit deinen bescheuerten Angehörigen abzugeben. Gib mir nur ruhig die Schuld an all deinen Schwierigkeiten. Ich war der einzige, der dich je gestützt und ermutigt hat, und das ist nun der Dank – daß du hinter so 'nem Arschloch herrennst und mir vorjammerst, daß du nicht weißt, was du willst. Geh zum Teufel! Fahr mit ihm, wohin du willst. Ich fliege nach New York zurück.«

»Aber ich will *dich*«, schluchzte ich. Ich *wollte*, daß ich ihn wollte. Das wollte ich mehr als alles andere. Ich dachte an die lange Zeit, die wir miteinander verbracht hatten, auch an die schlimmen Zeiten, da wir einander getröstet und ermutigt hatten, ich dachte daran, wie er zu meiner Arbeit gestanden und mir den Rücken gestärkt hatte, wenn es aussah, als würde ich mich im nächsten Augenblick aus dem Fenster stürzen. Ich dachte daran, wie ich das Leben bei der Army mit ihm durchgestanden hatte. Die vielen investierten Jahre. Ich dachte an all das, was wir voneinander wußten und wie wir unser Bestes getan hatten, um nicht auseinanderzugehen, an die hartnäckige Entschlossenheit, die uns dabei half, wenn alles andere versagte. Selbst das, was wir gemeinsam durchlitten hatten, war ein stärkeres Band als alles, was zwischen mir und Adrian bestand.

Adrian war ein Traum. Bennett war meine Wirklichkeit. War er hart zu mir? Nun, die Wirklichkeit ist hart. Wenn ich ihn verlieren würde ... ich wüßte meinen eigenen Namen nicht mehr. Wir umschlangen einander und begannen, unter Tränen, uns zu lieben.
»Ich will dir ein Kind geben«, sagte er, während er tiefer und tiefer in mich eindrang.
Am nächsten Nachmittag war ich wieder mit Adrian zusammen; wir lagen auf einer Decke im Wald. Sonnenlicht drang durch die Bäume. »Hast du Bennett wirklich *gern*, oder siehst du in ihm bloß die Summe seiner guten Eigenschaften?« fragte Adrian.
Ich riß einen langen Grashalm ab und kaute darauf herum.
»Warum stellst du so inquisitorische Fragen?«
»Das war nicht inquisitorisch gemeint. Du bist so leicht zu durchschauen.«
»Ist ja großartig«, sagte ich.
»Ehrlich. Findest du denn nicht, daß auch das *Vergnügen* seine Berechtigung hat im Leben? Gibt es für dich denn nur dieses makabre Zeug wie ›meine Analyse – seine Analyse‹, ›wer mich liebt, liebt auch meine Leiden‹? Du und Bennett, ihr *jammert* so viel. Und ihr *entschuldigt* euch für so vieles. Du redest dauernd von Verpflichtungen und Pflichten und was er alles für dich *getan* hat. Warum sollte er nicht? Bist du vielleicht so 'ne Art Monstrum?«
»Manchmal denke ich, ja.«
»Warum denn, um Gottes willen? Du bist nicht häßlich, nicht dumm, du hast 'ne wunderbare Möse, ein entzückendes Bäuchlein, jede Menge blonde Haare und den herrlichsten Arsch zwischen Wien und New York – durch und durch Speck –« Zur Bekräftigung gab er mir eins hinten drauf. »Worüber brauchst *du* dir Sorgen zu machen?«
»Über alles. Ich bin so unselbständig, ich bin immer auf jemand angewiesen. Immer wieder stürzt mir die Seele ein. Diese Depressionen sind so schlimm, daß ich beinahe nicht wieder herausfinde. Außerdem ... kein Mann will an eine Frau gebunden sein, die *schreibt*. Diese Frauen taugen nichts. Wenn sie kochen sollen, träumen sie vor sich hin. Ihre Bücher sind ihnen wichtiger als Kinder. Sie vergessen, daß in einer Wohnung auch mal saubergemacht werden muß ...«
»Du lieber Gott! Du bist aber 'ne ganz schöne Feministin.«
»Oh, *reden* kann ich darüber ganz gut, und ich mach mir sogar vor, daß es mir ernst damit ist, doch ganz im geheimen bin ich wie die Frau in der *Geschichte der O.* Ich möchte mich willenlos irgend-

einem Rohling unterwerfen. ›Frauen fliegen auf Faschisten‹, wie Sylvia Plath sagt. Wenn ich eigentlich kochen müßte, statt dessen aber Gedichte schreibe, fühle ich mich schuldig. *Alles* macht mir Schuldgefühle. Wenn ein Mann gründlich dafür sorgt, daß eine Frau sich schuldig fühlt, braucht er sie nicht zu schlagen. Das ist Isadora Wings erste Grundregel für den Kampf zwischen den Geschlechtern. Der ärgste Feind der Frau ist die Frau. Und Schuldgefühl ist die Hauptwaffe der Selbstquälerei. Weißt du, was Teddy Roosevelt gesagt hat?«

»Nein.«

»Zeigen Sie mir eine Frau ohne Schuldgefühle, und ich zeige Ihnen einen Mann.«

»Das hat Roosevelt nie gesagt.«

»Nein, aber *ich.*«

»Du hast einfach Angst vor ihm – das ist es.«

»Vor wem? Vor Roosevelt?«

»Nein, du Idiotin – vor Bennett. Und du willst es nicht zugeben. Du hast Angst, daß er dich verläßt, und du dann den Boden unter den Füßen verlierst. Du weißt nicht, daß du auch ohne ihn zurechtkommen kannst, das heißt, du *willst* es nicht wissen und hast Angst, dahinterzukommen, weil dann deine ganze läppische Theorie zusammenbricht und du dich nicht länger als schwaches, abhängiges Weib sehen kannst. Das wäre für dich das Allerschlimmste.«

»Du hast mich nie erlebt, wenn ich durchdrehe.«

»Na und?«

»Du solltest es mal erleben. Du würdest davonrennen, so schnell du kannst.«

»Warum? Bist du dann so unerträglich?«

»Bennett sagt, ja.«

»Warum ist er dann nicht davongerannt? Das ist alles bloß so 'n Quatsch, um dich bei der Stange zu halten. Ich hab's mal erlebt, wie Martine durchdrehte – schlimmer kann's bei dir auch nicht sein. Man muß bei Menschen nun mal auch eine Menge unangenehmer Dinge auf sich nehmen, wenn man die angenehmen haben will.«

»Das ist nicht schlecht – sprichst du mir das auf Band?«

»Auf Video-Tape vielleicht?« Wir küßten uns lange und ausgiebig. Dann sagte Adrian: »Für eine intelligente Frau bist du eigentlich knallverrückt.«

»Das ist das Netteste, was mir je einer gesagt hat.«

»Ich will damit bloß sagen, daß du alles haben könntest, was du willst – du weißt es bloß nicht. Du könntest die ganze Welt am Sack packen. Komm mit mir und du wirst sehen, wie wenig du Bennett vermißt. Wir machen zusammen eine Odyssee. Ich entdecke Europa und du entdeckst dich.«

»Mehr nicht? Wann geht's los?«

»Morgen oder übermorgen, oder Sonnabend, sobald der Kongreß zu Ende ist.«

»Und wohin fahren wir?«

»Das ist es ja gerade. Keine Pläne. Wir fahren einfach los. Wie in *Die Früchte der Wut.* Wir werden Nomaden sein.«

»*Die Früchte des Zorns.*«

»Der Wut.«

»Des Zorns, wie in ›Gottes Zorn‹.«

»Der Wut.«

»Du irrst dich, Zuckerschnäuzchen. Du hast selbst gesagt, daß du ein Analphabet bist. Der Roman von Steinbeck heißt *Die Früchte des Zorns.*«

»Der Wut.«

»Okay, du hast zwar unrecht, aber lassen wir das.«

»Schon geschehen.«

»Du meinst also, wir sollen einfach so ins Blaue hineinfahren – ohne irgendwelche Pläne?«

»Der Plan ist, daß du herausfinden sollst, wie stark du bist. Der Plan ist, daß du anfängst, daran zu glauben, daß du sehr wohl auf deinen eigenen beiden Füßen stehen kannst – dieser Plan sollte jedem genügen.«

»Und was wird mit Bennett?«

»Wenn er vernünftig ist, haut er mit irgend'ner andern Biene ab.«

»Meinst du?«

»Das würde *ich* jedenfalls tun. Paß auf – es liegt doch auf der Hand, daß ihr beide eure Ehe neu überdenken müßt. Ihr könnt nicht das ganze Leben weiter so aneinander hinjammern. In Belfast und in Bangladesh mögen Menschen umkommen, aber das ist um so mehr Grund für euch zu lernen, euren *Spaß* zu haben – ab und zu soll das Leben nämlich auch Spaß machen. Du und Bennett, ihr seid wie zwei Weltuntergangspropheten: ›Laßt alle Hoffnung fahren – das Ende ist nahe.‹ Tut ihr denn nie etwas anderes, als trübe Gedanken wälzen – soviel vertane Zeit!«

»Er hat das Schlimmste von dir gesagt, was ihm einfiel«, sagte ich lachend.

»Ach, wirklich?«

»Er nannte dich ein Ersatzobjekt.«

»So so. Nun das gilt dann genausogut für ihn. Der Scheißkerl mit

seiner ewigen Psychologisiererei.«
»Das kannst du aber auch ganz gut, Liebling. Manchmal denke ich, daß ich euch *beide* abhängen sollte. FRAU IN FACHJARGON ERSTICKT. LIEBHABER UND EHEMANN WERDEN VERNOMMEN.«
Adrian lachte und tätschelte meinen Hintern. Hier brauchte er keinen Fachjargon. *Der* war kein Ersatzobjekt. Ein Anderthalbarsch. Noch nie hatte ich mich so über meinen dicken Hintern gefreut. Wenn die Männer bloß wüßten! Alle Frauen finden sich selbst häßlich, sogar gut aussehende Frauen. Ein Mann, der das begriffen hat, könnte mehr Weiber aufs Kreuz legen als Don Giovanni. Alle finden sie ihre Mösen häßlich. Alle sind sie mit ihrer Figur unzufrieden. Alle finden sie ihren Hintern zu ausladend, ihre Brüste zu klein, ihre Schenkel und Fesseln zu dick. Sogar Fotomodelle und Schauspielerinnen, sogar Frauen, die so schön sind, daß man sich nicht vorstellen kann, sie hätten in der Beziehung irgendwelche Sorgen, *machen* sich unentwegt Sorgen.
»Ich steh auf deinen dicken Arsch«, sagte Adrian. »Was hast du alles in dich hineinstopfen müssen, um so einen schönen, dicken Arsch zu kriegen. Mmmmhhh!« Er schlug seine Zähne hinein. Der Kannibale. »Was an deiner Ehe nicht stimmt«, sagte er zu meinem Hintern, »ist, daß sie nur aus harter Arbeit besteht. Habt ihr denn nie Spaß zusammen?«
»Klar, haben wir auch ... he, das tut weh.«
»Wann denn, zum Beispiel?« Er setzte sich auf. »Jetzt erzähl mir mal, wann.«
Ich dachte angestrengt nach. Der Krach in Paris. Der Autounfall in Sizilien. Der Krach in Paestum. Der Krach, als wir uns nicht einigen konnten, welche Wohnung wir mieten sollten. Der Krach, weil ich meine analytische Behandlung abbrach, der Krach wegen Skilaufen. Der Krach über unseren ständigen Krach.
»Wir haben *viel* Spaß zusammen gehabt. Was soll dieses Verhör überhaupt?«
»Du lügst. Deine ganze Analyse ist weggeworfenes Geld, wenn du dich weiterhin andauernd selbst belügst.«
»Wir haben Spaß im Bett.«
»Das aber sicher nur, weil ich dich nicht so durchziehe, wie sich's gehört.«
»Adrian, ich glaube, du hast ernsthaft vor, meine Ehe kaputtzumachen. Das ist wohl deine Masche, wie? Darauf stehst du, wie? Das ist *deine* Zwangsneurose. Bei mir mögen es Schuldgefühle sein. Bei Bennett ist es vielleicht der Zwang zum Psychologisieren. Aber *du*

hast dich auf Dreiecksverhältnisse spezialisiert. Mit wem lebte Martine damals, daß sie für dich so begehrenswert wurde? Wer vögelte Esther? Du bist ein Ehevampir, genau das bist du. Ein Aasgeier.«

»Ja, wenn ich Aas finde, freß ich's gern. Und das mit dem Aas hast du gesagt, nicht ich. Die Aasgeier-Metapher stammt von dir, Schnukkelchen. Und das abgestorbene Fleisch auch. *Und* von Bennett.«

»Ich glaube fast, Bennett gefällt dir besser, als du zugibst. Ich glaube, du bist scharf auf ihn.«

Adrian grinste. »Ich kann mich einfach nicht entschließen, ob ich nun schwul bin oder nicht«, sagte er.

»Ich fürchte, das stimmt.«

»Glaub, was du willst, Schatz. Dir ist alles recht, was dich daran hindert, das Leben zu genießen, damit du schön weiter leiden kannst. Diesen Typ kenne ich ... du bist die jüdische Masochistin, wie sie im Buch steht. Übrigens mag ich Bennett *wirklich*, bloß, daß er ein *chinesischer* Masochist ist. Es wird ihm gut bekommen, wenn du mit mir abhaust. Es wird ihm beweisen, daß er nicht immer so weitermachen kann – immerzu *leiden* und Freud zum Zeugen anrufen.«

»Wenn ich abhaue, hab ich ihn verloren.«

»Nur, wenn er nicht die Mühe wert ist.«

»Was willst du damit sagen?«

»Aber das ist doch klar wie Rotz. Wenn er dann nichts mehr von dir wissen will, ist er nicht der richtige Mann für dich. Wenn er dich zurücknimmt, wird es unter neuen Voraussetzungen geschehen. Kein Wühlen in Seelenmüll mehr. Keine Versuche mehr, einen anderen mit Schuldgefühlen zu manipulieren. Du hast nichts zu verlieren. Und unterdessen werden wir uns phantastisch amüsieren.«

Ich tat, als würde Adrians Vorschlag mich nicht weiter reizen, doch in Wirklichkeit tat er das schon. Sehr sogar. Wenn ich darüber nachdachte, schien es mir tatsächlich so, als wüßte Bennett alles über das Leben, außer, daß Freude und Vergnügen auch ihren Platz darin haben sollten. Für ihn war das Leben eine lange Krankheit, die durch Psychoanalyse geheilt werden sollte. Und wenn das nicht gelang – sterben mußte man schließlich sowieso. Die Seiten der Psychiatercouch schieben sich hoch, die Couch wird zum Sarg und sechs schwarzgekleidete Analytiker tragen ihn davon (und streuen Fachjargon in die offene Grube).

Bennett wußte alles über Ersatzobjekte und vollwertige Objekte, über Ödipus und Elektra, Schulangst und Platzangst, Impotenz und

Frigidität, Vatermord und Muttermord, Penisneid und Vaginaneid, Verarbeitung und freie Assoziation, Trauer und Melancholie, intra- und extrapsychische Konflikte, Nosologie und Ätiologie, *dementia senilis* und *dementia praecox*, Projektionen und Introjektionen, Selbstfindung und Gruppentherapie, Symptomatologie und Exazerbation, Gedächtnisverlust, Bewußtseinstrübungen und Dämmerzustände, pathologisches Lachen und Weinen im Traum, Schlaflosigkeit und krankhaftes Schlafbedürfnis, Neurosen und Psychosen, und er redete auch darüber, bis einem die Ohren verwelkten. Doch von Lachen und Scherzen, Kalauern und Witzereißen, Sich-Necken und Küssen, Singen und Tanzen, kurz von allem, was das Leben lebenswert macht – darüber wußte Bennett offenbar nichts. Als könne man es durch Psychoanalyse erzwingen, daß das eigene Leben glücklich wird. Als könne man auch ohne Lachen leben, solange es die Psychoanalyse gibt. Adrian konnte lachen, und zu jenem Zeitpunkt war ich bereit, meine Seele dafür zu verkaufen.

Das Lächeln. Wer hat doch gleich gesagt, daß das Lächeln das Geheimnis des Lebens ist? Adrian konnte grinsen wie ein Hanswurst. Ich selbst lachte immerzu. Wenn wir zusammen waren, hatten wir das Gefühl, daß wir jede Schwierigkeit bewältigen konnten – durch bloßes Lachen.

»Du mußt dich von ihm lösen«, sagte Bennett, »und wieder zur Behandlung gehen. Er ist nicht gut für dich.«

»Du hast recht«, sagte ich. *Was hatte ich da eben gesagt?* Du hast recht, du hast recht, du hast recht. Bennett hatte recht, und Adrian hatte auch recht. Männer haben mich immer gern gemocht, weil ich ihnen recht gebe. Und das nicht nur aus Liebenswürdigkeit. In diesem Augenblick meine ich es auch so.

»Wir wollen nach New York zurück, sobald der Kongreß vorüber ist.«

»Okay«, sagte ich und meinte es auch so.

Ich sah Bennett an und dachte, wie gut ich ihn doch kannte. Er war ernsthaft und nüchtern, manchmal sogar krankhaft ernsthaft und nüchtern, doch gehörte das auch zu den Dingen, die ich an ihm liebte. Seine äußerste Zuverlässigkeit. Seine Überzeugung, daß das Leben ein Puzzle-Spiel sei, das sich mit der nötigen Zielstrebigkeit in harter Arbeit zusammensetzen ließe. Das verband uns ebensosehr, wie das Lachen mich mit Adrian verband. Ich liebte Bennett und wußte es auch. Ich wußte, daß ich zu ihm gehörte und nicht zu Adrian. Was war es denn dann, das so übermächtig an mir zerrte,

Bennett zu verlassen und mit Adrian zu gehen? Warum trafen Adrians Argumente mich bis ins Mark?

»Du hättest ohne mein Wissen deine Affären haben können«, sagte er. »Ich habe dir jede Freiheit gelassen.«

»Ich weiß.« Ich ließ den Kopf hängen.

»Du hast es mir zuliebe getan, wie? Du mußt schrecklich böse auf mich gewesen sein.«

»Er ist sowieso meistens impotent«, sagte ich. Jetzt hatte ich sie beide verraten. Ich hatte Bennett an Adrian verraten, und Adrian an Bennett, hatte, als Zuträger vom einen zum andern, ihre Geheimnisse ausgeplaudert. Und ich hatte mich selbst am schlimmsten verraten, mich vor mir selbst entlarvt, als der Verräter, der ich war. Besaß ich denn keinen Funken Anstand? Ich wollte sterben. Der Tod war die einzig angemessene Strafe für Verräter.

»Ich hab mir schon gedacht, daß er impotent ist. Oder homosexuell. Jedenfalls ist es ganz offensichtlich, daß er Frauen haßt.«

»Woher willst du das wissen?«

»Von dir.«

»Bennett, weißt du, daß ich dich liebe?«

»Ja, und das macht es nur noch schlimmer.«

Wir standen voreinander und sahen uns in die Augen.

»Manchmal bin ich es so leid, immerzu ernst sein zu müssen. Ich möchte lachen. Ich will Freude am Leben haben.«

»Ich glaube, daß meine Schwermut letzten Endes jeden von mir treibt«, sagte er traurig. Und dann zählte er die Frauen auf, die ihn verlassen hatten. Ich kannte sie alle mit Namen. Ich schlang die Arme um ihn.

»Natürlich hätte ich ohne dein Wissen Affären haben können. Ich kenne eine Menge Frauen, die so leben ...« (In Wirklichkeit kannte ich nur drei, denen das zur lieben Gewohnheit geworden war.) »Doch das wäre irgendwie noch schlimmer gewesen. Ein geheimes Leben zu führen und dann nach Hause, zu dir, zurückzukehren, als sei nichts geschehen. Das wäre noch schwieriger. Ich zumindest könnte es nicht ertragen.«

»Ich hätte spüren müssen, wie einsam du warst«, sagte er. »Wahrscheinlich bin ich selbst schuld.«

Dann schliefen wir miteinander. Ich stellte mir nicht vor, daß Bennett jemand anderer sei. Das war nicht nötig. Ich wollte mit Bennett schlafen.

Er hat unrecht, dachte ich später. *Ich* hatte versagt in unserer Ehe. Wenn ich ihn genügend geliebt hätte, hätte ich ihn von seiner Schwermut geheilt, statt mich von ihr verschlingen zu lassen und

nur den Wunsch zu haben, ihr zu entfliehen.
»Es gibt nichts Schwierigeres als die Ehe«, sagte ich.
»Ich glaube wirklich, daß ich dich dazu getrieben habe«, sagte er. Dann schliefen wir ein.

»Daß er so gräßlich verständnisvoll ist, macht die ganze Sache irgendwie noch schlimmer. Mein Gott, hab ich ein schlechtes Gewissen!«
»Und was gibt's sonst Interessantes?« sagte Adrian.
Wir hatten ein neues Schwimmbad entdeckt, in Grinzing, viel kleiner und intimer als das andere und mit relativ wenig dicken Deutschen. Wir saßen auf dem Rand des Schwimmbeckens und tranken Bier.
»Langweile ich dich? Wiederhole ich mich immerzu?« Rhetorische Fragen.
»Ja«, sagte Adrian, »aber ich laß mich gern von dir langweilen. Das ist unterhaltender, als von jemand anderem brillant unterhalten zu werden.«
»Es ist schön, daß wir uns immer etwas zu sagen haben. Ich brauch mir keine Mühe zu geben, um bei dir Eindruck zu schinden. Ich sage einfach, was ich denke.«
»Das ist gelogen. Gestern erst hast du mir was vorerzählt, wie gut ich im Bett war – was nicht stimmte.«
»Stimmt.« Das saß.
»Aber ich weiß, was du meinst. Wir können gut miteinander reden. Ohne Löcher und Zacken. Esther verfällt zuweilen in langes, düsteres Schweigen, und ich weiß nie, was sie denkt. Du bist offener. Du widersprichst dir zwar ununterbrochen, aber das gefällt mir irgendwie. Es ist menschlich.«
»Bennett sagt auch oft stundenlang kein Wort. Es wäre mir fast lieber, auch er würde sich widersprechen. Aber dazu ist er zu überlegen. Er würde nie etwas behaupten, bevor er sicher ist, daß es auch wirklich stimmt. So kann man nicht leben – mit dem Ehrgeiz, immer nur *Endgültiges* auszusprechen ... der Tod ist endgültig.«
»Komm, wir gehen noch mal ins Wasser«, sagte Adrian.

»Warum warst du so böse mit mir?« fragte Bennett mich am Abend dieses Tages.
»Weil ich das Gefühl hatte, von dir behandelt zu werden, als sei ich dein Eigentum. Weil du gesagt hast, du könntest dich nicht in mich hineindenken, weil du mir nie gesagt hast, daß du mich liebst. Weil du mich nie leckst. Weil du mir die Schuld an deinem ganzen Elend

gegeben hast. Weil du stundenlang in Schweigen versinkst und dich nie von mir trösten lassen willst. Weil du meine Freunde beleidigt hast. Weil du dich jeder Art menschlichem Kontakt entzogen hast. Weil du mir das Gefühl gabst zu ersticken.«

»An diesem Gefühl ist deine Mutter schuld, nicht ich. Ich habe dir jede Freiheit gelassen.«

»Das ist ein Widerspruch in sich. Ein Mensch ist nicht frei, wenn ihm die Freiheit ›gelassen‹ wird. Wer bist du, daß du mir meine Freiheit ›lassen‹ kannst?«

»Zeige mir einen Menschen, der vollkommen frei ist. Gibt es den? Deine Eltern haben dich geknebelt – nicht ich! Immer beschuldigst du mich dessen, was deine Mutter dir angetan hat.«

»Wann immer ich etwas an dir auszusetzen habe, wirfst du mit psychoanalytischen Erklärungen um dich. Und immer hat es mit meiner Mutter oder meinem Vater zu tun – und nicht damit, was zwischen uns vorgeht. Kann es nie zwischen *uns* bleiben?«

»Ich wünschte, daß es so einfach wäre. Aber das ist es nicht. Du stehst unter Wiederholungszwang – du hast deine Kindheit noch nicht verarbeitet, ob du das nun zugibst oder nicht – was glaubst du denn eigentlich, was dieser Adrian Goodlove für eine Rolle bei dir spielt? Er sieht genau aus wie dein Vater – oder sollte dir das noch nicht aufgefallen sein?«

»Es ist mir *nicht* aufgefallen. Er hat nicht die geringste Ähnlichkeit mit meinem Vater.«

Bennett schnaubte verächtlich durch die Nase. »Das ist einfach lächerlich.«

»Hör zu – ich werd mich nicht mit dir herumstreiten, ob er meinem Vater ähnelt oder nicht, aber heute ist es das erste Mal, daß du überhaupt irgendein Interesse an mir zeigst oder dich verhältst, als liebtest du mich vielleicht doch. Ich muß es also erst vor deiner Nase mit jemand treiben, sonst bin ich dir keinen Pfifferling wert. Das entbehrt nicht der Komik, wie? Hast du dafür keine psychoanalytische Theorie parat? Vielleicht handelt es sich dieses Mal um *deinen* Ödipuskomplex. Vielleicht bin *ich* deine Mutter und Adrian ähnelt *deinem* Vater. Warum setzen wir uns eigentlich nicht zusammen und diskutieren das in der Gruppe? Im übrigen glaube ich, daß Adrian in *dich* verliebt ist. Ich bin bloß so 'ne Art Mittelsmann. Eigentlich will er *dich.*«

»Das würde mich nicht im geringsten überraschen. Ich hab dir gesagt, ich halte ihn für schwul.«

»Warum gehen wir eigentlich nicht zu dritt ins Bett? Dann wird sich's ja herausstellen.«

»Nein danke. Aber wenn du auf so was Lust hast – ich halte dich nicht zurück.«
»Das könntest du auch gar nicht.«
»Los, geh doch«, brüllte Bennett voll Wut. Dazu hatte er sich noch nie hinreißen lassen. »Geh, hau doch ab mit ihm! Du wirst nie wieder etwas Vernünftiges schreiben. Ich bin der einzige Mensch in deinem Leben, der dich bis jetzt zusammengehalten hat – aber geh nur, geh! Du wirst dich so tief in die Scheiße reinreiten, daß du nie wieder etwas Vernünftiges zustande bringst.«

»Wie willst du über etwas schreiben, das die Menschen interessiert, wenn du solche Angst vor neuen Erfahrungen hast?« sagte Adrian. Ich hatte ihm gerade gesagt, daß ich mich nun doch dazu entschlossen hätte, mit Bennett nach Hause zu fahren. Wir saßen in Adrians *Triumph*; Adrian hatte ihn in einer kleinen Nebenstraße hinter der Universität geparkt. (Bennett nahm an einem Arbeitskreis teil, der über ›Aggression in Großgruppen‹ diskutierte.)
»Ich falle doch ununterbrochen von einer neuen Erfahrung in die andere. Das ist es ja gerade.«
»Dummes Zeug. Du bist eine ängstliche kleine Prinzessin. Ich biete dir eine Erfahrung, die dir helfen könnte, dich zu ändern, und über die du außerdem bestimmt auch gut schreiben könntest, und du läufst davon. Zurück zu Bennett, zurück nach New York. Zurück in deinen sicheren, kleinen Ehehafen. Mein Gott – bin *ich* froh, daß ich nicht verheiratet bin ... wenn es *dazu* führt. Ich dachte, daß du mehr Mumm hättest. Nachdem ich deine ›sinnlich-erotischen‹ – in Anführungsstrichen, wohlgemerkt – Gedichte gelesen habe, hätte ich mehr von dir erwartet.« Er warf mir einen verächtlichen Blick zu.
»Wenn ich *immer* nur sinnlich und erotisch sein würde, wäre ich zu müde, um darüber zu schreiben«, sagte ich entschuldigend.
»Du bist ein Windei«, sagte er, »ein richtiges Windei. Wenn du nicht endlich erwachsen wirst, wirst du *nie* etwas schreiben, was der Mühe wert ist. Dazu gehört vor allem Mut. Und du hast Angst, immer nur Angst.«
»Sei nicht so autoritär.«
»Wieso bin ich autoritär? Ich sage bloß, wie es sich in Wirklichkeit verhält. Wenn du nicht lernst, was Mut ist, kannst du deine Schreiberei gleich an den Nagel hängen.«
»Was verstehst *du* überhaupt davon?«
»Da ich einiges von dir gelesen habe, immerhin so viel, daß ich sehe, wie du dich in deinen Arbeiten stückweise preisgibst. Wenn du dich nicht vorsiehst, wirst du noch zum Fetisch für allerlei frustrierte

Typen werden. Du wirst eine Gefolgschaft von lauter Spinnern haben.«

»Bis zu einem gewissen Grade habe ich die schon. Meine Gedichte sind ein munteres Jagdgebiet für Gemüter, die ihr inneres Gleichgewicht verloren haben.« Das war zwar von Joyce, aber Adrian – als Analphabet – würde es nicht merken. In den Monaten nach der Veröffentlichung meines ersten Gedichtbandes hatte ich eine Menge höchst seltsamer Anrufe und Briefe erhalten, von Männern, die annahmen, daß ich all das, worüber ich schrieb, auch ausübte, mit jedem, zu jeder Zeit und überall. Ich war plötzlich – in bescheidenen Grenzen – öffentliches Eigentum. Das war ein höchst merkwürdiges Gefühl. In gewissem Sinne schreibt man natürlich, um die Welt zu verführen, aber wenn einem das gelingt, kommt man sich bald vor wie eine Hure. Die Kluft zwischen Leben und Werk scheint genauso unüberbrückbar zu sein wie immer. Und die Menschen, die man mit diesem Werk verführt hat, haben sich aus lauter falschen Gründen davon verführen lassen. Oder sind es die richtigen Gründe? Haben alle abwegigen Spinner der Welt einen vielleicht durchschaut?

»Ich hielt das, was wir vorhatten, eigentlich für 'ne gute Sache«, sagte Adrian, »aber nun ist es also gestorben, weil du so viel Schiß hast. Ich bin wirklich ziemlich enttäuscht von dir ... Nun ja, es ist ja nicht das erste Mal, daß eine Frau mich enttäuscht. Den ersten Tag, als ich dich sah, wie du dich da an der Anmeldung herumgestritten hast, hab ich gedacht: das ist aber 'n prima Weib – eine Kämpfernatur. *Die* läßt sich nicht überfahren. Aber ich hab mich geirrt. Du bist keine Abenteuerin. Du bist eine Prinzessin. Nimm's mir nicht übel, daß ich versucht habe, dein verkorkstes Glück im Winkel auffliegen zu lassen.« Er drehte am Zündschlüssel und ließ den Motor an, um seinen Worten Nachdruck zu verleihen.

»Du kannst mich mal, Adrian.« Es klang lahm. Aber etwas Besseres fiel mir nicht ein.

»Wenn du eine Schlangentänzerin wärst, würde ich sagen, du kannst dich selbst mal. Fahr nach Hause, sei wieder eine behütete, spießige kleine Hausfrau, die sich in ihrer Freizeit so 'n bißchen poetisch betätigt.«

Das war der bisher schlimmste Hieb.

»Und was glaubst du, was *du* bist – ein behüteter, spießiger kleiner Doktor, der in seiner Freizeit den Existentialisten spielt?« schrie ich fast.

»Schrei du ruhig, Schätzchen, das stört mich kein bißchen. Ich bin *dir* keine Rechenschaft über mein Leben schuldig. Was *ich* tue, weiß ich. *Du* bist diejenige, die sich zu nichts entschließen kann. Du bist diejenige, die nicht weiß, ob sie Isadora Duncan oder Zelda Fitzgerald oder Marjorie Morningstar sein will.« Er ließ den Motor dramatisch aufheulen.

»Bring mich nach Hause«, sagte ich.

»Mit Vergnügen, wenn du mir nur bitte genau sagen willst, *wo* das ist.«

Wir saßen eine Weile schweigend nebeneinander. Adrian ließ den Motor auf Hochtouren laufen, machte aber keine Anstalten loszufahren, und ich hockte schweigend und innerlich zerrissen auf meinem Sitz. In mir suchten meine Zwillingsdämonen die Überhand übereinander zu gewinnen. Würde ich nie *mehr* sein als eine Hausfrau, die in ihrer Freizeit schreibt? War das mein Schicksal? Würde ich auch weiterhin allen Abenteuern, die sich mir boten, ausweichen? Würde mein Leben immer eine einzige große Lüge sein? Oder würde es mir gelingen, wenn auch nur *einmal*, meine Phantasien und mein Leben in Einklang zu bringen?

»Und wenn ich's mir nun anders überlege?« sagte ich.

»Zu spät. Du hast alles verdorben. Es wird nie mehr werden, wie es war, und um ehrlich zu sein ... ich weiß gar nicht genau, ob ich überhaupt noch will, daß du mit mir gehst.«

»Du bist ganz schön hart, wie? *Ein* Augenblick der Unentschlossenheit, und schon gibst du mich auf. Du erwartest von *mir*, daß ich, ohne auch nur einen Moment zu zögern, *alles* aufgebe – mein Leben, meinen Mann, meine Arbeit – und mit dir kreuz und quer durch Europa gondele, nach irgendwelchen halbgaren Laingschen Theorien über Erfahrung und Abenteuer. Wenn du mich wenigstens liebtest.«

»Laß bloß die Liebe aus dem Spiel – damit vermurkst du alles noch mehr. Das ist wirklich das Letzte. Was hat Liebe damit zu tun?«

»Alles.«

»Quatsch. Du *sagst* Liebe, meinst aber Sicherheit. Laß dir sagen: Sicherheit gibt es nicht. Selbst wenn du bei deinem Mann bleibst und in dein spießiges kleines Leben zurückkehrst – wo steht denn geschrieben, daß er nicht morgen einen Herzinfarkt hat und tot umfällt oder mit 'ner anderen Biene abhaut oder dich ganz plötzlich nicht mehr liebt. Kannst du in die Zukunft sehen? Kannst du das Schicksal vorhersagen? Wieso glaubst du eigentlich, daß deine Sicherheit so sicher ist? Das einzige, was sicher ist: wenn du diese Erfahrung ungenutzt vorbeigehen läßt, wirst du, was das angeht, nie wieder eine Chance haben. Endgültig ist allein der Tod, wie du gestern selbst sagtest.«

»Ich dachte, du hättest nicht zugehört.«
»Dachtest du.« Er starrte aufs Lenkrad.
»Adrian, du hast in allem recht, außer, was die Liebe angeht. Die Liebe *hat* etwas damit zu tun. Daß Bennett mich liebt und du nicht, macht einen gewaltigen Unterschied.«
»Und wen liebst *du*? Hast du dich je so weit überwunden, ernsthaft darüber nachzudenken? Oder handelt es sich nur darum, wen du ausbeuten und manipulieren kannst? Handelt es sich nur darum, wer dir am meisten *gibt*? Dreht es sich vielleicht doch nur um Geld?«
»Das ist absurd.«
»Wirklich? Manchmal denke ich, es geht darum, daß du weißt, ich bin arm, daß ich Bücher schreiben will und es mir völlig unwichtig ist, mir eine Praxis aufzubauen – im Gegensatz zu euren reichen amerikanischen Doktoren.«
»Im Gegenteil, deine Armut spricht meinen Snobismus an – mit umgekehrtem Vorzeichen. Es gefällt mir, daß du arm bist. Und außerdem – wenn du es so schaffst wie Ronnie Laing, wirst du nicht arm bleiben. Du wirst es noch weit bringen, mein Lieber. Das ist bei Psychopathen immer so.«
»Jetzt klingt's, als ob du Bennett zitierst.«
»*Darin* sind wir uns einig, daß du ein Psychopath bist.«
»Wir, wir, wir – dieses selbstgefällige verblasene Fachartikel-›wir‹. Oh, Gott – es muß wirklich urgemütlich sein, eine langweilige Ehe zu führen und dieses überhebliche ›wir‹ zu benutzen. Doch ob es der Kunst förderlich ist? Führt diese ganze ›Gemütlichkeit‹ nicht zur Verdummung? Ist es nicht höchste Zeit, dein Leben zu ändern?«
»Jago – das bist du. Oder die Schlange im Garten Eden.«
»Wenn dein Leben das Paradies sein soll, dann danke ich Gott, daß mir das erspart geblieben ist.«
»Ich muß zurück.«
»Wohin?«
»Ins Paradies, zurück in meine gemütliche eheliche Langeweile, zurück zum Fachartikel-›wir‹, zurück in die Verdummung. Ich brauche das wie ein Fixer seine Spritze.«
»Genau so, wie du *mich* wie eine Spritze brauchst, wenn Bennett dich anödet.«
»Hör mal – du hast es selbst gesagt – es ist vorbei.«
»So ist es.«
»Na also, dann fahr mich zurück ins Hotel. Bennett wird bald da sein. Ich möchte nicht wieder zu spät kommen. Er hat gerade einen

Vortrag über ›Aggression in Großgruppen‹ gehört. Das könnte ihn auf gewisse Gedanken bringen.«
»Wir sind eine Kleingruppe.«
»Das stimmt, aber man kann nie wissen.«
»Du hättest wohl gern, daß er dich nach Strich und Faden verprügelt – dann könntest du dir so richtig als Märtyrerin vorkommen.«
»Schon möglich.« Ich imitierte Adrians Kühle, was ihn offensichtlich reizte.
»Paß auf – wir könnten doch auch in Kommune machen. Du und ich und Bennett. Wir könnten *á trois* durch Europa trampen.«
»Von mir aus gern, aber dazu müßtest du Bennett erst mal rumkriegen, und das dürfte nicht so einfach sein. Er ist ja bloß ein spießiger kleiner Arzt und mit einer spießigen kleinen Hausfrau verheiratet, die sich in ihrer Freiheit so 'n bißchen poetisch betätigt. Er ist kein *swinger* – wie du. Und jetzt bring mich bitte ins Hotel.«
Dieses Mal fuhr er nun wirklich los. Worauf die obligate Irrfahrt durch die abgelegenen Nebenstraßen von Wien begann.
Nachdem das etwa zehn Minuten so gegangen war, lachten wir wieder und waren beide bester Laune. Unsere gemeinsame Neigung zum Herumalbern hatte, wie immer, den Effekt, daß wir uns gegenseitig hinreißend fanden. Das konnte natürlich nicht von Dauer sein, aber für den Augenblick waren wir wie im Rausch. Adrian brachte den Wagen zum Stehen, beugte sich zu mir herüber und küßte mich. »Geh nicht ins Hotel – wir wollen die Nacht über zusammenbleiben«, sagte er.
Ich überlegte. Was war ich – eine ängstliche kleine Hausfrau? »Okay«, sagte ich (und bereute es augenblicklich). Aber schließlich, was machte die eine Nacht schon aus? Ich würde ja anschließend mit Bennett nach New York zurückfahren.

Der Abend, der nun folgte, hatte wieder etwas von jener traumhaften Verworrenheit. In einem Arbeiterlokal in der Nähe der Ringstraße fingen wir an zu trinken, küßten uns nach jedem Schluck Bier, und Adrian ließ das Bier aus seinem Mund in den meinen fließen und umgekehrt. Interessiert hörten wir einer ältlichen Schnapsjule zu, die sich über die Kosten des amerikanischen Raumfahrtprogramms ereiferte und meinte, daß die das Geld lieber hier auf der Erde ausgeben sollten (für den Bau von Krematorien?), statt es auf dem Mond zu verpulvern, aßen dann in einem Gartenlokal (und küßten uns während des Essens immerzu), fütterten uns gegenseitig mit herzhaften Bissen – Leberknödel und Bauernschnitzel – und machten uns anschließend, reichlich betrunken, auf

den Weg zu Adrians Pension, wo wir es zum erstenmal zufriedenstellend trieben.
»Ich glaube, ich würde dich lieben«, sagte er beim Ficken, »wenn ich an Liebe glaubte.«
Um Mitternacht herum fiel mir Bennett plötzlich ein, der inzwischen sechs Stunden im Hotel auf mich wartete, und ich stieg aus dem Bett, tappte hinunter zur Telefonzelle, borgte mir zwei Schillinge vom verschlafenen Nachtportier und rief im Hotel an. Bennett war nicht im Haus. Ich hinterließ die herzlose Nachricht »Bis morgen früh« und gab der Telefonistin die Adresse und Telefonnummer von Adrians Pension. Dann ging ich zurück, ins Bett, wo Adrian lag und schnarchte wie ein Schwein.
Etwa eine Stunde lang lag ich wach, in Angst und Qual, und hörte Adrian schnarchen; mein schlechtes Gewissen und der Abscheu vor meiner eigenen Treulosigkeit ließen mich keinen Schlaf finden. Um eins öffnete sich die Tür und Bennett kam ins Zimmer gestürzt. Ich brauchte ihn nur anzusehen, und ich wußte, daß er uns beide kaltmachen würde. Im tiefsten Innern war ich froh – ich verdiente den Tod, ebenso wie Adrian.
Statt dessen riß Bennett sich die Kleider vom Leibe, warf sich auf mich und vögelte mich wie wild – auf dem schmalen Bett, unmittelbar neben dem von Adrian. In der Halbzeit dieser bizarren Szene wachte Adrian auf und sah uns zu; seine Augen glänzten wie die eines Box-Fans bei einem ganz besonders sadistischen Kampf. Als Bennett gekommen war und noch keuchend auf mir lag, beugte Adrian sich vor und begann, seinen Rücken zu streicheln. Bennett nahm es widerspruchslos hin. Ineinander verschlungen (sechs Arme, sechs Beine) und naß von Schweiß schliefen wir schließlich ein.

Ich habe meinen Bericht so sachlich wie möglich gehalten, da keine noch so phantasievolle Ausschmückung das, was geschah, noch abwegiger gestalten könnte. Das Ganze ging wortlos vor sich – als führten wir drei eine Pantomime auf, in der jeder seinen Part schon so viele Jahre gespielt hatte, daß er ihm zur zweiten Natur geworden war. Wir führten lediglich das aus, was wir in Gedanken schon oft getan hatten. Die ganze Episode – von dem Augenblick an, da ich in unserm Hotel die Adresse von Adrians Pension hinterließ, bis zu dem Moment, als Adrian Bennetts wunderschönen bräunlichen Rücken streichelte – lief so unentrinnbar folgerichtig ab wie eine griechische Tragödie (oder wie eine Vorstellung im Kasperletheater). Ich kann mich an bestimmte Einzelheiten erinnern: an Adrians

pfeifendes Schnarchen, an Bennetts entstelltes Gesicht, als er in das Zimmer eindrang (und kurz darauf in mich), daran, wie wir drei, ineinander verknäuelt, fest umschlungen einschliefen, an die große Mücke, die sich an unserem Blut gütlich tat und deren Stiche mich immer wieder aufweckten. In der bläulichen Morgendämmerung stellte ich beim Erwachen fest, daß ich das Insekt im Schlaf erdrückt hatte. Der blutige Rorschach-Test auf dem Laken glich dem Menstruationsblut von Däumelieschen.
Am Morgen rückten wir schweigend und befremdet voneinander ab. Es war nichts geschehen. Es war ein Traum gewesen. Wir gingen die Wendeltreppe hinunter wie Pensionsgäste aus verschiedenen Zimmern, die sich zufällig im Flur begegnet sind.
Fünf Kongreßteilnehmer, Engländer und Franzosen, saßen unten in der Halle beim Frühstück. Sie wendeten den Kopf wie *ein* Mann und starrten uns an. Ich grüßte sie ein wenig zu herzlich – besonders Reuben Finkel, einen rothaarigen, schnurrbärtigen Engländer mit einem ganz gräßlichen Cockney-Akzent. Tückisch glotzend wie Humbert Humbert hatte er Adrian und mich mehrfach in Schwimmbädern und Cafés überrascht; ich hatte öfters den Eindruck gehabt, er spioniere, mit einem Fernglas bewaffnet, hinter uns her.
»Hallo, Reuben«, sagte ich. Auch Adrian sagte einige Worte, nur Bennett blieb stumm. Er ging, gefolgt von Adrian, schnurstracks auf die Ausgangstür zu, wie in Trance. Es schoß mir durch den Kopf, daß in der Nacht vielleicht mehr zwischen den beiden Männern vorgefallen war, doch ich schob den Gedanken rasch von mir. Warum?

Adrian bot uns an, uns ins Hotel zu fahren, was Bennett steif und förmlich ablehnte. Doch als wir kein Taxi auftreiben konnten, gab er *nolens volens* nach – ohne auch nur *ein* höfliches Wort oder ein Kopfnicken in Adrians Richtung aufzubringen. Adrian zuckte die Achseln und setzte sich ans Steuer; ich richtete mich irgendwie auf dem offenbar für Zwerge konstruierten Notsitz ein. Dieses Mal gab Bennett die Richtung an, und wir verfuhren uns nicht. Doch die ganze Fahrt über herrschte zwischen uns ein schreckliches Schweigen, abgesehen von Bennetts Anweisungen. Ich wollte sprechen. Etwas Gewichtiges war zwischen uns vorgefallen, und es hatte keinen Sinn, so zu tun, als sei es nicht geschehen. Es hätte der Beginn einer Art Verständigung, eines Einverständnisses zwischen uns sein können, statt dessen war Bennett offenbar fest entschlossen, das Ganze zu verdrängen. Auch Adrian versagte. Das ständige

Gerede der beiden über Analyse und Selbstanalyse war der reinste Bockmist. Sobald ihr eigenes Leben sie mit einem realen Vorfall konfrontierte, konnten sie nicht einmal darüber sprechen. Solange es für den psychiatrischen Voyeur die homosexuellen Neigungen von jemand anderem zu analysieren galt, das ödipale Dreiecksverhältnis eines anderen, den Ehebruch eines anderen, war alles in bester Ordnung. Doch angesichts der eigenen Komplexe und Verdrängungen verschlug es ihnen die Sprache. Beide starrten geradeaus wie siamesische Zwillinge, die an einer lebenswichtigen, jedoch unsichtbaren Stelle am Hals miteinander verbunden sind. Blutsbrüder. Und ich die Schwester, die einen Keil zwischen sie getrieben hatte. Die Frau, die sie zu Fall gebracht hatte. Pandora mit ihrer Büchse voller Übel.

Die Büchse der Pandora oder Meine beiden Mütter

Eine Frau ist ihre eigene Mutter. Das ist es.
– Anne Sexton

Natürlich hat alles mit meiner Mutter angefangen. Meine Mutter: Judith Stoloff White, auch Jiddy genannt. Als Mensch keineswegs undurchsichtig oder unverständlich, und doch schwer zu beschreiben. Meine Liebe für sie und mein Haß auf sie sind auf so verwirrende Weise miteinander verflochten, daß ich meine Mutter – als Individuum – kaum noch sehe. Ich weiß nie, wer eigentlich wer ist. Sie ist ich und ich bin sie und darum sind wir eins. Die Nabelschnur, die uns verbindet, ist nie durchtrennt worden und inzwischen in schwärzliche Verwesung übergegangen. Die Heftigkeit unserer inneren Not zwingt uns dazu, einander ständig bloßzustellen. Es drängt uns, einander aufzufressen. Es drängt uns, einander mit Liebe zu ersticken. Es drängt uns, in Panik laut schreiend voreinander davonzurennen, bevor eines von beiden geschieht.

Denke ich an meine Mutter, beneide ich Alexander Portnoy. Wenn ich nur eine *echte* jiddische Momme hätte, die leicht katalogisiert und dann ›abgelegt‹ werden kann – als stets verfügbarer literarischer Besitz. (Ich beneide Schriftsteller immer um ihre Angehörigen: Nabokov und Lowell und Tucci mit ihren Wandschränken voller eleganter aristokratischer Skelette, Roth und Bellow und Friedman mit ihren durchschnittlichen, alltäglichen Eltern, klebrig wie Passah-Wein, ölig wie fette Hühnerbrühe mit Matzen-Klößchen.)

Meine Mutter duftete nach *Joy* oder *Diorissimo*; sie kochte nur selten. Wenn ich versuche, das, was meine Mutter mich über das Leben lehrte, auf die Grundregeln zu reduzieren, so bleibt mir eigentlich nur Folgendes:

1. Vor allem: Sei nie *gewöhnlich.*
2. Die Welt – das heißt: Fressen und Gefressenwerden.

Also: Iß schneller!

›Gewöhnlich‹ war das schlimmste Schmähwort, das es für sie gab – auf was gemünzt auch immer. Ich erinnere mich daran, daß sie mich zum *shopping* mitnahm, und an ihren verächtlichen Blick, mit dem sie die Verkäuferinnen bei *Saks* erstarren ließ, wenn diese ihr sagten, daß ein bestimmtes Kleid oder Schuhmodell »sehr gern gekauft« würde. »Wir haben diese Woche schon fünfzig Paar davon verkauft.« Mehr brauchte meine Mutter nicht zu hören.

»Nein«, sagte sie dann, »das ist nichts für uns. Haben Sie nichts anderes, etwas Aparteres?« Und dann brachte die Verkäuferin Schuhe oder Kleider in den abwegigsten Farben zum Vorschein, die niemand anderer haben wollte – ein Zeug, das – ohne meine Mutter – verramscht worden wäre. Und später kam es dann zu einem fürchterlichen Krach zwischen uns, da ich mich ebenso heftig danach sehnte, ›gewöhnlich‹ zu sein, wie sie ungewöhnlich. »Diese Frisur ist aber *gräßlich*« (sagte sie, wenn ich mit Pia in den Frisiersalon ging und mit einem Pagenkopf wie aus dem *Seventeen*-Magazin zurückkam), »... so schrecklich *gewöhnlich.*« Nicht häßlich, nicht unkleidsam. *Gewöhnlich.* Gewöhnlichkeit war eine Geißel, die es um jeden Preis abzuwehren galt. Dazu war jedes Mittel recht. Eines davon war, seine Wohnung öfters neu einzurichten. Meine Mutter glaubte, daß alle Innenarchitekten (wie auch alle Modeschöpfer und Entwerfer von modischem und dekorativem Zubehör) einen Spionagering gebildet hatten, um hinter die neusten Ideen meiner Mutter zum Komplex Wohnungseinrichtung und Kleider zu kommen und diese Ideen dann ganz groß herauszubringen. Und, in der Tat, sie *hatte* ein schon nicht mehr recht geheures Gespür für Mode-Trends (oder bildete ich mir das nur ein, geblendet, wie ich es war, von ihrem Charisma?). Sie richtete das ganze Haus in Altgold ein, kurz bevor Altgold *die* Modefarbe für Vorhänge, Teppiche und Möbelbezüge wurde. Dann erregte sie sich lautstark darüber, daß jedermann ihre Ideen ›gestohlen‹ habe. Sie ließ die Halle mit spanischen Porzellanfliesen auslegen, bevor das »bei allen *yentas* von Central Park West« – mit denen sie nichts zu tun haben wollte – in Mode kam. Sie brachte aus Griechenland weiße Fellteppiche mit, bevor sie von den großen Warenhäusern importiert wurden. Sie entdeckte die schmiedeeisernen blumenverzierten Lüster (für unser Badezimmer), bevor ›all diese Dekorations-Schwuchteln‹, wie sie die Innenarchitekten geringschätzig nannte, darauf kamen.

Bei uns gab es bereits antike Messing-Kopfbretter an den Betten und Fenstervorhänge, die zur Tapete paßten, und rosa- und rotgestreifte Frottéetücher im Badezimmer, als diese Farbzusammenstellung noch als kühn und avantgardistisch galt. Am stärksten drückte ihre Angst vor ›Gewöhnlichkeit‹ sich in ihrer Kleidung aus. Als wir vier Geschwister älter wurden, waren meine Eltern viel geschäftlich unterwegs, und von diesen Reisen brachte meine Mutter immer den sonderbarsten Schnick-Schnack mit. Sie ging – Sandalen und balinesische Zehenringe an den Füßen und winzige baumelnde Jade-Buddhas an den Ohrläppchen – in einem chinesischen Seiden-Pyjama ins Theater. Bei Regenwetter lief sie mit einem Sonnenschirm aus geöltem Reispapier herum; sie ließ sich enge Toreador-Hosen aus japanischem handgefärbten Dekorationsstoff arbeiten. Irgendwann in meinen Teenager-Jahren ging mir auf, daß sie eher befremdend und häßlich aussehen wollte, als ansprechend, aber ›gewöhnlich‹. Oft gelang ihr das auch. Sie war eine hochgewachsene, spindeldürre Frau mit ausgeprägten Backenknochen und langem, rotem Haar, und ihre seltsame Aufmachung und ihr dick aufgetragenes Make-up ließen sie zuweilen wie eine Charles-Adams-Figur erscheinen. Ich hätte, natürlich, gern eine blondgebleichte Mama mit einem Teint wie Milch und Blut gehabt, die Bridge spielte oder zumindest eine rundliche, brünette Mom, mit einer glitzernden Phantasiebrille und Gesundheitsschuhen, die im Schulvorstand saß.

»Könntest du nicht *bitte* etwas anderes anziehen?« flehte ich, wenn sie sich zum Elternabend aufdonnerte – mit grellfarbigen Toreadorhosen, einem rosa-seidenen Pucci-Pulli und darüber einen mexikanischen Serap. (Mein Gedächtnis übertreibt wohl ein wenig – aber Sie verstehen schon, was ich meine.) Ich war in der siebten Klasse und befand mich auf dem Höhepunkt meiner Leidenschaft für das ›Gewöhnliche‹.

»Warum? Was hast du schon wieder an meiner Kleidung auszusetzen?«

Was hatte ich *nicht* daran auszusetzen!? Ich verschwand in ihrem riesigen Wandschrank und suchte vergebens nach etwas Gewöhnlichem. (Eine Schürze, ein Hauskleid! Ein Angora-Twinset! Etwas, das zu einer Mutter in einem Betty-Crocker-Werbespot paßt, zu einer *richtigen* Mutter eben.) Im Wandschrank roch es nach *Joy* und Mottenkugeln. Dort hingen Samtumhänge und Federboas und Wildleder-Slacks und aztekische Baumwollkaftane und japanische Seidenkimonos und irische Knickerbockers aus Tweed, doch nichts, das auch nur im entferntesten einem Angora-Twinset geglichen hätte.

»Ich hätte ja nur gern, daß du etwas Unauffälligeres anziehst«, sagte ich verlegen und hilflos, »damit die Leute dich nicht so anstarren.« Sie warf mir einen bösen Blick zu und richtete sich zu voller Größe (1,75 m) auf.

»Schämst du dich etwa deiner eigenen Mutter? Denn wenn dem so ist, tust du mir leid, Isadora. Wahrhaftig. Es bringt nichts ein, gewöhnlich zu sein. Damit steigt man nicht in der Achtung der Leute. Letzten Endes stellt sich immer heraus, daß die Leute hinter denen, die anders sind, herrennen, hinter denen, die ihrem *eigenen* Geschmack vertrauen und nicht mit der Masse gehen. Das wirst du schon noch lernen. Es führt zu gar nichts, der Vulgarität der Masse nachzugeben ...« Und wir fuhren, Duftschleppen von *Joy* hinter uns herziehend und mit im Fahrtwind flatternden mexikanischen Fransen (metaphorisch gesprochen), im Taxi zur Schule.

Wenn ich an all die Energie, all die fehlgeleitete schöpferische

Initiative denke, die meine Mutter in ihre Leidenschaft für ausgefallene Kleidung und ausgefallene Wohnungseinrichtungen investierte, wünschte ich, sie wäre statt dessen eine erfolgreiche Künstlerin geworden. Drei Generationen von frustrierten Künstlern: mein Großvater, der seine Modelle vögelte und fand, daß Picasso der letzte Dreck sei, und stur immer weiter *à la* Rembrandt malte, meine Mutter, die Dichtkunst und Malerei für kunstgewerbliche Kleidung und zwanghafte, ununterbrochene Neugestaltung ihrer Wohnung aufgab, meine Schwester Randy, die sich ihren Schwangerschaften hingab, als habe sie eine neue Kunstform erfunden (mit Lalah und Chloe als ihr nachfolgenden Jüngern).
Nichts ist unerträglicher als ein gescheiterter Künstler. Der Impetus bleibt, doch da er kein Ventil findet, ballt er sich zu innerer Wut zusammen und explodiert als gewaltiger, schwarzer Furz, der die Fenster der Seele verrußt. So schrecklich erfolgreiche Künstler oft sind – es gibt nichts, das grausamer oder eitler wäre als der erfolglose Künstler. Mein Großvater, wie ich schon sagte, übermalte immer wieder die Bilder meiner Mutter, statt sich neue Leinwände zu kaufen. Für eine Weile wich sie auf die Poesie aus, um ihm auf diese Weise zu entkommen, begegnete jedoch meinem Vater, der Songs schrieb und sich zwanglos ihrer poetischen Metaphern bediente und sie für seine Texte verwandte. Künstler sind etwas Gräßliches. »Laß dich nie, niemals mit einem Mann ein, der Künstler werden will«, sagte meine Mutter immer wieder. Sie wußte Bescheid.
Ein zusätzliches, nicht uninteressantes Streiflicht: meine Mutter sowie mein Großvater haben die Angewohnheit, die Bemühungen eines jeden achselzuckend abzutun, der sich seiner schöpferischen Arbeit freut oder auch nur einen bescheidenen Erfolg damit erzielt. Da gibt es, zum Beispiel, einen mittelprächtigen Schriftsteller (dessen Namen ich hier nicht nenne), einen guten Bekannten meiner Eltern. Er hat vier Romane geschrieben. Keiner davon ist stilistisch bemerkenswert, keiner ein Bestseller, keiner hat einen Preis gewonnen, doch scheint der Mann recht zufrieden mit sich zu sein und auf Cocktailpartys den Status eines Lokal-Gurus und den eines vorübergehenden Gastdozenten für moderne Literatur an irgendeinem College in New Jersey, dessen Name mir entfallen ist, zu genießen. Vielleicht schreibt er *gern*. Es gibt so seltsame Leute.
»Ich verstehe nicht, wie er dieses Zeug immer wieder runterleiern kann«, sagt meine Mutter etwa, »er ist ein so *gewöhnlicher* Schriftsteller. Er ist nicht dumm, durchaus kein Trottel...« (Meine Mutter würde nie von jemand sagen, er sei ›intelligent‹ – ›nicht

dumm‹ ist das Äußerste, wozu sie sich aufschwingen kann), »... aber seine Bücher sind so *gewöhnlich* ... und eigentlich hat ihm bis jetzt kein einziges davon was eingebracht ...«

Und hier liegt der Hund begraben! Denn obwohl meine Mutter behauptet, daß Originalität ihr über alles gehe, gehört ihre eigentliche Hochachtung dem Geld und dotierten Auszeichnungen. Überdies schwingt in allen ihren Bemerkungen über andere Künstler der Unterton mit, daß es doch ziemlich sinnlos sei, auf diese Weise in seinen Bestrebungen fortzufahren, wenn die äußere Anerkennung sich in *so* bescheidenen Grenzen hielte. Ja, wenn ihr Bekannter, der Romancier, den Pulitzer-Preis oder den der North British Academy bekommen – oder die Filmrechte für ein Buch verkauft hätte – *das* wäre was. Natürlich setzte sie auch das herab. Doch die Hochachtung davor war ihr vom Gesicht abzulesen. Das schlichte, bescheidene *Tun* an sich, die damit verbundenen inneren Entdeckungen, die Freude an der Arbeit dagegen sagten ihr nichts. Nichts. Bei dieser Einstellung war es kein Wunder, daß sie sich Plüsch- und Polstermöbeln zuwandte.

Zurück zu ihrem Credo bezüglich des Fressens und Gefressenwerdens. Ich nehme an, daß sie sich zunächst mit den üblichen kommunistischen Ideen der Kunstschüler von Provincetown identifizierte, doch nach und nach, als Reichtum und Arteriosklerose in ihr Leben traten (etwa zur gleichen Zeit, wie das oft der Fall ist), konvertierte sie zu Überzeugungen eigener Machart, die sich aus zwei Teilen Robert Ardrey und einem Teil Konrad Lorenz zusammensetzten.

Ich glaube, daß weder Ardrey noch Lorenz das gemeint haben, was sie in deren Namen postulierte: eine Art Neo-Hobbesianismus, der folgende Thesen aufstellt: das Leben ist häßlich, gemein, brutal und kurz, und der Drang nach Status, Geld und Macht universal; Territorialismus unterliegt dem Instinkt, und deshalb ist Eigennutz das vornehmste Gesetz des Lebens. (»Verdrehe meine Worte nicht, Isadora – auch das, was die Leute *Alt*ruismus nennen, ist nichts anderes als *Ego*ismus unter anderem Namen.«)

Wie sehr all das die Wege zu Kreativität und rebellischem Verhalten für mich blockierte, liegt auf der Hand:

1. Ich konnte kein Hippie werden, weil meine Mutter bereits wie ein Hippie gekleidet war (und dabei an Territorialismus und die Allgemeingültigkeit des Kampfes glaubte).
2. Ich konnte nicht gegen den mosaischen Glauben rebellieren, weil er mir nie vermittelt wurde.
3. Ich konnte nicht über meine jüdische Mutter herziehen, weil das Problem tiefer lag als Judentum und Mütterlichkeit.

4. Ich konnte nicht Malerin werden, der Gefahr wegen, daß meine Bilder übermalt würden.
5. Ich konnte nicht Dichterin werden, der Gefahr wegen, daß das, was ich schrieb, verbrannt würde.
6. Ich konnte auch nichts anderes werden, weil das *gewöhnlich* war.
7. Ich konnte nicht Kommunistin werden, weil meine Mutter das bereits hinter sich hatte.
8. Ich wurde dadurch, daß ich Bennett heiratete, nicht einmal zum Rebellen (oder wenigstens zum Paria), da meine Mutter fand, diese Verbindung sei ›zumindest nicht *gewöhnlich*‹.

Welche Möglichkeiten blieben mir? In welchem beengten Winkel konnte ich das, was ich vermessenerweise mein eigenes Leben nannte, noch ausleben? Ich kam mir vor wie jene Kinder Hasch rauchender Eltern, aus denen die schlimmsten Spießer werden. Was mir noch blieb, war – vielleicht –, mit Adrian Goodlove kreuz und quer durch Europa zu ziehen und nie wieder nach New York zurückzukehren.

Und doch ... ich habe noch eine andere Mutter. Sie ist groß und mager, doch ihre Wangen sind weicher als Weidenkätzchen, und wenn ich auf der Fahrt nach Hause mein Gesicht in ihren Pelzmantel schmiege, weiß ich, daß mir auf dieser Welt nichts geschehen kann. Sie lehrt mich die Namen der Blumen. Sie umarmt und küßt mich, als irgend so ein Rüpel (Sohn eines Psychiaters) auf dem Spielplatz mein neues englisches Dreirad packt und es einen Abhang hinunterstößt, so daß es krachend gegen die Umzäunung prallt. Abends läßt sie sich von mir meine Schulaufsätze vorlesen und hält mich für die größte Schriftstellerin aller Zeiten, obwohl ich erst acht bin. Sie lacht über meine komischen Darbietungen, als sei ich Milton Berle und Groucho Marx und Irwin Corey in einer Person. Sie geht mit mir und Randy und Lalah und Chloe und zehn Freundinnen von uns zum Eislaufen auf dem zugefrorenen See im Central Park, und während alle anderen Mütter zu Hause sitzen und Bridge spielen und ihre Kinder vom Dienstmädchen abholen lassen, schnürt sie uns allen (mit klammen Fingern) unsere Schlittschuhstiefel zu, dann zieht sie ihre eigenen an und gleitet mit uns über den Weiher, warnt uns vor gefährlichen Stellen (dünnes Eis!), zeigt uns, wie man Achten läuft, und lacht und plaudert mit vor Kälte gerötetem Gesicht. Wie stolz ich auf sie bin!
Randy und ich prahlen vor den Freundinnen mit unserer Mutter – mit ihrem wallenden Haar und den großen braunen Augen sei sie noch so jung, daß sie kein Make-up brauche. Sie ist keine alte

nörgelnde Mami, wie die anderen Mütter. Sie trägt Rollkragen-Pullover und Skihosen, genau wie wir. Sie bindet ein Samtband um ihr langes, offenes Haar, genau wie wir. Und wir nennen sie nicht einmal Mutter, weil wir so viel Spaß mit ihr haben. Sie ist einmalig.
An meinem Geburtstag (26. März, Widder, die Frühlingsriten) ist mein Zimmer, als ich erwache, in einen Blütenhain verwandelt. Um mein Bett stehen große Vasen mit Narzissen, Iris und Anemonen. Auf dem Boden liegen Berge von Geschenken, verpackt in leuchtendfarbigem Seidenpapier und mit Papierblumen besteckt. Auch Ostereier gibt es, handgemalt von meiner Mutter, die aussehen wie Schmuckeier von Fabergé. Dazu Schachteln mit Pralinen und Gelee-Eiern (»damit es ein süßes Jahr wird«, sagt sie, mich an sich drückend) und immer eine riesige, von ihr mit Wasserfarben gemalte Geburtstagskarte, auf der ich in all meiner Glorie zu sehen bin. Das schönste kleine Mädchen der Welt: langes blondes Haar, blaue Augen und die Arme voller Blumen. Meine Mutter schmeichelt mir, idealisiert mich – oder sieht sie mich wirklich so? Ich *bin* geschmeichelt, aber zugleich verwirrt. Bin ich für sie wirklich das schönste kleine Mädchen der Welt? Oder nicht? Und was ist mit meinen Schwestern? Und damit, daß sie manchmal so mit mir herumschreit, daß das Dach einzustürzen droht?
Meine andere Mutter schreit niemals, und ich habe alles, was ich bin, ihr zu verdanken. Mit dreizehn zieht sie mit mir durch alle Museen Europas, und mit ihren Augen sehe ich Turners Stürme und Tiepolos Wolken und Monets Heuschober und Rodins Statue von Balzac und Botticellis *Primavera* und Leonardos *Madonna in der Felsgrotte.* Mit vierzehn bekomme ich die *Gesammelten Gedichte von Edna St. Vincent Millay* zum Geburtstag, mit fünfzehn die von e. e. cummings, mit sechzehn William Butler Yeats, mit siebzehn Emily Dickinson, und als ich achtzehn wurde, sprechen meine Mutter und ich nicht mehr miteinander. Durch sie lerne ich die Werke von Shaw, Colette, Orwell und Simone de Beauvoir kennen. Am Eßtisch diskutiert sie hitzig über Marxismus mit mir. Sie läßt mich Ballett- und Klavierstunden nehmen und schenkt mir ein Abonnement für die New Yorker Philharmoniker (wo ich mich langweile und viel Zeit in der Damentoilette verbringe, um *Powder Pink*-Luxuslippenstift von Revlon auf meine dreizehnjährigen Lippen aufzutragen).
Jeden Sonnabend gehe ich zur Zeichenakademie und meine Mutter begutachtet meine Arbeiten auf das gewissenhafteste. Sie überwacht meine Laufbahn so sorgsam, als sei es ihre eigene: zunächst

muß ich lernen, mit Kohle nach Gipsmodellen zu zeichnen, dann kommen Stilleben in Pastell und zum Schluß die Ölmalerei. Als ich meine Aufnahme in der Musik- und Kunstakademie beantrage, hilft mir meine Mutter bei der Auswahl meiner Bewerbungsarbeiten, begleitet mich zur Aufnahmeprüfung und redet mir gut zu, als ich ihr besorgt von jeder Einzelheit der Prüfung berichte. Als ich beschließe, daß ich außerdem auch noch Ärztin werden will, kauft sie mir Werke über Biologie. Als ich anfange, Gedichte zu schreiben, hört sie sich jedes Gedicht an und lobt es, als sei ich Yeats. Mein pubertäres Gefasel, worüber auch immer, ist für ihre Ohren Musik. Alle meine Zeichnungen, Glückwunschkarten, Posters, Ölbilder künden ihr eine große Zukunft für mich. Ganz sicher hatte *kein* Mädchen meines Alters eine hingebungsvollere Mutter, eine Mutter, die sich noch aufopfernder dafür einsetzte, daß ihre Tochter sich zu einer ausgewogenen Persönlichkeit entwickelte und, falls sie das wünschte, Künstlerin wurde. Warum packt mich dann immer die Wut, wenn ich an sie denke? Und warum gibt sie mir das Gefühl, daß ich nichts anderes als eine blasse Kopie von ihr bin? Daß ich nie einen eigenen Gedanken gedacht habe? Daß ich weder Freiheit noch Unabhängigkeit noch eine eigene Identität besitze?
Vielleicht war der Sex für meine Wut verantwortlich. Vielleicht war Sex die eigentliche Büchse der Pandora. Meine Mutter glaubte an freie Liebe, an Nackttänze im Bois de Boulogne und auf griechischen Inseln, an die Frühlingsriten. Das heißt, im Grunde glaubte sie natürlich *nicht* daran, denn warum hätte sie sonst gesagt, die Jungen würden mich nicht respektieren, wenn ich mich nicht ›kostbar‹ mache? Wenn ich ›mein Herz auf der Zunge‹ trüge, und mich ›unter Preis verkaufe‹, dürfe ich nicht erwarten, daß sie hinter mir her wären.
Sex. Ich fürchtete mich vor der gewaltigen Macht, die Sex über mich hatte, die Macht, meine Energien zu aktivieren, mich in Erregung zu versetzen und mir das Gefühl zu geben, ich sei knallverrückt! Wie verhielt es sich damit? Und wie reimte sich das auf ›sich kostbar machen‹?
Ich hatte nie den Mut, meine Mutter direkt danach zu fragen. Trotz ihres Bohème-Geredes spürte ich, daß sie Sex ablehnte, daß es etwas war, worüber man grundsätzlich nicht sprach. Also suchte ich Zuflucht bei D. H. Lawrence, bei *Liebe ohne Furcht* und *Mannbarkeitsriten in Samoa.* Doch Margaret Mead half mir auch nicht weiter. Was hatte ich mit all diesen Wilden gemein? (Eine ganze Menge, natürlich, aber zu der Zeit war mir das noch nicht bewußt.) Die faszinierenden Einzelheiten, die Eustace Chesser, Dr. med., zu

bieten hatte (›Die Technik des Geschlechtsaktes‹, Defloration, Vorspiel, Nachspiel), waren schon besser, doch über *mein* moralisches Dilemma hatte er nicht allzuviel zu sagen: wie ›weit‹ durfte man gehen? Unter den BH oder nicht? Ins Höschen oder nicht? Ihn in den Mund nehmen oder nicht? Und wann, wenn überhaupt, durfte man schlucken? Es war alles so kompliziert. Und für Frauen schien es alles *noch* komplizierter zu sein. Im Grunde, glaube ich, war ich so wütend auf meine Mutter, weil sie mir nicht beigebracht hatte, Frau zu sein, mich nicht gelehrt hatte, den Heißhunger meiner Möse und den meines Kopfes miteinander in Einklang zu bringen.

So lernte ich also von *Männern* etwas über Frauen; ich sah die Frauen mit ihren Augen. Natürlich waren diese Autoren in dem Sinne keine Männer für mich, es waren Autoritäten, Götter, die alles wußten und denen man rückhaltlos vertrauen konnte.

Folglich glaubte ich ihnen *alles*, selbst wenn es mir meine eigene Inferiorität bewies. Von D.H. Lawrence alias Lady Chatterley lernte ich, was ein Orgasmus ist. Ich erfuhr von ihm, daß alle Frauen den ›Phallos‹ – wie er das Wort zu schreiben beliebt – anbeten. Von Shaw lernte ich, daß eine Frau nie eine Künstlerin sein kann, von Dostojewski, daß Frauen kein religiöses Gefühl besitzen, von Swift und Pope, daß sie *zuviel* davon besitzen (und deshalb nie wirklich rational denken können), von Faulkner, daß sie, der Gäa verwandt, Urmütter sind und eins mit dem Mond, den Gezeiten und den Saaten, von Freud, daß das Über-Ich der Frauen unzureichend entwickelt ist und sie immer ›unvollkommen‹ bleiben werden, weil ihnen genau *das* fehlt, was auf dieser Welt als einziges zu besitzen sich lohnt: ein Penis.

Doch was hatte das alles mit mir zu tun? Mit mir, die ich zur Schule ging und bessere Noten als die Jungen bekam und zeichnete und schrieb und sonnabends Stilleben in der Zeichenakademie malte und an den Wochentagen nachmittags unsere Schulzeitung redigierte (Redakteur für aktuelle Kurzgeschichten; noch nie war ein Mädchen Chefredakteur gewesen, doch war es uns auch noch nie in den Sinn gekommen, das in Frage zu stellen). Was hatten Mutter Erde und der Mond und die Gezeiten und die Anbetung des Lawrenceschen Phallos mit mir oder meinem Leben zu tun?

Meinen ersten ›Phallos‹ lernte ich mit dreizehn Jahren und zehn Monaten kennen – auf der mit avocado-grüner Seide bezogenen Wohnzimmercouch meiner Eltern im Schatten eines avocado-grünen Avocado-Bäumchens, das meine Mutter mit avocado-grünen Fingern aus einem Avocado-Kern gezogen hatte. Dieser ›Phallos‹ gehörte zu Steve Applebaum, der auf unserer High-School zwei

Klassen über mir war, und die blauen Adern auf seiner Kandinsky-violetten Unterseite bildeten ein höchst interessantes abstraktes Muster. Im Rückblick war er ein bemerkenswertes Exemplar seiner Gattung: beschnitten, natürlich, und riesengroß (doch was heißt riesengroß, wenn man keine Vergleichsmöglichkeiten hat?) und mit beeindruckendem Eigenleben. Sobald er sich unter dem straffen Reißverschluß von Steves Jeans als hügelartige Ausbuchtung bemerkbar machte (wir knutschten uns und fummelten ›unterhalb des Gürtels‹, wie man damals sagte), öffnete Steve langsam (um sich nicht zu verletzen?) den Reißverschluß und zog mit der einen Hand (die andere steckte unter meinem Rock in meiner Möse) das gewaltige purpurrote Ding aus seiner Umhüllung von Unterhosenstoff und blauen Brooks-Brothers-Hemdzipfeln und brachte es zwischen den kalten, metallisch glitzerndern Rändern seines Hosenschlitzes zum Vorschein. Dann steckte ich meine rechte Hand in die Vase mit Rosen, die meine blumenliebende Mutter immer auf dem Couchtisch stehen hatte, und meine von Wasser und schleimigen Blumenstengeln gesalbte Hand begann Steve mit rhythmischen Bewegungen einen herunterzuholen. Wie tat ich das wohl – genau? Mit drei Fingern? Oder mit der ganzen Hand? Jedenfalls wohl recht ungeschickt, fürchte ich (obwohl ich später eine Expertin auf diesem Gebiet wurde). Er warf in Ekstase den Kopf zurück (in beherrschter Ekstase: mein Vater sah im Wohnzimmer fern) und entlud sich in seine blauen Hemdzipfel oder in ein zu diesem Zwecke hastig hervorgeholtes Taschentuch. Die technischen Details sind mir entfallen, das Gefühl ist geblieben. Es war zum Teil Gegenseitigkeit (eine Hand wäscht die andere oder wie du mir, so ich dir), zum Teil spielte Macht eine gewisse Rolle. Ich wußte, daß ich mit dem, was ich tat, eine bestimmte Macht über Steve erlangte – eine Macht, die ich mit Malen oder Schreiben nie erlangt hätte. Und dann kam auch ich – vielleicht nicht gerade wie Lady Chatterley, aber immerhin.

Gegen Ende unserer Idylle wollte Steve (er war 17, ich war 14), daß ich ›ihn‹ in den Mund nehme.

»Gibt es wirklich Leute, die das tun?«

»Klar«, sagte er mit so viel Lässigkeit, wie er aufbringen konnte. Er ging zum Bücherschrank meiner Eltern und begann, nach van de Velde zu suchen (der sorgfältig hinter den *Kunstschätzen der Renaissance* versteckt war). Doch was dort darüber zu lesen stand, war zu schwierig für mich; ich konnte es nicht einmal richtig aussprechen. Und würde ich davon nicht schwanger werden? Vielleicht hatte meine Weigerung auch etwas mit der gesellschaftlichen

Erziehung zu tun, die meine Mutter mir – neben Kunstgeschichte – unermüdlich in kleinen, aber regelmäßigen Dosen verabreichte. Steve lebte in der Bronx, ich (in einer mehrstöckigen Wohnung), in Central Park West. Wenn ich einen ›Phallos‹ anbeten würde, dann sicher keinen aus der Bronx. Vielleicht einen vom Sutton Place?
Schließlich sagte ich Steve Lebewohl und verlegte mich aufs Onanieren, Fasten und Dichten. Ich sagte mir immer wieder, daß ich, wenn ich onanierte, zumindest ›rein‹ bliebe.
Steve bemühte sich weiterhin um mich, mit Flakons Chanel Nr. 5, Frank-Sinatra-Platten und kalligraphisch geschriebenen Zitaten aus den Gedichten von Yeats. Er rief mich immer an, wenn er betrunken war und, die nächsten fünf Jahre lang, an jedem meiner Geburtstage. (Entsprang eine solche Treue nur der Tatsache, daß ich ihm einen runtergeholt hatte?)
Inzwischen unterwarf ich mich – als Buße für meine Selbstbefriedigung – einer Art religiöser Konversion, die es mit sich brachte, daß ich hungerte (ich versagte mir sogar das Trinkwasser), *Siddhartha* las und zwanzig Pfund verlor (und mit ihnen meine Regel). Eine Furunkulose folgte und ich wurde, mit Schwären bedeckt wie Hiob, zum erstenmal zu einem Hautarzt geschickt, und zwar zu einer deutschen Emigrantin, die die denkwürdigen Worte sprach: »Die Haut ist der Spiegel der Seele«, und mich an den ersten meiner vielen Psychoanalytiker überwies, einen abgebrochenen Riesen namens Dr. Schrift.

Dr. Schrift (eben jener Dr. Schrift, der mit uns zusammen nach Wien geflogen war) war ein Anhänger von Wilhelm Stekel und stopfte die Schnürsenkel unter die Lasche seiner Schuhe. (Ich weiß nicht genau, ob das zum Stekelschen System gehörte.) Das Apartmenthaus, in dem er wohnte, hatte ein sehr dunkles, enges Treppenhaus mit goldfarbenen, ein Muschelmuster aufweisenden Tapeten, wie man sie etwa im Badezimmer eines alten Hauses in Larchmont findet. Wenn ich auf den Fahrstuhl wartete, starrte ich auf diese Tapete und fragte mich, ob der Hausbesitzer wohl einen größeren Posten davon bei einem Badezimmer-Tapeten-Ausverkauf besonders preisgünstig erstanden hätte. Welchen Grund gäbe es sonst, ein Treppenhaus mit goldenen Muscheln und winzigen, rosenfarbenen Fischen zu tapezieren?
Bei Dr. Schrift hingen zwei Reproduktionen von Utrillo und eine von Braque an der Wand. (Da es sich, wie gesagt, um meinen ersten Psychotherapeuten handelte, konnte ich nicht wissen, daß das die vom Verband der amerikanischen Psychoanalytiker empfohlenen

Standard-Reproduktionen sind.) Ferner hatte er einen modernen Schreibtisch (dänisch, ebenfalls vom Verband der Psychoanalytiker empfohlen) und eine bräunliche, mit Schaumgummi gepolsterte Couch mit der unvermeidlichen kleinen Plastikfolie für die Füße und einem harten, mit einer Papierserviette bedeckten Keilkissen für den Kopf.

Er bestand darauf, daß das Pferd, von dem ich träumte, mein Vater sei. Ich war vierzehn und hungerte mich zu Tode, als Selbstbestrafung dafür, daß ich auf der avocado-grünen Seidencouch meiner Eltern onaniert hatte. Er bestand darauf, daß der Sarg, von dem ich träumte, meine Mutter sei. Der Grund dafür, warum meine Periode ausgesetzt hatte? Ein Mysterium ...

»Weil ich keine Frau sein will. Weil es alles zu verwirrend ist. Shaw sagt, daß man nicht zugleich Frau und Künstlerin sein kann. Das Kinderkriegen verschleißt sie, sagt er. Und ich will Künstlerin werden. Das hab ich schon immer gewollt.«

Weil ich das damals nicht hätte in Worte fassen können, doch Steves Finger in meiner Möse ... das war ein herrliches Gefühl gewesen. Zugleich jedoch wußte ich, daß dieses ziehende Gefühl des Zerfließens *der Feind* war. Wenn ich mich diesem Gefühl auslieferte, hieß das, daß ich alle anderen Dinge, die ich wollte, aufgab. »Du mußt wählen«, sagte ich mit vierzehn streng zu mir selbst. *Geh in ein Kloster Ophelia.* Also onanierte ich, wie alle guten Nonnen. »Auf die Weise bin ich gegen die Macht der Männer gefeit«, dachte ich jeden Abend, wenn ich zwei Finger tief in mich versenkte.

Dr. Schrift verstand nur Bahnhof. »Sie müssen Ihr Frau-Sein akzeptieren«, zischte er mir aus dem Hintergrund zu. Doch mit vierzehn sah ich nur die Nachteile des Frau-Seins. Ich sehnte mich nach Orgasmen, wie die der Lady Chatterley. Warum wurde der Mond nicht fahl, warum ergossen sich nicht Flutwellen über das Angesicht der Erde? Wo war mein Wildhüter? Ich sah nichts als Betrug darin, eine Frau zu sein.

Ich streifte öfters durch das Metropolitan Museum auf der Suche nach einer bildenden Künstlerin, die mir den Weg weisen könnte. Mary Cassatt? Berthe Morisot? Warum konnten so viele Malerinnen, die auf Kinder verzichtet hatten, nichts anderes malen als Mütter mit Kindern? Es war hoffnungslos. Wenn man eine Frau war und Talent hatte, war das Leben eine Falle, ganz gleich, welchen Weg man einschlug. Entweder man versank in Häuslichkeit (und nährte Walter-Mitty-artige Fluchtphantasien) oder aus allem, was man schöpferisch tat, sprach die Sehnsucht nach Häuslichkeit. Man

entkam seinem Frau-Sein nicht, niemals. Das Wort KONFLIKT wird mit dem Herzblut der Frau geschrieben.
Weder meine gute noch meine böse Mutter konnte mich aus dieser Zwangslage befreien. Meine böse Mutter hielt mir vor, daß sie, wenn es mich nicht gegeben hätte, eine berühmte Künstlerin geworden wäre, und meine gute Mutter vergötterte mich und hätte mich um nichts auf der Welt missen mögen. Was ich von ihr lernte, lernte ich durch ihr Beispiel, nicht durch ihre Ermahnungen. Und die Lektion ließ an Deutlichkeit nichts zu wünschen übrig: Frau sein hieß gequält, frustriert und ständig gereizt und verärgert zu sein. Es hieß, aus zwei unvereinbaren Hälften zu bestehen – kurz: gespalten zu sein.
»Vielleicht glückt es *dir* besser«, sagte meine gute Mutter. »Vielleicht wirst *du* beides schaffen, Liebling. Was mich angeht ... ich habe es nicht geschafft.«

Freuds Haus

Es ist auch ein gar zu lebensunfähiger Gedanke, die Frauen genauso in den Kampf ums Dasein zu schicken wie die Männer. Soll ich mir mein zartes, liebes Mädchen zum Beispiel als Konkurrenten denken; das Zusammentreffen würde doch nur damit enden, daß ich ihr, wie vor siebzehn Monaten, sage, daß ich sie lieb habe und daß ich alles aufbiete, sie aus der Konkurrenz in die unbeeinträchtigte stille Tätigkeit meines Hauses zu ziehen.

– Sigmund Freud
(Brief an Martha Bernays vom 15. November 1883)

Adrian setzte uns wortlos am Hotel ab und brauste in seinem *Triumph* davon, neuen Irrfahrten entgegen. Wir gingen nach oben, um uns von den Sünden der vergangenen Nacht reinzuwaschen. Da an diesem Nachmittag keine Sitzungen stattfanden, an denen Bennett teilnehmen wollte, beschlossen wir, einen Spaziergang zu machen und uns das Haus anzusehen, in dem Freud gelebt hatte. Das hatten wir uns schon vorgenommen, bevor Adrian auf der Bildfläche erschien, doch in dem ganzen Wirbel war dieser Plan dann irgendwie untergegangen.

Wien war an diesem Morgen schön. Es war noch nicht heiß, aber sonnig, der Himmel blau, und viele amtlich aussehende Menschen eilten, Aktentaschen unter dem Arm (in denen sich vermutlich nichts Amtlicheres befand als Zeitungen und ihre Frühstücksbrote), zur Arbeit. Wir schlenderten durch den Volksgarten und bewunderten die gepflegten Rosenbäumchen und Blumenbeete. Wir tauschten Bemerkungen aus über die unvermeidliche Verwüstung dieser Beete, wenn sie sich in New York befänden, und schüttelten den Kopf, wenn wir die gesetzestreue Ordnungsliebe in deutschen und österreichischen Städten mit dem Vandalismus von New York verglichen. Wir führten unser altes, vertrautes Gespräch über Zivilisation und Unterdrückung einerseits und Impuls und impulsives Handeln andererseits. Für kurze Zeit herrschte zwischen uns jenes entspannte Einverständnis, das Adrian unsere ›eheliche Langeweile‹ genannt hatte. Darin irrte er sich. Als Einzelgänger fehlte ihm das Verständnis dafür, daß zwei Menschen sich zusammentun, und so konnte er Ehe nur mit Langeweile gleichsetzen. Was ihm fehlte, war jener gewisse Paarungsinstinkt, der zwei Menschen dazu veranlaßt, zusammenzuleben und die Lücken in der Seele des anderen auszufüllen, wobei beide an Kraft gewinnen.

Paarung hat nicht immer etwas mit Sex zu tun; das läßt sich bei Freunden beobachten, die zusammen wohnen, oder bei alten ›verheirateten‹ Homosexuellen, die kaum noch miteinander ins Bett gehen, und auch in einigen Ehen. Zwei Menschen, die einander stützen wie Strebepfeiler. Zwei Menschen, die voneinander abhängen, einander bemuttern und verwöhnen und vor der Außenwelt beschützen. Zuweilen wog das alle Nachteile der Ehe auf: in einer gleichgültigen Welt einen Freund zu besitzen.

Arm in Arm gingen Bennett und ich zu Freuds Haus. Zwischen uns bestand die stillschweigende Übereinkunft, nicht über die vergangene Nacht zu sprechen. Die vergangene Nacht hätte genausogut ein Traum gewesen sein können, und nun, da wir im Sonnenschein wieder zu zweit waren, löste dieser Traum sich auf wie Morgennebel.

Wir gingen die Treppe zu Freuds Sprechzimmer hinauf wie zwei Patienten zu einer Eheberatung.

Kulturelle Heiligtümer haben mich schon immer angezogen und bewegt; das Haus in Rom, in dem Keats starb, das Haus in Hampstead, in dem er lebte, Mozarts Geburtshaus in Salzburg, Alexander Popes Grotte, Rembrandts Haus im Amsterdamer Ghetto, Wagners Villa am Vierwaldstätter See, Beethovens karge Zwei-Zimmer-Wohnung in Wien ... Jeder Ort, an dem ein Genius das Licht der Welt erblickte, gelebt, geliebt, gearbeitet, gegessen, gefurzt, seinen Samen verspritzt hat oder gestorben ist – war mir heilig. So heilig wie Delphi oder der Parthenon. Im Grunde noch heiliger, denn das Wunder des Alltags fasziniert mich noch mehr als das Wunder großer Heiligtümer und Tempel. Daß Beethoven solche Musik schreiben konnte, während er in Wien zwei schäbige Zimmer bewohnte – *das* war das Wunder. Mit ehrfürchtiger Scheu hatte ich die verschiedenen Gebrauchsgegenstände – seinen irdischen Besitz – angestarrt; je irdischer, desto besser: den oxydierten Salzstreuer, die billige Uhr, das zerschlissene Ausgabenbuch. Die Alltäglichkeit seiner Bedürfnisse tröstete mich und gab mir Hoffnung. Ich schnüffelte in den Häusern der Großen herum wie ein Bluthund, um den Ruch des Genies aufzuspüren. Irgendwo zwischen Bade- und Schlafzimmer, irgendwann zwischen dem Verzehren eines Eies und der täglichen Entleerung läßt die Muse sich nieder. Zumeist erscheint sie nicht dann, wenn man es mit seinen banalen, von Hollywood geprägten Vorstellungen erwartet: während eines märchenhaften Sonnenuntergangs über Ischia, in der donnernden Brandung von Big Sur oder auf einem Berggipfel in Delphi (genau zwischen dem Nabel der Welt und der Stelle, wo Ödipus seinen Papa umbrachte), sondern sie schwebt herbei, während man Zwiebeln schneidet oder Aubergine-Gemüse ißt oder den Mülleimer mit der Literaturbeilage der *New York Times* auslegt. Die interessantesten modernen Schriftsteller wissen das. Leopold Bloom brät Kalbsnieren, scheißt und meditiert über das Universum. Francis Ponge erblickt die Seele des Menschen in einer Auster (wie Blake sie in einer Wiesenblume sah). Sylvia Plath schneidet sich in den Finger und erlebt eine Offenbarung. Doch Hollywood sieht den Künstler hartnäckig als Frauenliebling mit traumumflortem Blick und flatternder Bohème-Schleife, dazu Hintergrundmusik von Dmitrij Tiomkin und ein heftig orangefarbener Sonnenuntergang über dem Haupt des Helden – und, bis zu einem gewissen Grade, versuchen wir alle (selbst diejenigen, die es besser wissen sollten), diesem Bild gerecht zu werden. Kurz: ich spielte also immer noch mit dem Gedanken, mit Adrian durchzugehen. Und Bennett, der das spürte, schleppte mich in die Berggasse 19 zu Freuds Haus, im (nochmaligen) Versuch, mich zur Vernunft zu bringen.

Ich stimmte mit Bennett darin überein, daß Freud ein intuitives Genie war, doch das psychoanalytische Dogma von seiner Unfehlbarkeit lehnte ich ab. Genies sind immer fehlbar, sonst wären es Götter. Und wer will schon Vollkommenheit? Oder Beständigkeit? Sobald man seiner Pubertät, Hermann Hesse, Kahlil Gibran und dem Glauben an die beispiellose Bösartigkeit seiner Eltern entwachsen ist, sollte man sich nicht mehr auf Beständigkeit kaprizieren. Doch ach – wie viele tun es doch! Wir sind bereit, unser Leben zu zerstören, weil wir diese Beständigkeit nicht haben. Wie ich.

So wanderten wir durch Freuds Haus, auf der Suche nach einer Offenbarung. Ich glaube, wir erwarteten so halb und halb, Montgomery Clift zu sehen, bärtig und gekleidet wie Freud, wie er die klammen, feuchten Höhlen seines eigenen Unbewußten erkundet. Was wir tatsächlich sahen, war enttäuschend. Die meisten Möbel hatten Freud nach Hampstead begleitet und gehörten nun seiner Tochter. Das Wiener Freud-Museum mußte sich mit Fotografien und mehr oder weniger leeren Räumen begnügen. Freud hatte fast ein halbes Jahrhundert lang hier gelebt, doch war keine Spur von ihm geblieben – nur Fotos und ein rekonstruiertes Wartezimmer mit den üppig gepolsterten Sitzgelegenheiten jener Epoche.

Auf einem der Fotos war das berühmte Sprechzimmer zu sehen, mit der von einem orientalischen Teppich bedeckten Psychoanalytiker-Couch, ägyptischen und chinesischen Figurinen und Fragmenten klassischer Skulpturen, doch das Sprechzimmer selbst war 1938 verschwunden, zugleich mit einer ganzen Ära. Wie sonderbar eigentlich, wenn man sich's genau überlegt, so zu tun, als sei Freud nie vertrieben worden und als könne man mit Hilfe einiger vergilbender Fotos eine Welt wiedererstehen lassen. Es erinnerte mich an meinen Besuch in Dachau: abgerissene Krematorien und flachshaarige deutsche Kinder, die lachend umhertollten und im frischgesäten Gras ihre mitgebrachten Butterbrote verzehrten. ›Man darf ein Volk nicht nach zwölf Jahren seiner Geschichte beurteilen‹, hatte ich in Heidelberg immer wieder zu hören bekommen.

Wir sahen uns also in den so sonderbar sterilen Zimmern um und starrten die Relikte aus Freuds Leben an: sein Doktordiplom, seine Wehrdienstbescheinigung, seine Bewerbung um die Privatdozentur, den Vertrag mit einem seiner Verleger, eine Liste seiner

Publikationen, die seinem Promotionsantrag beigefügt war. Und dann nahmen wir die Fotografien in Augenschein: Freud, eine Zigarre in der Hand, inmitten der ersten Gruppe von Psychoanalytikern, Freud mit einem seiner Enkelsöhne, Freud mit Anna Freud, Freud in London, sich auf den Arm seiner Frau stützend, kurz vor seinem Tod, Ernest Jones als junger Mann, sein Dressman-Profil zur Schau stellend, Sandor Ferenczi (etwa 1913), herrisch in die Welt schauend, Karl Abraham, sanft und umgänglich aussehend, Hanns Sachs, aufs Haar Robert Morley gleichend, und so weiter. Die Artefakte waren vorhanden, doch der ihnen innewohnende Geist hatte sich verflüchtigt. Ergeben pilgerten wir von einem Ausstellungsgegenstand zum anderen und dachten an unsere eigene verfahrene Affäre, die noch im Werden war.

Wir lunchten in einem ruhigen Lokal und bemühten uns aufs neue, den Schaden vom vergangenen Abend auszubügeln. Ich schwor mir, Adrian nie wiederzusehen. Bennett und ich behandelten einander mit der größtmöglichen Rücksichtnahme. Wir vermieden es peinlich, über irgend etwas von Belang zu reden. Statt dessen lästerten wir ein wenig über Freud. Ernest Jones behauptet, Freud hätte Schwierigkeiten damit gehabt, Leute richtig zu beurteilen, er sei ein schlechter Menschenkenner gewesen. Diese gewisse Naivität in bezug auf andere Menschen haben Genies häufig an sich. Freud konnte zwar die Geheimnisse der Träume ergründen, konnte aber auch einem ganz gewöhnlichen Schwindler aufsitzen. Er erfand zwar die Psychoanalyse, schenkte jedoch unweigerlich immer wieder Menschen sein Vertrauen, die ihn hintergingen und betrogen. Auch war er höchst indiskret. Er plauderte oft Dinge aus, die ihm unter dem Siegel der Verschwiegenheit anvertraut worden waren.

Plötzlich wurde uns klar, daß wir wieder über *uns* sprachen. Es gab an diesem Nachmittag kein Thema, das neutral genug gewesen wäre. Alles und jedes schlug auf uns zurück.

Nach dem Lunch gingen wir noch einmal zur Hofburg, um einen Vortrag über das Seelenleben des Künstlers zu hören. Der Vortragende vermittelte dem Auditorium eine postume kurzgefaßte Analyse von Leonardo, Beethoven, Coleridge, Wordsworth, Shakespeare, Donne, Virginia Woolf und die einer unbekannten, namentlich nicht genannten Künstlerin, die bei ihm in Behandlung gewesen war. Alles was er vorbrachte, beweise, wie er meinte, unumstößlich, daß Künstler, als Gruppe gesehen, labil und lebensuntüchtig seien, kontaktschwach, infantil, unkritisch, masochistisch, narzißtisch, schlechte Menschenkenner und hoffnungslos

verstrickt in ödipalen Konflikten. Infolge ihrer Übersensibilität hätten sie als Kinder ein überdurchschnittliches Verlangen nach Bemutterung und später fast immer das Gefühl, in dieser Beziehung zu kurz gekommen zu sein, unabhängig davon, wieviel Liebe und mütterliche Sorge ihnen auch zuteil geworden wäre. Als Erwachsene seien sie dazu verurteilt, ständig nach einer Mutter Ausschau zu halten, und da sie diese nicht fänden (nie, nie), suchten sie in ihrem schöpferischen Werk die Idealmutter zu erschaffen. Sie suchten in ihren Hervorbringungen ihre eigene Vergangenheit zu idealisieren, obwohl diese Idealisierung oft eher einer Brutalisierung gliche. Kurz: niemandes Familie sei so abgrundtief böse, wie der moderne autobiographische Romancier (oder Dichter) sie sähe. Seine Blutsverwandten herunterzumachen, das sei letzten Endes das gleiche, wie sie zu idealisieren. Es beweise nur erneut, wie sehr der Mensch in seiner eigenen Vergangenheit gefangen sei.
Auch im Ruhm suche der Künstler eine Kompensation für die vermeintliche, in der Jugend erfahrene Vernachlässigung. Doch dem wäre nie ein voller Erfolg beschieden. Von der Welt geliebt zu werden, sei kein Ersatz dafür, in der Kindheit von einem bestimmten Menschen geliebt worden zu sein. Zudem sei die Welt ein miserabler Liebhaber. So sei also auch der Ruhm letzten Endes eine Enttäuschung. Viele Künstler würden sich in Verzweiflung dem Opium zuwenden, dem Alkohol, homosexuellen Ausschweifungen, heterosexuellen Ausschweifungen, religiösem oder politischem Fanatismus, dem Selbstmord oder anderen Palliativen. Doch auch dies alles führe nicht wirklich zum Erfolg. Abgesehen vom Selbstmord – der in gewisser Weise immer zum Erfolg führe. Hier fiel mir ein Epigramm von Antonio Porchia ein, das – bei vorhandenem Esprit – jetzt fällig gewesen wäre:

> Ich glaube, die Seele ist die Summe ihrer Leiden,
> doch die Seele, die sich selbst von ihren Leiden heilt,
> stirbt.

Genauso verhalte es sich mit Künstlern. Bloß in noch höherem Maße.
Während der ganzen Darstellung der Labilität, Abhängigkeit, Unselbständigkeit, Naivität usw. des Künstlers drückte Bennett wiederholt meine Hand und warf mir wissende Blicke zu. Komm zu Daddy zurück. Daddy versteht alles. Wie ich mich danach sehnte, zu Daddy zurückzukehren! Doch wie ich mich ebenfalls danach sehnte, frei zu sein!
»Freiheit ist eine Illusion«, hätte Bennett gesagt (und hätte damit

zumindest einmal mit B.F. Skinner übereingestimmt), und, bis zu einem gewissen Grade, hätte auch ich ihm recht gegeben. Seelisches Gleichgewicht, Maßhalten, Beständigkeit ... auch ich glaubte daran. Doch was war dann jene andere Stimme in mir, die mich unablässig antrieb – zum Spontanfick, zu dahinjagenden Wagen, endlosen nassen Küssen und dem Rausch der Gefahr? Was war jene andere Stimme, die mir *Feigling!* zurief und mich anstachelte, die Brücken hinter mir abzubrechen, das Gift *auf einmal* hinunterzuschütten, statt es Tropfen für Tropfen zu trinken, bis auf den Boden meiner Ängste hinabzusteigen und festzustellen, ob es mir gelänge, mich am eigenen Schopf wieder hinaufzuziehen?

War es denn eine Stimme? Oder war es ein dumpfes Pochen, etwas noch Primitiveres als Worte? Eine Art pulsierendes Klopfen in meinen Eingeweiden, das ich mein ›Hunger-Morse‹ nannte. Als hielte mein Bauch sich für ein Herz. Und womit ich ihn auch zu füllen suchte – mit Männern, mit Büchern, mit Nahrung, mit Pfefferkuchenmännern, mit Gedichten über Traummänner und mit Männern, die diesen Gedichten entsprachen –, er gab keine Ruhe. Unersättlich. Ich war unersättlich. Nymphomanie des Gehirns. Hungerödem des Herzens.

Was war dieses klopfende, pochende Ding in mir? Eine Trommel? Oder das komplette Schlagzeug einer Band? War es komprimierte Luft unter einem gespannten Fell? War es eine Gehörshalluzination? War es vielleicht ein Frosch? Trommelte er nicht irgend etwas von einem Prinzen? Dachte er vielleicht, er *sei* ein Prinz? War ich mein ganzes Leben zum Hungern verurteilt?

Als der Vortrag über die Künstlerseele beendet war, applaudierten wir auf unseren wackligen Stühlen mit den vergoldeten Lehnen und standen dann, verstohlen gähnend, höflich herum.

»Ich muß mir eine Abschrift dieses Vortrags verschaffen«, sagte ich zu Bennett.

»Das erübrigt sich«, sagte er. »Es ist die Geschichte deines Lebens.«

Dabei fällt mir ein, daß ich einen weiteren Aspekt dieses Vortrags (dessen Autor, wie ich mich erinnere, ein gewisser Dr. Königsberger war) nicht erwähnt habe, und zwar den Teil, der sich mit dem Liebesleben des Künstlers beschäftigte, insbesondere mit seiner Tendenz, sich (mit beträchtlichem Ungestüm) innerlich an gänzlich ungeeignete ›Liebesobjekte‹ zu binden und diese heftig zu idealisieren – wie er seine Eltern idealisierte, von denen er glaubte, sie nie besessen zu haben. Dieses ungeeignete Liebesobjekt ist zumeist eine Projektion des liebenden Künstlers. Das Objekt seiner Leidenschaft ist in den Augen anderer oft genug ein ganz durchschnittlicher Mensch. Doch für den liebenden Künstler wird die/der Geliebte zu Vater, Mutter, Muse, zum Inbegriff der Vollkommenheit, einer Vollkommenheit, die zuweilen niedrige, ja selbst bösartige Züge aufweist, ihren Träger jedoch immer allmächtig, kurz, als Gottheit erscheinen läßt.

Was nun wohl der kreative Sinn dieser Leidenschaften sei, fragte Dr. Königsberger. Wir reckten die Hälse und beugten uns erwartungsvoll vor. Durch die Neuerschaffung der ödipalen Verliebtheit gelänge es dem Künstler, seinen ›Familien-Roman‹ neu zu erschaffen, und damit die idealisierte Welt seiner Kindheit. Die zahlreichen und oft rasch wechselnden Leidenschaften des Künstlers seien dazu bestimmt, die Illusion am Leben zu erhalten. Durch eine neue, heftige sexuell betonte Verliebtheit komme der Erwachsene der leidenschaftlichen Liebe, die er als kleines Kind für den Elternteil des anderen Geschlechts gehegt hätte, am nächsten.

Während dieser Ausführungen grinste Bennett vor sich hin. Ich schmollte vor mich hin.

Dante und Beatrice. Scott und Zelda. Humbert und Lolita. Simone de Beauvoir und Sartre. King Kong und Faye Wray. Yeats und Maud Gonne. Shakespeare und die Dunkle Dame. Shakespeare und Mr. W. H. Allen Ginsberg und Peter Orlovsky. Sylvia Plath und Schnitter Tod. Keats und Fanny Brawne. Byron und Augusta. Dodgson und Alice. D. H. Lawrence und Frieda. Aschenbach und Tadzio. Robert Ranke-Graves und die Weiße Göttin. Schumann und Clara. Chopin und George Sand. Auden und Kallmann. Hopkins und der Heilige Geist. Borges und seine Mutter. Ich und Adrian?

Am Nachmittag, um vier Uhr, erschien mein idealisiertes Liebesobjekt, um in einem der anderen Barocksäle einer Arbeitsgruppe vorzusitzen. Das würde dann die letzte Vorlesung sein. Am nächsten Morgen würden Anna Freud und ihre genialische Gefolgschaft noch einmal das Podium stürmen, um die erarbeiteten Resultate des Kongresses zusammenzufassen – für die Presse, die Teilnehmer und für die Schwachen, Lahmen und Blinden. Dann war der Kongreß zu Ende, und wir würden abreisen. Doch wer mit wem? Bennett mit mir? Adrian mit mir? Oder wir drei zusammen? Frisch, fromm, frei – Psychotherapie hoch drei?

Im Ausschuß unter Adrians Leitung ging es um Vorschläge für den nächsten Kongreß; es war ziemlich nervtötend, und ich machte mir nicht einmal die Mühe zuzuhören. Mein Blick wanderte von Bennett zu Adrian und wieder zurück, und ich versuchte, mich zu entscheiden. Ich war so aufgeregt, daß ich es nach etwa zehn Minuten nicht mehr aushielt, den Saal verließ und in der Vorhalle auf und ab lief. Das Schicksal fügte es, daß ich dabei auf meinen deutschen Psychotherapeuten, Dr. Happe, stieß. Er war gerade im Begriff, sich mit einer Umarmung von Erik Erikson zu verabschieden; offenbar hatten sie sich ein Weilchen freundschaftlich unterhalten. Er begrüßte mich und fragte, ob ich Lust habe, ein wenig zu plaudern.

Die hatte ich.

Professor Dr. med. Gunther Happe ist ein hochgewachsener, schlanker Mann mit einer Hakennase und einem Wust buschiger weißer Haare. In Deutschland ist er so eine Art Berühmtheit, erscheint oft auf dem Fernsehschirm, schreibt Artikel für populärwissenschaftliche Zeitschriften und ist bekannt als erklärter Feind des Neonazismus. Er ist einer jener radikalen, von Schuldgefühl durchdrungenen Deutschen, die die Nazizeit im Exil in London verbrachten, später jedoch zurückkehrten und sich bemühten, Deutschland vor der völligen Verrohung zu bewahren. Er gehört zu jener Sorte von Deutschen, von denen man nie hört: humorvoll, bescheiden und seinem Land gegenüber kritisch eingestellt. Er liest den *New Yorker* und spendet Geld für den Viet Kong. Er spricht ›think‹ wie ›sink‹ aus und ›business‹ wie ›bösyness‹, ist aber trotzdem kein Deutscher aus dem Witzblatt.

Als ich – in Heidelberg – damit begann, mich viermal die Woche in die überhohen Zimmer seiner schlecht geheizten Praxis zu begeben und mich dort auf die Couch zu legen, war ich vierundzwanzig und ein von Ängsten geschütteltes Nervenbündel. Ich hatte Angst, mit der Straßenbahn zu fahren, Angst, Briefe zu schreiben, Angst, Worte auf Papier zu setzen. Ich konnte es selbst kaum glauben, daß einige Gedichte von mir veröffentlicht worden waren und daß ich meine Examina *cum laude* und mit verschiedenen sonstigen Auszeichnungen bestanden hatte. Obwohl meine Freunde mich beneideten, da ich ihnen immer so fröhlich und selbstsicher erschien, fürchtete ich mich im stillen vor allem und jedem. Abends schaute ich in jeden Schrank, bevor ich es wagte, allein im Zimmer zu bleiben. Und selbst dann fand ich keinen Schlaf. Ich lag nächtelang wach und fragte mich, ob ich wohl im Begriff sei, auch meinen zweiten Mann in den Irrsinn zu treiben – oder ob es nur so *schien*?

Eine meiner genialsten kleinen Selbstquälereien war meine Art, Briefe zu schreiben. Oder vielmehr *nicht* zu schreiben, besonders Briefe, die meine Arbeit betrafen. Wenn (was ein- oder zweimal der

Fall war) ein Cheflektor oder ein Literatur-Agent mich schriftlich aufforderte, einige meiner Gedichte einzusenden, war äußerste Verzweiflung meine einzige Reaktion. Was sollte ich schreiben? Was sollte ich auf eine so schwierige Anfrage erwidern? In welcher Form sollte ich den Brief abfassen?

Eine dieser Aufforderungen lag, während ich über eine Antwort nachgrübelte, zwei volle Jahre in der Schublade. Ich versuchte es mit verschiedenen Entwürfen. ›Liebe Mrs. Jones‹, fing ich an. Aber war das nicht zu anmaßend? Vielleicht sollte ich ›Sehr geehrte Mrs. Jones‹ schreiben, das ›liebe‹ könnte so aufgefaßt werden, als wolle ich mich bei ihr einschmeicheln. Wie wär's *ohne* Anrede? Einfach gleich mit dem Text beginnen? Nein. Das wäre zu unfreundlich.

Wenn ich mich schon in dieser Weise mit der Anrede herumschlug, kann man sich unschwer vorstellen, welche Qualen mir erst die Abfassung des Textes bereitete.

Besten Dank für Ihren liebenswürdigen Brief, in dem Sie mich auffordern, Ihnen einige meiner Arbeiten einzusenden. Leider ...

Grundfalsch! Viel zu servil. Ihr Brief war nicht ›liebenswürdig‹, und warum sollte ich der Person schmeicheln und mich bei ihr bedanken? Lieber selbstsicher und selbstbewußt:

Ich erhielt soeben Ihren Brief mit der Aufforderung, Ihnen einige Gedichte zur Begutachtung zu überlassen ...

Zu selbstgefällig! (Ich knüllte einen weiteren Bogen zusammen.) Irgendwann hatte ich gelesen, daß man einen Brief nie mit ›ich‹ beginnen solle. Außerdem – wie konnte ich schreiben, ich hätte ihren Brief ›soeben erhalten‹, wenn er schon ein Jahr bei mir herumlag?

Ihr Brief vom 12. November 1967 hat mich sehr beschäftigt. Entschuldigen Sie bitte, daß die Antwort so lange auf sich warten ließ, aber ...

Zu persönlich. *Sie* legt ja wohl kaum Wert darauf, daß ich mich an ihrer Schulter über meine Schreibhemmungen ausweine. Was geht es sie an?

Endlich, zwei Jahre später und nach vielen weiteren mißglückten Versuchen, brachte ich einen ganz ekelhaft unterwürfigen, mit vielen Entschuldigungen gespickten Brief an die betreffende Cheflektorin zu Papier, zerriß ihn zehnmal, bevor ich ihn abschickte, tippte ihn elfmal ab, tippte meine Gedichte fünfzehnmal immer wieder aufs neue (*ein* Tippfehler, und ich knüllte die Seite zusammen – und ich hatte nie tippen gelernt) und schickte den verdammten braunen Umschlag nach New York. Postwendend erhielt ich eine wirklich herzliche Antwort (die selbst ich paranoide Person nicht mißdeuten konnte), in der die Dame mir mitteilte, daß meine Gedichte angenommen seien. Beigefügt war ein Scheck. Was glauben Sie, wie lange ich mich mit dem nächsten Brief herumgeschlagen hätte, wenn es eine Absage gewesen wäre?

So war es also um das strahlend selbstsichere Wesen bestellt, das sich in Heidelberg zu Dr. Happe in Behandlung begab. Allmählich lernte ich es, an meinem Schreibtisch sitzen zu bleiben und zu arbeiten. Allmählich lernte ich es, Manuskripte abzuschicken und Briefe zu schreiben. Ich kam mir vor wie das Opfer eines Schlaganfalls, das wieder schreiben lernt, und Dr. Happe war mein Lehrmeister. Er war sanftmütig und geduldig und humorvoll. Er lehrte mich, mich selbst nicht mehr zu hassen. Er war als Psychoanalytiker ein ebenso seltener Fall wie als Deutscher. *Ich* war es, die immerzu törichte Dinge sagte, wie zum Beispiel: ›Nun ja, wahrscheinlich sollte ich diese ganze dumme Schreiberei aufgeben und statt dessen ein Kind kriegen.‹ Und *er* war es, der mich immer wieder auf die Unrichtigkeit einer solchen ›Lösung‹ hinwies.

Ich hatte ihn zweieinhalb Jahre nicht gesehen, ihm jedoch meinen ersten Gedichtband geschickt, und er hatte mir einige Worte darüber geschrieben.

»So so«, sagte er, wie der Deutsche aus dem Witzblatt, der er nicht war, »ich stelle fest, daß es Ihnen keine Schwierigkeiten mehr bereitet, Briefe zu schreiben.«

»Nein, aber im übrigen habe ich Schwierigkeiten genug ...«

Und ich sprudelte die ganze verworrene Geschichte hervor – alles, was seit unserer Ankunft in Wien passiert war. Er sagte, er habe nicht die Absicht, das zu deuten. Er wolle mich nur daran erinnern, was er mir schon viele Male gesagt hätte:

»Sie sind keine Sekretärin, Sie sind eine Dichterin. Wieso nehmen Sie an, daß Ihr Leben ohne Komplikationen verlaufen soll? Wieso nehmen Sie an, daß es Ihnen gelingen würde, allen Konflikten aus dem Wege zu gehen? Wieso glauben Sie, Leid und Schmerzen würden Ihnen erspart bleiben? Oder gar Leidenschaften? Es spricht so manches für die Leidenschaft. Werden Sie denn nie imstande sein, sich selbst etwas zu gönnen und sich selbst etwas zu vergeben?«

»Offenbar nicht. Die Schwierigkeit ist, daß ich im Grunde eine Puritanerin bin. Alle Pornographen sind Puritaner.«

»Eine Pornographin sind Sie nun ganz bestimmt *nicht*«, sagte er.

»Nein, aber es klingt so gut. Die beiden *p's*. Die Alliteration.«

Dr. Happe lächelte. Ob ihm das Wort ›Alliteration‹ wohl ein Begriff war? Mir fiel ein, wie ich ihn immer wieder gefragt hatte, ob er mein Englisch verstünde. Vielleicht hatte er zweieinhalb Jahre kein Wort verstanden.
»Sie *sind* eine Puritanerin«, sagte er, »und zwar eine von der schlimmsten Sorte. Sie tun, was Ihnen gefällt, fühlen sich jedoch dabei so schuldig, daß Sie es nicht genießen können. Was soll dann das Ganze?«
»Genau das würde ich gern wissen.«
»Doch das schlimmste ist, daß Sie so hartnäckig darauf bestehen, Ihr Leben zu normalisieren. Selbst wenn man analysiert worden ist, braucht das Leben nicht unbedingt einfach zu sein. Warum erwarten Sie das? Vielleicht gehört dieser Mann bei Ihnen dazu. Warum wollen Sie alles wegwerfen, bevor Sie sich genügend Zeit gelassen haben, sich zu entscheiden. Können Sie denn nicht abwarten und sehen, wie die Sache weitergeht?«
»Das könnte ich, wenn ich vorsichtiger wäre, doch ich fürchte, gerade das ist mir immer schwergefallen – vorsichtig zu sein.«
»Außer beim Briefeschreiben«, sagte er. »Darin waren Sie äußerst vorsichtig.«
»Heute nicht mehr«, sagte ich.
Dann strömten die Leute hinaus auf den Gang, und wir standen auf, schüttelten uns die Hand und sagten Auf Wiedersehen. Ich mußte allein mit meinem Dilemma zurechtkommen, dieses Mal gab's keinen guten Daddy, der mir zu Hilfe geeilt wäre.

Die ganze folgende Nacht verbrachten Bennett und ich mit gegenseitigen Anschuldigungen und mit Erwägungen, ob wir uns, zumindest für eine Weile, trennen oder gemeinsam Selbstmord begehen sollten. Wir erklärten uns unsere gegenseitige Liebe und unseren gegenseitigen Haß, mit einem Wort: die Widersprüchlichkeit unserer Gefühle füreinander, wir schliefen miteinander, schrien uns an, weinten und liebten uns noch einmal. Es hat keinen Sinn, hier weiter ins Detail zu gehen. Irgendwann mag ich mir eine amüsante Ehe à la Oscar Wilde gewünscht haben, mit charmanten, geschickt eingefädelten kleinen Fehltritten, wie bei Iris Murdoch, aber ich muß gestehen, daß unsere Auseinandersetzungen eher an Sartres *Geschlossene Gesellschaft* erinnerten, oder, noch schlimmer, an *Bonanza.*
Am Morgen begaben wir uns, unausgeschlafen und erschöpft, in die Hofburg, um uns (es war der letzte Tag des Kongresses) die abschließenden Betrachtungen von Anna Freud und die der anderen

Würdenträger (unter ihnen Adrian, der eine kleine Abhandlung vom Blatt las, die ich ein paar Tage zuvor für ihn aufgesetzt hatte) über Aggression anzuhören.

Nach dieser Sitzung – während Bennett sich mit einigen Bekannten aus New York unterhielt – tuschelten Adrian und ich miteinander.

»Komm mit mir«, sagte er, »wir werden viel Spaß haben auf unserer Odyssee.«

»Es ist wirklich sehr verlockend, aber ich kann nicht.«

»Warum nicht?«

»Laß uns nicht wieder von vorn anfangen – *bitte.*«

»Ich bin nach dem Lunch noch da, Schatz ... falls du es dir anders überlegen solltest. Ich muß jetzt noch mit ein paar Leuten hier reden, und dann fahr ich in die Pension und pack meine Sachen. Nach dem Lunch gehe ich dann noch einmal in diese Pension, so um zwei herum. Wenn du nicht da bist, werd ich noch ungefähr eine Stunde auf dich warten. Versuch mit dir ins reine zu kommen, Herzchen. Hab keine Angst. Wenn Bennett mit uns fahren will, ist er natürlich auch herzlich willkommen.«

Er lächelte auf seine vertrackte Weise und warf mir eine Kußhand zu.

»*Ciao*, Schatz«, und fort war er. Bei dem Gedanken, ihn nie wiederzusehen, wurde ich schwach in den Knien.

Nun lag es also an mir. Er würde warten. Ich hatte dreieinhalb Stunden Zeit, über mein Schicksal zu entscheiden. Und über das seine. Und über das von Bennett.

Ich wünschte, ich könnte sagen, daß ich das auf charmante oder unbekümmerte oder selbst auf biestige Weise tat. Die lupenreine Biestigkeit kann auf ihre Weise auch Stil und einen gewissen Elan haben. Doch selbst als Biest bin ich ein Versager. Ich plärrte still vor mich hin. Ich wand mich, metaphorisch gesprochen, im Staube. Ich ging, unschlüssig und entschlußlos, mit mir zu Rate. Ich analysierte mich. Ich hing mir selbst zum Hals raus.

Während des Lunchs mit Bennett im *Volksgarten* litt ich Qualen. *Daß* ich Qualen litt, bereitete mir zusätzliche Qualen. Ich litt Qualen im *American Express*, wo wir um zwei Uhr versuchten, uns darüber klar zu werden, ob wir zwei Flüge nach New York oder zwei Flüge nach London buchen sollten, oder nur einen oder gar keinen.

Es war alles so trübsinnig und trostlos. Dann dachte ich an Adrians Lächeln und an die Möglichkeit, daß ich ihn nie wiedersehen würde, und an die sonnigen Nachmittage im Schwimmbad und an unsere

Flachsereien und nächtlichen Fahrten durch Wien, angetrunken und wie im Traum, und ich raste wie eine Irre aus dem *American Express* hinaus (und ließ Bennett stehen, wo er stand) und rannte durch die Straßen. Ich klapperte in meinen hochhackigen Sandaletten über das Kopfsteinpflaster, verstauchte mir den Knöchel und schluchzte mit verzerrtem, von verschmiertem Make-up entstelltem Gesicht laut vor mich hin. Ich wußte nur eines: Ich mußte ihn wiedersehen. Ich dachte daran, wie er mich damit aufgezogen hatte, daß ich immer auf Nummer Sicher ginge. Ich dachte daran, was er über persönlichen Mut gesagt hatte und daß man sich selbst auf den Grund gehen müsse, um festzustellen, was sich dort findet. Ich dachte an all die Verhaltensmaßregeln, nach denen ich gelebt hatte – die gute Schülerin und gewissenhafte Kunststudentin, die gehorsame Tochter, die schuldige treue Gattin, die Ehebruch nur in der Vorstellung trieb –, und ich beschloß, einmal im Leben Mut zu beweisen und meinen Gefühlen zu folgen, ungeachtet der Konsequenzen. Ich dachte daran, wie Dr. Happe gesagt hatte: ›Sie sind keine Sekretärin, Sie sind eine Dichterin – wieso erwarten Sie, daß Ihr Leben ohne Komplikationen verläuft?‹ Ich dachte an D. H. Lawrence, der mit der Frau seines Doktorvaters durchgebrannt war. An Romeo und Julia, die aus Liebe in den Tod gingen, an Aschenbach, der Tadzio durch die verseuchten Straßen Venedigs verfolgte, an all die realen und imaginären Menschen, die ihr Bündel geschnürt, die Brücken hinter sich abgebrochen hatten und hinaus in die Welt gezogen waren, ins Blaue hinein. Ich war eine von *ihnen!* Ich war kein ängstliches Hausmütterchen, ich nicht. *Ich* hatte Flügel.

Ich fürchtete, daß Adrian schon fort sein könnte, ohne mich. Ich lief schneller, verirrte mich in engen Nebenstraßen und bewegte mich, dem Straßenverkehr ausweichend, im Kreise. Ich war diese ganze Zeit in Wien so wirr und benommen gewesen, daß ich den Weg von einem markanten Punkt der Stadt zum anderen kaum wußte, obwohl ich Dutzende von Malen durch diese Straßen gekommen sein mußte. In meiner Panik sah ich nirgends Straßenschilder; ich stürmte weiter und hielt nach Gebäuden Ausschau, die ich kannte. All die verdammten Barockpaläste sahen einer wie der andere aus! Endlich erspähte ich ein Reiterstandbild, das mir bekannt vorkam. Dann kam ein Hof und ein Torweg (ich rang nach Luft) und dann noch ein Hof und noch ein Torweg (mir lief der Schweiß herunter), bis ich endlich, in einem dritten Hof (voller geparkter Wagen), Adrian stehen sah. Er lehnte seelenruhig an seinem *Triumph* und blätterte in einer Zeitschrift.

»Hier bin ich!« stieß ich keuchend hervor. »Ich hatte solche Angst, daß du ohne mich wegfahren würdest.«
»Aber das würde ich doch nie tun, Herzchen.«
(O doch! O doch!)
»Du wirst sehen, es wird wunderbar«, sagte er.
Dieses Mal fuhren wir geradewegs zum Hotel, ohne uns ein einziges Mal zu verfahren. Oben warf ich meine Sachen in den Koffer (das Paillettenkleid vom Ball, die feuchten Badeanzüge, Shorts, Nachthemden, Regenmantel, Jerseykleider für die Reise – alles zerknüllt und in hoffnungslosem Durcheinander). Dann setzte ich mich hin, um Bennett eine Nachricht zu hinterlassen. Was sollte ich schreiben? Schweiß und Tränen liefen mir übers Gesicht. Es wurde eher ein Liebes- als ein Abschiedsbrief. Ich schrieb, daß ich ihn liebe (was stimmte), daß ich nicht wüßte, warum ich von ihm fortginge (was stimmte), es jedoch einfach tun *müsse* (was stimmte). Ich hoffe, er würde mir verzeihen. Ich hoffe, daß wir nun, jeder für sich, Zeit haben würden, unser Leben neu zu überdenken, und daß wir es später vielleicht noch einmal miteinander versuchen könnten. Ich hinterließ ihm die Adresse des Hotels in London, wo wir ursprünglich zusammen absteigen wollten. Ich wüßte nicht, wo ich jetzt hinginge, aber irgendwann würde ich höchstwahrscheinlich in London auftauchen. Ich hinterließ ihm Dutzende von Telefonnummern – von Leuten, die ich in London aufsuchen wollte. Ich schrieb noch einmal, daß ich ihn liebte und hoffte, daß er mir verzeihen würde. (Der Brief war inzwischen über zwei Seiten lang.) Vielleicht schrieb ich immer weiter, damit ich nicht fort mußte. Ich schrieb, daß ich nicht mehr wußte, was ich täte (was stimmte). Ich schrieb, daß ich mir gemein vorkäme (was stimmte). Und als ich zum zehntenmal ›Ich liebe dich‹ hinschrieb, trat Bennett ins Zimmer.
»Ich geh fort«, sagte ich unter Tränen. »Ich war gerade dabei, dir zu schreiben. Aber das ist ja nun nicht mehr nötig.« Ich wollte den Brief zerreißen.
»Nicht!« sagte er und griff hastig nach den Blättern. »Das ist das einzige, was mir von dir bleibt.«
Jetzt brach das Schluchzen erst richtig aus mir heraus. »Bitte, bitte, verzeih mir, bitte«, flehte ich. (Henker bittet den zum Tode Verurteilten um Vergebung, bevor das Beil fällt.)
»Du brauchst meine Verzeihung nicht«, sagte er scharf. Er begann, seine Sachen in einen Koffer zu werfen, ein Hochzeitsgeschenk von dem Freund, durch den wir uns kennengelernt hatten. Eine glückliche Ehe und ein langer gemeinsamer Lebensweg.
Hatte ich diese Szene nur um ihrer Intensität willen herbeigeführt?

Nie hatte ich ihn mehr geliebt. Nie hatte mich stärker danach verlangt, bei ihm zu bleiben. Mußte ich ihn eben deshalb verlassen? Warum sagte er nicht: ›Bleib bei mir, bleib – ich liebe dich‹? Er tat es nicht.

»Ich kann nicht ohne dich in diesem Zimmer bleiben«, sagte er und warf Reisehandbücher und allerlei anderen Kram in seinen Koffer. Wir gingen, unser Gepäck schleppend, zusammen nach unten. Am Empfang blieben wir stehen, um die Rechnung zu bezahlen. Adrian wartete draußen. Wenn er doch wegfahren wollte! Doch er wartete. Bennett fragte mich, ob ich meine Reiseschecks und meine Amexco-Kreditkarte bei mir hätte. Ob alles in Ordnung sei? Damit wollte er sagen: ›Bleib, ich liebe dich.‹ Das war seine Art, es auszudrücken, doch ich, wie behext, war so verrannt, daß ich nur ›hau ab!‹ heraushörte.

»Ich muß eine Weile fort«, wiederholte ich und zögerte immer noch. »*Du* wirst nicht allein sein – ich wohl.« Es stimmte. Eine innerlich wirklich freie Frau wäre allein in die Bergeinsamkeit gegangen, um zu meditieren – und nicht mit Adrian Goodlove in einem zerbeulten Triumph davongefahren.

Ich stand immer noch zögernd herum, völlig verzweifelt.

»Worauf zum Teufel wartest du? Warum gehst du nicht endlich?«

»Wohin fährst du jetzt? Wo kann ich dich finden?«

»Ich fahre zum Flughafen. Ich fliege nach Hause. Vielleicht auch erst nach London, um zu versuchen, das Geld für den Charterflug zurückzubekommen. Aber vielleicht fliege ich auch direkt nach New York. Es ist mir egal. Das kann dir doch auch ganz egal sein.«

»Es ist mir *nicht* egal.«

»Das kann ich mir lebhaft vorstellen.«

Nun endlich griff ich nach meinem Koffer und ging fort. Was hätte ich sonst tun sollen? Ich hatte mich selbst in die Enge getrieben, mich selbst in diese äußerst mißliche Lage hineinmanövriert. Nun war eine Art Glücksspiel daraus geworden, eine Herausforderung, ein russisches Roulett, ein Test meines Selbstverständnisses als Frau. Ich konnte nicht mehr zurück. Bennett blieb ganz ruhig stehen – um das Gesicht zu wahren. Er trug einen leuchtend roten Rollkragenpullover. Warum rannte er nicht auf die Straße und schlug Adrian eins in die Fresse? Warum kämpfte er nicht um das, was ihm gehörte? Sie hätten sich im Prater duellieren und je einen Band Freud und Laing als Schild benutzen können. Sie hätten sich zumindest verbal duellieren können. *Ein* Wort von Bennett, und ich wäre geblieben. Doch er blieb stumm. Bennett ging davon aus, es sei

mein gutes Recht, ihn zu verlassen. Und ich mußte von diesem Recht Gebrauch machen, auch, wenn es mich mittlerweile verzweifeln ließ.
»Du hast über eine Stunde gebraucht, Herzchen«, sagte Adrian und brachte mein Gepäck im ›Heck‹ (wie er den Kofferraum seines Wagens nannte) unter. Und wir hetzten aus Wien heraus wie zwei Flüchtlinge, die sich vor den Nazis in Sicherheit bringen. Als wir am Flughafen vorbeikamen, hätte ich am liebsten gesagt: »Laß mich aussteigen! Ich komme nicht mit!« Ich dachte an Bennett, der in seinem roten Rollkragenpullover da irgendwo herumstand und auf ein Flugzeug wartete – irgendwohin. Doch es war zu spät. Ich war diesem Abenteuer nun auf Gedeih und Verderb ausgeliefert und hatte nicht die leiseste Ahnung, wohin es mich führen würde.

Existentialismus im Prüfstand

... und die Existentialisten erklären, daß sie völlig verzweifelt sind, doch das Schreiben geben sie nicht auf.

– W. H. Auden

Als ich mein Leben mit dem von Adrian Goodlove verband, betrat ich eine Welt, in der die Spielregeln *seine* Spielregeln waren – obwohl er, natürlich, so tat, als gäbe es überhaupt keine Regeln. Es war zum Beispiel verboten, danach zu fragen, was wir morgen unternehmen würden. Existentialisten sollten das Wort ›morgen‹ nie benutzen. Es war aus unserem Vokabular verbannt. Es war verboten, über die Zukunft zu sprechen oder sich zu verhalten, als gäbe es eine Zukunft. Es gab keine Zukunft. Es gab lediglich den Wagen und die Campingplätze und die Hotels und unsere Unterhaltung und die Aussicht durch die Windschutzscheibe (die Adrian die ›Frontscheibe‹ nannte). Und hinter uns lag die Vergangenheit, auf die wir immer häufiger zurückkamen – um die Zeit totzuschlagen und einander bei guter Laune zu halten (wie Eltern sich während langer Autofahrten geographische Fragespiele oder ›Lieder erraten‹ für ihre gelangweilten Kinder ausdenken). Wir erzählten uns lange Geschichten aus unserer Vergangenheit, die wir wie Romanciers ausschmückten und dramatisierten. Wir taten natürlich, als sagten wir die Wahrheit, die ganze Wahrheit und nichts als die Wahrheit, doch (laut Henry Miller) kann niemand die absolute Wahrheit sagen, und selbst unsere scheinbar allerpersönlichsten Enthüllungen waren zum Teil erfunden, kurz: Literatur. Wir erkauften uns die Zukunft, indem wir über die Vergangenheit sprachen. Zuweilen kam ich mir vor wie Scheherazade, die für ihren Gebieter allerlei Nebenhandlungen ersinnt, damit das Märchen nicht plötzlich zu Ende ist. Beide konnten wir (theoretisch) die ganze Unternehmung jeden Augenblick abbrechen, doch ich fürchtete, daß das eher von Adrian zu erwarten war und es also an mir lag, ihn bei guter Laune zu halten. Wenn es ums Ganze geht und ich viele Tage hintereinander mit einem Mann allein bin, wird mir mehr denn je klar, wie unemanzipiert ich letzten Endes bin. Ich bin eine Speichelleckerin von Natur. All meine hochtrabende Aufsässigkeit ist lediglich eine Kompensation meiner tiefverwurzelten Servilität.

Erst, wenn es einem verboten ist, über die Zukunft zu sprechen, geht einem auf, wie sehr die Zukunft für gewöhnlich die Gegenwart regiert, wieviel Zeit man im täglichen Leben damit verbringt, Pläne zu schmieden, und auf die Weise immer wieder versucht, die Zukunft in den Griff zu bekommen. Daß die Zukunft sich nicht greifen läßt, steht auf einem anderen Blatt. Der Gedanke an die Zukunft ist unsere liebste Ablenkung und Unterhaltung, dazu der allerbeste Zeitvertreib. Ohne Zukunft gibt es nur noch die Vergangenheit – und eine von zerplatzten Insekten verschmierte Windschutzscheibe.

Adrian bestimmte die Spielregeln, zeigte jedoch die Neigung, sie häufig zu ändern, wenn es ihm anders besser in den Kram paßte. In dieser Hinsicht erinnerte er mich an meine ältere Schwester Randy. Als wir beide klein waren (ich sieben, sie zwölf), lehrte sie mich würfeln, doch sie änderte die Spielregeln von Minute zu Minute, je nachdem, wie viele Augen sie geworfen hatte. Nach einem Spiel von zehn Minuten sah ich mich des gesamten mühsam gehorteten Inhalts meines Sparschweins beraubt, während sie (die mit nichts begonnen hatte) im Geld schwamm wie Sky Masterson. Wie strahlend Dame Fortuna mir auch vorübergehend zugelächelt hatte, ich war unweigerlich der Verlierer.

»Pasch – gewonnen!« brüllte meine Schwester.

»Nein, wirklich?« (Während ich meinen Dollar Taschengeld wie die vielzitierte Ameise hütete, verschwendete sie den ihren wie die Grille – aber es lief immer darauf hinaus, daß sie das Geld scheffelte und ich bankrott war.) Der Mißbrauch des Erstgeburtsrechtes. Und ich die ewige Nachgeborene. Übrigens war Adrian derselbe Jahrgang wie Randy (1937) und hatte einen Bruder, ebenfalls jünger als er. Somit hatte er jahrelang Gelegenheit zu lernen, wie man Menschen tyrannisiert. Während wir uns durch das Labyrinth des Alten Europa unseren Weg suchten, gelang es uns mühelos, wieder an die Verhaltensmuster von ehedem anzuknüpfen.

Wir lernten die karge österreichische Pension kennen, mit ihren weißen Spitzengardinen im Aufenthaltsraum und ihren Fensterbänken voller Kakteen, ihrer rotwangigen Wirtin (die immer fragte, wie viele Kinder wir hätten – als hätte sie vergessen, was wir ihrer Doppelgängerin vor einigen Stunden erzählt hatten), dem eigentümlichen Doppelbett mit der dreiteiligen Matratze (die Spalten befanden sich genau unter strategisch wichtigen Punkten des Körpers – wie Brüste und Genitalien –, so daß man unweigerlich mitten in der Nacht davon erwachte, daß eine Brustwarze oder ein Hoden, wie ich annehme, zwischen Teil I und Teil II oder zwischen Teil II und Teil III eingeklemmt war). Wir lernten die österreichischen Federbetten kennen, die einen nach dem Einschlafen in Schweiß schwimmen lassen und wie durch Hexerei zu Boden gleiten, sobald man endlich tief eingeschlafen ist, worauf man den Rest der Nacht mehr oder weniger damit verbringt, nach dem Federbett zu angeln, bis man morgens mit geschwollenen Lippen und Augen erwacht, was man dem Staub von Jahrhunderten und anderen, bedrohlicheren Allergenen zu verdanken hat, die sich in diesen Ungetümen angesammelt haben.

Wir lernten das Pensions-Frühstück kennen: zähe Brötchen, kleine

Stanniolpackungen mit Aprikosenmarmelade, karg bemessene Butterröllchen und Riesentassen voller Milchkaffee mit einer räudig aussehenden Haut darauf. Wir lernten die bescheideneren Campingplätze kennen, mit ihrem durchdringenden Latrinengeruch, den langen Zinkblechtrögen zum Gesichtwaschen und Zähneputzen, den trüben Tümpel, der sich Swimming-pool nannte (ein idealer Brutplatz für Mücken), in den Adrian sich unweigerlich hineinbegab, und den fidelen deutschen Bürgern, die uns in brillante Unterhaltungen über Adrians Mini-Zelt (in dessen stahlblauem Nylonschimmer wir schliefen) verwickelten und uns über unser Leben ausfragten wie fernsehreife Spione. Wir lernten die deutschen Autobahn-Raststätten kennen, die Portionsteller mit Sauerkraut und Bockwurst, die Bierfilze mit aufgedruckter Reklame, die übelriechenden Toiletten und die Seifen-, Handtuch- und Präservativautomaten. Wir lernten die deutschen Biergärten kennen, mit klebrigen Tischen und drallen Kellnerinnen mittleren Alters in Dirndln und angetrunkenen Fernfahrern, die mit obszönen Bemerkungen nicht sparten, wenn ich, leicht schwankend, die Toilette aufsuchte.

Ab Mittag waren wir meistens betrunken, schlingerten in unserem rechtsgesteuerten Wagen die Autobahn entlang und nahmen jede Kurve falsch. Volkswagen mit 130 fuhren fast auf unsere Stoßstange auf, ebenso Mercedes-Fahrer mit 170, die noch dazu aggressiv ihre Lichthupe betätigten, sowie BMWs, die ihrerseits die Mercedes überholen wollten. Ein Deutscher brauchte nur unser englisches Nummernschild zu sehen, und schon versuchte er, uns von der Fahrbahn zu fegen. Auch Adrian fuhr wie ein Verrückter, überholte auf der falschen Seite, kam immer wieder auf die Kriechspur und versuchte, provoziert von den Deutschen, diese seinerseits zu überholen. Ich stand Todesängste aus, fand es aber zugleich herrlich aufregend. Wir lebten auf des Messers Schneide. Es war zu erwarten, daß ein fürchterlicher Unfall unserem Leben ein Ende setzte und jede Spur von uns und unseren Sünden auslöschte. Aber eines wußte ich genau: *langweilen* tat ich mich nicht.

Wie alle Menschen, die sich in Gedanken unausgesetzt mit dem Tod beschäftigen, die das Fliegen verabscheuen, die jede noch so winzige Runzel im Spiegel studieren und eine krankhafte Angst vor Geburtstagen haben, die sich davor fürchten, an Krebs oder an einem Gehirnturmor oder an einem Schlaganfall zu sterben, bin ich insgeheim verliebt in den Tod. Wenn ich von New York nach Washington fliege, leide ich wie ein Tier, doch am Steuer eines Sportwagens fahre ich, ohne mit der Wimper zu zucken, 170 und

genieße jede entsetzenerregende Sekunde. Zu wissen, daß man unter Umständen seinen eigenen Tod herbeiführt, ist erregender als ein Orgasmus. So ähnlich müssen die Kamikazeflieger empfunden haben, wenn sie eine Massenvernichtung auslösten und sich damit selbst vernichteten, statt in Hiroshima oder Nagasaki, wohlbehalten in ihren Betten, darauf zu warten, daß das Unheil eines Morgens unversehens über sie hereinbräche.
Es gab einen Grund für unsere Trinkerei: meine Depressionen. Ich pendelte zwischen Euphorie und Verzweiflung hin und her (Haß auf mich selbst wegen meines Verhaltens gegenüber Bennett, dumpfe Verzweiflung über das Alleinsein mit einem Mann, der mich nicht liebte, Angst vor der Zukunft, die ich nicht erwähnen durfte). Also betranken wir uns, und während unserer alkoholisiert-verkicherten Albereien zog die Verzweiflung sich hinter graue Schleier zurück, ohne natürlich je ganz zu verschwinden, doch war sie auf diese Weise leichter zu ertragen. Wie man sich im Flugzeug betrinkt, um die Angst vor dem Fliegen zu mildern. Man glaubt zwar nach wie vor, daß man sterben wird, sobald das Motorengeräusch sich verändert, doch es geht einen nichts mehr an. Die Vorstellung ist fast angenehm. Man sieht sich selbst durch die flockigen Wolken abwärtsgleiten, hinein in ein blaues Meer voll der kostbarsten Kindheitserinnerungen.
Wir lernten die französischen Fernfahrer-Raststätten kennen, mit ihren Espresso-Maschinen, die einen ganz ausgezeichneten starken Kaffee spenden. Wir lernten die Freuden elsässischen Bieres und der dortigen Pfirsiche kennen; wir kauften sie in ganzen Steigen, von Bauern, die sie am Straßenrand feilhielten. Als die Schweinwerfer der Autos nicht mehr weißes, sondern senfgelbes Licht auf die Straße warfen und das Weißbrot wunderbar knusprig wurde, wußten wir, daß wir in Frankreich waren. Wir lernten den häßlichsten Teil des Landes kennen, jenes Ödland nahe der deutschen Grenze mit seinen schlecht gehaltenen, holperigen, gewundenen zweispurigen Straßen, die die Franzosen nicht reparieren lassen, weil sie meinen, die Deutschen seien ohnehin schnell genug in Paris. Wir lernten eine endlose Reihe billiger kleiner Hotels kennen, mit Zwei-Watt-Glühbirnen und von Fliegendreck getüpfelten Bidets (in die wir hineinpinkelten, weil wir keine Lust hatten, uns auf den Gang zu bequemen und die schmutzige Toilette zu benutzen, in der das Licht erst anging, nachdem man sich beim Kampf mit dem Türschloß die Nägel abgebrochen hatte). Wir lernten die komfortableren Campingplätze kennen, mit richtigen Toiletten und einer Bar mit Musikbox, aus der die Beatles blökten. Doch

meistens (da es August geworden war und alle Bürger Europas mit ihren 2,5 Kindern Campingferien machten) waren die besseren Campingplätze überfüllt, und wir mußten unser Zelt am Wegrand aufschlagen (und im Hocken kacken, wobei das Unkraut uns am Hintern kitzelte und die Pferdebremsen einem beängstigend nah ums Arschloch herumschwirrten, um dann im Sturzflug auf der dampfenden Kacke zu landen). Wir lernten die *Autostrada del Sole* mit den alpdruckhaften, den Raststätten angeschlossenen Pavese-Verkaufsläden kennen, in denen sich, wie in einer Vision von Fellini, in Cellophan verpackte Bonbons und Spielzeug zu Bergen türmten, dazu ganze Fässer voller *panetone* in Silberpapier, mit grellfarbigen Schleifen verzierte Konfitürengläser zum Verschenken und Dreiräder mit Schleppen aus bunten Lutschbonbonketten. Wir lernten die italienischen Irren kennen, die zwar in ihrem Fiat *Cinquecenti* mit 170 über die Autobahn rasen, jedoch bei jedem Kruzifix am Wegrand halten, um sich zu bekreuzigen und einige Lire in die Sammelbüchse zu werfen. Wir lernten Dutzende von größeren und kleineren Flughäfen in Deutschland und Frankreich und Italien kennen, da ich, wenn der Zeitpunkt herankam, zu dem die Wirkung der zweiten Runde Bier nachließ und meine schlimme Depression wieder einmal ihr häßliches Haupt erhob (dazu die sekundären Symptome wie Kopfschmerzen und sonstige Katererscheinungen), unweigerlich in Panik geriet und kategorisch von Adrian verlangte, mich unverzüglich zum nächsten Flughafen zu bringen. Er sagte nie nein. O ja, er verstummte und tat, als sei er enttäuscht von mir, doch widersetzte er sich nie einem meiner klar und deutlich ausgesprochenen Wünsche. Ab ging's zum nächsten Flughafen oder *Aeroporto*, nicht ohne daß wir uns immer wieder verfuhren und x-mal nach dem Weg fragen mußten. Endlich angekommen, stellten wir unweigerlich fest, daß die nächste Maschine erst in zwei Tagen flog oder daß sie ausgebucht war (Europa im August: *tout le monde en vacances*) oder daß sie vor zwei Minuten gestartet war. Und dann gab es im Flughafen immer eine Bar, und wir tranken ein paar Biere, und Adrian küßte mich und neckte mich, machte seine Witzchen und kniff mich liebevoll in den Hintern und redete über unser gemeinsames Abenteuer. Und dann fuhren wir weiter – in bester Laune, solange sie anhielt. Schließlich wußte ich ja auch nicht genau, wo ich eigentlich sonst hin sollte.

Unsere Tour war kaum eine gemächliche Vergnügungsfahrt zu nennen. Daß wir lauter Umwege machten, im Zickzack oder im Kreise fuhren, kam daher, daß wir uns nicht nach Sehenswürdigkeiten oder Drei-Sterne-Attraktionen aus dem *Michelin* richteten, sondern nach meiner ständig wechselnden Stimmung und, in geringerem Maße, auch nach der von Adrian. Wir zickzackten von einer Depression zur anderen, zogen Schleifen um unsere alkoholisierten Euphorien und umkreisten unsere harmonischen, friedlichen Stunden. Unser Reiseplan war, geographisch betrachtet, völlig ohne Sinn und Verstand, doch sehe ich das erst jetzt, in der Rückschau, wenn ich mir die Orte, an denen wir waren, ins Gedächtnis zurückrufe. In Salzburg blieben wir gerade lange genug, um Mozarts Geburtshaus zu besichtigen, uns mit Leberknödeln vollzustopfen und eine unruhige Nacht zu verbringen, worauf wir nach München weiterfuhren. Wir zockelten kreuz und quer durch die Stadt und dann in die angrenzenden Alpen, besichtigten verschiedene von Ludwig dem Wahnsinnigen von Bayern erbaute Schlösser, kletterten, in einem plötzlichen Regenguß, die gewundene Straße nach Neuschwanstein hinauf, durchwanderten die erhabenen Baulichkeiten gemeinsam mit einer Horde von kartoffelförmigen Hausfrauen (in orthopädischen Schuhen), die sich, die Ellbogen gebrauchend, an uns vorbeischoben und, Gutturallaute ihrer wohlklingenden Sprache ausstoßend, vor Stolz über ihre glorreiche nationale Erbschaft – Wagner, Volkswagen und Wildschweine – tomatenrot anliefen.

Ich sehe die Umgebung von Neuschwanstein mit alpdruckhafter Klarheit vor mir: das Ansichtskarten-Gebirge, die an den gezackten Bergspitzen hängengebliebenen Wolken, die arthritischen Finger des vorjährigen Schnees, die die Berggrate plastisch hervorhoben, die schweigenden Gipfelhörner gegen den rauchblauen Himmel, die samtig-grünen Matten in den Tälern (im Winter Skigelände für Anfänger) und die Chalet-artigen braunen und weißen Häuser, verstreut wie Kinderspielzeug.

Deutschlands berühmtestes Schloß steht nicht in Schwetzingen oder Speyer, Heidelberg oder Hamburg, Baden-Baden oder Rothenburg, Berchtesgaden oder Berlin, Bayreuth oder Bamberg, Karlsruhe oder Kranichstein, Ellingen oder Eltz, sondern in Disneyland, Californien. Erstaunlich, wie Walt Disney und Ludwig der Wahnsinnige von Bayern sich in ihrer Mentalität gleichen. Ludwigs Neuschwanstein aus dem 19. Jahrhundert ist wie die verkitschte Beschwörung eines Mittelalters, das es nie gab. Disneys Schloß ist die (verkitschte) Fälschung einer (verkitschten) Fälschung.

Ganz besonders fasziniert war ich von Ludwigs zentralgeheizter Gipsgrotte zwischen Schlafzimmer und Arbeitsraum, mit ihren von neongrünem Licht angestrahlten gipsernen Stalaktiten und

Stalagmiten, den Fresken von Siegfried und Tannhäuser (im Verein mit fetten, blonden Göttinnen mit Brüsten, glatt wie Kunstharz, und ruhenden, blondbärtigen Kriegern, die in laubreichen Schluchten ihr Haupt an bemooste Felsen lehnen). Von Ludwigs Porträt mit den paranoiden Augen war ich wie hypnotisiert. Und allüberall in diesem Schloß gab es Zeugnisse für das, was an der Kultur der Deutschen spießig, gefühlsduselig und anwidernd ist – besonders der prahlerische, sich selbst hochjubelnde Glaube an die Geistigkeit ihrer ›Rasse‹: Wir sind ein geistiges Volk, wir empfinden tief, wir lieben die Musik, wir lieben den (deutschen) Wald, wir lieben das Geräusch marschierender Stiefel …

Man achte auf die Cupidos und Tauben, die Tannhäuser umschwirren, der, ausgestreckt auf einem grauen Gipsfelsen, seinen seidenbekleideten Ellbogen auf die üppige Drapierung stützt, die von den mehr als üppigen Schenkeln der Venus herabfällt. Doch im besonderen achte man darauf, wie in diesem Schloß, diesen Wandmalereien, diesem Land (wie in Disneyland) *nichts* der Phantasie überlassen bleibt. Jedes Laubblatt ist scharf konturiert und schattiert, jede wirklichkeitsgetreue Brustwarze starrt einen an wie ein Idiotenauge, jede duftige Feder in Cupidos Fittichen ist förmlich mit Händen zu greifen. Keine Phantasie – das macht das Tier aus.

Nachdem wir München und Umgebung absolviert hatten, fuhren wir nordwärts bis Heidelberg (mit Unterbrechungen, auf Umwegen und im Zickzack), dann auf der Autobahn bis Basel (Schweizer Schokolade, Schwyzer Dütsch und das gestrenge, den Rhein überblickende Sandsteinmünster), dann nach Straßburg (Stadt der Gänseleber-Pastete – von gestopften Gänsen – und der großen Biere), dann eine wilde Zickzackfahrt über Nebenstraßen, die alle mehr oder weniger auf Paris zuliefen, dann durch Südfrankreich (über die Riviera) nach Italien bis Florenz, dann wieder nordwärts nach Verona und Venedig, über die Alpen, durch das Tessin nach Österreich und noch einmal durch Deutschland, dann nach Frankreich und schließlich und endlich nach Paris – unsere letzte gemeinsame Station –, wo mir die Wahrheit (oder eine der Wahrheiten) aufging, die mich jedoch nicht (noch nicht) frei machte.

So unglaublich diese Reiseroute auch erscheinen mag, es wird alles noch viel unglaublicher, wenn man bedenkt, daß die ganze Unternehmung nur zweieinhalb Wochen dauerte. *Gesehen* hatten wir so gut wie nichts. Die meiste Zeit fuhren wir. Und redeten. Und vögelten. Wenn ich sozusagen privat mit Adrian ins Bett wollte, war er impotent. Doch in der Öffentlichkeit – in Badehütten, auf Parkplätzen, auf Flughäfen, in Ruinen, Klöstern und Kirchen –

wurde er zum gierigen Supermann. Wenn er dabei nicht mindestens zwei Tabus zugleich verletzen konnte, interessierte ihn die Fickerei überhaupt nicht. So richtig auf Touren wäre er wohl erst gekommen, wenn er in einer Kirche seine Mutter hätte in den Arsch ficken können. Gebenedeit bist du unter den Weibern, und gebenedeit ist die Frucht deines Leibes usw.

Wir redeten und redeten und redeten. Psychoanalyse auf Rädern. Erinnerungen an vergangene Zeiten. Zum Zeitvertreib summierten wir: meine verflossenen Freunde, seine verflossenen Freundinnen, wie und warum wir es getrieben hatten (Gruppensex, Sex aus Liebe, Sex aus Schuldgefühl usw.), die verschiedenen Orte, wo wir es getrieben hatten (in der Toilette einer Boeing 707, im verlassenen jüdischen Betraum der alten *Queen Elizabeth*, in einer Abtei-Ruine in Yorkshire, in Ruderbooten, auf Friedhöfen ...). Ich muß zugeben, daß ich einiges davon frei erfunden habe, aber hier ging es um Unterhaltung, nicht um die absolute Wahrheit. Sie nehmen ja wohl nicht an, daß ich Ihnen in diesem Buch die lautere Wahrheit berichte? Adrian suchte – wie alle Psychotherapeuten, die ich je kennengelernt habe oder mit denen ich im Bett war – nach den ›Mustern‹ in meiner Vergangenheit. Ein sich wiederholendes, selbstzerstörerisches Verhaltensmuster, wenn möglich – doch jedes andere war ihm auch recht. Und ich tat natürlich mein Bestes, um ihn zufriedenzustellen. Das war auch weiter gar nicht schwierig. Wenn es um Männer ging, habe ich in einer gewissen Beziehung stets versagt – mir fehlte, was man wohl Vorsicht oder (hier vielleicht passender) den gesunden Menschenverstand nennt. Ich begegne einem Mannsbild, vor dem jede Frau mit einiger Selbstachtung sofort schreiend davonrennen würde, und es gelingt mir mühelos, irgend etwas Bezauberndes an seinen fragwürdigen Eigenheiten zu entdecken, etwas unwiderstehlich Anziehendes an seinen Manieren. Adrian hörte das alles sehr gern. Natürlich zählte er sich selbst nicht zu dieser Garnitur von Neurotikern, die ich gekannt hatte. Es wäre ihm nie in den Sinn gekommen, daß auch er bestimmten Verhaltensmustern unterworfen sein könnte.
»Ich bin der einzige Mann unter deinen Bekannten, den du nicht einordnen kannst«, sagte er triumphierend. Und dann wartete er darauf, daß ich die anderen rubrizierte. Und ich tat ihm den Gefallen. Oh, ich wußte, daß ich auf die Weise aus meinem Leben eine Posse (mit Gesang und Tanz) machte, ein Boulevardstück, einen Schmachtfetzen, einen Witz aus der Serie ›Schwarzer Humor‹. Ich dachte an die Sehnsucht, an Kummer und Qual, an all die

Briefe (abgeschickte und nicht abgeschickte), an die Weinkrämpfe, die Monologe am Telefon, an das Leiden, die vergeblichen Versuche, den Verstand walten zu lassen und sich selbst, den Partner und das gegenseitige Verhältnis zu analysieren: an all das, was in jede dieser Beziehungen – ob Rettungsboot, ob Vergnügungsdampfer – eingegangen war. Ich wußte, daß die Art, in der ich über sie redete, einen Verrat an ihrer Komplexität bedeutete, einen Verrat auch an ihrer Menschlichkeit mit all ihren Verwirrungen. Das Leben kennt keinen vorgefaßten Plan. Es ist weitaus interessanter als alles, was man darüber sagen könnte, weil die Sprache die Dinge von Natur aus ordnet, das Leben aber im Grunde keine Ordnung kennt. Selbst jene Schriftsteller, die der wunderschönen Anarchie des Daseins ihren Respekt zollen und sich bemühen, das wuchernde Leben auf Buchseiten einzufangen, können es nicht verhindern, daß es sich zum Schluß viel geordneter ausnimmt, als es je war, und sagen somit letzten Endes doch nicht die Wahrheit. Denn kein Schriftsteller kann je die Wahrheit über das Leben schreiben, nämlich, daß das Leben weitaus interessanter ist als jedes Buch. Und kein Schriftsteller kann die Wahrheit über Menschen erzählen – nämlich, daß sie weitaus interessanter sind als jede erfundene Figur.

»Jetzt hör schon auf, über diese Scheiß-Schreiberei zu philosophieren, und erzähl mir lieber was von deinem ersten Mann«, sagte Adrian.

»Okay, okay.«

Der Verrückte

Verliebte und Verrückte
Sind beide von so brausendem Gehirn,
So bildungsreicher Phantasie, die wahrnimmt,
Was nie die kühlere Vernunft begreift.
Wahnwitzige und Poeten und Verliebte
Bestehen aus Einbildung. Der eine sieht
Mehr Teufel, als die weite Hölle faßt:
Der Tolle nämlich; der Verliebte sieht
Nicht minder irr, die Schönheit Helenas
Auf einer äthiopisch braunen Stirn.
Des Dichters Aug', in schönem Wahnsinn rollend,
Blitzt auf zum Himmel, blitzt zur Erd' hinab,
Und wie die schwangre Phantasie Gebilde
Von unbekannten Dingen ausgebiert,
Gestaltet sie des Dichters Kiel, benennt
Das luft'ge Nichts und gibt ihm festen Wohnsitz.

– Shakespeare, *Ein Sommernachtstraum*

Sie müssen ihn sich vorstellen: klein, dunkel, dichter brauner Bart – eine Mischung aus Peter Lorre, Alfred Drake und Humphrey Bogart (wie Pia und ich gesagt hätten), zuweilen auch wie Edward G. Robinson im Film *Little Caesar.* Er drückte sich gern ›kerlig‹ aus wie die Filmhelden seiner Jugend. Er war, wie er es selbst nannte, ein ›Filmoholiker‹ und sah sich sogar in seiner Studienzeit zwei bis drei Filme am Tag an, am liebsten in den ›Kotzburgen‹, wie er die heruntergekommenen Kinos in der 42sten Straße bezeichnete, wo Wermutbrüder hingingen, um sich auszuschlafen, und Schwule (Brians Mutter nannte sie ›Schwüle‹), um sich auszublasen, und wo zwei oder sogar drei Filme hintereinander liefen – Kriegsfilme, Western oder historische Schinken.
Trotz seiner Vorliebe für schlechte Filme und seines Edward-G.-Robinson-Gehabes war Brian ein Genie, ein wahres Wunderkind mit einem IQ von über 200 (das beim Eintritt in die Columbia-Universität einen bis dato unerreichten Notendurchschnitt in den Aufnahmeprüfungen erzielte), beladen mit Debattier-Club-Trophäen, patriotischen Auszeichnungen (was immer das sein mag) von allen kalifornischen Schulen, die er besucht hatte, und – beginnend mit dem sechzehnten Lebensjahr – eine beeindruckende Anzahl von psychischen Zusammenbrüchen. Von letzteren erfuhr ich allerdings erst viel später, als wir schon verheiratet waren und er bereits wieder in einer Heil- und Pflegeanstalt saß. Diese Informationslücke hatte weniger mit Irreführung oder Täuschung zu tun als damit, daß er sich selbst nie als verrückt betrachtete. *Die Welt* war verrückt. Darin pflichtete ich ihm durchaus bei – allerdings nur bis zu dem Zeitpunkt, als er Anstalten machte, sich durchs Fenster in die Lüfte zu schwingen, nicht ohne mich dabei mitnehmen zu wollen.
Höchstwahrscheinlich verliebte ich mich zunächst in Brians bestechende Intelligenz und in das brillante verbale Feuerwerk, das er, wo er ging und stand, abbrennen ließ. Er war ein hervorragender Imitator, ein faszinierender Unterhalter, einer von jenen hochbegabten Erzählern – wie aus einem irischen Pub oder aus einem Theaterstück von J. M. Synge. Seine Beredsamkeit war ungeheuerlich; er war der Playboy der Westküste (direkt aus Los Angeles). Ich habe immer großen Wert auf *Worte* gelegt und oft den Fehler begangen, weitaus stärker an Worte als an Taten zu glauben. Für eine schlagfertige Antwort, einen guten Witz, ein geistreiches Reimpaar oder einen treffenden Vergleich gebe ich Herz (und Möse) her. Haben Sie je den amerikanischen Rock-Song *Baby Let Me Bang Your Box* gehört, der kurze Zeit den Äther beherrschte,

um gleich darauf für immer im Rundfunk-Orkus zu verschwinden? Er ging etwa so:

Baby let me bang your box
Baby let me play
on your pianer ...

Nun ja, in meinem Fall müßte es heißen:

Liebling, laß mich mit deinem Esprit vögeln
Liebling, laß mich schlafen, wenn du eine Atempause machst ...

Es waren eindeutig Brians Gehirnwindungen, auf die ich flog. Sie wissen nicht, wie all die andern, an sich ebenfalls aufgeweckten Jungs zu der Zeit an der Columbia-Universität aussahen und sich trugen. Flanell-Hemden mit fünfundzwanzig schmierenden Kugelschreibern in der Brusttasche, dicke Brillengläser in fleischfarbenen Gestellen, Mitesser in den Ohren, Pusteln im Nacken, Hosen mit Bügelfalten, fettiges Haar und manchmal eine *yarmulke* – ein handgestricktes (von einer einsamen Haarklammer gehaltenes) Käppchen – auf dem Kopf. Sie pendelten zwischen der fetten Hühnersuppe ihrer Mütter in der Bronx und den Kollegs von Moses Hadas und Gilbert Highet in Morningside Heights hin und her, wo sie sich zwar genügend literarische und philosophische Kenntnisse aneigneten, um sich blanke A's zu holen, ihre tölpelhafte Ungehobeltheit, ihre Schuljungen-Abwehrhaltung, ihren gänzlichen Mangel an erotischem Fluidum jedoch nie zu verlieren schienen.
Auch Brian bekam blanke A's, doch hatte er, was ihnen abging: *Stil.* Sein Studium schien ihn nie Zeit zu kosten. Wenn er eine 10seitige Abhandlung zu schreiben hatte, nahm er zehn Seiten Maschinenpapier aus dem Paket und tippte die Sache in *einer* Sitzung herunter und bekam dann ein A dafür. Oft schrieb er diese 10-Seiten-Wunderwerke am selben Morgen, an dem er sie abzuliefern hatte. Und sein Wissen war schier unerschöpflich; ihm war schlechthin alles vertraut. Nicht nur die Geschichte des Mittelalters und die römische Geschichte, nicht nur die Philosophen der Renaissance und die Kirchenväter, nicht nur der Investiturstreit, nicht nur die Einkünfte der Krone im 14. Jahrhundert und der politische Augustinismus, Richard Löwenherz und Rollo, Herzog der Normandie, nicht nur Abälard und Alcuin, Alexander der Große und Alfred der Große, nicht nur Burckhardt und *Beowulf*, Averroës und Avignon, die Lieder der Goliarden und die Gregorianischen Reformen, Heinrich der Löwe und Heraklit, das Wesen der Häresie und die Werke

von Thomas Hobbes, Julian Apostata und Jacopone da Todi, das Nibelungenlied und die Geschichte des Nominalismus – sondern auch die guten Weinjahre und Restaurants, die Namen aller Bäume im Central Park, das jeweilige Geschlecht der Ginkgobäume am Morningside Drive, die Namen der Vögel, die Namen der Blumen, die Geburtsdaten von Shakespeares Kindern, den genauen Ort mit geographischer Länge und Breite, an dem Shelley ertrunken ist, die chronologische Folge aller Filme von Charlie Chaplin, die exakte Anatomie der Kuh (und demzufolge, welches Fleisch man im Supermarkt am besten kaufte), den Text jedes einzelnen Liedes, das Gilbert und Sullivan je geschrieben haben, die Köchelverzeichnisnummern aller Kompositionen von Mozart, die olympischen Sieger der letzten zwanzig Jahre, in welcher Sportart auch immer, die Durchschnittsleistung eines jeden bekannten amerikanischen Baseball-Spielers, alle Personen sämtlicher Romane von Dickens, das genaue Datum, wann die erste Mickymaus-Uhr auf dem Markt erschien, die Jahreszahlen und Modelle alter Autos und wie viele davon es noch gab und ihre jetzigen Besitzer (seine Favoriten: Bugattis und Hispano-Suizas); er wußte, was für Rüstungen im 16. Jahrhundert getragen wurden (und wodurch sie sich von den Rüstungen des 13. Jahrhunderts unterschieden), wie Frösche sich begatten und Koniferen sich befruchten, er kannte alle Positionen aus dem *Kamasutra*, die Namen aller Folterinstrumente des Mittelalters und so weiter und so fort, *ad infinitum*.

Klingt das abstoßend? Manche Leute fanden ihn abstoßend, doch es gab niemanden, der ihn nicht amüsant und unterhaltend gefunden hätte. Er war der geborene Clown, ein Kabarettist, ein Non-stop-Redner. Er vermittelte einem den Eindruck, als berste er immerzu vor Energie. Er konnte an einem Tag mehr Dinge erledigen als die meisten Menschen in zehn und schien sich ständig zu überkugeln vor Aktivität. Natürlich zog mich all das ungeheuer an – ich, mit meinem ›Hunger-Morse‹ und meiner Gier nach Wissen und neuen Erfahrungen. Wir lernten uns in der zweiten Woche meines ersten Studienjahres (er stand im zweiten) kennen und waren von Stund an mehr oder weniger unzertrennlich. Oh, ich behielt mir das Recht vor, hin und wieder mit anderen Leuten auszugehen, doch er sorgte dafür, daß ich so überwältigt war von seiner Anwesenheit, seiner Unterhaltung, seinen Geschenken, der Tatsache, daß er meine schriftlichen Arbeiten für mich tippte, daß er die College-Bibliothek auf den Kopf stellte, um ein Buch zu finden, das ich brauchte, so überwältigt von seinen Briefen und Anrufen und Blumen und an mich gerichteten Gedichten, in denen er mich seiner unwandelbaren Ergebenheit versicherte, daß die anderen jungen Männer mir unweigerlich wie ein fader Abklatsch von ihm erschienen.

In jenen Tagen gab es Bauernstiesel und Intellektuelle, organisierte Studenten und unabhängige Einzelgänger. Brian gehörte zu keiner dieser Kategorien – und zu allen. Er war ein Unikum, eine Type, eine wandelnde Enzyklopädie. Vielleicht war Sex das einzige Gebiet, auf dem sein Wissen zunächst eher theoretischer Natur war. Unsere ›Unschuld‹ verloren wir gemeinsam. Mehr oder weniger jedenfalls. Ich sage ›mehr oder weniger‹, weil es zweifelhaft ist, ob von der meinen noch viel übrig war – nach all den Jahren emsiger Fingerfikkerei und regelmäßiger Masturbation, und was Brian anging, so war er ein einziges Mal, mit sechzehn, in einem Bordell in Tijuana gewesen – ein Geburtstagsgeschenk seines Daddy, der ihn und eine ganze Horde seiner Freunde dorthin gefahren hatte (statt eine Kindergesellschaft zu geben, sozusagen).

Wenn man Brian davon reden hörte, so war das Ganze ein Fiasko gewesen. Die Hure hatte immerzu: »Nun mach schon, eil dich!« gesagt, und Brians Erektion schwand dahin, und sein Vater (so wollte es Ödipus) hatte die Dame vor ihm benutzt, und Brians Kumpel klopften dauernd an die Tür. Von einer gelungenen Initiation konnte also kaum die Rede sein; der Akt wurde nicht vollzogen, wie es in den wissenschaftlichen Kompendien heißt. Ich darf demnach doch wohl sagen, daß wir gemeinsam unsere Jungfräulichkeit verloren. Ich war siebzehn (und damit noch minderjährig, und Brian unterließ es nicht, mich listigerweise so ganz nebenbei darauf aufmerksam zu machen, daß man ihn dafür einbuchten könne) und er neunzehn. Wir kannten einander zwei Monate – zwei Monate, in denen wir unseren Trieben Gewalt antaten, im Riverside Park, unter den Tischen der Bibliothek für klassische Sprachen (wo wir – unter den wachsamen, blicklosen Augen von Sophokles, Perikles und Julius Caesar – zusammen ›arbeiteten‹), auf der Couch im Wohnzimmer meiner Eltern und zwischen den Bücherregalen der *Butler Library* (wo einige frevlerische Studenten es *richtig* trieben, wie ich später schaudernd erfuhr). Die ›letzte Gunst‹ (um diesen liebenswerten Ausdruck aus dem 18. Jahrhundert zu benutzen) schenkten wir einander in Brians Kellerwohnung am Riverside Drive, wo Kakerlaken (vielleicht waren es auch Wasserwanzen), größer als meine Faust (und sein Penis), herumliefen und Brians zwei Mitbewohner immer wieder an die Tür klopften, unter dem Vorwand, die *Sunday Times* haben zu wollen – ›wenn wir damit durch‹ wären.

Brians Zimmer – eines der sechs Zimmer dieses ausgedehnten *pied à terre* – lag Wand an Wand mit dem Heizungskessel. Diese Wand war die einzige Wärmequelle. Sie war Tag und Nacht glühheiß, die anderen Wände dafür kälter als eine Hexentitte (Brians Ausdruck). Die Temperatur war nur dadurch zu regulieren, daß man das Fenster öffnete (das auf eine Art Betonschlucht, ein Stockwerk tiefer als das Straßenpflaster, hinausging) und Kaltluft einließ. Da der Wind vom Fluß her blies, war er kalt genug, der Hitze des Boilers entgegenzuwirken, der unseren jedoch nicht.

In diesem romantischen Ambiente ergötzten wir uns zum erstenmal aneinander. Wir ließen die Sprungfedern des Bettes quietschen, das Brian, voll bebender Erwartung, zwei Wochen zuvor bei einem puertoricanischen Trödler auf der Columbus Avenue erstanden hatte. Es lief natürlich darauf hinaus, daß ich ihn verführen mußte. Ich bin davon überzeugt, daß es seit Anbeginn der Welt nie anders war. Nachher weinte ich und fühlte mich schuldig, und Brian tröstete mich, wie Männer die Jungfrauen, von denen sie verführt wurden, seit Jahrtausenden getröstet haben. Wir lagen im Kerzenschimmer auf unserem Lager (bevor wir einander entkleideten, hatte Brian mit seinem Sinn für Romantik oder vielleicht aus einem angeborenen Gefühl für Symbolik eine Wachskerze auf dem Nachttisch entzündet) und lauschten dem Kreischen der herrenlosen Katzen in dem Betonschacht unterhalb des rußgeschwärzten Fensters. Hin und wieder sprang eines der Tiere auf eine überfüllte Mülltonne und warf dabei eine leere Bierdose herunter, und dann hallte das hohle, blecherne Scheppern im Zimmer wider.

Zu Beginn war unsere Romanze feinsinnig-geistig und pubertär. (Später klang unsere Rede und Gegenrede eher wie ein Dialog von Strindberg.) Im Bett lasen wir uns Gedichte vor, diskutierten über den Unterschied zwischen Leben und Kunst und zerbrachen uns den Kopf darüber, ob Yeats auch ein großer Dichter geworden wäre, wenn Maud Gonne ihn tatsächlich geheiratet hätte. Als der Frühling herankam, hielten wir zu zweit einen Shakespeare-Kurs ab, was, meiner Meinung nach, alle jungen Liebenden tun sollten. An einem strahlenden, jedoch ein wenig kühlen Tage im April lasen wir einander auf einer Bank im Riverside Park *Das Wintermärchen* vor.

Wenn die Narzisse blickt herfür, –
Mit Heisa! das Mägdlein über dem Tal –
Ja, dann kommt des Jahres lieblichste Zier;
Statt Winter bleich herrscht rotes Blut zumal.

Die Lerche, die singt Tirlirilirei, –
Mit Amselton, Heisa! Und Drossellieder –
Sind Sommerlust, ist mein Schätzchen dabei,
Wenn wir springen und tummeln im Grase nieder.

Brian war ein gefühlvoller Florizel und ich seine Perdita (»Dies fremde Kleid macht jeden deiner Reize/lebend'ger: keine Schäferin, nein, Flora/dem frühsten Lenz entsprossen ...«), als ein ganzer Schwarm von kleinen Jungen – schwarze und puertoricanische Kinder von etwa acht oder neun Jahren – neugierig näher kam und sich, anscheinend fasziniert von dieser Gratis-Vorstellung, zu uns auf die Bank oder vor uns ins Gras setzte.
Eines der Kinder hockte zu meinen Füßen und blickte ehrfürchtig und bewundernd zu mir auf. Ich war entzückt. Die Poesie war also doch die allumfassende Stimme der Welt. Es *war* etwas an Shakespeare, das selbst das primitivste, ungeschulteste Ohr ansprach. Alle meine Überzeugungen schienen somit bestätigt und gerechtfertigt. Beflügelt las ich weiter:

Doch wird Natur durch keine Art gebessert,
Schafft nicht Natur die Art: so, ob der Kunst,
Die, wie du sagst, Natur bestreitet, gibt es
Noch eine Kunst, von der Natur erschaffen.
Du siehst, mein holdes Kind, wie wir vermählen
Den edlern Sproß dem allerwildsten Stamm;
Befruchten so die Rinde schlechtrer Art
Durch Knospen edler Frucht. Dies ist 'ne Kunst
Die die Natur verbessert – mind'stens ändert:
Doch diese Kunst ist selbst Natur.

(Shakespeares Plädoyer für freien Zugang zu den Universitäten und/oder Rassenintegration?)
Nach einiger Zeit wurden die Kinder unruhig und liefen davon, und da es ohnehin zu kalt war, um noch länger sitzen zu bleiben, packten wir unseren Kram zusammen und gingen ebenfalls fort.
»War das nicht großartig, Darling?« fragte ich, während wir den Park verließen.
Brian lachte. »*Vox populi,* vox Rindvieh«, sagte er. Das war eine seiner Lieblingsredensarten; ich weiß nicht, wo er sie her hatte. (Jetzt glaube ich es zu wissen: es stammt von Bismarck.) Später entdeckte ich, daß aus meiner Handtasche, die während unserer Lesung offen auf der Bank gestanden hatte, die Geldbörse verschwunden war. Ich wußte nicht genau, ob eines der Kinder sie

geklaut oder ob ich sie vielleicht schon vorher verloren hatte. Für einen Augenblick kam mir der irre Gedanke, Brian hätte die Börse an sich genommen, um mir zu beweisen, daß das, was er über den ›Mann auf der Straße‹ dachte, richtig sei. Wie meine Mutter war auch Brian Hobbesianer. Zumindest, bis er feststellte, daß er Jesus Christus wäre, und in jeder Hinsicht einen umfassenden Gesinnungswandel durchmachte.

Sein Irrsinn? Was waren die ersten Symptome? Das ist schwer zu sagen. Eine alte Bekannte aus meiner Collegezeit sagte mir neulich, sie habe von Anfang an gewußt, daß etwas mit Brian nicht stimmte, und sie hätte sich ›nie mit ihm eingelassen‹. Aber genau das gefiel mir ja so gut an Brian: daß er so anders war als alle anderen. Er war exzentrisch, er glich in seiner Art niemandem, den ich kannte, er sah die Welt mit den Augen eines Dichters (obwohl er wenig Talent zum Dichten hatte). Das ganze Universum *lebte* für ihn, war von Geistern bewohnt. Früchte sprachen zu ihm. Wenn er einen Apfel schälte, so ließ er ihn durch einen Bauchrednertrick weinen. Das gleiche tat er mit Mandarinen, Orangen und selbst Bananen – er ließ die Früchte singen und sprechen und sogar Verse deklamieren.

Je nach Laune konnte er seine Stimme und sein Gesicht verändern. Manchmal war er Edward G. Robinson als Al Capone, manchmal Basil Rathbone als Sherlock Holmes, manchmal Grimfalcon der Zwerg (eine Figur, die wir gemeinsam erfunden hatten), manchmal Shakeswoof (ein weiterer imaginärer Freund: halb Shakespeare, halb kuscheliger Schäferhund – eine Art dichtender Vierbeiner)... Unsere langen Tage und Nächte bestanden aus einer Reihe von aufeinander eingespielten Imitationen und Einaktern – hauptsächlich von Brian aufgeführt. Ich war ein so dankbares Publikum! Wir konnten Stunden und Stunden spazierengehen – vom College nach Greenwich Village, über die Brooklyn Bridge (wobei wir natürlich Hart Crane deklamierten) und dann den ganzen Weg zurück nach Manhattan – ohne uns je zu langweilen. Nie saßen wir in einem Lokal schweigend und schlecht gelaunt an einem Tisch, wie man das bei jungverheirateten Paaren oft beobachten kann. Immer redeten und lachten wir. Das heißt, bis wir heirateten. Unsere Heirat verdarb alles. Vier Jahre lang ein Liebespaar und die besten Freunde und dazu das gemeinsame Shakespeare-Studium – das alles verdarben wir uns durch unsere Heirat. Ich wollte nicht heiraten. Die Ehe erschien mir immer als etwas, wofür ich in der Zukunft noch jede Menge Zeit haben würde. In der fernen Zukunft. Doch Brian wollte meine Seele besitzen. Er fürchtete, ich würde ihm davonfliegen. Also stellte er mir ein Ultimatum: Heirate mich, oder ich verlasse

dich. Und ich hatte Angst, ihn zu verlieren. Ich wollte fort von zu Hause, das Studium ging zu Ende, und ich wußte nicht, was zum Teufel ich sonst tun sollte – also heiratete ich ihn.
Wir hatten im Grunde kein Geld, von dem wir leben konnten. Mein Stipendium, eine kleine, mündelsicher angelegte Summe, an die ich erst in einigen Jahren herankam, und einige rasch fallende Aktien, die meine Eltern mir zum einundzwanzigsten Geburtstag geschenkt hatten – das war alles. Brian hatte, in einem Anfall von Wut auf das Establishment, sein Studium an den Nagel gehängt und sah sich nun genötigt, sich nach einem Job umzutun. Unser Leben änderte sich von Grund auf. Wir stellten fest, wie selten Eheleute einander sehen, sobald sie sich dem ›bürgerlichen Dasein‹ erst einmal angepaßt haben. Unsere Idylle war zu Ende. Die endlosen Spaziergänge, das gemeinsame Studium, die müßig im Bett verbrachten Nachmittage – all das gehörte einer glücklichen Vergangenheit an. Nun verbrachte Brian seine Tage (und halbe Nächte) damit, in einer kleinen Marktforschungsfirma zu schuften, sich mit dem Computer herumzuschlagen und mit besorgter Spannung die Antworten auf so weltbewegende Fragen zu erwarten, wie zum Beispiel, ob Frauen, die erst zwei Jahre studieren, mehr Waschmittel kaufen als solche, die ihr Studium bereits beendet haben. Er kniete sich mit der gleichen manischen Leidenschaft in die Marktforschung, wie er das bei der Geschichte des Mittelalters, oder was es sonst war, getan hatte. Er mußte einfach alles wissen und schwerer arbeiten als jeder andere, seinen Boß einbegriffen – der seinen Laden für mehrere Millionen Dollar in bar verkaufte, kurz nachdem Brian in die Anstalt eingeliefert worden war. Die ganze Transaktion erwies sich später als Schwindel. Doch da lebte Brians Chef bereits in der Schweiz, in einem alten Schloß mit einer neuen, jungen Frau, und Brian war amtlich für geistesgestört erklärt. Bei aller seiner bestechenden Intelligenz wußte Brian nicht (oder wollte es nicht wissen), was für ein Betrüger sein Arbeitgeber war. Soundso oft hockte Brian bis Mitternacht über den Computern. Inzwischen schwitzte *ich* in der *Butler Library* über einer ziemlich idiotischen wissenschaftlichen Arbeit; es ging um obszöne Worte in der englischen Poesie (oder, wie mein verkrampfter Studienberater das Thema formuliert hatte: ›Sexual-Slang in der englischen Poesie um die Mitte des 18. Jahrhunderts‹). Schon damals war ich eine pedantische Pornographin.
Unsere Ehe verschlechterte sich von Tag zu Tag. Brian hörte auf, mit mir zu schlafen. Ich bettelte und flehte und fragte ihn immer wieder, was ihm denn an mir nicht mehr gefiele. Ich begann, mich

selbst zu hassen: ich kam mir häßlich, ungeliebt und übelriechend vor – die klassischen Symptome einer Frau, die nicht gevögelt wird. Ich begann vom Spontanfick zu phantasieren, mit Portiers, Pennern, Fixern aus der Westend-Bar, mit Studenten, sogar (Gott soll schützen!) mit Professoren. Wenn ich im ›Proseminar über englische Literatur des 18. Jahrhunderts‹ hockte und irgendeinem gräßlichen Kommilitonen zuhörte, der sich über Nahum Tates Bearbeitungen von Shakespeare-Stücken auslaberte, stellte ich mir vor, wie ich jedes männliche mit-Glied (ha!) der Klasse abblies. Manchmal stellte ich mir sogar vor, daß ich mit Professor Harrington Stanton vögelte – einem gepflegten Mittfünfziger aus Boston mit einer weitverzweigten Familie mit besten Verbindungen in der Hinterhand, die sich durch Politik, Dichtkunst und Psychosen hervortat. Professor Stanton hatte eine dröhnende Lache an sich und sprach von James Boswell immer nur als Bozzy – als würde er jede Nacht mit ihm in der Westend-Bar saufen (wessen ich ihn allerdings auch dringend verdächtigte). Jemand hatte einmal von Stanton gesagt, er sei zwar ›höchst brillant‹, hätte aber ›nicht alle Tassen im Schrank‹. Das traf zu. Trotz seiner ausgezeichneten gesellschaftlichen Verbindungen pendelte er zwischen Normalität und Abnormität hin und her, und keine dieser beiden Verfassungen hielt so lange an, daß der Außenstehende genau wissen konnte, woran er war. Wie würde Professor Stanton wohl im Bett sein? Obszöne Ausdrücke aus dem 18. Jahrhundert faszinierten ihn. Vielleicht würde er mir ›Funzel‹, ›Gladen‹, ›Musse‹ (statt ›Votze‹, ›Hoden‹, ›Muschi‹) ins Ohr flüstern, während wir vögelten? Vielleicht würde sich herausstellen, daß er sich sein Familienwappen auf die Vorhaut hatte tätowieren lassen? Ich saß da und grinste bei dieser Vorstellung vor mich hin, und Professor Stanton strahlte mich an, weil er dachte, ich amüsiere mich über einen seiner Kalauer.
Doch wozu waren diese an sich eher rührenden Phantasievorstellungen gut? Mein Mann schlief nicht mehr mit mir. Er meinte, daß er ohnehin schon genug arbeiten müsse. Ich weinte mich jeden Abend in den Schlaf oder ich ging, nachdem er eingeschlafen war, ins Badezimmer, um zu onanieren. Ich war einundzwanzig und ein halbes Jahr alt – und verzweifelt. In der Rückschau sieht das alles so einfach aus. Warum suchte ich mir nicht einen anderen? Warum habe ich mir kein Verhältnis zugelegt oder Brian verlassen oder auf einem Arrangement bestanden, das uns beiden die sexuelle Freiheit zurückgegeben hätte? Doch ich war eine brave Tochter der fünfziger Jahre und hatte als Teenager (zu den Klängen von Frank Sinatras *In the Wee Small Hours of the Morning*) jahrelang der Selbstbefrie-

digung gefrönt und noch nie mit einem anderen Mann außer meinem Ehemann geschlafen. Ich hatte – nach irgendwelchen mysteriösen ungeschriebenen Anstandsregeln – das Petting ›oberhalb der Gürtellinie‹ und ›unterhalb der Gürtellinie‹ betrieben. Doch eine Affäre mit einem anderen Mann erschien mir so abwegig, daß ich sie nicht einmal in Erwägung zog. Überdies war ich davon überzeugt, daß Brians Versagen in der erwähnten Beziehung an *mir* lag und nicht an ihm. Entweder war ich eine Nymphomanin (weil ich öfter als einmal im Monat gefickt werden wollte), oder es lag an meiner Reizlosigkeit oder an Brians *Alter*. Ich war mit den verschiedenen sexuellen Mythen der fünfziger Jahre groß geworden, wie etwa:

A. Vergewaltigung gibt es nicht. Niemand kann eine Frau vergewaltigen, es sei denn, sie ist im letzten Augenblick damit einverstanden.

(Meine Mitschülerinnen pflegten das einander im Brustton der Überzeugung immer wieder mitzuteilen. Gott allein weiß, woher wir das hatten. Es war eine überkommene Weisheit, die wir wie Roboter weitergaben).

B. Es gibt zwei Arten von Orgasmen: den vaginalen und den klitoralen Orgasmus. Ersterer ist ›erwachsen‹ (d. h. gut). Letzterer ist ›unreif‹ (d. h. schlecht). Ersterer ist ›normal‹ (d. h. gut). Letzterer ist ›neurotisch‹ (d. h. schlecht).

Dieser pseudo-überlegene, pseudo-psychologisierende Moralkodex war calvinistischer als der ganze Calvinismus.

C. Männer erreichen mit sechzehn den Gipfel ihrer sexuellen Leistungsfähigkeit und bauen dann langsam ab ...

Brian war vierundzwanzig, der Höhepunkt somit längst überschritten. Und zwar bereits um acht Jahre. Wenn er mich mit vierundzwanzig nur einmal im Monat fickte, kann man sich unschwer vorstellen, was mich erwartete, wenn er erst vierunddreißig war! Geradezu beängstigend, darüber nachzudenken.

Vielleicht hätte die ›sexuelle Frage‹ keine solche Rolle gespielt, wenn sie nicht symptomatisch für all die anderen Dinge gewesen wäre, die in unserer Ehe nicht stimmten. Wir sahen einander so gut wie nie. Er hockte jeden Abend in seinem Büro, bis sieben, acht, neun, zehn, elf, zwölf Uhr nachts. Ich besorgte den Haushalt und brütete in der Bibliothek über meinem Sexual-Slang des 18. Jahrhunderts. Die ideale bürgerliche Ehe. Mann und Frau haben keine Zeit füreinander. Wir hatten geheiratet, weil wir so gern zusammen waren. Durch unsere Heirat war der einzige Grund für diese Heirat hinfällig geworden.

So ging es Monat für Monat weiter. Meine Depression nahm zu. Es fiel mir immer schwerer, morgens aufzustehen. Ich blieb in einer Art Dämmerzustand bis 12 Uhr mittags im Bett. Ich schwänzte fast alle meine Kollegs, ausgenommen das allerheiligste: das Proseminar. Die ganze Studiererei erschien mir inzwischen lächerlich. Ich hatte mich zum Weiterstudieren entschlossen, weil ich die Literatur liebte, doch es wurde nicht gern gesehen, daß man sich ernsthaft mit der Literatur beschäftigte. Das Hauptgewicht lag auf dem Studium der literarischen Kritik. Irgendein Professor schrieb ein Buch, in dem er ›nachwies‹, daß *Tom Jones* im Grunde eine marxistische Parabel sei. Ein anderer schrieb ein Buch, in dem er ›nachwies‹, daß *Tom Jones* eine *christliche* Parabel sei, ein dritter erbrachte den Nachweis, daß es sich bei *Tom Jones* um eine Parabel über die industrielle Revolution handele. Um die verschiedenen Prüfungen zu bestehen, mußte man die Namen der Professoren und ihre jeweiligen Theorien genau auseinanderhalten. Kein Aas interessierte es auch nur entfernt, ob man *Tom Jones* etwa gelesen hatte oder nicht, solange man die verschiedenen Theorien und ihre Erfinder herunterrasseln konnte. Und alle diese literaturkritischen Werke hatten Namen wie *Die Beredsamkeit des Gelächters* oder *Die humoristischen Faktoren bei Henry Fielding* oder *Die ästhetischen Folgerungen der Dialektik in der Satire*. Fielding hätte sich im Grabe umgedreht. Meine Reaktion darauf war, möglichst viel davon zu verschlafen.
Ich hatte schon immer, wie zwanghaft, die besten Noten nach Hause gebracht, und Prüfungen waren für mich kein Problem. Doch hier, im College, versperrte einem der aufgetürmte Scheißdreck jede Aussicht. Also schlief ich. Ich schlief mich durch die Klausuren im Mai. Ich schlief, statt an meiner Dissertation zu arbeiten. Die seltenen Male, die ich ins Kolleg ging, saß ich da und kritzelte Gedichte in mein Kollegheft. Eines Tages nahm ich meinen ganzen Mut zusammen und schüttete Professor Stanton mein Herz aus.
»Ich glaube, ich möchte doch nicht Professorin werden«, sagte ich und zitterte in meinen violetten kniehohen Wildlederstiefeln. Das war ein Sakrileg. Mein Woodrow-Wilson-Stipendium verpflichtete mich zur Universitätslaufbahn. Es war, als würde ich Gott, dem Vaterland, der Flagge abschwören.
»Aber Sie sind doch eine so vorzügliche Studentin, Mrs. Stollerman. Was wollen Sie denn sonst werden?«
(Ja, was wohl sonst? Was hatte das Leben wohl sonst noch zu bieten, außer *Die ästhetischen Folgerungen der Dialektik in der Satire?*)
»Ja ... mhh ... ich glaube, ich möchte lieber schreiben.« Es klang

ebensowenig nach einer Rechtfertigung, als hätte ich gesagt: »Ich glaube, ich möchte lieber meine Mutter ermorden.«
Professor Stanton machte ein beunruhigtes Gesicht. »Ach so, *das* also«, sagte er verärgert. Höchstwahrscheinlich fielen ihm andauernd irgendwelche Studenten mit ihren aussichtslosen schriftstellerischen Ambitionen auf den Wecker.
»Sehen Sie, Professor Stanton, ich habe mich auf die englische Literatur des achtzehnten Jahrhunderts spezialisiert, weil ich so viel für Satire übrig habe, aber ich glaube, ich möchte lieber Satiren *schreiben,* nicht sie einer literarischen Kritik unterziehen. Die Literaturkritik scheint mir irgendwie nicht sehr befriedigend zu sein.«
»Befriedigend!« stieß er hervor.
Ich schluckte.
»Wie kommen Sie darauf, daß ein Studium *befriedigend* sein soll? Literatur ist *Arbeit,* kein Vergnügen.«
»Ja«, sagte ich kleinlaut.
»Sie studieren, weil Sie gern und viel lesen, weil Sie die Literatur lieben – nun, Literatur bedeutet *harte Arbeit!* Sie ist kein spielerischer Zeitvertreib!« Professor Stanton hatte offenbar sein Thema gefunden.
»Ja, aber ... nehmen Sie's mir nicht übel, Professor Stanton, aber mir scheint, daß diese ganze Literaturkritik dem *Geist* solcher Autoren wie Fielding oder Pope oder Swift in keiner Weise gerecht wird. Ich meine ... ich muß mir immer wieder vorstellen, daß sie da in ihren Gräbern liegen und uns auslachen. Das wäre genau *das,* was sie komisch fänden. Wenn ich Pope oder Swift oder Fielding lese, bekomme ich Lust, selbst zu schreiben. Es regt mich dazu an. Gedichte zu schreiben. Diese ganze Literaturkritik kommt mir irgendwie läppisch vor. Es tut mir leid, aber so ist es nun einmal.«
»Wer hat *Sie* zum Wächter des Geistes von Pope bestellt? Oder von Swift? Oder von Fielding?«
»Niemand.«
»Warum zum Kuckuck beklagen Sie sich dann?«
»Ich beklage mich nicht. Ich denke bloß, daß ich mich vielleicht geirrt habe. Ich glaube, daß ich lieber selbst schreiben will.«
»Mrs. Stollerman, Ihnen bleibt noch jede Menge Zeit zum Schreiben, *nachdem* Sie Ihren *Dr. phil.* geschafft haben. Und dann haben Sie immer etwas, worauf Sie zurückkommen können – falls sich herausstellen sollte, daß Sie keine Emily Dickinson sind.«
»Wahrscheinlich haben Sie recht«, sagte ich und ging nach Hause, um weiterzuschlafen.

Im Juni wurde ich von Brian unsanft aus meinem Dauerschlaf gerissen. Ich weiß nicht mehr genau, wann es anfing, doch irgendwann Mitte Juni fiel mir auf, daß er noch manischer und exzentrischer war als sonst. Er schlief nun überhaupt nicht mehr und wollte, daß auch ich die ganze Nacht wach bleibe und über Himmel und Hölle mit ihm rede. Nicht, daß das für Brian so ungewöhnlich gewesen wäre. Himmel und Hölle hatten ihn schon immer brennend interessiert. Doch nun begann er, häufig über die Wiederkunft Christi zu sprechen, und zwar auf eine mir bisher nicht geläufige Weise. Was wäre, wenn Christus als ganz gewöhnlicher Marktforschungsangestellter auf die Erde zurückkäme?

Was wäre, wenn Ihm auch heute niemand Glauben schenken würde?

Was wäre, wenn er seine Identität damit unter Beweis stellen wollte, daß er auf dem Wasser des Central-Park-Sees wandelte? Würden die Abendnachrichten im Fernsehen das Ereignis bringen? Würde die Ansage lauten: *Ein Mensch wie du und ich?*

Ich lachte. Auch Brian lachte. Das wäre nur so eine Idee für einen Science-fiction-Roman, sagte er, nur ein Scherz. In den folgenden Tagen häuften sich die Scherze.

Was wäre, wenn er Zeus und ich Hera wäre? Oder er Dante und ich Beatrice? Wenn es uns beide doppelt gäbe – als Materie und als Antimaterie, dreidimensional und nulldimensional? Wenn nun die Leute in der U-Bahn tatsächlich auf telepathischem Wege mit ihm in Verbindung stünden und ihn bäten, sie zu erretten? Was wäre, wenn Christus wiederkäme und allen Tieren im Central-Park-Zoo die Freiheit schenkte? Wenn die Damhirsche auf der Fifth Avenue hinter Ihm herliefen und die Vögelchen sich singend auf Seine Schultern niederließen? Würden die Menschen *dann* glauben, wer Er war? Was wäre, wenn Er die Computer segnete und sie plötzlich, statt Informationen darüber, welche Hausfrauen die meisten Waschmittel kauften, Brotlaibe und Fische ausspien? Wenn die Welt in Wirklichkeit von einem gigantischen Computer gelenkt würde und niemand, außer ihm, Brian, wüßte es? Wenn dieser Computer, statt mit Elektrizität, mit Menschenblut arbeitete? Wenn wir alle, wie Sartre gesagt hat, bereits in der Hölle wären? Wenn wir alle von komplizierten Maschinen gelenkt würden, die von anderen komplizierten Maschinen gelenkt würden, die wiederum von anderen komplizierten Maschinen gelenkt würden? Was wäre, wenn es so etwas wie Freiheit für uns gar nicht gäbe? Wenn der Mensch sich seiner Freiheit nur durch den Kreuzestod versichern könne? Was wäre, wenn man eine ganze Woche lang mit geschlossenen Augen die New Yorker Straßenkreuzungen bei Rotlicht überquerte und nicht *eine* Schramme davontrüge? Würde das beweisen, daß man Gott sei? Was wäre, wenn in jedem Buch, das man willkürlich aufschlägt, einem die Buchstaben GOTT entgegenleuchten? Wäre das kein sicherer Beweis?

So ging es nun Nacht für Nacht. Brian betete seine Fragen immer wieder herunter – wie die Fragen des Katechismus. Was wäre, wenn? Was wäre, wenn? Was wäre, wenn? Hör mir zu. Schlaf nicht ein! Hör mir zu! Das Ende der Welt ist nahe, du wirst es noch verschlafen! Hör mir zu!

Sein fieberhaftes Bedürfnis nach einem ständigen Zuhörer führte sogar dazu, daß er mir ein oder zwei Male eine Ohrfeige gab, um mich zu wecken. Benommen und mit verquollenen Augen hörte ich ihm zu. Und hörte zu und hörte zu. Nach der fünften Nacht stand es für mich fest, daß Brian nichts mit Science-fiction im Sinn hatte. Er selbst war die Wiederkunft. Es dauerte eine Weile, bis mir diese Erkenntnis aufging. Und als ich so weit war, war ich nicht einmal vollkommen sicher, daß er *nicht* Gott sei. Wenn er jedoch Christus war, so war ich, seinem Gedankengang folgend, der Heilige Geist. Und wie verquollen meine Augen auch sein mochten – daß *das* irre war, wußte ich.

Am Freitag verließ Brians Chef übers Wochenende die Stadt und bevollmächtigte Brian, einen bedeutenden Geschäftsabschluß mit den Herstellern eines Herdreinigungsmittels, genannt ›Wunderschaum‹, zu tätigen. Es war vorgesehen, daß die ›Wunderschaum‹-Leute am Sonnabend mit Brian im Computer-Zentrum zusammentreffen sollten, doch wer nicht erschien, war Brian. Die ›Wunderschaum‹-Leute warteten. Dann riefen sie mich an. Dann riefen sie noch einmal an. Von Brian keine Spur. Ich rief nun meinerseits jeden, der mir einfiel, an, und dann saß ich bloß noch herum, kaute an den Nägeln und wußte, daß etwas Schreckliches passieren würde.

Um fünf Uhr ging das Telefon. Es war Brian, der mir ein ›Gedicht‹ vorlesen wollte, das er angeblich geschrieben hatte, während er zu Fuß den Central-Park-See überquerte. Es lautete:

> Wenn ›Wunderschaum‹ nur aus Bläschen besteht,
> Lohnt dann der Ärger, verdammtnochmal? Kaum.
> Wir müssen was tun – die Welt, sie vergeht,
> Und alles nur wegen ›Wunderschaum‹.

»Wie gefällt es dir, Schatz?« fragte er in aller Unschuld.
»Brian – ist dir eigentlich klar, daß die ›Wunderschaum‹-Leute den

ganzen Tag versucht haben, dich zu erreichen?«
»Ist es nicht großartig? Ich finde, das ist das Ganze *in nuce.* Ich werde es an die *New York Times* schicken. Die Frage ist nur, ob die *Times* ein Gedicht abdruckt, in dem das Wort ›verdammtnochmal‹ vorkommt. Was glaubst du?«
»Brian – ist dir eigentlich klar, daß ich den ganzen Tag hier hocke und dauernd rufen diese Leute an? Wo zum Teufel steckst du denn?«
»Bei ihm.«
»Bei wem?«
»Bei ihm. Beim Teufel. In der Hölle. Ebenso wie du und alle anderen Menschen. Wie kannst du dir da noch Gedanken über so was wie ›Wunderschaum‹ machen?«
»Und was, in Gottes Namen, wird aus dem Abschluß?«
»Ein Abschuß.«
»Ein was?«
»Ein Abschuß. Ich habe, in Gottes Namen, nicht weiter vor, mich weiter darum zu kümmern. Warum kommst du nicht in die Stadt, dann zeige ich dir mein Gedicht.«
»Wo bist du?«
»In der Hölle.«
»Okay, das weiß ich. Aber wo soll ich dich *treffen?*«
»Das solltest du wissen. Du hast mich doch hierhergeschickt.«
»Wohin?«
»In die Hölle. Wo ich jetzt bin. Wo du jetzt bist. Du hast'ne ziemlich lange Leitung, Baby.«
»Brian, bitte, sei vernünftig –«
»Ich bin durchaus vernünftig. Du bist diejenige, die sich wegen so 'nem bißchen Schaum aufregt. Du bist diejenige, die so 'n Wirbel macht wegen ein paar Anrufen.«
»Sag mir genau, *wo* du dort bist, in der Hölle, und ich komme. Ich schwöre es. Nur sag mir genau, wo.«
»*Weißt* du das denn nicht?«
»Nein. Wirklich, ich weiß es nicht. Sag's mir.«
»Ich glaube, du hältst mich zum Narren.«
»Brian, Darling, ich möchte dich sehen. Bitte.«
»Du kannst mich im Geiste sehen, jetzt in diesem Augenblick. Deine Blindheit ist dein eigenes Werk. Wie bei König Lear.«
»Bist du in einer Telefonzelle? Oder in einer Bar? Bitte sage es mir.«
»Du weißt es genau!«
So ging das Gespräch noch geraume Weile weiter. Brian hängte zweimal ein und rief dann wieder an. Schließlich war er bereit, die

Telefonzelle, von der aus er sprach, näher zu bezeichnen, aber das geschah in Form eines Ratespiels. Ich mußte dabei die verschiedenen Möglichkeiten auf ihren Wahrscheinlichkeitsgrad prüfen. Das kostete weitere zwanzig Minuten und diverse 5-Cent-Stücke. Endlich stellte sich heraus, daß er in der Gotham-Bar war. Ich stürzte aus dem Haus und in ein Taxi und fuhr hin. Er erzählte mir, wie er den Tag verbracht habe: er habe im Central Park puertoricanische und schwarze Kinder zu Ruderpartien auf dem See eingeladen, ihnen Eis spendiert, irgendwelchen Leuten im Park Geld geschenkt und Pläne für seine Flucht aus der Hölle geschmiedet. Er sei nicht wirklich auf dem Wasser gewandelt, habe jedoch ausgiebig darüber nachgedacht. Nun sei er bereit, ein neues Leben zu beginnen. Er hätte entdeckt, daß er über einen Schatz von übermenschlichen Energien gebiete. Andere Sterbliche brauchten Schlaf. Er nicht. Andere Sterbliche brauchten Jobs, Amt und Würden und all den andern Schnickschnack des täglichen Lebens. Er nicht. Er habe vor, das zu erfüllen, was ihm vom Schicksal schon immer vorherbestimmt gewesen sei: die Welt zu erretten. Ich müsse ihm dabei helfen.

Um die Wahrheit zu sagen: nichts davon, was er so redete, war mir besonders unangenehm. Ich fand es eher aufregend. Die Vorstellung, daß Brian seine Marktforschung aufgab und ich mein Studium, und wir uns dann zusammen aufmachten, um die Welt zu erretten, erschien mir völlig okay. Ich hatte ihm immer schon zugeredet, die Marktforschung an den Nagel zu hängen. Ich hatte versucht, ihn dazu herumzukriegen, mit mir nach Europa zu gehen und dort eine Weile umherzuziehen. Doch Brian hatte sich immer dagegen gesträubt. Er hatte sich in die Marktforschung gestürzt, als handle es sich um den letzten großen Kreuzzug.

Als wir an diesem Samstagabend durch die Straßen gingen, beunruhigte mich sein Verhalten weitaus stärker als seine wilden Reden. Er wollte, daß wir beide mit geschlossenen Augen bei Rotlicht die Kreuzungen überquerten (um zu beweisen, daß wir Götter waren). Er ging in Geschäfte hinein und bat den Inhaber, ihm verschiedene Gegenstände zu zeigen, die er dann längere Zeit betastete und über den grünen Klee lobte, worauf er, ohne etwas zu kaufen, den Laden verließ. Er betrat ein Café und befingerte erst alle Zuckerstreuer auf allen Tischen, bevor er sich hinsetzte. Die Leute starrten ihn an. Manchmal sagte der Besitzer oder ein Kellner: »Immer mit der Ruhe, Chef, immer mit der Ruhe«, oder sie warfen ihn hinaus. Alle spürten, daß da irgend etwas nicht stimmte. Seine innere Erregung teilte sich der Atmosphäre mit. Für Brian war das lediglich ein Beweis für seine Göttlichkeit.

»Sie wissen, daß ich Gott bin, verstehst du«, sagte er, »und haben keine andere Möglichkeit der Reaktion.«
Was die Sache für mich doppelt schwierig machte, war, daß ich halb und halb an seine Theorie glaubte. Außergewöhnliche Menschen werden von der breiten Masse oft für verrückt erklärt. Wenn Christus tatsächlich wiederkäme, *würde* er höchst wahrscheinlich im Irrenhaus landen. Ich war schon eine Laingianerin, lange bevor Laing überhaupt etwas publiziert hatte. Doch ich fürchtete mich auch zu Tode.
Als wir endlich um zwei Uhr morgens zu Hause ankamen, war Brian immer noch hellwach und äußerst erregt, ich dagegen sehr erschöpft. Er wollte nun seine Kraft unter Beweis stellen. Er wollte beweisen, daß er mich befriedigen könne. Er hatte mich etwa sechs Wochen nicht gefickt, aber nun fand er kein Ende. Er vögelte mich wie eine Maschine, wobei er seine Ejakulation zurückhielt, mich jedoch zu einem Orgasmus nach dem anderen nötigte. Nach dem dritten war ich wund gerieben und wollte nicht mehr. Ich bat ihn aufzuhören, doch er achtete nicht darauf. Er stieß und stieß zu, wie weiland Jack the Ripper. Ich weinte und flehte.
»Brian, bitte hör auf«, schluchzte ich.
»Du hast gedacht, ich könnte dich nicht befriedigen«, brüllte er mit wildem Blick. »Dir werd ich's zeigen!«
Und er drang erneut brutal in mich ein. »Dir werd ich's zeigen! Dir werd ich's zeigen!«
»Brian, bitte hör *auf*!«
»Ist das vielleicht kein Beweis? Beweist dir das nicht, daß ich Gott bin?«
»Hör auf«, winselte ich.
Als er endlich aufhörte, zog er sich heftig aus mir zurück und stieß mir sein immer noch erigiertes Glied in den Mund. Doch ich weinte zu sehr, um ihn blasen zu können.
Schluchzend lag ich auf dem Bett. Was sollte ich denn nur tun? Ich wollte nicht mit ihm alleinbleiben, aber wo sollte ich hin? Zum erstenmal kam mir die Überzeugung, daß er gemeingefährlich war. Plötzlich brach Brian zusammen und begann ebenfalls zu weinen. Er wolle sich selbst entmannen, sagte er. Er wolle, daß unsere Ehe geläutert, von jeder Fleischeslust befreit werde. Er würde Abälard sein und ich seine Heloise. Er wolle allen fleischlichen Begierden entsagen, um die Welt erretten zu können. Er wollte sanft und begierdelos sein wie ein Eunuch. Er wollte sanft wie Christus sein. Er wolle von Pfeilen durchbohrt werden wie der Heilige Sebastian. Er umklammerte mich mit beiden Armen und schluchzte in meinen

Schoß. Ich strich ihm übers Haar und hoffte, er würde nun endlich einschlafen. Statt dessen schlief *ich* ein.

Ich weiß nicht genau, wann ich wieder erwachte, doch Brian war hellwach, offensichtlich hatte er überhaupt nicht geschlafen. Ich taumelte ins Badezimmer, und das erste, was ich sah, war eine obszöne, mit Klebeband am Spiegel befestigte Zeichnung. Sie stellte einen zwergenhaften Mann dar mit einem Heiligenschein und einem riesigen erigierten Penis. Ein anderer Mann mit einem langen Bart war dabei, ihn zu blasen. Im Hintergrund ein gewaltiger Adler, der dem amerikanischen Wappenadler glich, bloß mit einer augenfällig menschlichen Erektion. Dazu die gekritzelte Überschrift: ›Vater, Sohn und Heiliger Geist.‹

Ich ging ins Schlafzimmer zurück und trat an meinen Schreibtisch. Auf dem Boden lag, wie Konfetti verstreut, der zerfetzte Inhalt meiner Zettelkästen (die alle Notizen für meine Doktorarbeit enthielten) und auf dem Tisch eine Reihe aufgeschlagener Bücher: die gesammelten Werke von Shakespeare und Milton. Bestimmte Worte, Sätze und Buchstaben waren in verschiedenen Farben mit Filzstift umrandet. Ich konnte zunächst kein System oder so etwas wie einen Code darin entdecken, doch dafür gab es hastig an den Rand geworfene zornige Anmerkungen, wie ›O Hölle!‹ oder ›Das Tier mit den zwei Rücken!‹ oder ›Weibervolk ist kein Volk!‹ Über Shakespeare und Milton verstreut lagen die Überreste einer in kleine Stücke gerissenen 20-Dollar-Note, dazu aus Kunstbüchern herausgerissene Reproduktionen – alles Darstellungen von Gott oder Jesus Christus oder dem Heiligen Sebastian.

Ich lief ins Wohnzimmer und fand dort Brian vor, der am Lautstärkeregler des Plattenspielers herummurkste. Er hatte die Goldbergvariationen, gespielt von Glenn Gould, aufgelegt und drehte den Apparat auf volle Lautstärke und dann wieder auf ganz leise, womit er eine Art Sirenen-Effekt erzeugte.

»Wie laut kann man Bach in unserer Gesellschaft spielen?« fragte er. »So laut?« Er drehte den Knopf bis zum Anschlag nach rechts. »So leise?« Er drehte den Knopf nach links, bis kaum noch etwas zu hören war. »Siehst du!? In unserer Gesellschaft kann man Bach *über*haupt nicht spielen!«

»Brian, was hast du mit meiner Doktorarbeit gemacht?« Es war eine rein rhetorische Frage. Ich wußte genau, was er damit gemacht hatte.

Brian murkste weiter am Plattenspieler herum und tat, als hätte er mich nicht gehört.

»Was hast du mit meiner *Doktorarbeit* gemacht?«

»Was glaubst du, wie laut kann man Bach in unserer Gesellschaft spielen, ohne daß man die Polizei auf den Hals bekommt?«
»Was hast du mit meiner *Doktorarbeit* gemacht?«
»So laut?« Er drehte den Knopf nach rechts.
»Was hast du mit meiner *Doktorarbeit* gemacht?«
»So leise?« Er drehte den Knopf nach links.
»Was hast du mit meiner *Doktorarbeit* gemacht?«
»So laut?«
»Brian!« schrie ich gellend. Ohne jeden Erfolg. Ich ging an meinen Schreibtisch zurück, setzte mich hin und starrte auf das von Brian arrangierte Stilleben. Am liebsten hätte ich ihn (oder mich selbst) umgebracht. Statt dessen weinte ich.
Brian kam herein.
»Wer, glaubst du, kommt in den Himmel?« fragte er.
Ich gab keine Antwort.
»Kommt Bach in den Himmel? Oder Milton? Kommt Shakespeare in den Himmel? Oder Shakeswoof? Oder der Heilige Sebastian, der Bastard? Kommt Abälard der Hämling in den Himmel? Oder Sindbad der Seefahrer? Oder Tindbad der Teefahrer? Oder Rindbad der Reefahrer? Und Norman Mailer? Und Stindbad der Stehler? Und Hindbad der Hehler? Und Zindbad der Zähler? Oder Joice? Oder James? Kommt Dante in den Himmel, oder war er schon dort? Und Homer? Und Yeats? Und der Prinz Kalender mit 'm Ständer? Kommt Rabelais in den Himmel, mit Raben? Und Villon mit schönen Knaben? Und Mozart, zart wie ein Federwölkchen? Und Scheerbart mit oder ohne Bart? Fährt El Greco auf einem Blitzstrahl gen Himmel? Und die Glühbirnen da?« Ich drehte mich um und sah ihn an. Er fuchtelte wild mit den Armen und hopste auf und nieder.
»Die Glühbirnen *kommen* in den Himmel! Sie *kommen* in den Himmel!«
»Brian, ich werd verrückt!« brüllte ich in letzter Verzweiflung.
»Du kommst auch in den Himmel!« schrie er, und dann packte er meine Hand und zog mich zum Fenster. »Auf zur Himmelfahrt! Komm! Komm!« Er stieß das Fenster auf und lehnte sich hinaus.
»Hör auf!« brüllte ich, nun völlig hysterisch. »Ich kann es nicht mehr aushalten!« und damit begann ich ihn zu schütteln. Er war nun wohl wirklich erschrocken, denn er legte die Hände um meinen Hals und drückte zu.
»Hör auf!« schrie er gellend. »Sonst kommt die Polizei!« Doch ich schrie nicht mehr. Er drückte noch stärker zu. Mir wurde es schwarz vor den Augen.

Warum er losließ, bevor ich tot war, weiß ich nicht. Vielleicht hatte ich einfach Dusel gehabt? Ich weiß keine Erklärung dafür. Ich weiß nur, daß ich, als er mich endlich losließ, am ganzen Leibe zitterte und nach Atem rang (und daß ich später große blaue Flecken an meinem Hals entdeckte). Ich stürzte in den Flur hinaus und in den Wandschrank, wo ich dann im Dunkeln hockte, mich in die Knie biß, schluchzte und ›o Gott, o Gott, o Gott‹ vor mich hin stöhnte. Und dann gelang es mir irgendwie, mich zusammenzureißen und den Hausarzt meiner Eltern anzurufen. Er war in East Hampton. Ich rief den Psychiater meiner Mutter an. Er war in Fire Island. Ich rief meinen eigenen Psychiater an. Er war in Wellfleet. Ich rief eine Freundin meiner Schwester Randy an, die Sozialarbeiterin mit psychiatrischer Ausbildung war. Sie sagte, ich müsse die Polizei kommen lassen oder einen Arzt – irgendeinen, Brian sei geistesgestört und möglicherweise gefährlich. Ich dürfe nicht mit ihm allein bleiben.

Wenn Sie vorhaben, an einem Sonntag im Juni krank zu werden, so begeben Sie sich dazu am besten in einen Badeort. Es war kein Arzt aufzutreiben. Schließlich hatte ich den Mann an der Strippe, der meinen Internisten vertrat. Er käme sofort, sagte er. Er kam fünf Stunden später. Diese ganze Zeit verhielt Brian sich erstaunlich friedlich. Er saß wie in Trance im Wohnzimmer und hörte sich Bach an. Ich saß im Schlafzimmer und versuchte, das Geschehene zu verarbeiten. Wir taten beide, als gäbe es den anderen nicht. Die Stille nach dem Sturm.

Zumindest hatte Brians Problem nun einen Namen. Das war fast so gut wie ein Heilmittel. Zu hören, Brian sei ›geistesgestört‹, hatte mich auf seltsame Weise erleichtert. Hier galt es, eine Krankheit zu behandeln, ein Problem zu bewältigen. Nun, da die Sache einen Namen hatte, war sie gleich weniger furchterregend. Auch verringerte es mein Schuldgefühl. Geisteskrankheit war niemandes Schuld. Es war gottgewollt. Das hatte etwas ungemein Tröstliches an sich. Alle Naturkatastrophen sind tröstlich, da sie uns unsere Ohnmacht bestätigen, die wir sonst vielleicht nicht wahrhaben wollten. Zuweilen ist es auf merkwürdige Weise beruhigend, den Grad seiner Machtlosigkeit zu erkennen.

Wir brachten den Nachmittag mit Hilfe von Johann Sebastian Bach hinter uns. »Die Zaubermacht der Musik vermag die Wogen im Busen zu glätten«, wie Congreve sagt (der sicherlich im Himmel mit Mozart Karten spielt). Wenn ich an all die unangenehmen Zustände und Depressionen denke, über die Bach mir hinweggeholfen hat, bin ich davon überzeugt, daß auch er im Himmel ist.

Dr. Steven Pearlmutter erschien um fünf Uhr – mit tausend Entschuldigungen und feuchten Handflächen. Von Stund an lag unser Leben in den Händen der Ärzte mit ihren überheblichen, kleinkarierten Kategorien. Dr. Pearlmutter versicherte mir, mein ›Gatte‹ sei ein ›sehr kranker junger Mann‹. Er würde ›versuchen, ihm zu helfen.‹ Dieser Versuch begann damit, daß er Brian eine Thorazine-Spritze verpaßte, worauf Brian aufsprang und wie ein geölter Blitz die Hintertreppe hinunterrannte (dreizehn Stockwerke) und weiter in den Riverside Park. Der Arzt und ich rannten hinter ihm her, spürten ihn auf, hielten ihn an und redeten ihm gut zu, hatten das Nachsehen, als er erneut davonstürzte, rannten erneut hinter ihm her, redeten ihm erneut gut zu und so fort. Die weiteren Einzelheiten sind ebenso unerquicklich wie sattsam bekannt. Brians Unterbringung in einer Heil- und Pflegeanstalt war nicht mehr zu umgehen. Er befand sich nun in einem Dauerzustand der Angst und des Schreckens, und seine Wahnvorstellungen wurden stündlich abwegiger. Die folgenden Tage waren ein einziger Alptraum. Brians Eltern kamen per Flugzeug aus Kalifornien herbeigeeilt und erklärten prompt, daß Brian nichts fehle, *ich* hingegen verrückt sei. Sie versuchten, ihn daran zu hindern, irgendwelche Medikamente einzunehmen, und machten sich dauernd über die Ärzte lustig (was, zugegebenermaßen, nicht weiter schwierig war). Sie drangen in ihn, mich zu verlassen und nach Hause zu kommen, nach Kalifornien – als würde er schlagartig gesunden, sobald ich nicht mehr in seiner Nähe wäre. Dr. Pearlmutter hatte Brian an einen Psychiater überwiesen, der sich fünf Tage lang tapfer bemühte, Brian vor dem Irrenhaus zu bewahren, ohne Erfolg. Brians Eltern, sein Chef, die ›Wunderschaum‹-Leute, seine wohlmeinenden ehemaligen Professoren und die Ärzte sorgten gemeinsam dafür, daß wir kein Leben mehr hatten. Brian wurde von seinen sogenannten Beschützern gehetzt wie ein Wild und drehte von Tag zu Tag mehr durch.
Am fünften Morgen nach Dr. Pearlmutters erster Visite entledigte Brian sich in der Nähe des Belvedere Tower im Central Park aller seiner Kleider und versuchte, das Bronzepferd des Königs Jagiello zu erklimmen und sich hinter den bronzenen König (mit gekreuzten Schwertern und allem Zubehör) zu setzen. Es endete damit, daß die Polizei ihn zur psychiatrischen Abteilung des Mount-Sinai-Krankenhauses brachte (Sirenen gellten, Thorazine floß in Strömen) und, abgesehen von einigen Wochenenden, an denen Brian von der Anstaltsleitung Urlaub bekam, haben wir nie wieder zusammen gelebt. Es dauerte noch etwa acht Monate, bis unsere

Ehe endgültig ausgeglüht war. Nach Brians Einlieferung in Mount Sinai zogen seine Eltern zu mir, überhäuften mich Tag und Nacht mit Vorwürfen, latschten jeden Abend mit ins Krankenhaus und ließen Brian und mich nie mehr als zehn Minuten allein. Besuche waren ohnehin nur von sechs bis sieben gestattet, und Brians Eltern hatten offensichtlich den Entschluß gefaßt, uns selbst diese eine Stunde nicht zu gönnen. Übrigens tat Brian, wenn wir allein waren, doch nichts anderes, als mich anzugreifen. Ich wäre Judas, sagt er. Wie hätte ich es zulassen können, daß man ihn seiner Freiheit beraube? Ob ich denn nicht wüßte, daß mir nun der Siebente Kreis blühe – der Kreis der Verräter? Ob ich denn nicht wüßte, daß ich ein Verbrechen begangen hätte, das, nach Dante, das niedrigste aller Verbrechen sei? Ob ich denn nicht wüßte, daß ich mich bereits in der Hölle befinde?
Viel schlimmer als dieser Sommer konnte die Hölle auch nicht sein. Das Diem-Regime war gerade gestürzt worden, und man las immerzu von Selbstverbrennungen der Buddhisten in einem merkwürdigen kleinen Land, dessen Name einem immer vertrauter wurde – Vietnam. In seinem Programm plädierte der Präsidentschaftskandidat Barry Goldwater dafür, die gesamte Ostküste der Vereinigten Staaten abzuschreiben, sie ihrem Schicksal zu überlassen und abzustoßen – hinaus aufs Meer. John F. Kennedy war noch kein Jahr tot. Die Nation setzte ihre letzte Hoffnung auf Goldwaters Gegenkandidaten, Lyndon B. Johnson, der dem Land möglicherweise den Frieden erhalten würde. Zwei junge Weiße namens Goodman und Schwerner gingen nach Mississippi, um dort, gemeinsam mit einem jungen Neger namens Chaney, beim Aufstellen der Wählerlisten mitzuhelfen, und alle drei endeten in einem schaurigen Massengrab. Harlem und Bedford-Stuyvesant standen in diesem langen, heißen Sommer, dem weitere, lange heiße Sommer folgten, zum ersten-, aber nicht zum letztenmal in Flammen. Inzwischen phantasierte Brian in der psychiatrischen Klinik davon, die Menschheit zu retten. Zweifellos hatte die Menschheit das nie nötiger gehabt.
Wir entfernten uns voneinander, langsam, aber unaufhaltsam. Nicht etwa, weil ich jemand anderen kennengelernt hätte. Die ganze Zeit, die Brian im Krankenhaus verbrachte, bin ich nicht ausgegangen. Ich hatte einen schweren Schock davongetragen und brauchte Zeit, um mich davon zu erholen. Doch langsam ging mir auf, wieviel ruhiger und zufriedener ich ohne ihn war, wie seine manische Aktivität an meinem Leben gezehrt hatte, wie seine wilden Phantasien mich meiner eigenen Phantasiewelt beraubt

hatten. Ganz allmählich begann ich es als angenehm zu empfinden, meinen eigenen Gedanken zuzuhören. Ich begann, meinen eigenen Träumen zu lauschen. Mir war, als wäre ich fünf Jahre in einem Hallraum eingesperrt gewesen, und man hätte mich plötzlich daraus befreit.

Der Rest bestand größtenteils (wie im Drama) aus der Lösung des Knotens. Ich liebte Brian, und die Entdeckung, daß ich lieber ohne ihn als mit ihm lebte, erzeugte in mir ein ungeheures Schuldgefühl. Dazu kam, daß ich ihm, nach seinem Wunsch, mich zu erwürgen, wohl nie mehr vorbehaltlos vertraut habe. Ich *sagte* ihm, ich hätte ihm vergeben, doch etwas in mir hatte das nie getan. Ich hatte Angst vor ihm, und letzten Endes war es das, was unsere Ehe zugrunde richtete.

Das Ende schleppte sich hin. Doch Geld war, wie meistens, ein beschleunigender Faktor. Nach drei Monaten Mount Sinai kam das Blaue Kreuz nicht mehr für die Kosten auf, und Brian mußte verlegt werden. Er hatte die Wahl zwischen einer staatlichen Heil- und Pflegeanstalt (der bloße Gedanke daran entsetzte sowohl ihn wie mich) und einer Privatklinik (die etwa 2000 $ im Monat kostete). Wir standen vor einer Mauer aus imaginären Banknotenbündeln.

Zu diesem Zeitpunkt traten seine Eltern in Aktion, nicht um zu helfen, sondern um die Qual zu vergrößern. Wenn ich ihn nach Kalifornien gehen ließe, würden sie die Kosten der privaten Behandlung tragen. Andernfalls: keinen Penny! Mit diesem Ultimatum lebte ich eine Weile, bis ich einsah, daß mir keine Wahl blieb.

Im September traten wir unsere Pilgerfahrt nach Kalifornien an. ›Auf in den Goldenen Westen‹, nicht im Planwagen, sondern in einer Boeing 707, meinen Vater und einen Psychiater im Schlepptau. Die Fluggesellschaft hatte sich geweigert, Brian ohne Begleitung eines Psychiaters zu befördern – was bedeutete, daß wir zu viert erster Klasse fliegen mußten und abwechselnd Librium und geröstete Haselnüsse knabberten.

Es war ein denkwürdiger Flug. Brian war so unruhig, daß ich meine eigene Flugangst vergaß. Mein Vater schluckte pausenlos Librium und ermahnte mich, tapfer zu sein, und der Psychiater (ein sechsundzwanzigjähriger Assistenzarzt mit einem Engelsgesicht, der sich bis zur völligen Untauglichkeit mit uns identifizierte) war fahrig und nervös, und ich mußte ihm dauernd gut zureden. Mutter Isadora kümmerte sich um alle und alles, um die Götter und die Daddys, die versagt hatten.

In der Linda-Bella-Klinik in La Jolla wurde die Illusion eines freiwilligen Aufenthalts strikt aufrechterhalten. Alle Schwestern trugen Bermuda-Shorts und die Ärzte Sporthemden, Cordhosen und Golfmützen. Die Patienten waren ähnlich leger gekleidet und schlenderten in einer Kulisse umher, die an ein Luxus-Motel erinnerte, komplett mit Swimming-pool und Pingpong-Tischen. Das gesamte Personal gab sich betont fröhlich und war bemüht, so zu tun, als handle es sich hier um eine Art Kursanatorium und nicht um einen Ort, den man aufsuchte, wenn die Angehörigen nicht mehr wußten, wie sie mit einem zurechtkommen sollten. Die Ärzte hatten uns empfohlen, den Abschied kurz zu gestalten. Brian und ich sahen uns zum letztenmal in dem verlassenen Raum für Beschäftigungstherapie; er war damit beschäftigt, einen Lehmklumpen immer wieder vehement auf eine Tischplatte zu knallen.

»Du gehörst nicht mehr zu mir«, sagte er. »Früher war das anders.«

Ich dachte daran, wie quälend es gewesen war, zu ihm zu gehören, und daß ich dabei fast mein eigenes Selbst verloren hatte, aber das konnte ich ihm nicht sagen.

»Ich komme wieder«, sagte ich statt dessen.

»Warum?« schnauzte er.

»Weil ich dich liebe.«

»Wenn du mich liebtest, hättest du mich nicht hierhergebracht.«

»Das stimmt nicht, Brian, die Ärzte haben gesagt ...«

»Du weißt sehr gut, daß die Ärzte nichts von Gott wissen. Das erwartet auch keiner von ihnen. Aber ich dachte, daß *du* wohl etwas von ihm wüßtest. Du bist wie all die andern. Für wieviel Silberlinge hast du mich verkauft?«

»Ich möchte doch nur, daß du wieder gesund wirst«, sagte ich leise.

»Gesund? Ich bin gesund. Und wenn ich wirklich krank *wäre* und würde gesund – wie würden *die* das merken, krank, wie sie selber sind? Du hast alles vergessen, was du einmal gewußt hast. Sie haben auch bei dir Gehirnwäsche gemacht.«

»Ich möchte, daß du gesund wirst, damit du keine Medikamente mehr zu schlucken brauchst ...« sagte ich.

»Das ist Scheiße, was du da redest, und das weißt du auch genau. Sie pumpen dich erstmal mit Medikamenten voll, und dann benutzen sie die Medikation als Gradmesser für deine Gesundheit. Wenn du viel brauchst, geht es dir schlechter. Wenn wenig – besser. Die Logik beißt sich in den Schwanz. Und was sollen diese ganzen Medikamente überhaupt?« Er schlug mit der Faust auf den Lehmklumpen.

»Du hast recht«, sagte ich.

Und das meinte ich auch so. Die Theorien der Ärzte über Gesundheit und Krankheit waren fast noch abwegiger als Brians Hirngespinste. Und ganz gewiß waren die Ärzte so unsensibel und alltäglich, daß sie es nicht merken würden, wenn Brian tatsächlich Gott *wäre*.

»Es ist alles eine Frage des Glaubens«, sagte er. »Das ist es immer gewesen. Mein Wort oder das Wort der breiten Masse. Du hast dich für die breite Masse entschieden. Doch das macht es nicht wahr. Und, was schlimmer ist – du weißt es. Du tust mir leid. Du bist so verdammt *schwach*. Dir hat es schon immer an Rückgrat gefehlt.« Er hämmerte den Lehmklumpen zu einem flachen Pfannkuchen.

»Brian – du mußt versuchen, meine Lage zu verstehen. Der Druck, unter dem ich stand, war so groß, daß ich dachte, ich drehe durch. Deine Eltern haben nichts anderes getan, als mich anzuschreien. Die Ärzte redeten auf mich ein, wie auf ein lahmes Pferd. Ich wußte schon gar nicht mehr, wer ich bin –«

»*Du* standest unter Druck? *Du! Wen* haben sie eingesperrt – dich oder mich? *Wen* haben sie mit Thorazine vollgepumpt – dich oder mich? *Wer* ist verraten und verkauft worden – du oder ich?«

»Wir beide.« Ich weinte. Große, dicke salzige Tropfen liefen über meine Wangen und in die Mundwinkel. Sie schmeckten gut. Tränen haben einen so tröstlichen Geschmack. Als könne man sich einen neuen Mutterschoß zusammenweinen und dann in ihm Zuflucht suchen. Alice in ihrem eigenen Tränensee.

»Wir beide! Daß ich nicht lache!«

»Und doch ist es so«, sagte ich, »wir haben beide gelitten. Du hast nicht das Monopol auf Leiden.«

»Geh«, sagte er, griff nach der flachen Lehmscheibe und begann, sie zu einer Schlange zu rollen, »geh in ein Kloster, Ophelia. Ertränke dich, von mir aus –«

»Du hast wohl ganz vergessen, daß du versucht hast, mich umzubringen, wie?« Ich wußte, daß ich das nicht hätte sagen sollen, aber nun war ich richtig wütend geworden.

»*Dein* Leben! Wenn du mich liebtest – wenn du auch nur eine Ahnung davon hättest, was das Wort Opfer bedeutet –, wenn du nicht so 'n verwöhntes Balg wärst, würdest du mir nicht mit deinem Scheiß-Leben kommen!«

»Brian, weißt du es *wirklich* nicht mehr?«

»Ob ich *was* weiß? Ich weiß, daß du mich hast einsperren lassen – *das* weiß ich –«

Plötzlich begriff ich, daß es zwei Versionen des Alptraums gab, der hinter uns lag – seine und meine –, und daß die beiden Versionen in keinem einzigen Punkt übereinstimmten. Brian hatte nicht nur

keinerlei Verständnis dafür, wie unglücklich ich war – es kam ihm überhaupt nicht zum Bewußtsein.
Er wußte nichts mehr von den Ereignissen, die zu seiner Verwahrung geführt hatten. Wie viele weitere Versionen unserer Wirklichkeit gab es? Meine Version, Brians Version, die seiner Eltern, die der Ärzte, der Schwestern, der Sozialarbeiter ... Es gab eine unendliche Anzahl Versionen, eine unendliche Anzahl von Wirklichkeiten. Brian und ich hatten miteinander einen Alptraum erlebt, und nun stellte sich heraus, daß wir nichts miteinander erlebt hatten. Wir hatten ein Labyrinth durch denselben Eingang betreten, uns gleich darauf jedoch in unterschiedlichen Gängen und Tunneln verloren, waren durch unterschiedliche Finsternisse getaumelt und schließlich an den entgegengesetzten Enden der Welt wiederaufgetaucht.
Brian fixierte mich mit kaltem Blick, als sei ich seine geschworene Feindin. Die Worte, mit denen wir uns endgültig verabschiedeten, weiß ich nicht mehr – und wenn es um mein Leben ginge.
Vor unserem Rückflug nach New York hatten mein Vater und ich noch den Nachmittag und den Abend hinter uns zu bringen. Wir mieteten einen Wagen und fuhren über die Grenze nach Tijuana, wo wir eine leicht angestaubte *piñata* kauften – einen knallrosa Stoff-Esel. Wir schlenderten durch die Straßen, machten uns gegenseitig auf das ›Lokalkolorit‹ aufmerksam und ließen die üblichen Bemerkungen über die Armut der Menschen und den Reichtum der Kirchen fallen.
Mein Vater (60) ist ein immer noch gut aussehender Mann, den man ohne weiteres um fünfzehn Jahre jünger einschätzen könnte; er ist stolz auf seine Figur und auf sein (sich lichtendes) Haar, und sein federnder, fast hüpfender Gang ist mit der Zeit auch für mich typisch geworden. Wir ähneln uns äußerlich, haben den gleichen Gang, haben beide einen Hang zu Wortspielen und Kalauerei und können uns trotzdem einander kaum mitteilen. Wir sind immer ein wenig verlegen, wenn wir zusammen sind – als wüßten wir beide von einem schaurigen Geheimnis in unserer Beziehung, über das wir nicht sprechen dürften. Was könnte das wohl für ein Geheimnis sein? Ich weiß noch, wie er an die Wand zwischen unsern Schlafzimmern klopfte, um mich zu trösten und mir die Furcht vor der Dunkelheit zu nehmen. Ich erinnere mich daran, wie er meine Laken wechselte, wenn ich, als Dreijährige, mal wieder mein Bett naßgemacht hatte, und wie er mir, als ich acht war und an Schlaflosigkeit litt, warme Milch brachte. Ich erinnere mich daran, daß er mir einmal (nachdem ich Zeuge eines fürchterlichen Streites zwi-

schen meinen Eltern gewesen war) sagte, sie würden ›um meinetwillen‹ zusammenbleiben ... Doch wenn es da sonst noch etwas gab – eine Kindheitsverführung oder sonst ein Urerlebnis –, so reicht selbst mein überanalysiertes Erinnerungsvermögen nicht soweit zurück. Zuweilen bringt der Geruch einer bestimmten Seife (oder sonst einer vertrauten Substanz des täglichen Gebrauchs) längst vergessene Kindheitserinnerungen wieder. Dann frage ich mich verwundert, wie viele weitere Erinnerungen sich wohl in den Schlupfwinkeln meines Gehirns vor mir verbergen. Ja, mein Gehirn erscheint mir dann als die letzte große *terra incognita*, und die Aussicht, dort unter Umständen eines Tages neue Welten zu entdecken, erfüllt mich mit freudigem Staunen. Man stelle sich das versunkene Atlantis und all die anderen versunkenen Eilande der Kindheit vor, die nur darauf warten, wieder ins Bewußtsein gehoben zu werden. Der innere Raum, den wir nie genug erforscht haben. Die Welten innerhalb der Welten innerhalb der Welten. Und das Wunderbare ist, daß sie auf uns warten. Wenn es uns nicht gelingt, sie zu entdecken, so liegt es daran, daß wir noch nicht die entsprechenden Transportmöglichkeiten haben – Raumschiff oder Unterseeboot oder Gedicht –, die uns dorthin bringen.

Das ist, zum Teil, der Grund, warum ich schreibe. Wie kann ich wissen, was ich denke, wenn ich nicht sehe, was ich schreibe? Meine Arbeit ist das Unterseeboot oder das Raumschiff, das mich zu den unbekannten Welten in meinem eigenen Kopf befördert. Und es ist ein endloses, nicht auszuschöpfendes Abenteuer. Wenn ich lerne, mir das richtige Vehikel zu konstruieren, kann ich sogar noch weitere unerschlossene Gebiete entdecken. Und jedes neue Gedicht ist ein neues Vehikel, das mir erlaubt, noch ein wenig tiefer zu tauchen (oder noch ein wenig höher zu fliegen) als das vorige.

Meine Ehe mit Brian war wohl an dem Tag zu Ende, als ich mit meinem kalauernden Vater durch die Straßen Tijuanas ging. Er bemühte sich nach bestem Vermögen, aufgeräumt und hilfreich zu sein, doch ich war tief in meinen Schuldgefühlen versunken. Mein Dilemma war groß: Wenn ich Brian nicht aufgab und versuchte, wieder mit ihm zusammenzuleben, würde ich verrückt werden, oder doch zumindest meine eigene Identität weitgehend aufgeben müssen. Wenn ich ihn sich selbst, seinem Irrsinn und den Mühewaltungen der Ärzte überließ, ließ ich ihn im Stich – und das in dem Augenblick, da er der Hilfe am dringendsten bedurfte. Im gewissen Sinne *war* ich eine Verräterin. Es war auf eine Wahl zwischen ihm und mir hinausgelaufen, und ich hatte mich für mich entschieden. Das daraus resultierende Schuldgefühl verfolgt mich immer noch.

Irgendwo in meinem Kopf verborgen (dort bei den versunkenen Kindheitserinnerungen) bewahre ich das strahlende Bild der idealen Frau, einer Art jüdischer Griselda. Sie ist Ruth und Esther und Jesus und Maria in einer Person. Sie bietet immer die andere Wange dar. Sie ist ein Vehikel, ein Gefäß, ohne eigene Bedürfnisse und Wünsche. Wenn ihr Mann sie schlägt, so hat sie Verständnis dafür. Wenn er krank ist, so pflegt sie ihn. Wenn die Kinder krank sind, so pflegt sie sie. Sie kocht, sie hält das Haus in Ordnung, sie kümmert sich um das Geschäft, führt die Bücher, hört jedem zu, der mit seinen Sorgen zu ihr kommt, geht auf den Friedhof, befreit die Gräber von Unkraut, arbeitet im Garten, schrubbt den Fußboden und sitzt still auf der obersten Empore der Synagoge, während die Männer Gebete skandieren, in denen es um die Inferiorität der Frau geht. Sie ist einfach zu allem befähigt, außer zur Selbsterhaltung. Und ganz im geheimen schäme ich mich, daß ich nicht bin wie sie. Eine gute Ehefrau hätte ihr Leben der Sorge um den Irrsinn ihres Mannes geweiht. Ich war keine gute Ehefrau. Ich hatte zuviel anderes zu tun.

Doch wenn ich an Brian etwas versäumt habe, so habe ich es an Charlie Fielding doppelt wiedergutgemacht. Was Masochismus angeht – guten, gesunden ›normalen weiblichen Masochismus‹ –, ist meine Beziehung zu Charlie (die dem Ende meiner Ehe mit Brian auf dem Fuße folgte) nicht zu schlagen. Nicht uninteressant, wie wir dem nächsten Kerl immer alles zukommen lassen, was wir vom vorigen übrighaben. Ein psychologischer Fall des faden zweiten Aufgusses.

Der Dirigent

Is it an earthquake or simply a shock?
Is it the good turtle soup or merely the mock?
Is it a cocktail – this feeling of joy,
Or is what I feel the real McCoy?
Have I the right hunch or have I the wrong?
Will it be Bach I shall hear or just a Cole Porter song?

– Cole Porter, ›At Long Last Love‹ (1938)

Charlie Fielding (›Charles‹, wenn er etwas zu unterschreiben hatte) war hochgewachsen (mit vorgeneigten Hängeschultern) und sah aus wie der Ewige Jude. Er hatte eine unglaublich lange, krumme Nase mit geblähten Nüstern, und um seinen kleinen, in den Winkeln herabgezogenen Mund lag stets ein säuerlicher Zug, eine Mischung aus Verachtung und Melancholie. Seine fahle Haut wirkte ungesund und war von Akne verwüstet, die ihm von Zeit zu Zeit immer noch zu schaffen machte. Er trug teure Tweed-Jacken, die auf seinen Schultern hingen wie auf Drahtbügeln, und in seinen Hosen waren die Knie ausgebeult. Die Taschen seines abgetragenen Chesterfield-Mantels waren immer mit Taschenbüchern vollgestopft. Aus seiner abgewetzten schweinsledernen Aktenmappe ragte die Spitze eines Taktstockes hervor.

Hätten Sie ihn in der U-Bahn gesehen oder bei Schrafft's, wenn er dort sein einsames Mahl zu sich nahm (und alles auf die Rechnung seines Vaters setzen ließ), so hätten Sie, wegen seines Gesichtsausdrucks, angenommen, er sei in Trauer. Er war es nicht – es sei denn, er trauerte schon im vorhinein um seinen Vater (dessen Geld er erben würde).

Zuweilen, während er auf sein Essen wartete (Huhn in Rahmsauce, Schokoladeneis mit heißem Sirup), entnahm er seiner Aktentasche eine Partitur und begann, den Taktstock in der rechten Hand, ein imaginäres Orchester zu dirigieren. Dieses tat er auf die selbstverständlichste Weise und offenbar ohne jede Absicht, die Aufmerksamkeit auf sich zu lenken. Er nahm die Anwesenheit der Menschen um sich her einfach nicht wahr.

Charlie (seine Mutter hatte ihn nach Bonnie Prinz Charlie genannt, und Charlie *war* ja letzten Endes auch ein jüdischer Prinz) lebte allein in einem 1-Zimmer-Apartment in East Village. In derselben Gegend, in der seine bitterarmen Vorfahren vor zwei Generationen gelebt hatten. Die Jalousien starrten von fettigem schwarzem Ruß, und wenn man über den nackten Fußboden ging, knirschte Kohlengrus unter den Füßen. Das Ambiente war spartanisch: eine Kochnische mit stets leeren Schubladen und Regalen, bis auf Packungen mit getrockneten Aprikosen und Tüten mit sauren Drops, ein gemietetes Klavier, ein schmales Bett, ein Tonbandgerät, ein tragbarer Plattenspieler, zwei Kartons mit Schallplatten (nicht ausgepackt, seit er sie vor zwei Jahren aus dem Elternhaus mitgenommen hatte). Eine Feuertreppe vor dem Fenster, das auf einen verrußten Hof hinausging. Jenseits des Hofes wohnten zwei Lesbierinnen mittleren Alters, die es zuweilen versäumten, die Vorhänge zuzuziehen. Charlie hatte jene mit Verachtung gemischte Abwehrhaltung Homosexuellen gegenüber, die man oft bei Menschen antrifft, denen ihre eigene Sexualität zu schaffen macht. Er war ständig scharf, wollte jedoch um keinen Preis vulgär sein. Seine Harvard-Erziehung hatte zum Ziel gehabt, jedwede Vulgarität, die tief in seinen Genen glühte, auszulöschen, und obwohl er dauernd vögeln wollte, wollte er das nicht auf eine Weise handhaben, die ihn hätte grob und roh erscheinen lassen – ob nun sich selbst oder den jungen Frauen gegenüber, die er zu verführen trachtete.

Ich habe ohnehin festgestellt, daß – es sei denn, ein Mann wäre ein anerkanntes Genie – die Harvard-Erziehung eine Behinderung fürs Leben darstellt. Nicht so sehr das, was die Leute da lernen, sondern das, wofür sie sich für den Rest ihres Lebens halten. Die ewige lastende Verpflichtung also, ein Harvard-Mann zu sein: das Fluidum, die Atmosphäre, das Aussprache-Problem, die sentimentalen Erinnerungen an die Ruderregatten auf dem River Charles ... All das bewirkt des öfteren einen gewissen Infantilismus und ist der tiefere Grund dafür, daß Harvard-Leute mit flatternder Krawatte durch die Korridore der Werbe-Agenturen stürmen und sich mit dem Schlangenfraß und den speckigen, vergammelten Polstersesseln im Harvard-Club abfinden, nur, um irgendeinem süßen jungen Ding mit der fabelhaften Bildungsstätte, die sie besucht haben, zu imponieren.

Auch Charlie litt an diesem Harvard-Syndrom. Er hatte dort mit durchaus mittleren Noten abgeschlossen, und doch fühlte er sich mir, mit meinem *cum laude* von der lumpigen, unfeinen Barnard-Universität, turmhoch überlegen. Er lebte in der Überzeugung, daß er in Harvard Bildung und Kultiviertheit mit Löffeln gefressen hätte und, trotz aller Fehlschläge im Leben, doch immer noch (und das sollte aus voller Brust von einem Gilbert & Sullivan-Chor gesungen werden) ein HAR-VARD-MANN sei – und bleibe.

Charlie schlief meistens bis zum Mittag, stand dann auf und frühstückte in einer der Milchstuben, die aus der Zeit übriggeblieben waren, als in dieser Gegend hauptsächlich Emigranten lebten. Doch zweimal die Woche erhob er sich, wenn auch ächzend und stöhnend, bereits um neun und fuhr mit der U-Bahn zu einer Musikschule, wo er Klavierunterricht gab und mit einem kleinen Chor arbeitete. Was er damit verdiente, war nicht der Rede wert. Er lebte in der Hauptsache von den Zinsen eines Investmentfonds, den sein Vater für ihn eingerichtet hatte. Charlie ließ sich, was sein Einkommen anging, nie in die Karten gucken – als handle es sich dabei um ein anrüchiges Geheimnis. Doch ich hatte immer das

Gefühl, daß er durchaus weniger schäbig hätte leben können, wenn sein angeborener Geiz ihm nicht im Wege gewesen wäre.
Es *gab* allerdings ein anrüchiges Familiengeheimnis, und vielleicht war für ihn deshalb alles, was mit Geld zu tun hatte, von einer Aura von Peinlichkeit umgeben. Charlies Familie war über seinen Onkel Mel zu Geld gekommen – den berühmten pseudo-angelsächsischen Turniertänzer, der mit pomadisierten Haaren, einer operierten Nase und einer tanzenden *schickse* als Ehefrau durch die dreißiger Jahre schwebte. Mel Fielding hatte es sein Leben lang verstanden, sein Judentum geheimzuhalten, und er ließ seine Angehörigen nur unter der Bedingung an seinem Reichtum partizipieren, daß sie sich einer Nasenoperation unterzogen und ihren Namen Feldstein in Fielding umänderten. Was seine Nase anging, so weigerte sich Charlie und ging nur auf die Namensänderung ein. Sein Vater hingegen *ließ* sich die halbe Nase abschneiden (mit dem Erfolg, daß er zum Schluß aussah wie ein Jude mit einem lächerlichen Knopfnäschen). Aber das Wichtigste war, daß die Feldsteins aus Brooklyn wegzogen und sich im Beresford-Block (jenem vergoldeten Ghetto, dem Pseudo-Schloß) in Central Park West installierten.
Die Familie betrieb eine internationale Kette von Tanzschulen; einsame alte Menschen konnten die lebenslange Mitgliedschaft käuflich erwerben. Es handelte sich nicht eigentlich um aufgelegten Schwindel, ebensowenig wie Psychoanalyse oder die Religion oder Kommunikations-Zentren oder das Rosenkreuzertum als aufgelegter Schwindel bezeichnet werden können, doch auch dieses Unternehmen versprach den Menschen, daß ihre Einsamkeit, ihre Machtlosigkeit und ihre Leiden ein Ende nehmen würden, was dann natürlich bei vielen zu Enttäuschungen führte. Charlie hatte in seiner Studienzeit während einiger Sommer im ›Geschäft‹ mitgearbeitet, doch das war nur eine symbolische Geste gewesen. Er haßte alles, was nach einem geregelten Job roch, selbst dann, wenn dieser Job nur darin bestand, eine Achtzigjährige, die soeben für den Wucherpreis von einigen tausend Dollar Mitglied auf Lebenszeit geworden war, übers Parkett zu wuchten. Charlie war zu der Zeit, als ich ihn kennenlernte, sehr empfindlich, was Gesellschaftstanz anging. Er wollte nicht, daß es allgemein bekannt würde, womit sein Vater sein Geld verdiente. Nichtsdestoweniger ließ er in Gegenwart seiner oder meiner Freunde den Namen seines berühmten Onkels häufig fallen. Auch nach dem unvergleichlichen Rhythmus der Ambivalenz läßt sich's wunderbar tanzen.
Doch was tat Charlie denn nun eigentlich? Er bereitete sich auf eine große Zukunft vor. Er träumte von seinem Debüt als Dirigent – für

das er im übrigen sehr wenig tat – und er arbeitete an Symphonien. Es waren alles unvollendete Symphonien. Sonaten und Opern (letztere nach Werken von Kafka oder Beckett) wurden ebenfalls in Angriff genommen, doch auch diese blieben unvollendet. Er schrieb Jazz-Songs, die nie über die wenigen ersten Takte hinauskamen (die er jedoch unweigerlich mir zu widmen versprach). Vielleicht war er in den Augen anderer ein Versager – er selbst sah sich als romantische Figur. Er sprach über ›Stille, Exil und Verschlagenheit‹ (Stille: die unvollendeten Symphonien. Exil: er hatte die elterliche Wohnung im Beresford zugunsten des East Village aufgegeben. Verschlagenheit: sein Verhältnis mit mir). Er war dabei, die Prüfungen (und Anfechtungen) hinter sich zu bringen, denen alle großen Künstler am Beginn ihrer Laufbahn unterworfen sind. Als Dirigent hatte sich ihm, wie er sagte, die richtige Chance noch nicht geboten, und ein weiteres Handikap bestand seiner Meinung nach darin, daß er nicht homosexuell sei. Als Komponist galt es, sich mit der Stilkrise zu arrangieren, von der die Gegenwart geschüttelt wurde. Aber auch das würde sich finden. Man dürfe nicht in Jahren denken, sondern in Jahrzehnten.

Wenn er auf seiner Klavierbank oder bei Ratners (über einem Teller mit Kirsch-Pfannkuchen) ins Träumen geriet, sah Charlie sich selbst – wie er sein würde, wenn er es endlich geschafft hätte: graue Schläfen, weltgewandt und verbindlich, exzentrisch gekleidet. Nachdem er in der Met seine jüngste Oper dirigiert hätte, würde er es nicht für unter seiner Würde halten, ins ›Half Note‹ zu eilen, um mit aufstrebenden jungen Jazzmusikern eine *jam session* abzuhalten. Studentinnen, die ihn erkannten, würden ihn belagern und ihn um ein Autogramm angehen, und er würde sie mit geistreichen Bemerkungen abschlägig bescheiden. Im Sommer würde er sich in sein Landhaus in Vermont zurückziehen, unter einer schrägen Decke mit Oberlicht am Bechstein komponieren und dann sein Studio verlassen, um mit den Dichtern und den jungen Komponisten, die ihm nach Vermont gefolgt waren, eine sprühende Unterhaltung zu führen. Drei Stunden des Tages würde er der Abfassung seiner Autobiographie widmen – in einem Stil, der sich irgendwo zwischen Proust und Evelyn Waugh (seinen Lieblingsautoren) bewegte. Und dann würde es Frauen geben, Wagner-Heroinen mit dicken Hintern (mit Grübchen) wie aus einem Bild von Peter Paul Rubens. (Charlie hatte eine ausgesprochene Vorliebe für mollige, ja, sogar für dicke Frauen. Er fand mich immer zu mager und meinen Hintern zu klein. Wenn wir zusammengeblieben wären, wäre ich wohl an Elefantiasis zugrunde gegangen.) Nach den dicken Sopra-

nistinnen kamen die schöngeistigen Damen: Dichterinnen, die ihm ihre Bücher zueigneten, Bildhauerinnen, einzig und allein von dem Wunsch beseelt, er möge sich ihnen als Aktmodell zur Verfügung stellen, Romanschriftstellerinnen, die ihn so faszinierend fanden, daß sie ihn zur Hauptfigur ihrer Schlüsselromane machten. Heiraten würde er wohl nie, nicht einmal, um Kinder zu haben. Kinder seien *ennuyant*, wie er oft sagte (und es klang so, wie es hier steht). *Ennuyant* war eines seiner Lieblingsworte. Doch drückte dieses Wort nicht seine äußerste Mißbilligung aus (ebensowenig wie *banal*, das er ebenfalls schätzte). *Vulgär* war das Wort, womit er seine tiefste Verachtung zum Ausdruck brachte. Menschen konnten natürlich vulgär sein, ebenso wie Bücher und Musik und Malerei – doch für Charles konnte sogar Essen vulgär sein. Wie er einmal zu seinem berühmten Onkel sagte, als dieser ihn zum Essen ins *Le Pavillon* einlud: »Diese *Crèpes Suzette* sind *vul – gär*«, mit einer Pause zwischen den beiden Silben – als schwebe er zwischen *vul* und *gär* am Rande einer Offenbarung. Auch die Aussprache war etwas, worauf Charles größten Wert legte.
Doch das Wichtigste habe ich bis jetzt nicht berichtet, nämlich, daß ich irrsinnig in Charlie verliebt war (die Betonung liegt auf *irrsinnig*). Der Zynismus kam erst später. Für mich war er nicht ein großspuriger, verpickelter junger Mann, sondern eine höchst anziehende Persönlichkeit von ungeheurem Charme, ein zukünftiger Lenny Bernstein. Ich wußte, daß seine Familie (mit ihrem von Innendekorateuren in champagnerfarbener Seide ausgestatteten Salon – Schutzbezüge aus Plastik über den Möbeln) hundertmal vulgärer war als selbst die meine. Ich ahnte, daß Charlie eher snobistisch als intelligent war. Ich wußte, daß er sich nie wusch, nie ein Deodorant benutzte und sich höchst nachlässig den Hintern wischte (als erwarte er immer noch, daß seine Mommy ihm zu Hilfe eilen würde), doch ich war verrückt nach ihm. Ich ließ mich von ihm herablassend behandeln. Schließlich hatte er sich der umfassendsten aller Künste geweiht: der Musik. *Ich* war eine bescheidene, pedantische Skribentin. Und vor allem: er spielte Klavier – wie mein Klavier spielender Vater. Wenn er sich an den Flügel setzte, wurden meine Höschen feucht. Diese Continuos! Diese Crescendi! Dieses Dur! Dieses Moll!
Sie kennen den gräßlichen Ausdruck ›die Tasten kitzeln‹? Das war es, womit Charlie mich betaumelte. Manchmal vögelten wir sogar auf der Klavierbank – bei laufendem Metronom.
Wir lernten uns auf merkwürdige Weise kennen. Im Fernsehstudio. Gibt es etwas Komischeres als eine Lesung von Gedichten im

Fernsehen? Es ist weder Poesie noch Fernsehen, es ist ›bildend‹ – wenn Sie mir den Ausdruck gestatten.
Das Programm lief *live* über Kanal 13 und war eine Art Mischmasch aus den sieben Künsten – viel ›Leben‹ hatte hier keine davon aufzuweisen. Warum die Sache als bildend betrachtet wurde, blieb ein tiefes Geheimnis. Wir waren sieben junge ›Künstler‹, von denen jedem vier Minuten zur Verfügung standen, um seinen (oder ihren) Kram abzuziehen. Dann war da noch ein triefäugiger, Pfeife rauchender alter Sack – er hieß Phillips Hardtack oder so ähnlich –, der jeden von uns interviewte und so tiefschürfende Fragen stellte wie: »Was ist, Ihrer Meinung nach, Inspiration?«, oder: »Welchen Einfluß hatte Ihre Kindheit auf Ihre Arbeit?« Für diese (und noch etwa zehn andere) Fragen waren weitere vier Minuten vorgesehen. Außer als Moderator bei Sendungen dieser Art verdiente Hardtack sich seine Brötchen mit dem Schreiben von Buchkritiken und TV-Whisky-Reklame – zwei Tätigkeiten, die mehr miteinander gemein haben, als es auf den ersten Blick scheint. Der Scotch war immer ›leicht‹ und ›mild‹ und die Bücher immer ›realistisch‹ und ›voll Saft und Kraft‹. Man brauchte Hardtack nur anzustupsen, und schon purzelten die Adjektiva heraus. Zuweilen brachte er sie allerdings durcheinander und nannte ein Buch ›leicht‹ und ›mild‹, dafür den Scotch ›realistisch‹ und ›voll Saft und Kraft‹. Für zwanzig Jahre alten Scotch und hochbetagte Autoren, die ihre Memoiren publiziert hatten, behielt Hardtack sich das Wort ›reif‹ vor. Auf junge Autoren und Whisky fragwürdiger Provenienz reagierte er automatisch mit: ›Ermangelt der Ausgeglichenheit.‹
Die meisten der an dieser Sendung beteiligten ›Künstler‹ verdienten nichts Besseres als Hardtack. Da gab es einen jungen Narren, der sich ›Filmemacher‹ nannte und einen zittrigen, überbelichteten 4-Minuten-Film vorführte – offenbar zwei (oder vielleicht auch drei) Amöben, die, Pseudopodium vor Pseudopodium setzend, ein Tänzchen miteinander wagten; einen farbigen Maler, der sich als ›Aktivist‹ bezeichnete und nichts anderes als Stühle malte (ein seltsam pazifistisches Motiv für einen Aktivisten); eine Sopranistin mit sehr gelben, sehr vorstehenden Zähnen (Charlie hatte die Aufgabe, ihre tremolierende Puccini-Darbietung vier Minuten lang auf dem Flügel zu begleiten); ein Ein-Mann-Schlagzeugorchester namens Kent Blass, der wie ein Spastiker umhersprang und auf Trommeln, Xylophone, gläserne Aquarien, Kochtöpfe und Bratpfannen schlug; einen modernen Tänzer, der das Wort ›Tanz‹ ausschließlich mit dem bestimmten Artikel benutzte; einen gesellschaftlich engagierten Protestsänger, der seinem Brooklyn-Akzent

mit Sprachunterricht zu Leibe gegangen war, mit dem bizarren Ergebnis, daß er nun ›Gott‹ wie ›Goott‹ aussprach – und dann gab es noch *mich*.
Ich sollte meine 4-Minuten-Poesie in einem Bilderrahmen aus grauem Sperrholz abziehen, und um diesen zu erreichen, mußte ich eine Art Schafott erklimmen. Direkt unter mir saß Charlie am Flügel und starrte mir unter den Rock. Während ich meine Gedichte las, brannten seine Augen Löcher in meine Schenkel. Am nächsten Tag rief er mich an. Ich konnte mich nicht an ihn erinnern. Dann sagte er, er wolle meine Gedichte vertonen, also ging ich mit ihm essen. Auf solche Tricks habe ich immer sehr naiv reagiert. »Kommen Sie doch zu mir, und ich werde Ihre Gedichte vertonen«, und ich komme immer. Oder gehe doch zumindest hin.
Doch Charlie setzte mich in Erstaunen. Als er mich abholte, sah er hager und knochig und ungewaschen und hakennäsig aus, im Restaurant jedoch entfaltete er ein umfassendes Wissen über Cole Porter und Rodgers & Hart und Gershwin: alle die Songs, die mein Vater auf dem Klavier gespielt hatte, als ich klein war. Selbst die unbekanntesten Cole-Porter-Songs, die fast vergessenen Rodgers & Hart-Songs aus verschollenen Musicals, die am wenigsten populären Gershwin-Songs – er kannte sie alle. Er kannte die Texte noch besser als ich mit meinem untrüglichen Gedächtnis für eingängige Wortfolgen. Und in diesem Augenblick verliebte ich mich sterblich in ihn, ich machte aus einem ungewaschenen, hakennäsigen Frosch einen Prinzen – noch dazu einen Klavier spielenden jüdischen Prinzen. Als er den letzten Vers von ›*Let's Do It*‹ zitierte und sich bei keinem Wort irrte, war ich bereit, es mit ihm zu tun. Ein simpler Fall von Ödipussy.
Wir gingen nach Hause und ins Bett. Doch Charlie war so überwältigt von seinem Glück, daß er versagte.
»Dirigiere mich«, sagte ich.
»Es scheint, daß ich meinen Taktstock verloren habe.«
»Dann mach es wie Mitropoulos – mit den Händen.«
»Du bist einmalig«, sagte er und wühlte unter der Decke herum, doch – Taktstock oder Hände – es war hoffnungslos. Seine Zähne schlugen aufeinander, und seine Schultern zuckten wie im Krampf. Er rang nach Luft, als leide er an einem Emphysem.
»Was ist los?« fragte ich.
»Es ist nur ... du bist so einmalig – ich kann es einfach nicht fassen.« Er schien abwechselnd zu schluchzen und zu ersticken. »Werden wir uns wiedersehen ... trotzdem?« fragte er flehend. »Versprichst du mir, daß du mir das nicht zum Vorwurf machst?«

»Für was für ein Monstrum hältst du mich?« Ich war baß erstaunt. Seine Hilflosigkeit hatte alle meine mütterlichen Gefühle geweckt. »Nur ein Unmensch würde dich deswegen rausschmeißen.«
»Die letzte, bei der mir das passiert ist«, brachte er unter Stöhnen heraus, »*hat* mich rausgeschmissen und meine Kleider hinter mir her. Eine Socke fehlte. Ich mußte mit einem entblößten Knöchel nach Hause fahren – mit der U-Bahn. Es war die erniedrigendste Situation meines Lebens.«
»Darling«, sagte ich und wiegte ihn in den Armen.
Wahrscheinlich hätte all dieses Schluchzen, Zittern und Luftschnappen mich auf Charlies emotionelle Labilität hinweisen sollen – aber da kennen Sie mich schlecht. Für mich war das nur eine Bestätigung seiner *Sensi*bilität. Der Prinz auf der Erbse. Alles durchaus verständlich. Premierengefährdung durch Lampenfieber. Wir konnten ja immer noch Cole Porter singen, statt zu vögeln. Doch statt dessen schlief er in meinen Armen ein. Er schlief, wie ich noch keinen Menschen habe schlafen sehen. Er schnaufte und prustete und furzte und schlug um sich. Er stöhnte und zitterte. Er drückte im Schlaf sogar an seinen Pickeln herum. Ich blieb die halbe Nacht wach und betrachtete ihn mit äußerstem Erstaunen. Am Morgen erwachte er mit einem Lächeln und fickte mich wie ein Hengst. Ich hatte den Test bestanden. Ich hatte ihn nicht vor die Tür gesetzt. Und dafür wurde ich nun belohnt.
Die folgenden acht Monate blieben wir zusammen und verbrachten die Nächte meist entweder bei ihm oder in meiner Wohnung. Die Annullierung meiner Ehe mit Brian stand bevor; ich lehrte Englisch an einer New Yorker Sprachenschule, während ich an der Columbia-Universität mein Abschlußexamen baute. Ich lebte immer noch in derselben Wohnung, in der Brian übergeschnappt war, und fand es gräßlich, nachts alleine zu sein. Wenn Charlie also nicht bei mir bleiben konnte, ging ich mit ihm nach East Village und teilte sein karges Lager.
Er liebe mich, sagte er, er vergöttere mich, sagte er, und doch hielt er Abstand. Ich witterte irgend etwas Befremdendes in seinen Liebeserklärungen, etwas Zögerndes, Unaufrichtiges. Das brachte mich auf die Palme, weil es das erste Mal war, daß jemand sich mir gegenüber zurückhielt. Ich war es gewohnt, die erste Geige zu spielen, und seine Unentschlossenheit machte mich rasend. Und das bewirkte, daß ich immer verrückter nach ihm wurde, und er seinerseits immer zurückhaltender. Die alte, uralte Geschichte.
Ich wußte, daß es in Paris eine andere Frau gab, eine frühere Freundin aus Radcliffe, die jetzt an der Sorbonne Philosophie

studierte. Laut Charlie waren sie mittlerweile nur gute Freunde. Es wäre vorbei, sagte er.
Sie war mollig und dunkelhaarig und hatte (laut Charlie) die höchst irritierende Angewohnheit, unmittelbar nach dem Ficken in Tiefschlaf zu sinken. Sie sei nach Paris gegangen, um sich von ihm, Charlie, abzusetzen, und habe nun einen französischen Freund, mit dem sie in der Rue de la Harpe zusammenlebe (für jemanden, den das alles überhaupt nicht mehr interessierte, war Charlie über die Einzelheiten recht gut informiert). Doch wenn das alles wahr *war*, warum schloß sie dann ihre Briefe mit ›ich liebe dich‹? Nur um ein As in der Hand zu behalten? Und *er*? War *sie* sein As (oder Arsch) in der Hand? Oder war *ich* es?
Ich war immer der Ansicht, daß es das Verwerflichste vom Verwerflichen sei, die Briefe anderer Leute zu lesen, doch die Eifersucht treibt einen zu den seltsamsten Dingen. An einem tristen Morgen in East Village, als Charlie schon früh weggegangen war, um Musikunterricht zu geben, schlüpfte ich wie ein Spion aus dem Bett und durchsuchte (mein Herz dröhnte wie eine von Saul Goodmans Kesselpauken) sein Apartment. Ich suchte natürlich nach Briefen mit Pariser Poststempeln – und fand sie, unter Charlies verräterisch grauen Unterhosen. Ihren Briefen nach zu urteilen, war Salome Weinfeld (genannt nach ihrem Großvater Sol?) ein literarischer Typ. Außerdem spielte sie ihr Spielchen mit Charlie, indem sie ihn einerseits wild vor Eifersucht machte, während sie ihn andererseits mit kleinen Almosen der Zuneigung an sich zu binden suchte.

Cher Charlie [schrieb sie]:

Wir [wir!] leben hier im sechsten Stock (Du würdest sagen im siebenten) des charmant verkommenen Bruchbudenhotels de la Harpe, bis wir eine billigere Bleibe gefunden haben. Paris ist himmlisch – Jean-Paul Sartre praktisch um die Ecke rum, Simone de Beauvoir, Beckett, Genet – kurz: *tout le monde.*
Darling, ich liebe Dich. Glaube nicht, daß ich mir, nur, weil ich mit Sebastien zusammenlebe (der übrigens ein phantastisches Kuskus zubereitet), nichts mehr aus Dir mache. Ich brauche bloß Zeit, um – ohne Dich – zu experimentieren, Atem zu holen, zu leben, mich zu dehnen und zu strecken und meine Muskeln zu spannen. [welche wohl!]
Ich vermisse Dich Tag und Nacht, ich denke an Dich, ich träume sogar von Dir. Du kannst Dir nicht vorstellen, wie frustrierend es ist, mit einem Mann zusammenzuleben, der nicht weiß, was ein Schinken-Sandwich mit Tomaten und grünem Salat ist, der nie einen *blintz* gegessen hat, der denkt, daß The Charles ein ehemaliger englischer König ist. Trotzdem ist er (Sebastien) süß und lieb und [hier war eine ganze Zeile dick mit schwarzer Tinte durchgestrichen] und läßt mich jeden Tag spüren, wie sehr ich Dich immer noch liebe.

Attends-moi, cheri Sally

Attends-moi – von wegen!
Doch wie konnte ich Charlie einen Brief zum Vorwurf machen, den ich unter seinen schmuddligen Unterhosen aufgestöbert hatte? Ich beschloß also, mich auf wachsames Warten zu verlegen. Ich verbarg meinen Groll. Ich war fest entschlossen, ihn – Schritt für Schritt – von seiner geheimen Brieffreundin loszueisen.
Im Juni fuhren wir zusammen nach Europa. Charlie wollte in Holland an einem Dirigenten-Wettbewerb teilnehmen und ich Freunde in Yorkshire besuchen. Anschließend war ich mit meiner alten Freundin Pia in Florenz verabredet, um mit ihr zusammen einen Roundtrip durch Südeuropa zu machen, und dann wollte ich in den Nahen Osten zu meiner Schwester Randy. Charlie und ich hatten die Absicht, zwei Wochen zusammen in Holland zu verbringen und uns dann zu trennen. Er würde wahrscheinlich nach Hause zurückfahren, um auf irgendeinem Musik-Festival ein Oratorium zu dirigieren, aber das stand noch nicht fest. Insgeheim hoffte ich, daß wir übereinkommen würden, alle unsere anderen Pläne aufzugeben und den Rest des Sommers miteinander umherzureisen.
Wir fuhren mit der alten *Queen Elizabeth*, in der Touristenklasse. Die prüde Cunard-Line wollte uns keine gemeinsame Kabine geben, es sei denn, wir könnten schwarz auf weiß beweisen, daß wir verheiratet wären (was wir natürlich *nicht* konnten). Außerdem war Charlie geizig. Um zu sparen, buchte er eine Koje in einer 4-Bett-Kabine mit drei alten Männern, und mir blieb nichts anderes übrig, als eine Koje in einer 4-Bett-Damenkabine zu nehmen. Ohne Fenster natürlich und direkt über dem Maschinenraum. Meine Mitreisenden waren eine Deutsche, die aussah und sprach wie die Kommandeuse von Buchenwald, eine hagere französische Krankenschwester, die schnarchte, und eine fünfzigjährige englische Lehrerin mit Wollweste, Tweedrock und Schuhen mit Profilsohlen. Sie benutzte Yardley's *English Lavender*, und die ganze Kabine stank danach.
Es erhob sich die bange Frage, wo wir während der fünfeinhalb Tage Überfahrt ficken sollten. Meine Kabine fiel aus, weil die französische Krankenschwester fast den ganzen Tag pennte und die beiden andern Damen sich bereits um neun Uhr abends zurückzogen. Einmal verzichteten wir auf unsern Lunch, um es in Charlies Kabine zu treiben, während die drei alten Zausel beim Essen waren. Doch einer von ihnen kam zurück und rüttelte, als wir gerade losgelegt hatten, ärgerlich an der Tür. Wild entschlossen begannen wir also, das ganze Schiff nach einem ungestörten Plätzchen abzusuchen. Man sollte glauben, daß das auf der *Queen Elizabeth*, einem alten

Dampfer voller Ecken und Winkel, ein leichtes gewesen wäre, doch dem war nicht so. Die großen Wäscheschränke waren verschlossen, die Rettungsboote hingen zu hoch, um hineinklettern zu können, die Gesellschaftsräume waren zu bevölkert, der Kindergarten steckte voller Gören, und eine unbesetzte Kabine war nicht zu finden. Ich schlug vor, in eine der 1.-Klasse-Kabinen zu schlüpfen, während die Leute abwesend waren. Doch Charlie hatte Schiß.

»Und wenn sie nun zurückkommen?« sagte er.

»Dann wäre ihnen das wahrscheinlich so peinlich, daß sie kein Wort sagen würden – oder sie nehmen an, sie hätten sich in der Kabine geirrt, und bis sie den Steward aufgetrieben haben, sind wir längst weg.«

Jesus, wie pragmatisch war ich im Vergleich zu Charlie! Was für ein Hosenscheißer er doch war! *Meine* Angst vorm Fliegen läßt es doch zumindest zu, *daß* ich fliege, sobald ich mich innerlich damit abgefunden habe, während des ganzen Fluges Todesängste auszustehen, doch *seine* Angst vorm Fliegen war so arg, daß er sich nicht einmal in die *Nähe* eines Flugzeugs traute. Das vor allem war der Grund, warum wir nun in dieser mißlichen Lage steckten.

Doch schließlich fanden wir doch noch ein Plätzchen, die einzige menschenleere Ecke an Bord. Sie hätte sich nicht besser für unsere Zwecke eignen können – sowohl symbolisch wie praktisch (abgesehen davon, daß dort kein Bett stand): der jüdische Betraum in der Touristenklasse.

»Aber das ist ja phantastisch!« rief ich aus, als wir den Lichtschalter gefunden und festgestellt hatten, wo wir uns befanden. Welch ein Ambiente! Kirchenbänke! Ein Davidsstern! Sogar eine Thora – um Christi willen! Jetzt kam ich erst richtig auf Touren.

»Ich stell mir jetzt vor, ich wär 'ne Vestalin oder so was«, sagte ich und öffnete Charlies Reißverschluß.

»Aber man kann nicht abschließen!« protestierte er.

»Wer soll hier schon reinkommen? Unsere angelsächsischen Mitreisenden und die anglikanische Besatzung doch ganz sicher nicht. Außerdem können wir ja das Licht wieder ausmachen. Jeder, der hier reinstolpert, wird denken, daß das dazugehört. Was wissen die schon vom Jahwe-Kult.«

»Wahrscheinlich wird man dich mit dem brennenden Dornbusch verwechseln«, sagte er mit aasigem Unterton.

»Sehr witzig.« Ich stieg aus meinem Höschen und löschte das Licht. Doch es war uns nur einmal beschieden, im Angesicht Gottes zu vögeln, denn als wir am nächsten Tag zu unserem kleinen Liebestempel zurückkehrten, war an der Tür ein Vorhängeschloß angebracht. Warum, haben wir nie erfahren. Charlie war natürlich *ganz sicher* (auf seine paranoide Weise), daß jemand (Gott?) unsere hitzige Beiwohnung fotografiert und unser Stöhnen auf Band aufgenommen hatte. Den Rest der Reise war er in Panik. Er zweifelte keinen Augenblick daran, daß wir in Le Havre vom Sittendezernat der Interpol in Empfang genommen würden.

Die restliche Überfahrt war für mich ziemlich langweilig. Charlie hockte, die Nase in seinen Partituren, in einem der Salons und dirigierte ein imaginäres Orchester, und ich sah ihm zu – innerlich kochend vor Wut wegen Sally. Ich war sicher, daß er sie in Paris aufsuchen würde. Ich versuchte, den Gedanken von mir zu schieben, doch er tauchte immer wieder auf, wie ein Bonbon-Papier im Central-Park-See, das nicht sinken will. Was konnte ich tun? Ich versuchte zu schreiben, war jedoch unfähig, mich zu konzentrieren. Ich konnte an nichts anderes als an Sally denken – diese Superschlange. Sie hatte Charlie fest am Bändel, wie er *mich*. Alle Liebesprobleme ergeben sich aus falschen Konstellationen, verdammtnochmal. Es ist für jeden genug da, doch es kommt immer zu den falschen Leuten, zur falschen Zeit, am falschen Ort. Menschen, die geliebt werden, bekommen immer noch mehr Liebe, und die Ungeliebten immer nur weniger. Je mehr wir uns Frankreich näherten, desto eher war ich geneigt, mich zur zweiten Kategorie zu zählen.

Natürlich versagte Charlie beim Dirigentenwettbewerb. Und noch dazu in der ersten Ausscheidung. Trotz emsigen, demonstrativen Studierens konnte er keine Partitur im Kopf behalten. Er war, wie es schien, nicht zum Dirigenten geboren. Auf dem Podium erschlaffte er – wie in jener ersten Nacht im Bett. Sein ganzer Körper sackte zusammen. Die Schultern neigten sich vor, und sein Rücken wurde krumm wie ein zu lange gekochter Spargel. Der arme Charlie hatte kein Charisma. Ganz im Gegensatz zu Brian. Oft dachte ich (während ich Charlie auf dem Podium zusah), daß er phänomenal gewesen wäre, wenn er nur ein klein wenig von Brians Charisma besessen hätte. Allerdings hatte Brian keinerlei musikalische Begabung. Wenn ich doch die beiden miteinander hätte kombinieren können! Warum läuft es bei mir immer auf zwei Männer hinaus, die zusammen *einen* großen Mann ergäben? Ist *das* vielleicht das Geheimnis meines Ödipuskomplexes? Mein Vater und mein Großvater? Mein Vater, der sich immer an den Flügel zurückzieht, wenn ihm die häusliche Atmosphäre zu mulmig wird, und mein Großvater, dieses Dynamitfaß, der eisern sitzen bleibt und hitzig über

Marxismus, Modernismus, Darwinismus oder sonstige Ismen disputiert – als hinge sein Leben davon ab?
Bin ich dazu verurteilt, ein Leben lang zwischen zwei Männern hin und her zu hetzen? Der eine scheu, schüchtern, sanftmütig und mehr oder weniger indifferent und der andere so ungestüm und ruhelos, daß er *meinen* ganzen Sauerstoff verbraucht?
Eine typische Szene am Mittagstisch der White-Stoloffs. Meine Mutter Jiddy tritt lauthals für Robert Ardrey und den Territorialitätsgedanken ein. Mein Großvater Stoloff (den jeder Papa nennt) zitiert Lenin und Puschkin, um zu beweisen, daß Picasso ein falscher Fuffziger ist. Meine Schwester Chloe ruft Jiddy zu, sie solle den Mund halten, Randy schreit, Chloe solle den Mund halten, Bob und Lalah versorgen im oberen Stockwerk die Fünflinge, Pierre streitet sich mit Abel über die Wirtschaftslage, Chloe löchert Bennett mit Psychiatrie, Bennett hüstelt nervös und gibt sich unergründlich, Randy fällt über meine Gedichte her, meine Großmutter (Mama) sitzt und näht und ermahnt uns, nicht ›wie Müllkutscher‹ zu reden, und ich blättre in einer Zeitschrift, um mich, so gut es geht (und immer wieder mit Hilfe des gedruckten Wortes!), vor meinen Angehörigen zu schützen.

CHLOE: Immer muß Isadora was *lesen. Kannst du die verdammte Zeitschrift nicht weglegen?*

ICH: Warum? Damit ich ebenso rumschreie wie ihr?

CHLOE: Das wäre immer noch besser, als die ganze Zeit die Nase in so 'ne Scheiß-*Zeitschrift* zu stecken.

MEIN VATER (*Chattanooga Choo Choo* summend): Lies in einem Magazin, und du bist in Baltimore ...

CHLOE (den Blick himmelwärts gerichtet wie im Gebet): Und Daddy summt bloß immerzu oder macht faule Witze. Kann man denn hier nie ein seriöses Gespräch führen?

ICH (lesend): Wer will denn schon ein seriöses Gespräch führen?

CHLOE: Du bist ein ganz mißgünstiges Luder.

ICH: Für jemand, der die Psychiatrie verabscheut, kennst du dich in dem Jargon ganz gut aus.

CHLOE: Ach, leck mich doch sonstwo.

MAMA (sieht von ihrer Näharbeit auf): Ihr solltet euch was schämen. Ich habe meine Enkelinnen nie gelehrt, wie Müllkutscher zu reden.

PAPA (unterbricht seinen Disput mit Jiddy und hebt den Blick): Widerlich.

CHLOE (brüllt, so laut sie kann): WOLLT IHR JETZT ALLE MAL EINEN AUGENBLICK DIE SCHNAUZE HALTEN UND MIR ZUHÖREN?!

Aus dem Wohnzimmer ist Klavierspiel zu hören. Mein Vater spielt seine eigene Fassung von *Begin the Beguine,* die er vor vielen Jahren in der ersten Broadway-Inszenierung von *Jubilee* gespielt hat. ›*When they begin ... the ... Beguine ... It brings back the thrill of music so tennnderr ...*‹

Mit den Akkorden des leicht verstimmten Steinway-Stutzflügels unterlegt, weht seine Stimme zu mir herüber. Papa und Jiddy haben seine Abwesenheit gar nicht wahrgenommen.
»In *dieser Gesellschaft*«, sagt Jiddy, »werden die künstlerischen Maßstäbe von Presse- und Public-Relations-Leuten gesetzt – und das heißt, daß es überhaupt keine künst-«
»Ich habe *schon immer* gesagt«, unterbricht sie Papa, »daß es auf der Welt nur zwei Sorten Menschen gibt: Gauner und nicht ganz so schlimme Gauner...« Und mein Vater antwortet beiden mit einem gebrochenen Akkord.

In Amsterdam verabschiedeten Charlie und ich uns unter Tränen. Auf dem Hauptbahnhof. Er fahre nach Paris und Le Havre (und geradewegs zurück in die Staaten, wie er sagte). Doch ich glaubte ihm nicht. Ich fuhr nach Yorkshire – ob ich das nun gern tat oder nicht, und ich tat es äußerst ungern. Ein tränenreicher Abschied. Wir aßen holländische Matjes und weinten – beide.
»Es ist für uns beide das Beste, wenn wir uns für eine Weile trennen, Darling«, sagte er.
»Ja«, sagte ich. Ich lüge, den Mund voll Hering. Wir küssen uns, unter Austausch von nach Zwiebel schmeckendem Speichel. Ich steige in den Zug nach Hoek van Holland. Ich winke mit einer nach Hering riechenden Hand. Charlie wirft mir Kußhände zu. Er steht auf dem Bahnsteig, mit hängenden Schultern (aus der Tasche seines Trenchcoats ragt ein Taktstock), unter dem Arm die abgeschabte Aktentasche voller Partituren, in der Hand holländischen Matjes. Der Zug fährt ab. Auf dem Schiff von Hoek van Holland nach Harwich stehe ich im Nebel und flenne und denke daran, wie ich im Nebel stehe und flenne, und frage mich, ob ich je imstande sein werde, dieses Erlebnis in einem Buch zu verwerten. Mit einem langen, rosafarbenen Nagel hole ich noch ein Stückchen Hering aus meinen Zähnen und schnipse es dramatisch in die Nordsee.
In Yorkshire erreicht mich ein Brief von Charlie, der (natürlich) noch immer in Paris ist. »Darling«, schreibt er, »Du mußt nicht denken, daß ich Dich nicht mehr liebe, bloß weil ich Sally hier wieder getroffen habe ...«
In einem großen zugigen englischen Landhaus logiere ich bei ein wenig verrückten englischen Freunden, die den ganzen Tag Gin kippen, um sich warm zu halten, und à la Oscar Wilde konversieren, und verbringe die folgenden zehn Tage in alkoholisierter Benommenheit. Ich schicke Pia ein Telegramm, daß ich früher als geplant nach Florenz komme, und beide rächen wir uns an unseren treulosen Liebhabern (der ihre ist in Boston), indem wir mit jedem Florentiner ins Bett gehen, außer mit Michelangelos *David.* Doch das macht die Sache nicht besser. Wir sind nach wie vor beide

todunglücklich. Charlie ruft mich in Florenz an und bittet mich um Verzeihung (er ist immer noch in Paris bei Sally), was eine weitere freudlose Orgie zur Folge hat ... Dann gehen Pia und ich in uns und beschließen, uns zu läutern. Wir machen uns Spülungen mit Weinessig aus weißem Chianti. Wir knien vor der Statue des Perseus in der Loggia dei Lanzi und flehen um Vergebung. Wir erklimmen Giottos Campanile und beten zum Geist von Giotto (jeder andere berühmte Geist hätt's genauso getan). Wir fasten zwei Tage und trinken nur San Pellegrino. Wir machen uns Spülungen mit San Pellegrino. Und endlich beschließen wir – als äußerstes Sühneopfer –, unseren treulosen Liebhabern unsere Pessare zuzuschicken, um zur Abwechslung bei *ihnen* Schuldgefühle zu erzeugen. Doch wie sollten wir die Dinger verpacken? Unter dem Bett in dem chaotischen Zimmer unserer *pensione* hat Pia eine alte *Motta Panetone*-Schachtel stehen. Ich suche und suche, kann aber keinen geeigneten Karton für mein Pessar finden, also lasse ich, ein wenig überstürzt, den ganzen Plan fallen. (Was hätte das schon für einen Sinn, Charlie und Sally mein Pessar in einer alten Kuchenschachtel zu schicken?) Doch Pia bleibt eisern. Sie kramt herum und sucht nach Packpapier und Klebestreifen. Sie kritzelt Adresse und Absender drauf. Sie erinnert mich an mich selbst, wie ich mit dreizehn heimlich (›bitte in diskretem Umschlag‹) eine *Kotex*-Damenbinden-Broschüre anforderte.

Wir marschieren zum American Express (mit mindestens der Hälfte der hier angestellten Florentiner, die uns, obszön lächelnd, zuzwinkern, waren wir im Bett gewesen). Man sagt uns, daß wir eine Zolldeklaration ausfüllen müßten. Doch was sollen wir denn bloß da hineinschreiben? ›Ein Pessar, gebraucht‹? ›Ein Pessar, mißbraucht‹? ›Getragene Kleidung‹ vielleicht? Kann ein Pessar als Kleidungsstück bezeichnet werden? Pia und ich halten Rat. »Schließlich *trägt* man es doch«, sagt sie. Ich bleibe dabei, daß sie es als ›gebrauchter Gegenstand‹ nach Boston schicken solle, um auf diese Weise den Einfuhrzoll zu umgehen. Wenn ihr abtrünniger Freund nun Zoll für ihr abgelegtes Pessar bezahlen müsse? Wolle sie der Kränkung auch noch ihn schädigende Ausgaben hinzufügen, dem Schuldgefühl eine Beleidigung?

»Verrecken soll er, von mir aus«, sagt Pia. »Soll er doch Einfuhrzoll bezahlen, und ich hoffe, daß ihm die Sache so peinlich ist wie nur möglich.« Und damit schreibt sie in die Rubrik ›Inhalt‹: 1 florentinische Geldbörse aus Leder, Wert 100 $.

Kurz danach trennten sich unsere Wege. Ich fuhr nach Beirut zu Randy, und Pia reiste nach Spanien weiter, wo sie sich, da sie kein

Pessar mehr hatte, den Rest des Sommers mit Fellatio begnügen mußte. Blasen und geleckt werden erzeugten bei ihr nicht die geringsten Schuldgefühle. Das klingt irgendwie lächerlich, aber ich verstehe Pia sehr gut. Schließlich waren wir brave Töchter der fünfziger Jahre.

Von Arabern und anderen Wesen

Ich bin der junge Wüstenscheich.
Und bald gehörst du mir.
Sobald in deinem Zelt du schläfst,
Schlüpf ich hinein zu dir.

– aus ›*The Sheik of Araby*‹,
von Ted Snyder, Francis Wheeler und Harry B. Smith

Ich nahm den *rapido* nach Rom und flog von dort mit der *Alitalia* nach Beirut.
Ich weiß noch, daß ich sehr unruhig und nervös war – wegen allem: wegen des Fluges als solchem, natürlich, und dann wegen der Ungewißheit, ob Briefe von Charlie bei Randy auf mich warteten und ob die Araber wohl entdecken würden, daß ich Jüdin sei (obwohl auf meinem Visum deutlich in Blockbuchstaben ›Unitarier‹ zu lesen stand). Ich war mir allerdings nicht sicher, ob sie, wenn sie wußten, was *das* bedeutet, es nicht noch anrüchiger finden würden als mein Judentum, da die Hälfte der libanesischen Bevölkerung katholisch ist. Ich hatte Angst davor, als Betrügerin entlarvt zu werden, und obwohl ich weniger als nichts über die jüdische Lehre wußte, widerstand es mir, mein Glaubensbekenntnis zu verleugnen. Ich war davon überzeugt, daß ich den Schutz, den Jehova mir bislang gewährt hatte (nicht allzuviel, zugegebenermaßen), mit diesem schandbaren Betrug verspielen würde.
Ich war ferner davon überzeugt, daß all diese unbeschnittenen Florentiner mir die Syphilis verpaßt hatten. Oh, meine Phobien erstrecken sich auf so ziemlich alles: Flugzeugabstürze, Syphilis, Glassplitter schlucken, Fleisch- und Fischvergiftung, Araber, Brustkrebs, Leukämie, Nazis, Melanome ... Das Sonderbare an meiner Lues-Phobie ist, daß es nichts zur Sache tut, wie *wohl* ich mich fühle oder wie frei von Wunden und Narben meine Möse offensichtlich ist. Ich suche und suche und suche, und wie unbefriedigend das Ergebnis auch sein mag – ich bin trotzdem fest davon überzeugt, daß ich an irgendeiner schleichenden, atypischen Form der Syphilis leide. Im geheimen weiß ich ganz genau, daß meine Eileiter mit Narben bedeckt sind und daß meine Ovarien eintrocknen wie Samenkapseln im Herbst. Ich stelle mir das plastisch und in allen Einzelheiten vor. Alle meine ungeborenen Kinder, die dort verdorren! Verdorren am Rebstock, sozusagen. Das Schlimmste daran, eine Frau zu sein, ist das Verborgensein, die Heimlichkeit des eigenen Körpers. Man verbringt praktisch seine gesamte Pubertät in der Rückenbeuge vor dem Badezimmerspiegel, im Bemühen, die eigene Möse auszukundschaften. Und was sieht man? Die gekräuselte Gloriole aus Schamhaar, die purpurnen Schamlippen (wieso eigentlich Scham?), den rosenfarbenen Alarmknopf der Klitoris – doch man sieht nie genug! Das Wichtigste bleibt unsichtbar. Eine unerforschte Schlucht, eine unterirdische Höhle, in der die verschiedensten verborgenen Gefahren auf der Lauer liegen.
Wie sich herausstellte, war der Flug nach Beirut dazu vorgesehen, alle meine neurotischen Ängste zu mobilisieren. Über dem Mittel-

meer gerieten wir in ein Unwetter von homerischen Ausmaßen; der Regen peitschte gegen die Fensterscheiben, die Drinks schwappten durch die Maschine, und der Flugkapitän sprach alle paar Minuten beruhigende Worte ins Mikrophon, denen ich keine Sekunde lang glaubte. (Auf italienisch klingt ohnehin nichts so recht glaubwürdig – nicht einmal *Lasciate Ogni Speranza.*) Ich war durchaus darauf vorbereitet, sterben zu müssen, weil ich auf meinem Visumsantrag ›Unitarier‹ hingeschrieben hatte. Das war genau die Art von Gesetzesübertretung, für die Jehova einen am Wickel kriegte – das und das Rumvögeln mit *gojim.*

Jedesmal wenn wir in ein Luftloch gerieten und die Maschine etwa 150 Meter absackte (und mein Magen mir in den Hals stieg), schwor ich mir, Sex, Schinken und Flugreisen hinfort zu meiden, wenn ich die *terra firma* mit heiler Haut wiedergewinnen sollte.

Die übrigen Passagiere entsprachen auch kaum der Vorstellung, die ich von Menschen hatte, mit denen ich gern in den Tod ginge. Als es wirklich äußerst unangenehm wurde und es uns durcheinanderrüttelte wie Blattläuse, die sich an einem Modellflugzeug aus Pappe festklammern, fing irgend so ein angetrunkenes Rindvieh damit an, jedesmal wenn wir in die Tiefe sanken, ›Hin-ei-ei-ein‹ zu johlen, worüber einige andere Narren immer wieder hysterisch kicherten. Die Vorstellung, mit all diesen humorigen Arschlöchern zu Tode zu kommen und dann, mit dem Visumsvermerk ›Unitarier‹, in der Unterwelt zu landen, ließ mich während des restlichen Fluges inbrünstige Gebete murmeln. Auf Flugreisen mit heftigen Turbulenzen gibt es keine Atheisten.

Als wir Zypern überflogen, ließ das Unwetter erstaunlicherweise nach (oder wir hatten es hinter uns gelassen).

Neben mir saß ein schmieriger Ägypter (gibt es überhaupt andere?), und als sich herausgestellt hatte, daß er den Flug überleben würde, begann er, mit mir zu flirten. Er erzählte mir, daß er in Kairo eine Zeitschrift herausgäbe und in Geschäften nach Beirut unterwegs sei. Er behauptete, nicht die geringste Angst gehabt zu haben, da er immer eine blaue Perle gegen den bösen Blick bei sich trage. Blaue Perle oder nicht, *mein* Eindruck war gewesen, daß er die Hosen gestrichen voll gehabt hatte. Er versicherte mir, daß sowohl er wie ich ›Glücksnasen‹ hätten; ein Flugzeug mit uns beiden an Bord *könne* gar nicht abstürzen. Er berührte meine Nasenspitze, dann seine eigene und sagte: »Sehen Sie – bringt Glück.«

›Mein Heiland, jetzt auch noch ein Nasenfetischist‹, dachte ich. Die Vorstellung, daß unsere Nasen sich glichen, war auch nicht eben schmeichelhaft. Die seine war riesig und gekrümmt wie die von

Nasser (alle Ägypter sehen für mich wie Nasser aus), während meine Nase, auch wenn es sich bei ihr nicht um ein ausgesprochenes Stupsnäschen handelt, doch zumindest klein und gerade ist. Sie mag der Traumvorstellung eines Schönheitschirurgen nicht genau entsprechen, ist aber andererseits auch keine Nasser-Nase. Möglicherweise verrät ihre stumpfe Spitze den genetischen Beitrag irgendeines schweinegesichtigen polnischen Wüstlings, der eine meiner Urgroßmütter in grauer Vorzeit während eines längst vergessenen Pogroms vergewaltigt hat.

Der Unterhaltungsstoff meines Ägypters beschränkte sich indessen nicht auf Nasen. Er warf einen Blick auf das *Time Magazine*, das während des ganzen Unwetters aufgeschlagen (jedoch ungelesen) auf meinem Schoß gelegen hatte, deutete auf ein Foto des (damaligen) UN-Botschafters Goldberg und sprach die historischen Worte: »Der ist Jude.« Mehr sagte er nicht, doch Tonfall und Miene drückten unmißverständlich aus, daß es für ihn auch nicht mehr darüber zu sagen *gab*.

Ich sah ihn (über meine polnische Nase hinweg) streng an, und wären mir zwei Cents dafür geboten worden, so hätte ich gesagt: ›Ich auch‹, doch niemand bot mir zwei Cents. In diesem Augenblick verkündete unser italienischer Flugkapitän, daß wir in Kürze in Beirut landen würden.

Ich zitterte noch ein bißchen – die Nachwirkung des kleinen (imaginären) Wortwechsels –, als ich eine hochschwangere Randy hinter der gläsernen Trennwand erspähte. Ich hatte, was die Paß- und Zollformalitäten anging, das Schlimmste erwartet, doch es gab nicht die geringsten Schwierigkeiten. Mein Schwager Pierre schien mit allen Beamten auf bestem Fuße zu stehen, und ich rauschte wie eine VIP durch alle Sperren. Das war 1965, und die Lage im Nahen Osten war noch nicht so gespannt, wie sie es nach dem Sechs-Tage-Krieg wurde. Solange man nicht über Israel einreiste, konnte man im Libanon umherfahren, als sei man in Miami Beach – mit dem das Land in der Tat eine gewisse Ähnlichkeit hat, bis hin zu dem Überfluß an *yentas*.

Randy und Pierre fuhren mit mir davon – in ihrem leichenschwarzen, vollklimatisierten Cadillac, den sie aus den Staaten hatten kommen lassen. Auf dem Weg nach Beirut kamen wir an einem Flüchtlingslager vorbei, wo die Menschen in Übersee-Kisten lebten und eine Menge schmutziger, halbnackter, an ihren Fingern saugender Kinder umherlief. Randy war sofort mit einer hochfahrenden Bemerkung bei der Hand, was für ein unangenehmer Anblick das doch sei.

»Ein unangenehmer Anblick? Mehr nicht?« sagte ich.
»Ach, spiel dich doch nicht so auf«, sagte sie scharf. »Die edelmütige Philanthropin. Bist du vielleicht Eleanor Roosevelt?«
»Danke fürs Kompliment.«
»Es hängt mir einfach zum Hals raus, daß jeder Krokodilstränen über die armen Palästinenser vergießt. Warum bedauerst du nicht lieber *uns*?«
»Das tue ich«, sagte ich.
Gegen die Stadt Beirut als solche ist nichts zu sagen, doch so hinreißend, wie Pierre sie beschrieben hatte, ist sie wiederum nicht. Fast alles in Beirut ist neu. Es gibt Hunderte von kubischen Häusern mit marmornen Terrassen, und überall sind die Straßen aufgerissen, um noch mehr davon hinzubauen. Im August ist es unerträglich heiß und feucht, und das spärlich vorhandene Gras ist braun und verdorrt. Das Mittelmeer ist blau (jedoch nicht blauer als die Ägäis – egal was Pierre sagt). Manche Durchblicke in Beirut erinnern ein wenig an Athen – ohne die Akropolis. Eine ausgedehnt-wuchernde orientalische Stadt, in der Neubauten neben verfallenden, alten Häusern aus dem Boden schießen. Was einem in Erinnerung bleibt, sind Coca-Cola-Reklamen vor Moscheen, Shell-Tankstellen, die ihr Benzin in Arabisch anpreisen, verschleierte Damen im Fond von Chefrolets und Mercedes-Benz-Wagen mit gerafften kleinen Gardinen, monotone arabische Musik im Hintergrund, Fliegen allüberall und Frauen im Minirock mit hochtoupiertem, blond gebleichtem Haar, die durch die Hamra Street flanieren, in der alle Kinos amerikanische Filme zeigen und die Buchläden gestopft voll sind mit *Penguin Books, Livres de Poche*, amerikanischen Paperbacks und den letzten Porno-Romanen aus Kopenhagen und Kalifornien. Es scheint, als hätten Ost und West sich hier gefunden, doch statt des faszinierend Neuen, das daraus hätte entstehen können, sind beide vor die Hunde gegangen.
In Randys weitläufiger Etagenwohnung erwartete mich die ganze Familie – außer meinen Eltern, die in Japan waren, jedoch jeden Tag eintreffen konnten. Trotz ihrer zahlreichen Schwangerschaften benahm Randy sich nach wie vor, als sei sie die erste Frau in der Geschichte der Menschheit mit einem Uterus. Chloe hing apathisch herum und wartete auf Briefe von Abel (sie waren schon seit Chloes vierzehntem Lebensjahr miteinander ›gegangen‹). Lalah litt an Dysenterie und sorgte dafür, daß jedermann sämtliche Einzelheiten eines jeden Anfalls mitkriegte – bis hin zur Farbe und Konsistenz der Scheiße. Die Kinder waren außer Rand und Band wegen der vielen Gäste und der Beachtung, die diese ihnen schenkten; sie

rannten auf der Terrasse umher und beschimpften das Dienstmädchen auf arabisch (worauf das Mädchen ihre Koffer packte und mindestens einmal am Tage kündigte). Und Pierre – der aussieht wie Kahlil Gibran auf seinen geschmeichelten Selbstporträts – wandelte in einem seidenen Hausmantel durch die riesige Wohnung mit den Fußböden aus Marmor und machte schlüpfrige Bemerkungen über die alte östliche Sitte, die dem Mann, der die älteste Schwester heiratet, alle jüngeren Schwestern ebenfalls zugesteht. Wenn er uns nicht mit den alten Sitten des Nahen Ostens traktierte, las er uns Übersetzungen seiner Gedichte vor (es scheint, daß alle Araber dichten), die für meine Ohren klangen, als seien sie im Selbstverlag erschienen.

Meine Liebste gleicht einer Weizengarbe,
die über Nacht in Blüte steht.
Ihre Augen: Topase im Weltraum ...

»Das Dumme ist bloß«, sagte ich beim sirupartigen arabischen Kaffee zu Pierre, »daß Weizengarben im allgemeinen nicht in Blüte stehen.«

»Dichterische Freiheit«, erwiderte er ernst.

»Laßt uns an den Strand gehen!« schlug ich vor, doch alle waren zu müde und lethargisch und fanden es zu heiß. Es lag auf der Hand, daß ich sie nie nach Baalbek oder zu dem berühmten Zedernhain kriegen würde, von Damaskus und Kairo ganz zu schweigen. Israel lag gleich jenseits der Grenze, doch wir hätten über Zypern hinfliegen müssen, und das schien mir nach meinem letzten Flug untragbar. Und dazu das Problem der Wiedereinreise in den Libanon. So tat ich also nichts sonst, als mit den anderen in Randys Wohnung herumzuhängen und auf Briefe von Charlie zu warten – die nur selten kamen. Dafür schrieben mir all die andern Typen: der verheiratete Florentiner, der wollte, daß ich ihm Zoten ins Ohr flüsterte, der amerikanische Professor, der behauptete, ich hätte sein ganzes Leben verändert, einer der Angestellten vom *American Express,* der sich eingeredet hatte, ich sei eine reiche Erbin. Ich wollte Charlie oder keinen. Und Charlie wollte Sally. Ich war verzweifelt. Die Hälfte der Zeit, die ich in Beirut verbrachte, hätschelte ich meine Lues-Phobie, inspizierte im Spiegel meine Möse oder hockte auf Randys weißem Marmor-Bidet und machte mir Spülungen.

Als meine Eltern, beladen mit Geschenken, aus dem angeblich mysteriösen Fernen Osten eintrafen, verschlimmerte sich die Lage. Die ersten drei Tage war Randy froh, sie zu sehen, und dann

stürzten sie und Jiddy sich in einen ihrer Marathon-Kräche und gruben mal wieder Dinge aus, die vor zwanzig oder fünfundzwanzig Jahren passiert waren. Randy warf meiner Mutter alles nur Denkbare vor: daß sie ihr nicht oft genug die Windeln gewechselt und daß sie es zu *oft* getan hätte; daß sie sie zu früh mit Klavierstunden geplagt habe und daß sie nicht früh *genug* Skilaufen hätte lernen dürfen. Sie fielen übereinander her wie zwei Rechtsanwälte bei Gericht, die die Vergangenheit einem Kreuzverhör unterwerfen. Immer wieder fragte ich mich, warum um Gottes willen ich zu diesen Menschen zurückgekehrt war, um mich *auszuruhen?* Ich sehnte mich von ihnen fort. Ich kam mir vor wie ein menschlicher Pingpong-Ball. Immerzu riß ich mir Kerle auf, um meinen Angehörigen zu entwischen, und dann rannte ich zu meiner Familie zurück, um den Kerlen zu entwischen. Wenn ich zu Hause war, wollte ich weg, und wenn ich weg war, wollte ich nach Hause zurück. Wie soll man das nennen? Ein existentielles Dilemma? Die Unterdrückung der Frau? *La condition humaine?* Es war unerträglich und ist es nach wie vor: ich hetze, um mein Gleichgewicht bemüht, hin und zurück, über das Netz meiner eigenen Ambivalenz. Sobald ich den Boden berühre, möchte ich wieder hochschnellen und zurückfliegen. Was tue ich also? Ich lache. Bloß, daß es weh tut, wenn ich lache – aber das weiß außer mir niemand.
Meine Eltern blieben nur etwa eine Woche, dann reisten sie weiter, nach Italien, um sich die Erzeugnisse einer Sektkühlerfabrik anzusehen. Zu ihrem Glück haben sie ein Import-Export-Geschäft, das es ihnen ermöglicht, ihren Kram zu packen und davonzufliegen, sobald die mörderische Familienfehde sich ausweitet, bis hin zu Bombendrohungen. Sie kommen, beladen mit Geschenken und schönen Gefühlen, angeflogen, und sobald die Kacke wieder mal am Dampfen ist, fliegen sie davon. Der ganze Vorgang nimmt etwa eine Woche in Anspruch. Den Rest des Jahres verschmachten sie vor Sehnsucht nach ihren in aller Welt verstreuten Kindern und fragen sich, warum die meisten von ihnen so weit fort von zu Hause leben. Während der Jahre, die ich in Deutschland verbrachte und Randy in Beirut, ließ meine Mutter sich wehmütig darüber aus, warum wohl zwei ihrer Küken es vorzögen, ›in Feindesland‹ (wie sie sich ausdrückte) zu leben.
»Weil es dort gastlicher ist als zu Hause«, sagte ich und zog mir damit ihre ewige Feindschaft zu. Es *war* eine biestige Bemerkung – das gebe ich zu –, doch stand mir je etwas anderes als *Worte* zur Verfügung, um mich gegen meine Mutter zu verteidigen?
Als meine Eltern fort waren, wimmelte es bei Randy immer noch

von Menschen: vier Schwestern, Pierre, sechs Kinder (im Jahre 1965 waren es erst sechs), ein Kinderfräulein und ein Dienstmädchen.
Es war so glühheiß, daß wir die vollklimatisierte Wohnung kaum je verließen. Es drängte mich nach wie vor, mir dies und jenes in der Umgebung anzusehen, doch die allgemeine Lethargie wirkte ansteckend. Morgen, nahm ich mir vor, fliege ich nach Kairo, doch ich fürchtete mich davor, die Reise allein zu unternehmen, und weder Lalah noch Chloe wollten mich begleiten.
Diese deprimierende Situation hielt noch eine weitere Woche an. Einmal fuhren wir alle zusammen an einen kleinen, felsigen Strand, der zu einem Clubhaus gehörte, und Pierre ließ sich so hochtrabend-schwärmerisch über das blaue Mittelmeer aus, daß ich hätte kotzen können. (Er hielt uns unentwegt Vorträge, wie herrlich das Leben in Beirut wäre und daß er froh sei, hier der ›kommerziellen Einstellung Amerikas‹ entronnen zu sein.)
Im Club stellte er uns einem seiner Freunde als seine ›vier Frauen‹ vor, und das gab mir ein so beklemmendes Gefühl, daß ich am liebsten stehenden Fußes nach Hause gereist wäre. Doch wo war ›zu Hause‹? Bei meinen Eltern? Bei Pia? Bei Charlie? Bei Brian? Oder in meiner Einsamkeit?
Unsere Familienlethargie schien gänzlich planlos, und doch war sie gewissen Regeln unterworfen. Um ein Uhr standen wir auf und lauschten dem Geschrei der Kinder, spielten ein wenig mit ihnen, nahmen einen gewaltigen *brunch* zu uns, bestehend aus tropischen Früchten, Joghurt, Eiern, Käse aller Art und arabischem Kaffee, lasen die Pariser Ausgabe der *Herald-Tribune*, und zwar rund um die Löcher, die die Zensur hatte hineinschneiden lassen. (Jede Erwähnung von Israel oder der Juden war verboten – ebenso Filme mit jenen zwei berühmten Juden: Sammy Davis jr. und Elizabeth Taylor.) Dann begannen wir zu überlegen, wie wir den weiteren Tag verbringen wollten, und waren uns darin etwa so einig wie Araber, die einen Überfall auf Israel planen. Man hätte jederzeit hohe Summen wetten können, daß jedes einzelne Familienmitglied etwas anderes wollte: Chloe wollte an den Strand, Pierre nach Byblos, Lalah nach Baalbek, die älteren Knaben ins archäologische Museum, die Kleinen in den Vernügungspark, und Randy legte bei jedem Vorschlag ihr Veto ein. Bis wir das ausdebattiert hatten, war es ohnehin zu spät, um überhaupt irgend etwas zu unternehmen. Also aßen wir zu Abend und sahen dann entweder im Fernsehen *Bonanza* (mit arabischen und französischen Untertiteln, die fast den ganzen Bildschirm ausfüllten), oder wir gingen in irgendeinen

obskuren Film in der Hamra Street.
Zuweilen wurde unsere nachmittägliche Debatte durch die Ankunft von Pierres Mutter und Tanten unterbrochen – drei betagte Damen in Schwarz (mit gewaltigen Busen und flaumigen Schnurrbärten), die einander so sehr ähnelten, daß man sie kaum auseinanderhalten konnte. Sie hätten ein prächtiges Gesangstrio abgegeben, aber sie kannten nur *ein* Lied. Und das ging so: ›Wie Ihnen gefällt Libanon? Libanon besser wie New York?‹ Diese Nummer zogen sie unermüdlich immer wieder ab – um ganz sicherzugehen, daß man den Text auch wirklich verstanden hatte. Ach, sie waren soweit recht nett, aber es war nicht ganz einfach, sich mit ihnen zu unterhalten. Sobald sie erschienen, brachte Louise (das Dienstmädchen) den Kaffee, Pierre fiel plötzlich eine dringende geschäftliche Verabredung ein, und Randy verschwand (sich auf ihren delikaten Zustand berufend) ins Schlafzimmer, um ein Nickerchen zu machen. Lalah, Chloe und ich konnten nun zusehen, wie wir die Lage meisterten, indem wir endlose Variationen des Kehrreims ›Ja – der Libanon ist besser als New York‹ zu Gehör brachten.
Ich weiß nicht, ob es die Hitze war oder die Luftfeuchtigkeit, das Zusammensein mit meinen Angehörigen, die Tatsache, daß ich mich ›in Feindesland‹ befand oder die Depression wegen Charlie – ich war wie gelähmt, und es war mir einfach nicht möglich, mich aufzuraffen und irgend etwas zu tun. Ich hatte das Gefühl, als sei ich ins Land der Lotus-Esser verfrachtet worden, und würde nun, hier in Beirut, an schierer Trägheit zugrunde gehen. Der eine Tag ging in den anderen über, das Wetter war schwül und drückend, und es schien sinnlos, gegen das Verlangen anzukämpfen, einfach so herumzusitzen, sich mit den andern zu kabbeln, sich Sorgen wegen der Syphilis zu machen und in die Röhre zu gucken. Es bedurfte schließlich einer Krise, um uns mit einem Ruck aus der Lethargie herauszureißen.
Es handelte sich zugegebenermaßen um eine kleinere Krise, doch jede Krise hätte ihren Zweck erfüllt. Es begann ganz einfach. Eines Tages sagte Roger, der Sechsjährige, *»ibn sharmuta«* zu Louise. Roh übersetzt heißt das: »Deine Mutter ist eine Hure« (oder, im weiteren Sinne: »Du bist ein Bankert«), aber wie immer man es übersetzt – im Nahen Osten ist es die schlimmste aller Beleidigungen.
Louise hatte Roger baden wollen, und er hatte angefangen zu brüllen. Inzwischen hatte Pierre einen Wortwechsel mit Randy; er sagte, nur Amerikaner seien der schwachsinnigen Meinung, der Mensch müsse jeden Tag baden. Jeden Tag zu baden sei *›unnatür-*

lich‹ (sein Lieblingswort) und würde die wunderbare natürliche Produktion der Talgdrüsen lähmen.
Randy schrie zurück, sie wolle nicht, daß ihr Sohn zum Himmel stinke wie sein erlauchter Vater, und gab Pierre zu verstehen, daß er sie keinen Augenblick irreführen könne, was seine schmierigen Gewohnheiten anginge.
»Was für schmierige Gewohnheiten meinst du, hä?«
»Ich meine damit, daß ich *ganz* genau weiß, daß du, wenn ich dir sage, daß ich nicht mit dir schlafen will, bevor du unter der Brause warst, dann zwar ins Badezimmer gehst und das Wasser laufen läßt, dich aber bloß auf die verdammte Klobrille hockst und eine *Zigarette* rauchst, sonst gar nichts.« Es klang bösartig und gemein und löste einen heftigen, lautstarken Streit aus.
Roger hatte natürlich mitgekriegt, worum es ging, und setzte sich dagegen zur Wehr, sich von Louise im Badezimmer in die Enge treiben zu lassen, bevor sein Fall höheren Orts verhandelt und das Urteil gesprochen worden war. Doch Louise ließ nicht locker, und Roger warf ihr in seiner Wut einen nassen Waschlappen ins Gesicht und brüllte: *»ibn sharmuta!«*
Natürlich begann Louise zu weinen. Dann sagte sie, sie kündige hiermit, und ging in ihr Zimmer, um zu packen. Pierre befleißigte sich nun seiner besten französischen Filmstar-Manieren und versuchte, sie mit süßen Worten zum Bleiben zu überreden, jedoch ohne Erfolg. Dieses Mal war sie nicht umzustimmen. Pierre ließ seinen Ärger nun an Roger aus – was wirklich ungerecht war, da Roger seinen Vater unentwegt ›ibn sharmuta‹ brüllen hört, wenn sie zusammen im Auto sitzen. (In Beirut gibt es keine Verkehrsregeln, dafür wird aber jede Menge geflucht.) Außerdem amüsierte es Pierre im allgemeinen, wenn die Kinder auf arabisch fluchten.
Der Nachmittag endete damit, daß alle herumschrien oder weinten, bis der Fußboden von Tränen schwamm, und wieder einmal gingen wir nicht *sightseeing*, ja, nicht einmal an den Strand. Aber immerhin hatte der Zwischenfall uns eine Aufgabe zugewiesen: wir mußten Louise in ihr Bergdorf zurückfahren (ins ›Dorf seiner Väter‹, wie Pierre es nannte) und versuchen, ein noch argloseres Mädchen als Ersatz für sie aufzutreiben.
Nach der obligaten allgemeinen Schimpfkanonade zwängten wir uns am nächsten Vormittag in den Wagen und fuhren, zunächst am Meer entlang, in die Berge. In Byblos stiegen wir aus, um die Kreuzritterburg zu bewundern; unsere trägen Gedanken kreisten um Phönizier, Ägypter, Assyrer, Griechen, Römer, Araber, Kreuzfahrer und Türken. Wir aßen in einem nahe gelegenen Fisch-

restaurant zu Mittag und fuhren dann weiter, die sonnendurchglühten Berghöhen hinauf – auf einer Straße, die aussah (und uns entsprechend durchrüttelte), als sei auch sie eine archäologische Entdeckung.
Karkabi, Pierres vielgerühmtes ›Dorf seiner Väter‹, ist ein so winziges Nest, daß man leicht hindurchfahren könnte, ohne es überhaupt zu bemerken. Die ›Stadt‹ hat erst im Jahre 1963 Elektrizität bekommen, und das E-Werk mit seinem hohen Turm ist das bemerkenswerteste Gebäude (und damit *die* Sehenswürdigkeit, auf die die Einwohner einen am eifrigsten und voll Stolz hinweisen).
Als wir auf dem Dorfplatz ankamen (wo ein ausgemergelter Esel im Kreis trottete und damit eine steinerne Kornmühle in Gang hielt), drängten sich die Leute, einander puffend und knuffend, um unseren Wagen und versuchten, ihn zu berühren, verrenkten sich die Hälse, um einen Blick auf uns zu erhaschen, und benahmen sich, alles in allem, auf deprimierende Weise servil. Man sah, *wie* Pierre das genoß. Es war *sein* Wagen und wahrscheinlich hoffte er, sie würden alle glauben, wir seien *seine* vier Frauen (obwohl sie natürlich wußten, daß dem nicht so war). All das wurde noch deprimierender, wenn man sich überlegte, daß jeder zweite Einwohner zumindest ein Vetter oder eine Cousine von Pierre und dazu Analphabet war und barfuß umherlief – war es dann eine Kunst, ihnen zu imponieren?
Pierre drosselte die Geschwindigkeit auf ein Minimum und fuhr mit seinem angeberischen Straßenkreuzer möglichst langsam weiter (damit alle Gaffer sich sattsehen konnten). Dann hielt er vor dem ›Haus der Väter‹, einem kleinen, weißgekalkten Ziegelbau, mit Weinranken auf dem Dach. Die kleinen quadratischen Fensteröffnungen waren weder verglast, noch befand sich Fliegendraht davor, sondern lediglich ein gußeisernes Gitter, durch das die Fliegen ungehindert ein und aus schwirrten – aber natürlich mehr ein als aus.
Unsere Ankunft verursachte hektische Betriebsamkeit. Pierres Mutter und die Tanten begannen wie von der Tarantel gestochen mit der Zubereitung von *tabuli und humus,* und Pierres Vater – der etwa achtzig ist und den ganzen Tag Arrak trinkt – ging mit seiner Flinte auf Vogeljagd fürs Abendessen und hätte sich um ein Haar selbst erschossen. Inzwischen brachte Pierres englischer Onkel Gavin – ein *cockney,* den es in den Libanon verschlagen und der im Jahre 1923 Tante Françoise geheiratet hatte (und seitdem, diesen Schritt bis ans Ende seiner Tage bereuend, in Karkabi lebt) – ein

Kaninchen zum Vorschein, das er an diesem Morgen geschossen hatte, und begann, es auszunehmen.
Das Haus hatte nur etwa vier Zimmer, mit weißgetünchten Wänden und einem Kruzifix über jedem Bett (Pierres Angehörige sind maronitische Christen), dazu mit Kußspuren übersäte Bilder der verschiedensten Heiligen, die auf glattem, glänzendem Papier gen Himmel fuhren und mehrere, aus Zeitschriften herausgeschnittene, zerknitterte Fotos der englischen Königsfamilie. Und dann war da noch Jesus höchstselbst; er trug eine Toga, und sein Gesicht war unter den fettigen Spuren der unzähligen Küsse kaum zu erkennen.
Während das Essen zubereitet wurde, führte Pierre uns nach draußen, um uns ›sein Reich‹ zu zeigen. Randy beharrte darauf, zu Hause zu bleiben und die Füße hochzulegen, doch wir anderen trabten gehorsam über Stock und Stein hinter Pierre her (gefolgt von einer Horde barfüßiger Vettern, die immer wieder begeistert auf das Elektrizitätswerk deuteten). Pierre schnauzte sie auf arabisch an; er war auf bukolischere Dinge aus. Und er fand sie, gleich hinter der nächsten felsigen Anhöhe, wo ein unverfälschter lebender Schäfer unter einem wurmstichigen Apfelbaum unverfälschte lebende Schafe hütete. Mehr brauchte Pierre nicht. Er begann ›Poesie‹ zu speien, als sei er Kahlil Gibran und Edgar Guest in einer Person. Ein Schäfer! Schafe! Ein Apfelbaum! Wie *bezaubernd!* Wie *bukolisch!* Homer und Vergil und die Bibel zugleich. Also gingen wir auf den Schäfer zu – ein etwa fünfzehnjähriger, verpickelter Junge – und stellten fest, daß er Frank Sinatra lauschte, dessen Stimme aus einem kleinen japanischen Transistorapparat drang, gefolgt von arabisch gesungenen Werbesprüchen. Dann holte unsere mollige, siebzehnjährige Chloe ihre Mentholzigaretten hervor und bot ihm eine davon an; er akzeptierte sie gnädig und bemühte sich, dabei so *cool* und weltmännisch auszusehen wie nur möglich. Und dann griff dieser *bezaubernde* Schäfer in seine *bezaubernde* Tasche und brachte ein *bezauberndes* Feuerzeug zum Vorschein. Als er Chloe Feuer gab, wußte man genau, daß er praktisch sein ganzes Leben im Kino verbracht hatte.
Nach dem Abendessen kamen sämtliche Verwandte zu Besuch (d. h. fast die ganze Stadt), die meisten, um fernzusehen (da Pierres Tante zu den wenigen Leuten in Karkabi gehört, die einen Fernseher besitzen). Doch an diesem Abend kamen sie nicht zuletzt, um *uns* zu betrachten. Die meisten von ihnen standen ein wenig verlegen herum und starrten uns an; einige berührten zaghaft mein Haar (oder das von Chloe oder Lalah), und die Laute, die sie dabei hören

ließen, sollten uns zu verstehen geben, daß sie blondes Haar hinreißend fanden. Oder sie tätschelten an uns herum, als seien sie blind. Mein Gott, von einem Dutzend schnurrbärtiger libanesischer Frauen von zweihundert Pfund Lebendgewicht betätschelt zu werden, ist ein Erlebnis, das man nicht so leicht vergißt. Ich war in Panik. Konnten sie durch Tätscheln feststellen, daß wir *Juden* waren? Ich war *ganz sicher*, daß sie das konnten. Doch ich irrte mich. Denn als es Zeit wurde, uns zu beschenken, bekam ich einen silbernen Rosenkranz, eine handgestrickte rosafarbene Angorajacke, Größe 46 (die mir bis zu den Knien reichte), und eine blaue Perle an einer Kette (gegen den bewußten bösen Blick). Ich hätte mich im Augenblick davor gehütet, welches Amulett auch immer *nicht* in Empfang zu nehmen. Die Fürsprache einer *jeden* Gottheit wurde von mir dankbar akzeptiert.
Als die Schenkerei vorüber war, hockte sich alles vor den Fernseher, der eine Folge von uralten amerikanischen Filmen zu bieten hatte – unter anderem mit Lucille Ball, die ihre künstlichen Wimpern klimpern ließ, und Raymond Burr als Perry Mason. Auf dem Bildschirm wütete ein Schneesturm aus Untertiteln. Vor lauter Buchstaben waren die Schauspieler kaum zu sehen.
Wenn man diese rustikalen Menschen beobachtete, wie sie sich für Lucille Ball und Raymond Burr begeisterten, war man tatsächlich geneigt, an die Universalität der Kunst zu glauben. Ich freute mich schon auf den Tag, an dem Amerika seine gloriose Zivilisation auch auf andere Sonnensysteme ausdehnen würde. Man stelle sich vor, wie all die intergalaktischen Typen in hingerissener Bewunderung Lucille Ball und Raymond Burr anstaunen!
Die Verwandten saßen wie angenagelt auf ihren Stühlen und dachten nicht ans Fortgehen. Sie tranken Kaffee und Wein und Arrak, bis Tante Françoise im Geiste ihre fetten Händchen rang. Wir waren alle zu Tode erschöpft und wollten ins Bett. Statt daß die Gäste nun tatsächlich rausgeschmissen wurden, verließ Onkel Gavin unauffällig das Zimmer, kletterte aufs Dach und fummelte so lange an der Fernsehantenne herum, bis auf dem Bildschirm nur noch zuckende Zickzacklinien zu sehen waren, worauf die Verwandten sich innerhalb weniger Minuten verabschiedeten. Man gab mir zu verstehen, daß Onkel Gavin ziemlich häufig aufs Dach klettert.
Es war nicht ganz einfach, für jeden von uns ein Bett zu finden. Randy, Pierre und die Kinder sollten im Haus von Pierres Vater schlafen, das am Fuß der Anhöhe lag, und Lalah und Chloe im Nachbarhaus bei einer anderen Tante ein Doppelbett teilen. Mir

war (solo) ein winziger Anbau von Tante Françoises Haus zugedacht. Ich hätte es allerdings vorgezogen, bei Lalah und Chloe zu schlafen, statt allein in dieser mir nicht ganz geheuren Kammer unter einem Kruzifix und billigen Drucken der erlauchten Queen. Doch drei Menschen waren selbst für das Doppelbett zuviel, also fand ich mich mit meinem Schicksal ab und ergötzte mich vorm Einschlafen an Vorstellungen von Skorpionen, die an der Wand hochrennen, und von giftigen Spinnenbissen, dazu an Visionen, wie ich mir das Genick brechen würde, wenn ich nachts ohne Taschenlampe das Plumpsklosett hinter dem Haus aufsuchen mußte. Oh, es gab keinen Mangel an Dingen, die auch einem weniger von Phobien geplagten Gemüt als dem meinen viele Stunden der Schlaflosigkeit bereitet hätten.
So hatte ich etwa anderthalb Stunden in blühender Hysterie dagelegen, als die Tür sich knarrend öffnete.
»Wer ist da?« fragte ich mit klopfendem Herzen.
»Schsch.« Ein dunkler Schatten näherte sich. Der Mann unter dem Bett.
»Um Gottes Willen!« Ich hatte Todesangst.
»Schsch – ich bin's bloß – Pierre.« Er stand nun vor mir und setzte sich dann auf den Bettrand.
»Jesus – ich dachte schon, es wäre ein Lustmörder oder so was.« Er lachte. »Jesus war kein Lustmörder.«
»Wohl kaum ... Wo brennt's denn?« Nicht die passendste Wortwahl unter den gegebenen Umständen.
»Du kamst mir so deprimiert vor«, sagte er mit geheuchelter Besorgtheit.
»Das bin ich wohl auch. All der Irrsinn mit Brian im vergangenen Sommer, und jetzt Charlie ...«
»Es tut mir so leid, meine kleine Schwester so traurig zu sehen«, sagte er und strich mir übers Haar. Aus irgendeinem Grunde lief mir bei der ›kleinen Schwester‹ ein Schauder über den Rücken.
»Du weißt doch, daß du für mich schon immer meine kleine Schwester warst, nicht wahr?«
»Nein, das wußte ich eigentlich nicht, aber trotzdem vielen Dank. Das ist alles halb so schlimm. Mach dir keine Sorgen. Ich werde bald nach Hause zurückfahren und unterwegs wieder ein paar Tage in Italien Station machen. Ich fliege ja über Rom. Ich fürchte, das Klima hier bekommt mir nicht. Lalah und Chloe fliegen sowieso nächste Woche nach New York zurück, und hier bei euch wird es immer heißer und heißer ...« Aus lauter Nervosität schwatzte ich weiter drauflos. Inzwischen hatte Pierre sich neben mir ausge-

streckt und seine Arme um mich gelegt. Was sollte ich tun? Wenn ich ihn abwehrte, wie einen ganz gewöhnlichen Wüstling, würde ich ihn *beleidigen*, doch wenn ich den Weg des geringsten Widerstandes wählte und ihm nachgab, so war das *Inzest*. Ganz davon zu schweigen, daß Randy mir höchstwahrscheinlich den Hals umdrehen würde. Was sollte ich denn bloß sagen? Was verlangte die Etikette in einer solchen Situation?

»Ich finde diese Idee eigentlich weniger gelungen«, sagte ich lahm. Pierre hatte seine Hände nun unter meinem Nachthemd und streichelte meine Schenkel. Ich blieb dabei innerlich nicht ganz so unbeteiligt, wie ich ihm gern erschienen wäre.

»Welche Idee?« fragte er lässig. »Schließlich ist es nur *natürlich*, daß ein Bruder seine kleine Schwester liebt...« Und er fuhr fort, das zu tun, was nur natürlich ist.

»*Was* hast du gesagt?« Ich setzte mich mit einem Ruck auf.

»Nur, daß es völlig *natürlich* ist, wenn ein Bruder seine kleine Schwester liebt...« Es klang, als hielte Albert Ellis einen Vortrag.

»Pierre«, sagte ich sanft, »hast du nie *Lolita* gelesen?«

»Ich kann seinen hochgestochenen Stil nicht leiden«, sagte Pierre, verärgert über die Ablenkung.

»Aber das hier wäre *Inzest*«, sagte ich mit Nachdruck.

»Schsch – du wirst sie noch alle aufwecken ... Mach dir keine Gedanken, du wirst nicht schwanger werden. Wenn du willst, machen wir's auf griechisch.«

»Ich hab keine Angst davor, *schwanger* zu werden, Herrgottnochmal – es geht um den *Inzest*!«

Meine Argumente schienen Pierres Entschlossenheit in keiner Weise zu beeinträchtigen.

»Schsch!« Er drückte mich auf das Kissen zurück. Er reagierte genauso wie einige der Männer, die ich in Italien kennengelernt hatte. Wenn man sich ihnen verweigerte, weil es einen wirklich nicht interessierte, dachten sie, es ging um die Angst vor der Schwangerschaft und schlugen einem allerlei andere Möglichkeiten vor – Analverkehr, Fellatio, mutuelle Masturbation –, irgend etwas, bloß kein NEIN. Pierre schob sich langsam zum Kopfende des Bettes hinauf und hielt seinen erigierten Penis vor meinen Mund... Jetzt ging's um die Wurst, sozusagen. In mir tobte ein Kampf. Es wäre so verdammt *bequem* gewesen nachzugeben. Ihn abblasen und damit fertig. Es war eigentlich so *einfach*! Was machte mir einmal mehr oder weniger blasen schon aus?

»Ich *kann* nicht«, sagte ich.

»Los«, sagte Pierre. »Ich sag dir, wie man's macht.«

»Das meinte ich nicht. Ich meinte, ich kann *moralisch* nicht, ich kann nicht ...«
»Es ist wirklich ganz einfach«, sagte er.
»Ich weiß, daß es einfach ist«, sagte ich.
»Paß auf«, sagte er, »du brauchst nur ...«
»Pierre!!« brüllte ich. Pierre zog hastig seine Pyjamahose hoch und machte, daß er raus kam.
Während mein Schrei noch in der Luft lag, saß ich eine Minute lang wie erstarrt im Bett und wartete, was nun geschehen würde. Nichts. Das Haus blieb still. Dann griff ich nach Schlafrock und Pantoffeln, schlich mich ins Freie und machte mich auf die Suche nach Lalah und Chloe. Ich war fest entschlossen, dem Libanon so schnell wie möglich den Rücken zu kehren, den Nahen Osten zu verlassen, um meinen Fuß nie wieder auf diesen Boden zu setzen.
Ich suchte mir, bei jedem Schritt über Steine und Baumwurzeln stolpernd, mühsam meinen Weg, die kleine Anhöhe hinunter zu dem Haus, in dem meine Schwestern schliefen. Allmählich gewöhnten meine Augen sich an die Dunkelheit, und ich sah die Dächer von Karkabi, überragt vom Turm des E-Werks. Zivilisation! In der Hälfte der Viehställe und auf den Weiden von Karkabi waren vermutlich in diesem Augenblick die Jungs dabei, ihre Schafe oder ihre Schwestern zu vögeln. Und was war dagegen zu sagen? Im Grunde gar nichts, nahm ich an, bloß *ich* konnte so etwas nicht. War ich so prüde? Warum so viel Aufhebens und moralische Bedenken um so 'n bißchen Blasen? Weil, wenn man erst mal den Mann seiner Schwester bläst, man als nächstes den Mann seiner *Mutter* bläst, und – guter Gott! – das ist Daddy!
Doch Ihr Psychiater besteht darauf, daß es Ihr Daddy ist, den sie *eigentlich* wollen. Warum ist es dann so undenkbar? Vielleicht sollten Sie Daddy blasen und die Sache hinter sich bringen? Vielleicht ist das der einzige Weg, die eigene Angst zu überwinden?
Im Haus von Tante Simone schlich ich am Vorderzimmer vorbei (vorbei an Tante Simone und Onkel George, die melodisch vor sich hin schnarchten) und traf Lalah und Chloe aufrecht im Bett sitzend an. Sie lasen einander aus einem Porno-Taschenbuch vor, mit dem Titel *Mädchen und Orgien*. Auf dem Bett verstreut lagen noch etwa zehn andere Bücher mit Titeln wie *Inzest mit Teenagern, Partnertausch in der Familie, Meine Schwester und ich, Meine Tochter – meine Frau, Willige Unschuld, Der Lange und der Kurze, Die Straße der molligen Schnallen, Hinein, wo's geht, Eine Reise um die Welt, Briefe der Wollust*.

Lalah las gerade einen besonders poetischen Absatz vor. Keine von beiden nahm von mir auch nur die geringste Notiz.
Seine Hüften rotierten nun immer schneller (las Lalah mit theatralischem Ausdruck), *da der Höhepunkt sich näherte. Ich spürte seinen Körper gegen den meinen stoßen, sein steifer Schwanz füllte meine Lustgrotte völlig aus, und ich hätte schreien können vor Wonne. Ich spürte die Explosionen in meinem Inneren nahen, und der Mösensaft strömte aus meinem Liebeskanal und schmierte seinen heißen Kolben, der nun ungehindert vor und zurück glitt...*
Warum wurden die Menschen in Porno-Heften nie von den Skrupeln geplagt, die mich plagten? Sie waren nichts als riesige Geschlechtsorgane, die im Dunkeln blindlings ineinanderstießen.
»Könntet ihr dies Zeug vielleicht einen Augenblick beiseite legen und mir zuhören?« sagte ich kategorisch.
»Ist das nicht 'n Knüller?« sagte Lalah und schwenkte das Buch hin und her.
»Hört zu, Kinder, hier spricht das *Leben*, also könnt ihr eure Porno-Hefte beiseite legen und mir euer lüsternes Ohr leihen ...« Lalah sah Chloe an, Chloe sah Lalah an, und beide begannen zu lachen, als wüßten sie etwas, das ich nicht wußte.
»Also – worum handelt es sich?« Sie lachten immer noch wie in geheimem Einverständnis.
»Los, ihr Idiotinnen – sagt mir, warum ihr lacht!«
»Du willst uns erzählen, daß Pierre versucht hat, dich zu verführen...«, sagte Lalah kichernd.
»Woher *weißt* du das?«
»Weil er's bei mir auch versucht hat«, sagte sie.
»Und bei mir auch«, sagte Chloe.
»Das ist nicht euer Ernst.«
»Doch, es *ist* unser Ernst«, sagte Lalah. »Schön wär's ja, wenn nicht...«
»Ja, *und*??«
»Ich hab ihn aus dem Bett rausgelacht, und Chloe *sagt*, sie auch ... aber ob man ihr das nun glauben soll ...«
»Du gemeines Aas«, schrie Chloe.
»Okay, okay ... ich glaube dir.«
»Wollt ihr damit sagen, daß ihr trotzdem einfach *da*geblieben seid?«
»Warum denn nicht?« sagte Lalah obenhin. »Im Grunde ist er ganz harmlos ... Bloß immer so 'n bißchen angespitzt, weil Randy ununterbrochen hochschwanger ist.«

»Angespitzt? Das nennst du 'n bißchen angespitzt? Ich nenne das Blutschande.«
»Mein Gott, Isadora, jetzt hab dich doch nicht so. Er ist ja doch bloß dein Schwager ... Da ist es doch keine *Blutschande!*«
»Nicht?« Ich glaube, ich war ein wenig enttäuscht.
»Das zählt so gut wie gar nicht«, sagte Lalah geringschätzig, »aber du wirst es schon schaffen, daß es sich auf dem Papier um Grade fürchterlicher ausnimmt.« (Schon damals haßte Lalah meine Arbeit).
»Ich werde mein Bestes tun«, sagte ich.

Auf dem Rückweg nach Beirut mit dem neuen Dienstmädchen tat Pierre gelassen und unbekümmert, als wäre nichts gewesen, und machte uns im Vorbeifahren auf die verschiedenen Sehenswürdigkeiten aufmerksam.
Araber, dachte ich, *gottverdammte Araber.* Was für ein unangemessen großes Schuldgefühl *ich* hatte wegen meiner läppischen sexuellen Ausschweifungen! Und doch gibt es Menschen auf der Welt, und zwar eine ganze Menge, die genau das tun, wonach ihnen zumute ist, und sich trotzdem nie auch nur einen Augenblick schuldig fühlen – solange sie nicht ertappt werden. Warum bin ich mit einem so hypertrophischen Über-Ich geschlagen? Bloß weil ich Jüdin bin? Was hat Moses den Juden doch damit angetan, daß er sie aus Ägypten führte und ihnen den Monotheismus, Matzenbrei und ein immerwährendes Schuldgefühl verpaßte! Hätte er sie nicht ruhig weiter ihre Katzen und Stiere und Falken anbeten oder sie wie die anderen Primaten leben lassen können (mit denen sie – woran meine Schwester Randy mich immer wieder erinnerte – so eng verwandt sind)? Ist es denn ein Wunder, daß jedermann die Juden dafür haßt, daß sie die Schuld in die Welt gebracht haben? Wären wir nicht *ohne* Schuldgefühl auch ganz gut zurechtgekommen? Wir hätten uns im Urschlamm gesuhlt, Mistkäfer angebetet und gefickt, wann immer uns der Sinn danach stand. Man denke an die Ägypter, die die Pyramiden bauen ließen, zum Beispiel. Haben *die* sich den Kopf darüber zerbrochen, ob sie als Arbeitgeber auf Chancengleichheit geachtet haben? Wäre es *ihnen* je in den Sinn gekommen, sich zu fragen, ob ihre sterblichen Überreste das Leben all der unendlich vielen Tausende, die beim Pyramidenbau umkamen, *wert* waren? Verdrängung, Ambivalenz, Schuldgefühl. »Was geht's mich an?« fragt der Araber. Kein Wunder, daß sie die Juden ausrotten wollen. Wer wollte das nicht?
In Beirut bereiteten wir uns auf die Heimreise vor. Lalah und Chloe

hatten in den Staaten einen Charter-Rückflug gebucht, also mußten sie zusammen fliegen. Und ich hatte auf meinem *Alitalia*-Rundflugticket noch die Strecke Beirut–Rom–New York.
Ich unterbrach meine Reise, wie geplant, in Rom und verbrachte noch eine Woche in Florenz, bevor ich nach New York zurückflog, um die Sache mit Charlie ins reine zu bringen. Sogar in der Augusthitze und trotz der vielen Touristen blieb Florenz für mich eine der schönsten Städte, die ich kannte. Ich traf Alessandro wieder, und dieses Mal war unsere sechs Tage währende Affäre auch ohne Liebe fast vollkommen. Auf meine Bitte unterdrückte er seine Manie für obszöne Worte, und wir fanden ein reizendes Zimmer in einem Gasthaus in Fiesole, wo wir jeden Nachmittag von eins bis vier die Liebe pflegten (eine höchst zivilisierte *après lunch*-Sitte). Vielleicht lag es an meiner Wut auf Charlie, oder vielleicht hatte Pierre mich tatsächlich auf Touren gebracht – meine Nachmittage mit Alessandro entbehrten dieses Mal nicht einer gewissen Inspiration. Ich war zum erstenmal in meinem Leben imstande, mich im Bett voll auszugeben und es nach allen Regeln der Kunst (inklusive Zärtlichkeit) mit jemandem zu treiben, ohne mir einreden zu müssen, ich sei verliebt. Eine Art Waffenstillstand zwischen meinem Ich und meinem Über-Ich.
Wenn Alessandro dann zu seiner Frau nach Hause ging, war ich für den Abend mir selbst überlassen. Ich besuchte Konzerte im Palazzo Pitti, ging mit einigen der Typen aus, die ich bei meinem letzten Aufenthalt in Florenz kennengelernt hatte, und Professor ›Michelangelo‹ (Karlinsky) mit dem Flammenbart stellte mir erneut leidenschaftlich nach. Trotz der Hitze und des buntscheckigen Sortiments von ›Freunden‹ fand ich Florenz wunderbar, und es gab Augenblicke, in denen ich eigentlich überhaupt nicht mehr weg wollte. Doch in New York erwarteten mich ein bedrückender Lehrauftrag und meine Doktorarbeit, die mich ankotzte, und ich war immer noch zu sehr ein von seinem Über-Ich tyrannisiertes Schulmädchen, um nicht das, was mich ankotzte, zu wählen, statt das, was mir Spaß machte. Aber vielleicht ging es auch nur um Charlie: Ich war außer mir über seine Untreue, konnte es jedoch kaum erwarten, ihn wiederzusehen.
Kurz nachdem wir uns dann wiedergesehen hatten, machten wir Schluß miteinander. Ich war wohl nicht imstande, ihm sein ›Doppelleben‹ zu vergeben, obwohl ich jetzt einsehe, daß es sich nur wenig von meinem Verhalten unterschied und ich vielleicht mehr Verständnis hätte aufbringen sollen. Alessandro schrieb immerzu aus Florenz von ›*divorzio*‹, doch ich hatte zu viele italienische Filme

gesehen, um ihm zu glauben. Eines Tages kreuzte ›Michelangelo‹ plötzlich auf, doch er sah in dem trüben, verschleierten New Yorker Sonnenlicht so viel weniger attraktiv aus, daß ich es nicht über mich brachte, die Affäre fortzusetzen. Die braunen und bernsteinfarbenen Schatten von Florenz hatten Wunder an ihm gewirkt – was jeder E.-M.-Forster-Fan ohne weiteres verstehen wird. September und Oktober waren grau und freudlos. Ich ging viel aus, jedoch mit einer deprimierenden Art von Männern: mit geschiedenen Männern, Muttersöhnchen, Neurotikern, Psychotikern, Psychoklempnern. Die einzige Möglichkeit für mich, nicht in Trübsal zu verfallen, war, diese Männer in meinen Briefen an Pia auf recht bösartige Weise im Detail zu schildern. Dann, im November, kam Bennett Wing in mein Leben geschneit, und damit schienen alle meine Probleme mit einem Schlage gelöst. Schweigsam wie die Sphinx und von großer Sanftmut und Zartheit, Erlöser und Seelenarzt zugleich. Ich ließ mich in die Ehe sinken, wie ich (in Europa) in die Betten gesunken war. Es schien sich um ein weiches Bett zu handeln; seine Tücken blieben zunächst verborgen.

Unterwegs mit meinem Anti-Helden

Ich will! Ich will!
– William Blake

Ich erzählte Adrian alles. Die ganze verworrene Geschichte von der hektischen Suche nach dem nicht existierenden Mann und wie ich mich stets dort wiederfände, wo ich begonnen hätte: in meinem eigenen Kopf. Ich schilderte ihm detailliert meine Schwestern, meine Mutter, meinen Vater, meine Großeltern, meinen Mann, meine Freunde ... Wir fuhren und redeten, fuhren und redeten.
»Wie lautet deine Prognose?« fragte ich, der ewige Patient auf der Suche nach dem vollkommenen Arzt.
»Dich müßte es mal so richtig durcheinanderwirbeln, Schatz«, sagte Adrian, nicht zum erstenmal, »du mußt in dich selbst hinabsteigen und dein eigenes Leben aus der Tiefe zu bergen suchen.«
Tat ich das nicht bereits? Was war denn diese verrückte Herumzieherei anderes als eine Reise in die Vergangenheit?
»Du bist noch nicht tief genug hinabgestiegen«, sagte er. »Du mußt bis auf den *Grund* gehen, bis auf den steinigen Grund, und dich dann langsam wieder hocharbeiten.«
»Jesus, ich hab das Gefühl, daß ich das schon getan habe.«
Adrian lächelte, die Pfeife zwischen den geschwungenen, rosenfarbenen Lippen, sein unvergleichliches Lächeln. »Du warst noch nicht tief genug«, sagte er, als wüßte er einiges von dem, was mich noch erwartete.
»Wirst du mir dabei helfen?« fragte ich.
»Wenn du darauf bestehst, Darling.«
Diese seine überlegene Indifferenz war es, die mich rasend machte, mich so aufs äußerste frustrierte, mich immer fester an ihn kettete. Trotz aller seiner Zärtlichkeiten und seiner Hinterntätschelei wirkte Adrian immer irgendwie unbeteiligt. Ich saß neben ihm und starrte wie gebannt auf dieses wunderschöne Profil und fragte mich, was um alles in der Welt in diesem Kopf wohl vor sich ginge und warum es mir nicht gelang, das zu ergründen.
»Ich möchte wissen, was in deinem Kopf vorgeht«, sagte ich, »und es gelingt mir nicht. Das bringt mich noch um den Verstand.«
»Aber *warum* willst du das denn? Was, glaubst du, würde das bewirken?«
»Ich will mich ja nur einem Menschen wirklich *nahe*, mich ihm zugehörig fühlen, mich einmal im Leben als ein *Ganzes* empfinden. Ich möchte jemanden wirklich lieben.«
»Wieso glaubst du, daß Liebe irgend etwas ändert an den Dingen?«
»Vielleicht ändert es nichts«, sagte ich, »aber trotzdem will ich lieben. Ich will mich *ganz* fühlen.«

»Aber bei Brian hattest du doch das Gefühl, daß du zu ihm gehörtest, und auch das führte zu nichts.«
»Brian war verrückt.«
»Jeder ist ein bißchen verrückt, wenn man erst mal in seinen Kopf hineinsieht«, sagte Adrian. »Der eine mehr, der andere weniger.«
»Wahrscheinlich ...«
»Sieh mal – wie wär's, wenn du damit aufhörtest, nach Liebe zu fahnden, und statt dessen versuchtest, dein eigenes Leben zu leben?«
»Was soll das schon für ein Leben sein – ohne Liebe?«
»Du hast deine Arbeit, du schreibst, du unterrichtest, du hast deine Freunde ...«
Bla, bla, bla, dachte ich.
»Meine ganze Schreiberei läuft auf das Bemühen hinaus, geliebt zu werden. Ich weiß, das ist verrückt. Ich weiß auch, daß das unweigerlich zu Enttäuschungen führt. Aber so ist es nun mal: ich will, daß jeder mich liebt.«
»Bei dem Spiel kannst du nur verlieren«, sagte Adrian.
»Ich weiß, aber es ändert nichts, *daß* ich das weiß. Warum *ändert* die Tatsache, daß ich etwas weiß, niemals etwas?«
Adrian gab keine Antwort. Die Frage war auch wohl gar nicht an ihn gerichtet gewesen, ich hatte sie den blauen, schattenhaften Bergen zugeworfen (wir fuhren über den Gotthard; unter uns lag der Piz Orsino).
»Morgens«, sagte Adrian schließlich, »morgens, wenn ich aufwache, weiß ich nie, wie du heißt.«
Das war nun also die Antwort. Sie fuhr mir wie ein Messer ins Herz, die ich jede Nacht schlaflos und zitternd neben ihm lag und mir immer wieder meinen eigenen Namen vorsagte, um nicht zu vergessen, wer ich war.

»Der Haken am Existentialismus ist«, sagte ich, während wir über die *autostrada* fuhren, »daß man den Gedanken an die Zukunft nicht abstellen kann. Handlungen *haben* Folgen.«
»*Ich* kann den Gedanken an die Zukunft abstellen«, sagte Adrian.
»Wie machst du das?«
Er zuckte die Achseln. »Weiß nicht. Ich kann es einfach. Heute fühle ich mich großartig, zum Beispiel.«
»Warum fühle ich mich dann so gräßlich, wenn du dich großartig fühlst?«
»Weil du Jüdin bist.« Er lachte. »Das Auserwählte Volk. In anderen

Dingen seid ihr vielleicht nur mittelmäßig, aber im Leiden immer ganz groß.«
»Armleuchter.«
»Wieso? Nur, weil ich dir die Wahrheit sage? Sieh mal – du willst Liebe, du willst Intensität, du willst Gefühl, du willst Nähe und Verbundenheit – und womit begnügst du dich? Mit Leiden. Doch zumindest *leidest* du intensiv ... Die Patientin *liebt* ihre Krankheit. Sie *will* nicht geheilt werden.«

Was mir so im Wege stand, war, daß ich immer in allem die Erste sein wollte. Die beste Geliebte. Die größte Hungerkünstlerin. Die leidensfähigste Märtyrerin. Das bedauernswerteste Opfer, die größte Närrin ... Daß ich mich selbst andauernd in die Nesseln setzte, war meine eigene Schuld, weil ich immer die Erste sein wollte. Ich mußte unbedingt den verrücktesten ersten Mann und den unergründlichsten zweiten Mann haben, das gewagteste Buch schreiben und nach seiner Veröffentlichung die entsetzlichsten Ängste durchstehen ... Ich konnte nichts halb tun. Wenn ich mich selbst zum Narren machte, indem ich mich mit so einem herzlosen Kerl einließ, so mußte das vor den Augen der vollzählig versammelten Psychoanalytiker der ganzen Welt geschehen. Und dann, um die Sache auf die Spitze zu treiben, mußte ich mit diesem Mann losziehen, mit ihm eine alkoholisierte Autoreise unternehmen, die uns beide leicht das Leben kosten konnte. Vergehen und Strafe, fein säuberlich in *einem* Päckchen verschnürt. Falls unzustellbar, zurück an den Absender. Und wer war der Absender? Ich. Ich. Ich.

Und dann, um das Maß voll zu machen, reifte in mir die Gewißheit, ich sei schwanger. Das fehlte mir gerade noch. Mein Leben war ein einziges Chaos. Mein Mann steckte Gott weiß wo. Ich war allein mit einem fremden Mann, dem ich kaum etwas bedeutete. Und war schwanger. Das glaubte ich zumindest. Was wollte ich mir eigentlich beweisen? Daß ich alles ertragen konnte – was es auch sei? Warum mußte ich aus meinem Leben immer wieder einen Durchhalte-Test machen?
Es gab keinen wirklichen Grund dafür zu glauben, ich sei schwanger. Meine Periode war nicht ausgeblieben. Doch ich brauche nie einen realen Grund, um etwas zu glauben. Ich brauche auch nie einen realen Grund, um in Panik zu geraten. Jedesmal, wenn ich mein Pessar herausnahm, betastete ich meinen Muttermund, um irgendwelche Anzeichen zu entdecken. Warum wußte ich nie, was in mir vorging? Warum war mein Körper für mich ein solches

Mysterium? Ob in Österreich, in Italien, in Frankreich, in Deutschland – ich betastete meine Cervix und erwog die Möglichkeiten. Ich würde feststellen, *daß* ich schwanger war. Ich würde während der ganzen Schwangerschaft nicht wissen, ob das Baby blond und blauäugig sein würde wie Adrian oder schlitzäugig wie Bennett. Was würde ich tun? Wer würde mich aufnehmen? Ich hatte meinen Mann verlassen; er würde mir nie verzeihen und nie wieder mit mir leben wollen. Und meine Eltern würden mir niemals helfen, ohne einen so hohen emotionellen Preis dafür zu fordern, daß ich wieder Kind werden müßte, um auf sie zu rechnen. Und meine Schwestern würden der Meinung sein, daß mir, bei meinem liederlichen Leben, nur recht geschähe. Und meine Freunde würden Mitleid heucheln und hinter meinem Rücken über mich lachen. Isadora hat's erwischt!
Oder ich würde eine Abtreibung vornehmen lassen. Eine verpfuschte Abtreibung, an der ich sterben würde. Blutvergiftung. Oder für immer unfruchtbar. Plötzlich wollte ich von ganzem Herzen ein Kind haben. Adrians Kind. Bennetts Kind. Mein Kind. Ein Kind, von wem auch immer. Ich wollte schwanger sein. Ich wollte *dick* sein, *hoch*-schwanger. Schlaflos lag ich in Adrians Mini-Zelt und weinte. Er schnarchte vor sich hin. Wir schliefen diese Nacht am Wegrand, irgendwo in Frankreich, und es hätte genausogut auf dem Mond sein können. So einsam fühlte ich mich, so zutiefst hilflos und verlassen.
»Niemand, niemand, niemand, niemand ...«, stöhnte ich und schlang die Arme um mich selbst – das große Kind, das ich war. Ich versuchte, mich selbst in Schlaf zu wiegen. Von heute an, dachte ich, werde ich meine eigene Mutter sein müssen, mein eigener Trost, meine eigene Kinderfrau. Vielleicht war es das, was Adrian meinte, als er sagte, ich müsse in die Tiefe meines Selbst tauchen, bis auf den Grund, und mich dann am eigenen Schopf wieder hinaufziehen. Lernen, die eigene Existenz zu ertragen. Lernen, sich selbst zu bemuttern. Nicht immer Hilfe bei einem Therapeuten suchen, bei einem Liebhaber, einem Ehemann, bei Vater oder Mutter.
Ich wiegte mich hin und her. Ich sagte mir meinen Namen vor, um nicht zu vergessen, wer ich war: »Isadora, Isadora, Isadora, Isadora ... Isadora White Stollerman Wing ... Isadora Zelda White Stollerman Wing ... cand. phil., Dr. phil., *summa cum laude*. Isadora Wing, vielversprechende junge Dichterin. Isadora Wing, vielversprechende junge Märtyrerin. Isadora Wing, Intelligenzbestie, Möchtegern-Emanzipierte, Stipendiatin, Ex-Frau von Jesus Christus. Isadora Wing mit ihrer Angst vorm Fliegen. Isadora Wing,

leicht füllige Sexbombe, ein schwerer Fall von Kurzsichtigkeit des geistigen Auges. Isadora Wing, mit ihrer unersättlichen Möse, dazu Löcher im Kopf und im Herzen. Isadora Wing mit dem pochenden Hunger in Kopf und Möse. Isadora Wing, deren Mutter wollte, daß sie fliegt. Isadora Wing, deren Mutter sie an den Boden kettete. Isadora Wing, Berufspatientin auf der Suche nach Erlösern, Sinnenlust und Sicherheit. Isadora, Kämpferin gegen Windmühlen, professionelle Leidtragende, gescheiterte Abenteuerin...«

Ich muß geschlafen haben. Als ich die Augen wieder aufschlug, drang Sonnenlicht durch das leuchtende Blau des Zeltes. Adrian schnarchte immer noch. Sein blond behaarter Arm lag lastend quer über meiner Brust, und jeder meiner Atemzüge wurde mir dadurch auf unangenehme Weise bewußt. Die Vögel zwitscherten. Wir waren in Frankreich. An irgendeinem Wegrand. An einem Kreuzweg meines Lebens. Was tat ich hier? Warum lag ich in einem Zelt, in Frankreich, mit einem Mann, den ich kaum kannte? Warum lag ich nicht zu Hause im Bett, mit meinem Ehemann? Eine Woge von Zärtlichkeit wallte in mir auf, als ich an meinen Mann dachte. Was tat er wohl im Augenblick? Ob er mich vermißte? Oder hatte er mich vergessen? Hatte er eine andere gefunden? Irgendeine Durchschnittsfrau, die sich nicht in Abenteuer stürzen mußte, um ihre Standfestigkeit zu beweisen? Irgendeine Durchschnittsfrau, die sich damit begnügte, das Frühstück zuzubereiten und ihre Kinderchen großzuziehen – sparsam, pflichtbewußt und mit allen häuslichen Tugenden begabt. Irgendein durchschnittliches amerikanisches Mädchen aus dem *Seventeen-Magazine?*

Plötzlich wollte ich nichts lieber als dieses Mädchen sein, dieses brave Hausmütterchen, die glorifizierte amerikanische Mutter, das Maskottchen aus *Mademoiselle,* die würdige Dame aus *McCall's,* so ein niedliches kleines Ding aus *Cosmo,* das weibliche Wesen, das sich die Medaille für ›beste Hausfrau‹ auf den Hintern hat tätowieren lassen und deren Gehirn auf Werbeslogans programmiert ist. *Das* war die Lösung! Durchschnittlich zu sein! Unauffällig! Sich mit Kompromissen abzufinden, mit Fertigmahlzeiten zu begnügen und abends Schnulzen im Fernsehen. Im Geiste sah ich mich selbst als eine glückliche, zufriedene Hausfrau. Eine Vorstellung wie aus dem Mini-Hirn eines Reklamefachmanns. Ich in einer baumwollnen Hemdbluse mit Küchenschürze, wie ich meinen Mann und meine Kinder bediene, während das allgegenwärtige Fernsehen die Tugenden des amerikanischen Heims, der amerikanischen Familie und der amerikanischen Haussklavin mit ihrem verwirrten Gehirnchen in die Gegend posaunt.

Ich dachte daran, wie heimat- und wurzellos ich mir in der vergangenen Nacht vorgekommen war, und plötzlich schien die erlösende Antwort auf alle quälenden Fragen vor mir aufzuleuchten: *Sei gewöhnlicher Durchschnitt!* Sei eine ungefährdete kleine Hausfrau in einem sicheren kleinen Haus, und du wirst nie wieder verzweifelt an einem Wegrand in Frankreich erwachen.
Doch dann verging das Phantasiegebilde, zersprang, wie Seifenblasen eben zerspringen. Ich dachte an all die Morgenstunden in New York, an denen ich neben meinem Mann erwacht war und mich genauso einsam gefühlt hatte, an all jene einsamen Morgenstunden, an denen wir uns, über unseren Orangensaft und unsere Kaffeetassen hinweg, angestarrt hatten. An all jene einsamen Augenblicke, teelöffelweise geschluckt, dazu Wäscherechnungen, leere Toilettenpapierrollen, schmutziges Geschirr, zerbrochene Teller, Kontoauszüge, leere Whiskyflaschen. Auch in der Ehe konnte man einsam sein. Auch in der Ehe war man oft allein und verlassen. Alle jene glücklichen Hausfrauen, die das Frühstück für ihren Mann und die Kinder zubereiten, träumen davon, mit einem Liebhaber davonzulaufen und in Frankreich in einem Zelt zu schlafen! Ihre Köpfe sind randvoll mit Wunschvorstellungen. Sie machen das Frühstück, die Betten und bereiten das Mittagessen vor, und dann gehen sie einkaufen und besorgen sich McCall's mit der letzten Fortsetzung von ›Wie Jackie Onassis ihren Tag verbringt‹. Ununterbrochen träumen sie von Flucht. Ununterbrochen brodelt es in ihnen von Ressentiments. Ihr Leben ist von Wunschvorstellungen durchtränkt.
Gab es denn gar keinen Ausweg? War Einsamkeit allgegenwärtig? War Ruhelosigkeit ein unumgänglicher Bestandteil des Lebens? War es besser, sich das einzugestehen, statt immer wieder Scheinlösungen zu suchen? Die Ehe ist keine Therapie gegen Einsamkeit. Kinder wachsen auf und gehen ihrer Wege. Liebhaber sind kein Allheilmittel, Sex keine endgültige Lösung. Wenn man aus seinem Leben eine einzige lange Krankheit macht, ist die Endlösung der Tod. Plötzlich war alles sonnenklar. Ich lag hier in diesem Zelt, in diesem Doppelschlafsack neben diesem schnarchenden Fremden und dachte und dachte und dachte. Was nun? Wie sollte mein Leben weitergehen? Wohin führte mich mein Weg?
Am Nachmittag waren wir betrunken und in bester Bierlaune. Wir hielten, um bei einem Bauern am Wege Pfirsiche zu kaufen. Es stellte sich heraus, daß er sie nur in großen Steigen abgab, und so fuhren wir in einem mit Pfirsichen vollgeladenen *Triumph* weiter. Eine große Ladung Pfirsiche nahm den ganzen Rücksitz ein. Gierig

begann ich die Früchte zu essen und entdeckte, daß sie fast alle madig waren. Ich lachte und aß weiter, um die Würmer herum. Die madigen Pfirsichhälften warf ich aus dem Fenster. Ich war zu betrunken, um mir Sorgen über Würmer oder Schwangerschaft oder die Ehe oder die Zukunft zu machen.
»Mir geht's edelprima!« sagte ich zu Adrian.
»So ist's recht, Schatz. Jetzt kommst du endlich auf den Trichter.«

Doch gegen Abend, als die Wirkung des Bieres nachließ, wurde ich wieder traurig. Die Art, in der wir die Zeit verbrachten, die Herumfahrerei, unser Trinken – all das erschien mir so sinn- und planlos. Ich wußte nicht einmal, welchen Tag wir hatten. Seit Wien hatte ich keine Zeitung mehr gesehen. Ich hatte mich kaum gewaschen oder die Wäsche gewechselt. Und was ich am allermeisten vermißte, war meine Arbeit. Seit Wochen hatte ich kein Gedicht mehr geschrieben und mir war, als würde ich dazu auch nie wieder fähig sein. Ich dachte an meine klapprige, rote elektrische Schreibmaschine in New York, und Sehnsucht durchzuckte mich wie ein Stich. *Das* war meine große Liebe! Ich sah mich schon zu Bennett zurückkehren, nur, um wieder vor meiner Schreibmaschine sitzen zu können. Wie Leute, die ›wegen der Kinder‹ zusammenbleiben oder weil sie sich nicht entschließen können, wer die Sozialwohnung behalten darf.

An diesem Abend fanden wir einen richtigen Campingplatz. (*Le Camping*, wie die Franzosen sagen.) Nicht besonders luxuriös, aber immerhin mit einem kleinen Badesee, einer Snack-Bar und Duschmöglichkeit. Ich lechzte danach, mich zu säubern, und sobald Adrian unser ›Territorium‹ abgesteckt hatte, machte ich mich auf den Weg zur Duschkabine. Als der Schmutz an mir herunterlief, sprach ich auf telepathischem Wege mit Bennett. »Verzeih mir«, sagte ich zu ihm, wo er auch gerade sein mochte (und zu mir, wo immer *ich* war).
Als ich zu unserm Zelt zurückkam, hatte Adrian eine Bekanntschaft gemacht. Das heißt, zwei Bekanntschaften. Es handelte sich um ein amerikanisches Ehepaar. Sie: auf eine etwas vulgäre Weise hübsch, rothaarig, sommersprossig, vollbusig, Jüdin mit Brooklyn-Akzent. Er: bärtig, brünett, struppig, dicklich, mit Brooklyn-Akzent, dazu ein beschwingter Börsenmakler, der in Rauschgift dilettierte. Sie eine beschwingte Hausfrau, die in Ehebruch dilettierte. Sie hatten ein Eigenheim in Brooklyn Heights, einen VW-Bus, drei Kinder, die zur Zeit in einem Ferienlager waren, und nach vierzehn Ehejah-

ren juckte es beide heftig nach Abwechslung. Adrian war schon im besten Zuge, die Frau (Judy) mit seinem englischen Akzent und den Laingschen Theorien (die für mich inzwischen schon recht abgedroschen klangen) zu betaumeln, und sie sah aus, als wäre sie durchaus bereit, sich jeden Augenblick mit ihm auf die Luftmatratze zu legen.

»Hallo«, sagte ich und strahlte meine Landsleute (und Glaubensgenossen) an.

»Hallo«, erwiderten sie wie aus einem Munde.

»Und nun?« sagte Adrian. »Was zuerst? Bett oder Bier?«

Judy kicherte.

»Laßt euch ja nicht stören«, sagte ich. »Wir halten nichts von persönlichen Bindungen und Besitzansprüchen.« Ich fand, daß ich Adrian recht gut kopierte.

»Wir wollten uns gerade ein Steak grillen«, sagte ihr Mann (Marty) fahrig. »Dürfen wir Sie dazu einladen?« Im Zweifelsfalle erst essen. Den Typ kannte ich.

»Super«, sagte Adrian. Der perfekte Hausfreund. Ich sah ihm an, daß die Aussicht, Judy vor den Augen ihres Mannes zu vögeln, ihn erregte. Das war genau seine Masche. Seit Bennett in der Versenkung verschwunden war, hatte Adrians Interesse an mir ein wenig nachgelassen.

So tischten sie uns also Steaks und ihre Lebensgeschichte auf. Sie hatten beschlossen, vernünftig zu sein, sagte Marty, statt sich, wie die meisten ihrer Freunde, scheiden zu lassen. Sie hatten beschlossen, einander jede Menge Freiheit zuzubilligen. Auf Ibiza, wo sie den Juli verbracht hatten, hatten sie allerlei ›Gruppenspaß‹ mitgemacht, wie er sich ausdrückte. Armer Kerl, er sah nicht sehr glücklich dabei aus. Er leierte den Hippie-Sexualkatechismus herunter wie ein Konfirmand die Zehn Gebote. Adrian grinste. Die hier waren bereits konvertiert. Weitere Anstrengungen erübrigten sich also.

»Und ihr?« fragte Judy.

»Wir sind nicht verheiratet«, sagte ich. »Wir glauben nicht an die Ehe. Er ist Jean-Paul Sartre, und ich bin Simone de Beauvoir.«

Judy und Marty sahen einander an. Diese Namen hatten sie schon mal gehört, wußten aber nicht mehr, wann und wo.

»Wir sind berühmt«, sagte ich verschlagen. »In Wirklichkeit ist er R. D. Laing und ich bin Mary Barnes.«

Adrian lachte, doch mir war klar, daß ich Judy und Marty damit verprellt hatte. Der schiere Selbstschutz. Ich spürte eine Kraftprobe herannahen, und mir blieb nichts anderes übrig, als meine ›Intellektualität‹ in die Waagschale zu werfen. Das einzige, was mir noch geblieben war.

»Also gut«, sagte Adrian. »Wie wär's, wenn wir erst mal die Partner tauschten?«

Marty machte ein betretenes Gesicht. Das war zwar für mich nicht sehr schmeichelhaft, aber, ehrlich gesagt, war ich auf ihn auch nicht gerade wild.

»Bedient euch«, sagte ich zu Adrian. Ich wollte ihn in die selbstgegrabene Grube fallen sehen – was immer das auch heißt (genau habe ich das nie gewußt). »Aber ich glaub fast«, fuhr ich fort, »daß *ich* erst mal passe. Wenn du willst, guck ich gern zu.« Ich hatte beschlossen, Adrian mit seinen eigenen Waffen zu schlagen. Kühl, unbeteiligt, all der Quatsch.

Marty sprang auf. Er fühlte sich plötzlich bemüßigt, seine Männlichkeit zu verteidigen. »Ich finde, entweder beiderseitiger Partnertausch oder gar nicht«, stotterte er.

»Tut mir leid«, sagte ich, »ich möchte kein Spielverderber sein, aber ich habe im Augenblick einfach keine Lust.« Fast hätte ich hinzugefügt: »Außerdem habe ich möglicherweise Syphilis ...«, aber ich wollte Adrian seinen Spaß nicht verderben. Soll er doch. Ich war hart im Nehmen. Ich würde das schon durchstehen.

»Sollten wir das nicht in der Gruppe ausdiskutieren?« sagte Judy. Jungejunge, was für eine Ex-Pfadfinderin!

»Ich habe meine Entscheidung bereits getroffen«, sagte ich. Ich war sehr stolz auf mich. Ich wußte, was ich wollte, und hatte nicht vor, klein beizugeben. Ich sagte nein, und mir war wohl dabei. Sogar Adrian war stolz auf mich. Das sah ich an seinem Grinsen. Er war dabei, meinen Charakter zu formen. Er hatte mich schon von Anfang an vor mir selbst retten wollen.

»Also«, sagte ich, »sollen wir euch zusehen oder uns ans Wasser setzen und uns ein bißchen unterhalten? Mir ist beides recht.«

»Ans Wasser«, stieß Marty rauh hervor.

»Aber nicht *ins* Wasser«, sagte ich.

Ich winkte Adrian und Judy munter zu, als sie in den VW-Bus kletterten und die Vorhänge zuzogen. Dann nahm ich Marty an die Hand und führte ihn zu dem verdammten Tümpel, wo wir uns auf einen großen, flachen Stein setzten.

»Wollen Sie mir Ihre Lebensgeschichte erzählen oder lieber von Judys Seitensprüngen?«

Er machte ein finsteres Gesicht.

»Nehmen Sie die Dinge immer so leicht?« fragte er und nickte in Richtung des VW-Busses.

»Im Grunde bin ich eine gräßliche Unke und Nervensäge, doch mein Freund da ist dabei, meinen Charakter zu formen.«

»Wie meinen Sie das?«

»Er versucht mir abzugewöhnen, mich selbst zu quälen, und vielleicht glückt ihm das sogar – aber wenn, dann nicht aus den Gründen, die er annimmt.«

»Versteh ich nicht«, sagte Marty.

»Entschuldigung. Ich greife vor. Das ist eine lange, traurige Geschichte und außerdem nicht so wahnsinnig originell.«

Marty blickte sehnsüchtig zum Bus hinüber. Ich nahm seine Hand in die meine.

»Ich will Ihnen ein kleines Geheimnis verraten – höchstwahrscheinlich passiert da drin nur sehr wenig. Er ist nicht der Supermann, für den er sich hält«, sagte ich.

»Impotent?«

»Häufig ja.«

»Das macht die Sache zwar nicht viel besser, aber es war nett von Ihnen, mir das zu sagen.«

Ich sah Marty an. Er war eigentlich gar nicht so übel. Ich dachte daran, wie oft ich mich nach fremden Männern gesehnt hatte, nach fremder Umgebung, nach fremden Riesenschwänzen. Doch ich empfand nichts als Gleichgültigkeit. Ich wußte, daß mit Marty zu vögeln mich keinen Schritt näher an die Wahrheit heranbringen würde, die ich suchte – wie die auch aussah. Mich verlangte nach einem überirdisch-wunderbaren Liebesakt, in dem einer für den anderen Gebetsmühle, Achterbahn, Mondrakete wird. Marty war da wohl nicht ganz der richtige. Aber gab es den überhaupt?

»Wie kommen Sie eigentlich hierher?« fragte er. »Sie sind doch Amerikanerin?«

»Das eine schließt das andere nicht aus ... Um die Wahrheit zu sagen, so habe ich für das hier meinen besonders liebenswerten Mann verlassen.«

Marty hob den Kopf. Leichtes Erschrecken glitt, gleich einer Schockwelle, über sein Gesicht. Hatte ich es letzten Endes doch nur deswegen getan – um kaltschnäuzig sagen zu können, »ich habe meinen Mann verlassen«, und dann die Schockwellen des Schrecks zu registrieren, die zwischen mir und irgendeinem Fremden fluktuierten? War es nichts anderes als Exhibitionismus? Und ein recht schäbiger Exhibitionismus obendrein.

»Wo leben Sie?«

»In New York.«

»Und was tun Sie?«

Die sonderbare Intimität, die die Situation mit sich brachte – mit einem Fremden draußen zu sitzen und darauf zu warten, bis unsere miteinander vögelnden Partner fertig waren –, verlangte nach einem Zugeständnis, also überwand ich mich.
»New Yorkerin, Jüdin, aus einer höchst neurotischen großbürgerlichen Familie, in zweiter Ehe mit einem Psychotherapeuten verheiratet, keine Kinder, neunundzwanzig Jahre alt, soeben einen Band sogenannter erotischer Gedichte veröffentlicht, mit dem Erfolg, daß wildfremde Männer mich in der Nacht anrufen, um mir eindeutige Anträge zu machen, und daß es einen riesigen Wirbel um mich gab – Vorträge an verschiedenen Colleges, Interviews, Briefe von Geistesgestörten und ähnliches – und dann drehte ich durch. Ich fing an, meine eigenen Gedichte zu lesen, und versuchte, eins zu werden mit dem Bild, das ich in diesen Gedichten von mir gab. Ich versuchte, meine Phantasievorstellungen auszuleben, und glaubte mit der Zeit, daß ich eine Fiktion sei, eine von mir erfundene Figur.«
»Toll«, sagte Marty beeindruckt.
»Der springende Punkt ist bloß, daß Phantasien eben Phantasien sind und daß man nicht jeden Tag des Jahres in Ekstase verbringen kann. Selbst wenn man die Tür hinter sich zuschlägt und weggeht, selbst wenn man mit jedem vögelt, der greifbar ist, bedeutet das nicht unbedingt, daß man der Freiheit näherkommt.«
Klang das nicht wie von Bennett? Welche Ironie!
»Ich wünschte, Sie würden Judy das beibringen«, sagte Marty.
»Niemand kann jemandem etwas beibringen«, sagte ich.

Später, als Adrian und ich in unserem Zelt lagen, fragte ich ihn über Judy aus.
»Ein langweiliges Stück«, sagte er. »Liegt da und tut, als wäre man gar nicht vorhanden.«
»Wie fand sie dich?«
»Wie soll ich das wissen?«
»Interessiert dich das nicht?«
»Ich hab sie gefickt, wie man nach dem Essen eine Tasse Kaffee trinkt.
Nicht einmal sehr guten Kaffee, in diesem Falle.«
»Warum dann das Ganze?«
»Warum nicht?«
»Weil, wenn du alles auf diese Ebene der Gleichgültigkeit herunterziehst, alles sinnlos wird. Das ist nicht Existentialismus, das ist Erstarrung. Auf die Dauer wird dadurch eines so sinnlos wie das andere.«

»Na und?«
»Und du hast zum Schluß das Gegenteil von dem, was du wolltest. Du suchtest Intensität und hast statt dessen Gefühllosigkeit. Du schneidest dich ins eigene Fleisch.«
»Das ist wohl eine Strafpredigt«, sagte Adrian.
»Stimmt«, sagte ich, ohne mich zu entschuldigen.
Am nächsten Morgen waren Judy und Marty verschwunden. Sie hatten nachts ihren Krempel im Wagen verstaut und waren auf und davon wie die Zigeuner.
»Ich habe dich gestern abend belogen«, sagte Adrian.
»Und zwar?«
»Ich habe Judy überhaupt nicht gevögelt.«
»Wieso das denn?«
»Weil mir nicht so war.«
Ich lachte hämisch. »Du meinst, du konntest nicht.«
»Nein, das meine ich *nicht.* Ich meine, daß ich keine Lust dazu hatte.«
»Es ist mir vollkommen gleichgültig«, sagte ich, »ob du es getan hast oder nicht.«
»Das ist dummes Zeug.«
»Das denkst *du.*«
»Du bist einfach wütend, weil ich der erste Mann bin, den du nicht gängeln kannst. Du hältst es nie lange mit jemandem aus, der sich deiner Herrschsucht entzieht.«
»Quatsch. Ich stelle bloß zufällig ein bißchen höhere Ansprüche an das Leben, oder wie du es nennen willst, als du. Ich durchschaue dein Spielchen. Was Spontaneität und Existentialismus angeht, bin ich vollkommen deiner Meinung – aber das hier hat mit Spontaneität nichts zu tun, es ist die schiere Verzweiflung. Das hast du zu mir gesagt, als wir das erste Mal zusammen im Bett waren, und jetzt sage ich dir dasselbe. Es ist nichts weiter als Verzweiflung und Depression, im Gewande der Freiheit. Es macht nicht einmal Spaß. Es ist kläglich. Diese ganze Reise ist kläglich.«
»Du kannst eben immer alles nur negativ sehen«, sagte Adrian.
Später schwammen wir im Teich und ließen uns anschließend von der Sonne trocknen. Adrian streckte sich im Gras aus und blinzelte ins Licht. Ich lag mit dem Kopf auf seiner Brust und sog den Duft seiner sonnenwarmen Haut ein. Plötzlich schob sich eine Wolke vor die Sonne, und leichter Regen begann zu fallen. Wir rührten uns nicht. Die Regenwolke zog vorüber und hinterließ große Tropfen auf unseren Körpern. Als die Sonne wieder zum Vorschein kam und uns erneut beschien, spürte ich die Tropfen verdunsten. Ein Weber-

knecht stelzte über Adrians behaarte Schulter. Ich setzte mich mit einem Ruck auf.

»Was ist?«

»Ein Tier ... wie gräßlich!«

»Wo?«

»Auf deiner Schulter.«

Er sah, ohne den Kopf zu bewegen, zur Seite, packte das Insekt an einem seiner langen Beine, ließ es in der Luft baumeln und sah zu, wie es, gleich einem Wasser tretenden Schwimmer, die Beine streckte und krümmte.

»Nicht totmachen!« bat ich.

»Ich dachte, du hast Angst vor diesen Viechern.«

»Hab ich auch, aber ich will nicht, daß du es tötest.« Ein Schauder überlief mich.

»Und wie wär's damit?« sagte er und riß der Spinne ein Bein aus.

»O Gott – *nicht!* Ich *hasse* es, wenn Leute das tun!«

Er rupfte ein Bein nach dem anderen ab, wie die Blütenblätter eines Gänseblümchens.

»Sie liebt mich, sie liebt mich nicht ...«, sagte er.

»Ich *hasse* das«, sagte ich, »*bitte* nicht ...«

»Ich dachte, du haßt *Spinnen.*«

»Ich hab's nicht gern, wenn sie auf mir rumkrabbeln – aber ich kann's auch nicht vertragen, wenn jemand sie totmacht, und mir wird richtig übel, wenn ich sehe, wie du das Tier auf diese Weise verstümmelst. Ich kann's nicht mit ansehen«, und damit sprang ich auf und lief zum Wasser zurück.

»Ich verstehe dich nicht!« rief Adrian hinter mir her. »Warum bist du bloß so idiotisch *empfindlich*?«

Ich tauchte unter.

Wir sprachen erst nach dem Mittagessen wieder miteinander.

»Du hast alles verdorben«, sagte Adrian, »mit deiner ewigen Nörgelei und Schwarzseherei und deiner Überempfindlichkeit.«

»Okay, dann setz mich in Paris ab, und ich fliege von dort nach New York zurück.«

»Mit Vergnügen.«

»Ich hätte dir gleich sagen können, daß ich dir auf den Wecker fallen würde, sobald ich irgendwelche menschlichen Regungen zeige. Was willst du eigentlich – eine Frau aus Kunststoff?«

»Sei nicht albern. Ich will nur, daß du endlich erwachsen wirst.«

»Was *du* darunter verstehst.«

»Was wir *beide* darunter verstehen.«

»Der vorbildliche Demokrat«, sagte ich sarkastisch.

Wir begannen einzupacken und warfen mit Gepolter Zeltstangen und sonstiges Zubehör in den Wagen. Das nahm etwa zwanzig Minuten in Anspruch, während derer wir kein einziges Wort wechselten. Dann setzten wir uns hinein.

»Wahrscheinlich bedeutet es dir weniger als nichts, daß ich deinetwegen mein ganzes Leben durcheinandergebracht habe – weil ich dich so gern hatte.«

»Das hast du nicht meinetwegen getan«, sagte er, »ich war nur ein Vorwand.«

»Ich hätte es nie fertiggebracht, wenn ich dich nicht so über die Maßen gern gehabt hätte.« Und dann – und dabei durchzuckte es mich von Kopf bis Fuß – dachte ich daran, wie heftig ich ihn in Wien begehrt hatte. Meine Zitterknie. Das Wühlen im Bauch. Mein wie wild klopfendes Herz. Das Gefühl zu ersticken. Ich dachte an all das, was er in mir geweckt und wie er mich betört hatte, ihm zu folgen. Ich sehnte mich nach dem Adrian unserer ersten Begegnung. Der Mann, der neben mir saß, war eine Enttäuschung.

»Der Mann unter dem Bett kann nie der Mann im Bett sein«, sagte ich. »Sie schließen einander aus. Sobald er erst einmal in Fleisch und Blut dasteht, ist er nicht mehr der Mann, den man begehrte.«

»Wovon zum Teufel redest du?«

»Meine Theorie über den Spontanfick«, sagte ich. Und ich erklärte es ihm, so gut ich konnte.

»Ich habe dich also enttäuscht?« sagte er, legte seine Arme um mich und zog mich hinunter, bis mein Kopf auf seinen Schenkeln lag. Ich roch den Wildgeruch seiner schmutzigen Hose.

»Wir wollen aussteigen«, sagte ich.

Wir gingen ein paar Schritte und setzten uns unter einen Baum. Mein Kopf lag in seinem Schoß. Ohne besondere Absichten begann ich an seinem Hosenschlitz herumzuspielen. Ich zog den Reißverschluß halb auf und nahm seinen schlaffen Penis in die Hand.

»Er schläft«, sagte er.

Ich drehte den Kopf und sah ihn an, seine grüngoldenen Augen, das blonde Haar, das ihm in die Stirn fiel, die Lachfalten in seinen Mundwinkeln, seine sonnengebräunten Wangen. Für mich war er immer noch wunderschön. Mein Verlangen nach ihm, das zum Teil aus Erinnerung an Vergangenes bestand, war darum nicht weniger schmerzlich. Wir küßten uns lange; seine in meinem Mund kreisende Zunge machte mich schwindeln. Wie lange wir einander auch küßten – sein Penis blieb schlaff. Er lachte sein strahlendes Lachen, und auch ich lachte. Ich wußte, daß er sich mir nie rückhaltlos geben, daß ich ihn nie wirklich besitzen würde. Nicht zuletzt deswegen war er für mich so begehrenswert. Ich würde über ihn schreiben, über ihn reden, an ihn denken ... *besitzen* würde ich ihn nie. Der unerreichbare Mann.

Wir fuhren in Richtung Paris. Ich bestand darauf, nach Hause zu fliegen, doch Adrian versuchte, mich zum Bleiben zu überreden. Er bangte nun um meine Anhänglichkeit. Er spürte, daß ich ihm entglitt. Er wußte, daß ich bereits dabei war, ihn in mein Tagebuch einzutragen, zur späteren Verwendung. Als wir uns den Vororten von Paris näherten, sahen wir unter den Autobahnüberführungen allerlei gekritzelte Inschriften. Eine davon lautete: FEMMES! LIBERONS-NOUS!

Verführt & verlassen

Das Stimmrecht, dachte ich, bedeutet uns Frauen wenig.
Was wir haben sollten, sind Waffen.

– Edna O'Brien

Wieder in Paris.
Staubbedeckt von der Fahrt kommen wir an. Zwei Landstreicher aus einem Roman von John Steinbeck, zwei staubige Komödianten aus einem Roman von Colette.
Am Straßenrand pinkeln ist in der Theorie entzückend rousseauisch, doch in der Praxis bleibt man davon klebrig im Schritt. Für eine Frau hat es zudem den Nachteil, daß man sich in die Schuhe pinkelt. Oder auf dieselben.
Wir kommen also klebrig, staubig und ein bißchen bepißt in Paris an. Wir sind wieder ineinander verliebt – jenes zweite Stadium der Liebe, das aus der wehmütigen Rückerinnerung an das erste Stadium lebt. Jenes zweite Stadium der Liebe, in das man eintritt, sobald man voll Verzweiflung spürt, daß die Liebe stirbt und der Gedanke an einen weiteren Verlust unerträglich scheint.
Adrian tätschelt mein Knie.
»Wie geht's dir, Schatz?«
»Prima, Schatz.«
Wir wissen nicht mehr, was echt und was gespielt ist. Wir sind mit den Rollen, die wir spielen, eins geworden.
Ich bin mittlerweile fest entschlossen, auf die Suche nach Bennett zu gehen und neu mit ihm zu beginnen, falls er mich noch haben will. Doch ich habe keine Ahnung, wo Bennett steckt. Ich werde versuchen, ihn telefonisch zu erreichen. Ich nehme an, daß er nach New York zurückgeflogen ist. Er haßt es, in Europa herumzuziehen – fast so sehr wie ich.
Am Gare du Nord versuche ich, ein Gespräch mit Voranmeldung zu bekommen. Doch ich habe mein ganzes Französisch vergessen, und das Englisch der Telefonistin läßt sehr zu wünschen übrig. Nach einem absurden Dialog, vielen Mißverständnissen, Piepsen in der Leitung und falschen Verbindungen werde ich endlich mit meiner eigenen Wohnung verbunden.
Die Telefonistin fragt nach *›le Docteur Wing‹*, und weit, weit fort, wie vom Grunde des Atlantischen Ozeans höre ich die Stimme des jungen Mädchens, dem wir die Wohnung für die Sommermonate vermietet haben.
»Er ist nicht hier. Er ist in Wien.«
»Madame, le Docteur est à Vienne«, wiederholt die Beamtin.
»Ce n'est pas possible!« schreie ich – doch damit hat sich mein Französisch auch bereits erschöpft. Während die Telefonistin auf mich einredet, verstumme ich immer mehr. Als ich vor vielen Jahren – in meiner Studentenzeit – Europa bereiste, konnte ich diese Sprache sprechen. Jetzt kann ich kaum noch englisch.

»Er *muß* da sein!« rufe ich. Wo kann er denn sonst sein? Und was, um Gottes willen, wird aus meinem Leben – ohne ihn?
Ich melde rasch ein Gespräch an mit Bennetts ältestem Freund Bob, dem wir unseren Wagen für den Sommer geliehen haben. Er wäre der erste, den Bennett anrufen würde. Er ist, zu meiner Überraschung, zu Hause.
»Bob – ich bin's – Isadora – ich bin in Paris. Ist Bennett da?«
Bobs Stimme, von weit her: »Ich dachte, er wär bei dir.« Dann Stille. Die Verbindung ist unterbrochen. Aber es ist doch nicht ganz still. Ist es das Rauschen des Weltmeeres, das ich höre – oder bilde ich mir das nur ein? Ich spüre ein dünnes Rinnsal von Schweiß zwischen meinen Brüsten. Plötzlich taucht Bobs Stimme wieder auf.
»Was ist los? Habt ihr euch …« Ein gurgelndes Geräusch. Dann wieder Stille. Ich sehe im Geiste einen riesigen Fisch an dem transatlantischen Kabel nagen. Jedesmal, wenn der Fisch kräftig zubeißt, ist Bobs Stimme weg.
»Bob!«
»Ich kann dich nicht verstehen. *Ich sagte: habt ihr euch gestritten?*«
»Ja. Aber es ist zu kompliziert, das jetzt zu erklären. Es ist gräßlich. Und alle meine …«
»*Wie?* Ich kann dich nicht verstehen … Wo ist Bennett?«
»Aber das wollte ich doch gerade von *dir* wissen.«
»*Was*? Das hab ich nicht verstanden.«
»*Scheiße!* Ich verstehe dich auch so schlecht … Hör zu, wenn er anruft, sag ihm, daß ich ihn liebe.«
»*Wie?*«
»Sag ihm, daß ich ihn überall suche.«
»*Was?* Ich kann dich nicht verstehen.«
»Sag ihm, daß ich mich nach ihm sehne.«
»*Wie?* Ich kann dich nicht verstehen.«
»Sag ihm, daß ich mich nach ihm sehne.«
»*Was?* Ich kann nichts verstehen.«
»Sag ihm, daß ich mich nach ihm sehne.«
»*Was?* Was hast du eben gesagt?«
»Es ist hoffnungslos.«
»Ich kann dich nicht *verstehen.*«
»Sag ihm nur, daß ich ihn liebe.«
»Wie? Diese Verbin …«
Wir werden nun endgültig getrennt. Die Stimme der Telefonistin läßt mich wissen, daß ich 129 neue Francs und 34 Centimes zu bezahlen habe.

»Aber ich habe doch nichts verstehen können!«
Die Telefonistin besteht darauf, daß ich trotzdem zahlen müsse. Ich gehe an den Kassenschalter, werfe einen Blick in meine Geldbörse und stelle fest, daß ich überhaupt keine Francs habe, weder alte noch neue. Ich muß also – mein Gott, ist das lästig! – Geld wechseln, und nachdem ich mich noch eine Weile herumgestritten habe, zahle ich zum Schluß doch. Es ist einfach *zu* anstrengend, noch weiter zu protestieren.
Ich blättre die Scheine hin wie Bußgeld. Ich würde jede Summe bezahlen, um in diesem Augenblick zu Hause zu sitzen und mir das Ganze in aller Ruhe durch den Kopf gehen zu lassen. Das ist mir eigentlich immer das allerliebste. Warum sollte ich mir selbst etwas vormachen? Ich bin keine Existentialistin. Wirklich *real* werden die Geschehnisse für mich erst, nachdem ich sie niedergeschrieben und sie dabei ein wenig zurechtgerückt und ausgeschmückt habe. Ich warte immer darauf, daß die Dinge vorbei sind, damit ich nach Hause gehen und sie zu Papier bringen kann.
»Na, wie sieht's aus?« sagt Adrian, der aus der Herrentoilette kommt.
»Das einzige, was ich sicher weiß, ist, daß er nicht in New York ist.«
»Vielleicht ist er in London.«
»He – das wäre möglich.« Mein Herz klopft heftig bei dem Gedanken, ihn wiederzusehen.
»Warum fahren wir nicht zusammen nach London«, schlage ich vor, »und trennen uns als gute Freunde.«
»Weil ich finde, daß du das allein durchfechten mußt«, sagt Adrian, der Moralist. Ich wittere hinter seinem Einwand nichts Verdächtiges; er erscheint mir durchaus plausibel. In gewissem Sinne hat er recht. Ich habe mich selbst in diese Lage hineinmanövriert – warum sollte *er* mir heraushelfen?
»Komm, gehen wir einen trinken, vielleicht fällt uns dann was ein.«
»In Ordnung.«
Und wir setzen uns in den *Triumph* und brausen davon; auf meinen Knien liegt die Karte von Paris, das Verdeck ist zurückgeschlagen, die Sonne vergoldet die Stadt – wie in einer Filmversion unserer Story. Ich dirigiere Adrian zum Boul'Mich und freue mich, daß ich die Straßen und die berühmten Gebäude wiedererkenne und weiß, wo wir jeweils abbiegen müssen. Allmählich fällt mir mein Französisch auch wieder ein.
»Il pleure dans mon coeur/Comme il pleut sur la ville!« rufe ich lauthals; daß mir diese zwei Zeilen des einzigen französischen

Gedichts, das ich in all den Jahren Französischunterricht auswendig zu lernen geschafft habe, wieder einfallen, euphorisiert mich geradezu. Plötzlich (und nur, weil ich Paris wiedersehe) fliege ich dahin – höher als ein Drachen im Herbstwind. »Sie hatte schon bei der Geburt eine Adrenalinspritze im Leibe«, wie meine Mutter zu sagen pflegte. Und es stimmte. Wenn ich nicht zutiefst deprimiert war, barst ich vor Energie und wußte mich vor Gekicher und Alberei nicht zu lassen. »Wieso denn ›*il pleut*‹? fragt Adrian. »Es ist der strahlendste Tag seit Wochen.« Doch meine gute Laune wirkt ansteckend, und noch bevor wir das Lokal erreicht haben, sind wir beide in Hochstimmung. Wir parken den Wagen in der Rue des Ecoles (die einzige, nicht allzu abgelegene Parklücke, die wir finden können) und lassen unseren gesamten Krempel im Wagen liegen. Ich zögere einen Augenblick, denn wir können den *Triumph* nicht richtig sichern – er hat ja nur ein Stück Segeltuch als Dach –, aber was gehen mich schließlich Beständigkeit und Besitz an? *Freiheit ist nur eine andere Bezeichnung dafür, daß man nichts mehr zu verlieren hat* – stimmt's?

Wir steuern auf ein Café auf der Place St. Michel zu und plappern einander vor, wie wunderbar es doch ist, wieder einmal in Paris zu sein, daß Paris sich nie verändert, daß die Cafés noch genau dort sind, wo sie das vorige Mal waren, und die Straßen dort, wo man sie verlassen hat, und daß Paris eben immer Paris bleibt.

Zwei Bier pro Nase, und wir küssen uns demonstrativ in aller Öffentlichkeit. (Jeder mußte denken, daß wir der Welt leidenschaftlichstes Liebespaar seien.)

»Mein Über-Ich ist in Alkohol löslich«, sagt Adrian und wird wieder zu dem selbstsicheren Casanova, der er in Wien war. Und beide lachen wir, eine Spur zu laut.

»Wir wollen nie nach Hause zurückfahren«, schlage ich vor. »Wir wollen für immer hier bleiben und unsere Tage in Freuden verbringen.«

»Die Rebe ist der einzig wahre Existentialist«, erwidert Adrian und drückt mich an sich.

»Oder Hopfen und Malz. Oder Malz und Hopfen. Das weiß ich nie so genau.«

»Hopfen und Malz«, sagt er kategorisch und nimmt noch einen großen Schluck Bier.

»Hopfen und Malz verloren«, sage ich und nehme auch einen Schluck.

Im Biernebel rumpeln wir durch Paris. Wir essen Kuskus zu Mittag und abends Austern und trinken dazwischen unzählige Biere und

halten unzählige Male an, um zu pinkeln, rasen durch den Jardin des Plantes und rund um das Pantheon herum und durch die engen Gassen in der Nähe der Sorbonne. Wir rumpeln durch den Jardin du Luxembourg. Auf einer Bank nahe der Fontaine de l'Observatoire ruhen wir uns schließlich aus. Wir sind beschickert und zufrieden. Wir betrachten die Bronzepferde, die sich inmitten des Wasserschwalls der Fontäne aufbäumen. Ich habe jenes merkwürdige Gefühl der Unverletzbarkeit, das der Alkohol einem verleiht, und mir ist, als spiele sich mein gegenwärtiges Leben in einem romantischen Film ab. Mir ist wunderbar locker und frei und dreherig zumute. New York ist weiter entfernt als der Mond.
»Suchen wir uns ein Hotel und gehen ins Bett«, sage ich. Kein plötzliches Aufwallen von Leidenschaft, sondern lediglich der Wunsch, diesem romantischen Schwebezustand einen Abschluß zu geben. Wir könnten es doch noch einmal versuchen. Alle unsere bisherigen Bemühungen in dieser Sache waren letzten Endes immer enttäuschend. Es erscheint mir so traurig, daß wir – all die Zeit über, die wir zusammen waren – so viel für so wenig aufs Spiel gesetzt haben. Oder ging es vielleicht gerade *da*rum?
»Nein«, sagt Adrian, »dazu haben wir keine Zeit.«
»Was heißt das, wir haben keine Zeit?«
»Ich muß heute abend fahren, wenn ich morgen früh in Cherbourg sein will.«
»Wieso mußt du denn morgen früh in Cherbourg sein?« Etwas Schreckliches dämmert durch meine alkoholisierte Hochstimmung herauf.
»Um Esther und die Kinder abzuholen.«
»Das soll wohl ein Witz sein?«
»Nein, das ist kein Witz.« Er sieht auf seine Uhr. »Sie fahren wohl gerade jetzt aus London ab. Wir wollen ein bißchen Ferien machen, in der Bretagne.«
Ich starre ihn an, wie er seelenruhig auf die Uhr sieht. Sein ungeheuerlicher Verrat verschlägt mir die Sprache. Hier sitze ich – betrunken und ungewaschen und weiß nicht einmal, welchen Tag wir haben –, und er hat vor, eine Verabredung einzuhalten, die er vor über einem Monat getroffen hat.
»Soll das heißen, daß du das schon die ganze Zeit gewußt hast?«
Er nickt.
»Und du hast *mich* in dem Glauben gelassen, wir wären zwei umherziehende Existentialisten, während du die ganze Zeit gewußt hast, daß du an einem bestimmten Tag Esther abholen wirst?«
»Na schön, wenn du es unbedingt *so* sehen willst ... Es war nicht

ganz so bösartig geplant, wie du zu glauben scheinst.«
»Was war es dann? Wie konntest du mich glauben lassen, daß wir beide einfach so rumziehen – wohin es uns gerade treibt? Wenn du die ganze Zeit über eine feste Verabredung mit Esther hattest?«
»*Du* hast dein Leben umgekrempelt, Schatz, nicht ich. Ich habe nie gesagt, daß ich vorhabe, *mein* Leben auf den Kopf zu stellen, um bei dir zu bleiben.«
Mir war zumute wie nach einer Ohrfeige. Mir war, als wäre ich wieder sechs Jahre alt und meine sogenannte beste Freundin hätte mein Fahrrad zu Klump gefahren. Es war der schlimmste Verrat, den ich mir vorstellen konnte.
»Du hast also die *ganze Zeit* über von Freiheit und Sich-dem-Zufall-Überlassen geredet und wußtest, daß du an einem bestimmten Tag Esther treffen wirst? Du bist der schlimmste Heuchler, der mir *je* begegnet ist!«
Adrian fing an zu lachen.
»Was ist daran so komisch?«
»Deine Wut.«
»Ich könnte dich umbringen«, schrie ich.
»Das glaub ich dir aufs Wort.«
Ich holte aus und schlug mit den Fäusten auf ihn ein. Er packte meine Handgelenke und hielt sie fest.
»Ich wollte dir nur etwas bieten, worüber du schreiben kannst«, sagte er lachend.
»Du Dreckskerl!«
»Ist das vielleicht nicht der passendste Abschluß für deine Geschichte?«
»Du bist wirklich ein *Schwein.*«
»Komm, Schatz, nimm es nicht so tragisch. Die Moral von der Geschichte bleibt ja doch dieselbe, nicht wahr?«
»Deine Moral gleicht einer Alpenstraße. Nichts als Haarnadelkurven.«
»Mir scheint, *das* hab ich auch schon mal irgendwo gehört«, sagte er.
»Na schön. Dann fahr ich eben mit.«
»Wohin?«
»Nach Cherbourg. Dann eben Ferien *à cinq* in der Bretagne. Jeder wird mit jedem vögeln, ohne irgendwelche lächerlichen moralischen Ausflüchte – wie du vor langer Zeit in Wien sagtest.«
»Unsinn, du fährst nicht mit.«
»Ich *fahre* mit!«
»Du fährst *nicht* mit. Ich will es nicht.«

»Was soll das heißen, du *willst es nicht?* Was für einen Mist redest du da? Vor Bennett hast du angegeben wie 'n Waggon Sülze in der Kurve. *Du* hast mich dazu ermutigt, mein Leben umzukrempeln, wie du es nennst, und mit mir loszuziehen, und nun bist du auf einmal ängstlich bemüht, *dein* sicheres kleines Familienleben intakt zu halten! Wieviel soll ich mir *noch* von dir bieten lassen? *Du* bist es gewesen, der mir was von Ehrlichkeit und Offenheit vorgeredet hat, und daß man nicht in tausend Widersprüchen leben soll. Aber sicher fahr ich mit dir nach Cherbourg. Ich will Esther und die Kinder kennenlernen, und alles Weitere wird sich finden – wir werden eben improvisieren.«

»Kommt nicht in Frage. Ich nehme dich nicht mit. Ich setz dich mit Gewalt aus 'm Wagen raus, wenn's sein muß.«

Ich sah ihn ungläubig an. Warum fiel es mir so schwer zu glauben, er würde so hart und gefühllos sein? Er meinte offenbar wirklich, was er sagte. Ich wußte, er würde mich tatsächlich aus dem Wagen rausschmeißen, wenn es sein mußte. Und vielleicht auch noch lachend davonfahren.

»Aber findest du es denn nicht selbst gräßlich, ein solcher Heuchler zu sein?« Meine Stimme hatte einen flehenden Unterton, als wüßte ich bereits, daß ich das Spiel verloren hatte.

»Es kommt nicht in Frage, daß ich die Kinder auf diese Weise enttäusche«, sagte er. »Das ist mein letztes Wort.«

»*Mich* auf diese Weise zu enttäuschen, macht dir wohl gar nichts aus?«

»Du bist erwachsen. Du bist dem *ge*wachsen. Die Kinder nicht.«

Was hätte ich *da*rauf noch antworten können? Ich konnte kreischen und brüllen, daß auch ich noch ein Kind sei, daß ich durchdrehen, daß ich verrückt werden würde, wenn er mich verließe. Vielleicht würde ich das auch wirklich werden. Aber ich war nicht Adrians Kind, und es war nicht seine Pflicht, mich zu retten. Jetzt war ich niemandes Baby mehr. Befreit. Vollkommen frei. Es war das beängstigendste Gefühl meines Lebens. Als stünde ich am Rand des Grand Canyon, verlöre den Halt und hoffte, noch fliegen zu lernen, bevor ich in der Tiefe zerschellte.

Erst als er fort war, gelang es mir, mein Entsetzen in beide Hände und damit in Besitz zu nehmen. Wir schieden nicht als Feinde. Als ich verstand, daß ich endgültig geschlagen war, haßte ich ihn nicht mehr. Ich begann mich darauf zu konzentrieren, wie ich das Alleinsein am besten in den Griff kriegen konnte. Sobald ich keine Hilfe mehr von ihm erwartete, stellte ich fest, daß ich mich besser in ihn hineinfühlen konnte. Ich war nicht sein Kind. Es war sein gutes

Recht, seine Kinder zu beschützen. Selbst vor mir – wenn er mich als Bedrohung empfand. Er hatte mich verraten, doch das hatte ich die ganze Zeit schon vorausgeahnt, und in gewissem Sinne hatte ich mich zweifellos seiner als eines Schurken bedient, wie er sich meiner als Opfer. Er hatte mir, perverserweise, als Werkzeug gedient – meine Freiheit hatte ich *ihm* zu verdanken. Als ich ihn fortfahren sah, wußte ich, daß ich mich erneut in ihn verlieben würde, sobald die Entfernung zwischen uns groß genug war.
Er war auch nicht etwa weggefahren, ohne mir behilflich gewesen zu sein. Zusammen hatten wir uns um einen Flug nach London bemüht und erfahren, daß für die nächsten zwei Tage alle Maschinen ausgebucht seien. Ich konnte also bis Mittwoch warten oder mich nach Zügen für Dienstag erkundigen. Oder ich konnte zum Flughafen fahren und mich auf die Warteliste setzen lassen. Möglichkeiten gab es genug. Doch zunächst galt es, dieses unsinnige Herzklopfen zu ertragen, bis ich Bennett wiedergefunden hatte – oder irgend jemand. Vielleicht mich selbst.
Ich schleppte meinen Koffer zurück ins Café auf der Place St. Michel. Ich stellte – ohne männliche Begleitung – plötzlich fest, wie bleischwer er war. Ich hatte beim Packen nicht damit gerechnet, unter Umständen allein reisen zu müssen. Mein Koffer war vollgestopft mit Reiseführern, einem kleinen Diktiergerät – für den Artikel, den ich nicht geschrieben hatte –, meiner elektrischen Trockenhaube, zehn Exemplaren meines ersten Gedichtbandes usw. Einige davon waren für einen literarischen Agenten in London bestimmt. Die anderen schleppte ich aus Unsicherheit mit mir herum – als Identitätsausweis sozusagen, für Leute, die ich eventuell kennenlernen würde, dazu bestimmt, als Beweis dafür zu dienen, daß ich keine beliebige Durchschnittsfrau, daß ich etwas Besonderes sei, und überdies dazu bestimmt, mir alle Wege zu ebnen. Ich klammerte mich auf klägliche Weise an meinen Ausnahmestatus, denn ohne diesen wäre ich ja nur eine der vielen einsamen, auf der Suche befindlichen, ruhelosen Frauen gewesen.
»Hab ich deine Adresse?« fragte Adrian, bevor er in seinem *Triumph* davonfuhr.
»Sie steht in dem Gedichtband, den ich dir geschenkt habe. Auf dem hinteren Schutzblatt.«
Doch er hatte das Buch verloren. Das Exemplar mit meiner Widmung (hineingeschrieben mit pinkrosa Filzstift). Es erübrigt sich zu sagen, daß er es nie zu Ende gelesen hatte.
»Augenblick – ich geb dir ein anderes.«
Ich begann mitten auf der Straße, den Reißverschluß meines

riesigen Segeltuchkoffers zu öffnen. Cremetöpfe rollten auf den Gehsteig, und hinter ihnen quollen lose Blätter hervor, Zettel mit Notizen für Gedichte, an denen ich zur Zeit arbeitete, Tonbänder, Filme, Lippenstifte, Taschenbücher und ein Michelin-Führer mit Eselsohren. Ich stopfte das ganze Zeug in den lappigen italienischen Koffer zurück, grub ein Exemplar meiner Gedichte heraus und brach ihm den jungfräulichen Rücken.

Für Adrian den Achtlosen (schrieb ich hinein)
der Bücher verschusselt.
Mit Liebe und vielen Küssen
seine ihm zugetane Sozialarbeiterin
aus New York –

Und aufs hintere Schutzblatt schrieb ich erneut meine New Yorker Adresse und Telefonnummer, wohl wissend, daß er wahrscheinlich auch dieses Exemplar verlieren würde. So gingen wir auseinander. Verlust auf Verlust. Mein Leben, das ich auf die Straße ergoß, und nichts als ein dünner Band Verse zwischen mir und der Leere.

Im Café stellte ich meinen Koffer neben mich und verlangte ein Bier. Ich war wie benommen und sehr erschöpft – fast zu erschöpft, um so unglücklich zu sein, wie ich es von mir selbst erwartete. Und nun noch die Suche nach einem Hotel. Es dämmerte bereits. Mein Koffer war schwer wie Blei, und ich sah mich im Geiste durch die Straßen stolpern, das schwere Ding hinter mir herzerrend, und keuchend Wendeltreppen erklimmen und nach Zimmern fragen, die alle schon belegt sein würden. Ich legte den Kopf auf den Tisch. Ich hätte vor lauter Erschöpfung weinen mögen, doch ich wußte, daß ich mich nicht zu auffällig betragen durfte. Ich bekam ohnehin bereits jene Art spöttischer Blicke zu spüren, denen eine Frau ohne männliche Begleitung ausgesetzt ist. Und ich war zu müde und abgekämpft, um das mit Gelassenheit hinzunehmen. Wenn mich jetzt einer anquatschte, würde ich wahrscheinlich laut schreien und um mich schlagen. Worte galten nicht mehr für mich. Ich war des Debattierens und Streitens und der diplomatischen Schachzüge gründlich müde. Der erste Mann, der sich mir mit einem zynischen oder anzüglichen Blick näherte, konnte mit einem Tritt in die Eier oder einem Kinnhaken rechnen. Ich würde mich nicht ängstlich ducken, wie mit dreizehn Jahren, auf dem Weg zur Schule, wenn Exhibitionisten sich in der ausgestorbenen U-Bahn vor mir postierten und ihre Hose öffneten. Ich fürchtete tatsächlich, sie würden *beleidigt* sein und schreckliche Rache an mir nehmen, wenn ich

nicht wie angenagelt sitzen bliebe. Also blieb ich sitzen, sah in die andere Richtung, tat, als merkte ich nichts, tat, als hätte ich keine Angst, tat, als läse ich, und hoffte insgeheim, das Buch würde mich beschützen. Später, in Italien, wenn Männer mir in den Ruinen nachstiegen oder auf der Straße im Wagen hinter mir herfuhren (und den Schlag öffneten und *vieni, vieni* flüsterten), fragte ich mich jedesmal, warum ich mir dann so besudelt und erniedrigt vorkäme, von meiner Wut ganz zu schweigen. Im Grunde hätte es mir schmeicheln sollen – als Beweis, daß ich als Frau auf Männer wirkte. Meine Mutter hatte immer gesagt, wie sehr sie sich in Italien als Frau bestätigt gefühlt hätte. Warum kam *ich* mir dann vor wie ein gejagtes Wild? Es muß an *mir* liegen, dachte ich, irgend etwas stimmt bei mir nicht. Und dann quälte ich mir ein Lächeln ab und warf mein Haar in den Nacken, um meine Dankbarkeit zu demonstrieren. Und dann kam ich mir vor wie eine Betrügerin. Warum war ich nicht dankbar dafür, daß man mir nachstellte?
Doch jetzt wollte ich allein sein, und wenn irgend jemand mein Verhalten anders auslegen sollte, würde ich darauf reagieren wie ein wildes Tier. Selbst Bennett mit all seinem vorgeblichen psychologischen Verständnis und all seinem ›Einfühlungsvermögen‹ behauptete, die Männer würden dauernd hinter mir herrennen, weil ich meine ›Verfügbarkeit‹ zur Schau trüge – wie er sich ausdrückte. Weil ich mich so sexy kleide, oder weil die Art, wie ich mein Haar trüge, leichtfertig wirke, oder *irgendwas*. Kurz, ich verdiene es nicht besser, als angequatscht zu werden. Es waren die altbekannten Schlagworte vom Kampf der Geschlechter, die altbekannten Schmonzetten der fünfziger Jahre: *Vergewaltigung gibt es nicht; ihr Weiber wartet nur darauf.*
Ich saß lange hinter meinem Bier. Als ich zufällig aufblickte, sah ich in die Augen eines Mannes am Nebentisch. Es handelte sich um einen jener eitlen Renommierblicke, welche besagen: Ich weiß, was du brauchst, Baby ..., um die gleiche lockende Gefallsucht, auf die ich bei Adrian mit vollen Segeln geflogen war, doch jetzt kotzte es mich an. Im Augenblick sah ich nichts anderes als autoritäres Gehabe und Sadismus darin. Plötzlich schoß mir der Gedanke durch den Kopf, daß vielleicht 90 Prozent aller Männer, die sich so geben, in Wirklichkeit ihre Impotenz damit bemänteln. Aber ich verspürte nicht die geringste Lust dazu, diese Hypothese auf ihren Wahrheitsgehalt zu prüfen.
Ich runzelte die Stirn und senkte den Blick. Sah er denn nicht, daß ich niemanden wollte? Sah er denn nicht, daß ich müde und schmutzig und abgekämpft war? Sah er denn nicht, daß ich mich an

mein Bierglas klammerte, als sei es der Heilige Gral? Warum blieb ein Mann, wenn man ihn abwies – ihn ernsthaft und ohne Vorbehalte abwies – hartnäckig bei dem Glauben, es handle sich lediglich um Koketterie?

Ich dachte zurück an die Tage, als ich von Männern im Eisenbahnabteil phantasierte. Es blieb zwar bei den Phantasien; sie in die Tat umzusetzen, hätte ich nie gewagt. Ich hatte ja sogar erst viel später den Mut, darüber zu *schreiben*. Aber angenommen, ich *hätte* mich an einen dieser Männer herangemacht, und angenommen, er hätte mich abgewiesen, hätte weggesehen, mir seine ablehnende Haltung zu verstehen gegeben. Was dann? Ich wäre über diese Zurückweisung zutiefst geknickt gewesen, hätte mich im Unrecht geglaubt, hätte mich beschuldigt, eine schlechte Frau zu sein, eine Hure, eine Schlampe, jemand, der öffentliches Ärgernis erregt ... Um es noch genauer zu sagen: ich hätte es sofort auf meinen eigenen Mangel an Attraktivität bezogen, nicht auf das Widerstreben des Mannes, und wäre tagelang am Boden zerstört gewesen, weil ich abgewiesen worden war. Und trotzdem nimmt ein Mann an, die Abweisung einer Frau sei nur Teil eines Spieles. Jedenfalls eine Menge Männer nimmt das an. Wenn ein Mann nein sagt, so heißt das nein. Wenn eine Frau nein sagt, heißt das ja oder doch zumindest vielleicht. Es gibt sogar einen alten Witz darüber. Und, ganz allmählich, beginnen die Frauen, an dieses Bild von sich zu glauben. Und schließlich, nachdem sie Jahrhunderte im Schatten solcher Unterstellungen gelebt haben, wissen sie nicht mehr, was sie wollen, und können sich nie zu etwas entschließen, was es auch sei. Und die Männer verschlimmern die Sache, indem sie sich, nicht faul, über die Entschlußlosigkeit der Frauen lustig machen und behaupten, biologische Gegebenheiten, Hormone und prämenstruale Spannungen seien der Grund.

Plötzlich – unter dem lüsternen Blick des fremden Mannes – wußte ich, was ich bei Adrian falsch gemacht und warum er mich verlassen hatte. Ich hatte die Grundregeln mißachtet. Ich hatte mich ihm aufgedrängt. Jahre der Phantasien über Männer ohne den leisesten Versuch einer Realisierung – und dann, zum ersten Mal in meinem Leben – *mache* ich den Versuch. Ich bedränge einen Mann, den ich heftig begehre, und was geschieht? Er wird schlaff wie eine ins Wasser gefallene Nudel und zeigt mir die kalte Schulter.

Männer und Frauen, Frauen und Männer. Daraus kann nie etwas werden, dachte ich. Früher, in jenen Tagen, als die Männer Jäger und Tarzane waren und die Frauen sich ihr ganzes Leben lang Sorgen über Schwangerschaften und den Tod im Kindbett machten, mußten die Frauen oft gegen ihren Willen genommen werden. Die Männer klagten darüber, daß ihre Frauen kalt, abweisend, frigide wären ... Sie wünschten sich hemmungslose, zur Lust bereite Frauen. Nun lernen es die Frauen endlich, hemmungslos und lustbereit zu sein – und was geschieht? Die Männer versagen im Bett. Es war hoffnungslos. Ich hatte Adrian begehrt wie noch nie einen Mann zuvor, und die Intensität meines Verlangens machte das seine zunichte. Je mehr ich bereit war, aufs Spiel zu setzen, um bei ihm sein zu können, desto weniger war er dazu bereit. War das wirklich alles so simpel? Lief alles darauf hinaus, was meine Mutter mir vor Jahren gesagt hatte, über ›sich kostbar machen‹? Es stimmte zumindest insofern, als die Männer, die mich am meisten geliebt hatten, mir am unwichtigsten gewesen waren. Doch worin lag da der Reiz? Was sollte das alles? Ließen sich Liebe und Sexualität denn nie vereinen, und sei es nur für kurze Zeit? Was war der tiefere Sinn dieser sich ständig wiederholenden Verluste, dieses immerwährenden Kreislaufs von Begierde und Gleichgültigkeit, Gleichgültigkeit und Begierde?

Ich mußte mir ein Hotel suchen. Es war spät und schon dunkel und mein Koffer nicht nur eine große Behinderung – er verstärkte den Eindruck, ich sei Freiwild. Ich hatte vergessen, wie gräßlich es war, als Frau ohne Begleitung durch die Gegend zu ziehen: die spöttischen, lüsternen Blicke, die Pfiffe hinter einem her, die Hilfsangebote, die man nicht anzunehmen wagte, aus Angst davor, eine sexuelle Verpflichtung einzugehen. Das schreckliche Gefühl wehrloser Ohnmacht. Kein Wunder, daß ich von einem Mann zum anderen gehetzt war und immer wieder heiratete. Wie hatte ich Bennett verlassen können? Wie hatte ich das alles bloß vergessen können?

Ich schleppte mein Monstrum von Koffer um die Ecke herum, in die Rue de la Harpe (die Schatten von Charlies Freundin Sally!), und bekam zu meiner Überraschung gleich im ersten Hotel ein Zimmer. Die Preise waren seit meinem letzten Aufenthalt in Paris enorm gestiegen, und man gab mir das letzte freie Zimmer im obersten Stockwerk (eine anstrengende Kletterpartie mit diesem Scheißkoffer). Falls ein Brand ausbricht, ist dieses Hotel eine Falle, dachte ich mit masochistischem Vergnügen, und im obersten Stockwerk hatte ich wohl die allergeringste Chance, mit dem Leben davonzukommen. Vor meinem geistigen Auge ein wahrer Bildersturz: Zelda Fitzgerald, die bei einem Brand in der Irrenanstalt umgekommen war (ich hatte gerade eine Biographie über sie gelesen); das schäbige Hotelzimmer im Film *Außer Atem*; mein Vater, der mir, bevor ich mit neunzehn zum erstenmal allein nach Europa reiste, ernste Warnungen mit auf den Weg gab, er habe *Außer Atem* gesehen und wisse also, was amerikanische Mädchen in Europa erwarte; der schlimme Krach mit Bennett, am Weihnachtsabend vor fünf Jahren in Paris; Pia und ich, mit dreiundzwanzig Jahren im selben Hotel; meine erste Reise nach Paris, als ich dreizehn war (mit Eltern und Schwestern in einer Luxussuite im Georges V, und alle putzten wir uns die Zähne mit *Perrier*); die Geschichten meines Großvaters, wie er sich als bettelarmer Kunststudent in Paris von Bananen ernährt habe; meine Mutter, die nackt im Bois de Boulogne tanzte (wie sie sagt) ...

Mein Glück bei der Zimmersuche hatte mich ein wenig aufgemuntert, doch als ich es nun in Augenschein nahm und daran dachte, daß ich die Nacht hier allein verbringen müßte, verzagte ich. Eigentlich handelte es sich nur um ein halbes Zimmer – geteilt durch eine Sperrholzwand (Gott weiß, was sich auf der anderen Seite befand). Ein durchgelegenes schmales Bett mit einer sehr staubigen Chintzdecke. An den Wänden alte, gestreifte Tapeten, verschossen und voller Flecken.

Ich schleppte meinen Koffer hinein und machte die Tür zu. Ich mußte erst eine Weile am Türschloß herummurksen, ehe es mir gelang, mich einzuschließen. Endlich sank ich aufs Bett und begann zu weinen. Ich war mir bewußt, daß ich mich so richtig von Herzen ausweinen, ein ganzes Meer von Tränen weinen wollte, um darin zu ertrinken. Doch selbst mein Tränenfluß war blockiert. Ein sonderbarer Knoten im Magen ließ mich unaufhörlich an Bennett denken. Es war fast, als seien wir am Nabel miteinander verbunden, so daß ich mich nicht einmal meinen Tränen hingeben konnte, ohne an ihn zu denken und mir Sorgen um ihn zu machen. Wo war er? Konnte ich denn nicht einmal mehr richtig weinen, ehe ich ihn wiedergefunden hatte?

Was das Weinen angeht, so ist das Sonderbarste daran (möglicherweise handelt es sich da um ein Relikt aus der Kindheit), daß wir ohne einen Zuhörer – oder doch zumindest einen potentiellen Zuhörer – nicht von ganzem Herzen weinen können. Wir gestatten uns nicht, so verzweifelt zu weinen, wie wir es eigentlich wollen. Vielleicht fürchten wir uns davor, im Tränensee zu versinken, ohne daß sich eine rettende Hand böte. Oder vielleicht sind Tränen – wie Worte – eine Form der Kommunikation und erfordern einen Zuhörer.

Du mußt schlafen, sagte ich streng zu mir selbst. Doch schon spürte ich, wie ich mich in eine Panik hineinsteigerte, die die schlimmsten nächtlichen Angstzustände meiner Kindheit heraufbeschwor. Ich spürte, wie mir der Kern meines Seins entglitt, zurück in die Vergangenheit, so sehr mein erwachsenes, rationales Ich auch protestierte. *Du bist kein Kind mehr*, sagte ich laut, doch das unsinnige Pochen meines Herzens wollte nicht aufhören. Ich war in kaltem Schweiß gebadet. Ich saß wie angewurzelt auf dem Bett und konnte mich nicht rühren. Ich wußte, daß ich dringend ein Bad nehmen mußte, doch ich tat es nicht, aus Angst, das Zimmer zu verlassen. Ich mußte ganz furchtbar pinkeln, doch ich fürchtete mich davor, hinaus auf die Toilette zu gehen. Ich wagte es nicht einmal, meine Schuhe auszuziehen (der Mann unter dem Bett könnte mich am Fuß packen). Ich wagte es nicht, mir das Gesicht zu waschen (wer wußte, was hinter jenem Vorhang lauerte?). Ich vermeinte, einen Schatten sich auf dem Flachdach vor dem Fenster bewegen zu sehen. Geisterautos aus Licht überquerten die Decke. Im Gang rauschte eine Toilette, und ich fuhr hoch. Ich hörte Schritte im Flur. Szenen aus *Der Mord in der Rue Morgue* tauchten vor mir auf. Mir fiel ein namenloser Film ein, den ich vor etwa fünf Jahren im Fernsehen gesehen hatte: ein Vampir, der durch die Wand gehen konnte. Kein Türschloß hielt ihn auf. Ich sah ihn sich in der verschmutzten, fleckigen Tapete materialisieren und wieder auflösen. Erneut wandte ich mich um Hilfe an mein erwachsenes Ich. Ich versuchte, kritisch und rational zu denken. Ich wußte, wie Vampire zu interpretieren waren. Ich wußte, daß der Mann unter dem Bett zum Teil mein Vater war. Ich dachte an Groddecks *Buch vom Es.* Die Angst vor dem Eindringling ist der Wunsch nach dem Eindringling. Ich dachte an all die Sitzungen bei Dr. Happe, in denen wir über meine Nachtangst (Pavor nocturnus) gesprochen hatten. Ich dachte an die Phantasien meiner Pubertätszeit, in denen ich von einem fremden Mann erstochen oder erschossen wurde. Ich saß an meinem Schreibtisch, und der Mann fiel mich an, immer von rückwärts. Wer war er? Warum war mein Leben von männlichen Phantomen bevölkert?

»Gibt es denn keinen Ausweg aus dem Labyrinth der Gehirnwindungen?« fragte Sylvia Plath, bar jeder Hoffnung, in einem ihrer letzten, verzweifelten Gedichte. Wenn ich in einer Falle saß, so waren es meine eigenen Ängste, die mich umstellten. Für alles eine Erklärung suchen zu müssen, war das Schlimmste am Alleinsein. Manchmal schien es mir, als wäre ich zu jedem Kompromiß bereit, als würde ich jede Schmach auf mich nehmen, mich mit jedem beliebigen Mann zusammentun, nur, um nicht allein sein zu müssen. Aber warum? Was war so Schreckliches am Alleinsein?

Versuche, die Gründe zu erforschen, sagte ich mir. *Versuche es zumindest.*

ICH: Warum ist es so schrecklich, allein zu sein?

ICH: Weil ich meine Identität verliere, wenn es keinen Mann gibt, der mich liebt.

ICH: Das ist ganz offensichtlich nicht wahr. Du schreibst, die Menschen lesen, was du schreibst, und es gibt ihnen etwas. Du unterrichtest, und deine Schüler brauchen und schätzen dich. Du hast Freunde, die dich lieben. Selbst deine Eltern und deine Schwestern lieben dich – auf ihre merkwürdige Weise.

ICH: All das ändert nichts an meiner Einsamkeit. Ich habe keinen Mann. Ich habe kein Kind.

ICH: Aber du weißt doch, daß Kinder kein Gegenmittel gegen die Einsamkeit sind.

ICH: Ich weiß.

ICH: Und du weißt auch, daß Kinder nur begrenzte Zeit zu ihren Eltern gehören.

ICH: Ich weiß.

ICH: Und du weißt, daß Männer und Frauen einander nie ganz besitzen können.

ICH: Ich weiß.

ICH: Und du weißt, daß du es gräßlich fändest, wenn ein Mann dich völlig mit Beschlag belegte und dir die Luft zum Atmen nähme...

ICH: Ich weiß – doch ich sehne mich verzweifelt danach.

ICH: Aber wenn du es hättest, würdest du dir wie gefangen vorkommen.

ICH: Ich weiß.

ICH: Du verlangst unvereinbare Dinge.

ICH: Ich weiß.

ICH: Du willst Freiheit, und du willst Bindung.

ICH: Ich weiß.

ICH: Es gibt sehr wenig Menschen, die das je erreichen.

ICH: Ich weiß.

ICH: Wieso glaubst du, *du* müßtest glücklich sein, wenn doch die meisten Menschen es nicht sind?

ICH: Ich weiß nicht. Ich weiß nur eins: wenn ich aufhöre, auf Liebe zu hoffen, aufhöre, auf sie zu warten, aufhöre, sie zu suchen, dann wird mein Leben so leblos und platt wie ein Frauenkörper nach einer Brustamputation. Ich nähre mich von dieser Hoffnung, diese Hoffnung nährt mich. Sie hält mich am Leben.

ICH: Und was ist mit der Befreiung der Frau?
ICH: Was soll damit sein?
ICH: Du glaubst an Unabhängigkeit?
ICH: Ja.
ICH: Also?
ICH: Ich fürchte, ich würde alles aufgeben, meine Prinzipien, meine Überzeugungen, ich würde meine Seele verkaufen für einen Mann, der mich wirklich liebt ...
ICH: *Heuchlerin!*
ICH: Du hast recht.
ICH: Du bist nicht besser als Adrian.
ICH: Du hast recht.
ICH: Macht es dir denn gar nichts aus, so viel Heuchelei in dir selbst zu entdecken?
ICH: Doch.
ICH: Warum bekämpfst du sie dann nicht?
ICH: Das tue ich, jetzt im Augenblick. Aber ich weiß nicht, welche Seite gewinnen wird.
ICH: Denk an Simone de Beauvoir!
ICH: Ich bewundere die Stärke ihrer Leidensfähigkeit, doch ihre Bücher sind voll von Sartre, Sartre, Sartre.
ICH: Denk an Doris Lessing!
ICH: Anna Wulf hat keinen Orgasmus, wenn sie nicht liebt ... was ist sonst noch dazu zu sagen?
ICH: Denk an Sylvia Plath!
ICH: Sie ist tot. Wer will ein solches Leben oder einen solchen Tod, selbst, wenn man nachher eine Heilige wird?
ICH: Wärst du nicht bereit, für eine gute Sache zu sterben?
ICH: Mit zwanzig wäre ich dazu bereit gewesen, ja. Aber nicht mehr mit dreißig. Ich glaube nicht an den Tod für ein großes Ziel. Ich glaube nicht an den Tod um der Poesie willen. Früher habe ich Keats verehrt, weil er jung gestorben ist. Heute glaube ich, es ist mutiger, alt zu werden.
ICH: Na schön, dann denk an Colette.
ICH: Ein gutes Beispiel. Doch sie ist eine der sehr wenigen.
ICH: Warum versuchst du nicht trotzdem, ihr zu gleichen?
ICH: Ich versuche es.
ICH: Als erstes mußt du lernen, allein zu sein ...
ICH: Ja, und wenn du es gründlich gelernt hast, weißt du nicht mehr, wie du dich der Liebe öffnen sollst, wenn sie dann *doch* eines Tages zu dir kommt.

ICH: Wer sagt, daß das Leben leicht ist?
ICH: Niemand.
ICH: Warum hast du dann solche Angst vor dem Alleinsein?
ICH: Wir drehen uns im Kreise.
ICH: Das ist eines der Probleme, die das Alleinsein mit sich bringt.

Hoffnungslos. Vernunftgründe richten nichts gegen meine Panik aus. Mein Atem kommt in kurzen Stößen; mir bricht der Schweiß aus. *Versuche deine Panik zu beschreiben,* sagte ich mir. *Stell dir vor, du sitzt am Schreibtisch. Schreibe von dir in der dritten Person.* Aber es ist mir nicht möglich. Ich nähere mich dem brodelnden Krater der Panik; er droht, mich zu verschlingen. Ich habe das Gefühl, von wilden Pferden zerrissen, gevierteilt zu werden: meine Arme und Beine fliegen in verschiedene Richtungen davon. Schaurige Folterphantasien peinigen mich. Chinesische Bandenhäuptlinge, die ihren Feinden die Haut bei lebendigem Leibe abziehen lassen. Jeanne d'Arc auf dem Scheiterhaufen. Französische Protestanten, die gerädert werden. Widerstandskämpfer, denen die Augen ausgestochen werden. Nazis, die Juden mit Elektroschocks foltern, mit Injektionen, mit ›Operationen‹ ohne Narkose. Südstaatler, die Neger lynchen. Amerikanische Soldaten, die Vietnamesen die Ohren abschneiden. Indianer, die gefoltert werden. Indianer, die foltern. Die Geschichte der Menschheit: ein Strom von Tränen, Blut und Eiter und dazu die Schreie der Opfer.
Ich schließe die Augen, so fest ich kann, doch die Bilder spulen sich immer von neuem ab, nun auf der Innenseite meiner brennenden Lider. Ich habe das Gefühl, bei lebendigem Leibe geschunden zu sein, mir ist, als seien meine inneren Organe den Elementen ausgeliefert, als sei meine Schädeldecke entfernt worden und selbst mein Gehirn bloßgelegt. Jeder einzelne Nerv signalisiert Schmerz. Schmerz ist die einzige Realität. *Das ist nicht wahr,* sage ich mir. Denk an die Zeiten, als du dich noch freuen konntest, als du gern lebtest, als du so intensiv Freude empfinden konntest, daß du glaubtest zu bersten. Doch ich kann mich nicht daran erinnern. Ich bin gekreuzigt, an das Kreuz meiner überhitzten Phantasie geschlagen. Ihre Ausgeburten sind genauso entsetzlich wie die Geschichte der Menschheit.
Ich erinnere mich daran, wie ich mit dreizehn Jahren zum erstenmal nach Europa reiste. Wir verbrachten sechs Wochen in London, wo wir unsere Verwandten besuchten, die Sehenswürdigkeiten besichtigten und im *Claridge* eine haushohe Rechnung auflaufen ließen, die ›Onkel Sam begleichen wird‹, wie mein Vater sagte. Welch

reicher Onkel. Doch ich verbrachte die ganze Zeit in Angst und Schrecken wegen all der Folterwerkzeuge, die wir im Tower, und all der wächsernen Greuel, die wir bei Madame Tussaud sahen. Ich hatte noch nie zuvor Daumenschrauben und Streckbänke gesehen. Ich hätte mir so etwas auch gar nicht *vorstellen* können.
»Verwenden die Menschen diese Dinge heute noch?« fragte ich meine Mutter.
»Nein, Liebling. Die wurden in früheren Zeiten benutzt, als die Menschen noch barbarisch waren. Die Zivilisation hat inzwischen große Fortschritte gemacht.«
Das war im zivilisierten Jahr 1955; seit den von den Nazis entfesselten Massenvernichtungen war nur etwa ein Jahrzehnt vergangen. Es war die Zeit der Atomversuche und der Hamsterkäufe, zwei Jahre nach dem Krieg in Korea und kurz nach dem Höhepunkt der Hexenjagd auf Kommunisten mit ihren schwarzen Listen, die die Namen vieler Freunde meiner Eltern enthielten. Doch meine Mutter, die die echten Leinenlaken, zwischen denen ich zitternd lag, glatt strich, bestand an jenem regnerischen Abend in London auf der ›Zivilisation‹. Sie wollte mich schonen. Wenn die Wahrheit zu schrecklich war, fand sie sich bereit, mich anzulügen.
»Gott sei Dank«, sagte ich und schloß die Augen.
Und Onkel Sam, der so viele steuerfreie Spesen ermöglichte, hatte erst vor zwei Jahren die Rosenbergs auf den elektrischen Stuhl gebracht – im Namen der Zivilisation. Waren das die ›früheren Zeiten‹ – vor zwei Jahren? Meine Mutter und ich taten – in stillschweigender Übereinkunft –, als sei dem so, während wir uns mit einem Gutenachtkuß umarmten, bevor sie das Licht löschte.
Doch wo war meine Mutter jetzt? Sie hatte mir damals nichts ersparen können, und sie konnte es auch heute nicht, aber wenn sie plötzlich aufgetaucht wäre, würde ich wohl imstande sein, diese Nacht zu überstehen. Nacht für Nacht muß überstanden werden. Wenn ich doch nur, wie Scarlett O'Hara, es bis morgen aufschieben könnte, über all das nachzudenken.

Auf der Traumleiter

Es stellt sich mir dar, wie folgt: Das Schreckliche ist nicht – obwohl es natürlich schrecklich sein kann, aber es ist nicht zerstörend, nicht vergiftend –, etwas entbehren zu müssen, das man unbedingt haben möchte ... Das Schreckliche ist, so zu tun, als sei das Zweitklassige das Erstklassige. Zu tun, als brauche man keine Liebe, *wenn* man sie braucht, oder so zu tun, als sei man mit seinen Hervorbringungen zufrieden, wenn man genau weiß, daß man Besseres leisten könnte.

– Doris Lessing, *The Golden Notebook*

Als mir klar wurde, daß an Schlaf nicht zu denken war, beschloß ich aufzustehen. Als Expertin der Schlaflosigkeit wußte ich, daß ihr bisweilen mit einer List beizukommen war: man mußte so tun, als *wolle* man gar nicht schlafen. Dann konnte es geschehen, daß der Schlaf, gekränkt wie ein verschmähter Liebhaber, auf einen zugekrochen kam und seine Verführungskünste spielen ließ.
Ich setzte mich im Bett auf, steckte mein Haar mit einer Spange hoch und entledigte mich meiner verschmutzten Kleider. Ich ging festen Schrittes auf den Vorhang zu, zog ihn mit gespielter Beherztheit zur Seite und sah um mich. Niemand. Ich hockte mich auf das Bidet und entließ wahre Ströme aus meiner Blase, voll Staunen darüber, wie lange ich es ausgehalten hatte, ohne sie zu entleeren. Dann wusch ich mich, wundgerieben und verklebt, wie ich war, und säuberte das Bidet. Ich benetzte mein Gesicht mit Wasser aus dem Hahn und wischte flüchtig mit einem Schwamm über mich hin. Der Schmutz lief in Streifen an meinen Armen hinunter, wie damals, als ich ein Kind war und den ganzen Tag im Freien gespielt hatte. Ich ging zur Tür und vergewisserte mich, daß sie gut verschlossen war.
Als jemand im Nebenzimmer hustete, wäre ich vor Schreck fast an die Decke gesprungen. *Nimm dich zusammen,* befahl ich mir. Und dann wurde mir vage bewußt, daß es immerhin ein Zeichen wiederkehrenden Lebens sei, wenn man imstande ist, aufzustehen und sich zu waschen. Wirklich Verrückte liegen bloß da, in ihrer eigenen Pisse und Scheiße. Auch ein Trost. Ich klammerte mich an Strohhalme. *Du bist immer noch besser dran als so mancher andere,* sagte ich zu mir und mußte lachen.
Nackt und ein wenig munterer, da ich mir nun zumindest etwas sauberer vorkam, stellte ich mich vor den hohen, halbblinden Spiegel. Während der tagelangen Fahrt im offenen Wagen hatte die Sonne mich auf die merkwürdigste Weise verbrannt. Meine sich schälenden Knie und Schenkel waren feuerrot, ebenso Nase und Wangen; Schultern und Unterarme wie knusprig gebraten, doch der Rest war fast weiß. Eine sonderbare Flickendecke.
Ich starrte mir in die Augen; da ich wochenlang die Sonnenbrille nicht abgesetzt hatte, waren sie weiß umrandet. Wieso konnte ich nie genau feststellen, welche Augenfarbe ich hatte? Hatte das etwas zu bedeuten? Lag *das* vielleicht auf irgendeine Weise meinen Schwierigkeiten zugrunde? Blaugrau mit gelblichen Einsprengseln. Nicht ausgesprochen blau, nicht wirklich grau. Schieferblau, sagte Brian immer, und dein Haar ist weizenfarben. ›Weizenhaar‹ nannte er es, wenn er mir über den Kopf strich. Brian hatte die braunsten Augen, die ich je gesehen habe – die Augen eines

byzantinischen Heiligen in einem Mosaik. Kurz bevor er gänzlich durchdrehte, stand er stundenlang vor dem Spiegel und starrte sich in die Augen. Er knipste wie ein Kind das Licht an und aus und versuchte, die plötzliche Erweiterung seiner Pupillen zu beobachten. Er sprach damals ganz sachlich von einer Spiegelwelt, einer Welt der Antimaterie, in die er eintreten könne. Seine Augen seien der Schlüssel zu dieser Welt. Er glaubte, daß ihm die Seele durch seine Pupillen ausgesogen werden könnte, wie man das Eiweiß aus einem durchstochenen Ei saugt.

Mir fiel ein, wie sehr Brians Verrücktheit mich angezogen hatte, wie fasziniert ich von seiner Vorstellungswelt gewesen war. Damals schrieb ich keine surrealistischen Gedichte, sondern eher recht konventionelle, deskriptive Poesie mit einer Menge allzu gesuchter Wortspielereien. Doch später, als ich begann, in der Tiefe zu schürfen, und meiner Phantasie freien Lauf ließ, spürte ich des öfteren, daß ich die Welt durch Brians Augen sah und daß sein Irrsinn die Quelle meiner Inspiration war. Ich hatte das Gefühl, mit ihm zusammen verrückt geworden zu sein, es jedoch überwunden zu haben. So nah hatten wir einander gestanden. Und wenn ich mich schuldig fühlte, so deswegen, weil ich es geschafft hatte, in die Tiefe zu steigen und wieder hinauf zu finden, wohingegen *er* in der Falle saß. Als sei ich Dante (und er Ugolino, eine seiner Lieblingsfiguren aus dem *Inferno*) und könne nun, aus der Hölle wiedergekehrt, seine Geschichte erzählen, Gedichte schreiben, die ich aus seinem Wahnsinn gekeltert hatte, während er endgültig in ihm versunken war. *Du saugst jeden aus,* beschuldigte ich mich selbst, *du benutzt jeden. Jeder benutzt jeden,* antwortete ich darauf.

Ich dachte daran, wie abgrundtief schlecht ich mir vorgekommen war, weil ich mich von Brian hatte scheiden lassen, und daß ich damals das Gefühl gehabt hatte, ich *verdiene* es nicht anders, als den Rest meines Lebens mit seinem Wahnsinn zu verbringen. Meine Eltern und die von Brian und die Ärzte hatten mich so eingeschüchtert, daß ich diesen Vorsatz notgedrungen aufgab. *Sie sind erst zweiundzwanzig,* hatte Brians Psychiater zu mir gesagt, *Sie dürfen Ihr Leben nicht wegwerfen.* Und ich hatte mich dagegen gewehrt. Ich hatte ihn beschuldigt, uns beide zu hintergehen, Verrat an unserer Liebe zu begehen. Tatsache war, daß ich ohne weiteres bei Brian hätte bleiben können, wenn die Geldfrage und die Proteste unserer beider Eltern nicht gewesen wären. Ich spürte, daß ich zu ihm gehörte, daß ich es verdiente, auf diese Weise meines eigenen Lebens verlustig zu gehen. Es wäre mir damals nie in den Sinn gekommen, daß ich überhaupt ein eigenes Leben hatte, und es ist mir schon immer schwergefallen, Menschen aufzugeben, wie schlecht sie mich auch behandeln. Irgend etwas in mir bestand immer darauf, ihnen noch eine Chance zu gewähren. Oder vielleicht war es auch Feigheit. Eine Art Lähmung des Willens. Ich blieb, und statt entsprechend zu *handeln, schrieb* ich mir die Wut von der Seele. Daß ich Bennett verließ, war die erste wirklich selbständige Handlung meines Lebens, und selbst die war zum Teil durch Adrian und meine heftige, sexuell betonte Leidenschaft für ihn ausgelöst worden.

Offenbar barg es Gefahren, sich im Spiegel zu lange in die eigenen Augen zu starren. Ich trat einen Schritt zurück, um meinen Körper prüfend zu betrachten. Wo endete er, und wo begann die ihn umgebende Luft? Irgendwo hatte ich in einem Artikel über Gestalt und Wirkung des menschlichen Körpers gelesen, daß wir in Streß-Zuständen – oder in Augenblicken der Ekstase – die Grenzen unseres eigenen Körpers verlieren. Wir vergessen, daß unser Körper in seinen Begrenzungen gefangen ist. Dieses Gefühl war mir durchaus vertraut; ich erkannte es als einen bedeutsamen Bestandteil meiner Ängste wieder. Anhaltender Schmerz konnte die gleiche Wirkung zeitigen. Als ich das Bein gebrochen hatte, hatte ich ebenfalls die Beziehung zu der Begrenzung meines Körpers verloren. Es ist paradox: extremer körperlicher Schmerz oder extremer körperlicher Genuß führen zu dem Gefühl, daß man seinem eigenen Körper entgleitet.

Ich suchte mein physisches Ich zu ergründen, eine Bestandsaufnahme zu machen, damit ich wieder wußte, wer ich war – wenn ich von meinem Körper sagen konnte, daß *ich* das war. Mir fiel eine Geschichte über Theodore Roethke ein, wie er sich, allein in seinem alten, großen Haus, vor dem Spiegel an- und auszieht, um zwischen dichterischen Eingebungen seinen nackten Körper prüfend zu betrachten. Vielleicht war das eine erfundene Geschichte, doch für mich klang sie wahr. Der eigene Körper ist innig mit dem verbunden, was man schreibt, obwohl die exakte Natur dieser Verbindung schwer deutbar ist – es kann Jahre dauern, bis man die Zusammenhänge begreift. Es gibt hochgewachsene, magere Dichter, die kurze, komprimierte Gedichte schreiben, doch das lediglich mit dem Gesetz der Umkehrung erklären zu wollen, wäre zu einfach. In gewissem Sinne ist jedes Gedicht der Versuch, die Grenzen seines eigenen Körpers auszudehnen. Der eigene Körper wird zur Landschaft, zum Himmel und endlich zum Kosmos. Vielleicht ist das der Grund, warum ich so oft nackt schreibe.

Ich hatte während unserer seltsamen Reise abgenommen, doch

nach modischen Gesichtspunkten war ich immer noch zu dick, nicht gerade unförmig, doch für einen Bikini hatte ich immerhin etwa zehn Pfund zuviel drauf. Mittelgroße Brüste, ein dicker Hintern, tiefliegender Nabel. Ich wußte (wie man Dinge weiß, die man nicht so recht glaubt), daß ich als attraktiv galt und daß manche Männer sogar meinen dicken Hintern reizvoll fanden, doch ich verabscheute jedes überflüssige Gramm Fett an mir. Es war ein lebenslanger Kampf gewesen: zunehmen, abnehmen, noch mehr zunehmen. Jedes Gramm Fett zuviel war der Beweis für meine Schwäche und Trägheit und mein Sichgehenlassen. Jedes überflüssige Gramm bewies, wie recht ich hatte, mich selbst zu verabscheuen, bewies, wie verächtlich und abstoßend ich war. Übergewicht hat etwas mit Sex zu tun – soviel wußte ich. Als ich mich, mit vierzehn, auf achtzig Pfund heruntergehungert hatte, geschah das aus sexuell gefärbtem Schuldgefühl. Selbst, als ich soviel abgenommen hatte, wie ich wollte – und *mehr* –, versagte ich mir das Trinkwasser. Ich wollte mich *leer* fühlen. Wenn mein Magen nicht gerade ohrenbetäubend knurrte, haßte ich mich für meine Gefräßigkeit. Klarer Fall von Schwangerschaftspsychose – wie mein Gatte, der Psychoanalytiker sagen würde – oder vielleicht von Schwangerschaftsphobie. Mein Unbewußtes glaubte, ich wäre dadurch, daß ich Steve einen runtergeholt hatte, schwanger geworden, und ich wurde dünner und dünner, um mich selbst davon zu überzeugen, daß dem nicht so sei. Oder vielleicht *sehnte* ich mich auch nach Schwangerschaft, hegte den primitiven Glauben, daß alle Körperöffnungen einer Natur seien, und fürchtete, *alles,* was ich zu mir nähme, würde, wie Sperma, in mir Wurzel schlagen und ich daraufhin Frucht tragen.
Du bist, was du ißt. Der Krieg zwischen den Geschlechtern begann damit, daß ein Mann seine Zähne in den Apfel eines Weibes schlug. Pluto lockte Persephone mit sechs Granatapfelsamen in die Hölle. Sobald sie die erst einmal gegessen hatte, war der Handel nicht rückgängig zu machen. Essen heißt sein Schicksal besiegeln. Augen zu, Mund auf. Runter damit. Iß, Liebling, iß. »Du brauchst ja nur deinen Namen zu essen«, sagte meine Großmutter immer. »Meinen *ganzen* Namen?« »I ... «, schmeichelte sie ... (ein Mundvoll verabscheuter Leber) ... »S...« (ein Batzen zerdrückter Kartoffeln und Mohrrüben) ... »A ...« (noch mehr harte, zu lange gebratene Leber) ... »D...« (noch ein Batzen kaltgewordenen Kartoffel-Mohrrüben-Pürees) ... »O ...« (ein matschiges Brokkoli-Röschen) ... »R ...« (sie führt erneut ein Stück Leber an meinen Mund, und ich stürze vom Tisch fort) ... »du wirst noch Beriberi kriegen!« ruft sie hinter mir her. Jeder in meiner Familie kann ein ganzes Reper-

toire von Mangelkrankheiten herbeten (von denen man in New York schon seit Jahrzehnten nichts mehr gehört hat). Meine Großmutter ist eher ungebildet, weiß jedoch Bescheid über Beriberi, Skorbut, Pellagra, Rachitis, Trichinose, Spul- und Bandwürmer, und was es da sonst noch so gibt. Alles, was man durch essen oder nicht-essen bekommen kann. Sie hatte sogar meine Mutter davon überzeugt, daß ich unweigerlich an Skorbut erkranken würde, wenn ich nicht jeden Tag ein Glas frischen Orangensaft tränke, und unterhielt mich immerzu mit Geschichten von der Britischen Marine und Zitronen.

Du bist, was du ißt.

Mir fiel ein, was ich in einer von Bennetts medizinischen Fachzeitschriften gelesen hatte. Es hatte den Anschein, daß Miss X sich bereits seit Wochen strikt daran hielt, nicht mehr als 600 Kalorien am Tag zu sich zu nehmen, und trotzdem nicht an Gewicht verlor. Ihr Arzt stand vor einem Rätsel; er dachte zunächst, sie mogele, und so verlangte er, daß sie alles genau aufschrieb, was sie äße. Der Arzt kam zu der Überzeugung, sie mogele *nicht.* »Sind Sie ganz sicher, daß Sie auch wirklich *alles* notiert haben, jeden Mundvoll?« »Mundvoll?« wiederholte sie. »Ja«, sagte der Arzt streng. »Ich wußte nicht, daß *das* auch Kalorien hat«, sagte sie.

Na schön. Die Dame war natürlich – Sie ahnen es bereits – eine Prostituierte, die täglich mindestens zehn bis fünfzehn Mundvoll Ejakulat schluckte, und die in *einem* kräftigen Schuß enthaltenen Kalorien genügten zum endgültigen Rausschmiß aus dem Schlankheitsclub der *Weight Watchers.* Wie viele Kalorien waren es doch gleich? Ich weiß es nicht mehr. Doch es stellte sich heraus, daß zehn bis fünfzehn Ejakulate einer Mahlzeit von sieben Gängen im *Tour d'Argent* entsprachen, obwohl sie, *ça va sans dire,* dort dafür hätte bezahlen müssen, statt daß *sie* dafür bezahlt wurde. Und auf der ganzen Welt gehen unglückliche Menschen aus Mangel an Eiweiß zugrunde! Wenn die wüßten! Sowohl das Ernährungsproblem in Indien als auch das Überbevölkerungsproblem wäre mit *einem* großen Schluck gelöst. Frisch geschluckt ist halb gewonnen. Außerdem als Schlummertrunk wärmstens zu empfehlen.

Hatte ich mich jetzt etwa selbst zum Lachen gebracht?

»Ho ho ho«, sagte ich zu meinem nackten Spiegelbild.

Und dann, belebt durch diesen kleinen Ausbruch von aufgesetzter Heiterkeit, begann ich in meinem Koffer zu wühlen und holte alle meine Notizbücher und Zettel und Gedichte hervor.

»Jetzt werde ich doch mal versuchen rauszukriegen, wie ich eigentlich hierher geraten bin«, sagte ich zu mir selbst. Wie kam ich dazu, nackt und angeröstet wie ein halbgares Hühnchen, in diesem schofelen Pariser Bumshotel zu hocken? Und wo zum Teufel würde ich als nächstes landen?

Ich saß, alle meine Kladden, Notizbücher und Gedichte um mich herum, auf dem Bett, und begann, in einem dicken Ringbuch zu blättern; die Eintragungen reichten fast vier Jahre zurück. Der Inhalt war ein wirres Durcheinander. Tagebuchnotizen, Einkaufslisten, eine Liste zu beantwortender Briefe, Entwürfe von wütenden Briefen, die ich nie abgeschickt hatte, erste Skizzen zu Gedichten – ein kaum entzifferbares Chaos. Die Eintragungen waren mit Filzstiften in allen Farben gemacht. Doch auch, was die Farben anging, konnte von einem System keine Rede sein. Knallrosa, Giftgrün und Marineblau schienen die bevorzugten Farben, doch auch Schwarz, Orange und Violett waren reichlich vertreten. Düstere blauschwarze Tinte fehlte; einen Bleistift hatte ich offenbar nie benutzt. Ich mußte beim Schreiben den Fluß der Feuchtigkeit unter meinen Fingern spüren. Und ich wollte meinen flüchtigen Eintragungen *Dauer* verleihen. Ich blätterte die Seiten hastig um, auf der Suche nach irgendeinem Schlüssel zu meiner üblen Lage. Die ersten Notizen datierten noch aus meinen Heidelberger Tagen. Ich fand qualvolle Schilderungen von Krächen zwischen Bennett und mir, wörtliche Wiedergaben unserer schlimmsten Szenen, Beschreibungen meiner Analyse bei Dr. Happe, Beschreibungen meines Unvermögens zu schreiben. Mein Gott – ich hatte fast vergessen, wie unglücklich ich damals war und wie einsam. Ich hatte vergessen, wie kalt und abgewandt Bennett gewesen war, und wie wenig gewillt, mir in irgendeiner Weise zu helfen. Warum bloß war eine schlechte Ehe für mich so viel anziehender gewesen als *keine* Ehe? Warum hatte ich mich so krampfhaft an mein Elend geklammert? Warum hatte ich geglaubt, daß das alles sei, was ich besaß?

Ich las immer weiter, und allmählich zog mich das Geschriebene in seinen Bann wie ein spannender Roman. Ich vergaß fast, daß *ich* es war, die das alles geschrieben hatte. Und dann dämmerte mir eine merkwürdige Erkenntnis. Ich gab mir nicht mehr die Schuld an allem. So einfach war das. Vielleicht beruhte mein Davonlaufen gar nicht auf Bösartigkeit, noch war es als Treulosigkeit zu bezeichnen, für die ich Abbitte tun müßte. Vielleicht handelte es sich um eine Art Treue mir selbst gegenüber. Ein drastisches, jedoch notwendiges Mittel, mein Leben zu ändern.

Man braucht sich nicht dafür zu entschuldigen, daß man seine eigene Seele besitzen will. Die eigene Seele gehört zu dir – in Glück und Unglück. Schließlich und endlich ist sie dein einziger Besitz.

Die Ehe ist eine so komplizierte Sache, weil sie in gewisser Weise immer eine *folie à deux ist.* Zuweilen weiß man kaum noch, wo die eigenen Verrücktheiten enden und die des Partners beginnen. Man neigt dazu, sich selbst zuviel Schuld zuzuschreiben, oder zuwenig, oder Schuld für die falschen Dinge auf sich zu nehmen. Und man neigt dazu, Abhängigkeit mit Liebe zu verwechseln.
Ich las immer weiter, und von Seite zu Seite wuchsen meine Erkenntnisse. Ich wußte, daß ich zu der Ehe, die in diesem Notizbuch beschrieben war, nicht zurückkehren wollte. Wenn Bennett und ich es noch einmal miteinander versuchen sollten, so mußte das unter ganz anderen Voraussetzungen geschehen. Und wenn nicht, nun, dann wußte ich, daß ich es überleben würde.
Bei dieser Erkenntnis flammte kein Blitzlicht in meinem Kopf auf. Auch machte ich keinen Luftsprung vor Freude und rief nicht *heureka*! Ich saß ganz ruhig da und sah auf die von mir beschriebenen Blätter. Ich wußte, daß ich nicht die Gefangene meiner eigenen Aufzeichnungen sein wollte.
Auch war es ermutigend zu sehen, wie sehr ich mich in den vergangenen vier Jahren verändert hatte. Ich war mittlerweile imstande, Verlagen meine Arbeiten anzubieten. Ich hatte keine Angst mehr davor, einen Wagen zu lenken. Ich war imstande, lange Stunden mit mir allein zu verbringen und zu schreiben. Ich unterrichtete, hielt Vorlesungen, ich reiste. Wie groß meine Flugangst auch war – ich ließ es nicht zu, daß diese Angst mich überwältigte. Vielleicht würde ich sie eines Tages ganz verlieren. Wenn einige Dinge sich ändern konnten, so konnten es auch andere. Welches Recht hatte ich, die Zukunft vorherzusagen, und dazu noch so negativ? Mit dem Älterwerden würde ich mich wahrscheinlich in hunderterlei, heute noch gar nicht vorhersehbaren Dingen ändern. Ich brauchte nur zu warten.
Es war einfach genug, sich in einem Anfall von Verzweiflung umzubringen, einfach genug, die Märtyrerin zu spielen. Schwieriger war es, nichts zu tun. Das Leben zu ertragen. Zu warten.
Ich schlief ein. Ich glaube, daß ich mich dabei tatsächlich mit der Wange auf mein Ringbuch gelegt habe, denn ich weiß noch, daß ich in der bläulichen Morgendämmerung aufwachte und den Abdruck einer Spirale auf meiner Wange spürte. Ich schob das Notizbuch zur Seite und schlief wieder ein. Und träumte.
Es waren merkwürdige, ausgefallene Träume, voller Fahrstühle, im Raum schwebender Plattformen, ungeheuer steiler glitschiger Treppen, Tempel, Berge und Stufenpyramiden, die ich erklimmen mußte, dazu Ruinen ... Ich hatte das unbestimmte Gefühl, daß ich

mir diese Träume *verordnete*, als eine Art Therapie. Ich weiß noch, daß ich ein paarmal aufwachte und wieder einschlief, mit dem Gedanken: Jetzt werde ich den Traum träumen, der mir die Entscheidung abnimmt. Doch um was für eine Entscheidung handelte es sich? Jede Wahl schien auf diese oder jene Weise so unbefriedigend. Jede Wahl schloß eine andere Wahl aus. Es war, als würde ich meine Träume bitten, mir zu sagen, wer ich sei und was ich tun solle. Ich erwachte mit wild klopfendem Herzen und schlief wieder ein. Vielleicht hoffte ich, daß ich als jemand anderer aufwachen würde.

Gewisse Einzelheiten aus diesen Träumen weiß ich heute noch, wie, zum Beispiel, daß ich, hoch in der Luft zwischen zwei Wolkenkratzern, eine schmale Planke überqueren mußte, um jemandem das Leben zu retten. Wessen Leben? Mein Leben? Das von Bennett? Das von Chloe? Der Traum gab darauf keine Antwort. Doch ich wußte: wenn ich versage, ist es mit meinem eigenen Leben vorbei. In einem anderen Traum griff ich in mich hinein, um mein Pessar herauszunehmen, und dort, über meiner Gebärmutter, schwebte eine riesige Kontaktlinse. Gebärmutter mit Aussicht. Der Muttermund war in Wirklichkeit ein Auge. Und ein kurzsichtiges Auge obendrein.

Dann erinnere ich mich noch an den Traum, in dem ich wieder im College war, um mein Diplom aus den Händen von Millicent McIntosh in Empfang zu nehmen. Ich stieg viele Stufen hinauf; die Treppe glich eher der Treppe eines Inka-Tempels als der der *Low Library*. Ich schwankte auf meinen sehr hohen Absätzen und fürchtete, über meinen langen Talar zu stolpern.

Als ich mich dem Katheder näherte und Mrs. McIntosh mir eine zusammengerollte Urkunde entgegenstreckte, ging mir auf, daß ich nicht lediglich promoviert wurde, sondern daß mich noch eine besondere Ehrung erwartete.

»Ich muß Ihnen sagen, daß die Fakultät das nicht gutheißt«, sagte Mrs. McIntosh. Und da wußte ich, daß der Prüfungsausschuß mir das Recht auf drei Ehemänner zugleich zugestand. Sie saßen im Auditorium, in schwarzen Talaren, schwarze Barette auf dem Kopf: Bennett, Adrian und ein Mann, dessen Gesicht undeutlich blieb. Sobald ich mein Diplom erhalten hatte, würden sie anfangen zu applaudieren.

»Nur Ihre vorzüglichen wissenschaftlichen Leistungen machen es uns unmöglich, Ihnen diese Vergünstigung vorzuenthalten«, sagte Mrs. McIntosh, »doch die Fakultät gibt sich der Hoffnung hin, daß Sie aus freien Stücken darauf verzichten.«

»Aber warum?« rief ich. »Warum darf ich sie nicht alle drei haben?«
Und dann hielt ich eine lange, sachliche Rede über die Ehe und meine sexuellen Bedürfnisse und daß ich eine Dichterin sei und keine Sekretärin. Ich stand vor dem Katheder und schrie meine Argumente ins Auditorium. Mrs. McIntosh machte dazu ein ernstes, mißbilligendes Gesicht. Dann stieg ich vorsichtig die steilen Stufen hinab, vorgebeugt und in ständiger Angst zu fallen. Ich blickte in das Meer von Gesichtern, und plötzlich fiel mir siedendheiß ein, daß ich die Urkunde vergessen hatte. Panik ergriff mich; ich wußte, daß ich alles verspielt hatte: meine Promotion, mein Stipendium, meinen Harem von drei Männern.
Der letzte, mir noch gegenwärtige Traum ist der allermerkwürdigste. Ich stieg dieselben Stufen hinauf, um mein Diplom in Empfang zu nehmen. Dieses Mal stand nicht Mrs. McIntosh vor dem Katheder, sondern Colette. Doch Colette war eine Negerin mit krausem rotem Haar, das ihren Kopf wie eine strahlende Aureole umgab.
»Es gibt nur einen Weg, im Leben weiterzukommen«, sagte sie, »und der hat nichts mit der Anzahl der Ehemänner zu schaffen.«
»Was muß ich tun?« fragte ich in Verzweiflung. Ich wußte, daß ich zu *allem* bereit war.
Sie überreichte mir ein Buch mit meinem Namen auf dem Deckel.
»Das war nur ein sehr schwacher Anfang«, sagte sie, »aber es *ist* zumindest ein Anfang.«
Ich entnahm ihren Worten, daß ich noch einen langen Weg vor mir hatte.
»Warte«, sagte sie und öffnete ihre Bluse. Plötzlich begriff ich, daß die wahre Reifeprüfung fürs Leben darin bestand, hier, vor aller Augen, mit ihr zu schlafen, und das schien im Augenblick das Natürlichste von der Welt zu sein. In heftiger Erregung ging ich auf sie zu. Dann schwand der Traum.

Bluthochzeit
oder Sic transit

Die grundlegende Schwierigkeit der Frauen besteht darin, daß sie sich immer wieder bemühen müssen, sich den Theorien der Männer über Frauen anzupassen.

– D. H. Lawrence

Als ich um die Mittagsstunde erwachte, quoll Blut zwischen meinen Beinen hervor. Benommen und noch nicht recht bei mir, wußte ich doch, daß ich die Schenkel fest zusammenpressen mußte, da sonst das Blut zu strömen beginnen und die Matratze verunreinigen würde. Ich wollte aufstehen und nach einer Binde suchen, doch es erwies sich als schwierig, sich aus diesem durchgelegenen Bett herauszuwühlen, ohne dieSchenkel auch nur ein wenig zu öffnen. Ich stellte mich mit einem Ruck auf die Beine, und die schwärzlichroten Rinnsale begannen, sich an der Innenseite meiner Schenkel ihren Weg nach unten zu suchen. Ein dunkler Blutfleck glitzerte auf dem Boden. Ich lief zu meinem Koffer und hinterließ eine Spur von glitzernden Flecken. Im Unterleib verspürte ich jenes vertraute, dumpfe Ziehen.
»Scheiße«, sagte ich und tastete nach meiner Brille, damit ich bei der Tampax-Suche etwas sehen konnte. Doch selbst die verdammte Brille war nicht zu finden. Ich steckte die Hand in meinen Koffer und fing an, darin herumzuwühlen. In meiner Wut zerrte ich die einzelnen Kleidungsstücke heraus und warf sie auf den Boden.
»Verdammte Scheiße!« schrie ich. Der Fußboden sah inzwischen aus wie nach einem schweren Verkehrsunfall. Wie sollte ich denn all dieses Blut je aufwischen? Überhaupt nicht. Nichts wie raus aus Paris, bevor die Direktion etwas merkt.
Was für einen Haufen unnützen Kram ich doch in meinem Koffer hatte! Ich konnte ja meine Gedichte als Monatsbinde verwenden, nicht wahr? Welch entzückender Symbolgehalt. Aber leider nicht sehr saugfähig.
Ah – was ist das hier? Eines von Bennetts T-Shirts. Ich faltete es zu einer Art Binde zusammen und trieb eine (eine!) Sicherheitsnadel auf, die das Ding irgendwie zusammenhielt. Wie würde ich wohl aus Paris rauskommen – mit einer Windel am Leibe? Es würde mir nichts anderes übrigbleiben, als x-beinig zu gehen. Die Leute würden denken, ich müßte dringend pinkeln. O Gott, es stimmt – Missetaten zahlen sich nicht aus. Da hatte ich mich nun gefragt, ob ich, als Strafe für mein Davonlaufen mit Adrian, neun Monate lang die Ungewißheit würde ertragen müssen, welche Hautfarbe das Baby haben würde, und statt dessen trage ich nun selbst eine Windel. Warum kann mein Leid nicht zumindest *würdig* sein? Wenn andere Schriftsteller leiden, so ist das ethisch oder kosmisch oder avantgardistisch, mein Leid jedoch ist die reinste Burleske.
In meinen Trenchcoat gehüllt, humple ich hinaus auf den Gang mit aneinander gepreßten Knien, damit meine Windel nicht rutscht. Dann fällt mir plötzlich ein, daß alles, was zwischen mir und dem

Bettelstab steht, sich in meiner Handtasche befindet: Reisepaß, Amexco-Kreditkarte, Reiseschecks – und ich humple zurück in mein Zimmer. Dann – x-beinig – wieder in den Gang hinaus. Barfuß, die Handtasche fest unter dem Arm, greife ich nach der Toilettenklinke und beginne zu rütteln.

»*Un moment, s'il vous plaît.*« Eine genierte Männerstimme. Amerikanischer Akzent. Es ist schließlich August, und wahrscheinlich gibt es im Augenblick in ganz Paris keinen einzigen Franzosen.

»Okay, okay«, sage ich und schließe die Schenkel fester um Bennetts T-Shirt.

»*Pardon?*« Er hat mich nicht verstanden. Er versucht es immer noch mit irgendwelchen französischen Floskeln, während er das letzte Klümpchen Scheiße herauspreßt.

»Alles okay«, brülle ich, »ich bin Amerikanerin.«

»*Je viens, je viens*«, murmelt er.

»*Je suis Americaine!*«

»*Pardon?*«

Es wird allmählich peinlich. Wenn das so weitergeht, werden wir beide nicht wissen, was wir tun sollen, wenn er endlich rauskommt. Ich entschließe mich, es mit der Toilette eine Etage tiefer zu versuchen, und humple, so schnell ich kann, die Wendeltreppe hinunter. Diese Toilette ist nicht besetzt, dafür gibt's hier keinen Fetzen Klosettpapier. Also nehme ich die nächste Treppe in Angriff. Inzwischen kann ich's schon ganz gut. Welche Anpassungsfähigkeit wir in Augenblicken der Bedrängnis entwickeln! Wie damals, als ich mir das Bein gebrochen hatte und im Geiste alle jene genialen Stellungen erfand, um mit einem Gipsbein vögeln zu können.

Voilà! Papier! Doch was für ein abscheuliches Papier! Apropos ›die Weltgeschichte durch die Toilettenbrille‹: diese Toilette erinnert eher an ein Burgverlies, und ins Klosettpapier scheinen tote Wanzen eingepreßt zu sein. Ich schließe mich ein, reiße das winzige Fenster auf, werfe Bennetts blutgetränktes T-Shirt in den Hof (und denke flüchtig an sympathetische Magie und an all die Stammesriten im *Goldenen Zweig* ... wird ein böser Medizinmann Bennetts Unterhemd, das mit meinem Blut getränkt ist, finden, und uns *beide* mit einem Zauberbann belegen?). Dann setze ich mich aufs Klosett und bastle mir aus vielen Lagen Toilettenpapier eine Art Monatsbinde zurecht.

Die Absurditäten, denen unser Körper uns ausliefert! Außer vor Schmerz gekrümmt mit einem Anfall von Diarrhoe in einer stinkenden öffentlichen Bedürfnisanstalt zu hocken, weiß ich nichts Entwürdigenderes, als bei Eintritt der Periode kein Tampax zur

Hand zu haben. Merkwürdig daran ist, daß ich die Menstruation als solche nicht immer in dieser Weise betrachtet habe. Meine erste Regel konnte ich kaum erwarten; ich sehnte mich nach ihr, ja, *betete* um sie. Immer wieder schlug ich im Lexikon Stichworte wie ›Periode‹ und ›Menstruation‹ nach und vertiefte mich in die entsprechenden Erläuterungen. Immer wieder sprach ich das folgende kleine Gebet: *Laß mich bitte heute unwohl werden.* Oder ich sagte (wenn ich fürchtete, daß jemand mich hören könnte): *L.m.b.h.u.w., l.m.b.h.u.w., l.m.b.h.u.w.* Dieses pflegte ich, auf der Toilette sitzend, vor mich hin zu summen, während ich immer wieder an mir herumwischte, mit der Hoffnung, zumindest einen winzigen Blutfleck zu entdecken. Aber nichts dergleichen. Randy hatte bereits ihre Periode (oder ›wurde unwohl‹, wie meine emanzipierte Mutter und Großmutter sagten), ebenso wie alle anderen Mädchen aus meiner (siebenten) Klasse. Und die in der achten Klasse, in die ich das nächste Jahr aufrückte, natürlich auch. Was für große Busen und BHs der Größe C und krauses Gespinst zwischen den Beinen! Welch erregende Diskussionen über ›Kotex‹ und ›Camelia‹ und ›Tampax‹ (letzteres betraf allerdings nur die allerkühnsten unter uns). Ich hatte zu alldem nichts beizusteuern. Mit dreizehn hatte ich lediglich einen ›Trainings-BH‹ (Training wofür?), den ich nicht ausfüllte, und einige wenige krause rotbraune Schamhaare (nicht einmal blonde, obwohl ich doch eine echte Blondine war), dazu das Wenige an Wissen über Sex, das ich in nächtelangen Dauergesprächen mit Randy und ihrer Busenfreundin Rita aufgeschnappt hatte. Und so nahmen die Gebete auf dem Klo ihren Fortgang. *L.m.b.h.u.w., l.m.b.h.u.w., l.m.b.h.u.w.* Und dann, mit dreizehneinhalb (uralt, im Vergleich zu Randy, die bereits mit zehneinhalb soweit war), ›trat es ein‹, endlich, und zwar auf der *Ile de France,* mitten auf dem Atlantik, als wir *en famille* von jener aberwitzig teuren, obwohl steuerlich absetzbaren Europareise zurückkehrten.

Wir vier Schwestern teilten, belästigt vom Lärm der Maschinen, eine Innenkabine (während unsere Eltern eine Außenkabine auf dem Bootsdeck bewohnten), und zweieinhalb Tage nach der Abreise von Le Havre wurde ich plötzlich zur Frau. Was nun? Lalah und Chloe (die eine der beiden Doppelkojen teilten) sollen nichts davon mitkriegen – da meine Mutter findet, sie seien noch zu jung –, und so begeben Randy und ich uns wiederholt wie zwei Verschwörer in den Drugstore und schleichen dann in der Kabine umher, auf der Suche nach einem geeigneten Versteck für unseren Einkauf. Ich bin natürlich so entzückt von meinem neuen Spielzeug, so euphorisiert von meinem neuerworbenen ehrenvollen Status – der Zugehörigkeit zu der Welt der Erwachsenen –, daß ich meine Binde mindestens zwölfmal am Tage wechsle und die Dinger fast schneller aufbrauche, als wir sie beschaffen können. Und der Augenblick der Wahrheit ist gekommen, als der Steward (ein gramzerfurchter, überforderter Franzose mit einem Gesicht wie Fernandel und einem Temperament wie Kardinal Richelieu) entdeckt, daß das Klosett völlig verstopft ist und überläuft. Bis jetzt hatte mich die Tatsache, daß ich menstruierte, nicht weiter bedrückt, im Gegenteil. Erst als der Steward (der sicher nicht allzu begeistert darüber war, eine Kabine betreuen zu müssen, die dem Schlafsaal eines Mädchenpensionats glich) mich wütend anbrüllte, wurde ich zu einer potentiellen Radikalen.

»Was Sie aben gesteckt in der *commode*?« schrie er (oder etwas in der Art). Und dann mußte ich ihm *zusehen*, wie er die sich bereits auflösenden Binden Klumpen für Klumpen herauszog. Wußte er *wirklich* nicht, worum es sich handelte? Oder wollte er mich demütigen? War es wirklich nur ein Sprachproblem? (*Comment dit-on* Kotex *en français?*) Oder benutzte er meine Menarche dazu, seine eigene Frustration abzureagieren? Ich stand mit rotem Gesicht da und murmelte immer wieder *drugstore, drugstore,* was (wie ich mittlerweile weiß) ein französisches Wort ist.

Inzwischen kicherten Lalah und Chloe sich halb tot. (Sie wußten, daß da etwas ›Unanständiges‹ vor sich ging, auch, wenn sie die Einzelheiten nicht begriffen. Sie wußten, daß da etwas nicht stimmte, warum würde ich wohl sonst zehnmal am Tage auf die Toilette rennen, und warum würde dieser gräßliche Mann sonst so mit mir herumschreien?) Wir dampften auf New York zu, im Kielwasser eine blutige Spur von Monatsbinden hinterlassend – für die Fische.

Für meine dreizehnjahrealten Begriffe war die *Ile de France* das romantischste Schiff der Welt, da sie, gänzlich unerwartet, in ›*These Foolish Things*‹ auftaucht – jenem verträumt-romantischen Song (auf dem Klavier gespielt von meinem verträumt-romantischen Vater):

A tinkling piano in the next apartment
Those stumbling words that told you
What my heart meant ...

(Die Poesie, mit der ich großgezogen wurde!) Irgendwann in diesem sentimentalen Lied heißt es: ›*Die* Ile de France *mit all den Möwen rundum ...*‹ Ich ahnte nicht, daß diese Möwen einmal nach meinen blutigen Monatsbinden tauchen würden, und ebensowenig wußte ich, daß die *Ile de France* – wie sich herausstellte, als ich endlich meinen Fuß auf ihr Deck setzte – ein völlig veralteter Kasten war und auf den Wellen tanzen würde wie ein leeres Faß, so daß fast alle Passagiere seekrank wurden. Die Stewards verloren fast den Verstand. Im Speisesaal befand sich zu den Mahlzeiten so gut wie niemand, dafür klingelte es ununterbrochen aus allen Kabinen. Ich sehe mich als mollige Dreizehnjährige mit meiner Tüte voller blutiger Binden unter dem Arm auf dem schwankenden, schlingernden Deck der *Ile de France*, die mich – ein blutendes Kind – nach Manhattan zurücktrug.

Meine Damen und Herren: Meine Menarche.

Anderthalb Jahre später versuchte ich, mich zu Tode zu hungern, und hatte keine Regel mehr. Der Grund? Die Angst davor, Frau zu sein, wie Dr. Schrift sagte. Also gut, warum nicht? Okay. Ich *hatte* Angst davor, Frau zu sein. Keine Angst vor dem Blut (*da*rauf freute ich mich ja – zumindest so lange, bis ich deswegen angebrüllt wurde), sondern vor all dem Unsinn, der offenbar dazugehörte. Wie, zum Beispiel, daß ich, wenn ich Kinder bekäme, nie eine Künstlerin werden könnte, oder die Verbitterung meiner Mutter oder die sterbenslangweilige, ausschließliche Konzentration meiner Großmutter auf Nahrungsaufnahme und Ausscheidungen oder daß mich ein verbitterter Jüngling fragte, ob ich vorhabe, Sekretärin zu werden. Sekretärin! Ich war fest entschlossen, nie tippen zu lernen. (Und ich *habe* es auch nie gelernt. Im College tippte Brian meine Arbeiten. Später tippte ich selbst, mit zwei Fingern, oder ich ließ für mich tippen, gegen Bezahlung. Oh, das war alles höchst lästig und unbequem und hat mich horrende Summen gekostet – doch was bedeuten Geld und Unbequemlichkeit, wenn es um ein Prinzip geht? Und das hieß in diesem Falle: Ich bin keine Tippse und werde es auch nie werden. Selbst zu meiner eigenen Bequemlichkeit nicht, wie sehr es mir auch das Leben erleichtert hätte.)

Also: Wenn menstruieren hieß, daß man tippen mußte, so würde ich eben aufhören zu menstruieren! *Und* aufhören zu tippen! Oder beides! Und wenn Kinder haben hieß, vergrämt zu Hause zu hocken, dann würde ich eben keine Kinder haben! Und wenn ich mich damit ins eigene Fleisch schnitte. Ich würde das Kind buchstäblich mit dem Bade ausschütten. Auch das war natürlich ein Grund, warum ich jetzt hier in Paris saß. Ich hatte mich selbst von allem abgeschnitten – von meiner Familie, von meinen Freunden, meinem Mann – nur, um mir zu beweisen, daß ich *frei* sei. So frei wie ein vom Kurs abgekommener Satellit im Weltraum. Frei wie ein

Luftpirat, der, am Fallschirm über Death Valley, in das Tal des Todes hinunterschwebt.
Ich wickelte den Rest des Klosettpapiers von der Rolle, stopfte ihn in meine Handtasche und machte mich auf den Weg in mein Zimmer zurück. Doch in welchem Stockwerk befand es sich? Mein Kopf war leer. Alle Türen sahen gleich aus. Ich lief zwei Treppen hinauf, blindlings weiter und stieß die Tür in der Ecke auf. Ein dicker Mann mittleren Alters saß nackt auf einem Stuhl und schnitt sich die Zehennägel. Er hob, leicht erstaunt, den Kopf.
»Entschuldigung!« sagte ich und warf die Tür hastig wieder zu. Ich stürmte eine weitere Treppe hoch, fand mein Zimmer und verschloß die Tür. Ich mußte immerzu an den Gesichtsausdruck des dicken Mannes denken. Belustigung, kein Schreck. Ein mildes Buddha-Lächeln. Die Sache hatte ihn nicht im mindesten beunruhigt.
So *gab* es also Menschen, die mittags aufstanden, sich die Zehennägel schnitten und nackt in einem Hotelzimmer saßen, ohne jeden neuen Tag als Apokalypse zu erleben. Erstaunlich! Wenn jemand in mein Zimmer hineingestürmt wäre und mich dabei angetroffen hätte, wie ich mir, nackt, die Zehennägel schneide ... ich wäre vor Schreck gestorben. Oder? Vielleicht war ich stärker, als ich glaubte. Doch ich war auch schmutziger, als ich glaubte. Obwohl Auden sagt, daß jeder Mensch den Geruch seiner eigenen Fürze liebt, beleidigte meine Ausdünstung allmählich meine Geruchsnerven. Da ich kein Tampax hatte, kam ein Bad nicht in Frage, doch ich mußte jedenfalls etwas mit meinem Haar tun, das mir in schlaffen, fettigen Strähnen um den Kopf hing. Und meine Kopfhaut juckte, als hätte ich Läuse. Ein neuer Anfang. Ich würde mir zumindest die Haare waschen, mich mit Parfum überschütten wie die stinkenden Höflinge von Versailles und mich auf den Weg machen. Doch auf welchen Weg? Auf die Suche nach Bennett? Auf die Suche nach Adrian? Auf die Suche nach Tampax? Auf die Suche nach Isadora?
»Halt den Mund und wasch dir die Haare«, sagte ich. »Eins nach dem anderen.«
Zum Glück hatte ich genügend Shampoo bei mir, und obwohl das Waschbecken klein und das Wasser kalt war, gab das Haarewaschen mir doch das Gefühl, wieder über der Situation zu stehen.
Eine Stunde später hatte ich gepackt, war angezogen und zurechtgemacht und hatte mir einen Schal um mein feuchtes Haar gewunden. Um mich noch besser gegen den bösen Blick zu schützen, setzte ich meine Sonnenbrille auf. Ich hatte eine neue improvisierte Monats-

binde aus Toilettenpapier an meinem Höschen festgesteckt. Es war nicht gerade das Behaglichste, was sich denken läßt, aber immerhin – ich war bereit, meine Rechnung zu begleichen und, meinen Koffer schleppend, der Welt entgegenzutreten.

Gott sei für das Sonnenlicht gedankt, dachte ich, als ich auf die Straße trat. Als ehemaliger Druide wußte ich, daß man den Göttern auch für kleine Gunstbezeigungen danken mußte. Ich hatte die Nacht überlebt! Ich hatte sogar geschlafen. Einen Augenblick lang gestattete ich mir den Luxus zu glauben, daß nun alles in Ordnung kommen würde.

Nicht denken, sagte ich mir. *Nicht denken, nicht analysieren und nicht grübeln ... Nimm dich zusammen und konzentriere dich darauf, wie du am schnellsten nach London kommst. Sieh zu, daß du erstmal diesen Tag überstehst.*

Ich schleppte meinen Koffer in eine Drogerie, kaufte Tampax, dann schleppte ich mich (samt Koffer) zur Place St. Michel, in das Café von gestern abend. Ich ließ den Koffer neben einem Tisch stehen und ging hinunter in die Toilette, um mir ein Tampon einzulegen. Einen Augenblick lang hatte ich Angst um meinen Koffer, doch dann beschloß ich, es darauf ankommen zu lassen. Es würde ein Omen sein. Stand er noch da, sobald ich (mit Tampax zugestöpselt, wie es sich gehört) zurückkam, würde alles gut werden.

Er stand noch da.

Ich setzte mich neben meinen Koffer und bestellte einen Cappuccino und eine Brioche. Es war inzwischen ein Uhr, und ich war ganz ruhig, fast euphorisch. Von wie wenig unsere Zufriedenheit doch abhängt: eine Drogerie, die auf hat, ein nicht gestohlener Koffer, eine Tasse Cappuccino! Plötzlich wurden mir all die kleinen Freuden des Lebens ganz deutlich bewußt. Das wunderbare Aroma des Kaffees, das strahlende Sonnenlicht, die Leute, die sich an den Straßenecken in Positur stellten, damit man sie bewundere. Es hatte den Anschein, als sei das gesamte Quartier Latin fest in der Hand der Amerikaner. Von rechts und links hörte ich Gespräche über Semesterprüfungen an der Universität von Michigan, und wie gefährlich es sei, an spanischen Stränden zu schlafen. Eine Gruppe von farbigen Frauen mittleren Alters, Blumenhüte auf dem Kopf, überquerte die Place St. Michel, Richtung Seine und Notre-Dame. Junge amerikanische Ehepaare mit Babys und Rucksäcken gingen vorbei. »Picasso war *ganz zweifellos* Brustfetischist ...«, sagte ein schlanker Oscar-Wilde-Typ in tailliertem Hemd zu seinem Begleiter (der, nach dem letzten Schrei, von Kopf bis Fuß mit den jüngsten Cardin-Kreationen ausstaffiert war).

Sicher hat er auch ein kleines C auf seinem Mini-Slip, dachte ich. Welch ein Bild! Wie die Pilger aus Chaucers ›Canterbury-Geschichten‹. Die Frau aus Bath als schwarze amerikanische Dame auf der Wallfahrt nach Notre-Dame; der Landjunker als blondbärtiger Student mit einem lieben Gesicht, das Buch *Der Prophet* in der Hand; die Priorin als wunderschöne Studentin der Kunstgeschichte, frisch aus dem Internat für Höhere Töchter mit Tanz- und Anstandsunterricht, ein oder zwei Opernbälle (in schmutzigen Jeans, um ihre aristokratische Vergangenheit und ihr aristokratisches Profil vergessen zu machen); der lüsterne Mönch als Straßenprediger für makrobiotische Ernährung und natürliche Lebensweise; der Pater als Hare-Krishna-Jünger mit einer Kugel aus Haaren auf dem Kopf und der Müller als ehemaliger politischer Aktivist an der Universität von Chicago, der heute auf der Straße Handzettel für die französische Frauenbewegung verteilt ... (»Warum sind Sie Feminist?« fragte ich neulich einen Bekannten, der sich, wie ich weiß, begeistert für diese Bewegung engagiert. »Weil man heutzutage auf die Weise am leichtesten zu einem guten Fick kommt«, sagte er.) Chaucer hätte sich hier ganz zu Hause gefühlt. Nichts, was ihn befremdet hätte.
Und ich fühlte mich so nüchtern und klar im Kopf, daß ich entschlossen war, mich dessen zu erfreuen, bevor die Panik wiederkehrte. So war ich also doch nicht schwanger. Einerseits war das traurig – unwohl werden war immer ein bißchen traurig –, aber es war auch ein neuer Anfang. Ich hatte noch einmal eine Chance.
Ich bestellte einen zweiten Kaffee und betrachtete die vorbeiflutende Menge. So viel Unschuld auf Reisen! Ein Paar küßte sich an der Straßenecke; ich sah den beiden zu und dachte an Adrian. Sie starrten einander in die Augen, als offenbare sich dort das Geheimnis des Lebens. Was sehen Liebende eigentlich in den Augen des Partners? Einander? Ich dachte an meine absurde Vorstellung, daß Adrian mein geistiges Double sei und wie verkehrt das gewesen war. Das war es, wonach mich ursprünglich verlangt hatte: nach einem Mann, der mich ergänzte, mich *ganz* machte. Ein Papageno für Papagena. Vielleicht war das die trügerischste aller meiner wahnhaften Selbsttäuschungen. Andere Menschen können uns nicht ergänzen. Das müssen wir selbst tun. Wenn wir dazu nicht die Kraft haben, wird das Suchen nach Liebe zum Suchen nach Selbstvernichtung; und dann bemühen wir uns, uns selbst davon zu überzeugen, daß Selbstvernichtung gleich Liebe ist.
Jetzt wußte ich, daß ich nicht hinter Adrian herrennen, nicht nach Hampstead gehen würde. Ich wußte, ich würde mein Leben nicht

einer großen, selbstzerstörerischen Leidenschaft zum Opfer bringen. Ein Teil von mir wollte das, und ein anderer Teil verachtete Isadora, weil sie *nicht* zu den Frauen gehörte, die alles für die Liebe aufgeben. Aber es hatte keinen Sinn so zu tun als ob. Ich war nun einmal keine solche Frau. Totale Selbstzerstörung lag mir einfach nicht. Vielleicht würde ich nie eine romantische Heldin sein, aber ich würde weiterleben. Und das war im Augenblick das Allerwichtigste. Ich würde nach Hause zurückkehren und über Adrian schreiben. Ich würde ihn dadurch, daß ich ihn aufgab, behalten.

Ich muß gestehen, daß ich Adrian anfallsweise ganz schrecklich vermißte. Ich sah jenes Paar sich küssen und glaubte, Adrians Zunge in meinem Mund zu spüren. Auch all die anderen, abgedroschenen Symptome fehlten nicht: Immer wieder dachte ich, ich sähe seinen Wagen auf der anderen Straßenseite, und vielleicht würde ich nachher sogar hinüberlaufen, um mir das Kennzeichen anzusehen. Einen Augenblick vermeinte ich, im Café seinen Hinterkopf zu entdecken, und dann starrte ich plötzlich in ein fremdes Gesicht. Immer wieder fielen mir irgendwann sein Geruch ein, sein Lachen, seine Witzchen ...

Aber das würde sich mit der Zeit geben. Das tat es immer, leider. Die Herzenswunde, zunächst so überaus empfindlich gegen die leiseste Berührung, schließt sich, schillert dann in allen Regenbogenfarben und tut nicht mehr weh. Wir vergessen. Wir vergessen sogar, daß wir ein Herz haben – bis zum nächsten Mal. Und dann, wenn es wieder soweit ist, fragen wir uns, wie wir es je vergessen konnten. Wir denken: Das hier ist stärker, das hier ist besser ... weil wir im Grunde nicht mehr genau wissen, wie es das letzte Mal war.

»Warum hörst du nicht auf, an die Liebe zu denken, und versuchst statt dessen, ein eigenes Leben zu führen?« hatte Adrian mich gefragt. Und ich hatte ihm widersprochen. Aber vielleicht hatte er doch recht gehabt. Hatte die Liebe mir je etwas anderes als Enttäuschungen gebracht? Oder vielleicht hatte ich von der Liebe immer die falschen Dinge erwartet. Ich wollte mich an einen Mann verlieren, wollte nicht mehr ich selbst sein, wollte auf ausgeliehenen Schwingen in den Himmel fliegen. Isadora Icarus wäre das passende Pseudonym. Und die geliehenen Flügel versagten immer dann, wenn ich sie am nötigsten gebraucht hätte. Vielleicht sollte ich mir doch eigene anschaffen.

»Du hast deine Arbeit«, hatte er gesagt. Auch damit hatte er recht gehabt. Oh, er hatte in vielem recht gehabt, aber immer aus den falschen Gründen. Zumindest hatte ich eine lebenslange Verpflichtung mir selbst gegenüber, eine Berufung, eine mein Leben bestim-

mende Passion. Und das war mehr, als die meisten Menschen haben.
Ich nahm ein Taxi zum Gare du Nord, brachte meinen Koffer zur Gepäckaufbewahrung, wechselte Geld und erkundigte mich nach Zügen. Es war inzwischen fast vier geworden, und um zehn Uhr abends ging ein Zug mit Fähr-Anschluß, keiner von den schicken Schnellzügen mit einem klangvollen Namen, aber es war der einzige Zug nach London, der in Frage kam. Ich kaufte mir eine Fahrkarte, wußte aber immer noch nicht, warum ich eigentlich nach London fuhr. Ich weiß nur, daß ich aus Paris weg mußte. Und ich hatte allerlei in London zu erledigen – ich mußte mit dem erwähnten Agenten sprechen und wollte verschiedene Leute besuchen. Schließlich lebten in London außer Adrian auch noch andere Menschen.
Wie ich den restlichen Nachmittag hinter mich brachte, weiß ich nicht mehr genau. Ich las die Zeitung, ging durch die Straßen, aß irgendwo etwas. Als es dunkel wurde, kehrte ich zum Bahnhof zurück und schrieb, während ich auf die Abfahrt des Zuges wartete, in meinem Notizbuch. Ich hatte in meiner Heidelberger Zeit so oft und so lange auf Bahnhöfen geschrieben, daß ich begann, mich fast wieder in der Welt zu Hause zu fühlen.
Als der Zug einfuhr, standen hier und da kleine Gruppen von Menschen auf dem Bahnsteig. Sie hatten jenen verlorenen Gesichtsausdruck, den Reisende haben, wenn sie zu einer Zeit von irgendwo wegfahren, zu der sie sonst schlafen gehen. Eine alte Frau weinte und küßte ihren Sohn. Zwei ungepflegt aussehende junge Amerikanerinnen zogen ihre Koffer auf Rädern hinter sich her. Eine Deutsche fütterte ihr Baby aus einem Marmeladenglas und sagte *Ferkelchen* zu ihm. Alle sahen sie aus wie Flüchtlinge. Ich auch.
Ich hievte meinen riesigen Koffer in den Zug und schleppte ihn auf der Suche nach einem leeren Abteil durch die Gänge. Endlich fand ich eines; es roch nach alten Fürzen und fauligen Bananenschalen. Der Gestank der Menschheit. Und ich trug das meine zu diesem Gestank bei. Was hätte ich dafür gegeben, ein Bad nehmen zu können.
Ich wuchtete meinen Koffer hoch, um ihn ins Gepäcknetz zu befördern, schaffte es aber nicht. Meine Schultergelenke taten weh. In diesem Augenblick erschien ein junger, blauuniformierter Bahnbeamter und nahm mir den Koffer aus der Hand. *Er* schaffte es mit *einem* Schwung.
»Vielen Dank«, sagte ich und griff nach meiner Geldbörse. Doch er

ging an mir vorbei, ohne das zur Kenntnis zu nehmen.
»Sie sind allein?« fragte er doppeldeutig. Es wurde nicht deutlich, ob er meinte, »wollen Sie allein bleiben?« oder »reisen Sie allein?« Dann zog er alle Rollos herunter. Wie nett von ihm, dachte ich. Er will mich darauf hinweisen, wie ich mir die Leute vom Leibe halten kann, damit ich das Abteil für mich allein habe. Gerade, wenn man beginnt, an den Menschen zu verzweifeln, taucht jemand auf, der einem, völlig unerwartet, einen Liebesdienst tut. Er klappte die Armlehnen hoch, um mir ein Lager zu bereiten. Dann strich er mit der Hand über die Sitze, wie um mir zu zeigen, daß ich mich dort hinlegen könne.
»Ich weiß nicht recht, ob das sehr anständig ist ... den anderen gegenüber«, sagte ich. Ich hatte plötzlich ein schlechtes Gefühl, daß ich ein ganzes Abteil für mich allein haben wollte. Doch er hatte mich nicht verstanden, und zu mehr reichte mein Französisch nicht.
»*Vouz êtes seule*«, fragte er noch einmal, wobei er versuchte, mich auf den Sitz zu drücken. Plötzlich hatte er seine Hand zwischen meinen Beinen und wollte mich mit Gewalt zum Liegen bringen.
»Was *tun* Sie?« schrie ich, sprang auf und stieß ihn von mir. Ich wußte sehr genau, was er tat, doch ich hatte es erst nach einigen Sekunden begriffen.
»Sie Schwein!« fauchte ich ihn an. Er lächelte schief und zuckte die Achseln, als wolle er sagen: ›Probieren kann man's ja schließlich.‹
»*Cochon!*« brüllte ich, für den Fall, daß er mich nicht verstanden hatte. Er lachte ein wenig gequält. Er hatte mich ja nicht direkt vergewaltigen wollen und begriff wohl nicht, warum ich so wütend war. Schließlich war ich ja doch allein, nicht wahr?
In einem Anfall von Energie sprang ich auf den Sitz und riß meinen Koffer aus dem Gepäcknetz, der mir dabei fast auf den Kopf gefallen wäre. Ich stürmte aus dem Abteil, während er mit seinem schiefen Lächeln dastand und immer wieder die Achseln zuckte.
Ich war wütend auf mich selbst, wegen meiner Vertrauensseligkeit. Wie hatte ich ihm auch noch für seine scheinbare Besorgtheit *danken* können, wo doch jeder Vollidiot begriffen hätte, daß er, sobald die Rollos heruntergezogen waren, nichts Eiligeres zu tun haben würde, als mich an die Möse zu fassen? Ich war wirklich so 'ne Art Landpomeranze – ungeachtet meines weltkundigen Gehabes. Ich war etwa so weltkundig wie eine Achtjährige. Isadora im Wunderland. Die ewige Naive.
»Mensch, bist *du* dämlich«, sagte ich zu mir, während ich den Gang

hinunterging auf der Suche nach einem anderen Abteil. Dieses Mal wollte ich eines voller Menschen. Mit Nonnen oder mit einer zwölfköpfigen Familie oder mit beidem. Ich wünschte, ich hätte den Mut gehabt, ihm eine zu knallen. Wäre ich doch nur eine von jenen vorausblickenden Frauen, die eine Sprühdose mit Tränengas bei sich tragen oder Karate gelernt haben. Oder vielleicht brauchte ich einen Hund, der mich bewachte. Einen großen Hund, der zu allerlei Diensten abgerichtet ist. Wahrscheinlich hätte man von dem mehr als von einem Mann.

Erst, als ich mich schließlich installiert hatte, einer zufriedenen kleinen Familie gegenüber – Papa, Mama, Baby –, ging mir auf, wie komisch die Episode im Grunde gewesen war. Mein Spontanfick! Mein Fremder im Zug! Hier hatte sich mir die Erfüllung meines Wunschtraums geboten. Des Wunschtraums, der mich, als ich in Heidelberg lebte, drei Jahre lang an einen vibrierenden Sitz im Zug gefesselt hatte, und statt mich zu erregen, hatte das Ganze mich bloß angewidert!

Unbegreiflich, nicht wahr? Ein Tribut an die Unergründlichkeit der Psyche. Oder vielleicht hatte meine Psyche sich in einer Weise verändert, die ich nicht hatte voraussehen können? Fremde Männer in Zügen hatten für mich nichts Romantisches mehr. Vielleicht war an Männern überhaupt nichts Romantisches mehr.

Die ganze Reise nach London war das reine Fegefeuer. Zunächst waren da meine Mitreisenden: ein spießiger amerikanischer Professor, seine verdruckste Frau und ihr sabberndes Baby. Der Mann begann, mich auszufragen. Ob ich verheiratet sei? Was sollte ich darauf antworten? Ich wußte nicht mehr genau, ob ja oder nein. Für einen wortkargeren Menschen wäre die Situation nicht weiter schwierig gewesen, doch ich gehöre zu den Schwachköpfen, die wie zwanghaft jedem x-Beliebigen, der sie danach fragt, ihre Lebensgeschichte erzählen.

Es bedurfte meiner ganzen Willenskraft, um das eine Wort ›nein‹ herauszubringen.

»Wieso ist eine so nette junge Frau wie Sie nicht verheiratet?«

Ich lächelte. Isadora, die Sphinx. Sollte ich ihm einen kleinen Vortrag über die Ehe und die Unterdrückung der Frau halten? Sollte ich um Mitgefühl buhlen und sagen, daß mein Liebhaber mich hatte sitzenlassen? Sollte ich auf tapfer machen und sagen, daß mein Mann leider in Wien an seinem eigenen Fachjargon erstickt wäre? Sollte ich die beiden überfordern und Andeutungen über lesbische Mysterien fallen lassen, die zweifellos ihren Horizont überstiegen hätten?

»Ich weiß es nicht«, sagte ich und lächelte, bis mir fast der Kiefer gebrochen wäre.
Rasch das Thema wechseln, dachte ich, bevor ich ihnen *alles* erzähle. Wenn ich etwas nicht kann, dann ist es Versteckspielen.
»Und wo fahren *Sie* hin?« fragte ich munter.
Sie wollten ihren Urlaub in London verbringen. Der Mann redete, und die Frau stillte das Baby. Der Mann gab Grundsätzliches über die Politik zum besten, und die Frau schwieg. »Warum ist eine nette junge Frau wie Sie nicht ledig geblieben?« dachte ich. Gib Ruhe, Isadora, misch dich nicht ein ... Es war, als wiederholten die Räder des Zuges: gib Ruhe ... gib Ruhe ... gib Ruhe ...
Der Mann war Professor der Chemie. Er lehrte als Austauschprofessor der Fulbright-Stiftung in Toulouse. Das französische System gefiele ihm eigentlich ausgezeichnet. »Disziplin«, sagte er. Davon könnten wir in Amerika ruhig etwas mehr haben – ob ich das nicht auch fände?
»Nein, eigentlich nicht«, sagte ich. Er machte ein irritiertes Gesicht. Ich ließ ihn wissen, daß ich zufällig auch an einem College gelehrt hätte.
»Ach, wirklich?« Das gab mir in seinen Augen einen neuen Status. Ich war vielleicht eine befremdliche, alleinstehende Person, aber zumindest doch kein Heimchen hinterm Herd wie seine Frau.
»Aber sind Sie nicht auch der Meinung, daß unser amerikanisches Erziehungssystem auf einem falschen Demokratieverständnis beruht?« fragte er, ganz gallige Überheblichkeit.
»Nein«, sagte ich, »ich bin nicht Ihrer Meinung.«
O Isadora, allmählich schaffst du dir wirklich ein dickes Fell an. Wann hast du zum letztenmal ›ich bin nicht Ihrer Meinung‹ gesagt – und das auch noch so gelassen? Ich fange an, mir recht gut zu gefallen, dachte ich.
»Wir wissen noch nicht genau, wie wir die demokratischen Grundregeln in unseren Bildungsstätten handhaben sollen«, sagte ich, »aber das ist noch lange kein Grund, zu einem elitären System zurückzukehren, wie sie es hier haben ...« (ich machte eine flüchtige Handbewegung in Richtung der dunklen Landschaft hinter dem Fenster) »... und schließlich ist Amerika das erste Land in der Geschichte der Menschheit, das diese Probleme angesichts einer so heterogenen Bevölkerung bewältigen muß. Amerika ist nicht mit Frankreich oder Schweden oder Japan zu vergleichen ...«
»Aber glauben Sie wirklich, daß diese ausufernde Toleranz das Richtige ist?«
Ah, *Toleranz* – das Schlüsselwort des Puritaners.

»Ich glaube, es gibt bei uns zuwenig *wirkliche* Toleranz«, sagte ich, »und zuviel bürokratische Desorganisation, die sich als Toleranz tarnt. Wirkliche Toleranz, konstruktive Toleranz, das ist etwas ganz anderes.« Sei bedankt, D. H. Lawrence Wing.

Er sah verwirrt aus. Was ich damit meine? (Die Frau wiegte das Baby und schwieg. Zwischen den beiden schien die stillschweigende Abmachung zu bestehen, daß sie den Mund hielt, während er den Intellektuellen herauskehrte. Mit einer stummen Frau ist es nicht schwer, ein Intellektueller zu sein.)

Was ich damit meinte? Ich meinte mich selbst, natürlich. Ich meinte, daß wirkliche Toleranz die Unabhängigkeit fördert. Ich meinte, daß ich entschlossen war, mein Schicksal selbst in die Hand zu nehmen. Ich meinte, daß ich kein Schulmädchen mehr sein wollte. Aber all das sagte ich nicht. Statt dessen schwatzte ich weiter über Erziehung und Demokratie und die üblichen quatschigen Verallgemeinerungen.

Nach dieser todlangweiligen Unterhaltung hatten wir die halbe Strecke nach Calais zurückgelegt. Dann löschten wir das Licht und schliefen.

Zu irgendeiner unmenschlichen Zeit wurden wir vom Schaffner geweckt, weil wir an Bord mußten. Als wir den Zug verließen, war es so neblig, und ich war so müde, daß ich, wäre mir befohlen worden, geradenwegs in den Kanal zu marschieren, nicht die Widerstandskraft aufgebracht hätte, mich zu weigern. Ich erinnere mich daran, daß ich meinen Koffer durch endlose Gänge schleppte, daß ich auf dem Deck des stampfenden Schiffes versuchte, in einem Liegestuhl zu schlafen, und dann am feuchten frühen Morgen Schlange stand, während die Beamten der Einreisebehörde unsere Papiere prüften. Zwei Stunden lang starrte ich mit verquollenen Augen auf die weißen Klippen von Dover, während wir, in der Reihe stehend, darauf warteten, einen Stempel in unseren Paß zu bekommen. Dann mußte ich meinen Koffer noch durch einen endlosen betonierten Gang schleppen, um zum Zug zu gelangen. Als die *British Railways* sich endlich meiner erbarmten, kroch und hielt und kroch und hielt der Zug vier Stunden lang bis Waterloo-Station. Die Landschaft war öde, trostlos und von Ruß geschwärzt. Ich dachte an William Blake und an seine *Dunklen Satansmühlen.* Ich roch, daß ich in England war.

Ein viktorianischer Ausklang

... achte nicht auf die erklärenden Ausführungen des Autors, lausche vielmehr den leisen, sehnsüchtigen Rufen der Protagonisten, die durch das dunkle Dickicht ihres Geschickes irren.

– D. H. Lawrence

Das Hotel war ein altes, verwohntes viktorianisches Gebäude in der Nähe von St. James. Der Fahrstuhl – eine vorsintflutliche Art von Käfig – surrte wie ein überdimensionaler Brummer, die Gänge waren wie ausgestorben, und auf jeder Etage stand ein mannshoher Spiegel.
Ich fragte am Empfang nach Dr. Wing.
»Ein Herr dieses Namens wohnt nicht bei uns, Madam«, sagte der hochaufgeschossene, magere Portier, der aussah wie Bob Cratchit.
Mein Mut sank.
»Sind Sie sicher?«
»Hier, Sie können sich selbst überzeugen – wenn Sie wollen ...«, er schob mir das Gästebuch hin. In diesem Spukhaus waren nur etwa zehn Menschen abgestiegen. Das schien auch durchaus verständlich – *swinging* London hatte dieses Hotel noch nicht erreicht.
Ich überflog die Eintragungen. Strawbridge, Henkel, Harbellow, Bottom, Cohen, Kinney, Watts, Wong ... *Das* war er. Es mußte Wong sein – ein Versehen, das auf der Hand lag. Alle Chinesen sehen gleich aus, und alle heißen sie Wong. Ich spürte mich Bennett plötzlich sehr nahe – Bennett, der sich sein ganzes Leben mit dieser Art Unsinn herumzuschlagen hatte und darüber nicht bitter geworden war.
»Vielleicht der Gast auf Zimmer 60?« sagte ich und deutete auf den falsch geschriebenen Namen.
»Oh, der Herr aus Japan?«
Idiot, dachte ich. Nie können sie sie auseinanderhalten.
»Ja, würden Sie bitte hinaufrufen?«
»Und ... wen darf ich melden?«
»Seine Frau.«
Das Wort ›Frau‹ hatte hier im 19. Jahrhundert offenbar noch Gewicht. Mein Freund Bob Cratchit stürzte ans Telefon.
Möglicherweise handelte es sich wirklich um einen Japaner. Toshiro Mifune vielleicht? Mit Samurai-Schwert und Haarknoten? Oder einer der Frauenschänder aus *Rashomon?* Der Geist von Yukio Mishima, aus dessen Wunden noch immer das Blut fließt?
»Es tut mir leid, Madam, aber es meldet sich niemand«, sagte der Portier.
»Dürfte ich in seinem Zimmer auf ihn warten?«
»Aber natürlich, Madam.«
Er schlug auf eine Tischglocke, die auf dem Tresen stand, worauf der Hausdiener erschien. Noch so eine Dickens-Figur. Er war kleiner als ich, und sein pomadisiertes Haar schimmerte wie poliert.

Ich folgte ihm in den Fahrstuhlkäfig, und wir surrten langsam aufwärts, bis er endlich im sechsten Stock hielt.
Es war eindeutig Bennetts Zimmer: seine Jacken und Krawatten hingen in Reih und Glied im Schrank. Auf der Frisierkommode ein Stapel von Theaterprogrammen, seine Zahnbürste und Shampoo auf dem Rand des altmodischen Waschbeckens. Seine Pantoffeln auf dem Boden. Seine Unterwäsche und Socken zum Trocknen auf der Heizung. Es schien, als sei ich gar nicht fort gewesen. *War* ich fort gewesen? Hatte Bennett sich so gut mit meiner Abwesenheit abgefunden, daß er seelenruhig ins Theater gehen und dann nach Hause kommen und seine Socken waschen konnte? Das Einzelbett war noch nicht gemacht, sah aber fast unberührt aus.
Ich sah mir die Theaterprogramme näher an. Er hatte jedes Stück in ganz London gesehen. Er hatte nicht durchgedreht oder irgend etwas Unsinniges getan. Er war derselbe zuverlässige Bennett geblieben. Ich seufzte auf vor Erleichterung – oder war es Enttäuschung?
Ich ließ das Bad einlaufen, entledigte mich meiner verschmutzten Kleider, die, auf dem Weg ins Badezimmer, zu Boden fielen – ein Stück nach dem anderen.
Die Badewanne war lang und tief und hatte Klauenfüße. Ein wahrer Sarkophag. Ich versank im Wasser bis zum Kinn.
»Guten Tag, liebe Füße«, sagte ich, als meine Zehen am unteren Ende der Wanne zum Vorschein kamen. Meine Arme taten weh vom Kofferschleppen und waren voller blauer Flecken und meine Füße voller Blasen. Das Wasser war so heiß, daß ich einen Moment dachte, ich würde ohnmächtig. »FRAU, DIE IHREN MANN VERLIESS, ERTRANK IN SEINER BADEWANNE«, schrieb ich in Gedanken für den *National Enquirer*. Ich hatte nicht die leiseste Vorstellung davon, was als nächstes geschehen würde, und im Augenblick war mir das auch gleichgültig.
Mir war, als schwebte ich schwerelos in der tiefen Wanne, und ich spürte, daß etwas sich verändert hatte, daß etwas Sonderbares mit mir geschehen war, doch ich konnte es nicht genau definieren.
Ich betrachtete meinen Körper. Unverändert. Das rosige V meiner Schenkel, das Dreieck aus krausem Haar, der Tampax-Faden, der im Wasser trieb wie eine winzige Angelschnur, der weiße Bauch, die schwimmenden gewichtlosen Brüste mit den vom heißen Wasser geröteten, prallen Brustwarzen. Ein sympathischer Körper. Und er gehörte mir. Ich beschloß, ihn zu behalten.
Ich schlang meine Arme um mich. Es war die Angst, die mich verlassen hatte. Der kalte Stein, den ich neunundzwanzig Jahre lang

in der Brust getragen hatte, war fort. Nicht von einem Augenblick auf den anderen und vielleicht auch nicht für immer, doch er war fort.
Vielleicht war ich nur gekommen, um ein Bad zu nehmen. Vielleicht würde ich wieder weggehen, bevor Bennett zurückkam. Oder vielleicht würden wir zusammen nach Hause fahren und versuchen, miteinander ins reine zu kommen. Oder vielleicht würden wir zusammen nach Hause fahren und uns scheiden lassen. Es war nicht vorauszusehen, wie das Ganze enden würde. In viktorianischen Romanen wird geheiratet. In Romanen aus dem 20. Jahrhundert läßt man sich scheiden. Gibt es ein Ende, in dem keines von beiden geschieht? Ich mußte über mich selbst lachen, weil ich so ›literarisch‹ dachte. ›Das Leben kennt keinen vorgefaßten Plan‹, ist einer meiner Lieblingssätze. Zumindest nicht, solange man lebt. Und wenn man tot ist, geht der Plan einen nichts mehr an.
Aber was immer geschah – ich wußte, ich würde es überleben. Vor allem wußte ich, daß ich weiterarbeiten würde. Am Leben bleiben hieß, immer wieder neu geboren zu werden. Das war nicht leicht, und es war immer schmerzhaft. Doch es gab keine andere Wahl, außer den Tod.
Was würde ich sagen, wenn Bennett jetzt ins Zimmer träte? »Ich bin nur gekommen, um zu baden?« Würde ich, nackt, wie ich war, den richtigen unverbindlichen Ton treffen? Wie unverbindlich kann ein nackter Mensch sein?
»Wenn du dich erniedrigst, bist du wieder dort, wo du angefangen hast«, hatte Adrian gesagt. Ich wußte, daß ich das nicht tun würde. Mehr wußte ich allerdings nicht. Doch das war genug.
Ich ließ heißes Wasser zulaufen und seifte mir den Kopf ein. Ich dachte an Adrian und warf ihm in Gedanken eine Kußhand zu. Ich dachte an den unbekannten Erfinder der Badewanne. Ich war irgendwie sicher, daß es eine Frau gewesen sein mußte. Und war der Erfinder des Stöpsels ein Mann?
Ich summte vor mich hin und spülte mir die Seife aus dem Haar. Als ich es das zweitemal einseifte, trat Bennett ins Zimmer.

Rette sich wer kann

Aus dem Amerikanischen von Renate Gerhardt
Übersetzung der Gedichte von Wulf Teichmann

Für Jon

Mein aufrichtiger Dank gilt Elaine Geiger und Sterling Lord für ihre Unterstützung und Ermutigung, die sie mir weit über das Gebot der Pflicht hinaus zukommen ließen, er gilt Grace und David Griffin, Alice Bach, Jonathan Fast, die alle Fassungen wieder und wieder gelesen haben, Marjorie Larkin, die tippte und kritisch Stellung nahm, Jennifer Josephy, die redigierte und kritisierte. Louis Untermeyer, der die fröhlichen Gedichte lieber hatte als die traurigen, und allen Lesern, die mir schrieben, obwohl ich nicht antworten konnte.

E.J.

Was soll am Ende uns der Ruhm!
Was ist er mehr als ein paar Zeilen auf belieb'gem Blatt?
Verglichen hat man ihn mit der Besteigung eines Bergs,
nebelverhüllt der Gipfel, wie die Gipfel alle;
und dafür schreibt man, spricht und predigt,
verrichtet Heldentaten, dafür läßt
der Dichter nächtens seine Kerze scheinen:
daß wir, obwohl längst Staub, als Namen weiterleben,
als Gemälde oder Standbild.

Lord Byron: Don Juan

Zwar nicht von Amts, doch von Erfahrung wegen,
kann ich der Welt berichten,
wo es mit der Eh' im argen liegt.

Chaucer: Canterbury Tales (The Wife of Bath's Prologue)

Sich selber um Liebe betrügen
ist die schlimmste Täuschung;
ein dauernder Verlust,
in Zeit und Ewigkeit nicht
gutzumachen.

Sören Kierkegaard

Befriedigung und Sicherheit mittels
eines anderen Menschen gewinnen
wollen ist nicht Liebe.
Liebe bedeutet niemals Sicherheit;
Liebe ist eine Befindlichkeit, in
der man nach Sicherheit kein
Verlangen hat; ein Zustand der
Verletzlichkeit.

J. Krischnamurti

Ich verließ meinen Mann an Thanksgiving...

Ich verließ meinen Mann ausgerechnet an Thanksgiving. Neun Jahre war es her, seit ich ihn kennengelernt hatte, und fast genauso lange war ich mit ihm verheiratet – lange genug, um zu wissen, daß es so mit uns nicht weiterging, und doch fiel es mir schwer wegzugehen. Der Thanksgiving Day war ein verdrehtes Datum für einen solchen Entschluß – oder nicht? Seit meinem zweiten Lebensjahr hatte ich, mit Unterbrechungen, im selben Viertel von Manhattan gewohnt: in jener Reihe von Mietshäusern gegenüber dem Museum for Natural History, der einzigen Straße in New York, die das Privileg hatte, als Startplatz für die Riesenballons in Macy's Thanksgiving-Day-Parade zu dienen. Als kleines Mädchen durfte ich am Vorabend von Thanksgiving lange aufbleiben, um die Lastwagen mit den Heliumgasflaschen anfahren zu sehen, um zu beobachten, wie die großen runzligen Latexballons unter ihren sandsack-behangenen Netzen langsam Gestalt annahmen.
Von neun Uhr an begannen am Abend vor der Parade die Lastwagen anzurollen. Nach und nach wurden die Umrisse der ins Gigantische vergrößerten Mickey Mouse, von Donald Duck, von Superman, dem Panda und dem Dinosaurier auf dem schwarzen Asphalt der Straße ausgebreitet. Als ich älter war, kamen noch Bullwinkle und der Smile Ballon hinzu, aber da fand ich das ganze Ereignis nicht mehr so märchenhaft wie einst. Dennoch hatte ich eine besondere Vorliebe für Bullwinkle. Er und ich hatten etwas gemeinsam: eine Art reiner Torheit und unverwüstlicher Naivität.
Ich war nicht die einzige in der Siebenundsiebzigsten Straße, die in dieser besonderen Nacht aufbleiben durfte. Die anderen Kinder im Viertel hatten ähnliches Glück. Wir hatten das Gefühl, die Parade *gehöre uns,* und wir rannten hinunter, verfütterten kumpelhaft Würfelzucker an die Polizeipferde (ich hatte immer Angst, einen Finger abgebissen zu bekommen) und hielten uns für die glücklichsten Kinder in New York City – für etwas Besonderes, Außergewöhnliches, Seltenes.

Wenn es uns gelang, uns lange genug wach zu halten, konnten wir gegen fünf oder sechs Uhr morgens die Ballons bis zu den Fenstern unserer Wohnung hinaufschwellen sehen. Es dauerte die ganze Nacht, sie zu füllen, und mitunter war ich trotz allen Sträubens um zwei Uhr früh eingeschlafen. Aber ich hatte den Wecker auf sechs gestellt, schlief in Kleidern und rannte dann hinunter, um *meine* Ballons zu bewundern, bevor der Rest der Welt von ihnen Besitz ergriff. Als ich ungefähr zehn war, träumte ich häufig von Meutereien, bei denen ich Anführerin war und eine Kinderbande anstiftete, einen Ballon zu stehlen. Wir entführten ihn in den Central Park und hielten ihn da zur Verzweiflung der Erwachsenen fest.

Und nun verließ ich meinen Mann ausgerechnet am Morgen von Thanksgiving. Zurück ließ ich die Siebenzimmerwohnung, die mir mein Großvater hinterlassen hatte, meine Bücher, meine Schreibmaschine, fast alle meine Kleider. Eilte um 7.30 Uhr aus dem Haus, vorbei an einem riesigen Bullwinkle, der viel runzliger auszusehen schien, als ich ihn in Erinnerung hatte. Ich hatte drei Koffer mit aus beigem Leinen mit Veilchen. Einer enthielt alle Notizen für das Buch, das ich gerade schrieb; der andere war ein Kleiderkoffer mit verschiedener Kleidung: für ein kühles New York, ein frostiges Chicago, ein warmes Los Angeles und für das unberechenbare Wetter dazwischen; und der dritte war ein Kosmetikkoffer, der zwei Föne, zwölf Fläschchen Vitamintabletten, zwei Flaschen Parfum, verschiedenes Make-up, Creme und Shampoo enthielt, eine Auswahl Bücher, Notizbücher und den größten Teil meines echten Schmucks. Ich machte mich aus dem Staub, stahl mich aus einer mißlungenen Ehe fort, eine wandernde Jüdin, eine eingefleischte New Yorkerin auf dem Weg nach Westen. Aus einer absterbenden Verbindung durch die Aufdeckung eines alten Ehebruchs befreit, wiedergeboren durch den Selbstmord einer Freundin, machte ich mich davon, um einem neuen Liebhaber und meinem Schicksal zu begegnen – mit der Ausrede, ich ginge wegen eines Films, an dessen Drehbuch ich angeblich in Los Angeles zu arbeiten hätte.
Aber ich ging für immer. Falls mein Mann darüber im unklaren war, ich war es nicht. Und ich hatte Angst. War in dieser Minute voller Überschwang, in der nächsten voller Furcht. Zwei Dinge hielten mich schließlich aufrecht: eine funkelnagelneue Liebe und die Vorstellung von meiner Freundin Jeannie, wie sie im alten Pelz ihrer Mutter auf dem Rücksitz eines Autos starb, das sie auf Cape

Cod in ihrer Garage aufgebockt hatte. Leb oder stirb. Es gibt nur zwei Wege, Jeannie ging den einen und überließ mir den anderen. Das Vermächtnis ihres Selbstmords war: *Lebe!* Und plötzlich, im Alter von 32 Jahren, war ich von meinen irrationalen Ängsten befreit und ergriff endlich die Flucht.

Seit Jahren wollte ich aus meiner Ehe ausbrechen ...

Warum ist es schwerer, eine lieblose Ehe hinter sich zu lassen als eine liebevolle? Weil eine lieblose Ehe aus Verzweiflung geboren ist, eine liebevolle aber aus unserer freien Wahl ...

Seit Jahren hatte ich aus meiner Ehe ausbrechen wollen, hatte es mir aufgehoben wie ein Betthupferl, wie ein Stück Kaugummi am Pfosten eines Kinderbettes, wie das Versprechen, abends auszugehen, das man sich selber gibt nach einem am Schreibtisch verbrachten Tag. Meine Ehe war nie wirklich gut – von Anfang an nicht. Aber ich zwang meinen Verstand zu glauben, sie sei es. Ich machte mir vor, daß etwas Besseres nicht möglich sei. Ich überzeugte mich, daß Traurigkeit und Kompromisse der Lauf der Welt seien ...

Buchhändlertreffen in Chicago, Anfang Juni. Tausende von Menschen brandeten durch die Halle des Sheraton-Hotels, und jeder dritte schien mein Gesicht zu kennen. Man riß sich um mich, zerrte mich hierhin und dorthin, juhuuhte mir zu, fragte um Rat und bedrängte mich, die literarischen Gehversuche entfernter Verwandter zu beurteilen. Ich lächelte so starr, daß ich das Gefühl hatte, mein Gesicht würde zerspringen, während ich mich durch die Massen von Buchhändlern, Agenten, Verlegern und Publizisten hindurcharbeitete. Die Klimaanlage schien den Geist aufgegeben zu haben. Überall standen die Leute Schlange: am Empfang, am Eingang zur Cafeteria und draußen am Taxistand. Ich hatte nur einen einzigen Gedanken: bloß wieder in mein Zimmer zurück! Ich senkte das Kinn, als wollte ich zum Tauchen ansetzen, packte meine Umhängetasche mit festem Griff und bahnte mir meinen Weg, wand mich, walzte und schlängelte mich durch die Menge, die von allen Seiten versuchte, mir den Weg zu versperren. Ich trug kein Namensschild, aber mein Gesicht war öffentliches Eigentum geworden.

Endlich wieder in meinem Zimmer – mit seinen zwei Doppelbetten, die sicher auf eine mysteriöse ménage à quatre warteten, seinem riesigen Farbfernseher und dem Friedhofsblumen-Arrangement von meinem Verleger. Ich schüttelte die Sandalen ab, ließ mir die Kleider runter, ließ Wasser in die Wanne laufen, schloß zweimal die Tür zu (um nicht ermordet zu werden wie die Heldin in *Psycho*) und stieg ins dampfende Wasser. Immer, wenn ich mein Leben nicht in den Griff bekomme, nehme ich ein Bad. Ich lehnte mich in der Wanne zurück und ließ mir das Wasser bis in die Ohren laufen. Mein Haar breitete sich um mich auf dem Wasser aus.

Was zum Teufel wollte ich eigentlich? Ich hatte alles, wofür ich so hart gearbeitet hatte – aber irgendwie schmeckte alles nach Asche. Mein ganzes Leben hatte mich danach gelüstet, berühmt, weltbekannt und umworben zu sein. Von dem Augenblick an, als mein Vater mich im Krankenhaus sah und meine Mutter fragte: »Müssen wir das wirklich mit nach Hause nehmen?...« war mein Leben ein ständiger Kampf darum gewesen, Aufmerksamkeit zu gewinnen, nicht übersehen zu werden, das bevorzugte Kind zu sein, gescheiter als die anderen, schlagfertiger, wilder, ein angebetetes kleines Mädchen. Und nun war ich es – nicht in den Augen meiner Eltern oder meines Mannes vielleicht, aber in denen der ganzen übrigen Welt. Und nun erschien mir alles wie eine Art Alptraum.

Pervers. Vor drei Jahren noch hätte ich bereitwillig gemordet für das, was ich jetzt besaß. Ich hatte Schriftsteller beneidet, die gedruckt wurden, hatte sie beneidet und bewundert. Ich hatte sie für unkränkbare Halbgötter gehalten, mit einem unerschöpflichen Vorrat an Liebe und Selbstvertrauen ausgestattet. Jetzt lernte ich die andere Seite dieser schmeichelnden Spiegel der Berühmtheit kennen. Es war, als sei ich in ein nur Auserwählten vorbehaltenes Zimmer getreten, das jeder nicht Eingeweihte für unglaublich schön hält, für luxuriös und magisch. Ist man einmal drin, entdeckt man, daß es nur ein Spiegelkabinett ist, in dem man unzähligen Zerrbildern seiner selbst begegnet und sonst nichts.

Es sind dies die Zerrbilder der Presse, von Unbekannten, die ihre Phantasien und Frustrationen auf dich projizieren, Zerrbilder all der Leute, die dich beneiden und sich gern an deine Stelle denken. Wenn du ihnen sagst, daß du dich in einem Spiegelkabinett gefangen fühlst, wollen sie das nicht hören. Sie brauchen den Glauben an die Magie dieses unzugänglichen Zimmers, um ihren Neid zu rechtfertigen, ihren Ehrgeiz.

Ich dachte an meine Ehe mit Bennett, an das vergangene Jahr. Ich sehnte mich nach Hause, zu ihm. Unsere Ehe konnte zwar manchmal tot gewesen sein und öde, aber es schien, daß wir uns auf gewissen Ebenen immer näher kamen. Und so zwiespältig unsere Gefühle füreinander auch gewesen sind, so sprachen wir schließlich doch davon, ein Baby zu haben.

Warum auch nicht? Es war schließlich an der Zeit dafür. Ich war 32 Jahre alt und hatte panische Angst vor dem Älterwerden. Ich hatte drei Bücher geschrieben, wußte, daß mein Ruf als Schriftstellerin fest begründet war, wir hatten genug Geld für Haushälterin und Babysitter, sogar für ein Kindermädchen – wenn ich eines wollte.
Warum also schien mir alles so falsch? Irgendwas hielt mich zurück. Tagsüber, wenn Bennett im Krankenhaus war, hatte ich Sehnsucht nach einem Kind, aber wenn er abends nach Hause kam und ich sein mürrisches und sorgenvolles Gesicht sah, lehnte sich alles in mir auf. Mit ihm ein Baby zu haben hieße, mit diesem Gesicht für immer verheiratet zu sein. Es mußte doch etwas Besseres geben, etwas Strahlenderes und Beschwingteres. Bennett war auf das Märchen von seiner unglücklichen Kindheit fixiert. Seit sieben Jahren ging er zur Analyse und betrachtete das Leben als eine langanhaltende Krankheit, einzig gemildert durch Fünfzig-Minuten-Aderlasse aus Worten auf der Psychiater-Couch. Bennett war ein horizontaler Mann, und ich fing an zu vermuten, ich sei eine vertikale Frau. Solche Zweifel machten mir Schuldgefühle. Er war durchaus ein netter Mann. Ein bißchen traurig und mit sich selbst beschäftigt, aber dabei so nett, loyal, hilfreich in meiner Karriere. Das ganze Jahr hindurch hatten mir alle möglichen Leute gesagt, was für ein *Glück* es für mich sein müßte, ihn zu haben: einen Ehemann, der meinen Erfolg duldete.
Dulden – so drückten sie sich aus. Und obwohl mich dieser Ausdruck störte, stellte ich ihn nie in Frage. Ich fühlte mich Bennett gegenüber dankbar, dankbar und verpflichtet. Er ist dein Leonard Woolf, dachte ich. Deine beruhigende Haus-Muse. Schließlich hat er dich nicht verlassen, als dein Roman *Candidas Bekenntnisse* (die alle Welt, außer mir, für skandalös hielt) ein Bestseller wurde, auch nicht, als alle seine Patienten ihn fragten, ob er einer der Charaktere in diesem Buch sei. Und er hat dich nicht verlassen, als du unverzeihlicherweise eine berühmte Persönlichkeit geworden warst, der er helfen mußte, die Post zu beantworten, und die er auf Literatentreffen zu begleiten hatte.
Alle meine Freunde und Bekannten schienen ihn sehr langmütig, geduldig und schrecklich zuverlässig zu finden – *für einen Mann.* Bemerkten sie nicht, was das implizierte? Wie herablassend das *uns beiden* gegenüber war? Und allen Männern gegenüber, wenn man die Implikation auf sie alle ausweitete? War mein Erfolg denn eine Art Allergie, die man eben in Kauf nehmen mußte? Jeder Mann an meiner Stelle hätte triumphiert, ich entschuldigte mich

immer nur dafür. Dankte meinem Mann, daß er meinen Ruhm »duldete«. Entschuldigte mich bei weniger erfolgreichen Freunden dafür, indem ich ihnen erzählte, wie wirklich schrecklich es war, alles das zu haben, was ich jetzt hatte. Und ich glaubte wirklich, mich entschuldigen zu müssen. Fühlte mich verpflichtet. Das *mindeste*, was ich für Bennett tun konnte, um es wieder wettzumachen, war, ein Kind von ihm zu bekommen.
Aber da war sein mürrisches Gesicht, sein nervöses Hüsteln und sein ständiges Psychoanalysieren. Obwohl die Psychiatrie sein Beruf war, schien seine wirkliche Leidenschaft seiner eigenen unglücklichen Kindheit zu gelten. Er hätschelte diesen Mythos, wie er sonst vielleicht das Kind gehätschelt hätte, das wir niemals hatten. Und er versuchte ständig, anderen Leuten einzureden, ihre unglückliche Kindheit auch zu hätscheln.
Obwohl ich selbst lange genug in Therapie gewesen war, fing ich an, seine Einstellung zu seiner Kindheit als eine Spielart der Eitelkeit anzusehen. Jeder glaubt, daß seine Leiden größer sind als die der Mitmenschen, hält sich heimlich für schlauer und des Ruhmes würdiger als andere.
Alle außer mir, wie es schien.
Bennetts Kindheit *war* schlimmer als die vieler anderer, wirklich. Seine Mutter war Witwe und mußte von der Wohlfahrt leben. Er hatte zahlreiche Geschwister, von denen zwei an seltenen Krankheiten starben. Das war hart – aber nicht so hart wie die Schicksale mancher anderen Kinder, die während des Zweiten Weltkriegs groß geworden waren. Außerdem wird auch in Palästen gelitten. Hamlet litt unter seinen schlimmen Träumen. Und manche Leute überleben sogar die Konzentrationslager, ohne das Lachen zu verlernen.
Humor ist ein Mittel zu überleben. Vielleicht bedrückte Bennett seine Kindheit deshalb so. Er hatte keinen Sinn für Humor. Das zeigte sich sogar darin, wie er seinen Beruf ausübte – ernsthaft, gelehrsam, aber im wesentlichen blockiert von einem Mangel an Zugang zu seinen eigenen Gefühlen. Er hatte versucht, eine ganztägige Privatpraxis aufzuziehen, gab aber schließlich fast alle Patienten auf und ging in die Anstalts-Psychiatrie. Sein Hang nach Sicherheit hatte ihn veranlaßt, in einer Anstellung im Krankenhaus Unterschlupf zu suchen.
Irgendwie verachtete ich ihn deshalb, und meine Verachtung vertilgte den Rest jener Neigung, die ich je für ihn empfunden hatte. Aber all dies war mir nur halb bewußt. Ich sagte mir, in der Ehe ist das immer so, Männer und Frauen sprechen niemals wirklich die

gleiche Sprache. Meine Freundinnen nannten mich einen *Glückspilz*, weil ich einen Mann hatte, der mir beistand, und ich selbst glaubte es auch. Wer ist schon glücklich? Wo steht geschrieben, daß ich mit meinem Mann Spaß haben und gleichzeitig auch noch geduldet, gebumst und in meinen schöpferischen Ambitionen unterstützt werden mußte? Schöpferische Frauen hatten es immer *viel* schlimmer gehabt. Autoritäre Ehemänner, Liebhaber, die sie in den Selbstmord trieben, herrschsüchtige Väter, die sie in ein Leben sexueller Selbstverleugnung und töchterlicher Pflichterfüllung preßten. Ich war wenigstens mit einem Heiligen für den Hausgebrauch gesegnet – wie langweilig das auch sein mochte. Und in der Tat: Bennett drang kaum in mein Bewußtsein, weder auf positive noch auf negative Weise. Ich verschwendete überhaupt keine psychische Energie an ihn. Er wurde zunehmend zu einem Einrichtungsgegenstand – wie ein Herd oder eine Geschirrspülmaschine oder eine Hi-Fi-Stereoanlage.
Wie hatten wir uns so weit auseinanderleben können? Oder waren wir von Anfang an so weit voneinander entfernt? Schleifen acht Ehejahre alle Kontaktpunkte zwischen zwei Menschen ab – oder hat es nie welche gegeben? Ich wußte es nicht mehr. Ich wußte nur noch, daß ich mich nie darauf gefreut hatte, mit ihm in Urlaub zu fahren – oder abends mit ihm allein zu sein – daß ich mein Leben mit hektischer Aktivität füllte, mit Hunderten von Freunden und gelegentlichen Affären (derentwegen ich mich natürlich schuldig fühlte), weil das Alleinsein mit ihm auf eine so merkwürdige Weise steril war. Selbst wenn wir zusammen zu Hause waren, flüchtete ich mich immer in mein Arbeitszimmer. Sicherlich kam das zu einem Teil von meinem brennenden Ehrgeiz (meine Astrologie-Freunde würden sagen, typischer Fall von Widderfrau mit Krebsmann), aber ganz sicher kam es auch von dem Wunsch, nicht mit Bennett zusammen zu sein. Seine Gegenwart deprimierte mich. Es war etwas Lebensverneinendes in seiner ganzen Art, in seiner Haltung, in seiner monotonen Redeweise. Wie konnte man Leben schaffen mit jemandem, der den Tod verkörperte?

Ich stieg aus der Wanne, trocknete mich ab, parfümierte und puderte mich, fönte mein Haar. Dann schminkte ich mich sorgfältig – eigentlich, um mich vor der Welt zu verbergen. Verbergen? Das war ein verdammt komischer Moment dafür, sich zu verbergen! Und doch, nicht *ich* war berühmt, es war *Candida* – Candida, nach meinem Bild geformt, wie Maler sich auf Selbstporträts

darstellen oder ihre Kinder als Cherubim, ihre Weiber als Seraphim und ihre Nachbarn als Teufel abbilden.
Ich entstamme einer Familie von Porträtisten und Stillebenmalern. Es war eine Familienweisheit, zu malen, was man im Hause sah. Der Grund war offensichtlich. Was man zu Hause hat, kennt man am besten, man kann es in Ruhe betrachten, kann davon lernen, es zergliedern, analysieren. Man konnte die Verteilung von Licht und Schatten, Farbe, Komposition an einem Apfel, einer Zwiebel oder dem eigenen vertrauten Gesicht ebensogut lernen wie an einem römischen Brunnen oder den Gewitterwolken Venedigs.
Ich hatte Candida also nach meinem Bilde geformt, und doch war sie zugleich mehr und weniger als die wirkliche Isadora. Oberflächlich betrachtet war die Ähnlichkeit leicht genug auszumachen: eine nette, junge Jüdin von der Upper West Side, Autorin von Gedichten und Kurzgeschichten, eine zwanghafte Tagträumerin. Dennoch war Candida in einem Buch erstarrt, während ich, so hoffte ich, noch wuchs. Viele Sehnsüchte, die sie motivierten, viele Ängste, denen sie in die Falle gegangen war, hatte ich hinter mir gelassen. Dennoch bestand meine Leserschaft auf genauer Übereinstimmung zwischen Candida und mir, weil meine Heldin, erstaunlich genug, sich als Famula des Zeitgeists erwiesen hatte. Diese erstaunliche Entwicklung überraschte niemanden mehr als mich. Als ich Candida Wong erfand (mit ihrer kessen Lippe, ihrer Direktheit in Sachen Sex und ihrer verbissenen Belesenheit), war ich überzeugt, daß sie entweder nicht druckreif oder aber so kostbar war, daß nur ganz wenige, ebenso kesse, junge Jüdinnen von der Upper West Side sich in ihr wiedererkennen konnten. Aber ich täuschte mich. So wie Candida fühlte die ganze Nation. Und niemand konnte darüber erstaunter sein als ihre Schöpferin.
Als die Auflage in die Millionen ging, fragte ich mich, ob wirklich ich Candida geschaffen hatte oder vielmehr sie mich.

Nachdem ich genügend Maske gemacht hatte, wagte ich mich wieder hinaus in das Gewimmel der Lobby.
An jenem Abend wurde ich auf einer Cocktailparty zu Ehren einer alternden Stripperin erwartet, die ihre Autobiographie geschrieben hatte, dann auf einer anderen Party zu Ehren eines Schimpansen-Fernsehstars, für den ein menschlicher *ghostwriter* seine Autobiographie verfaßt hatte, und danach auf einem Bankett zu Ehren eines überführten Verbrechers, dem man gerade eine Million Dollar Vorschuß für die Beschreibung seiner Abenteuer als

hoher Regierungsbeamter in der Regierung Nixon gegeben hatte. Von diesen drei Autoren fand ich den Schimpansen am ehrlichsten und liebenswertesten – und doch schien ich den ganzen Abend mit Tieren und Menschen gleichermaßen über ein schwarzes Loch im Weltraum hinweg zu sprechen.

Oh, ich hatte es *drauf,* wenn ich mußte: konnte mit jedem ein Schwätzchen halten, war reizend zu Buchhändlern, stieg ein in das Public-Relations-Spiel, als käme mir alles aus tiefstem Herzen. Ich bin die geborene Schauspielerin, und ich lege eine lächelnde Berühmtheit hin, während mir die Angst die Eingeweide umdreht. Aber innerlich hatte ich das Gefühl, daß ich an meiner Stelle ebensogut eine Aufziehpuppe zur Party hätte schicken können. Anstatt mich den Menschen näherzubringen, hatten mich diese Millionen von Büchern von allen entfernt, sogar, wie es schien, von mir selbst.

So war es unvermeidlich, daß ich zuviel trank, zuviel redete, zu stark lächelte, zuviel Galle hinunterschluckte.

Eine boshafte Kolumnistin walzte heran, vertraute mir an, daß auch sie Gedichte schreibe, aber im Gegensatz zu mir keine »kommerzielle Lyrik«, und gestand mir schließlich, daß sie schon nach Lektüre der ersten drei Seiten von *Candida* das Buch an die Wand gefeuert habe – weil sie »Pornographie« nicht ausstehen könne.

Candida hätte sofort darauf eine schlagfertige Antwort parat gehabt – mir verschlug es die Sprache. Ein oder zwei Minuten stand ich stumm da, mir schwirrte der Kopf von so vielen Drinks, murmelte dann »Entschuldigen Sie mich bitte« und taumelte zur Damentoilette, wo ich mich auf einem Klosett niederließ und ein bißchen eindöste, die Wange an die kühle Kachelwand gelehnt.

Irgendwie zwang ich mich, wieder aufzustehen und in mein Doppel-Doppelzimmer zurückzukehren, sechs Gin-Tonics im Blut und mindestens eine halbe Flasche Wein, die mir durch die Schläfen pulsten.

Ich war nun noch einsamer und trauriger als vor dem Abendessen. Männer, mit denen ich nicht schlafen wollte, hatten mir Anträge gemacht, nun ging ich allein ins Bett, voller Bedauern über die Verschwendung dieser beiden Matratzen, wieder und wieder masturbierend, in der Hoffnung, mich zum Schlafen zu bringen.

Alkohol bewirkt bei mir weitäugige Schlaflosigkeit gekoppelt mit dem Gefühl, mein Herz werde demnächst auf eigenen Schwingen aus der Brust fliegen. Mein Mund fühlte sich an wie das Innere

einer Sandkuhle, mein Kopfweh war gewaltig, und nur drei Valiumtabletten (die ich nicht hatte) konnten mich davor retten, für den Rest der Nacht bei klarem Bewußtsein zu bleiben.
Was sollte ich tun? Ich wußte, daß die Einladung immer noch bestand, meine Seelenwunden in die Fleischbandagen eines alternden Lektors zu pressen, der wiederholt sein zärtliches Verlangen nach mir zu erkennen gegeben hatte, aber das war's wohl kaum, was ich wollte. Vielleicht würde Candida es getan haben, aber ich nicht. Ich wußte, es würde mich nur noch mehr deprimieren.
Ich rotierte im Bett um mich selbst wie ein Huhn am Bratspieß, in der Hoffnung, vielleicht noch eine Seite mehr an meinem Torso zu entdecken als bloß die vier, mit denen ich schon versucht hatte, den Abgrund zu überbrücken, der mich vom Schlaf trennte. Mein Rücken schien einen Kamelhöcker zu haben. Meine rechte Seite wippte über den Rand des Bettes hinaus, das durch einen scheußlich chartreusefarbenen Teppich vom Nachbarbett getrennt war.
Meine linke Seite wurde plötzlich von Krämpfen geschüttelt, kribbelte wie eingeschlafen, altbekannte Schmerzen. Mein geliebter Bauch, auf dem ich sonst in schlaflosen Nächten so bequem einschlafen kann, ließ mich auch im Stich. Er sank in die viel zu weiche Matratze ein wie in Treibsand, und es schien, als würden ihm Mund und Nase bald folgen und der Erstickungsprozeß gleich einsetzen. Wieder rollte ich mich auf den Rücken, musterte die Zimmerdecke, streichelte meine Brüste, tastete sie nach Knötchen ab, fand auch eines – oder bildete ich es mir nur ein? – und war perverserweise froh, daß ich nun eine *wirkliche* Sorge hatte, wegen der ich wach liegen konnte, griff dann tiefer, um meine Möse zu streicheln. Wieder fing ich an, flüchtig zu masturbieren, ließ es aber gleich wieder sein. Nichts noch so Irdisches konnte mich in dieser Nacht beruhigen. Schwarze geflügelte Wesen versammelten sich schon in der feuchtkalten, klimatisierten Luft der Hotelzimmer-Folterkammer: sie suchten mich heim nach Art des Chores in der griechischen Tragödie.
Eines nach dem anderen traten sie zusammen und lungerten dicht unter der Zimmerdecke; ich rief sie der Reihe nach auf, und jeder von ihnen antwortete in den schärfsten Worten, die ihm zur Verfügung waren.
Als erstes kam ein ältlicher, zwergwüchsiger Literaturkritiker, das Haar sorgsam über die beginnende Glatze gekämmt und in Plateauschuhen, um an die ranken Studentinnen heranzukommen, die er auf Autorentreffen verführte. In den letzten zwanzig Jahren war er fünf verschiedenen Verlegern je einen Erstlingsroman

schuldig geblieben. Einmal, vor vielen Jahren, hatte er die Autorenklasse meines Colleges besucht, wo er den angehenden Dichterinnen, die von der Frauenbefreiungsbewegung noch nichts ahnten, erklärte, daß Frauen biologisch unfähig seien, Lyrik oder Prosa zu schreiben. Jetzt rezensierte er Bücher für eine einflußreiche Zeitschrift, und er hatte bereits vor Erscheinen des Buches Candida ein »Mammut-Pudendum« genannt. Ebenso haßte er Kafka, Saul Bellow, Simone de Beauvoir, Anais Nin, Gore Vidal, Mary McCarthy und Isaac Bashevis Singer – so daß es fast eine *Ehre* war, von ihm verrissen zu werden, aber in einer Nacht wie dieser klangen mir seine Worte in den Ohren wie die donnernde Stimme der Wahrheit: »Mammut-Pudendum«, »Verdorben vom Erfolg« und schließlich: »Ms. Wing täte gut daran zu begreifen, daß Popularität auch eine Spielart des Fegefeuers sein kann.« Ich wußte wirklich nicht, was dieses letzte donnernde Urteil bedeutete, aber es erschreckte mich. Der feindselige Ton nagelte einen fest – er war so endgültig. Warum nur setzten sich meine schlechten Kritiken so unweigerlich im Gedächtnis fest, warum vergaß ich sofort die guten? Geheimnisvoll. Die abfälligen Kritiken hatten alle den gebieterischen Ton der Stimme meiner Mutter.

Herbert Honig trat ein mit seiner kecken schwarzen Augenklappe, seinem rötlichbraunen Spitzbart, seiner Schuppenflechte (und dem Herzeleid, das damit einhergeht), seiner Vorliebe, sich die Forschungsergebnisse seiner Studenten »auszuborgen« und mit seinem halben Dutzend verramschter Romane. Der nannte mich eine »polemische Pornographin«, und dann brach er sofort auf nach Yaddo (mit einer Bewunderin, einer Doktorandin, für die er listig dort ein Stipendium erwirkt hatte, das zeitlich mit seinem eigenen zusammenfiel). Sodann hörte ich von Darryl W. Vaskin (dem graubärtigen Harvard-Professor für Literatur des 17. Jahrhunderts), daß meine Gedichte sich nicht mit denen von George Herbert messen könnten (mit dem zu konkurrieren ich bisher nicht geahnt hatte!). Danach erschien Reah Taylor Carnovsky (Brüste wie Klippen und bärtige Oberlippe) und hieß mich einen »läppischen Dichterling«. (Reah lebte davon, andere Schriftstellerinnen herunterzumachen, damit man nicht sagen konnte, sie habe eine Neigung zum eigenen Geschlecht. Sie hatte bei Herbert Honig in Yale studiert und teilte seine Vorliebe für dogmatische Urteile.) Auch sie brach sofort nach Yaddo auf, um ihr neues Buch über die Vorzeichen der industriellen Revolution in der Bildwelt von Keats fertigzustellen.

Nachdem alle Kritiker dagewesen waren und mir versichert hat-

ten, daß ich völlig talentlos sei, eine ungeheure Exhibitionistin und ein hechelnder Publicityhund, folgten meine Fans. Nicht meine vernünftigen, von mir hochgeschätzten Fans, meine mir vertrauensvoll zugewandten Leser, die mir kleine Grüße der Dankbarkeit schrieben – sondern die Verrückten: der Proktologe aus Mississippi, der mich bat, ihm meine getragene Unterwäsche in einer Plastiktüte zu schicken, und dafür einen Scheck über 53 Dollar beilegte (ein geheimnisvoll errechneter Betrag), damit ich mir neue kaufen könnte; der »Pastor« aus New Jersey, der mich für eine »äußerst aufgeschlossene Persönlichkeit« hielt und der nun, da seine Frau »verblichen« sei, mit mir korrespondieren wollte (sein Briefstil erinnerte an den der Verfasser jener Romane »Nur für Erwachsene«, die, in Plastikfolie verschweißt gegen die neugierigen Finger, in der 42. Straße feilgeboten werden); der Industrielle aus Buffalo, der mich gegen Mitternacht anrief und fragte, ob er mich »auf ein Täßchen Wahrheit« besuchen dürfe; der selbsternannte Schrottmillionär aus San Diego, der einfach nur wissen wollte, was ich von Koprophagie hielte und ob ich nicht auch der Meinung sei, daß Liebessaft reich an »Vitaminen« sei?
Womit hatte ich die Aufmerksamkeit solcher Leute verdient? Ganz sicher hatten sie etwas Abartiges in meiner Persönlichkeit entdeckt, einen Bodensatz aus Schlamm in meiner Seele, der mit dem ihren korrespondierte, ein hochfrequentes feines Pfeifen der Perversion, das nur von ihren eigenen fein geschulten, perversen Ohren wahrgenommen werden konnte.
Ich lag im Sterben. Unter den Schlägen der schwarzen Schwingen meiner Kritiker, unter den urinbefleckten Bettüchern der Perversen, im Summen der steinkalten »klimatisierten« Luft sank ich ins Grab, so gewiß wie meine krebszerfressene Großmutter, so gewiß wie irgendein hilfloser Stadtstreicher in der Bowery, so gewiß wie die in Auschwitz vergasten Juden. Mein Körper bestand aus Fleisch, praktisch also aus Scheiße, aus Lehm, aus Staub. Ich glaubte, durch mein eigenes Skelett hindurchsehen zu können (es glomm grünlich wie unter einem Fluoroskop), ich glaubte, wirklich zu *fühlen,* wie das Fleisch von ihm abfiel, lasch wurde und verweste. Ich dachte daran, wie Gehenkte im Augenblick des Todes ihren Darm entleeren, sich in die Hosen scheißen, während sie schon kraftlos in der Luft baumeln, dachte an die Karren voll verwesender Pestleichname in den Straßen Londons, an die verwesenden Leichname, die an den Mauern von Siena aufgeschichtet wurden, als der Schwarze Tod dort umging. Nichts würde von meinem Gesicht übrigbleiben als schwarze Augenhöhlen und

bleckende Zähne. Isadora, Candida – das war schon alles eins. Die Frau, das Porträt der Frau – beide zu Staub zerfallend und sterbend; das Fleisch verwest, das Papier verwandelt sich zu Staub, Farbe blättert von der Leinwand ab, und die Todesstimmen der Kritiker überdonnern alle meine Bemühungen, gehört zu werden, zu leben, das Leben zu feiern. Ich war ein Fisch, der auf dem Bett nach Luft schnappte, und sie waren die Fischer, die mich von der Zimmerdecke aus heranspulten. Sie hielten mich am Angelhaken meiner eigenen Sterblichkeit, Ruhm war der Köder, den ich geschluckt hatte und der mir fest in der Kehle steckte und meine Schreie erstickte. Alle meine lyrischen Versuche, meine Liebe zu Keats, zu Whitman, zu Blake hatten mich an diesen Punkt geführt. Sie würden mich zum Schweigen bringen, zum Schweigen bringen und selbst endlos weiterreden über die Vorzeichen der industriellen Revolution unter den Toten.

Tot. Man muß tot sein, um das Klassenziel zu erreichen. Aber schon fällt das Fleisch von den Knochen, und keine Pyramide bezeichnet den Platz, wo ich begraben liege, keine Gedenktafel das Haus, in dem ich schreibe, ich habe nicht einmal einen Platz in den Anthologien, denn ich bin für tot erklärt.

Die Toten haben mich also für tot erklärt! Ich weiß mit der absoluten Gewißheit der Alpträume, daß ich sterbe. Meine Gebärmutter ist ein Stein in meinem verwesenden Leichnam; ich habe kein Kind; meine drei Bücher sind von den donnernden Stimmen der Kritiker für tot erklärt worden; meine Leser haben mich verlassen. Nur die Perversen kümmern sich noch um mich. Die Nekrophilen kommen hervor, um meine Leiche zu vögeln – und während sie meine Möse berammeln, bricht mein Fleisch auseinander und läßt die grünlichweiß schimmernde Haifischkinnlade des Beckenknochens sichtbar werden.

Ich bin schweißbedeckt. Mein Herz hämmert, als wollte es davonfliegen, meine Brusthöhle verlassen, zum Mond rasen. Ich springe aus dem Bett, knipse das Licht an, schaue mich im Spiegel an, um zu sehen, ob ich noch ganz bin, rase zum Nachttisch zurück, nehme den Hörer vom Telefon ab und stehe dort stumpfsinnig herum, will jemanden anrufen, will mit jemandem reden, einerlei mit wem, jemandem, der mich trösten kann.

Bennett. Es ist drei Uhr früh – aber was, wenn ich Bennett anriefe? Ein Schauer überläuft meinen Körper bei diesem Gedanken. Bennett würde verärgert sein, wenn ich ihn aufweckte. Bennett wird vielleicht nicht zu Hause sein (und wenn er es nicht ist, will ich's lieber nicht wissen). Bennett würde niemals verstehen.

Meine Seele sinkt noch tiefer bei dieser Feststellung: mein Mann – ich kann in einem Augenblick wie diesem nicht einmal meinen eigenen Mann anrufen.
Immer noch halte ich den Hörer in der Hand. Ich denke daran, Jeffrey anzurufen, meinen engsten Freund, meinen gelegentlichen Liebhaber. Er jedenfalls würde mich anrufen, wenn ihn in einem einsamen Hotelzimmer die Angst überwältigte. Er *hat* mich schon angerufen. Aber was ist mit seiner Frau? Ich würde seine Frau wecken – und sie würde etwas über unsere Beziehungen vermuten, die nicht zutreffen, auch wenn zwischen uns ein- bis zweimal im Jahr eine Art Mitleidsfick stattfindet. Und sie ist viel zu paranoid, sich nicht über meinen Anruf aufzuregen.
Vielleicht sollte ich *wirklich* Bennett anrufen. Vielleicht ist es neurotisch von mir zu glauben, daß er nicht mit mir reden will. Es ist absurd. Ich *werde* ihn anrufen.
Ich wähle die Hotelvermittlung, warte vierzehn Klingelzeichen ab, bis sie sich meldet, und gebe ihr die Vorwahl für New York und die Rufnummer. Ich zittere, während ich dies alles tue. Immer, wenn ich Bennett von außerhalb anrufe, bin ich unweigerlich sicher, daß er mit einer anderen Frau zusammen oder nicht zu Hause ist. *Warum* ich das denke, kann ich nicht sagen. Soviel ich weiß, hat Bennett niemals ...
»Hallo?«
»Hallo«, kommt Bennetts zögernde, schläfrige Stimme.
»Bennett, Liebling. Ich weiß, es ist verrückt, dich jetzt anzurufen, aber ich muß einfach mit dir reden. Ich habe gerade solche Angst ausgestanden. Ich kann nicht schlafen, und ich bin sicher, daß ich sterbe. Ich weiß, das klingt alles ganz verrückt, aber ...« Ich habe wieder das Gefühl, daß ich mich entschuldigen, daß ich mich rechtfertigen muß.
»Wie spät ist es?« fragte er.
»Ich weiß nicht. Vielleicht drei Uhr. Ich kann jedenfalls nicht schlafen.«
»Und ich habe um halb acht einen Patienten«, sagt er mürrisch, »ich kann nicht bis in die Puppen schlafen wie du.«
»Bitte, sprich mit mir – nur ein bißchen, ja? Ich habe angerufen, weil ich grausige Zwangsvorstellungen hatte. Mein Körper verfaulte, das Fleisch fiel mir von den Knochen. Es war schrecklich.« Mich schaudert, wenn ich wieder daran denke.
»Hm, dann steh doch auf, und mach ein Gedicht drauf«, sagt Bennett schläfrig und – oder irre ich mich? – mit einer Spur Häme im Ton. Dann sagt er: »Wenn du die Trennung von mir nicht

ertragen kannst, solltest du mich vielleicht nicht für drei Tage verlassen.«
Ich bin für einen Augenblick sprachlos, aber schon tritt Wut an die Stelle der Angst. »Nun, eines ist jedenfalls jetzt sicher, daß ich dich nicht anrufen kann, wenn ich das Bedürfnis danach habe«, sage ich.
»Was meinst du?«
»Ich meine, daß du gewiß nicht sehr mitfühlend bist, oder?«
»Schreib dir das für deinen Analytiker auf«, versetzt Bennett knapp. »Oder schreib ein Gedicht. *Ich* muß jetzt wieder schlafen, oder ich finde morgen früh für meinen Patienten überhaupt nicht aus dem Bett.«
»Ich weiß, Bennett«, sage ich verbittert. »Du bist nur für Geld verständnisvoll. Ich weiß, daß man von dir nichts gratis bekommt.«
»Sei nicht sauer«, sagt er, ohne zu verstehen, was ich meine.
»Wer ist sauer?«
»Sehe ich dich morgen?« fragt er.
»Vielleicht. Wenn du Glück hast.«
»Bis morgen, Isadora, ich streite nicht mit dir.«
Er legt auf.
Ich stehe da, halte den Hörer in der Hand, lausche Hunderten von Meilen atmosphärischer Störungen zwischen Chicago und New York, zwischen Bennett und mir.

Bennett packt in Woodstock aus ...

Eifersucht ist der Neid auf ein Vergnügen, von dem man ausgeschlossen bleibt –, auch wenn es kein Vergnügen war.

Am anderen Morgen waren die Dämonen verschwunden, von der Sonne weggebrannt, vom Licht des Tages vertrieben. Um 10 Uhr früh nahm ich noch an einer Diskussion über Frauen und Kreativität teil (ich glaube, es war meine zehnte in diesem Jahr) und flog dann nach Hause, völlig erschöpft, ich sehnte mich nach dem eigenen Bett, nach Mann und Kind.

Ein Taxi vom Kennedy-Airport, eine lange Diskussion mit dem Fahrer darüber, daß *er* einen Bestseller schreiben könnte, wenn er nur die Zeit dazu hätte – und endlich war ich zu Hause.

Lassen Sie sich in mein Zuhause einladen – in die geräumige Eigentumswohnung, die ich mit Bennett in der 77. Straße bewohnte. Es war derselbe Häuserblock, vor dem ich als Kind Himmel und Hölle gespielt und Radfahren gelernt hatte. Wir wohnten hier, weil mein Großvater uns die Wohnung geschenkt hatte – dieselbe Wohnung, von der Bennetts Rechtsanwalt später behauptete, daß sie allein meinem Mann gehöre.

Sein Teil der Wohnung wirkte bieder und mittelständisch. Ich durfte da keine Plakate aufhängen oder für das Wohnzimmer, die Diele oder das Eßzimmer Möbel in lebhaften Farben kaufen, weil das einen Patienten hätte schockieren können. Bennett schwor darauf, daß Psychiater – die schließlich mit allem zu tun haben, was kraus ist und eingebildet an der menschlichen Seele: mit Träumen, Phantasien, sexuellen Zwangsvorstellungen – sich aus irgendeinem Grunde wie Buchhalter benehmen sollten, eine mir unerklärliche Ansicht. Und ihre Behandlungsräume sollten sie möblieren wie Zahnärzte in der Provinz ihre Wartezimmer. Warum er das glaubte, kann ich nicht sagen. Aber er bestand so grimmig darauf wie ein Katholik, der in der Frage der heiligen Wandlung die Protestanten bekämpft. Das Ergebnis war dann, daß der vordere Teil unserer Wohnung aussah wie das Wartezimmer eines Zahnarztes, während der hintere Teil einer Galerie glich, in der sich meine Aufsässigkeit austobte. Plakate von mir bedeckten die Wände; seltsame Kunstgegenstände von Freunden lagen überall verstreut; Bücher stapelten sich auf dem Fußboden. Kleider

hingen über den Stühlen, Körbe voller Schnittblumen von meinen Bewunderern standen, hier und da verteilt, auf überladenen Abstellflächen. Kontrastierende Farben, ein wildes Durcheinander, gemütlich und warm.
Einmal kam eine europäische Journalistin in die Wohnung, um mich zu interviewen und schrieb nur über diese Wohnung und was sie über meine Ehe aussagte. Vielleicht ein billiger Trick, aber trotzdem zutreffend. Die Wohnung *war* der Schlüssel zu unserer Ehe, in mancherlei Hinsicht. Tatsächlich gab es Zeiten, in denen ich mich fragte, ob Bennett mich geheiratet hätte, wenn ich nicht diese Wohnung eingebracht hätte.
Nach Hause zu kommen ist immer schön, auch wenn dieses Zuhause in der Diele einen Schallzerstäuber stehen hat und aussieht wie eine Zahnarztpraxis. Die Schuhe wegkicken, mich nackt ausziehen und die Post öffnen ist immer das erste, was ich tue. Meine Fanpost lese ich immer nackt – eine Form der Nacktheit grüßt so die andere.
Seit vorigem Frühjahr hatte übrigens die Post so überhand genommen und war so bedrückend geworden wie die *Times* vom Wochenende. Seit der Veröffentlichung meines Romans hatte ich sechs Monate lang nichts anderes getan, als alle Leserzuschriften beantwortet. Das tat ich jetzt nicht mehr, doch hatte ich deshalb Gewissensbisse.
Obwohl ich wahrlich genug Verrückte auf dem Hals gehabt hatte, die mich in einsamen Hotelzimmern heimsuchten, waren, bei Tageslicht betrachtet, die meisten Briefe rührend, herzlich und aufrichtig. Das Problem war nur: es war unmöglich zu antworten. Selbst wenn ich Zeit gehabt hätte, allen zu schreiben, hätte ich keine Antwort auf die Fragen gewußt, die man mir stellte. Ich kannte die Antworten *selbst* nicht. Wäre ich denn sonst in so jammervoller Verfassung, wenn ich sie wüßte?

Liebe Candida/Isadora,
ich habe noch nie einen Leserbrief geschrieben, und es macht mich ganz schön nervös, Ihnen zu schreiben. Aber zum Teufel. Ihr Buch hat mich völlig umgeschmissen, ich habe nie was Ähnliches gelesen. Sie haben ja so recht mit allem, was Sie da schreiben über Männer und Frauen und Sex und Mann-und-Frau-Beziehung und ALLES!!! Ich habe immer geglaubt, daß alle Emanzen nur ein Haufen Scheiße sind, aber jetzt, wo ich Sie (Ihr Buch, meine ich) gelesen habe, weiß ich, wie recht Sie haben.
Mein Problem ist, daß ich drei Kinder habe (es sind ganz liebe Kinder, 3, 6 und 8), und mein Mann ist schrecklich eifersüchtig, und es ist für mich deshalb nicht drin, einfach abzuhauen, wie Sie das getan haben, um

Abenteuer und Sex zu erleben, oder auch nur, um über meine Entwicklung als menschliches Wesen und als Frau nachzudenken. Ich bin immerzu geil, habe aber niemals einen Höhepunkt gehabt mit meinem Mann. Er behauptet, Frauen brauchen das nicht. Hat er recht? Soll ich mich mit ihm darüber streiten? Er ist sonst ein netter Mann, wenn er auch mal Karten spielt. Und dann sind die Kinder da. Ich würde gern eine Emanze sein wie Sie, aber mein Mann platzt schon, wenn ich mal spät abends bei einer Freundin bin. Oder auch nur bis elf abends. Er sagt, weggehen darf ich bloß, wenn ich das Geld für einen Babysitter verdienen kann, und wie kann ich das Geld für den Babysitter verdienen, wenn den ganzen Tag die Kinder an mir hängen und ich sowieso keinen Schulabschluß habe, weil mein erster Sohn geboren wurde, als ich in die letzte Klasse ging? Ich sage zu ihm, es sind auch deine Kinder, aber er meint, die Mutter ist verantwortlich, und schon fühle ich mich schuldig. Hat er vielleicht recht? Er arbeitet hart, um das Geld für uns alle zu verdienen, und ich sehe wohl, daß das Leben für ihn kein Zuckerschlecken ist. Was würden Sie in meiner Lage tun? Ich schreibe Ihnen, weil man an Ihren Büchern sieht, wie gescheit und warmherzig Sie sind. Ich habe auch mit unserem Pfarrer, der sehr fortschrittlich sein soll, geredet, aber er sagte nichts wirklich Praktisches. Ich weiß, Sie sind Jüdin, und vielleicht gehört das nicht hierher, aber die Leute im Alten Testament waren Juden, und sie wußten wahrhaftig eine Menge, womit uns Christen geholfen werden kann. Hoffentlich halten Sie mich nicht für bigott. Übrigens ist meine Freundin Jüdin, und Ihre Hauptfigur (das sind Sie doch selbst?) gleicht mir aufs Haar, nur daß ich keine Jüdin bin. Bitte schreiben Sie doch gleich, oder rufen Sie mich mit R-Gespräch in San Antonio an, weil ich so verzweifelt bin und außer mir, und ich hoffe, dies ist keine Aufdringlichkeit. Ich heiratete meinen Mann wegen der Sicherheit, aber ich glaube, er treibt sich herum hinter meinem Rücken (ich habe sogar Beweise), also warum sollte ich nicht einen Abend frei haben, um meine Freundin zu besuchen, gar nicht zu reden von anderen Männern, aber so eine bin ich nicht.
Ich danke Ihnen im voraus für all Ihre Hilfe.

Mit freundlichen Grüßen
Ihre Mrs. Henry Laffont
(Celia)

P.S. Ich liebe Ihr Buch!!! Meine Freundin auch!
P.P.S. Mein Mann hat gesagt, wenn ich es lese, haut er mich grün und blau, aber ich habe es trotzdem gelesen!!! Er denkt, ich komme auf den Geschmack!!!

Liebe Celia Laffont! (Bitte nennen Sie sich doch nicht nach Ihrem Mann Mrs. Henry ...) Ich finde Sie ganz süß, und Ihr Brief machte mich lachen und weinen zugleich, aber ich weiß nicht, was ich Ihnen raten soll. Kommen Sie nach New York, ich passe auf Ihre Kinder auf, und Ihr könnt alle bei uns wohnen, bis Sie Ihre Schule abgeschlossen haben ...

Solche Antworten habe ich natürlich nie abgeschickt. Noch habe ich angerufen. Ich schickte ihr statt dessen eine Karte ohne Absender: »Liebe Celia Laffont, ich danke Ihnen sehr für den wundervollen Brief über mein Buch. Ich würde gern alle Ihre Fragen beantworten, aber ich bin mitten in der Arbeit an einem neuen Buch, das Ihnen vielleicht hilfreicher sein wird als das erste. Wärmste Grüße und Wünsche, Isadora W.«

Rettung! Alle Welt will gerettet werden. *Candida* hatte das Problem beim Namen genannt, hatte aber nicht begonnen, es zu *lösen*. Und wer *konnte* es lösen? Ich hatte angeblich alles, was ich mir wünschte, und konnte doch mein eigenes Dilemma nicht lösen; was also konnte ich wohl einer Celia Laffont raten? Sollte ich jemals wieder ein Buch schreiben, so dachte ich mir, so nennst du es *Rette sich, wer kann* – eine Art Lebenshilfe in Romanform. Aber das war lächerlich. Man stelle sich vor, wie ich fremde Leben rette, während ich nicht einmal mein eigenes retten kann. Der Titel *Rette sich, wer kann* stammte übrigens von einem Notizbuch, das mir Jeannie Morton geschenkt hatte – sie hatte mich ermutigt, es als Tagebuch zu benutzen. Aber ich hatte aufgehört damit. Wer Tagebuch führt, der hofft noch, und im letzten Jahr hatte ich alle Hoffnung aufgegeben. Etwa, weil ich alles bekommen hatte, das ich für besitzenswert hielt?

Um Viertel nach sechs hörte ich Bennetts Schlüssel im Schloß. Ich saß immer noch an dem runden Eßzimmertisch und grübelte über meinem Berg von Briefen. Trödelte damit herum. Wußte nicht, wie ich nach meiner nichtssagenden Antwort an Celia Laffont weitermachen sollte. 54 Telefonate waren zu beantworten (aus den drei Tagen, die ich fortgewesen war), Dutzende von Rechnungen zu bezahlen, zehn Manuskripte meiner Schriftsteller-Studenten (jedes vom Umfang eines Buches) und ein Stapel Druckfahnen zu lesen. Drei davon waren Romane von Freunden; ich mußte jeden mit Sorgfalt lesen und mir taktvolle Anmerkungen dazu überlegen. Die anderen stammten von Fremden und konnten im Augenblick beiseite gelegt werden. Allmählich wurde das Lesen zu einer lästigen Pflicht. Ich sehnte mich nach den Tagen zurück, als ich mich mit einem Exemplar von *Bleak House* oder *Tom Jones* vergnügen konnte, ohne voller Schuldgefühle an die Stapel von Druckfahnen zu denken, die sich neben meinem Schreibtisch auf dem Boden häuften. Außerdem schienen die Bücher, die man mir sandte, meine eigenen Bücher oder meinen Charakter in einem schlechten Licht erscheinen zu lassen. Die Leute, die da ihre Ro-

mane verfaßten, hatten mich offenbar mißverstanden, ich war festgenagelt auf eine Rolle.
Einer war das Sexualtagebuch eines Mannes, der seine Frau verlassen hatte, um mit zwei heiratsfähigen Teenagern im Jeep durch Kalifornien zu fahren. Ein anderer war ein Traktat von der männlichen Überlegenheit, aufgetakelt als »Bahnbrecher« und als »die erste überzeugende Antwort eines Mannes auf die Frauenbewegung«. Es folgte der Versuch einer jungen Autorin, einen literarisch anspruchsvollen Pornoroman zu verfassen, und dann gab es zahllose Romane über Paare, die den Partnertausch für sich entdeckt hatten, oder über entlaufene Ehefrauen oder über jüdische Prinzessinnen – was immer *das* auch sein mochte (ich hatte meiner Candida diesen Titel in ironischer Absicht verliehen, doch alle hatten ihn wörtlich genommen und warfen ihn mir nun an den Kopf).
An die Fahnen waren devote Briefe von Lektoren angepinnt, von denen manche es nicht für nötig gehalten hatten, meine Anrufe zu beantworten, als ich noch keine Bestsellerautorin gewesen war. Ich erinnerte mich noch genau an ihre Namen. So etwas ist menschlich, fand ich, aber doch deprimierend. Man muß notgedrungen Prioritäten setzen, ich selber hatte das bitter nötig.
Das einzig Wichtige aber war: ich wußte, daß Hilfe für Celia Laffont wesentlicher war als alle diese aufgeblasenen Anbiederungen zusammen. Aber wie konnte ich ihr helfen? Ihr konnte nur die totale Rettung helfen – und das war genau, was ich selbst nötig hatte.

Die Tür geht auf und Bennett erscheint. Ich starre weiter auf meine Post. Wir haben uns drei Tage nicht gesehen, und doch habe ich keine Lust aufzustehen und ihn anzusehen. Ich zwinge mich dazu.
»Tag, Liebling«, sage ich und umarme ihn in der Diele. Er küßt mich flüchtig auf den Mund und macht sich los, unfähig, sich auf die Begrüßung einzulassen. Ich habe ihm gefehlt, aber er muß jetzt unbedingt seine Post durchsehen, so wie Winde vor dem Bumsen abgelassen werden müssen. Seine steife Art macht mich wütend. Statt seiner könnte man eine Schneiderpuppe umarmen.
»Einen richtigen Kuß kriege ich wohl nicht?« frage ich.
Er kommt pflichtbewußt zurück und küßt mich sehr naß (das tut er, seit ich mal mit einem Mann durchgebrannt bin, der nasser küßte als er). In vollendeter Technik preßt er seinen Unterleib gegen meinen. Ich kann es fühlen, daß er seine Geschicklichkeit

einsetzt. *Der kunstvolle Vögler oder Der wohltemperierte Penis*, von Bennett Wing. Begrüßung und Küsse wirken eingeübt und abgestanden. Wie bei Schauspielern, die seit acht Jahren am Broadway im selben Stück auftreten. Die längste Spielzeit aller Zeiten. Immer noch in der Originalbesetzung.

»Wie war dein Tag heute?« frage ich. (Wir reden miteinander wie in einer Parodie auf alte Eheleute.)

»Ach, es ging. Auerback bekämpft mich wegen der Einstellung von Sy Kelson für die Erwachsenenabteilung ...« Er trollt sich zu seiner Post und stellt seinen Anrufbeantworter an. Gott behüte, daß er einen einzigen Anruf verpaßt oder seinen Psychiater später als am Zehnten eines jeden Monats bezahlt.

Leicht angewidert ziehe ich mich in mein Arbeitszimmer zurück und mache mich an die Druckfahnen. Ich öffne das oberste Bündel – ein Roman meiner Freundin Jennifer über ihre Kindheit in Hollywood. Ich beginne vorsichtig zu lesen, aus Furcht, er könnte schrecklich sein. Aber nein, er ist wunderschön geschrieben. Entzückt renne ich ins Wohnzimmer zu Bennett ...

»Jennifers Buch ist großartig, blendend geschrieben.«

Er schreibt gerade einen Scheck für seinen Analytiker aus, Doktor Herschel W. Steingesser, 1148 Fifth Avenue, das Haus Ecke 69, und Fifth Avenue, wo man anscheinend nur ein Apartment kaufen kann, wenn man entweder ein approbierter Arzt oder Absolvent irgendeines psychoanalytischen Instituts ist.

»Wovon handelt es?« fragt Bennett zerstreut.

»Ach, von Hollywood, ihrem Vater, ihrer Ehe ...«

»Das ganze Ödipusdrama, hm?«

Jetzt wurde ich wütend, Bennett kann sich niemals zu einem Buch, einen Film oder einem Theaterstück äußern, ohne die Worte *ödipal*, *anal* oder *Urszene* zu gebrauchen.

»Könnten wir vielleicht versuchen, für 48 Stunden ohne das Wort ödipal auszukommen?«

Bennett wirbelt mit seinem Stuhl herum: »Warum bist du so gottverdammt feindselig? Ich habe dich seit drei Tagen nicht gesehen.«

»Stimmt. Und du hast dir nicht einmal die Mühe gemacht, mich richtig zu küssen.« Ich sage das ganz mechanisch und stelle dann fest, daß es nicht stimmt. Er *hat* mich geküßt. Warum also fühle ich mich so ungeküßt?

»Und was war das vorhin, draußen in der Diele?«

»Ein Kuß vermutlich.« Ich schlucke meinen Zorn herunter und mache mich wieder an die Lektüre von Jennifers Buch.

Am nächsten Tag müssen wir zu einer Schriftstellerkonferenz an einer Provinzuniversität: Ich soll den Studenten drei Tage lang die Technik des Schreibens beibringen und darf in einem wunderschönen Bungalow am See wohnen. Dafür sollen wir auch noch Geld bekommen. Zum erstenmal hat Bennett in der ganzen Zeit unseres Zusammenseins zugesagt mitzukommen. Er hat eingewilligt, weil alle Beteiligten uns versicherten, daß es sich mehr um einen Ferienaufenthalt als um eine Lehrveranstaltung handele. Die Bungalows sollen luxuriös und die Landschaft malerisch sein.

Wir brechen zwar am Morgen zum Flughafen auf, aber wir kommen nie an unserem Bestimmungsort an. Im Auto wird bereits klar, daß Bennett dieser Ausflug zuwider ist. Er ist immer noch wütend auf mich wegen meines Trips nach Chicago, und auf dem Weg zum Flugplatz sucht er Streit.

BENNETT: Du hast gesagt, daß du alle diese Aktivitäten einschränken würdest, aber davon sehe ich nichts.

ICH: Bennett, bitte. Ich bin noch so müde und niedergeschlagen, mach es nicht noch schwieriger, indem du an mir herumnörgelst. Dies ist mein *allerletzter* Termin, das schwöre ich dir. Im August werden wir ganz allein zusammen verreisen.

BENNETT: (hähmisch): Selbstverständlich.

Sein Mund ist verkrampft unter dem Fu-Manchu-Schnurrbart, den er sich meinem neuen Ruhm zu Ehren hat wachsen lassen, und er starrt auf beinahe erbarmungswerte Weise auf die Straße. Ich sehe ihn an und bin von Schuldgefühlen überwältigt. Der arme Mann, muß seine Frau zu Literaturtreffs schleppen. Welch ein Opfer! Ich beschließe, auch ein Opfer zu bringen.

ICH: Wir brauchen nicht hinzufahren. Ich kann sofort absagen.

BENNETT: Lächerlich.

ICH: Überhaupt nicht. Wir können ein Wochenende allein miteinander auf dem Land verbringen ... Du beklagst dich doch immer, daß wir nie allein sind.

BENNETT: Du kannst nicht absagen ...

ICH: Natürlich kann ich – du bist schließlich wichtiger als irgendwelche Literaten ... *(Lügen, Lügen)*

BENNETT: Wir haben uns vorgenommen hinzufahren, und das tun wir jetzt auch. Ich habe extra ein Tennisturnier abgesagt deswegen.

ICH: Welch ein Opfer! Dies ist das erste Mal, zum Teufel, daß du mitkommst – und es sollte *Spaß* machen. Ein Wochenende auf dem Lande, für das wir auch noch bezahlt werden. (Ich spreche von dem Geld, das ich verdiene, immer als von »unserem«, obwohl ich es insgeheim als meines betrachte.)

Bennett schaute stumm vor sich hin. Ich starre ihn von der Seite an. Irgend etwas hockt hinter seinen fest aufeinandergepreßten Lippen, aber ich weiß nicht was. Hat es mit meiner dreitägigen Reise nach Chicago zu tun? Ist es etwas, das noch länger zurückliegt? Will er etwas vom Zaun brechen?

Plötzlich bricht es aus ihm heraus.

BENNETT: Ein ganzes Jahr lang bist du nur herumgerannt und zu jedermann nett gewesen, außer zu *mir*. Jedem Idioten, der dich mitten in der Nacht anruft, widmest du deine Zeit. Du verbringst Stunden und Stunden damit, alberne Briefe zu beantworten, Stunden mit deinen Freundinnen und Studenten und all den Schmarotzern, aber ich kriege dich überhaupt nie zu sehen ...

Du bekommst mich nicht zu sehen, weil es mich deprimiert, wenn ich mit dir allein bin, möchte ich sagen, tue es aber nicht. ICH SAGE DAS GEGENTEIL: Ich würde *viel lieber* mit dir zusammen sein – ich kann nur einfach zu andern so schlecht nein sagen.

BENNETT: *Mir* sagst du leicht genug nein.

ICH: Doch, wirklich, doch ... Schau, laß uns diese blöde Reise absagen.

Wir sind inzwischen auf dem Zubringer zum Kennedy-Airport.

BENNETT (verärgert): Wo ist das Schild von PanAm? Ich habe es übersehen.

ICH: (nun in Tränen): Wir fliegen nicht.

BENNETT: O doch. Wir müssen.

ICH: Nein, ich rufe an und sage ab.

BENNETT: Du wirst mich wegen dieses Opfers hassen.

ICH: Ach wo.

BENNETT (strahlend): Du würdest wirklich absagen?

ICH: Wenn du es möchtest.

BENNETT: Aber was möchtest *du?*

ICH: (hysterisch, ich weiß schon selber nicht mehr, was ich will): Alles, was *du* möchtest.

BENNETT: Quatsch. Wir fliegen. Wir haben zugesagt, daß wir fliegen, und jetzt fliegen wir auch.

Wir parken nahe der Halle von PanAm (der Flug nach Albany mit Anschluß an die Nebenstrecke nach Upstate New York startet dort) und nehmen die Koffer aus dem Wagen. Ein Blick in Bennetts verärgertes Gesicht – alle Kränkungen seiner vierzig Jahre spiegeln sich darin wider –, und ich schluchze hemmungslos.

BENNETT: Was zum Teufel ist jetzt schon wieder mit dir los? Hör auf.

Ich schluchze, es schüttelt mich, ich bin sprachlos.

Plötzlich habe ich Angst vor dem winzigen Anschlußflugzeug, vor den Studenten, die mir ihre Manuskripte aufhalsen werden, vor der Verpflichtung, in Form sein zu müssen für weitere volle drei Tage. Ich habe einfach nicht mehr die Energie dazu. Und ich kann nicht aufhören zu heulen.

BENNETT: Wirst du jetzt endlich aufhören? Ich hab dich schließlich nicht geohrfeigt.

Wir schließen das Auto ab und schleppen unsere Koffer zur Abfertigung. In fünfzehn Minuten ist Abflug. Bennett läßt die Tickets bestätigen, ich renne auf die Damentoilette, spritze mir kaltes Wasser ins Gesicht und versuche, mit dem Weinen aufzuhören. Ich kann nicht. Dieses Jahr hat mich völlig aufgelöst: Celia Laffont, Perverse, die mir brieflich Anträge machen, Hotelzimmer, Bennett ...

»Es gibt keinen Grund zu weinen«, sage ich zu meinem Spiegelbild, aber alles kommt mir beklagenswert vor. Mein ganzes Leben ist ein einziges Durcheinander, eine Katastrophe.

Ich rase die Treppe hinauf zum Telefon und rufe den Leiter jener Universitätskonferenz an, versuche, gefaßt und vernünftig zu klingen. Ich habe nie zuvor in meinem Leben etwas abgesagt. Noch dazu etwas, das tausend Dollar einbringt. Aber ich bin opferwillig.

Der Konferenzleiter klingt sympathisch. Er beruhigt mich, möchte mich überreden, doch zu kommen. Bennett gestikuliert wild, daß die Maschine gleich startet. Soll sie, denke ich, lausche aber dem Sirenengesang am anderen Ende der Leitung, höre von wunderschönen Ausblicken, zwölf bis fünfzehn sorgfältig ausgesuchten Studenten und luxuriösem Bungalow. Er hat mich fast überzeugt, als ich durch die großen Fenster sehe, daß die täglich nur einmal verkehrende Maschine nach Albany gerade gestartet ist.

Auf dem Rückweg vom Flughafen besprechen Bennett und ich, was wir mit dem Wochenende anfangen wollen, das plötzlich uns allein gehört. Anstatt darüber belustigt zu sein, sind wir deprimiert. Seit wir nichts mehr miteinander zu streiten haben, gibt es auch nichts mehr, das uns verbindet. Unbelebte Luft. Und mein Bedauern darüber, etwas abgesagt zu haben, auf das ich mich gefreut hatte. Wie konne *das* geschehen? Durch seinen Ärger? Durch meine Erschöpfung?

»Woodstock«, sagt Bennett. »Fahren wir doch übers Wochenende nach Woodstock.«

Ausgerechnet Woodstock. Fast bedrohlich. Ich kann den Namen *Woodstock* nicht mehr hören, ohne an jenes schreckliche August-Wochenende im dritten Jahr unserer Ehe zu denken, als Bennett für seine Facharztprüfung büffelte und ich wie besessen über dem Manuskript meines ersten Gedichtbandes saß (der eine Woche später in Druck gehen sollte). Ich fuhr nach Woodstock, um bei meinen Freunden Ronald und Justine (beide Schriftsteller) moralische Unterstützung zu finden. Bennett dagegen (der sich geweigert hatte mitzukommen, weil er angeblich studieren mußte) verschwand für das ganze Wochenende irgendwo anders hin und hat mir nie gesagt, wo er damals war.

Wir hatten eine unserer üblichen Streitereien, bevor ich wegfuhr. Ich flehte Bennett an mitzukommen. Er weigerte sich. Ich sagte, Ronald würde ihm sicher sein Studio im Gästehaus zum Arbeiten überlassen. Er weigerte sich noch immer. Er wünschte, daß ich bei ihm in New York blieb, damit er von Zeit zu Zeit seine Wut über die Prüfungen an mir auslassen konnte. Aber ich wollte unbedingt, daß Ronald und Justine mein Manuskript durchsähen, bevor ich es zum Druck gab. Es war mein erstes Buch, und ich überdachte jedes Satzzeichen hundertmal, bevor ich das Manuskript aus der Hand gab. Ich sprach Wort für Wort auf Band und spielte mir die Bänder wieder und wieder vor, strich Worte aus, setzte sie wieder ein, strich sie wieder aus.

Bennett wollte nicht begreifen, daß ich einfach fahren mußte. Ich wollte nicht begreifen, warum er unbedingt bleiben mußte. Schließlich bot ich ihm an, meine Interessen den seinen unterzuordnen, rief Ronald und Justine an und sagte ihnen, daß ich nicht kommen würde. Nun verspottete Bennett mich wegen meiner Unentschlossenheit, also rief ich noch einmal an und sagte, ich *käme* doch.

»Geh schon«, sagte er. »Ich sehe ein, daß du gehen mußt.« Heulend fuhr ich nach Woodstock los. Im Bus dachte ich plötzlich voll Sympathie an Bennett. Er war nervös, aufgeregt, ich hätte ihn *niemals* allein lassen sollen. Kaum in Woodstock angekommen, rief ich an. Er meldete sich nicht. Ich rief den ganzen Abend über, das ganze Wochenende hindurch wieder und wieder an, doch er meldete sich nicht. Ich bekam Angst. Bennett tat nie etwas Unvorhersehbares. Er war bestimmt im Fahrstuhl hängengeblieben oder im Wohnzimmer mit der Axt erschlagen worden. Es gab keine

andere Erklärung dafür. Und doch, während das Wochenende verstrich, wuchs in mir der Argwohn, er sei mit einer anderen Frau zusammen.
Ich habe es nie herausbekommen. Als ich am Sonntagabend zurückkam, war Bennett da, sah traurig und rätselhaft aus.
»Wo hast du das ganze Wochenende über gesteckt?« schrie ich. »Ich war außer mir vor Angst!«
»Deine Phantasien sind besser als alles, was ich dir erzählen könnte«, sagte er von oben herab. Mit anderen Worten: das war mein Problem. *Ich* war der Neurotiker, der Tagträumer, der Erfinder eingebildeter Seitensprünge.
»Welche *ist* es?« fragte ich immer wieder, aber Bennett blieb stumm. Er wies nur immer wieder selbstgefällig auf meine Phantastereien hin. Aber in meinem Innern wußte ich, daß ich ihn zu Recht verdächtigte.

Woodstock.
Auf dem Weg dorthin Schweigen. Irgendwas braut sich zwischen uns zusammen. Ein Ehegewitter. Ich versuche, Konversation zu machen, und tue so, als amüsiere ich mich. Ich füttere Bennett mit Obst. Ich versuche, Worte aus ihm herauszuziehen, während ich Obst in ihn hineinstopfe. Aber es ist nicht leicht, mit ihm zu reden. Jede Konversation endet nach dem zweiten Wortwechsel. Wir gleichen zwei schlecht aufeinander eingespielten Tennisspielern, unfähig, einen Ballwechsel durchzuhalten. Schließlich ziehe ich ein Buch hervor und lese. So fahren wir Seite an Seite, aber weit voneinander entfernt, nach Woodstock.

Dort angelangt, dokumentieren wir Gemeinsamkeiten. Wir halten an einem Antiquitätenmarkt an, einer Würstchenbude, bewundern einen aufgelassenen Steinbruch. Wir gehen in den Wald spazieren.
»Hast du schon mal im Wald gevögelt?« frage ich ihn.
Bennett lächelt geheimnisvoll.
»Na, *hast* du?«
»Nicht mit dir«, sagt er und legt den Arm um mich.
»Das weiß ich selber. So was Romantisches haben wir beide noch nie fertiggebracht.«
»Ich finde, *dies* ist romantisch«, sagt er.
Und ich denke: o ja, alles ist sehr romantisch, nur kommt es dir nicht so vor.

Gegen sechs beschließen wir, hungrig zu sein. Wir sind spazierengegangen, haben dies und das angesehen, auch eingekauft, aber die Zeit will und will nicht vergehen. Also fahren wir zurück zum Zentrum und fragen einen einheimischen Hippie nach einem guten Restaurant. Er empfiehlt eines ganz in der Nähe, wo man im Freien sitzen kann. Als wir uns gerade setzen wollen, kommt ein junges Mädchen auf mich zu und fragt schüchtern: »Sind Sie nicht Isadora?«

»Ja.«

»Ich *liebe* Ihr Buch! Ich finde Sie unheimlich gut!«

Ich werde rot, halb erfreut, halb verlegen. Einesteils möchte ich sie in die Arme schließen, anderenteils im Erdboden versinken.

»Danke. Ich finde es lieb von Ihnen, mir das zu sagen. Ich danke Ihnen sehr.«

Wir setzen uns an den Tisch. Nach dem Salat und einem Glas Wein betrachten wir müßig die Gäste. An einem anderen Tisch sitzen vier Erwachsene mit zwei Kindern. Die Kinder sind so zwischen fünf und sieben und beide sehr unruhig. Schließlich erreichen sie, daß sie aufstehen und auf dem Rasen spielen gehen dürfen. Aber Bennett und ich kriegen nicht heraus, wer die Eltern sind und wer die Freunde der Eltern. Wir machen uns ein Spiel daraus. Da wir beide keine Kinder haben, uns beide aber danach sehnen, interessieren wir uns immer für anderer Leute Kinder, stellen alle möglichen Theorien auf über sie, diskutieren über sie im besonderen und über Kindererziehung im allgemeinen. Ein schäbiger Ersatz für Elternschaft, nicht besser als die Fixierung auf die eigene unglückliche Kindheit.

»Ich glaube, die Frau mit dem mexikanischen Schultertuch muß die Mutter sein, weil sie so tut, als gingen die Kinder sie nichts an. Die andere Frau scherzt immer mit ihnen – bestimmt ist sie eine Tante oder Freundin ...«

Ich sage das in Gedanken an meine eigenen Neffen und Nichten, die ich anbete. Wie töricht, daß ich es mir selbst versage, Kinder zu haben. Bestimmt würde ich sie sehr lieben. Ich nehme mir vor, so schnell wie möglich schwanger zu werden.

»Weißt du, als Penny sich von Robby trennte, ließ sie ihre Kinder entscheiden, bei welchem Elternteil sie bleiben wollten. Das ist wichtig. Auf diese Weise fühlen sich die Kinder nicht ohnmächtig herumgestoßen ...«

Ich sehe Bennett an. *Penny.* Sie war die Frau eines Armeeoffiziers, die wir in Heidelberg kannten, vor sieben Jahren. Warum bringt Bennett in einem solchen Augenblick die Rede auf Penny?

Übrigens ist er immer so zartfühlend und besorgt, wenn er sie erwähnt. So klingt er nie, wenn er von *mir* spricht.
Es durchzuckt mich wie ein Blitz. Plötzlich paßt alles zusammen. Penny, Woodstock, Heidelberg, jetzt.
»Bennett, hast du etwas mit Penny gehabt?« Mein Herz schlägt wild. Ich scheine die Antwort schon zu wissen.
»Willst du das wirklich wissen?«
»Ja, ich will es wirklich wissen.«
»Nun ja ...« Ein Messer fährt mir ins Herz, als er diese zwei Silben ausspricht. Und der Schmerz hört nicht auf, als er fortfährt: »Aber ich habe sie seit mindestens drei Jahren nicht gesehen.«
»Du scheinst immerhin eine Menge über ihre Kinder zu wissen ...« Mein Herz galoppiert jetzt wie ein verwundetes, ausbrechendes Pferd.
»Ich hab mich mit ihr unterhalten, als du in Chicago warst.«
»Oh.« Das schmeißt mich um; ich starre ihn an, offensichtlich findet er Vergnügen an seiner eigenen Enthüllung. *Vor sieben Jahren! Vor drei Jahren!* Das ist lächerlich. Eine uralte Geschichte. Warum sollte sie sich jetzt zwischen uns drängen?
»Hast du sie geliebt? Wenn du ihren Namen erwähnst, habe ich das Gefühl, daß du sie immer noch liebst ...«
Bennett windet sich: »Was ist schon Liebe? ...«
»Liebe ist, wenn du in diesem Ton von den Kindern einer fremden Frau sprichst.«
Ich ersticke fast an meinen Worten. Der Salat liegt auf meinem Teller, ertrinkt in Essig. »Von mir sprichst du nie in diesem Ton.«
Bennett zuckt mit den Achseln.
»Du hast sie geliebt, nicht wahr?« Ich hasse den Klang meiner Stimme, als ich das sage. Sie klingt so wehleidig, so enttäuscht.
»Ist das denn so wichtig?«
»Das heißt, die Antwort ist ja.«
Er zuckt wieder mit den Achseln.
»Na, mach schon, Bennett, pack aus. Es ist schlimmer, wenn du dich so sperrst. Wenigstens hast du *überhaupt jemanden* geliebt, wenn schon nicht mich ... Wenigstens hast du *geliebt* ...«
»Schrei nicht so. Die Leute hier wissen, wer du bist ...«
»Sollen sie doch!« schreie ich. »Es ist mir scheißegal, ob sie es wissen. Wirklich.«
»Halt's Maul«, knirscht Bennett mit einer Stimme so kalt wie Stahl.

Später, auf der Rückfahrt nach New York (was hat es für einen Sinn, noch länger in Woodstock zu bleiben, wenn der Sinn unseres Ausflugs sich schon erfüllt hat?) frage ich ihn über Penny aus, dieses kalte rothaarige Aas. Ich höre mich reden wie die betrogene Frau in einem Roman – und ich hasse es. Ich kann aber nicht aufhören. Ein Dämon spricht aus mir, während ich verwundert und beschämt zuhöre.

»Wie oft hast du dich mit ihr getroffen?«

»Weiß ich nicht mehr.«

»Wieso kannst du dich nicht mehr erinnern?«

»Ich kann's einfach nicht.«

Ich muß an meine beiden Teilzeit-Liebhaber denken (die beide Jeffrey heißen), die beide keinerlei Rolle in meinem Leben spielen. Und doch kann ich mich noch an alles erinnern, was mit ihnen zu tun hat. Jede Zusammenkunft, jede Mahlzeit, jeden Bissen.

»War sie gut im Bett?«

»Ich weigere mich, auf Einzelheiten einzugehen.«

»*War* sie's?«

Bennett zögert. Er hat etwas ausposaunt, was er nun nicht mehr kontrollieren kann. Er möchte alles zurücknehmen. Die Bergungsarbeiten beginnen.

»Ich glaube, es ist ihr nie gekommen. Sie stöhnte und krümmte sich viel, aber ich glaube, sie war anorgastisch.«

Anorgastisch. Ich höre, wie Doktor Herschel W. Steingesser von hinter der Couch her souffliert.

»Woher willst du das wissen?«

»Genau weiß ich es nicht.«

»Wolltest du's nicht *wissen?*«

»Nicht alle Frauen sind wie du, Isadora. Eine Menge Frauen haben sehr viel vom Sex, auch wenn es ihnen nicht kommt. Sie lassen sich gern umarmen, streicheln, liebkosen.«

»Erzähl mir mehr von all diesen Frauen«, versetzte ich biestig.

»Es gab keine anderen solche Frauen für mich.«

»Ach nee.«

»Es ist wahr. Bloß Penny. Mir war zum Sterben zumute, und sie rettete mir das Leben. Das Wichtigste war für mich, daß ich mit jemandem reden konnte. Mit dir konnte ich in jenen Tagen einfach nicht reden.«

»Das Leben hat sie dir gerettet! Dies ist ziemlich stark. Dabei waren wir damals erst ein Jahr verheiratet. Warum hast du mich nicht verlassen, wenn du dich so in der Falle fühltest? Mir ging es auch elend. Das wäre vielleicht ein Segen gewesen.«

»Weil ich in einem Konflikt war. Du warst warm und kuschelig und orgastisch, sie war das alles nicht. Meine Sehnsucht nach ihr war vielleicht nur mein ungelöster Ödipuskomplex . . .«
»Schon wieder dieses Wort.«
Bennett fährt wütend auf. »Also – willst du's nun hören oder nicht?«
»Ja, ja. Unbedingt.«
»Sie hatte sechs Kinder – wie meine Mutter – und einen Mann, den sie haßte. Mir kam sie vor wie die bedrängte Tugend – wie eine Mutter, die ich schützen konnte . . .«
»Ich dachte, sie rettete *dich.*«
»Es geschah gegenseitig.«
»Das klingt großartig. Es klingt, als hättest du sie heiraten sollen.«
»Nein.«
»Warum denn nicht? Ganz offensichtlich hattest du dich doch mit ihr besser verstanden als jemals mit mir.«
Bennett gibt dies teilweise zu. Er ist zwischen Prahlerei und Zerknirschung hin und her gerissen.
»Sie wollte für mich ihre Kinder verlassen. Das war natürlich schmeichelhaft, aber nach einer Weile fing es an, mich zu stören. Es schien mir irgendwie unmütterlich . . .«
»Und außerdem wolltest du keine alte Schickse mit sechs Bälgern . . .«
»Wenn du bei diesem Ton bleibst, rede ich kein Wort mehr!«
»Das ist mir doch scheißegal! Dann *sagst* du eben kein Wort mehr. Hast ja sowieso acht Jahre lang nie richtig mit mir geredet.«
Eine Weile fahren wir schweigend. Das Scheinwerferlicht entgegenkommender Wagen zerstäubt im Schleier meiner Tränen. Aber Bennett hat die Büchse der Pandora geöffnet, die viel zu lange versiegelt war. Jetzt kann er nicht einfach *gar nichts* sagen.
»Auch anderes hat mich an ihr gestört. Männer zum Beispiel hat sie immer nur ›Typen‹ genannt. Von ihren abgelegten Liebhabern redete sie immer als von ›diesen Typen‹.«
In meiner Verletztheit erfinde ich etwas, womit ich ihn verletzten kann: »Du nimmst doch nicht etwa an, du wärst der einzige Mann in Heidelberg gewesen, der sie damals gevögelt hat?«
»Das dachte ich. Warum?«
»Sie prahlte einmal vor Laura und mir, daß sie es mit dem Cellisten Eichen getrieben hat und außerdem mit zwei Kameraden ihres Mannes vom Armeestützpunkt.«
Bennett beißt nicht an. Er fährt gleichmütig fort: »Tja, also, ich

kann nur sagen, daß ich mich immer für den einzigen gehalten habe.«
Ich stichelnd: »Warst du aber nicht.«
»Nun, ich habe es geglaubt, und meiner Meinung nach zählt das allein. Ich dachte, ich mache großen Eindruck auf sie. Sie war an meiner Arbeit mit Kindern interessiert – und sie entschloß sich zur Analyse.«
»Wie praktisch! Wo hast du sie besprungen? In der Kinderklinik? Oder in deiner Praxis auf der Couch?«
Ich weiß, ich klinge albern. Das schlimmste an der Eifersucht ist, daß sie einen so tief sinken läßt. Wie man sich erniedrigt, um zu erobern! Ich hasse meine Worte, noch bevor sie mir entwischen.
»Nein. Wir trafen uns gewöhnlich an den Abenden, wenn du Seminare hattest. In deinem Arbeitszimmer.«
»Ich dachte, du könntest dich nicht mehr erinnern.«
»Und ich dachte, es würde dich verletzen.«
»Da hast du mal richtig gedacht.«
Und es stimmt. Daß er eine Hausfrau vögelt, während ich arbeite, macht die ganze Sache noch schlimmer. Mein Getriebensein. Ich, ratlos, vom Ehrgeiz besessen, unterrichten zu müssen, Karriere zu machen, Geld zu verdienen, nicht abhängig zu sein, und er, er sucht sich die Frau eines Berufsoffiziers aus, die niemals ihr College abgeschlossen hat, keine Berufsausbildung hat, die den Tag zwischen dem PX und ihren Liebhabern aufteilt. Nein. Nicht die Mehrzahl. Ich will lieber nicht anfangen, mir meine eigenen Lügen zu glauben. Ich weiß nicht genau, ob sie mehrere Liebhaber hatte. Aber es paßt ins Bild. *Und in meinem Arbeitszimmer!*
»Schau«, fährt Bennett fort, »als ich nach Deutschland kam, ertrug ich die schreckliche Vorstellung nicht, drei Jahre dort verbringen zu müssen – aber ich hatte Angst vor Vietnam, dachte, ich überwinde meine Paranoia in bezug auf die Armee. Nun, das war ein Irrtum. Ich flippte aus, ich schnitt mich völlig von dir ab – denn du warst ja, dies nebenbei gesagt, ebenfalls ganz mit dir beschäftigt: mit deiner Schreiberei, deinem eigenen Verfolgungswahn in bezug auf Deutschland ... Penny war im Vergleich dazu ein normaler, amerikanischer Goj, die Frau eines Armee-Offiziers ... richtig arisch – so dumm das auch klingt – und sie war eine Mutter, so eine echte Amerikanerin ...«
»Was für eine originelle Ausdrucksweise!«
»Isadora, ich versuche, dir zu erklären ... Ich hatte große Angst. Ich wollte jemand ganz unjüdisches, voller Gelassenheit. Aber nach einer Weile merkte ich, daß ich auch das nicht wollte. Es war

nur die Reaktion auf mein Gefühl, in der Armee gefangen zu sein. Meine Kindheit wurde plötzlich wieder lebendig: ich kam mir vor wie damals in Hongkong, als ich festsaß und kein Wort Chinesisch sprach. Diesen Teil meiner Vergangenheit hast du nie richtig ernstgenommen. Penny tat es. Sie hatte nie zuvor einen asiatischen Liebhaber gehabt – ich war für sie exotisch. Sie gab mir das Gefühl, etwas Besonderes zu sein. Wirklich. Das tat sie.«

Ich bin gerührt. Ich weiß, daß es stimmt, was Bennett da sagt, daß er ehrlich zu sein versucht. Ich sollte Sympathie empfinden, aber ich bin einfach verletzt. Ich war schrecklich einsam in jenen drei Jahren in Heidelberg, und trotzdem schlug ich bei so vielen Gelegenheiten Affären aus, obwohl sie mich getröstet hätten. Jetzt komme ich mir vor wie ein gottverdammter Narr. Soviel sinnloses Leid. Soviel Schuldgefühle wegen meiner Wunschvorstellungen.

Und er hat das wirklich alles *getan.* Abends, wenn ich Vorlesungen hielt. Und in meinem *Arbeitszimmer!* Dieser lammfromme Leonard Woolf, der niemals etwas gegen meinen Erfolg einzuwenden hatte, bumste tatsächlich fremde Weiber in meinem *Arbeitszimmer*!

»Habt ihr auch meine Manuskripte gelesen?«

»Was?«

»Als du in meinem Arbeitszimmer gebumst hast, habt ihr da auch meine Manuskripte gelesen?«

»Was für ein Einfall!«

»O nein – so abwegig ist das nicht. Ich glaube eher, daß es dir dabei auch darum ging, mir wegen meiner Schreiberei eins auszuwischen.«

Bennett schweigt. Dann sagt er: »Das ist doch absurd. Penny bewunderte dich enorm. Sie war sogar richtig eifersüchtig auf dich. Sie redete ständig von dir, beneidete dich um dein Talent, deine Examen, sie mochte deine Gedichte, deine Kurzgeschichten ...«

»Von denen ich nie eine veröffentlicht habe – weißt du. Wie konnte sie sie gelesen haben, wenn du sie ihr nicht gezeigt hast. Was für ein schönes Bild! Ihr beide, *post coitus,* lest euch, Spätlese schlürfend, meine Kurzgeschichten einander laut vor!«

»So war es doch nicht. Wir beide mochten deine Geschichten. Ich habe dir auch zugeredet, sie zu publizieren ...«

»Ihr *beide*! Ihr *beide*! Wie großartig zu wissen, daß Penny als postkoitale Literaturkritikerin ihren Schnabel an meinen ersten Prosaversuchen wetzte. Ich *wollte* diese Geschichten nicht veröffentlichen. Ich fand sie zu zaghaft, keine Spur originell! Genau richtig für dich und Penny.«

Überflüssig, den Rest im einzelnen zu schildern. Schließlich kreischte ich Bennett an, daß das Auto von meiner Stimme widerhallte. Ich schrie, wenigstens habe er einmal jemand geliebt, und das sei besser, als überhaupt nicht geliebt zu werden. Ich hätte ihn für unfähig zur Liebe gehalten, und ganz sicher war diese Enthüllung – so schmerzlich sie auch sei – besser als dieses Verdikt. Ich schrie, bis mir der Hals weh tat, bis mir die Tränen kamen und ich vergessen hatte, warum ich schrie.

Betrug kann man offenbar verlangen, aber Treue nicht – und doch schien diese Enthüllung zum denkbar schlechtesten Zeitpunkt zu kommen. Er hätte es mir so viele Male sagen können, und sein Geständnis hätte uns enger verbunden. Er hätte es mir sagen können, als ich von meinem Europa-Abenteuer zu ihm zurückkam oder als er das eben abgeschlossene Manuskript von *Candidas Bekenntnisse* las oder als ich ihn anflehte, mir zu sagen, wo er jenes Wochenende verbracht hatte, als ich in Woodstock war. Aber nein. Er hatte es sich aufgehoben, aufgehoben für den Zeitpunkt, an dem ich mich dazu durchgerungen hatte, ein Kind von ihm zu bekommen, aufgehoben, bis ich seine moralische Unterstützung am meisten brauchte, aufgehoben, bis ich durch meine plötzliche Berühmtheit besonders verletzlich war. Jetzt rieb er mir unter die Nase, wie sehr ich damals von ihm abhängig gewesen war, wie hilflos, wie einsam, wie ungeliebt.

»Du warst also mit Penny zusammen, als ich in Woodstock war?«

»Nur, um mich zu verabschieden.«

»Aber warum hast du mich dann so mit ›meinen Phantasien‹ gequält, wenn ich doch auf der ganzen Linie recht hatte? Das war grausam!«

Bennett sieht das durchaus nicht. »Ich fand nicht, daß das etwas mit dir zu tun hatte. Das ging nur mich etwas an.«

»Dich und deinen Analytiker, nicht wahr?«

Bennett schweigt.

»Stimmt's?«

»Isadora, es war *mein* Problem.«

»Blödsinn. Zufällig bin ich nicht dieser Meinung. Sieben Jahre lang haben wir mit einer Lüge zwischen uns gelebt, und ich glaube zufällig, daß das *uns beide* angeht. Es ist mir scheißegal, was Doktor Steingesser glaubt. Ich brauchte dich, du hast dich mir verweigert, ein ganzes System von Unaufrichtigkeiten war etabliert. Du bist zu deinem Analytiker gegangen. Ich ging zu meinem, und wir lebten jeder unser eigenes Leben, trieben weiter und weiter auseinander. Das stinkt mir!«

»Ich fand, es wäre sinnlos, dich zu verletzen ...«

»Also verletzt du mich jetzt – zum schlimmstmöglichen Zeitpunkt.«

»Jetzt bist du stärker. Jetzt kannst du es ertragen.«

Zu Hause vögelten wir wie seit Jahren nicht mehr.

Fortan lebten wir zu dritt ...

Wer ist in einem Dreiecksverhältnis der Betrüger, wer der unsichtbare Rivale, wer der erniedrigte Liebende? Man selbst, man selbst und niemand als man selbst!

Von nun an lebten wir zu dritt in der Wohnung. Ich ging abends mit Penny zu Bett und wachte am Morgen mit ihr auf. Nacht für Nacht träumte ich von ihr. Ich erinnerte mich an Dinge, an die ich sieben Jahre nicht mehr gedacht hatte: Pennys Stretch-Bikini-Unterhöschen, die auf dem Handtuchhalter in dem trostlosen Badezimmer ihrer trostlosen Armeewohnung in Heidelberg hingen. Penny im Wohnzimmer eben dieser Wohnung, streicht die dünnen Strähnen ihres kupferroten Haars aus der sommersprossigen Stirn und sagt: »Wenn du erst mal sechs Kinder gehabt hast, braucht es eine ganze Menge Penis, dich wirklich wieder auszufüllen ...«, und dabei lächelt sie lasziv erst ihren Mann, dann meinen an. Penny, wie sie mich anruft, als ich mit dem gebrochenen Bein im Krankenhaus liege, und mich fragt, was sie für Bennett tun kann. Und ich, ich sage ihr, wie unerhört *fürsorglich* sie sei, und danke ihr, danke ihr, danke ihr.

Ich war ganz in die Vergangenheit getaucht. Die Zeit schien rückwärts abzulaufen. Ich war wieder in der Armee – in meinem traurigen, verregneten zweiten Jahr meiner Ehe.

Pennys Gesicht verfolgte mich: ihre Buckelnase, die an eine Skischanze erinnerte, ihre wäßrigen Schicksenaugen, ihre Sommersprossen à la Norman Rockwell. Ich war unfähig, mich auf irgend etwas zu konzentrieren. Morgens am Schreibtisch sah ich weiter nichts als unsere Wohnung in Heidelberg, mein kleines graugestrichenes Arbeitszimmer, in dem Bennetts Schwanz in Pennys ausgeleierte *Schicksen*-Möse eindringt, während ein Stapel meiner ersten Manuskripte zuschaut ...

Ich war ganz besessen von den Details. Wie *lange* dauerten ihre heimlichen Zusammenkünfte, und wie oft trafen sie sich? Wie viele Nummern machten sie hintereinander und in welchen Positionen. Stöhnten oder schrien sie dabei, oder flüsterten sie sich Zärtlichkeiten zu? Redeten sie hinterher von ihren jeweiligen Ehepartnern? Verglichen sie unsere sexuellen Qualitäten? Fielen sie sich gegenseitig lachend in die Arme bei dem Gedanken, wie

schlau sie uns betrügen? Machten sie einander Geschenke als Zeichen der Liebe?
Am meisten aber standen mir die Geschlechtsorgane vor Augen. Ich sah Bennetts Schwanz wieder und wieder in Pennys Möse eindringen. Ich wachte morgens um drei Uhr schreiend auf, wenn ich davon geträumt hatte. Und Bennett tröstete mich dann mit den zärtlichsten Worten, die ihm einfielen.
Seit mein Leben zum Stillstand gekommen und nur noch ein Museum meiner Eifersucht war, wurde Bennett enorm mitfühlend. Er hatte sich wieder zum Mittelpunkt etabliert. Nichts konnte ihm jetzt noch etwas anhaben – weder meine Karriere noch meine Freundinnen, noch meine Liebhaber.
Bennett wußte nichts von meinen Liebhabern – zumindest nicht bis zu jenem Wochenende, als er mir Penny beichtete. Dann, in meiner Verzweiflung, beichtete auch ich. Das war meine letzte Waffe.

Erster Sonntag nach Woodstock: ich habe begonnen, mein Leben in die Zeit vor und nach Woodstock einzuteilen. Bennett und ich sind zu Hause. Wir haben die ganze Nacht gevögelt – wie Diebe, von denen einer des anderen Namen nicht weiß. Ich habe von Penny geträumt und bin weinend aufgewacht. Am Morgen bringt Bennett mir Frühstück ans Bett: ein vorzügliches Käseomelett und *café au lait.* Er strahlt den inneren Frieden eines Mannes aus, der seine Frau zerstört hat und sich nun Großmut leisten kann. Ich bin erst seit ein paar Minuten wach und heule schon in mein Omelett. Acht Jahre Tränen! Ich wußte gar nicht, daß ich so viele habe.
»Es tut mir leid, daß ich dir weh getan habe«, sagt Bennett.
Ich würge an Eiern und Tränen.
»Wirklich. Es tut mir wirklich leid.«
Ich stochere in meinem Omelett.
Der Cheddarkäse hat die Farbe von Pennys Haar. Das Porzellan ist blau wie ihre Augen. Das Weiß der Serviette ist das Weiß ihrer Bikinihöschen.
»Hast du noch andere Liebesaffären gehabt?« frage ich und will die Antwort gar nicht wissen.
»Nur eine«, sagt Bennett selbstgefällig, während er auf der Bettkante sitzt.
»Gestern abend hast du gesagt, weiter keine!«
»Es war damals, als du völlig mit deinem Buch beschäftigt warst. Ich fühlte mich ausgeschlossen. Ich hatte niemanden, der für mich da war.«

»Wer hat sich schließlich gefunden?« frage ich verbittert.

»Robin McGraw.« So hieß eine Blondine vom Personal seiner Klinik.

Und plötzlich wirbelt es mich zurück in die Vergangenheit. Robin und Penny. Intuitiv wußte ich schon von *beiden*. Ich erinnere mich an die Zeit, als Robin mit uns zum Skifahren nach Vermont kam. Als wir eines Nachmittags im Hotelzimmer gemeinsam etwas tranken, fiel mir auf, wie ähnlich Robin mir war, und plötzlich wurde mir klar: mein Mann schläft mit ihr. Darum glotzt sie ihn mit so kummervollen Blauaugen an. Das Blau ihrer Augen, das Blau von Pennys Augen, das Blau meiner Augen. Drei Frauen, jede das Spiegelbild der beiden anderen.

»Du bleibst jedenfalls bei deinem Typ«, fahre ich ihn an.

»Robin hat in Wirklichkeit Angst vor Männern«, sagt Bennett sehr sachlich. »Sie hat praktisch Dyspareunie.«

»Was ist das?« frage ich.

»Scheidenkrämpfe, die den Geschlechtsverkehr schmerzhaft machen.«

Ich staune über so viel *Chuzpe*. Erst vögelt er sie; dann vernichtet er sie durch Analyse. *Anorgastisch, Dyspareunie*. Die Tiefe dieses seines Frauenhasses wird mir erst jetzt klar. Ich fange an, ihn zu hassen. Du hast ein Ungeheuer geheiratet, denke ich. Und jahrelang hatte *ich* mich schuldig gefühlt.

»Woran denkst du?« fragt er mich.

»Was für ein Ungeheuer du bist.«

»Ich?«

Bennett faßt es nicht. Überzeugt, von seiner unglücklichen Kindheit zum ewigen Opfer gestempelt zu sein, kann er sich nicht als Ungeheuer sehen.

»Warum hast du dich mit diesen Frauen abgegeben, wenn du sie doch so sehr verachtest?«

»Ich? Sie verachten?«

»Anorgastisch, Dyspareunie«, sage ich spöttisch.

»Das ist keine Verachtung, das sind Tatsachen.«

»Es klingt ziemlich verächtlich.«

»Robin kam eines Tages weinend in meine Praxis. Sie war schrecklich aufgeregt, weil ein Patient sie angebrüllt hatte, und ich mußte sie trösten. Damals warst du so in deine eigenen Dinge versunken. – Ich besuchte sie ungefähr jede zweite Woche. Ich glaube, ich habe von Anfang an gewußt, daß sie scharf auf mich war. Ich erinnere mich daran, daß ich Doktor Steingesser gegenüber schon *Monate* vorher davon erzählte. Der sagte bloß:

»Warum überrascht es Sie so, daß ein anmutiges Weib sich zu Ihnen hingezogen fühlt?«

Ein anmutiges Weib. Ich drehe und wende in Gedanken diese antiquierte Redensart hin und her wie eine alte Münze. Warum drücken sich Analytiker mit Vorliebe so antiquiert à la Henry James aus? Können sie nicht sprechen wie wir alle im 20. Jahrhundert?

»Jedenfalls war ich geschmeichelt«, fährt Bennett fort. »Sie war hübsch und offensichtlich verrückt nach mir – und du, du warst in deiner Arbeit vergraben ...«

»Was für eine großartige Muse du bist!« sage ich wütend. Meine Wut brodelt wieder bis an die Oberfläche, sie schlägt Blasen wie kochender Schlamm in der Nähe von Vulkanen. Schon wieder macht dieser geduldige, langmütige Gatte seiner Wut über meinen Erfolg Luft. Bumst Penny in Heidelberg, Robin in New York.

»Ich bin auch nur ein Mensch«, sagt Bennett wenig überzeugend.

»Warum hast du dich dann immer als Heiliger dargestellt?«

»Hab ich das?«

»Und ob du das getan hast! Du siehst zu, wie ich in Schuldgefühlen und Wunschvorstellungen fast zusammengebrochen bin, mich selbst für ein unartiges kleines Mädchen gehalten habe, während du vorgibst, *über* alledem zu stehen – über sexuellen Eskapaden, über der Lust. *Das* ist es, was ich dir nicht verzeihen kann. Daß du es *mich* ausschwitzen läßt und vorgibst, selbst so rein zu sein! Wenn du es wenigstens mit mir *geteilt* hättest ... Wenn du gesagt hättest: ›Okay, mach dir keine Vorwürfe – ich habe das gleiche getan.‹ Aber du, du hast so getan, als hättest du es nicht einmal in deiner Phantasie erlebt. *Ich* war diejenige, welche. Du hättest dich mit mir auf eine Ebene stellen können, anstatt mich dem Gefühl zu überlassen, ich sei so eine Art Monstrosität!«

»Wozu wäre das gut gewesen? Es war schließlich mein Problem ...«

»Das habe ich schon einmal gehört, das ist nichts als blanker Egoismus. Du wolltest mir einfach nicht die innere Freiheit lassen, meinerseits Affären zu haben – glaube ich. Aber weißt du was? – ich hatte trotzdem welche ...« Mir wird jetzt schon ganz schlecht von den Geständnissen, die ich gleich machen werde, aber ich kann sie nicht mehr verhindern. Ein Wort zieht das andere nach sich. Ein angefangenes Geständnis zieht das andere nach sich. Erstes Newtonsches Gesetz der Eifersucht.

»Mit wem?«

»Oh, Jeffrey Rudner ist der eine und der andere Jeffrey Roberts.«
»Jeffrey *Rudner?*« Das versetzt Bennett einen Stich. Jeffrey – sein Analytikerkollege, dazu sein Tennispartner. Zu meinem Entzükken habe ich noch einen zusätzlichen Pfeil im Köcher. »Er sagt meinetwegen gewöhnlich für einen ganzen Nachmittag seinen Patienten ab – etwas, das du niemals fertigbringen würdest.«
Bennett sieht niedergeschlagen aus. »Von diesem englischen Arschloch hätte ich das nie erwartet... Ich dachte, als ich dich wiederaufnahm, hättest du *versprochen*...«
»Ich habe gar nichts versprochen.«
»Ich dachte, deine Analyse...«
»Meine Analyse – das Allheilmittel... Hilft garantiert gegen Lüsternheit, Unruhe, gegen sexuellen Kitzel jeder Art... Übrigens liefen Jeffrey und ich uns immer *nach* unseren Analyseterminen über den Weg. So fing es an. Ich kam aus Nr. 940 Park Avenue und er aus Nr. 945. Wir trafen uns auf halbem Weg und gingen zusammen einen Kaffee trinken. Später verbrachten wir dann den angebrochenen Freitagnachmittag in seiner Praxis auf der Couch.«
Ich sage das ganz kühl – als wäre es leicht gewesen, ohne Angst, ohne Zweifel, ohne Bedenken. Stimmt aber alles nicht. Die törichte kleine Affäre füllte mich bis obenhin mit Schuldgefühlen und Zweifeln. Gelohnt hat sie sich nur, weil ich sie jetzt hier hervorziehen konnte wie der Zauberer einen Hasen aus dem Zylinder. Darüber zu reden macht wesentlich mehr Spaß, als sie zu erleben. Aber ich denke nicht daran, Bennett das zu sagen. Für ihn male ich alles schön aus:
»Jeffrey ist großartig im Bett. Ich glaube sogar, daß er orgastisch ist – um deinen Jargon zu gebrauchen. Und er probiert Dinge aus, die dir nicht einmal im Traum einfallen würden – zum Beispiel leckt er mir Apfelbutter aus meiner Möse...«
»In seiner Praxis? Auf der Analyse-Couch?« Bennett wechselt von Ungläubigkeit zu Verachtung. »Junge, Junge, ihr beide habt es euren Analytikern wirklich gezeigt, was? Ausgerechnet auf der *Analyse-Couch*...«
Plötzlich fällt mir ein, daß wir es in Wirklichkeit nie auf der Couch getrieben haben (Jeffrey ist zu abergläubisch) – aber ich gönne Bennett nicht die Genugtuung, das zu wissen. »Es macht besonders großen Spaß auf der Couch«, sage ich schadenfroh; »du solltest es mal versuchen.«
»Hab ich schon. Mit Robin.« Er schießt zurück.

»Und ich darf annehmen, daß du *das* nicht ›abreagieren‹ nennst?«
»Aber gewiß. Und ich habe wahrlich ganze *Stunden* mit Doktor Steingesser darauf verwendet.«
»Und dadurch wird alles koscher, hm? Vögelt gleich, analysiert später.«
»Wie du willst. Wenigstens habe ich es nicht mit einer deiner *Freundinnen* getrieben ...«
»Ich finde es ziemlich nett, daß Jeffrey bereit war, mehreren Patienten meinetwegen abzusagen, meinst du nicht auch? Eine ungemein galante Geste – besonders für einen Analytiker.«
Ich sehe Bennett an, sein Gesicht ist wutverzerrt, seine Augen blicken hart aus zusammengekniffenen Lidern. Ich wünschte, ich hätte noch mehr Eskapaden zu beichten. Hätte ich mich doch von seinem ganzen medizinischen Institut vögeln lassen, von allen seinen Kollegen, sämtlichen Medizinern New Yorks dazu. Ich suche auch noch die Krümel zusammen: »Jeffrey Roberts ist seit Jahren in mich verknallt. Mit Bob Lorrillard, der mich im Fernsehen präsentiert hat, habe ich es auch gemacht und mit Amos Kostan, dem israelischen Dichter.« (Das mit Amos ist überhaupt nicht wahr; Amos und ich haben uns ein einziges Mal in einer fremden Küche abgeknutscht, hatten aber nie eine Affäre miteinander. Immerhin. Es wird Bennett wütend machen.) Ich fühle mich hilflos wie ein Kind, das von den schmutzigen Dingen, die hinter verschlossenen Schlafzimmertüren vor sich gehen, ausgeschlossen bleibt. Ich würde sonst was tun, um Bennett das gleiche Gefühl zu verpassen. Aber er beißt nicht an.
»Ich habe das alles vermutet«, sagt er in Selbstverteidigung – »und ich bin bereit, dir alle diese Männer zu verzeihen.«
»Verzeihen! Mir verzeihen! Und wenn ich nun keine Verzeihung *will*? Wenn ich auf meinem Recht bestehe, meine Wut nach Belieben auszutoben?«
»Ich weiß, daß Künstler ein unstetes Temperament haben, ich weiß auch, daß du –«
Das macht mich noch wütender. »Komm mir nicht mit dieser gönnerhaften Scheiße, verdammt noch mal. Ich hatte ein oder zwei dumme Bumsereien nebenher – aber du hattest eine ernste leidenschaftliche Affäre – und hättest mich einer anderen wegen beinahe verlassen. Komm mir nicht mit diesem Quatsch über Künstler. Das ist beleidigend und herablassend. Schon wieder spielst du den großen Papi, der mich in seiner Güte wieder an die

Brust nimmt. Nein, danke! Siehst du denn nicht, wie dominierend du bist? Merkst du das wirklich nicht?«

Und dabei fange ich wieder an zu weinen. Die Dämme brechen, die Tränen aus acht Jahren quellen hervor. Wo habe ich alle diese Tränen so lange aufbewahrt?

Als ich völlig in Tränen aufgelöst bin, breitet Bennett die Arme weit aus und will, daß ich mich an seiner Brust verkrieche. Richtiger, zurück in den Mutterleib. Und ich krieche. Aber innerlich tobe ich vor Wut. Ich lasse mich umarmen, wie ein Krebs seine Beute umfängt – aber innerlich bin ich wütend. Unsere Ehe liegt in den letzten Zügen.

Ein Tag im Leben der ...

Rat suchen wir, wenn wir die Antwort auf unsere Fragen bereits kennen, sie aber nicht kennen wollen ...

Heute heißt es überall, Frauen verließen ihre Männer beim geringsten Anlaß, ich bin aber der lebendige Beweis dafür, daß dies nicht stimmt. Mich »hielten« keine Kinder (die mich in die Realität zwangen), ich hatte einen Beruf und ein eigenes Einkommen, und doch war das Ausbrechen aus meiner Ehe das Schwerste, was ich je in meinem Leben tat. Ich versuchte alles Erdenkliche, um die Entscheidung hinauszuschieben – oder rückgängig zu machen! –, und der eigentliche Prozeß des Ausbrechens nahm Jahre in Anspruch, nicht Monate. Meine läppischen Eskapaden, die aufsässigen Dinge, die ich schrieb, waren im Grunde nur Versuche, die grauenhafte Entscheidung hinauszuschieben.

Das alles glich nicht im geringsten dem, was man zufällig im Lokal am Nachbartisch mithört oder als Gespräch anderer Teilnehmer in der Telefonleitung: *»Und sie? Einfach auf und davon.«* Dieser klassische Satz wird unvermeidlich mit einer Mischung aus Verachtung und Neid ausgesprochen – beiden aber unterliegt eine stellvertretend nachvollzogene Begeisterung. Wieder ist ein Gefangener ausgebrochen! Wieder ein Vogel aus seinem goldenen Käfig entflogen! Dieses Zitat rüttelt uns auf, ganz gleich, wie oft wir es schon gehört haben. Freiheit, Freiheit, ist das Leitmotiv.

Ich war nicht unempfindlich gegen den Reiz der Freiheit. Jedesmal wenn ich von einer Frau hörte, irgendeiner Frau, die ihren Mann verlassen hatte – ob das nun eine Freundin war, eine flüchtige Bekannte oder jemand, den man vom Fernsehen kannte und der zu einem Drittel aus Gerüchten, zu einem Drittel aus Projektionen und im übrigen aus Wunschvorstellungen zusammengesetzt war – ich fühlte mich hingezogen, deutlich fühlbar hingezogen. Taschenbücher mit Titeln wie *Wie lasse ich mich scheiden?*, *Freuden der Scheidung*, *Die Unvereinbarkeit von Liebe und Ehe* oder *Die Herausforderung des Alleinlebens* fand ich unwiderstehlich. Ich war wie besessen davon, auszubrechen, und brachte es doch nicht fertig. Nach Art der Psychopathen, die ihre eigenen Wahnvorstellungen auf die Umgebung projizieren, redete ich mir ein, daß alle Welt davon besessen war, den eigenen Mann zu verlassen, ja, daß dieses das *einzige,* das kosmische Thema war.

Meine Freunde waren damals für mich lebenswichtig. Eine schlechte Ehe wird wie durch unsichtbaren Leim von Freundschaften zusammengehalten. Wenn man genug Freunde hat, macht man jahrelang so weiter. Man hat die Absicht, sich zu trennen, man redet von Trennung – nur – einfach auf und davon, das ist nicht drin.

Ich war immer mit Freunden reich gesegnet, und so erbärmlich es mir im Leben manchmal gegangen ist, hat es mir nie an Freunden gefehlt, die meinen Kummer mit mir teilten. Tatsächlich *lieben* Freunde unseren Kummer, und sollten wir gar zu sehr vom Glück begünstigt sein, zuviel Erfolg haben oder zu schön sein, dann ist unser Kummer das einzige, das uns unseren Freunden liebenswert macht.

Gleich nach Bennetts Enthüllungen ertappte ich mich dabei, daß ich meine Freunde reihum anrief, als wären sie Wunderheiler, Gurus oder Schamanen. Aber jeder von ihnen war nur ein Spiegel, der seine eigenen Verzerrungen reflektierte – doch sogar das war in seiner Art tröstlich.

An jenem heißen Montagmorgen nach Woodstock rief ich sie alle an: die Freundin und Anwältin Gretchen Kendall; Michael Cosman, meinen besten Freund und Beinahe-Liebhaber aus Heidelberg; Jeffrey Rudner, jenen Analytiker, der meinetwegen seinen Patienten absagte; Jeffrey Roberts, wachechter WASP, Werbemensch und Dichter, der mich seit Jahren heiraten wollte; Hope Lowell, meine Muse und gute Fee; Holly, die ewige Einzelgängerin, deren Malerei eindeutig erkennen ließ, daß sie lieber eine Pflanze wäre als ein Mensch. Und wen ich von meinen Freunden anzurufen versäumte, der rief bei mir an. Noch vor elf Uhr vormittags war meine ganze Woche lückenlos ausgebucht. Keine Sekunde war übrig, um Bennett zu sehen. Man konnte sogar sagen, richtig gesehen habe ich ihn erst, lange nachdem ich ihn verlassen hatte. Erst dann konnte ich ihn ohne Wut ansehen, und erst da begriff ich ihn. Aber da war es zu spät, denn was ich zu sehen bekam, machte mir ganz unmißverständlich klar, daß ich niemals zu ihm zurückgehen könnte.

Gretchen ist ein Meter dreiundsiebzig, blond, hat enorme Titten, ein loses Mundwerk und steht auf Marxismus, Feminismus und Barockmusik. Als es vor zwei Jahren in der Frauenbewegung Mode war, auf Lesbe zu machen, redeten wir viel davon, es mal miteinander zu versuchen, aber natürlich taten wir nichts dergleichen. Wir hatten keinen Moment wirklich Appetit darauf. Es war nur die *Idee*, die uns reizte. Statt dessen verreisten wir zusammen nach London, als mein Buch dort erschien, und veranstalteten in unserem Hotelzimmer im Hotel Dorchester eine analytische Dauersitzung von zehn Tagen. Es war eine ziemlich höllische Erfahrung, die uns davon überzeugte, daß wir nie wieder zusammen verreisen durften, ganz zu schweigen von zusammen leben, aber wir waren dicke Freundinnen geworden. Insgeheim fühle ich mich von Gretchen eingeschüchtert. Ihr dominierendes Wesen (Löwe und Löwe im Aszendenten), ihr erklärter Radikalismus, ihre scharfe Zunge, ihre außergewöhnliche Schönheit – das alles ist zuviel. Sie hat so viel Lebenskraft, daß mit ihr verglichen alle anderen ausgeblutet wirken. Sie ist überwältigend.

Als ich einmal von einer Londoner Frauenzeitschrift interviewt wurde, saß Gretchen dabei und bemerkte beinahe nach jeder Antwort von mir: »Scheiße!«

»Verdammt noch mal, das ist *mein* Interview!« schrie ich schließlich wütend – und natürlich benutzte der rotzige Reporter *das* als Überschrift. Unsere Freundschaft ging darüber fast in die Brüche, überlebte jedoch, weil Gretchen und ich auf geheimnisvolle Weise Schwestern sind und einander brauchen – und sei es zum gegenseitigen Anschreien. Ich liebe sie (und ich glaube, sie liebt mich). Tatsache ist – man kann über niemanden wirklich schreiben, den man nicht liebt. Selbst wenn das Porträt so ätzend wird wie Vitriol, selbst wenn ein alter Groll die Feder schärft, es muß irgendwo auch einmal Liebe vorhanden gewesen sein, sonst bringt man nicht die nötige Energie auf, die die Feder übers Papier bewegt. Und Schreiben verlangt viel Energie – mehr Energie, als man je zu besitzen glaubt. Und Energie fließt aus Liebe. Man braucht einen Anfall von Liebe, um ein Gedicht zu schreiben, mehrere Anfälle, um eine Kurzgeschichte zu schreiben, und Hunderte, um einen Roman fertigzubringen. Ein Gedicht (sicher hat das schon jemand vor mir gesagt) ist die Begegnung einer Nacht, eine Kurzgeschichte ist eine Liebesaffäre, ein Roman ist eine Ehe. Von Zeit zu Zeit kriegt man den Gegenstand satt, die Leidenschaft läßt nach – aber man bleibt dabei! Gelegentlich gibt man Versuchungen nach: mal ein Gedicht, mal die oder jene Kurzgeschichte: doch der Roman hat einen sozusagen am Schürzenzipfel. Man mag vom Weg abschweifen – doch nie für lange.

Gretchen betreibt ihre Einefraukanzlei in einem winzigen, fensterlosen Büro auf der Madison Avenue. Es ist eigentlich das Hinterzimmer eines anderen, erfolgreicheren Anwaltsbüros. An den Wänden hängen politische Poster, auf dem Schreibtisch häufen sich Schriftsätze und feministische Literatur, Bilder ihrer Kinder kleben an der Tapete, und über ihrem unordentlichen Schreibtisch hängt das Bild eines nackten Mannes. Es ist das realistisch gemalte Porträt eines nackten Schwarzen, der eine riesige Wassermelone hält (hinter der wir seinen Penis vermuten) und dazu teuflisch grinst. Um jeden Verdacht des Rassismus abzuwenden, eröffnet Gretchen sofort jedem Besucher, daß das Bild von einer schwarzen Malerin, einer Klientin, stammt. Ihre Klientinnen können nur selten bezahlen, darum geben sie ihr Bilder, selbstgebakkene Weihnachtskuchen, Originalmanuskripte, meist aber überhaupt nichts. Sie hat kaum genug, um ihre Miete und den telefonischen Auftragsdienst zu bezahlen – Geld ist immer ihre schwache Stelle. Als ich ihr Büro betrete, hat sie die Füße auf dem Schreibtisch, telefoniert mit einer Abtreibungsreformistin und hat einen Fürsorgefall auf der Warteleitung.

»Du siehst schrecklich aus. Setz dich«, begrüßt sie mich und redet weiter. Manchmal habe ich den Verdacht, daß sie diese Telefongespräche in meinem Beisein zu meiner Belehrung führt. Gretchen hat viel Sinn fürs Theatralische. Ein Clarence Darrow des Feminismus.

»Natürlich ist er ein Schwein. Was haben Sie erwartet – einen John Stuart Mill?« Sie lacht perlend und ansteckend. Gretchen hat ein bezauberndes Lachen – zum Glück, denn oft genug hat sie eine scharfe Zunge. Ohne ihr Lachen wäre sie vielleicht nur noch furchterregend.

»Hör zu – der Bastard belästigte als Arzt verkleidet im Krankenhaus fünf Patientinnen. Aber niemand kümmerte sich auch nur einen Scheiß darum, bis er sich an eine *weiße* Frau ranmachte. Dann war die Kacke am Dampfen.«

Ich grinse Gretchen an, diese Radikale. Sie grinst zurück.

»Also, was machen wir? Sollen wir den Ficker laufenlassen? Nach sechs Monaten ist er wieder draußen und versucht es wieder. Diesmal vielleicht bei dir oder bei mir. Ich würde ihm allerdings einen Karateschlag verpassen, daß er nicht weiß, wo er wohnt, das Schwein. Gut. Prüf das nach, und ruf mich wieder an. Richtig. Ich weiß. Bis dann.« Sie drückte auf den Knopf der Warteleitung. »Hallo? Mrs. Brown? Sie müssen in mein Büro kommen und mir die ganze Sache haarklein erzählen, damit wir diese verfluchte

Ziege festnageln können. Wissen Sie, wie Sie hierherkommen? Mit der U-Bahn Richtung Lexington Avenue bis zur 68. Straße, dann drei Blocks in Fahrtrichtung und zwei Blocks nach Westen. Sie haben die Adresse? Gut. Morgen? Gut, wenn ich zum Mittagessen gegangen sein sollte, machen Sie es sich hier gemütlich. Ich bin bald wieder zurück. Also, bis morgen.« Und dann zu mir: »Mein Gott, *du* siehst ja aus, als wären dir alle Felle weggeschwommen. Was ist passiert?«

»Ich verlasse Bennett.«

»*Das* habe ich schon mal gehört.«

»Diesmal ist es wahr.«

Gretchen lacht. »Das glaube ich erst, wenn du das Haustürschloß ausgewechselt hast.«

»Weißt du, was das Aas gemacht hat?«

»Der Tong* beigetreten? Die Analyse aufgegeben? Ist er schwul geworden? Oder hat er etwa mit dir *geredet*?«

»Sehr komisch. Er hat übrigens *wirklich* mit mir geredet, zum erstenmal seit acht Jahren Ehe. Und weißt du, was er zu sagen hatte?«

»Daß er in Wirklichkeit ein Roboter ist? Das habe ich schon lange vermutet.«

»Nein, du Idiotin. Daß er jahrelang eine Geliebte hatte. In Heidelberg. Und später auch noch. Dieses scheinheilige Schwein. Erinnerst du dich noch an seine Ausfälle wegen *deiner* offenen Ehe? Wie er versucht hat, uns beiden *Schuldkomplexe* anzuhängen, weil wir miteinander nach London verreist sind? Nun stellt sich heraus, daß er es sich sogar während unserer Abwesenheit hat besorgen lassen. Er, nicht etwa wir!«

Gretchen lacht. »Ich habe mich immer gewundert, daß du nie etwas geargwöhnt hast. Im Grunde sind sie alle Schweine, weißt du. Sogar mein illustrer Alan – mit seiner hühschen Sterilisationsnarbe. Du kannst es dir als Faustregel merken. Schwein bleibt Schwein.«

»Aber Bennett war immer so aufrichtig.«

»Nicht aufrichtig. Nur steif, auf verklemmte Weise korrekt und langweilig. Betrügen tun sie dich alle – früher oder später. Also such dir einen, der wenigstens amüsant ist, wenn er nicht gerade betrügt.«

»Vermutlich.« Ich schaue zu Boden, bin dem Weinen nahe.

»Nun zerquäl dich nicht deswegen. Wenigstens weißt du jetzt

* Chinesische, kriminelle Geheimgesellschaft, in den USA als »chinesische Mafia« bekannt.

Bescheid und brauchst dir nichts mehr vorzumachen. Du hast immer so getan, als wäre er die Tugend in Person und du die sündhafte Magd. *Diesen* Quatsch kannst du jetzt lassen.«
»Was für eine kolossale Energieverschwendung. All diese Schuldgefühle.«
»Ich weiß. Aber es ist vielleicht besser so. Vielleicht kannst du nun endlich diesen *Schmock* verlassen. Und diese unnütze Analytikerin, zu der du gehst.«
»Die ist gar nicht so schlecht. Sie ist sogar sehr gut.«
»Aber warum bist du dann so ratlos. Seit Jahren ziehst du mit demselben alten Freudschen Kehrichthaufen durch die Gegend. So wirst du es *nie* zu etwas bringen. Und solange du mit diesem Pokerface verheiratet bist, wirst du niemals von der Stelle kommen.«
»Weißt du, was mir den Rest gibt?«
»Nein, was?«
»Daß ich ihn als den weisen Vater und Beschützer sehen wollte, daß ich die *Illusion* brauchte, beschützt zu werden. Warum tun wir Frauen das? Wir alle tun es, weißt du. Sogar du.«
»Na, ich habe mich damit abgefunden, daß ich immer Männer brauche. Als Lesbierin bin ich eine Niete – aber wenigstens krieche ich ihnen nicht in den Arsch wie du.«
Das tat weh. »Ich glaube nicht, daß ich ihnen ...«
»Scheiße. Natürlich tust du das. Kaum betritt Bennett das Zimmer, fängst du an, dich ihm *anzupassen*. Das macht einen ganz krank. Was hat *er* je für *dich* getan? Hat dich behandelt wie Dreck, bevor du erfolgreich warst, jetzt geht er mit dir um wie mit einer Gans, die goldene Eier legt. Und gönnerhaft ist er, wie verrückt. Diese ganze »Künstlerin«-Scheiße. Als wäre es eine *Krankheit* zu dichten. Falls du es willst, setze ich dir gleich den Antrag auf Getrenntleben auf. Aber ich sehe schon, du bist noch nicht ganz soweit.«
Gretchen steht auf, streckt sich, stopft ihr Hemd wieder in die Jeans und schneidet in den Vergrößerungsspiegel auf ihrem Schreibtisch Fratzen. Sie schraubt einen Topf mit Vitamin-E-Creme auf, massiert ein bißchen davon in ihren Hals ein und betupft sich mit JUGENDTAU. Die wohlriechendste Marxistin von New York. Wer so gut riecht, kann die Welt erobern.
»Ich bin so wütend auf den Bastard, ich könnte ihn kastrieren, statt mich scheiden zu lassen. Scheidung ist viel zu gut für ihn.«
»Du bist bloß auf dich selber wütend, Kindchen.« Das ganze Zimmer fängt an, penetrant nach JUGENDTAU zu riechen.

»Ja. Vermutlich. Aber die Frage ist, warum hatte ich diesen Mythos nötig, einen gloriosen Papi und Beschützer zu haben. Das ist's, was mich so anwidert. Man ist immer allein – warum es also nicht von Anfang an zugeben? Bennetts Funktion in meinem Leben war zum größten Teil eingebildet, nicht wahr? Seit ein paar Jahren habe ich die Hälfte unserer Brötchen verdient. Ich habe niemals Spaß mit ihm. Die meisten meiner Freunde kann er nicht leiden. Wir sehen uns praktisch nie. Kinder haben wir auch nicht – was also habe ich in Wirklichkeit bei ihm *verloren?*«
»Ich dachte, er wäre ein guter Fick – obwohl das *auch* kein Grund ist, bei ihm zu bleiben.«
»Naja, das schon. Aber Jeffrey Rudner massiert mir den Rücken besser und leckt mich mit viel mehr Spaß an der Sache. Und ich bin sicher, es gibt jede Menge Kerle, die ebensogut vögeln wie Bennett. Er behält sogar die *Socken* an und seine Pyjamajacke.«
»Das hast du mir nie erzählt.«
»Hätte ich es getan, hättest du mich ausgelacht.«
»Da hast du verdammt recht.«
»Weißt du, was er noch gemacht hat?«
»Du meinst, du kannst mir was über betrügerische Männer erzählen, was ich noch nicht weiß?«
»Dieser stinkende Heuchler hatte die ganze Zeit, als er so scheinheilig von ehelicher Treue faselte, nebenher eine Affäre. Im Armee-Stützpunkt. Wo er immer davon redete, wie *infantil* alle anderen seien. Und wie sie sich *aufspielten.* Er gab sich so überlegen in bezug auf dich und Alan. Daß ihr gegenseitig eure außerehelichen Beziehungen geduldet, daß ihr abwechselnd auf die Kinder aufgepaßt habt, wenn der andere Ausgang hatte, das nannte er ›ödipales Verhalten‹. Lieber Himmel – ich möchte ihn umbringen.«
»Lieber nicht. *Da* könnte ich dich nicht raushauen.«
»Wenn ich daran denke, daß ich bereit war, mir von diesem Hundsfott sogar ein Kind machen zu lassen. Wenn ich nur daran denke! Ich säße mit diesem Heuchler auf ewig fest.«
»Du könntest ihn dann immer noch verlassen, aber es wäre viel schwerer. Auf jeden Fall glaube ich erst daran, daß du gehst, wenn ich es sehe. Noch ist es nicht soweit. Diese ganze Wut bei dir. Wenn du entschlossen bist, wirst du ganz gelassen einfach weggehen.«
»Weißt du, was das Verrückteste ist?«
Gretchen fixiert mich mit ihren großen blauen Augen und fängt an zu lachen. »Ich weiß schon, was du sagen willst.«

»Was denn?« frage ich trotzig.
»Du willst mir eröffnen, daß ihr häufiger und besser vögelt denn je, seit er dir seine Fehltritte gebeichtet hat.«
»Woher weißt du das?«
»Kendalls erstes Gesetz der Eifersucht lautet: Eifersucht macht den Penis härter. Und die Möse nasser. Das ist so weit verbreitet, man glaubt es kaum. Und wenn man sich endgültig entschlossen hat, Schluß zu machen, wird's im Bett geradezu himmlisch, damit man bleibt. Aber weißt du was? Es bleibt nicht so. Gott sei *Dank.*«
Auch ich lege nun meine Füße auf Gretchens Schreibtisch. »Weißt du, was das Verrückteste ist. Ich glaube, ich werde nie wieder jemanden finden.«
»Wenn dir dieses Glück nur beschieden wäre«, lacht Gretchen.

Als Gretchen zum Mittagessen aufbricht, bummle ich ziellos die Madison Avenue hinauf. Es ist einer jener heißen Junitage, an denen die Luft sich so feucht anfühlt, daß man glaubt, man schwimme, anstatt zu gehen. Ich trödle so herum, sehe mir Schaufenster an, probiere in einer schicken italienischen Luxusboutique ein Paar unheimlich teure Sandalen an, die ich nicht kaufen will, besorge in einer Drogerie Verhütungsgelee und parfümiertes Körperöl (ich werde später Jeffrey Rudner besuchen) und wähle im Blumengeschäft eine langstielige Rose für Hope, meine gute Fee, aus.

Hope ist genau zwanzig Jahre älter als ich, am 26. März 1922 geboren, und zwischen uns besteht eine jener merkwürdigen, alten verwandtschaftlichen Beziehungen. Ihre Mutter, jetzt eine ungemein muntere alte Dame namens Selma, die unentwegt nörgelt, hatte etwa im Jahre 1908 eine Affäre mit meinem Großvater. Beide leugnen es – aber Hope fand Briefe, die es beweisen. Wenn man ihn darauf festnagelt, sagt Großvater: »Nun ja, Selma war Anarchistin, eine Anhängerin von Emma Goldman«, und Selma sagt: »Ach, Stoloff, reden, reden, reden, das ist alles, was er kann. Glaubt mir, wenn ihr Skandale hören wollt, da kann ich euch Besseres erzählen als *das.*« Und das konnte sie. Trotzdem sind Hope und ich überzeugt, daß wir kosmisch gesehen Schwestern sind. Es gibt da zu viele Zufälle: Am gleichen Tag geboren, eine Mutter und ein Großvater, die eine Affäre miteinander hatten, den gleichen Geschmack, was Dichtung, Witze, Essen angeht, auch in allen wirklich wichtigen Dingen. Und natürlich auch im Sex.

Anders als meine Mutter, die Sex als Tauschware zu betrachten schien, hat Hope immer begriffen, daß man es jederzeit ohne Gegenleistung macht. Nur ist sie eben auch romantisch, und wenn sie sich verliebt (wie jetzt in ihren zweiten Mann, dem sie im Alter von 50 Jahren begegnete), dann ist sie völlig monogam, und das mit Begeisterung. Auch dies haben wir gemeinsam, daß wir romantisch sind. Und doch hat sie mich während all der verrückten, schuldbeladenen kleinen Affären, die ich in der Auflösungsphase meiner Ehe mit Bennett hatte, immer unendlich bereitwillig getröstet. Mit all meinen Schuldgefühlen, meinen Zweifeln, meinem unstillbaren Drang wegzulaufen kam ich zu ihr, und sie sagte immer: »Laß es geschehen. Laß dich treiben. Wenn es soweit ist, wirst du gehen. Bestrafe dich nicht selbst.« Sie kennt mich wie sich selber. All diese jüdischen Schuldkomplexe, diese ständige Beschwörung des bösen Blickes. Passiert mal etwas Gutes, lauert gleich um die Ecke bestimmt das Unglück. Wer sich amüsiert, dem droht ein Malheur. Wenn der Sex gut ist, kriegst du bestimmt den Tripper, ein Kind oder du wirst erwischt.
Meine ganze Kindheit hindurch hatte Hope mehr im Hintergrund gestanden. Ich hörte meine Großeltern und meine Eltern von ihr sprechen, lernte sie aber nie selber kennen. Man sprach von ihr als »die arme Hope«, offensichtlich, weil sie einen Musiker geheiratet hatte, der »nie seinen Lebensunterhalt verdiente«, wie meine Großmutter sagte. Statt ihn fallenzulassen – wie jedes vernünftige jüdische Mädchen das getan haben würde –, blieb sie bei ihm und unterstützte ihn. Das wurde als Zeichen großer Tollkühnheit angesehen. Hope wirkte auf Männer außerordentlich anziehend, hatte einen sehr guten Ruf als Lektorin und verdiente ordentlich. Meine Großeltern schüttelten den Kopf über so viel Arglosigkeit. Wie konnte sie mit diesem Bongotrommler aus Rego Park verheiratet bleiben? Liebe ist Liebe, aber Ehe ist eine Investition. Wenn eine attraktive Frau ihre »besten Jahre« an einen Bongotrommler von Rego Park verschwendete, konnte das nur ein Zeichen von Schwäche sein. »Die arme Hope. Sie ist zu gut.«
Aber die arme Hope wußte mehr als sie alle. Sie hatte begriffen, daß wahrer Überfluß sich selber ergänzte. Sie war immer enorm freigebig gewesen mit ihrem Geld, ihrer Liebe, ihrer Zeit. Das Ergebnis waren unzählige Freunde, massenhaft Liebhaber und nach einem halben Jahrhundert ein romantisches Idyll mit einem Mann, der sich als ihr geistiges und emotionelles Double erwies. Meine Mutter und meine Großmutter, die berechnend und geizig mit ihrer Liebe umgingen, meine Schwestern, die sich mit 18 ihre

Männer suchten und sich nie wieder von der Stelle rührten, standen am Ende mit weniger da als Hope, die immer alles wegschenkte. Sie war ein menschlicher Aschenbrödelbaum. Geschenke fielen von ihr herab wie Früchte aus einem Obstbaum. Man wagte nicht, in ihrer Wohnung, an ihrer Person oder in ihrem Büro etwas laut zu bewundern aus Angst, es sogleich geschenkt zu bekommen, ganz gleich, was es war: ein Gemälde, eine Erstausgabe, ein Schmuckstück. Sie schenkte und schenkte und schenkte. Die Dinge fielen ihr aus den Taschen. Und alles kam schließlich wieder zu ihr zurück, gewöhnlich doppelt oder dreifach.
Wirklich enge Freunde wurden Hope und ich im Sommer 1968, als ich für eine Woche aus Heidelberg nach New York zurückkehrte, um meine Großmutter an Krebs sterben zu sehen. In ihrem Büro fühlte ich mich gleich zu Hause. Es war ein sonniges Zimmer mit einem dicken goldfarbenen Teppich und einem großen Schreibtisch, der mit Krimskrams, Fotos und Blumen bedeckt war. Die Leute schenkten Hope immerzu Blumen.
»Laß dich ansehen«, sagte Hope. Wir sahen einander an, und es war Liebe auf den ersten Blick. Hope war rundlich, grauhaarig und strahlte Wärme aus wie ein offener Kamin. Ihre Gegenwart glättete alle Knollen und Bollen und machte einen sanft und heiter. Meine Mutter dagegen machte mich immer nervös: Hope stimmte mich gelassen.
Während sie meine unveröffentlichten Gedichte las, sah ich mich in ihrem Büro um, hauptsächlich, um etwas zu tun zu haben. Ich fürchtete mich immer, wenn jemand meine Gedichte las, überzeugt, daß sie schrecklich seien und ich nun als Hochstaplerin entlarvt würde. Damals besaß ich ungedruckte Gedichte über meine Zeit in Europa, über Deutschland, die Nazis und das Schweigen in meiner Ehe. Hope las, und ich tat so, als hätte ich keine Angst. Nach ein oder zwei Seiten schaute sie auf und sagte: »Gedichte schaffen mich immer. So schlichte weiße Blätter – und darauf die ganze Seele eines Menschen.« Dann machte sie sich wieder ans Lesen.
Nun ja, ich konnte immer noch weiterstudieren. *Dieser* Weg war mir offen. Oder ich konnte in einem Verlag arbeiten. Es war keine so schlimme Sache, sich vergeblich als Dichterin *versucht* zu haben. Schlimmer wäre gewesen, es überhaupt nicht versucht zu haben. Oder etwa nicht? Aber dann dachte ich an all die aufgeblähten Langweiler, die sich für Dichter hielten, die hoffnungsvollen Bubis, die ihre sentimentalen Ergüsse an *Writer's Digest* sandten, die sich hoffnungsvoll für Fernkurse in der Famous Writer's

School einschrieben, die 800 Seiten Gedichtmanuskripte im Selbstverlag erscheinen ließen, in der festen Überzeugung, daß sie doch noch Aufsehen erregen, durch Mundpropaganda zu Bestsellern werden würden. Wie, wenn ich eine von *dieser Sorte* wäre? Ein mittelmäßiger Prosaautor zu sein, war eine Sache. Mittelmäßige Prosa kann zur Zerstreuung gelesen werden, kann von Schauspielern im Fernsehen rezitiert oder im Film deklamiert werden. Aber mittelmäßige Dichtung gibt es nun mal nicht. Wenn Gedichte nicht gut sind, dann sind es keine Gedichte. So einfach ist das.

Ich dachte an meine Großmutter, aus deren Haus ich gerade kam. Sie litt an Gelbsucht, war totenbleich, von Magenkrebs zerfressen und von den Nebenwirkungen der Medikamente zerstört. Solange ich mich erinnern konnte, hatte sie Angst vor Krebs, aber nun, da sie wirklich davon befallen war, sprach sie das Wort nie aus. Sie saß in einem Sessel am Fenster, nähte, machte ihre Kleider enger. »Alles ist mir zu groß«, sagte sie, »und ich will etwas anzuziehen haben, wenn ich wieder ausgehen darf.« Natürlich ließen sie sie nie wieder hinausgehen. Zwei Monate später war sie tot. Doch bevor sie starb, schickte sie mich zu Hope. Auf ihre Veranlassung war ich hergekommen, meine Gedichte unterm Arm. Ohne ihr Drängen und ohne meinen Wunsch, einer sterbenden alten Frau eine Freude zu machen, wäre ich nie gegangen. In jenen Tagen hatte ich Angst, meine Gedichte überhaupt jemandem zu zeigen. Schon gar nicht *Lektoren*. Lektoren waren Götter für mich. Eingeweihte.

»Du wirst die berühmteste Dichterin deiner Generation werden«, sagte Hope zu mir, als sie aufsah.

Diese Frau ist verrückt, dachte ich; schwärmerisch, überschwenglich, ohne jede kritische Urteilskraft. Sie möchte einfach nur nett sein zu einer alten Freundin der Familie.

»Das kannst du nicht im Ernst meinen«, wehrte ich ab.

»Ich sage nie etwas, was ich nicht ernst meine. Ich mag dir überschwenglich erscheinen –«

Ich lüge: »Niemals.«

»Aber ich bin zu sehr an Dichtung interessiert, um zu lügen. Immerzu senden mir Leute Gedichte. Und die meisten davon sind unerträglich. Ich sage das den Einsendern mit den nettesten Worten, die ich finden kann – aber dieses Buch ist etwas Besonderes. Ich möchte es an verschiedene Verleger schicken. Kann ich dieses Exemplar behalten?«

»O Gott, das ist kein gutes Exemplar. Die Gedichte sind noch nicht

fertig. Ich muß noch ändern – und es muß noch einmal abgeschrieben werden. Das wird in Heidelberg gemacht – ich werde dir ein gutes Exemplar schicken. Bestimmt! Ich schwöre es dir!«
Hope durchschaute mich. »Ich glaube, ich lasse das hier gleich fotokopieren – damit ich es behalten kann. Was ist, wenn Mama stirbt und du in zwei Wochen nach Deutschland zurückgehst.« Sie lächelte spitzbübisch. Während die Gedichte kopiert wurden, fragte sie mich nach meiner Ehe. Sie hatte Bennett nie kennengelernt, wollte, daß ich ihn beschriebe. Ich dachte einen Augenblick nach. Mir fiel nichts ein. Sein mürrisches Gesicht, unsere Auseinandersetzungen, sein Drängen, ich solle nach New York fahren und bei meiner Großmutter bleiben, bis sie starb. Er hatte darauf bestanden, daß ich allein fahre. »Stell dich ihrem Sterben.« Er bestand darauf, daß ich mich analysieren ließe. Er besaß so ein mürrisches Wesen, er hatte keinen Humor.
»Er unterstützt mich sehr bei meiner Arbeit«, sagte ich.
»Aber liebst du ihn?« fragte sie.
»Was ist Liebe?«
»Wenn du das fragst, liebst du ihn nicht.«

Jetzt, sechs Jahre später, bin ich also wieder in Hopes Büro, um ihr zu sagen, was sie die ganze Zeit schon wußte.
»Erinnerst du dich an den Sommer, in dem wir uns kennenlernten? Als ich dir meine Gedichte brachte?« Ich sitze wieder auf dem Stuhl ihrem Schreibtisch gegenüber, genau wie damals. »Erinnerst du dich, daß Bennett darauf bestand, daß ich nach New York gehe, um mich ›Großmutters Sterben zu stellen.‹ Weißt du, weshalb ihm so viel daran lag?«
Hope ist Hellseherin wie immer. »Eine andere Frau?«
»Woher weißt du?«
Hope machte eine ihrer typischen Handbewegungen, die Parabeln andeuten, Unendlichkeit, Kreise in Kreisen. »Ich weiß es einfach.«
Ich fange an zu weinen. »Ach Hope, ich bin so wütend auf ihn, ich könnte ihn ermorden! Sobald ich einen Asiaten auf der Straße sehe, möchte ich ihn umbringen. Manchmal, wenn ich mit Bennett im Bett liege, möchte ich das Brotmesser holen und ihn in Stücke schneiden. Ich fühle mich wie eine Idiotin. Jahrelang war ich so besessen von Sex, Sex, Sex – und er hat es getrieben. Und mir Schuldgefühle eingeredet. Nie wieder kann ich ihm vertrauen. Das steht fest. Und weißt du, was das Schlimmste ist? Er weiß nicht einmal, warum ich wütend bin. Versteht nicht einmal, daß

seine *Heuchelei* mich so verbittert. Er will einfach nicht begreifen.«

»Schau, mein Liebes, du weißt, was ich dir immer wieder sage. Steck es ein, wenn du kannst, und wenn nicht, steig aus.«

»Ich kann das nicht einstecken.«

»Dann steig aus! Aber setz dich nicht auf die Rasierklinge und zersäble dir deine wunderschöne Möse.«

Also weiter die Madison Avenue entlang zur Praxis meiner Analytikerin. Lieber Himmel. Das ist also dein Leben, Isadora Wing. Wohnst immer noch in der West Side Street, wo du aufgewachsen bist. Teilst dein Leben auf zwischen dem Schreibtisch, dem Telefon und der Couch der Analytikerin. Ist *das* die Frau, die jeder beneidet? Ist das die Frau, von der man alle Antworten erwartet? Fragt lieber Kathryn Kuhlman. Oder Clare Boothe Luce. Oder Helen Gurley Brown. Denkt euch eine eigene Religion aus, werdet Wunderheiler. Heiratet ins Geld ein. Gebt eine Zeitschrift heraus. *Diese* Leute kennen die Antworten, nicht wir Schriftsteller. Wir werden für unsere Schmerzen bezahlt. Für unsere Alpträume. Wir werden dafür bezahlt, daß wir, benebelt von der Schreibmaschine, an den Küchenherd wandern (wo wir noch eine Kanne Kaffee aufbrühen und im stillen feststellen, daß der Küchenfußboden endlich einmal gewischt werden *müßte*). Dann wanken wir zurück an die Maschine. Wir kriegen Verfolgungswahn von zuviel Einsamkeit und glauben uns von unseren Verlegern ausgebeutet und von unseren Lesern belästigt. Bekommen wir ein Dutzend Liebesbriefe und einen einzigen anonymen Giftbrief eines Analphabeten, erinnern wir uns nur an diesen. Wir brüten allein vor uns hin, bis wir ganz versessen werden auf Sex, Ruhm, auf Schlösser auf dem Mond. Wir hungern nach Liebe, sehnen uns nach Sex, aber wenn es uns geboten wird, bringen wir es schnell hinter uns, damit wir nicht beim Schreiben gestört werden. Unglücklichsein ist unser Element. Wir bilden uns mit der Zeit ein, daß wir nur funktionieren, wenn wir unglücklich sind.

Im Sprechzimmer der Analytikerin. Der Schallzerstäuber summt unentwegt, dicke Auslegeteppiche, darüber echte Brücken, Kristallüster an der Decke, Plüschsessel, Kunstdrucke an den Wänden, die weder obszön banal, noch schlüpfrig Avantgarde sind. Piranesis und Picassos, wie sich's gehört: die beiden P. Ich gehe von der Wohnung meines Mannes zur Praxis meiner Analytikerin: die Geräusche sind die gleichen. Ein Leben auf der Couch. Ein Leben vom Schallzerstäuber dirigiert.

Als ich die Praxis von Dr. med. Abigail Schwartz zum erstenmal betrat, dachte ich: *Die* soll dir helfen können? Diese schlanke Brünette mit ihren teuren Twinsets, ihren handgemachten Schuhen, den echten Orientteppichen und ihren aggressionslosen Bildern, mit ihren Kristalleuchtern und ihrem irischen Dienstmädchen, das im teuersten Delikatessengeschäft einkauft? Die, die ihre Kinder auf eine Privatschule schickt. Sie hat bestimmt die East Side nie verlassen – außer, um in der Karibik auf Kreuzfahrt zu gehen. Ich hatte schon eine Menge Analytiker verbraucht, mit Ausnahme meines deutschen Mentors Doktor Happe waren sie alle Opfer ihrer eigenen Banalität. Nicht, daß sie mir nicht geholfen hätten. Jeder einzelne von ihnen hatte sein Teil beigetragen, nahm mir ein bißchen von meiner Angst (vielleicht tat es auch das Leben; das werde ich nie genau erfahren). Aber an irgendeinem Punkt wurde jeder von ihnen Gefangener seiner Methode. Sie wurde zum Solipsismus: *Ich analysiere dich, also mußt du immer Patient sein.* Manchmal konnte ich den Doktor Schwartzschen Mechanismus buchstäblich *quietschen* hören. Ich sagte etwas über Bennett, etwas Abwertendes selbstverständlich, und sie sagte dann unweigerlich: »Hat Ihre Mutter das nicht auch so gemacht?« oder »Tat Ihr Vater das?« oder »Tat Ihre Schwester sich nicht ebenso, ebenso, ebenso ...?« Ich sagte, ich bespreche ein Band damit und lasse es vor mir selbst ablaufen – mehr würde sie mir bestimmt auch nicht helfen. Ich sagte ihr, daß sie mich zu Tode langweile. Und doch mochte ich sie wegen ihrer Milde, ihres sanften Sinns für Humor, und ich kam immer wieder. Auch wenn ich mich langweilte, es half. Meine Ehe war natürlich ein unerschöpfliches Thema. Warum war ich so unruhig? Warum so unentschlossen? Warum wollte ich immer weglaufen? Lange Zeit hielt ich das für *mein* Versagen, lange Zeit hatte ich geglaubt, ich könne nur auf solch ambivalente Weise lieben. Ursprünglich hatte ich die Analyse wiederaufgenommen, weil ich beim Schreiben nicht weiterkam. Als das erreicht war, blieb ich in Behandlung, weil ich meinen Mann verlassen wollte und nicht wußte, wie.

Aber an jenem Montagmorgen geschah etwas Seltsames während meiner Analyse. Nachdem ich Jahre und Jahre auf einer Couch verbracht hatte, weigerte ich mich, mich hinzulegen. Ich setzte mich Frau Doktor Schwartz gegenüber, nicht mehr bereit, in die Horizontale zu gehen. Natürlich interpretierte sie das, wenn auch gemäßigt, nach ihrer Art.

»Könnte es sein, daß Sie unbewußt davor Angst haben, daß hinter Ihrem Rücken etwas geschieht?«

»Genau das ist es«, sagte ich.

Die Analyse als Apotheose des Offensichtlichen! Würde man manche der Banalitäten, die man von seinem Analytiker zu hören bekommt, seinerseits bei einem Tischgespräch aussprechen, würde jeder denken: wie schwachsinnig! Und doch bezahlen wir dafür noch oft genug einen Dollar pro Minute. Ich wollte Doktor Schwartz gerade wieder sagen, wie banal ich sie fände, als ich plötzlich in die Vergangenheit zurückversetzt wurde ...

Ich sehe mich in meinem Heidelberger Arbeitszimmer auf einer Matratze auf dem Fußboden liegen. Es ist gegen halb neun morgens, und Bennett ist bereits im Krankenhaus. Sein Bett – ich hab ihm das Gästebett abgetreten und schlafe selbst auf dem Fußboden – ist zerwühlt. Wir schlafen im Arbeitszimmer, weil Freunde aus Amerika, ein Ehepaar mit zwei Kindern, unser Schlafzimmer benutzen. Noch verschlafen, höre ich sie in der Küche reden:

Ich habe Bennett gesagt, wenn er aus dieser Ehe etwas machen will, muß er sich dazu bekennen und die andere aufgeben ...

Und was hat er gesagt?

Daß er noch nicht weiß, ob ...

Es folgen wieder Frühstücksgeräusche. Eine Sirene geht auf der Panoramastraße los, wie die Nazis sie schon benutzten, und all die lieben kleinen amerikanischen Armeegören im Holbeinring heulen im Chor. Ich denke an diese alten Filme. An Menschen, die mitten in der Nacht aus dem Bett gezerrt werden ...

Weiß er denn, was er ...?

Keine Ahnung. Ich habe ihm nur gesagt, daß er sich entscheiden muß ...

Mein Herz schlägt wie wild, meine Ohren brennen. Mir ist übel. Ich versuche, gleichzeitig hinzuhören und nicht hinzuhören. Ich könnte aus dem Bett springen und ihnen entgegentreten, aber das wäre doch peinlich für sie und für mich. Nichts schlimmer, als andere in Verlegenheit zu bringen. Rhoda und Lionel, alte Freunde von Bennett aus New York. Beide zum zweiten Mal verheiratet. Beide sind durch die Hölle gegangen und zueinander zurückgekehrt. Sie *wissen,* daß sie miteinander verheiratet sein wollen. Bennett und ich hängen nur noch mit den Fingerspitzen an unserer Ehe. Ich wälze mich auf die Seite und vergrabe den Kopf ins Kissen, halte die Ohren zu wie ein Kind. Ich versuche, so zu tun, als hätte ich nicht in der Küche reden gehört, sondern in einem angrenzen-

den Zimmer, von dem ich gerade träume. Und dann schlafe ich wieder ein.
Ich träume von Bennett, Penny und meinem Freund Michael Cosman. Wir sind alle auf Skiern, wir machen eine endlose Abfahrt zu einem wunderschönen, kleinen Ort in Österreich, kleiner als Kitzbühel, größer als Lech. Ich fahre wie nie im wirklichen Leben: mühelos verlagere ich das Gewicht, lasse Baumstümpfe und Höcker zwischen meinen Brettern durchsausen, kann wedeln und flitze geradezu kunstvoll um ein paar Fichten herum. Penny und Bennett fahren Arm in Arm, lächeln einander an und benutzen merkwürdigerweise zusammen nur zwei Stöcke. Sie werden heiraten, aber mir ist das egal, denn Michael Cosman fährt dicht hinter mir, er grinst unter seinem buschigen, blonden Schnauzbart, und er wird mich heiraten. Ich drehe mich nach ihm um und übersehe dabei genau vor mir eine Fichte. Plötzlich ist sie so nahe, daß ich ihr nicht mehr ausweichen kann. Ich rase, Kopf voraus, auf die Fichte zu und breche mir bestimmt das Genick. Ich versuche zu schreien, will aufwachen, mich nach hinten werfen, will etwas anderes träumen, aber ich stecke so tief in diesem Traum wie in meiner Ehe mit Bennett. Wenn man so festsitzt, gibt man nach oder zerbricht. Und dann – wie durch einen Zauber – wird der Baum substanzlos, und ich fahre einfach durch. Michael folgt mir. Bennett und Penny sind nirgendwo zu sehen. »Wo sind die beiden?« frage ich Michael.
»Das ist großartig!« sagt er. »Was ist großartig?« – »Bennett und Penny«, und er lacht. Der Traum verblaßt.
Als ich eine Stunde später aufwache, trödeln Lionel und Rhoda immer noch in der Küche rum. Alles, was ich gehört habe, ist vergessen, aber es ist ein Nachgeschmack geblieben wie von Zwiebeln oder einem bösen Traum. Den ganzen Tag bin ich wie benommen, verstimmt, unfähig, mich zu konzentrieren. Als es Zeit ist, zu meinem Analytiker nach Frankfurt zu fahren, bringe ich es fertig, den Zug zu verpassen, obwohl er direkt vor mir auf dem Bahnsteig steht. Ich sehe ihn, es ist der gleiche Zug, den ich immer nehme – und ich bin überzeugt, es ist der falsche. Ein weiterer Zug fährt ein, und auch diesen halten ich für den falschen. Ich verpasse zwei Züge hintereinander und gehe weinend nach Hause. Es ist das einzige Mal, daß ich eine Sitzung bei Doktor Happe versäumt habe.
»Wissen Sie nun, warum Sie beide Züge versäumt haben, damals?« fragt Doktor Schwartz.
»Natürlich – es ist so offensichtlich, daß es mich wütend macht.

Wenn ich gefahren wäre, hätte ich alles, was ich von Bennett und Penny wußte, mit Doktor Happe diskutieren müssen.«
Sie nickt. »Warum wollten Sie nichts davon wissen?«
Ich betrachte erst meine grünen Sandalen, dann wieder ihr sanftes, angenehmes Gesicht, das sie in ihre sanften, angenehmen Hände stützt, über dem sanften, angenehmen, französischen Bauerntisch, auf den sie ihre sanften, angenehmen Ellenbogen gestützt hat.
»Oh, ich denke, es ist wieder so was abscheulich Ödipales. Mama, Papa, verschlossene Türen und so.«
»Woran erinnert es Sie?«
Ich denke so scharf nach, daß mir ist, als solle mein Hirn zerspringen von der Anstrengung und ein dunkelroter Blutstrahl aus meiner Stirn hervorbrechen. Da ist er, der tote Punkt im Zentrum der Analyse, der Punkt, an dem nach jahrelangen Geldüberweisungen man endlich die blendend-grelle Vision von Mama und Papa hat, wie sie auf einer Wolke vögeln – und damit ist man von seiner Neurose kuriert. Das große elterliche Ehebett am Himmel. Die kosmischen Sprungfedern quietschen.
Mein Hirn ist absolut leer.
Ach ja, als ich fünfzehn war, habe ich *tatsächlich* mal versehentlich meinen Vater und meine Mutter auf dem Bett in der Missionarsstellung überrascht, aber fünfzehn Jahre, das zählt nicht mehr. Zu alt. Keine formenden Jahre mehr. Und dann habe ich meine ältere Schwester Randy mal mit einem Kerl gesehen, im Atelier der verrückten neugotischen Dreizimmerwohnung am Central Park West – unser »Aufstieg« – 77. Straße. Aber ältere Schwestern liefern doch keine Beiträge zur Urszene?
»Woran denken Sie gerade?«
»Ach, an lauter Blödsinn, den ich Ihnen schon erzählt habe ... Wie ich meine Eltern zum erstenmal im Bett gesehen habe, als ich fünfzehn war, und Jahre früher Randy, wie sie im Atelier herumschmuste.«
»Was war das mit Randy?«
»Was war das mit Randy? Was war das mit Randy? Sie war immer da oben im Atelier bei Schallplatten und ihren Kerlen, während ich wie verrückt büffelte, um in meiner Klasse die Beste zu sein. Randy war der Rebell, hatte Wutausbrüche, lernte nie, hatte haufenweise Freunde. Und *ich* – flachbrüstig, mit Streichholzbeinen, Kartoffelbauch, langem, strähnigem Blondhaar, Kittelschürzchen und Kniestrümpfen, Ledergamaschen – nein, das mußte früher gewesen sein ... aber worauf es ankommt: ich war

immer bloß das Kind, und sie war die *geborene* Frau. Sie war groß, hatte Brüste, Schamhaare, ihre Periode... sie wußte Bescheid über Sachen wie Pessare und Kondome, Salpeter und Aphrodisiaka... Ich hingegen war das kleine Ekel, ich versuchte, allen zu gefallen, zu gefallen, zu *gefallen* – jedermann. Und trotzdem zog Randy mehr Aufmerksamkeit auf sich, weil sie im Atelier mit ihren Freunden knutschte. Sie machte mich verrückt. Ich wollte *sie* sein. Aber ich war einen Kopf kleiner und sah aus wie ein Kind. In der Schule kriegte ich lauter Einser, aber das war alles. Und das ist immer noch alles. Während die ganze Welt hinter verschlossenen Türen drauflos vögelt, kann ich nur schreiben, schreiben, schreiben!«

»Haben Sie das nicht auch in Heidelberg so gemacht?«

»Genau. Während Penny und all die anderen Armee-Frauen Peyton Place spielten, schrieb ich. Und was hat mir das eingebracht?«

»Es hat Ihnen sehr viel eingebracht.«

»Oh, sicher. Ruhm, Bücher auf dem Regal. Verrückte, die mir Liebesbriefe schreiben. Dabei wollte ich weiter nichts als einen Mann, der mich liebt. Und den habe ich nicht *bekommen.*«

»Weshalb verbittert Sie das so? Sie haben doch alles, was Sie wollten.«

»Alles andere ist ohne das nichts wert. Leer. Bedeutungslos.«

»Das glaube ich nicht. Ihre Arbeit ist für Sie sehr wichtig...«

Plötzlich lache ich. »Also Doktor Schwartz – wissen Sie was? Unsere Rollen sind vertauscht. Sie als Freudianerin müßten eigentlich sagen: ›Die Liebe eines Mannes bedeutet alles‹, und ich als Feministin müßte sagen: ›Arbeit bedeutet alles.‹ *Arbeit macht frei.* Wie am Lagertor von Auschwitz geschrieben stand. Wußten Sie das übrigens?«

Sie schüttelte den Kopf.

»Ja, so stand es da. Komisch, nicht wahr? Daß ausgerechnet die Nazis sich das ausdenken. Was glauben Sie, war das – Ironie? Verhöhnung der Gefangenen?«

»Kehren wir zurück zu Penny. Wann ist sie geboren?«

»Warum?«

»Ich möchte nur gern ihr Alter wissen. Sie war gewiß älter als Sie?«

»Ja. Ich glaube... Moment mal, 1966 heirateten Bennett und ich. Ich war da vierundzwanzig. Junge, war ich blöde! Im Jahr darauf wurde ich fünfundzwanzig. Penny war dreißig. Fünf Jahre älter... genauso alt wie meine Schwester Randy. *Großer Gott.*«

»Verstehen Sie jetzt, warum Sie so wütend sind?«
»Eine Wiederholung. Meine ältere Schwester läßt sich im Atelier vögeln, während ich das brave kleine Mädchen spiele und meine Wunschträume bloß *aufschreibe*, statt sie auszuleben. Sublimierung und das daraus folgende Mißvergnügen. Herrgott, Doktor Schwartz, es fällt mir sehr schwer, das zuzugeben, aber manchmal verstehen Sie wirklich Ihre Sache.«
Sie lacht. »Ihre Wut ist also gar nicht so unerklärlich, nicht wahr?«
»Nein. Aber wollen Sie damit wirklich sagen, daß meine Wut auf diesen Miesling, mit dem ich verheiratet bin – wie heißt er noch – Bennett –, verschwindet, wenn ich begreife, daß ich mit Penny nur dasselbe aufgeführt habe wie mit Randy?«
»O nein, aber zumindest verstehen Sie, woraus diese Wut sich zusammensetzt.«
»Kommen da immer Bestandteile aus der Vergangenheit? Kann ich nicht einfach wütend darüber sein, daß ich hinters Licht geführt wurde?«
»Beides. Aber wenn keine Bestandteile aus der Vergangenheit dabei wären, würden Sie die Dinge nicht so schnell vergessen, würden Sie nicht etwas ausblenden wollen wie das, was Sie Ihre Freunde in der Küche haben sagen hören. Sie hätten damals alles aufgenommen und dann gleich etwas dagegen getan, anstatt jetzt erst wütend zu werden.«
»Sie meinen, ich hätte Bennett damals schon verlassen?«
»Das kann ich nicht so bestimmt sagen. Ich weiß das nicht mit Sicherheit. Hätten Sie es aber mit Doktor Happe diskutiert, wäre Ihnen in der Sache ein Ausweg geboten worden, Sie hätten sich nicht so in der Falle gefühlt.«
Ich grübelte nach. Es ist wirklich wahr. Ich habe mich freiwillig der Möglichkeit beraubt, Bennett zu verlassen. Jeder Gefängniswärter braucht einen Gefangenen, damit er jemanden zu bewachen hat. Ich war mein eigener Wärter und Gefangener in einem.
»Was mich wirklich daran interessiert, ist, daß Sie wieder eingeschlafen sind. Wenn Sie *das* ergründen könnten, wären Sie sehr viel besser dran. Sie brauchten sich nicht mehr taub zu stellen.«
»Stimmt.«
Und dann ist die Zeit um. Ich schlendere die Park Avenue entlang und denke: *Analyse ist gar nicht so schlecht*. Sie hat ganz recht; wenn ich meinem Unterbewußtsein auf die Schliche komme, weiß ich, warum ich plötzlich nichts mehr wahrnehme, nichts höre, dann bin ich bestimmt sehr viel freier. In meinem Leben, in

meinem Schreiben. Nicht schlecht, was? Aber analytische Einsichten sind wie chinesisches Essen: zwei Stunden später hat man wieder Hunger.
Dr. med. Jeffrey Rudner kommt mir mit langen Schritten die Park Avenue entgegen. Wenn ich ihn so mit großen Schritten seiner Analyse davongaloppieren sehe (wie ich der meinen), muß ich immer daran denken, wie er mir damals im Sommer vorkam, als ich ihn am Cape Cod kennenlernte: ein bißchen töricht, ein überalterter Hippie mit einem manischen Kichern. Er schmückt sich mit Bart und mexikanischer Bindfadenkrawatte und geht, als hätte er Sprungfedern unter den Sohlen – er fliegt über das Pflaster von New York wie auf gefederten Stelzen. Er denkt ständig über psychoanalytische Porträts von Euripides oder Sophokles nach – die er natürlich nie zu Papier bringt.
»Hallo, Kürbis«, begrüßt er mich. Wenn Augen das Wasser im Mund zusammenlaufen könnte, würde es diesen jetzt geschehen.
»Hei!« erwidere ich strahlend. Ich fühle mich insgeheim immer ein bißchen wie eine Schwindlerin in Jeffreys Gegenwart, denn ich halte ihn im stillen nicht für besonders schlau. Liebenswert, aber ein bißchen pueril. Hätte ich jemals mit ihm geschlafen, wenn er mir nicht gleich erzählt hätte, daß er an Lupus leidet?
Da lagen wir am Nacktbadestrand von Truro, tranken Weißwein, aalten uns in der Sonne, rauchten Hasch und taten so, als musterten wir nicht heimlich unsere nackten Körper und fragten uns nicht aus wie die künftigen Teilnehmer an einem Seitensprung. Da brachte er plötzlich einen ernsten Ton in diese Verhandlungen, indem er seine seltene, unheilbare Krankheit erwähnte. Unsere Ehepartner waren nicht dabei (sie mißbilligten beide Nacktbaden). Wir indessen ließen uns *davon* nicht abhalten. Wir waren schließlich Freigeister, tralala. Wir brauchten uns von unseren altmodischen Ehepartnern keine Vorwürfe machen zu lassen. Ich bekam zum erstenmal in meinem Leben Sonnenbrand auf den Brustwarzen. Er ließ sich jede Menge infrarote Strahlen auf seinen beschnittenen, aber sonst nicht weiter ausgefallenen Penis brennen. Wir scherzten und neckten uns und taten, als wären wir züchtig bekleidet – als Jeffrey erklärte, daß er plötzlich aus heiterem Himmel sterben könne. »Ich auch«, scherzte ich, schaute an mir hinab und bewunderte mein Mösenhaar, das ich gern gebleicht hätte. Aber nein, er meinte es ernst, er habe gelernt, mit seiner unheilbaren Krankheit zu leben, und das habe ihn frei gemacht. Aus einem verklemmt-korrekten Psychiater sei er nun ein Hedo-

nist geworden. Einmal war er abends gegen sechs an diesen Strand zum Schwimmen gekommen (zu einer Zeit, wenn die Dünen leer sind von den nackten Matronen und den Bälgern, wenn auch die Strandboys alle weg sind), und als er aus dem Wasser gestiegen sei, habe er eine ›Seejungfrau‹ gefunden, einen Lolitatyp, die sich offensichtlich gern den Rücken massieren ließ. Daraus wurde dann eine Brustmassage, die sich zu einem Fick entwickelte. Dann trennte man sich, ohne Namen ausgetauscht zu haben.
»Ganz wie im *Letzten Tango.*«
»Sofortfick, wie du sagst.«
Ich runzele die Stirn, denn ich hasse es, falsch zitiert zu werden.
»Spontanfick, meinst du.«
»Sofortfick«, beharrte er.
»Na gut, klingt auch ganz schön. War's ne gute Nummer – abgesehen davon, daß die Vorstellung als solche aufregend ist?«
»Ich kann mich wirklich nicht mehr erinnern.«
Und dann fährt er fort, mir weitere Einzelheiten seiner Selbstbefreiung mitzuteilen: eine Affäre mit einem jungen Maler (denn er will nicht sterben ohne die Erfahrung der Homosexualität), eine Affäre mit einer radikalen Feministin (denn er will nicht sterben, ohne radikalen Feminismus erfahren zu haben), eine Affäre mit einem schwedischen Kindermädchen –.
»Denn du wolltest nicht sterben, ohne Erfahrungen mit einer Schwedin gesammelt zu haben?«
»Nun, das mag dir albern vorkommen, meine Liebe, aber du *hast* eben keine unheilbare Krankheit. Das ändert alles.«
Und das tat es denn auch. Als Jeffrey mir einen Antrag machte, grübelte und grübelte ich und sagte mir schließlich: *Nun ja, immerhin hat er eine unheilbare* ..., ich ging mit dem Tod zu Bett, belebte den Tod, verneinte den Tod. Was für ein Spiel ...! Wie konnte *ich* wissen, ob der Bursche wirklich an Lupus litt? Und noch viel wichtiger: würde ich mich nicht *anstecken?* Das fragte ich mich jedesmal, wenn ich es mit Jeffrey trieb. Und nie wusch ich mich gründlicher, wenn ich nach Hause kam.
Unsere erste Begegnung war ohnehin eine Farce. Gretchen hatte eine Dachkammer, in der sie sich gewöhnlich mit ihren verschiedenen Liebhabern traf (nachdem wir gemeinsam deren »F«-Fragebogen gelesen hatten und sie ›zugelassen‹ waren), und überließ sie mir gelegentlich.
Der »F«-Fragebogen, erfunden und zum Patent angemeldet von Gretchen Kendall, gilt als »Anleitung für Feministinnen, wie man die fickbaren von den unfickbaren Männern unterscheidet«. Er

enthält Fragen wie: »Bezeichnen Sie Angehörige des anderen Geschlechts als a) Zahn, b) Mädchen, c) Frau, d) Schnalle, e) Miss, f) Prinzessin, g) Fotze, h) Haussegen, i) Frauchen ...« und: »Wer sollte in einer Beziehung für die Empfängnisverhütung verantwortlich sein? a) der Mann zur Hälfte, b) die Frau immer, c) der Mann immer, d) mit allem einverstanden ...« Es gibt dann noch zahllose Fangfragen und ein Bewertungssystem, mit dem man »die zahlreichen falschen männlichen Feministen unter uns ausräuchern kann«, wie Ms. Kendall sich ausdrückt. Fast keiner kommt durch diese Prüfung, und ich habe oft gedacht, Gretchen täte besser, alle Zulassungsbeschränkungen aufzuheben – etwa wie die Universität von New York.

Jeffrey erklärte, er habe etwas Kokain und wolle es mit mir ausprobieren, das war aber nur ein Vorwand. Hätte *ich* damals etwas über Kokain gewußt (heute weiß ich ein bißchen mehr), dann hätte ich gleich gemerkt, daß *er* überhaupt nichts davon verstand. Er hatte kaum genug, um eine Kakerlake damit *high zu kriegen* (und die gab es massenhaft in dieser Dachkammer), und er hatte auch keine Ahnung, wie man schnupft. Aber was wußte *ich* damals? Ich war noch nicht in Big Sur gewesen, bei den Experten. Ich war bloß die Frau eines Psychiaters von der Upper West Side und scharf auf Abenteuer. Kokain ist eines. Allen Patienten wird für diesen Freitagnachmittag im September abgesagt, die Wohnung wird abgeschlossen, für den Gatten bin ich bei Bloomingdale einkaufen. Ab geht's auf den Dachboden.

Es geht zu wie im Krimi. Jeffrey und ich fühlen uns beide so illegal, daß wir getrennte Taxis zu Gretchens Büro nehmen, uns im Vorzimmer mit Verschwörermiene treffen. Während ich die Schlüssel zur Dachkammer hole, besorgt er Bier und Sandwiches. Dann nehmen wir wieder getrennte Taxis zur 19. Straße.

Wir treffen uns auf der knarrenden Stiege, schauen uns beide (jüdische Kinder aus gutem Haus) nervös nach Feuertreppen um. Das Gebäude ist eine echte Falle. ANALYTIKER UND SCHRIFTSTELLERIN IN DACHKAMMER VOM FEUER EINGESCHLOSSEN! Aber wir bleiben bei der Stange. Man *kennt* Dachkammern. Knarrende Dielen, ein Dutzend vertrocknete Topfpflanzen. Eine Matratze auf dem staubigen Fußboden. Schmutzige Bettücher. Dreckige alte Couch mit billigem indianischem Überwurf. Fenster verschmiert von dem ganzen Dreck der New Yorker Luft. Und dann Gretchens besondere Note: eine Schale voller Karamelbonbons am Bett, ein silbernes Tablett mit einer großen Auswahl an Kondomen, Vaginalgelees, Pessaren, eine Flasche JUGENDTAU. Gott segne Gretchen.

Jeffrey und ich gehen nervös umher, kichern viel, setzen uns schließlich auf die Couch und fangen an, unsere Sandwiches auszupacken.

»Willst du den Koks jetzt haben oder später?« fragt mein erfahrener Mitverschwörer.

»Warum nicht gleich?...«

Er zieht zwei winzige Stanniolbriefchen aus der Tasche – so packt man Salz fürs Picknick ein – und zieht zwei geknickte Strohhalme aus der Jackentasche. O Gott, ich kriege es mit der Angst. Wird diese unheimliche Droge aus mir eine entfesselte Sexomanin machen? Werde ich völlig die Beherrschung verlieren?

»Schnupf«, sagt er fachmännisch, ohne zu wissen, was zum Teufel er da tut; und natürlich schnupfe ich nicht, sondern puste, und das winzige Quetchen weißen Pulvers verteilt sich über die staubige Couch und den schmutzigen indianischen Bettüberwurf.

»Hier«, sagt er geduldig, »versuch's noch mal«, und er offeriert mir auch den Inhalt des nächsten Briefchens.

»Nein, ich kann nicht. Ich werde das bestimmt wieder wegpusten.«

Er besteht darauf. »*Bitte* versuch es.«

»Nein, versuch du.«

»Aber ich bestehe darauf.«

»Nein, probier du.«

»Nein, *bitte*...«

»Nein, wirklich nicht. Nach dir.«

»Nein, ich *bestehe* darauf...«

»Nein, probier du.«

Jeffrey versucht es. Er zieht ganz tief ein. Dann leuchtet sein Gesicht auf – als ob da wirklich genug Pulver wäre, um auch nur die geringste Wirkung zu erzeugen!

»Spürst du was?«

»Ich weiß nicht.«

»Dann also nicht, Dummkopf.«

Jeffrey lehnt sich in die Kissen zurück. »Ich *glaube,* ich spüre was. Hier... Versuch auch mal.«

»Es ist kein Pulver mehr drin.«

»Doch, da.«

Er hält es mir unter die Nase, und ich atme tief ein. Es kitzelt. Das könnte auch der Staub vom Dachboden sein. Dann sitzen wir beide eine Weile da und starren uns an, warten darauf, uns in eine rasende Nymphomanin und einen Satyr zu verwandeln, völlig befreit von allen Hemmungen. Nichts geschieht.

»Wie ist dir?« frage ich.
»Hmm ... interessant«, sagt Jeffrey.
»Interessant – wie?«
»Ich glaube, jetzt geht es los.«
»Was geht los?«
»Das eben.«
»Was?«
»Das ... das ... *je ne sais quoi*...«
Bei dieser Albernheit muß ich kichern. Jeffrey hält das für die Wirkung das Kokses und kichert auch. Was mich noch mehr kichern läßt. Was ihn noch mehr kichern läßt. Was mich noch mehr kichern läßt. Was ihn noch mehr kichern läßt. Was mich noch mehr kichern läßt. Was ihn noch mehr kichern läßt. Was ihn sanft sagen läßt:
»Gehn wir ins Bett?«
Aha. Die Frage ist heraus. Die lange unausgesprochene, unvermeidliche, am Nacktstrand gereifte, von den benachbarten Analytikern inspirierte Frage ist heraus. Das wär's.
»Lieber nicht.«
»Warum nicht?«
»Nun, erstens ist deine Frau meine Freundin, und zweitens spielst du mit meinem Mann Tennis, und außerdem würde ich mich schuldig fühlen.«
»Wie wär's, wenn wir uns bloß gegenseitig den Rücken massieren?«
»Das führt, wie du weißt, zur Brustmassage und die zu einem Fick. Wie mit deiner Seejungfrau.«
»Nicht unbedingt. Würdest du dich weniger schuldig fühlen, wenn wir uns nur lecken?«
Ich grinse ihn an. Das machte meine alte Freundin Pia immer auf ihrer Europareise. Um sich sauberzuhalten. Man empfindet es als ein geringeres Zugeständnis als Vögeln.
»Wir könnten auch aus Gretchens umfangreicher Kondomsammlung welche benutzen.«
»Warum Kondom? Hast du nicht ein Pessar?«
»Schon – aber ich kann doch nicht für meinen Mann und für meinen Liebhaber dasselbe Pessar verwenden.«
»Du benutzt doch auch dieselbe Möse, oder?«
Wieder kommen wir beide ins Kichern. Mittendrin deutet Jeffrey auf die Couch und sagt: »Wie wär's?« Und ich denke, zum Teufel, der Bursche hat Lupus, die Patienten sind schon alle abbestellt, und wir haben all diese Umstände auf uns genommen mit den Schlüs-

seln für die Dachkammer. Das Kokain scheint vergessen – falls es überhaupt je existierte.
Zu meiner Überraschung stellt Jeffrey sich ganz und gar nicht dumm im Bett an. Er hört auf zu kichern, massiert hingebungsvoll meinen Rücken, leckt mich, daß ich dreimal hintereinander komme und schließlich fickt er mich. Er geht gemächlich und nachdenklich dabei vor, ist ein glänzender Liebhaber. Das einzige, was fehlt, ist, daß ich nichts für ihn *empfinde.* Außer, daß er ein Sterbender *ist.* Aber sind wir das nicht alle?
Jeffrey und ich begrüßen uns mit unschuldigen Wangenküssen unter dem Eingangsbaldachin von Nr. 943 Park Avenue, auf halbem Weg zwischen der Praxis seines Analytikers und meiner Analytikerin – ein diskreter Kompromiß.
»Sollen wir jeder ein Taxi zu meiner Praxis nehmen?« fragt er und rollt dabei die Augen, da ihm diese Intrige offensichtlich Spaß macht.
»Nicht nötig«, sage ich. »Im Gegenteil, mir wäre es recht, wenn Bennett uns sieht.«
»Aber was ist mit Roxanne?« fragt er nervös. Seine Frau. Wie alle ehebrecherischen Männer glaubt auch er, sie sei blütenrein. Und ahnungslos.
»Oh, da hast du recht.«
»Warum bist du übrigens so abgebrüht wegen Bennett?« will er wissen. »Du hast ihm doch nicht etwa was *gesagt?*«
Mein Herz macht einen Satz. O Gott – ich habe. Und das, nachdem ich Jeffrey versprochen hatte, nie im Leben ein Wörtchen zu verraten.
»Natürlich habe ich Bennett nichts gesagt, Dummchen. Aber nach allem, was Bennett mir von sich gebeichtet hat, kommt es nicht mehr darauf an, ob er was merkt oder nicht.«
»Und was wäre das, Kürbis?« fragt Jeffrey mitfühlend.
»Ich erzähle es dir, wenn wir in deiner Praxis sind ...«

Dort angekommen (wir hatten ein gemeinsames Taxi riskiert), spucke ich die ganze traurige Ballade des Woodstock-Wochenendes aus, Jeffrey ist ungeheuer verständnisvoll.
»Beim Tennis hat Bennett schon immer einen sadistischen Zug gehabt«, sagt er. »Was wirst du nun machen?«
»Ihn verlassen«, sage ich entschlossen. »Ich kann nicht mit einem solchen Heuchler weiterleben. Ich meine, ein gelegentlicher Fick ist nicht schlimm, aber Bennett war ungeheuer grausam zu mir.

Weißt du, was er zu mir gesagt hat, als ich damals aus Woodstock zurückkam?«
»Was?«
»Ich habe ihn wiederholt gefragt, ob er mit einer anderen Frau zusammengewesen sei, und weißt du, was er gesagt hat?«
Jeffrey schüttelte den Kopf. »Nein. Was?«
»Er sagte: ›Deine Phantasien sind besser als alles, was ich dir erzählen könnte.‹ Kannst du dir so was *vorstellen?* Ich meine, hätte er gesagt: ›Ich habe mich derweil amüsiert, ich bin auch nicht unfehlbar.‹ Oder wenn er wenigstens eine Ausrede erfunden hätte, wo er war, das wäre noch menschlich gewesen. Aber alles auf mich und *meine* Phantasien abzuschieben ... das nenne ich *sadistisch.* Ich hatte genug Probleme mit meinen Wunschvorstellungen, er brauchte mich nicht auch noch damit zu quälen. Er gab mir das Gefühl, ich sei verrückt. Wie in *Gaslicht.* Das scheint mir das Grausamste zu sein, was man einem Menschen antun kann. – Da ist es fast freundlicher, jemanden durchzuprügeln.«
»Armer Kürbis.« Jeffrey stellt sich neben meinen Sessel und legt den Arm um mich. »Der Kerl ist wirklich ein Schurke.« Und er streift mir ganz sanft die Schuhe ab, küßt meine Fußsohlen und macht den Reißverschluß meines grünweißen Voilekleides auf, unter dem ich außer einem fleischfarbenen Bikinihöschen nichts trage. Und dann gleiten seine Hände über meinen Körper, kühlen meinen Zorn, besänftigen meinen Schmerz. Wir legen uns auf den Fußboden (auf die Analyse-Couch haben wir uns nie getraut!), und er beginnt mit geschickten Händen, mir den Rücken zu massieren, jeden Rückenwirbel einzeln, konzentriert sich lange auf mein Steißbein, dann auf meine Schulterblätter. Wenn Jeffrey mit mir Liebe macht, entspanne ich mich völlig – vielleicht, weil ich nie die geringste Spur romantischer Zuneigung für ihn empfunden habe, mich darum völlig sicher fühle. Es ist einfach Sinnlichkeit. Sinnlichkeit und Freundschaft. Ganz freundschaftlich vergräbt er nun seinen Kopf zwischen meinen Beinen und leckt mich – was ihm augenscheinlich Spaß macht, anders als den meisten Männern. Vielleicht ist das aber auch nur seine Glanznummer – eine Abart des männlichen Narzißmus –, aber das ist mir gleich, ich lege mich wohlig zurück, werde liebkost und geleckt und penetriert und wieder geleckt, er läßt mich kommen und wieder kommen, bis ich schwach in den Knien werde und am ganzen Körper zittere. Ich will mich revanchieren, nehme seinen Schwanz in den Mund, kitzle ihn mit der Zunge, aber er läßt es nicht zu. »Dies ist dein Tag«, sagt er und massiert von neuem meinen Rücken.

Als er schließlich auf die Uhr schaut und erklärt, daß es Zeit sei für den Siebenuhrpatienten – dem er nicht mehr absagen konnte –, ist es mir fünfmal gekommen, und er läßt noch immer nicht zu, daß ich mich revanchiere.
»Du bist mir eine echte Feministin«, sagt er mit einem Augenzwinkern.

Ich verlasse Jeffreys Praxis und schlendere in Richtung Central Park West. Es ist noch hell draußen, die laue Brise fährt mir unter das Voilekleid und über meine Möse, die noch feucht ist und noch pocht vor so viel Zuwendung. Natürlich mustert mich jeder Mann, an dem ich vorüberkomme, von oben bis unten, einer geht mir sogar nach. Das bleibt nie aus. Nach drei Stunden Vögelei scheine ich besonders aufreizend zu gehen oder einen Duft auszuströmen wie läufige Katzen.

Anfangs hat es mich immer erstaunt, daß nach solchen Orgien Männer mich auf der Straße verfolgten, daß sie mich angrinsten und mir zublinzelten, als *wüßten* sie. Egal, ob ich aus Jeffreys Praxis oder aus Gretchens Dachkammer kam – nach einer Weile zog ich ein Gefolge hinter mir her, Chorknaben, geile Kater.
Meistens fühlte ich mich großartig nach solch einer heimlichen Zusammenkunft. Vorher war ich verkrampft, verängstigt, von Zwangsvorstellungen geplagt. Ich rief gewöhnlich Bennett im Krankenhaus an und war außergewöhnlich lieb zu ihm, wobei ich mir gleich mein Alibi für den Nachmittag aufbaute. Meistens lief es auf Einkaufengehen hinaus. »Ich gehe mal zu Bloomingdale, Lieber«, sagte ich, ganz unbewußt, die tiefe Verbindung zwischen Sex und Geldausgeben herstellend, zwischen Bloom und Bloomingdale.
Ach, Bloomingdale! Wäre es da wohl so überfüllt, wenn jede New Yorkerin zwei Liebhaber namens Jeffrey hätte? Als ich eines Nachmittags, vom Dachboden in der 19. Straße kommend, durch Bloomingdales Erdgeschoß bummelte, kam mir plötzlich die Erkenntnis: All diese Frauen, die da wahllos Geld ausgaben, ihre Einkaufstaschen vollstopften mit x-beliebigen *Sachen* – Forderungen, Forderungen, Forderungen an die Konten ihrer Ehemänner –, sie hungerten nach Sex! Unzählige Löcher zu stopfen! So viel Leidenschaft am falschen Platz!
Der einzige Unterschied zwischen diesen kaufenden Weibern und mir war, daß sie ihren Hunger nicht als das erkannten, was er war, während ich es wenigstens zugab. Sie *wußten* wirklich kaum,

warum sie einen neuen Perlmuttglanz-Lippenstift für ihre Lippen haben wollten, warum eine kostenlose Probe Antifalten-Creme für das Gesicht. Sie wollten ihre Runzeln geglättet, ihre Mösen gefüllt, ihre Poren gestopft bekommen. Dafür wollten sie *jede Summe* zahlen. Sie waren begeistert, wenn im Erdgeschoß ein fades Mannequin Kärtchen verteilte, auf denen stand: Gratisberatung durch Mr. X, LASSEN SIE SICH IHR PERSÖNLICHES MAKE-UP ZUSAMMENSTELLEN, oder LERNEN SIE DAS LÄNDLICH-FRISCHE GESICHT LIEBEN, oder ENTDECKEN SIE SICH NEU. Plötzlich sah ich eine ganze Welt voller Frauen, die nach Sex ausgehungert sind und sich mit jeder Art käuflicher Ersatzmittel helfen. Make-up. Als ob. Frauen, die ihre Nachmittage mit einem Liebhaber verbrachten, würden sich gewiß nicht bei Bloomingdale einfinden, um Mary Meuses neue Hautcreme zu befingern oder nach Elizabeth Ardens Produkten zu gieren. Sie würden naturgesichtig wie ein Baby herumlaufen und ihre Kreditkarten in den nächsten Gully werfen. Ist das nicht schon das ganze Problem? Daß Frauen seit Jahrhunderten beschwatzt werden, Zierat für Liebe, ›Mode‹ für Leidenschaft zu nehmen? Das Erdgeschoß von Bloomingdale, gemalt von Hieronymus Bosch!

Die Namen der Kosmetika erschienen mir plötzlich alle auf obszönste Weise sexuelle Seligkeit anzupreisen. Sie bezeichneten sich alle als festigend, belebend, erfrischend. Sie setzten die Besitzerin in Erregung, brachten sie zum Erglühen oder vermittelten ihr das Gefühl von Jugend. Sie waren mit Hormonen präpariert, mit Plazenta und Gelée Royal. Was an Saft und Wonne im Leben dieser Frauen fehlte, sollte aus diesen Töpfchen und Tiegelchen kommen. Kein Wunder, daß sie 20 Dollar für dreißig Gramm Make-up hinblätterten oder 30 für fünfzehn Gramm Hormoncreme. Welchen Preis hat die Glückseligkeit? Welchen Preis die sexuelle Ekstase?

Normalerweise hielt meine Hochstimmung nach solchen Stunden mit Jeffrey Rudner stundenlang an, aber diesmal überkam mich sehr schnell Verzweiflung. Ich stellte plötzlich fest, daß ich jeden Nachmittag von einem anderen Mann gevögelt werden könnte, ohne ein zufriedener Mensch zu werden. Ehebruch ist keine Lösung, nur Zerstreuung.

Um einen klaren Kopf zu bekommen, marschiere ich den ganzen Weg zu meiner Verabredung mit Jeffrey Roberts zu Fuß (fast vierzig Blocks stadteinwärts), dann einmal quer durch Manhattan und zur Madison Avenue zurück. Jeffrey arbeitet länger und erwartet mich in seinem Büro. Er weiß nichts von der Existenz des anderen Jeffrey, hat keine Ahnung, daß er eigentlich nur eine Hälfte des Doppelten Jeffrey ist.

Nicht, daß sie sich überhaupt einander ähnlich wären. Jeffrey Rudner ist gebräunt, groß und schlank. Jüdisch, etwas dunkel, bärtig. Jeffrey Roberts ist pummelig, schweinchenhaft, rosa. Ganz WASP, südstaatlerisch, glatt rasiert. Während Jeffrey Rudner mich vögelt, um den Tod abzuwehren, tut Jeffrey Roberts es praktisch nie, liebt mich aber mit einer Hartnäckigkeit, die Pyramus und Thisbe beschämen könnte. Jahrelang habe ich geglaubt, wir würden als Ehepaar enden. Gleich nachdem wir uns kennenlernten, ging er mit seiner Familie nach Südamerika, und wir schrieben einander ausführliche, literarisch angehauchte Briefe. Beinahe Liebesbriefe. Oder Liebe-zur-Literatur-Briefe. Jeffrey möchte gern dichten, doch schreibt er Werbetexte für Kosmetika. Jener wunderschöne Schmierkram, der bei Bloomingdale verkauft wird, das sind seine Kunstwerke. Nicht etwa, daß er sie geschaffen hätte. Das darf nur Gott (und Elizabeth Arden). Aber er gibt ihnen die Namen. Er ist der Adam der Hormoncremes und Lippenstifte, der Barde des Lidschattens und der falschen Wimpern. Barfüßiger Knabe mit Flaum auf den Wangen.

Ich verliebte mich in seine Briefe. Er schrieb so gut, daß ich ihn für wohlgestaltet hielt (wie ich auch bestimmte Radiosprecher für wohlgestaltet halte, weil sie so wohlklingende *Stimmen* haben). Natürlich hatte ich ihn vor seiner Abreise nach Brasilien gesehen – seine fleckige, rosige Haut, seine kurzen, weißlichen Wimpern, seine blauen Stielaugen. Aber seine Briefe waren so wunderschön, daß ich sein Gesicht darüber vergaß. Zwei Jahre lang unterhielten wir eine ausgedehnte Liebesaffäre auf dem Papier. Fast einen Briefroman im Stil des 18. Jahrhunderts. Dann kam er zurück. Als ich diesem Schweinchengesicht gegenüberstand, konnte ich ihn nicht mehr lieben. Oh, tat mir das leid. Sehr leid. Es war überhaupt nicht demokratisch – aber, war Liebe je demokratisch? In dieser unvollkommenen Welt hängt alles vom Anblick ab, den wir bieten. Wir lieben aus den sonderbarsten Ursachen: ein schiefes Lächeln, zu lang geratene Vorderzähne, das Gefühl, das die Brustbehaarung der Wange vermittelt, die sich anschmiegt. Schade, ich habe das System nicht erfunden. Nächstes Mal werde ich versuchen, es besser zu machen.

Aber trotzdem habe ich es *versucht*. Die alte Isadora Wing gibt *niemals* einen Mann auf, ohne um ihn zu kämpfen. Und so hänge ich da drin, Jahr um Jahr versuche ich, einen unliebenswerten in einen liebenswerten zu verwandeln. Ich bin überzeugt, die Unzu-

länglichkeiten des Systems sind allein meine Schuld. Ich *will*, daß die Welt demokratisch sei, auch wenn sie es offensichtlich nicht ist. Also versuchte ich es mit Jeffrey. Jeden Morgen Punkt elf Uhr führten wir am Telefon lange literarische Gespräche. Wir fühlten uns beide unendlich einsam, waren beide mit Leuten verheiratet, mit denen wir nicht reden konnten. Ich glaube, wir haben vielleicht einander das Leben gerettet. Jene Gespräche empfanden wir als Rettungsring. Ich schrieb zu Hause Gedichte und Romane, er saß im Büro und verfaßte Haikus auf Handcremes und Sonette auf Sonnenmilch. Mindestens einmal in der Woche gingen wir zusammen mittagessen, tranken uns einen an, waren fröhlich, aßen zuviel, tauschten Bücher und Manuskripte aus, Karten, kleine Geschenke, verstohlene Anträge. Schließlich winkte am Ende das Bett. Es vergingen weitere sechs Monate. (Ich habe den Verdacht, Jeffrey hatte wirklich Angst vor mir.) Dann winkte das Bett wieder. Er kam in meine Wohnung, wir verspeisten ein leichtes Lunch, und anschließend einander auf der alten Plüschcouch in meinem Arbeitszimmer, die von meinen Großeltern stammt. Jeffrey rülpste, nachdem er mich sattsam geleckt hatte, als wäre ich eine Maß Bier. Während der nächsten sechs Monate konnte ich mich nicht überwinden, ihn noch einmal anzurühren.
So also sah unsere »Affäre« aus. Sechs Monate Briefe, Telefongespräche und Mittagessen zu jeder Vögelei – oder sogar Naked Lunch. Nach jeder Begegnung schwor ich mir: *Nie wieder.* Es gab einfach keine körperliche Anziehungskraft zwischen uns. Aber dann vergingen Monate, und ich vergaß das wieder. Ich vergaß, was für ein jammervoller Liebhaber er war. Und ein halbes Jahr später versuchte ich es wieder. Und plötzlich fiel mir dann alles wieder ein. »Wir haben der Sache nie wirklich eine Chance gegeben«, sagte Jeffrey jedesmal. Er meinte damit technische Raffinessen, Freude an Sex. Vorspiel, Vorhaut – diesen ganzen Blödsinn. Ich dachte: *Nie*! Aber ich liebte ihn. Er war mein *Freund.* Ich fand ihn ungeheuer komisch und schlau, anhänglich, geistreich, charmant, intelligent, einen großartigen Kritiker meiner Arbeit. Also versuchte ich es immer noch einmal mit ihm – und immer noch mal war es genauso schlimm wie die Male zuvor. Das also war das Faszinierende an meinem Doppelten Jeffrey: die eine Hälfte liebte ich, aber ich konnte nicht mit ihm vögeln. Die andere Hälfte konnte ich nicht lieben, obwohl ich gekonnt mit ihr vögelte. Der Mensch ist Stückwerk, dachte ich. Liebe und Freundschaft sind nicht vereinbar. Wie üblich gab ich mir die Schuld daran, daß dies so war.

Um acht Uhr abends betrete ich forschen Schrittes Jeffreys Büro und sehe ihn über dem Layout einer Anzeige für Sonnenmilch brüten.
»Mit Tan-tan halten Sie sich für eine Negerin!« schlage ich vor, als ich lachend eintrete. »Begnügen Sie sich nicht mit Bräune – werden Sie schwarz! Nehmen Sie Ihr Recht auf gleiche Chancen im Beruf in Anspruch, lassen Sie sich nicht von Ihren Mitmenschen einschüchtern. Auch nicht durch frühere Erfahrungen.«
»Du willst wohl, daß sie mich hier feuern, wie?« sagt Jeffrey. Und dann: »Grüß dich, Püppchen. Du siehst umwerfend aus.«
Jeffrey mag häßlich sein, versteht sich aber darauf, Frauen das Gefühl zu geben, schön zu sein. Diese Fähigkeit und ein kleines bißchen vorgetäuschter Feminismus – und jede Frau läßt sich innerhalb von zwei Minuten umlegen.
»Wie läuft es denn?« frage ich.
»Was kann ich dir über Sonnenmilch sagen, was du nicht längst weißt?«
»Hilft Hühnerfett wirklich?«
»Nur den Jüdinnen.«
Ich setze mich in einen Sessel, erleichtert, in Jeffreys Büro zu sein. Die Büros meiner Freunde in ganz Manhattan sind mein sicherer Hafen. Ein Zuhause weit weg von zu Hause, Orte, wohin ich flüchten kann vor Bennett, vor meinem Schreiben, vor mir selbst.
»Wie geht es Rebecca?« frage ich. Rebecca ist Jeffreys Frau, eine geborene Südstaatlerin, ursprünglich Baptistin, jetzt Sieben-Tage-Adventistin mit erwiesener Schizophrenie.
»Verrückter als je. Ich mußte das Bild von Flannery O'Connor über meinem Schreibtisch abnehmen, weil – stell dir vor! – O'Connor ein irischer Name ist und die Iren Feinde der Engländer sind. Ihre Vorfahren stammen aus England. Diese Art Logik treibt bei uns zu Hause die wildesten Blüten. Ich bin wirklich drauf und dran auszuziehen.«
»Komisch, ich auch.«
Jeffrey strahlt. »Falls du jemanden suchst, mit dem du zusammenziehen möchtest ...« Ich fühle mich schrecklich schuldig, weil ich ihn nicht auch so liebe.
»Oh, Jeffrey, ich wünschte, es wäre möglich –«
»Unsinn. Wir haben es nur noch nie richtig probiert. Ich glaube ehrlich, das würde uns beiden die Haut retten. Du sagst dauernd, du willst Bennett verlassen, aber du willst nicht wirklich allein leben. Wir könnten uns umeinander kümmern, nicht heiraten

oder so, einfach nur ausprobieren, ob es geht. Ich bin ein großartiger Koch, Liebling.«
»Das weiß ich.« Für einen Augenblick überlasse ich mich der Vorstellung, mit Jeffrey zusammenzuleben. Regale voller Flannery O'Connor-Literatur, das beruhigende Geklapper von zwei Schreibmaschinen, im Hintergrund Scriabin, Bouillabaisse in einem riesigen Emailkessel dampfend (Jeffrey ist ein großartiger Bouillabaisse-Koch), Katzen mit verrückten literarischen Namen wie Percy Bysshe, Childe Harold, Frankenstein. Aber dann müßte ich auch mit Jeffrey ins Bett gehen. Zumindest manchmal, schon aus Höflichkeit. Wäre ich in dieser Richtung weniger anspruchsvoll, könnte ich es probieren, wirklich. Mit wem auf der ganzen Welt würde ich lieber Bücher vorlesen, kochen, in Buchantiquariaten stöbern, reisen oder lachend, mit einem Glas in der Hand, dem Leben zusehen als mit Jeffrey? *Verdammter* Sex. Wenn man sich diesen Drang doch nur wegoperieren lassen könnte. Ohne Sex wäre es so viel einfacher, die richtigen Leute zum Leben zu finden. Sex ist der Joker in einem konventionellen Kartenspiel.
»Du weißt, daß ich dich liebe, nicht wahr?« fragt Jeffrey.
Ich nicke. »Ich dich doch auch.«
»Aber nicht so wie ich dich.«
»Unsinn.«
»Unsinn für *dich*. Du weiß verdammt gut, was ich meine. Wir sind lange genug Freunde, und ich kenne dich gut. Für mich bist du transparent. Ich kann deine Gedanken lesen. Wenn ich aussähe wie Robert Redford, kochten wir seit vier Jahren in der gleichen Küche und wachten im gleichen Bett auf...«
Ich schaue nachdenklich zu Boden. Weshalb war ich eigentlich eben erst bei Jeffrey *Rudner*? Den liebe ich *überhaupt* nicht. Vielleicht sollte ich es noch einmal mit Jeffrey Roberts versuchen: Ihn liebe ich *wirklich. Wirklich.*
»Liebe«, sagt Jeffrey, »ist eine gemeinsame Erfahrung zweier Menschen – was nicht bedeutet, daß beide das gleiche erleben. Da ist der Liebende und der Geliebte. Aber beide kommen aus verschiedenen Ländern. Wer geliebt wird, ist oft nur ein Stimulans...«
»Carson McCullers?«
»Du hast das Buch gelesen? Du hast tatsächlich einmal eines der Bücher, die ich dir geschenkt habe, gelesen? Ich hatte die Hoffnung schon aufgegeben.«
»Schau«, sage ich, »ich *wünschte*, wir lebten im gleichen Land.«

»Ich auch.«
»Ich habe ein höllisches Wochenende mit Bennett hinter mir, und ich glaube, ich bin wirklich entschlossen, ihn zu verlassen.«
»Das habe ich schon mal gehört.«
»Diesmal ist es mir Ernst.«
»Auch das habe ich schon mal gehört. Womit hält er dich eigentlich immer noch fest? Du glaubst doch nicht im Ernst, daß du von ihm *loskommst*. Es ist so *offensichtlich*, daß du das nicht fertigbringst.«
Ich dachte nach. Aus Jeffreys Sicht mußte es bizarr aussehen, aber jeder von uns fühlt nur das ausgerissene Futter des eigenen Mantels, während ihm die Mäntel der anderen heil vorkommen. Ich *war* sicher, daß ich nicht loskommen würde. Ich war sicher, daß ich mich von Bennett nicht würde lösen können. Was fesselte mich an ihn? Panische Angst. Die war der Leim. Außerdem sah ich mich auch nicht so, wie Jeffrey mich sah. Für ihn war ich zuversichtlich, vernünftig, stark, schön, mit unzähligen Möglichkeiten vor mir. Für mich selbst war ich ein Häufchen Unglück, Unsicherheit, Unschlüssigkeit, Sprunghaftigkeit, außerdem schon zu alt, zu festgefahren in meinen Gewohnheiten, zu sehr gewöhnt an einen Wärter und an das Eingesperrtsein. Wenn man mir sagte, ich sei eine junge Frau mit unzähligen Möglichkeiten, mußte ich lachen. Zumindest *damals*. Ich mußte wesentlich älter werden, bis ich begriff, wie jung ich damals noch war.
Jeffrey zog mich aus dem Sessel und umarmte mich wie ein Bär. Aus Freundschaft umarmte ich ihn ebenfalls. Bald darauf keuchte er, preßte seinen Schwanz gegen mich und wollte immer wieder hören, daß er nicht häßlich sei, nicht unglücklich, nicht an eine Arbeit gekettet, die er haßte, an eine Ehe, die er verabscheute, kurzum an ein Leben, das er nicht wollte. Und bald war ich auf den Knien vor ihm und saugte an seinem Schwanz, um ihm zu beweisen, daß er bei allem Unbefriedigtsein und Unglück doch einen Freund besaß.
Mein Mund war ganz bei der Sache, nicht aber mein Herz. Wenn es ihm doch nur endlich käme, das Stoßen vorbei wäre, das mich halb erstickte. Es war die Geste der guten Samariterin – wie man einen Blinden über die Straße geleitet oder Blut spendet –, aber es war mir auch irgendwie ekelhaft, weil Sex eine zu starke Kraft ist, um sie so zu mißbrauchen. Ich war ebenso unaufrichtig mit ihm wie mit Jeffrey Rudner. Es aus Mitleid zu tun, war nicht viel besser als aus egoistischer Lüsternheit. Das waren zwei Seiten derselben Münze: Daß Jeffrey Roberts ächzte und stöhnte und mir hinterher

überschwenglich dankte, machte alles nur noch schlimmer. Wofür dankte er mir. Mitleid ist kein Geschenk.
»Laß *mich* dich einladen heute abend«, sagte ich. Und wir schlenderten die Park Avenue hinauf zu der Trattoria, wo wir uns mit Pizza und *Zuppa Inglese* vollstopften. Bei Tisch fühlten wir uns immer wohler miteinander als beim Sex.
Nachdem ich bezahlt und ihn an seinen Zehn-Uhr-zehn-Zug nach Greenwich begleitet hatte, rief ich vom Bahnhof aus Holly an.
»Lieber Himmel«, sagte sie verschlafen, »wie spät ist es denn? Ich habe schon drei Valium geschluckt.«
»Kann ich noch rüberkommen?«
»Aber natürlich, mein Liebes. Du kannst immer rüberkommen. Ich müßte dir so eine Frage eigentlich übelnehmen – aber ich bin zu müde dazu. Wo zum Teufel steckst du?«
»Grand Central Station.«
»Wo sich Millionen Schicksalswege kreuzen?«
»Ebenda.«
»Wie spät ist es?«
»Es ist zehn Uhr zwanzig.«
Holly seufzte. »Komm rüber. Ich stelle Pfefferminztee bereit, und um Mitternacht können wir dann gemeinsam unser Valium nehmen.«

Hollys Wohnung ist ein Zufluchtsort von der Art, wie jede Analytikerpraxis es sein sollte, es aber nicht ist. Wieder eine Dachkammer (diese hier am unteren Ende der Fifth Avenue), über eine dunkle Treppe zu erreichen. Aber sobald man die Wohnung betritt, erweist sie sich als Offenbarung aus Licht, Pflanzen, Luft und Raum. Ein ganzer Dschungel aus Farnen wächst dem Dachfenster entgegen. Zahllose afrikanische Veilchen gedeihen unter fluoreszierenden Neonröhren, die durch eine Zeitschaltung an- und ausgehen. Vom Schlafteil zum Küchenteil führt ein kiesbestreuter Weg, gesäumt von Töpfen mit Avocados, Zitronenbäumchen, Gardenien, Kumquat-Bäumchen. Wie sie es schafft, diesen ganzen tropischen Kram im trüben, verrußten New York aufzuziehen, ist schlicht ein Wunder. Aber ich glaube, Holly bringt all diese Pflanzen zum Gedeihen, weil sie sich damit selbst am Leben hält. Damit und mit ihrer Malerei, von der zahlreiche Beispiele an den Wänden hängen.
Wie kann man ihren Stil beschreiben? Eine Kreuzung zwischen Georgia O'Keeffe und Francis Bacon? Nein. Holly ist einzig sie selbst. Immerhin neigt sie dazu, sich alltägliche Gegenstände vor-

zunehmen, die wir gemeinhin nicht bemerken, und sie zu heroischen Proportionen zu vergrößern, so daß wir sie betrachten müssen durch die Augen von Blake – wenn nicht gar mit den Augen Gottes. Holly malt, wie ich malen würde, hätte ich dreimal mehr Talent zum Malen, als ich habe, und hätte ich nicht mit zwanzig das Malen aufgegeben aus Angst, meiner Mutter ins Gehege zu kommen. Jedes Gemälde von Holly ist eine Vision aus meinen Alpträumen. Nie zuvor habe ich diese Art von Beziehung zu einem befreundeten Künstler gehabt. *Meine* Freunde haben mir oft gesagt, daß meine Gedichte ihre Gedanken und Gefühle aussprächen, aber nie zuvor habe ich, wie bei Holly, empfunden, daß jedes neue Gemälde von ihr eine Offenbarung meines Innenlebens ist.

Holly ist groß, dünn, straff, mit einem Wuschelkopf voll krausem braunem Haar, ihr kleiner Mund ist gewöhnlich etwas verzerrt. Sie gehört zu den wenigen Leuten, die nie etwas zunehmen; ist sie deprimiert, hört sie auf zu essen und wird dünner und dünner, bis ihr Analytiker damit droht, sie ins Krankenhaus zu stecken. Sie und ihre Pflanzen nähren sich gegenseitig. Sie lebt von Sauerstoff, Kräutertee und Valium. Sie hat mir oft und mit besonderem Nachdruck erklärt, daß der uralte Farn das ideale Leben führt. Er ernährt sich selbst, befruchtet sich selbst, hat im Verlauf seines Lebens geschlechtliche und ungeschlechtliche Phasen und ist genaugenommen unsterblich. Ich bin nie zuvor jemandem begegnet, der so eindeutig lieber eine Pflanze sein wollte als ein Mensch, aber Holly macht mir diesen Wunsch außerordentlich attraktiv.

Sie öffnet und umarmt mich. Erst kürzlich, nach einem Leben in angelsächsischer Internats*kühle* – wie sie es nennt –, hat sie gelernt, Menschen mit offenen Armen ans Herz zu ziehen. Darum umarmt sie einen oft. Besonders mich. Ich mag es.

Das Neonlicht brennt über den Veilchen, aber sonst ist die Dachkammer dunkel. Ein sanftes Gewirr von Farnen wächst auf das Dachfenster zu.

»Komm herein, Liebes«, sagt Holly, die einen selbstgenähten Kaftan trägt und barfuß ist. Sie riecht nach Schlaf, Wärme und dem etwas schalen Parfüm DSCHUNGELGARDENIA. Ich setze mich in den hölzernen Schaukelstuhl, aus dem ich zuvor Seymour, die Katze, und mehrere Flickenkissen verbanne.

»Wo zum Teufel kommst du jetzt her?«

»Ich war gerade mit Jeffrey Roberts essen.«

»Oh! der tapfere Zinnsoldat.«

»Er ist wirklich sehr nett – und total verloren.«

»Wäre ich auch, wenn ich mit Aimee Semple McPherson ein Spukhaus in Greenwich bewohnen müßte. Junge – die hat wirklich nicht alle Tassen im Schrank ...«

»Er möchte da raus.«

»Und du hast vor, ihn zu retten? Da laß mich mein Valium lieber gleich nehmen und schlafen gehen.«

»Nein, Holly. Das habe ich nicht vor. So sehr liebe ich ihn nicht – obwohl ich manchmal bei Gott wünsche, es wäre so. Bei mir handelt es sich darum, daß ich Bennett nicht mehr ertragen kann.«

»Gut, das heißt aber nicht, daß du sofort mit jemand anderem zusammenziehen mußt. Es *gibt* schließlich noch Frauen, die allein leben, und zwar gerne. Das ist *keineswegs* schlimmer als der Tod.«

Ich sehe mich um in Hollys Nest, das sogar im Halbdunkel heiter und warm wirkt. Ich hätte lieber den Tag hier mit Arbeit verbringen sollen wie sie, statt das Pflaster von New York abzuklopfen nach Rettung. Womit habe ich eigentlich diesen ganzen Tag vergeudet? Gretchen, Hope, Doktor Schwartz, Jeffrey Rudner, Jeffrey Roberts, hier. Und all das nur, um nicht zu Bennett nach Hause gehen zu müssen. Wenn eine Ehe mal *diesen* Punkt erreicht hat, ist sie gewiß nicht mehr wert, aufrechterhalten zu werden.

»Die Sache ist die, Holly, ich weiß nicht einmal, warum ich so wütend auf ihn bin. Schließlich habe ich selber Affären gehabt. Manchmal habe ich mir sogar *gewünscht*, er hätte mal eine, das hätte nur seine Menschlichkeit bewiesen.«

Holly ist verwirrt. »Wovon, bitte, redest du überhaupt?«

»Du weißt doch, die Sache, die ich dir heute morgen am Telefon erzählt habe.«

»Du meinst von der Person in Heidelberg?«

»Und hier hat er dann wieder eine andere gehabt.«

»Ich *muß* schon sagen, ich finde es ziemlich sadistisch, daß er dir gerade *jetzt* alles erzählt.«

»Aber *warum* macht mich das so wütend, weshalb will ich ihn unbedingt verlassen? Irgendwie ergibt das keinen Sinn. Ich hab's ja schließlich auch getan. Ich bin nicht gerade die verkörperte Treue. Was soll's? Er hatte also zwei Affären ... Er hat mir *meine* Fehltritte vergeben ...«

»Darum geht es doch gar nicht.«

»Um was dann?«

»Um Liebe.«

»Herr im Himmel. Ich wäre glücklich, wenn ich *das* Wort nie wieder hören müßte.«
»Wenn du Bennett liebtest, wenn du ihm außer Zurechtweisungen, Schuldgefühlen und Kummer sonst noch was zu verdanken hättest, dann würden seine Weibergeschichten überhaupt keine Rolle spielen. Er steckt also seinen Penis irgendeinem Weib in ihr Loch. Große Errungenschaft. *Wen kümmert das?*«
»Junge, Junge – *deine* Analyse muß wirklich Fortschritte machen. Ich habe dich noch *nie* das Wort *Loch* sagen hören. Wann, glaubst du, wirst du es noch zu ›Möse‹ bringen?«
»*Leck* mich.«
»Bravo. Sehr gut.«
Holly erzählt selbst gern, daß sie nach drei Jahren ihrer Analyse ›Fick‹ sagen, nach weiteren drei Jahren es ohne Schuldgefühle sagen und nach wieder drei Jahren es sogar gelegentlich *tun* konnte. Nicht oft. Aber Farne tun's schließlich auch nicht oft.
»Willst du, daß ich mit dir ganz offen rede?«
»Ich glaube, darum bin ich hier.«
»Also gut. Ich sage die Wahrheit. Hier ist sie: ich habe dich *nie* ein einziges gutes Wort über Bennett sagen hören außer, daß er ein guter Fick ist.«
»Wirklich?«
»So wahr ich hier sitze: in den drei Jahren, seit wir uns näher kennen, kein einziges gutes Wort!«
»Weißt du was? Er ist nicht mal so ein guter Fick . . .«
Holly schlug die Augen nieder. »Die Details kannst du mir ersparen. Heb sie für dein nächstes Buch auf. Ich möchte nur wissen, warum du dich nicht fragst, weshalb du eine so grauenhafte Angst davor hast, allein zu sein. Es ist besser, als mit einem Scheintoten zusammenzuleben.«
»Ich dachte immer, du *magst* Bennett.«
»Was heißt mögen oder nicht mögen? Er ist mir völlig unzugänglich. Natürlich hat er einmal schwer den Nagel auf den Kopf getroffen bei der Nachanalyse der Zehnjährigen, aber darüber hinaus kann ich mich nicht erinnern, jemals auch nur ein einziges Gespräch gehabt zu haben, das auch nur die geringste emotionale Substanz gehabt hätte. Ich habe nicht die geringste Vorstellung, was mit ihm los ist. Ist er glücklich? Traurig? Nur sein Analytiker weiß das wirklich.«
Das versetzte mir einen Stich. »Er tut mir leid. Ich glaube, ich verkörpere für ihn das Leben – wie kann ich da einfach abhauen und ihn sitzenlassen?«

»Und was verkörpert er für dich? Den Tod? Man bleibt nicht aus Mitleid mit einem Menschen zusammen. Nicht mit 32 Jahren. Das tut man nicht. Dafür ist das Leben zu kurz. Tut mir leid.«

»Aber ohne mich geht er zugrunde ...«

»Ach Quatsch, wird er nicht. Eine so narzißtische Äußerung ist mir noch nie zu Ohren gekommen. Du sollst mal sehen, wie wohl der sich fühlt.«

»Woher weißt du das?«

»Das weiß ich einfach. Außerdem: wirst *du* dich denn wohl fühlen, wenn du bleibst? Seit Jahren stehst du Seelenqualen aus über der Frage, ob du ihn verlassen sollst. Das ist schlecht für deine Arbeit, schlecht für deinen Kopf, und es macht dick. Es liegt doch auf der Hand, daß ihr beiden nie wieder gut genug miteinander stehen werdet, um ein Kind in die Welt zu setzen – was also soll's? Also warum haust du nicht einfach ab und suchst dir jemanden, den du wirklich liebst?«

»Vielleicht bin ich dazu unfähig. Bennett hat mich davon überzeugt, daß ich viel zu neurotisch bin, um jemanden zu lieben. Er sagt, es gibt nur einen Weg, das zu erreichen, und das ist die Analyse.«

Holly sieht verbittert aus. »Das ist doch wohl die egozentrischste Theorie, die ich je gehört habe: *wenn du mich nicht liebst, dann bist du sicher krank.* Wie kannst du solchen Mist nur glauben?«

»Vielleicht ist mir mein Schreiben wichtiger als die Liebe. Vielleicht kann ich nur mit einem Scheintoten zusammen leben. Es *war* jedenfalls gut für meine Arbeit. Das *mußt* du zugeben.«

»Ich bin nicht so sicher.«

»Wie meinst du das?«

»Alle deine Gedichte handeln von Unerfülltsein, Leere, Bitterkeit. Wer weiß, was du schreiben könntest, wenn du wirklich jemanden liebtest? Wie kannst du dich selber so einkapseln? Du sagst, so wird es sein, und sorgst dann selber dafür, daß es so kommt.«

»Du bist eine nette Gesprächspartnerin – du mit deinen Pflanzen.«

»Schau – mein Lämmchen – du und ich, wir sind ganz verschieden. Mich drängt es nicht, mit einem anderen Menschen zusammen zu leben. Ich *will!* keine Kinder. Ich bin nicht einmal sehr auf Sex aus. Aber *du* bist es. Du bist kein Farn: du bist ein gottverdammtes Säugetier, und was für eines ...«

»Gott sei Dank. Einen Augenblick lang dachte ich, du würdest etwas Vernichtendes sagen.«

»Habe ich das etwa nicht?«

»Man hat mir schon Schlimmeres an den Kopf geworfen als Säugetier.«
Holly zündete sich eine Zigarette an. Sie lachte nicht. Sie war intensiv damit beschäftigt klarzumachen, was sie meinte.
»Was hat es für einen Sinn, sich so an eine verlorene Sache anzuklammern? *Alles* andere ist besser als diese Unentschiedenheit.«
»Vermutlich.«
»Wie stellst du dir eigentlich *mein* Leben vor? Soviel anders als deines ist es nicht. Ich arbeite, besuche meine Freunde, gehe auf Parties. Genau das tust du auch. Bennett ist dabei nur ein Anhängsel und oft sogar ein unbequemes. Heute abend fürchtest du dich, nach Hause zu gehen, das ist ganz klar. Wo steckt er übrigens?«
»Was weiß denn ich?«
»Weiß er, wo du bist?«
»Wahrscheinlich nicht.«
»Dann ist diese ganze Ehe doch eine Farce, leerer Schein, eine Täuschung. *Ich* finde das jedenfalls.« Sie hauchte mit Nachdruck einen Mundvoll Rauch aus.
Ich dachte darüber nach. Holly hatte recht. Unser Leben war *wirklich* sehr ähnlich. Bennett und ich sahen uns praktisch nie. Und das absichtlich. Oder mindestens von mir aus absichtlich. Denn wozu brauchte ich ihn noch? Damit ich sagen konnte: »mein Mann!« und eine Galionsfigur aufzuweisen hatte wie England seine Königin? Damit ich meine Aufsässigkeit hinter einer konventionellen Fassade verkleiden konnte? Um mir die Illusion zu erhalten, von einem Mann beschützt zu werden?
Plötzlich überkam mich Panik, und ich beschloß, sofort nach Hause zu gehen. Plötzlich mußte ich unbedingt bei Bennett sein.
»Ich gehe jetzt.«
»Danke dir sehr. Erst weckst du mich auf, bringst mich in Gang mit all deinem Kram, und dann haust du wieder ab. Wolltest du nicht hier über Nacht bleiben? Auf der Couch schlafen?«
»Kann ich nicht«, sagte ich zitternd. »Wirklich, ich muß gehen.«
»Du hältst dich selber an ziemlich kurzer Leine, wie?«
»Bitte, versteh doch, ich muß jetzt gehen. Begreif doch!«
Holly war ärgerlich, aber sie verstand. »Und ich hatte mir schon ein so schönes Frühstück ausgedacht«, sagte sie. »Jetzt habe ich keine Ausrede mehr.« Abgesehen von ihren zahlreichen sonstigen

Talenten, machte Holly ein wunderbares *cordon bleu* – nur hatte sie niemanden, den sie bekochen konnte.
»Ein andermal«, sagte ich.

Als ich in die 77. Straße zurückkam, brannte das Licht im Flur noch, Bennetts Aktentasche war säuberlich auf einem Stuhl in der Diele abgestellt, und er selbst lag im Bett wie gemalt und schlief, keine Falte in der Decke. Die Tatsache, wieder zurück zu sein, beruhigte mich enorm. Ich schaute kurz auf Bennett, ging dann in mein Arbeitszimmer, sank in meinen Ledersessel und versuchte, meine Gefühle in Ordnung zu bringen. Warum beruhigte mich der Anblick meines schlafenden Gatten? Und war das Grund genug, verheiratet zu bleiben? Es war wirklich seltsam, daß ich die unerträgliche Angst, die mich besonders an Tagen mit außerehelichem Verkehr überkam, erst los wurde, wenn ich mich daheim vom Vorhandensein meines Mannes handgreiflich überzeugt hatte. Mein *Ehemann*. Wieviel Sicherheit lag in diesem Ausdruck! Es war fast so etwas wie »Vertraue auf Gott« oder »Empfohlen von der Stiftung Warentest«.
Welche Magie ging von dem Ausdruck *»Mein Mann«* aus? Es war ein Siegel, ein Imprimatur, daß ich eine vollgültige Frau war. Ebensogut hätte ich sagen können: »Schau, ich habe einen Mann, also bin ich eine Frau.«
Warum hatte ich das nötig? Warum haben wir Frauen das überhaupt nötig? Mein ganzes Leben lang hatte ich Frauen gekannt, die ihre Familien ernährten, ihre eigene Arbeit machten, nebenher die Hausarbeit erledigten – und bei alledem verheiratet sein wollten, oft sogar mit Männern, an denen sie eindeutig keinen Spaß hatten. Ich kannte reiche Frauen, die sich einen Gatten als Spielzeug hielten, Karrierefrauen, die ihre Männer wie Kinder behandelten, verbissene Hausfrauen, die nicht nur ihre Kinder aufzogen und kochten, sondern auch den Laden ihres Mannes in Schwung hielten oder seine Firma vor dem totalen Chaos bewahrten. Es gab keinen Zweifel über die Stärke solcher Frauen, nur sahen sie sich vielleicht anders. Hatte jede dieser Frauen die Worte *»Mein Mann«* ebenso nötig wie ich? Brauchte jede von ihnen ebenso nötig wie ich jenen schlafenden Mann, der nicht einmal die Bettücher zerknüllte?
Ich hatte so viele Male versucht, Bennett zu verlassen, und jedesmal war ich wieder zurückgekommen. Jedesmal war es danach besser geworden. Unsere Ehe war freier geworden, offener, weniger einschränkend. Sie war jetzt so frei, daß Bennett einfach

schlafen ging, wenn ich abends nicht nach Hause kam. Aber das paßte mir auch nicht. Das war ja, als ob zwei Fremde im gleichen Haus wohnten. Wir waren nicht wirklich frei, sondern nur gleichgültig. Wer liebt, verliert einen Teil an Freiheit – nur betrachtet er es nicht als Verlust, weil er so viel anderes gewinnt.
Ich konnte mich kaum noch erinnern, warum ich Bennett überhaupt geheiratet hatte – das schien einem anderen Menschen in einem anderen Leben geschehen zu sein. Wenn man älter wird, macht man verschiedene Verwandlungen durch, nicht einmal in unserem kurzen Leben bleiben wir gleich. Die Seele ist ein Prozeß, kein Gegenstand; deshalb kann man sie nicht in einen Kasten einsperren (oder in ein Buch) und den Deckel zuklappen. Sie wird herauskriechen und sich weiter verändern. Die Frau, die Bennett 1966 geheiratet hatte, war eine andere als die Frau, die jetzt im Ledersessel saß, ebenso wie die Frau, die jenen verrückten Sommer des frischen Ruhms und der Eifersucht ertrug, eine andere war als die Frau, die jetzt dieses Buch schreibt. Ich versuche ständig, mich selbst in verschiedenen Phasen meines Lebens wieder einzufangen, und das gelingt nicht, weil ich mich sogar beim Schreiben verändere. Zwar versuche ich, die Wirklichkeit stückchenweise mit meiner Federspitze aufzuspießen, doch mein Gedächtnis läßt mich unvermeidlich im Stich, mir fehlen die richtigen Wörter, und das Bild bleibt fragmentarisch und falsch. Was noch schlimmer ist, diese Verfälschung wird vom Leser als wortwörtliche Wahrheit angesehen, und nur ich kann erkennen, wie viele Widersprüche und Löcher sie enthält, wie viele Unterlassungssünden ich begangen habe, wie viele verstreute Fragmente sich als das vollständige Gewebe ausgeben.

Auch das Ende hat einen Rhythmus ...

Es wird oft gesagt, Zynismus erfordere Mut. In Wahrheit ist er äußerste Feigheit. Es sind Unschuld und Offenherzigkeit, die wahre Zivilcourage erfordern – wie oft wir auch ihretwegen verletzt werden.

Auch das Ende einer Ehe verläuft nach einem Muster, ganz wie das Liebeswerben – nur eben in umgekehrter Richtung. Man versucht, neu anzufangen, aber man kommt immer wieder dahin, einander Vorwürfe zu machen. Schließlich ist man erledigt, erschöpft, ohne Hoffnung. Dann werden Rechtsanwälte herbeigerufen, die Leichen sauberzupicken. Der Tod ist dann längst eingetreten.
Alles, was ich in diesem Sommer tat, diente zur Auflösung meiner Ehe, wenn mir das auch erst später klar wurde. Das erste Symptom – das übrigens auch bei Verliebtsein auftritt – war, daß ich nicht arbeiten konnte. Ich rannte von Freunden zu Bekannten, von einer Veranstaltung zur anderen, mied mein Zuhause und meinen Schreibtisch, konnte weder essen noch schlafen.
Es war keineswegs sonderbar, daß ich mich in jenem Sommer wieder zu Michael Cosman hingezogen fühlte. Michael war der Freund meines gebrochenen Beines, der Freund, der mich über die drei grimmigen Heidelberger Jahre hinweggetröstet hatte, ohne jemals zu versuchen, mich ins Bett zu kriegen. Auch war er der einzige, der mich über Bennett und Penny aufklären konnte – und ich lechzte danach, war auf jede Einzelheit gierig. Seit Bennetts Woodstocker Beichte lebte ich wieder in der Vergangenheit, ich erinnerte mich an Heidelberg, blätterte in den Seiten meines Lebens wie in einem Buch, flippte zwischen Gegenwart und Vergangenheit hin und her. Das einzige Ereignis, das den Bruch in meiner Ehe mit Bennett stärker symbolisierte als alles andere, war mein gebrochenes Bein, und was Bennett hatte brechen helfen, half Michael heilen.
Michael Cosman war praktischer Arzt in Great Neck, und bei der Armee hatte man keinerlei medizinische Aufgaben für ihn gefunden. So war er dazu abkommandiert worden, die Räume der Offiziersmesse zu desinfizieren und die Damen zu verhören, die unsere Soldaten angesteckt hatten (und die, in wahrhaft demokratischem Geist, oft anboten, auch ihn anzustecken). Die Armee ging Michael ebensosehr auf die Nerven wie mir. Er allerdings reagierte

darauf, indem er sich einen Schnurrbart wachsen ließ und vor dem Lazarett Marihuana anpflanzte (wo es zusammen mit Ringelblumen und Stiefmütterchen die Buchstaben USAREUR bildete) – während meine Reaktion darin bestand, mir das Bein zu brechen. (Gibt es einen psychischen Unterschied zwischen Männern und Frauen? Eine rhetorische Frage!)

Manchmal ist mir, als könnte ich die Geschichte meines Lebens anhand der Narben erzählen, mit denen mein Körper gezeichnet ist. Ich könnte einen ganzen Roman schreiben, in dem weiter nichts geschieht, als daß die Heldin nackt vorm Spiegel ihrer Erinnerung steht, die Narben ihres Körpers aufzählt und von jeder Narbe erzählt, wie sie dazu kam, ihr Fleisch zu zeichnen, welche Schmerzen sie erlitt, mit wem sie diesen Schmerz teilte, wer welche Heilungsversuche unternahm. Jedes Kapitel trüge die Namen der Narbe als Überschrift und begänne mit einer Schilderung des Hergangs, der sie verursachte. Nur wüßte der Leser sofort, daß die »Ursache« viel tiefer liegt, als der Unfall ihn glauben machen will.
Ich erzählte von der bleichen, halbmondförmigen Narbe an meinem rechten Knie, hervorgerufen von einem gleichfarbenen Muschelstück am Strand von Fire Island, als ich acht Jahre war. Ich berichtete, wie ich mich so eifrig in den Sand kniete und nicht fühlte, wie die Muschel bis auf den mondweißen Knochen drang, bis ich wieder aufstand und das leuchtendrote Blut aus der durchtrennten Arterie in den weißen Sand spritzte. Ich erzählte von den sechs blassen Nähten in meiner linken Handfläche, die von einem großen Brotmesser herrühren, aus dem Sommer, in dem ich als Fünfzehnjährige schrecklich unglücklich als Küchenmädchen im Ferienlager Merryhill war. Ich suchte einen Grund, um mit dem Aufschneiden von Sandwiches aufzuhören, um mich ins Krankenzimmer legen, Dickens lesen und mich zusammen mit Pip und Oliver Twist als Waise fühlen zu können. Ich berichtete von dem zwölf Scheiben hohen Stapel ungeschnittener Sandwiches, und wie ich plötzlich meine Handfläche auf die Messerschneide drückte, die ich nichtsahnend nach oben gekehrt hatte, da schnitt ich mein eigenes weißes Fleisch anstatt das schwammige weiße Fleisch des Brotes. Ich berichtete von dem merkwürdigen geschwulstartigen Knoten in meinem Rücken, Folge eines Blutergusses im Gesäß und Oberschenkel, verursacht durch den Sturz von einem viel zu feurigen Pferd, das man mir vorsätzlich im Reitklub von Fort Sam Houston gegeben hatte. Ich erzählte, daß

ich glücklicherweise nur Blut verlor und nicht die Kontrolle über meine Beine, daß ich auf dem Hintern landete und nicht auf meinem Rückgrat, daß mir mein Schutzengel die totale Paralyse ersparte, daß ich ins Armeelazarett gebracht wurde und plötzlich, Mitte 1966, wahrnahm, daß in Vietnam insgeheim ein regelrechter Krieg geführt wurde, während ich drei Wochen zwischen milchgesichtigen, vierfach amputierten kindlichen Napalmopfern aus Vietnam verbrachte.
Ich ginge noch weiter in die Vergangenheit zurück und zeigte das winzige Loch in meinem Genick, dessen Entstehung über 30 Jahre zurückliegt, verursacht durch einen vorgeburtlichen Vorgang, dessen Spuren bis auf den heutigen Tag geblieben sind. Ich erzählte von den drei Nähten über dem linken Auge, die nötig wurden, als ich in einem Anfall von Verzweiflung beim Schreiben, der ebenso zum Gewerbe des Schriftstellers gehört wie die Schreibmaschine, über das Kabel meiner elektrischen Maschine stolperte. Die fast unsichtbare Schwellung im linken Schienbein würde ich mir bis zuletzt aufheben, Erinnerung an die Fraktur, die ich mir 1967 an den vereisten Hängen von Zürs geholt hatte, als Bennett so innig mit Penny liiert war, daß er es haßte, mit mir den Urlaub zu verbringen, und mich deshalb zwang, Abfahrten zu unternehmen, von denen er wußte, daß sie vereist und viel zu schwierig für mich waren.
Oh, ja, ich könnte die Geschichte meiner Ehe mit Bennett anhand der Unfälle rekonstruieren, die wir gemeinsam hatten. Interessant ist vielleicht, daß immer *ich* es war, die verletzt wurde. Und er, der sich als permanentes Opfer der Ungerechtigkeit dieser Welt fühlte, war immer wütend auf mich, wenn ich mir weh tat. Die Beschreibung eines einzigen Unglücksfalles soll aber ausreichen, der mag für alle übrigen stehen.

Ich spule den Film sieben Jahre zurück, und mein Leben fliegt im Rückwärtsgang vorüber: Das sonnige Zimmer, in dem ich jetzt schreibe, wird verdrängt von jenem feuchten, bewölkten New York im Sommer eifersüchtiger Besessenheit, es wandelt sich dann in das verregnete Heidelberg des Winters '67 auf '68. Wir fahren auf der Autobahn nach Süden, und die Scheibenwischer verschmieren den Schmutz auf der Windschutzscheibe. Es ist zweieinhalb Wochen vor Weihnachten, und Bennett hat fürsorglicherweise darauf bestanden, daß ich mit Freunden in die österreichischen Alpen fahre und dort zwei Wochen lang Ski laufe, bevor sein vom Krankenhaus angesetzter Urlaub es ihm erlaubte, zu uns nachzukommen. Die Urlaubseinteilung heißt – mir unbekannt – in Wahrheit Penny. Und wieder hat Bennett es geschafft, daß ich mich schuldig fühle, weil ich ihn in Heidelberg zurücklasse, während er es in Wahrheit vorgezogen hat, in Heidelberg zu bleiben, damit er Penny volle zwei Wochen in meinem Arbeitszimmer vögeln kann, ohne Angst vor anderen Zeugen als meinen Manuskripten.

Unser Abschied war grimmig. Bennett hat mich gehörig darauf hingewiesen, was für ein »verwöhntes Gör« ich sei – weil ich (auf seine Veranlassung) Ferien mache und er Dienst tut. Alle Schuldgefühle, die er empfindet, weil er seine Frau abschiebt, um seine Geliebte zu vögeln, hat er umgedreht und mir aufgelastet. Und ich, die so begabt ist im Entwickeln von Schuldgefühlen, fühle mich abscheulich. Der arme Bennett, denke ich, während wir auf der Autobahn südwärts rasen, und: ich Glückspilz gehe Ski fahren.

Dabei hatte ich überhaupt keine Lust. Wie mich ein glitzernder, blauer Ozean sofort an Haie erinnert, so lassen mich puderzuckerweiße Gipfel, die in einen leuchtendblauen Himmel ragen, sofort an gebrochene Gliedmaßen, abstürzende Skilifts und unselige Skiläufer denken, die von ihren eigenen Skistöcken aufgespießt werden. Als Bennett mich im Frühling desselben Jahres zum erstenmal in den Schwarzwald zum Skifahren mitnahm, hatte ich die verdammten Dinger nie zuvor an den Füßen gehabt, und er hatte mich mit Riemen und Bindungen kämpfen lassen, während er sich über die Hügel schwang und für die nächsten sechs Stunden nicht mehr zu sehen war. Nach diesem Muster etwa verlief unsere sportliche Betätigung im Freien. Er war der Sportsmann; ich war keiner – und immer wenn er mich aufforderte, gemeinsam athletische Übungen zu unternehmen, lief es gewöhnlich darauf hinaus, daß er mich allein am Berg, am Strand, auf dem Baseballfeld oder auf der matschigen Piste zurückließ.

Aber jetzt gehe ich Ski fahren und versuche auf Teufel komm raus, darüber glücklich zu sein. Die Skier sind auf dem Dach des VW-Kombi, die Stiefel im Kofferraum, der Schmutz auf der Windschutzscheibe, ich sitze beim Hund auf dem Rücksitz, meine Freunde Chuck und Ricey Higgins reden mir zu, ich solle mir wegen Bennett keine Sorgen machen, obwohl mir seinetwegen schier das Herz bricht.

»Ach, der wird schon klarkommen«, sagt Ricey – da sie vielleicht ganz genau weiß, daß er zu Hause geblieben ist, um mit Penny zu vögeln.

»Er wird auch noch *nach* Weihnachten genug Ski fahren können«,

sagt Chuck. »Mach dir keine Vorwürfe.« Rückblickend scheint mir, daß *beide* von Penny wußten.
Zwei Wochen Ski fahren im idyllischen Kössen folgen, in den Voralpen. Obgleich es noch früh in der Saison ist, liegt reichlich Schnee, und meine zwei hilfsbereiten Freunde sorgen dafür, daß ich wunderbare Fortschritte mache. Den ganzen Tag über vervollkommne ich im Skikurs meine Stemmbogen und hoffe, daß Bennett stolz auf mich sein wird, wenn er kommt. Abends wandern wir zu dritt durch die bläulich verschneiten Dorfstraßen, am Friedhof vorbei, wo Kerzen auf den Gräbern stehen (»damit man die Aufschrift lesen kann?« fragt Ricey), am Kriegerdenkmal vorbei, auf dem die Namen aller Toten in schwarzen Granit gemeißelt sind, die unter Lawinen begraben wurden. Bläulicher Schnee stiebt auf in kleinen Wolken wie der Hauch auferstandener Seelen. Er verdeckt die Namen, gibt sie wieder frei, verdeckt sie wieder – er läßt die Toten so wie Väter und Söhne erscheinen.
Später, allein in meinem Zimmer, bin ich traurig und voller Furcht. Nie im Leben wäre ich ernsthaft auf die Idee gekommen, während meiner ersten Ehejahre mit jemand anderem zu schlafen. Aber Bennett? Ist er wirklich allein? Warum hat er mich in diesen zehn Tagen nicht ein einziges Mal angerufen? Ist er wütend auf mich, weil ich ohne ihn gefahren bin?
Nach elf Tagen halte ich es nicht mehr aus, rufe ihn an. Er klingt gequält. Der merkwürdige Ton seiner Stimme versetzt mich in Panik.
»Oh, Bennett klingt immer recht merkwürdig«, sagt Ricey später.
»Er ist nicht gerade besonders warmherzig«, bemerkt Chuck einsichtig. Ich rede mir gut zu. Er ist immer ein bißchen merkwürdig, sage ich mir – und es stimmt. Aber das führt unvermeidlich zu der anderen Frage: Warum muß ich bei einem Typ aushalten, der immer ein bißchen komisch ist?
Bennett kommt drei Tage vor Weihnachten und bringt Regen mit.

Der Regen fängt an, über die Berghänge zu pissen, spült den Schnee weg, legt Felsblöcke, Baumstümpfe, Heuhaufen frei, der schwarze Obelisk des Kriegerdenkmals ist jetzt seiner vom Schnee so sanft gewordenen Linie beraubt. Wir vier lungern im Hotel herum und beten, daß der Regen aufhört.
»Wenn es heute aufhört, wird der Schnee noch gut sein«, sagen wir hoffnungsvoll jeden Tag. Doch jeden Tag regnet es weiter.

Irgendwie ist der Regen meine Schuld. Er ist da, weil ich eine glückliche Kindheit hatte, während Bennett darbte, es regnet, weil ich zwei Wochen lang so gut Ski gelaufen bin ohne Bennett, es regnet, weil ich vor unterdrückter Wut und Argwohn koche.
Also bin ich schuldbewußt. Ich entschuldige mich bei Bennett für den Regen. Und er tobt mit mir. Da entschuldige ich mich wieder – was ihn noch wütender macht. Eine Sache habe ich erst kürzlich gelernt: Wenn man sich für etwas entschuldigt, erreicht man manchmal das Gegenteil des beabsichtigten Effekts. Wenn man sich aber für etwas entschuldigt, für das man ohnehin nicht verantwortlich ist, bestätigt man andere in ihrem Glauben, daß man doch daran schuld sei. Also bin ich am Wetter schuld. Ich glaube es. Bennett glaubt es, Ricey und Chuck glauben es nicht – aber wer sind sie schon? Nur Freunde. Die Wettergottheiten sind Bennett und ich.
Mit dem fanatischen Eifer des frustrierten Sportlers besteht Bennett darauf, daß wir packen und noch höher in die Berge hinaufgehen. Sicher, weiter oben wird noch Schnee liegen. Also auf nach Kitzbühel.
Kitzbühel ist gewöhnlich ein belebter Skiort. Cafés, Diskotheken, Leute bummeln auf der Hauptstraße auf und ab, es wimmelt von braungebrannten Skilehrern in roten Pullovern und Mützen, in der Gesäßtasche die Cognacflasche – aber heute ist Kitzbühel ein toter Ort. Die Hauptstraße ist windig, glatt von Pappschnee, menschenleer. Ricey und Chuck spielen auf ihrem Zimmer Karten. Bennett marschiert entschlossen die Hauptstraße hinauf, er will Ski laufen, ganz gleich bei welchem Wetter. Ich stiefele resolut hinterher.
Bei starkem Wind schaukelt die Seilbahn den Berg hinauf. Ein paar rotgesichtige Muskelmänner – vielleicht Veteranen einer Arktis-Expedition – steigen zu uns in die Seilbahn, lachen, schlagen sich auf die gepolsterten Schultern und trinken schlückchenweise teutonisches Feuerwasser, während die vereisten Seile quietschen. Ich bin natürlich sicher, daß sie reißen werden – und dies erscheint mir keine üble Aussicht, wenn ich bedenke, was uns auf dem Gipfel erwartet. Einer unserer Landsleute in der Kabine ist ein mutiger einbeiniger Skiläufer – einer jener unbezähmbaren Veteranen aus Deutschlands großer Zeit. Er hat ein Bein im Krieg verloren – aber jetzt läuft er doppelt so gut Ski mit dem verbliebenen. An solchen Tagen machen nur Wahnsinnige dieses Kalibers die Abfahrt. Normale Leute bleiben daheim. Außer meinem geliebten Gatten natürlich – der jetzt die Lippen eisern entschlossen zusammenpreßt.

Unsere Kabine kommt auf der Bergstation schwankend zum Stehen. Bennett treibt mich mit seinem Skistock zur Eile an wie eine Kuh.
Außerhalb der Bergstation herrscht Schneetreiben, das einem buchstäblich die Sicht nimmt. Wir schnallen hier die Skier an, obwohl der Wind uns gleich umblasen wird. Befriedigt höre ich, wie die Bindung um meine Stiefel einrastet. Was ich allerdings mit den Brettern an den Füßen soll, weiß ich nicht. Meine Knie werden weich. Solange Bennett fort war, habe ich mich auf meinen Skiern vollkommen richtig bewegt, aber kaum ist er *hier*, bin ich völlig unfähig. Mir ist, als stünde ich oben auf einer Treppe, schaute hinunter und hätte das Gehen verlernt.
Wir laufen im Gänsemarsch (Bennett hinter dem draufgängerischen Einbein, ich hinter Bennett und irgendein Idiot hinter mir, der mir auf die Skier tritt). Wir schieben uns blindlings durchs Schneegestöber, stechen unsere Skistöcke ins Eis, schieben ein zitterndes Bein vors andere. Links von mir ist ein weißlicher Schimmer, den ich für Berge halte. Rechts verschwimmt es bläulich, und mein Skistock sagt mir, daß dort der nackte Abgrund klafft. Wie bin ich nur in diese teuflische Lage geraten – ich, ein schlichter Diasporatyp von der Upper West Side? Die Eisbahn im Central Park war früher die Stätte meiner Winterolympiade. Der große Schnee von '47 begrub fast das Museum of Natural History unter sich, und die Autos auf beiden Seiten der Straße sahen aus wie Riesenbrotlaibe aus Schnee. – Aber was, zum Teufel, tue ich hier auf einer vereisten Piste in den österreichischen Alpen mit einem verrückt gewordenen Chinesen und einem einbeinigen Krautfresser? Und wer ist eigentlich der Idiot, der mir dauernd von hinten auf meine Skier tritt? Ich richte Stoßgebete zu Gott, meiner Mutter und meinem geliebten Analytiker Doktor Happe: Bitte laßt mich so lange leben, bis mein erstes Buch gedruckt ist; ich schwöre, daß ich weiter nichts mehr will.
Der vereiste Pfad endet an einem nur verschwommen sichtbaren Steilhang: da unten brodelt es weiß. Als wir den Hang verlassen, packt uns ein Windstoß mit solcher Heftigkeit, daß ich fast auf den Rücken falle und mich nur mittels meiner eingestemmten Skistöcke aufrecht halten kann.
»Um Gottes willen, Bennett, laß uns umkehren«, schreie ich in Richtung seines roten Parka.
»Ich bin doch nicht den ganzen Weg bis hier heraufgekommen, um jetzt umzukehren. Ich habe schon fast eine ganze Woche Skilaufen verpaßt«, knurrt er.

Eine Woche versäumt. Schon. Das enthüllt den Kern von Bennetts Charakter: er fühlt sich betrogen. Ich konnte sein Gesicht nicht erkennen, doch wußte ich, wie es aussah: finster, selbstgerecht, grimmig, verzerrt von dem festen Vorsatz, sich nicht vom Wetter um seinen Spaß bringen zu lassen. Und so verschwindet der rote Blitz bergabwärts, während ich starr vor Angst oben stehenbleibe, meine Skistöcke fest ins Eis gerammt, um nicht umgeweht zu werden. Tatsächlich wurde Bennett ein paar Minuten später umgeweht, doch konnte ich nicht sehen, wie es geschah, noch hätte ich ihm helfen können. Hatte übrigens dazu auch keine große Lust.

Nach mehreren Kämpfen mit dem Wind (die der Wind jedesmal gewann) bremste Bennett und geruhte, mit der Seilbahn abzufahren. Er versäumte nicht, mich einen Feigling zu nennen und mich zu beschuldigen, ich hätte ihm den Tag verdorben. Man kann *ihn* dafür nicht mal verantwortlich machen. Die Welt ist voll von kleinlichen Tyrannen, erbärmlichen Seelen, Frauenhassern. An denen mangelt es nie. Sie sind nur sie selber, wie die Schlange, die beißt, und der Skorpion, der sticht. Wer von uns sich mit ihnen einläßt und es bei ihnen aushält, ist ein Narr. Der verdient den Vorwurf, daß er sich nicht aufrafft und weggeht. Wir bilden uns ein, wir kauften mit unserer Sklaverei Sicherheit – und ein Jahrzehnt später hauen wir ab, überlassen ihnen die Möbel, weil wir erkennen, welcher Segen es ist, ihre Tyrannei abzuschütteln, und daß es Sicherheit sowieso nirgends gibt.

Am nächsten Tag fuhren wir weiter und weiter ins Gebirge. Wenn in Kitzbühel kein guter Schnee lag, dann gab es ihn vielleicht in Innsbruck oder in St. Anton oder in Lech oder in Zürs. Chuck und Ricey kamen mit. Sie waren überall glücklich, spielten vor dem offenen Kamin Karten, tranken *Glühwein* und aßen österreichisches Gebäck.

Der Regen pißte immer noch, als wir nach dreitägiger Irrfahrt nach Zürs am Arlberg kamen – ein düsterer, baumloser Wintersportort, dessen kahle Gipfel in Regenwolken gehüllt waren.

Die hochalpinen Skiorte oberhalb der Baumgrenze bieten alle einen ähnlich nackten Anblick: elegante Hotels im Chalet-Stil am Fuß der steilen, schroffen Gipfel und an sonnigen Tagen ein intensiv blauer Himmel – von einem blendenden Blau geradezu, entstanden aus der dünnen Atmosphäre. Wenn die Berge mit Schnee bedeckt sind, die Sonne scheint und alle Lifts rotieren, sind diese »seriösen« Skiorte nicht ohne Höflichkeit, aber wenn die karamelfarbene Sonne zwischen den Gipfeln versinkt und harte,

purpurne Schatten sich in den Schnee graben, wird die ganze Landschaft trostlos und kalt wie auf dem Mond.
An Regentagen ist es noch schlimmer. Man kommt hin, um Ski zu laufen, aber man kann nicht Ski laufen, weil kein Schnee liegt. Es gibt aber auch nichts anderes zu tun – außer Karten spielen und essen. Oder noch lesen – möglichst einen schwerverständlichen, dicken Wälzer. Wir verbrachten vier Tage im Sporthotel Edelweiß, beobachteten den Regen, spielten Rommé, überfraßen uns an Klößen, Schnitzel und Schweinebraten mit Äpfeln. Schlemmten in *Sahnetorte.* Und *Kaffee mit Schlagobers.* Nachmittags am Kamin ließen wir uns mit Glühwein vollaufen.
Ich war vollkommen glücklich mit diesem Tagesablauf. Ich las Ulysses, etwa fünf Seiten pro Tag, nahm zu, etwa fünf Pfund pro Tag, und war damit einverstanden, solange ich lebte, nie wieder Skier an meine Füße zu schnallen.
Die Abfahrten waren gefährlich vereist. Ich hatte grausige Geschichten darüber gehört, was sogar Skiexperten auf vereisten Pisten widerfahren kann. Nichts in der Welt hätte mich hindern können, bei Ricey und Chuck im Hotel zu bleiben, als Bennett eines Vormittags beschloß, mal den Versuch zu machen – nichts als sein herausfordernder Blick. Oder war es vielleicht mehr? Bennetts Affäre mit Penny hatte (wie ich jetzt weiß) schon im vorigen Herbst begonnen. Ich wußte zwar nichts über Penny, ich *wußte* es aber eben doch. Meine Antennen waren zu gut, um nicht zu wissen. Ich hatte sogar – und das geht mir erst jetzt mit einem Schock auf – ernsthaft daran gedacht, Bennett zu verlassen. Ein Beinbruch ist die perfekte Bestrafung für Fluchtgedanken.

Heiligabend, Zürs am Arlberg.
Es hat die ganze Nacht geregnet, der Regen ist gefroren, die Hänge glitzern von Eis wie die Berge im Märchen. Gegen Morgen setzt ein leichtes Schneegestöber ein und läßt sich auf den Abhängen nieder wie eine Decke aus zwei Tagen Pulverschnee. Pures Eis, getarnt als Skiparadies. Nach dem Frühstück mit Croissants und Kaffee trotte ich hinter Bennett her zum Schlepplift am Idiotenhügel.
»Wir fangen an der leichten Abfahrt an, einverstanden?« sagt er, um mich zu beruhigen. Und ich nicke nachdenklich: *es gibt hier keine leichten Abfahrten.* Aber schon hat sich Bennett eingehängt, es geht aufwärts, ich folge ihm. Ich erinnere mich an die Worte meines ersten Skilehrers, eines verkrachten amerikanischen Studenten: »Bedenken Sie nur die Schwerkraft, das ist alles!« *Nur.*

Oben am Schlepplift erwischt mich die Schwerkraft, und ich falle mit dem Hintern auf den vereisten Boden. Eine flinke deutsche Skiläuferin faucht mich an, als wäre mein Sturz ein Verstoß gegen die guten Sitten, eine unsoziale Äußerung wie ein Furz oder ein Rülpser. Ich komme mühsam wieder auf die Beine, schaue nach Bennett aus und stelle fest, daß ich einen schrecklichen Krampf im Bein habe. Die Ruhetage im Hotel Edelweiß haben mich außer Form gebracht. Inzwischen saust Bennett bereits den Abhang hinunter.

Ich folge ihm, im Bein den Krampf, meine Knie kann ich nicht beugen, ich fahre den steifbeinigen, verkrampften Stemmbogen, von dem es in allen Skihandbüchern heißt, man solle ihn vermeiden.

Bennett macht zwei elegante Parallelschwünge, und ich versuche, wie eine Figur aus Chaplins *Goldrausch*, es ihm nachzumachen. Die Skistöcke sind in meinen Händen tödliche Waffen, meine Knie sind völlig steif, ich schließe in Panik die Augen. Genau in diesem Augenblick muß ich auf pures Eis geraten sein, denn mein Tempo nahm so zu, daß ich plötzlich den Ausdruck *›geölter Blitz‹* verstand. Ich stürzte – absichtlich, glaube ich, um anzuhalten – und lag im Schnee, zu einer Brezel aus Armen und Beinen gekrümmt, und fragte mich, was zum Teufel ich denn verbrochen habe, um soviel Schmerz zu erleiden.

»Bist du in Ordnung?« schrie Bennett. Ich stöhnte nur. Ich schaute melodramatisch hinauf zum strahlend blauen Himmel und dachte an den *Schnee am Kilimandscharo* – wo der Held irgendwo sagt, daß man vom Schmerz eigentlich ohnmächtig werden müßte, nur wird man es nie.

»Beweg dich nicht«, ermahnte mich Bennett, aber ich lag so unbequem, daß ich wenigstens *versuchen* mußte, mich zu bewegen: ein Ski steckte im Schnee, mein Fuß war im Stiefel verkeilt, die Spezialsicherheitsbindung hatte sich nicht geöffnet, und der ganze Druck meines Gewichts lastete auf diesem Bein.

Bennett kam herüber und meinte nach einem Blick: »Nur eine Verstauchung.« Dann versuchte er, meinen Fuß aus dem Stiefel zu ziehen. Der Schmerz war eine Marter, aber die Demütigung war noch schlimmer. Es kam Hilfe in Gestalt zweier junger Männer auf Skiern, die mit einer praktischen Aluminiumgondel mit dem Schlepplift heraufgefahren waren. Einer trug eine hellgelbe Sonnenbrille, der andere hatte eine Zahnlücke. Mein ganzes Sein richtete sich auf diese Zahnlücke. Irgendwie kriegten sie meinen Fuß aus dem Skistiefel (das Bein begann schon zu schwellen),

streiften einen Plastikballon über das Bein, verschlossen ihn mit einem Reißverschluß und bliesen ihn auf. Ich wurde auf die ›Gondel‹ gehoben, mit Decken zugedeckt (wie eine Leiche), und meine Skier wurden seitlich an der Gondel befestigt. Meine Retter klickten ihre Skibindungen, und schon ging es los, den Berg hinab, der neonblaue Himmel über mir, der blendend weiße Schnee unter mir. Meine Gegenwart verursachte Blicke der Neugier, des Bedauerns und der Angst bei den Skiläufern, an denen wir vorüberkamen. Wir sausten mit unglaublicher Geschwindigkeit im Zickzack zu Tal, dann zockelten wir die matschige Hauptstraße entlang (wo ich beträchtlich durchgerüttelt wurde). Noch mehr Geierblicke meiner Mitmenschen, denen ich tapfer zulächele und zuwinke. Autos fahren vorüber. Leute starren auf mich herab. Schmerz. Diese quälenden Schmerzen, an die man sich nicht erinnern kann, außer als an etwas Grellweißes. An weiße Geräusche.
Man bringt mich in die Praxis eines unvergeßlichen Haifisches namens Dr. med. Holger Kapp (ein habgieriger Österreicher, der in Boston die neuesten medizinischen Tricks gelernt hat), hier werde ich geröntgt. Bennett taucht auf, versichert mir erneut, daß es »nur eine kleine Verstauchung« sei. Die Röntgenaufnahmen versichern uns, daß es sich um einen eindrucksvollen Bruch handelt, eine Spiralfraktur über dem Sprunggelenk, und das Schienbein ist zu lauter kleinen Stückchen in der Größe von Haifischzähnen zersplittert. Auf deutsch klingt die Diagnose noch schreckerregender: Schienbeindrehbruch am distalen Ende. Aufsplitterung in mehrere Bruchstücke! Das also passiert einer Ehefrau, die auch nur daran *denkt*, ihren Mann zu verlassen!
Dann erinnere ich mich, daß anschließend Doktor Kapp hereintänzelte und uns Spezialkrücken und mindestens eine Woche Hühnerbrühe zu Steakpreisen verkaufen wollte. Alles mögliche könnte auf der Heimfahrt passieren, warnte er. Heftiges Schleudern auf vereisten Straßen, neblige Autobahnen, betrunkene Autofahrer. Aber Bennett bestand darauf, mich in unser gutes altes Armee-Lazarett zurückzubringen, wo die Ärzte keinen so komischen Akzent hatten und Knochenbrüche »konservativ« behandelten. Also machten wir uns noch am selben Abend auf den Heimweg.
Verlassene, verregnete Autobahnen den ganzen Weg zurück nach Heidelberg. Der grimmigste Weihnachtsabend meines ganzen Lebens – und ich habe einige grimmige erlebt. Ricey und Chuck fuhren unseren VW-Käfer, Bennett und ich nahmen den Kombi, damit ich hinten ausgestreckt auf einer Luftmatratze liegen konnte. Ich war inzwischen vom Schmerz ganz wirr im Kopf und

schwankte zwischen heulendem Elend, weil ich Bennetts Urlaub verdorben hatte, und tiefster Beschämung, weil ich in zusammengeknüllte Kleenextücher pinkeln und sie dann aus dem Fenster werfen mußte.

Als nächstes erinnere ich mich, daß ich im Lazarett Demerol bekam und danach nichts mehr an mich rankonnte. Ich fiel in tiefen Schlaf, wachte wieder auf, schwebte, flog Loopings, wedelte über vereiste Hänge, Felsblöcke, Steine. Wenn ich aus meinen Demerolträumen erwachte, gab es immer eine neue Ablenkung. Der Militärgeistliche Glascock zum Beispiel kam mit einem Stapel der neuesten Anweisungen ›Zur Hebung des Charakters‹ unter dem Arm zu mir, segnete mich und brach dann hastig wieder auf – als hätte er Angst, in einen theologischen Disput verwickelt zu werden, den er nicht bestehen konnte. Der Obergynäkologe Pete Hatch erzählte dauernd Gynäkologen-Witze, die alle von Vaginalgeruch handelten. Phyllis Stein, Präsidentin des Clubs Jüdischer Offiziersfrauen (oder JOWC) wünschte mir das übliche *mazel* und versicherte, sie habe genügend Einfluß, mir koschere Mahlzeiten zu besorgen, falls ich welche wünschte. Sogar der Chefarzt des Lazaretts erschien, um mir die Geschichte seiner beiden Beinbrüche zu erzählen (Davos und Kitzbühel), und er ermahnte mich, die Skier im nächsten Jahr gleich wieder unterzuschnallen. Nur mein Gatte machte sich rar. Schuldgefühl und Wut hielten ihn fern, aber solange ich unter Demerol stand, war mir das ziemlich egal.

Als ich mich eine Woche später dann als Gefangene meines Gipsbeines und der Wut meines Mannes zu Hause fand, traf mich der ganze Schrecken meiner Unbeholfenheit. Ich konnte mit dem Gipsbein nicht Auto fahren, keine Treppen steigen und nicht baden. Bennett ließ mich nachts nicht bei sich schlafen, weil ihn »der Gips störe«. Er weigerte sich, zum Mittagessen nach Hause zu kommen, weil ich so hysterisch und verheult sei und ihn dies deprimiere. Ich hatte ständig Schmerzen und war ohne die Drogen, die ich im Lazarett bekommen hatte, ein Wrack. Ich flog nicht mehr im Traum, sondern wurde zerstückelt. Ich hüpfte verdrießlich von einem Zimmer ins andere, ich bemühte mich aufzuräumen, versuchte zu arbeiten, hatte ständig das Gefühl, betrogen zu werden. Ich trank Kaffee. Ich las die Werbedrucksachen. Die ganze Armee schien von einer Seuche erfaßt zu sein: alle übten sich in Knittelversen. Und schon in der Frühpost war etwas Unterhaltsames, etwa die Mitteilung der Militärarztgattinnen: »Während du durchs Leben rennst, vergiß dies nie: Fremde sind Freunde, die du noch nicht kennst!«

Wo steckten die Freunde! Und wo steckte mein Mann? Vermißt. Fort, mit der Frau eines anderen Offiziers. Und ich saß zu Hause mit bandagierten Füßen, eine brave chinesische Ehefrau.
Wenn der Tag dann gerade am unerträglichsten war, kam Michael Cosman. Er kam mit selbstgedrehten Haschzigaretten, kleinen Flaschen Champagner, mit einem Armvoll Blumen, mit Büchern, Erdbeeren, Cognac. Meine Nachbarn vermuteten sicher, daß wir eine stürmische Affäre miteinander hätten, wenn sie seinen Wagen Stunde um Stunde vor dem Haus sahen. Aber wir redeten nur. Und lachten. Erzählten einander Geschichten. Erinnerten uns gemeinsam an New York. Lachten über polnische Witze. Tranken. Rauchten Hasch. Machten uns über die Deutschen und die Armee lustig. Und waren einer des anderen Eheberater.
Konnte Michael nicht kommen, rief er an. Ich hopste eilig auf meinem gesunden Bein ans Telefon, ließ mich auf die Couch fallen, legte das Gipsbein auf den häßlichen armee-eigenen Teetisch, und dann begann auf Staatskosten eine zweistündige gegenseitige Therapie.
Anfangs rief er an, um mich zu fragen, wie es mir gehe, und um mir Gelegenheit zu geben, mich an seiner Schulter über meine Probleme mit Bennett auszuweinen. Aber es dauerte nicht lange, da redete er auch über *seine* Probleme, erklärte mir seine Reaktion auf die vieldiskutierte Affäre seiner Frau Dee-Dee mit einem Hippie aus der Stadt, worauf er sie zurückführte, wie er sie sich erklärte und so weiter. Dann beglückte er mich gewöhnlich mit einer Schilderung seiner Kindheit, tischte mir lange Monologe über seine Geigenlehrerin Traumstein auf; über seine Lehrerin im dritten Schuljahr, Mrs. Gletscher; seine sexuellen Experimente im Duschraum der Volksschule 103; seine Studienzeit am Cornell College; einmal hatte er Barbecue-Sauce auf seinen Penis geträufelt und von seiner Freundin verlangt, sie abzulecken; Harriet Finklestein besaß die größte ihm je untergekommene Klitoris, und Mr. Weinburger (von Weinburger: Fenster und Jalousien) hatte ihn einmal mit Sally Weinburger im Bett erwischt; er wußte, was Mädchen sagen (stöhnen, ächzen), wenn es ihnen kommt; er träumte diesen Traum immer wieder, daß er mit den Figuren aus Archie-Comics an einer Orgie teilnehme; und wenn er Dee-Dee gestern noch ihre Hippie-Affäre vergeben hatte, stellte er sich am nächsten Tag alles in allen Einzelheiten vor und prügelte sie durch. Und so weiter.
Ich war Michael dankbarer als je einem Menschen zuvor. Er rief aus eigenem Bedürfnis an, ich hörte ihm aus eigenem Bedürfnis

zu, und wenn das auch vielleicht nicht die ideale Voraussetzung für eine Freundschaft war, erwuchs daraus doch eine. Auch als mein Bein geheilt war, blieb Michael mein bester Freund und Vertrauter. Nach sieben Monaten war das Bein endlich geheilt, hinterließ eine leichte Verdickung an dem sonst schlanken Schienbein – und Michael und ich waren über das Reden nicht hinausgegangen.

Sechs Jahre ist das jetzt her. Es ist Sommer. Michael und Dee-Dee sind seit fast vier Jahren geschieden. Bennett und ich haben uns »gehalten«, unter viel Zähneknirschen (meinerseits) und weil wir unser Leben so eingerichtet haben, daß wir uns praktisch nie sehen. Stets Rebell ohne Ursache, weigert sich Michael noch immer, seinen Facharzt zu machen, und betreibt eine blühende Tripper- und Antibabypillen-Praxis für junge Unverheiratete in einem der schicken Backsteinhäuser in den West Siebzigern.

»Was kann ich für dich tun?« fragte Michael und bot mir in seinem verrußten Hinterhof, wo nicht einmal Marihuana wachsen würde, einen Stuhl an. Der Platz war übersät mit Flaschenscherben und Schlacke, aber mitten in diesem Rußgarten stand ein Tisch unter einem fröhlich-gelben Sonnenschirm. Wir tranken Wodka und aßen griechische Oliven. Michael sah mich prüfend an.

»Was gibt's? Macht es Spaß, berühmt zu sein? Ich hab' dich 'ne Ewigkeit nicht gesehen.«

»Willst du's wirklich wissen?«

Michael sah mich über seinen blonden, buschigen Schnauzbart hinweg durch seine Pilotenbrille an. Er schien genau zu wissen, warum ich gekommen war.

»Wenn Bennett in Heidelberg eine Affäre gehabt hätte, mit wem wohl?«

Michael starrte mich an, zögerte, merkte, daß ich Bescheid wußte, und sagte dann bestimmt: »Mit Penny. Ich dachte, das wüßtest du längst.«

»Bennett hat es mir voriges Wochenende gebeichtet.«

»Warum war ausgerechnet das vergangene Wochenende anders als alle früheren?«

»Ich weiß das nicht. Vielleicht paßt ihm all die Aufmerksamkeit nicht, die ich jetzt errege, und er weiß nicht, wie er sonst seiner Wut Luft machen soll. Vielleicht will er mich zerstören. Wenn das stimmt, hat er Erfolg, denn ich habe mich noch nie in meinem ganzen Leben so hysterisch gefühlt wie jetzt. Ich koche vor Wut. Ich möchte jeden Asiaten umbringen, den ich sehe.«

»Mein Gott – ich bin erstaunt. Ich dachte, du wüßtest es seit Jahren.«
»Wieso?«
»Als ihr aus Wien zurückkamt, zusammen zurückkamt, sagtest du mir, ihr hättet euch gründlich ausgesprochen . . .«
»Das dachte ich auch. Ich habe alles gesagt. Aber Bennett nicht. Das macht mich ja so wütend auf ihn. Ich wurde immer als das böse kleine Mädchen hingestellt. *Das* brauchte er unbedingt.«
»Mein Gott«, sagte Michael.
»Warum hast *du's* mir nie gesagt?«
Michael zog an seiner Pfeife: »Aus demselben Grund, aus dem du mir nichts über Dee-Dee gesagt hast. Die Sache von Penny und Bennett war mir fast vom ersten Augenblick an bekannt – genau wie du über Dee-Dee und ihren Hippie Bescheid wußtest. Warum hast *du mir* nichts gesagt?«
»Ich dachte, es würde dir weh tun. Und weil ich nicht die Verantwortung für das Zerbrechen eurer Ehe übernehmen wollte. Vielleicht war es auch eine Art, sich um die Verantwortung zu drükken. Ich bekenne mich schuldig.«
»Ich auch.«
Wir betrachteten einander nachdenklich, dachten darüber nach, wie anders damals die Dinge hätten laufen können, wenn wir beide Bescheid gewußt hätten. Hätten wir eine Affäre miteinander gehabt, uns zusammengetan, unsere jeweiligen Ehepartner verlassen? Wir ließen beide stumm die letzten Jahre an uns vorüberlaufen.
»Wann hast du das über Bennett und Penny herausgefunden?« fragte ich schließlich.
»Wohl gleich am Anfang. Erinnerst du dich an Pennys und Roberts Wohnung?«
»Gleich über deiner, nicht wahr?«
»Nein, es war im benachbarten Treppenaufgang. Eines Nachmittags kam ich nach Hause, und weil unser Treppenhaus mit Kindern vollgestopft war, lief ich das benachbarte Treppenhaus hinauf und wollte dann die Abkürzung durch die Nachbarwohnung nehmen – die Mädchenzimmer liegen ja nebeneinander und hatten Verbindungstüren. Wen sehe ich auf dem obersten Treppenabsatz – mit einem Gesicht wie eine Reklame für Strychnin? – Bennett. Wir sehen uns an. Er weicht meinem Blick aus. Ich denke sofort: Penny und Bennett? Ach du dicke Scheiße! Er sagt: ›Hallo, Michael‹, ganz der herablassende Psychiater. Ich möchte am liebsten sagen: ›Du Schweinehund.‹ Ich fand sowieso schon vorher, daß er dich

wie den letzten Dreck behandelte, aber ich sagte es nicht, natürlich nicht, weil ich ein professioneller Feigling bin, und er trottete die Treppe hinunter. Aber da schwante es mir schon. Dann bestätigte es mir Dee-Dee. Penny hatte ihr offensichtlich alles bis in die finstersten Einzelheiten erzählt. Jeder wußte es dann.«

Das reißt alte Wunden wieder auf. Sie bluten unsichtbar.

»Jeder?«

»Ja. Es brachte mich jedesmal um, wenn ich dich mit Bennett und Penny im Trainingsanzug um die Bahn laufen sah. Jeder wußte davon, außer dir. Und Robby, Pennys Mann, glaube ich. Aber der trieb es unterdessen mit seiner Sekretärin ... Offen gestanden, ich fand, Bennett war ungeheuer grausam zu dir.«

»Warum hast du es ihm nicht *gesagt*?«

»Wer seine fünf Sinne beisammen hat, mischt sich nicht in anderer Leute Ehe ein. *Du* weißt das doch.«

Ich ließ den Kopf hängen. »Ich fand, daß Dee-Dee dich auch grausam behandelte.«

»Und hast mir auch nichts gesagt. In Wirklichkeit hast du sie einmal selber in die Stadt gefahren, damit sie ihren Liebhaber treffen konnte.«

»Ich *mußte* einfach, sie ...«

»Keine Erklärungen, bitte. Ich mache dir keine Vorwürfe. Es ist nur so lachhaft. Du mußtest dir einreden, deine Beziehung zu Bennett sei völlig in Ordnung, das war dein drängendstes Bedürfnis. Ich glaube kaum, daß ich mich – mit allen Konflikten meiner Ehe – so lange daran geklammert habe wie du. Du hast dir wirklich alle Mühe gegeben.« Er nahm meine Hand. Ich fing an, tonlos und unaufhaltsam zu weinen.

»Warum, glaubtest du, habe ich mich so daran festgeklammert?«

»Oh, ich weiß nicht. Jeder hat das Bedürfnis, sich einzureden, seine Wahl sei vernunftbestimmt. Teils aus der Unfähigkeit, Fehler zuzugeben. Teils, weil man sich genötigt fühlt, Einigkeit zu demonstrieren. Wer zugibt, daß seine Ehe Mist ist, gibt zum Teil zu, daß sein Leben Mist war. Das ist sehr hart. So viele Jahre einem Fehler geopfert? Sehr schwer zuzugeben. Darum verteidigen wir unsere Ehe, wir finden tausend Vernunftgründe für ihre Fortsetzung. Bis uns etwas ganz heftig aufrüttelt. In meinem Fall war es der Tod meines Vaters. Man kann nicht mit einem Menschen leben, den man verabscheut – auch wenn man Angst davor hat, allein zu leben. Das Leben ist zu kostbar, um in Verachtung anderer zugebracht zu werden.«

»Ich weiß. Es ist besonders schrecklich, für den Menschen Verachtung zu empfinden, mit dem man lebt – nicht wahr? Ich habe das jahrelang erfahren. Es zerfrißt einen.«
»Erinnerst du dich an den Herbst, als wir aus Deutschland zurückkamen?« Ich nickte. »Wir waren uns nie so nahe gewesen wie damals. Du schienst es sogar zu wollen – und ich war ebenfalls dazu bereit, wie ich es in Heidelberg nie war, obgleich ich über Dee-Dee schon Bescheid wußte. Und ahnst du, warum ich damals nicht weiter ging?«
»Nein. Warum?«
»Weil ich wußte, wenn wir uns jetzt richtig nahekämen, müßte ich dir über Penny und Bennett reinen Wein einschenken – und dazu hatte ich nicht den Mut.«
»Ach Michael!« Ich springe aus meinem Sessel auf und schlinge die Arme um seinen Hals. Nach acht langen Ehejahren mit einem Roboter war ich froh, daran erinnert zu werden, daß es Männer gibt, für die Sex und menschliche Wärme zusammengehören.
Michael wiegte mich in seinen Armen, und wir vergossen beide ein paar Tränen über die elenden Jahre in Deutschland, über unsere zerbrochenen Ehen, über die Liebesaffäre, die nie zwischen uns stattgefunden hatte. Dann löste er sich sanft entschlossen aus meinen Armen.
»Ich mach' uns Hühnerleber zum Mittagessen, einverstanden?«
»Okay«, sagte ich ein bißchen enttäuscht, »das ist mir recht. Aber eigentlich hatte ich gehofft, du würdest endlich mit mir schlafen – nach all den Jahren.«
Michael stand lächelnd in der Tür. »Falls du das in vier Wochen noch immer möchtest, steht dem nichts im Wege, das verspreche ich dir. Aber solange du in diesem Zustand bist, mag ich nicht. Ich will lieber nicht deine Hysterie ausnutzen.«
»Wer ist hier hysterisch?« empörte ich mich und leckte mir die Tränen aus den Mundwinkeln.

In der Küche erzählt er polnische Witze und Anekdoten, die er seiner Tripperpraxis verdankte. Die Leber brutzelte in der Pfanne, mein Herz tat weh, mit der Welt war nichts mehr in Ordnung. Außer, daß es besonders in solchen Zeiten schön ist, Freunde zu haben. Vor allem Freunde, die einem Hühnerleber braten.
»Denkst du manchmal an mein gebrochenes Bein?«
»Wie könnte ich es vergessen? Du warst so verdammt sexy in dem Gips. Einmal hast du sogar einen schwarzen Netzstrumpf darüber

getragen – und eine rote Samtrose am Knie. Du warst immer scharf auf mich, nicht wahr?«

»Du *weißt*, daß du unwiderstehlich bist.« Das war nicht nur im Scherz. Ich dachte an all die Männer, die ich gekannt hatte, mit denen ich zärtliche, scherzhafte, gutmütige Freundschaften gehabt hatte. Warum war ich mit dem einzigen Mann auf der Welt verheiratet, mit dem ich überhaupt nicht reden konnte?

»Weißt du, was das Schlimmste für mich an Bennetts Beziehungen zu Penny war?«

»Ich weiß nicht, ob ich das wissen will.«

Es entstand eine Pause, in der wir beide dem Brutzeln der Leber zuhörten.

»Na?«

»Nein ... also gut. Erzähl *alles*.« Ich wollte meine alten Wunden wieder aufreißen, Salz hineinstreuen und meine Schmerzen hinausschreien, bis ich alles losgeworden war.

»Ihr Auto parkte praktisch die ganze Zeit vor eurem Haus, während du im Lazarett warst.«

Seine Worte hatten den gewünschten Effekt. Ich weinte erneut, wurde von langen Schluchzern geschüttelt, die aus meinen Eingeweiden, meiner Gebärmutter, meiner Möse zu kommen schienen. Michael nahm mich in die Arme und wiegte mich eine ganze Weile.

»Verlaß diesen Bastard«, sagte er, »und dann kommst du zu mir. Einverstanden?«

An jenem Abend fragte ich Bennett zu Hause, wie er es fertiggebracht habe, so wütend auf mich zu sein, weil ich mir mein Bein gebrochen hatte, wenn er doch die ganze Zeit, als ich im Lazarett war, Penny ungestört vögeln konnte. Er verzog keine Miene. Zuerst schien er nicht zu verstehen, was ich meinte. Methodisch putzte er die Zähne. Ich saß auf dem Toilettendeckel und starrte ihn haßerfüllt an. Endlich nahm er die Zahnbürste aus dem Mund.

»Du warst in ein Malheur nach dem anderen verwickelt, alles bloß, um mir zu schaden ...«, sagte er, als hätte er nicht die leiseste Idee, was er mir da psychologisch vorwarf.

»Dir zu schaden? Dir? Wir fuhren einen vereisten Hang hinunter, weil *du* es wolltest!«

»Also schön. Ich hatte Weibergeschichten – tolle Sache. Steingesser findet nicht, daß das ein Grund ist, unsere Ehe aufzugeben.«

»Welche Ehe? Was meinst du mit Ehe?« kreischte ich. »Von

welcher Ehe redest du? Deiner Ehe mit Steingesser oder von dem Fegefeuer, das ich mit dir durchmache?«
»Sehr komisch.«
»Oh, nein, das ist überhaupt nicht komisch.« Ich stand von der Toilette auf, marschierte ins Bett und genoß meine Wut. Nach einer Weile hörte ich, wie Bennett gewissenhaft alle Lichter löschte, die Türen abschloß, in seinen Pantoffeln durch die Diele schlurfte. Schließlich kletterte er neben mich ins Bett. Einen Augenblick lagen wir schweigend Seite an Seite wie die Figuren auf einer Grabplatte. König und Königin. Beide tot. Kathedralenkalter Marmor.
Dann bewegten sich meine Lippen. Sie sagten: »Hebe dich lieber aus diesem Bett hinweg, denn wenn du eine Minute länger drin bleibst, schnappe ich mir ein Messer aus der Küche und schneide dir die Eier ab. Das schwöre ich dir. Ich will keine Scheidung, ich will dich kastrieren – einfach so! Und du mußt das nicht lange analysieren, denn ich sage es geradeheraus: *Verschwinde aus diesem Bett*!« Bennett schnappte sein Kopfkissen und rannte ins Gästezimmer.

Minuten vergingen. Die Uhr tickte. Meine Lippen bebten, und Tränen rannen mir über die Wangen, tropften in die Ohren. Ich erinnerte mich an einen Schlager aus meiner Schulzeit: »Ich hab' Tränen in den Ohren, denn ich liege hier verloren auf dem Rücken und weine um Dich ...«, aber es kam mir überhaupt nicht mehr komisch vor. Auf der Straße ging jemand mit einem Transistorradio vorbei, das laut genug tönte, um das Summen der Klimaanlage zu übertönen.
Dies war das Ende, der tiefste Punkt einer Ehe. Jeder für sich allein schlafen im gleichen Haus, unfähig, sich noch gegenseitig zu trösten. Einsamer, als wenn wir uns niemals kennengelernt hätten. Da ist es besser, als Eremit in einer Höhle zu leben oder in Junggesellenbars auf Fischzug nach einem Abenteuer für eine Nacht herumzuhängen. Nichts macht so einsam wie eine gestorbene Ehe. Das Ehebett könnte ebensogut ein Floß auf einem haifischverseuchten Ozean sein. Man hätte genausogut auf einem fremden Planeten ohne Atmosphäre landen können. Wohin sich wenden? Nirgendwohin. Die Seele sinkt wie ein Stein.
Und hervor aus der steinernen Kälte wagt sich tastend das Fleisch – um seine eigene Lebenskraft zu beweisen. Die über alle Demütigungen hinaus gedemütigte Frau schleicht auf Zehenspitzen durch die teppichbelegte Diele und schlüpft in das schmale Gästebett,

neben jenen Fremden, ihren gesetzlich angetrauten Ehemann. Blaues Mondlicht fließt durch die Ritzen zwischen Fenster und Rouleau herein. Die alte Klimaanlage zirpt wie ein Garten voller Grillen, und sie preßt sich an seinen noch warmen Körper.

Sie hätten ebenso Fremde sein können, die sich eben erst in einer Bar begegneten, und alles war auf eine merkwürdige Weise erregend.

»He – was machst du da?« protestiert er.

»Ich sehe mal nach dem Rechten.«

»Ich dachte, du wolltest mich kastrieren.«

»Will ich auch noch.«

Die Ernsthaftigkeit ihrer Stimme macht ihn sofort steif. Es ist ihr alter Familientanz. Sie bricht sich die Knochen, ihr stoßen unentwegt Mißgeschicke zu, er ist Sadist, seine Grausamkeit ist ihr vertraut. Erregt sie. Er könnte ebensogut ein Sexualverbrecher sein, ein Fassadenkletterer, ein Milchmann, für eine schnelle Nummer ins Haus gebeten. Beide sind eiskalt und routiniert. Sie knöpft seinen Pyjama auf. Er tastet nach ihrer Möse. Stößt brutal einen Finger hinein. Es tut weh, aber irgendwie fühlt sich der Schmerz richtig an in dieser besonderen Nacht. Er bohrt noch einen Finger hinein, sie dreht sich auf diesen Fingern herum und nimmt seinen Schwanz in den Mund. Will ihn abbeißen und nur noch den blutenden Stummel sehen, eine Fontäne von Blut, die sich über die mondblauen Bettücher ergießt. Statt dessen kitzelt sie ihn mit der Zunge, knabbert mit den Zähnen am Schaft, so daß er ihm fast weh tut, aber nicht ganz. Er stöhnt. Er hat Angst, ist jedoch auch erregt. Es wäre so leicht, ihm jetzt weh zu tun – aber sie bringt es noch immer nicht fertig. Eher täte sie sich selber weh. Jetzt reibt er ihren Kitzler ziemlich grob, aber gerade das will sie. Sie haßt ihn, verachtet ihn, und doch will sie seinen seltsam wurzelförmigen Schwanz in sich spüren. Er wartet schon auf sie, dunkel wie ein alter Baumstumpf, knorrig, fast leblos – tot. Der Anblick erregt sie noch mehr. Der Mann liegt jetzt da, bewegungslos, schweigsam, einer, der mit seiner Erektion starb, die mit Beginn der Leichenstarre noch härter wurde. Sie steigt über seinen aufgerichteten Penis, läßt sich darauf nieder, rutscht daran auf und ab, eiskalt, als benutze sie einen künstlichen Penis. Ihre Orgasmen kommen wie Ringe, die sich auf der Oberfläche eines Sees ausbreiten, in den man einen schweren Felsbrocken aus großer Höhe hinunterwirft. Plötzlich stößt er zu, wieder und wieder, sucht seinen eigenen Höhepunkt. Als wäre der irgendwo tief in ihr, als müsse er danach suchen, danach fischen, ihn an den Haken krie-

gen, ihn an der Leine hereinholen wie einen zappelnden Fisch. Da. Er hat ihn. Nein, noch nicht ganz. Da. Ein Kräuseln. Er tastet blind um sich, nun findet er wieder seinen Rhythmus. *Jetzt.*
Sie beobachtet das alles aus großer Distanz, als läse sie ein Buch – und doch erregt es auch sie. Lesen erregt sie oft. Und oft weiß sie nicht, ob sie liest oder lebt.
Da. Er hat ihn. Da, da, da, da, da ... Das Stoßen hört auf, er liegt wieder still. Kein Wort. Kein Stöhnen. Fischer und Fisch liegen beide atemlos am Ufer. Was für ein Mann ist das, der keinen Ton von sich gibt, wenn es ihm kommt? Ein toter Mann?
Sie fühlt sich befleckt, beschämt, ein bißchen nekrophil. Sie klettert von seinem toten Penis herunter und liegt neben ihm, denkt nach. Wie können zwei Menschen acht Jahre hindurch kopulieren und doch so fern voneinander sein? Sie könnten Güterzüge sein, die für eine Strecke zusammengekoppelt sind und dann in entgegengesetzte Richtungen rangiert werden. Und doch *könnte er mich ein bißchen mit Worten umwerben,* denkt sie, *Worte würden mich erwärmen ...* Aber er kennt keine Worte. Worte sind die einzige Sprache, die er nicht spricht.

Mein posthumes Leben . . .

Sich einen Namen zu geben ist die erste Tat des Dichters wie des Revolutionärs. Wenn wir jemandem das Recht auf einen eigenen Namen verweigern, nehmen wir ihm symbolisch auch den Anspruch, ein Individuum zu sein. Einwanderungsbeamte taten dies vielen Flüchtlingen an; Ehemänner tun es ganz selbstverständlich ihren Frauen an . . .

Am nächsten Morgen ging Bennett sehr früh aus dem Haus. Er war schon fort, als ich allein in dem großen Bett aufwachte. Was war geschehen? Ich erinnerte mich dunkel, daß ich ins Schlafzimmer zurückgeschlichen war, um allein zu schlafen. Ficken lassen wollte ich mich von ihm, nur sehen wollte ich ihn hinterher nicht mehr. Nach acht Jahren war unsere Ehe so traulich wie der Einmalfick mit einem Fremden.

Was tat ich hier noch? Ich lag im Bett, dachte an mein posthumes Leben. Keats hat diesen Ausdruck gebraucht, als er fünfundzwanzig war und an Tb zugrunde ging. Ich war zweiunddreißig und ging an einer verwesenden Ehe ein. Ein unheilbarer Fall? Mir fiel ein Bekannter ein, der seiner Frau eines Abends sagte, er habe sich in eine andere verliebt. »Ich bin in sie verliebt, aber gewesen ist noch nichts«, sagte er, um ihre Gefühle zu schonen. Unwahrscheinlicherweise schluckte sie das und fragte nur: »Kannst du dich auch wieder in mich verlieben?«

So viele Ehen, so viele Tode. Man steht morgens auf, geht zur Arbeit, kommt abends nach Hause, vögelt, fühlt sich tot. Kein Wunder, daß die Männer davonlaufen mit ihren Sekretärinnen, mit fünfundvierzig noch Hasch rauchen, den Sex entdecken, als wären sie Adam im Paradies, und für all dies zahlen, zahlen, zahlen. Rechnungen von Rechtsanwälten, Alimente, Häuser, die sie zum halben Preis verschleudern, für Kinder, die zum Therapeuten gehen, die einen mit wundem Blick wie Rehe ansehen; Möbel werden weggekarrt, Familienerbstücke zum Abschied geküßt, verwundete Ehemänner, verwundete Ehefrauen – und doch lohnt sich alles, wenn man sich danach wieder lebendig werden fühlt. Kommt es zum Schwur, kennen wir die Antwort unweigerlich: Überleben ist alles. Jeder weiß das. Die Lebenskraft ist das einzige, auf das man nicht verzichten kann. Bennett und ich hatten unsere Lebenskraft verloren.

Fühlte *er* das nicht? War er denn zufrieden mit diesem Scheintod, den wir lebten? Bennett war ein Mann, der jeden Abend seines

Lebens Steak und Reis essen konnte, ohne daß es ihm je zuviel würde, den es nie nach Kaviar verlangte, nie nach tropischen Früchten. Er stand jeden Morgen Punkt 6.30 Uhr auf, kam jeden Abend um 21 Uhr heim, arbeitete die Woche hindurch wie ein Automat, spielte das Wochenende über ähnlich automatisch Tennis, legte auch im Skiurlaub genau fest, wann wo gelaufen wurde, und war's zufrieden, jeden August, den Gott werden ließ, mit den gleichen Analytikern im Meer zu baden. Waren sie in Wien? Gut, dann fahren wir auch nach Wien. Waren sie in Cape Cod? Dann also auf nach Cape Cod. Immer ihnen nach! Jeder August der nächsten vierzig Jahre würde so sein. Sobald wir Kinder hätten, würde Bennett mich im Penisneid drillen (für die Töchter) und in Kastrationsangst (für die Söhne). Sobald die Kinder alt genug wären (fünf?), kämen sie in die Kinderanalyse. (Wie könnten Kinderpsychiater wohl ihren Job halten ohne die Kinder anderer Psychiater? Wer außer der Frau eines Psychiaters würde wohl sein Kind fünfmal die Woche zu einem Psychiater schleppen für 45 Dollar pro Sitzung?) *Das* war etwas, worauf man sich freuen konnte! Kaum war meine eigene, lang ausgedehnte Analyse vorüber, konnte ich mich auf die meiner Kinder freuen. Es würde unermüdlich mit uns aufwärtsgehen, und das Leben würde uns in Abschnitten zu 50 Minuten zwischen den Fingern zerrinnen.
New York von September bis Juli, im August am Meer. Alle paar Jahre ein psychoanalytischer Kongreß in Europa – um die Monotonie etwas aufzubrechen. Wir würden eine größere Eigentumswohnung kaufen – vielleicht auf der East Side. Wir hätten ein Au-pair-Mädchen für die Kinder, ein Sommerhaus in einer koscheren Psychoanalytiker-Kolonie wie Wellfleet oder Truro, die standesgemäßen progressiven Privatschulen. Mami schreibt niedliche Bücher. Sie schockiert damit, aber nicht so sehr, daß Papi sie verläßt. Sie wird darin nicht schreiben, daß Papi in seinem Privatleben ein Erzheuchler ist. Oh, das hatte er sich verbeten. Bitte. Es war eine Sache, ein Buch über eine Ausreißerin zu schreiben und ihre eigenen sexuellen Phantasien darzustellen, dagegen war nichts zu sagen. Oh, das billigte er. Frauen waren raubgierig, unbelehrbar, »infantil«. Man mußte sie tolerieren, gönnerhaft behandeln, kurzhalten. Wählten sie im Bett falsch, verliebten sich in herzlose Lumpenhunde? Das war nicht verwunderlich; sie klammerten sich doch allesamt an ihre Papis. Ödipus-Probleme. Zurück zum Psychiater mit dir, kleine Frau. Noch fünf Jahre Analyse. Zumindest bist du dann nachmittags beschäftigt, denkst nicht an Liebhaber. Aber wie steht es mit deinem lieben Ehemann, Doktor Alleswisser,

dem, der immer predigt: Stelle dich dir selbst? Was tut er in seiner Freizeit? Hat er dir nicht gerade deine sexuellen Phantasien vergeben, weißt du's noch? Hat er dir nicht gerade gesagt, daß es okay ist, sie hin und wieder mal in die Tat umzusetzen (solange man sich zu schuldig fühlt, um Spaß daran zu haben, sofort bereut, nach Hause kommt zu Papi und sofort die Analyse wieder aufnimmt; vorausgesetzt, daß man zugibt, daß sexuelle Phantasien »unreif« sind). Er ist »reif«. An deinen Seminarabenden vögelt er in deinem Arbeitszimmer eine Hausfrau (obgleich er gegen dein Schreiben überhaupt nichts einzuwenden hat). Merkwürdigerweise fängt er seine leidenschaftliche Affäre gerade dann an, wenn du ernsthaft zu schreiben beginnst, als du zum ersten Male das Gefühl hast, eine gelungene Seite zu Ende zu schreiben sei wichtiger als ein Soufflé zu backen. Der Zeitpunkt ist sehr aufschlußreich, nicht wahr, Herr Doktor? Und wie steht es damit, daß man Sie jetzt schon ein Jahr lang als einen so geduldigen Ehemann preist? Ihre wild gewordene Gattin, die berüchtigte Isadora White Wing, Bestseller-Autorin, schreibt ein Buch, dessen Heldin, die nur allzu arglose Candida, bekennt, daß sie tatsächlich Lust empfunden habe! Und daß sie sich überdies welche verschafft! Wie revolutionär! Die Männer Amerikas fühlen mit Ihnen, weil Sie erstens eine Frau mit schmutziger Phantasie haben und es zweitens so männlich ertragen. Die Heldin im Buche Ihrer Frau brennt tatsächlich mit einem Kerl durch – und jeder glaubt, das sei schon die eigentliche Geschichte –, aber die Ehe ist viel komplizierter, als Romane einem einreden wollen. Ihre Frau hat sich aus dem Staube gemacht, gut, aber Sie haben es verstanden, das zu Ihrem Vorteil zu drehen. Man kann damit die eigene Vorherrschaft festigen, nicht wahr? Besonders, da Sie dafür gesorgt haben, daß sie sich schuldig fühlt. Selbstverständlich ist Ihnen niemals eingefallen, ihr *damals* schon, viele Jahre von *ihrem* kleinen Ausbruch, ihre Mini-Affäre mit einem Mann, der ihn nicht einmal hoch bekam, zu erzählen, selber schon eine ernste, leidenschaftliche Affäre mit einer Frau gehabt zu haben, die Sie wirklich liebten ... Jetzt allerdings haben Sie es ihr gebeichtet – aber Sie haben ihr auch gesagt, daß *hierüber* kein Wort geschrieben werden dürfe. Falls sie es jemals wagen sollte, die Tatsache preiszugeben, daß Sie auch sexuelle Wunschträume haben, würden Sie sie ganz sicher verlassen. Irgendwo gibt es eine Grenze. Nichts gegen die Entlarvung der Frau, doch die Entlarvung des Mannes, zumal des eigenen, die geht denn doch zu weit. Die Heuchelei des Mannes ist seine Burg und der Schonung des Publikums empfohlen.

Gut. Wir haben die Regeln festgesetzt. Hier liege ich an einem New Yorker Sommermorgen im Bett, habe keine Lust aufzustehen, keine Lust, mit dem Mann verheiratet zu sein, dessen Gattin ich bin, ich kann nicht schreiben (das bewegendste Ereignis in meinem Leben soll ich nicht beschreiben dürfen). Ich will über die Eifersucht schreiben. Eifersucht ist das Thema meines neuen Romans. Aber man hat verfügt, daß ich ihn nicht schreiben darf. Bennett hat keinen Zweifel daran gelassen: wenn das Buch von Eifersucht handelt, will er es nicht dulden.
Er will mir also vorschreiben, worüber ich zu schreiben habe! Das will er! Mir Vorschriften machen und zugleich von allen Ehemännern hierzulande als großmütiger Dulder angesehen werden. Er betont immer wieder, wir trügen den gleichen Namen, und meine Bücher könnten ihn beruflich »irritieren«. Wie kamen wir überhaupt dazu, den gleichen Namen zu tragen? Eine interessante Geschichte. Wir sind durch diesen Namen zusammengeschweißt wie andere Leute durch ihre Kinder. Uns verbindet ein Name, der auf Buchrücken geprägt ist.
Mein Name. Isadora White Wing. Das »Wing« hängt mir auf ewig an – ob ich Bennett verlasse oder nicht. Mein *nom de plume:* Wing. Wen ich künftig noch heiraten werde, wen ich auch liebe, mein Name steht in Gold geprägt auf den in feinstes Leder gebundenen Prachtausgaben, die Verleger ihren Autoren zu Weihnachten schenken. Unübersehbar steht er auf meinen Koffern, auf meinem Briefpapier, meinen Exlibris. Dieser Name hatte etwas Ironisches – solange ich noch Angst vorm Fliegen hatte.* Er deutete auf eine Zukunft im Fluge. Alles war doppeldeutig: vielleicht asiatisch, vielleicht nicht. Auch war er ein bißchen sonderbar; kein anderer Autor hatte einen solchen Namen.
Mein Mädchenname ist ebenfalls nicht echt. Isadora White. Mein Vater war ein geborener Weissmann, das wurde verkürzt zu Weiss, und dieses anglisiert zu White. So sind weder White noch Wing authentisch. Weder Vater noch Gatte verleihen mir eine ehrliche Identität. Ich hätte die Dinge selbst in die Hand nehmen und einen *nom de plume* erfinden sollen. Ich habe wirklich eine ganze Zeitlang daran gedacht. Isadora müßte ich wohl beibehalten – so lächerlich es auch war. Dieser Name verrät soviel über meine Mutter und mich. Isadora kann nur die Heldin einer Komödie gewesen sein, und doch rührt es mich irgendwie an, so getauft worden zu sein. Meine Mutter wünschte sich, daß ich ihr Flügel-

* Wortspiel zwischen dem chinesischen Namen Wing und dem gleichlautenden englischen Wort für Schwinge, Flügel.

paar sein würde, wollte, daß ich flöge, wie sie zu fliegen selbst nie den Mut gehabt hätte. Dafür liebe ich sie. Ich liebe die Tatsache, daß sie ihr Flügelpaar selber zur Welt bringen wollte.

Also nahm ich Bennetts Namen an – vielleicht, weil ich unbewußt die Angemessenheit dieses Wortspiels erkannte. Ich hatte bereits unter meinem Mädchennamen Gedichte publiziert, unter diesem Namen, mit dem ich als kleines Mädchen in der Schule nur Einser bekam, dessentwegen man mich im Ferienlager verspottete. Man sollte meinen, daß Bennett mit seinem ewigen Freudschen Geschwafel über die Bedeutung der ersten drei Lebensjahre für die Prägung des Charakters respektiert hätte, daß ich an meinem Mädchennamen hing – aber er war unerbittlich. Er sah sich eines meiner frühen Gedichte an, das in einer Literaturzeitschrift publiziert worden war, und bemerkte drohend: »Die Dichterin hat keinen Gatten.«

»Aber *viele* Dichterinnen benutzen ihren Mädchennamen, das ist schon fast Tradition«, protestierte ich. Er blickte nur finster und hüstelte nervös. (Dieses nervöse Hüsteln war immer niederschmetternder als das »Leck mich« anderer Leute.) Es war klar, daß er meine Anhänglichkeit an meinen Mädchennamen für einen Beweis meines »ödipalen Problems« hielt. Größere Loyalität zum Vater als zum Gatten. Unmißverständliches Symptom von Infantilität.

»Verlangt man etwa von *Männern*, ihre Identität zu wechseln, wenn sie heiraten? Möchtest du gern Bennett *White* heißen?« Nervöses Hüsteln, Schweigen. Bennett stolziert aus dem Zimmer, läßt mich mit Schuldgefühlen zurück. Vielleicht hat er recht? Vielleicht sollte ich zeigen, wie sehr mir an meiner Ehe liegt, indem ich seinen Namen annehme. Aber das ist doch so unlogisch. Mein Mädchenname fühlt sich bequem an: wie ein alter Schuh. Er *ist* meine Identität. Ihn aufgeben heißt mich einer Amputation unterziehen. Immerhin bin ich keine Chinesin. White ist vielleicht eine Fälschung, aber doch meines eigenen Vaters. Bennetts Name hingegen ist ein Irrtum, begangen von irgendeinem Schreiber der amerikanischen Botschaft in Hongkong. Manche Mitglieder seiner Familie heißen Wong, manche Wang, manche Weng, manche Wing – je nach Laune der Einwanderungsbeamten. Warum sollte ich diesen Willkürakt der Geschichte als meine Identität akzeptieren, bloß weil ich zufällig mit seinem Opfer ins Bett gehe?

Bennett gehörte jedoch zu den größten Schuldeinflößern aller Zeiten. Jedesmal, wenn ich ihm meine gedruckten Arbeiten zeigte, schaute er mürrisch auf den darunterstehenden Namen, schließ-

lich mochte ich ihm überhaupt nichts mehr zeigen, ja, ich verbarg sie vor ihm. Er wollte seinen Besitzanspruch auf mich und meine Gedichte durchsetzen. Er ruhte nicht, bis er mich meines Namens beraubt hatte.
Ich erwog, den Namen meines Großvaters zu benutzen – Stoloff. Aber das wäre auch falsch. Der war nicht mein Vater. Seinen Namen zu gebrauchen würde Inzest zwischen ihm und meiner Mutter andeuten. (Daß geistiger Inzest tatsächlich *existierte*, machte mich noch ängstlicher, das auch noch im Druck zu verraten.) Dann dachte ich mir selbstverständlich Namen aus.
Isadora Orlando, nach Virginia Woolfs androgyner Romanfigur; Isadora Icarus, nach Stephen Daedalus; oder ganz einfach Isadora? Wie Colette. Aber auch diese klangen nicht richtig. Zu affektiert. Unter dem Porträt der Künstlerin als junge Frau ist die Leinwand leer. Mag den Namen einsetzen, wer will.
Wegen des Namens schwankte ich noch, als mein erstes Buch bereits zur Veröffentlichung angenommen war. Isadora White oder Isadora Wing? Isadora Orlando oder Isadora Icarus? Isadora Isadora? Die Entscheidung war von großer Tragweite und unwiderruflich. Sie bereitete mir große Pein. Ich konnte entweder Bennett schmeicheln und mir selbst mißfallen, oder seinen Zorn riskieren und die Identität beibehalten, die ich von Jugend auf gepflegt hatte. Welch grausame Wahl! Als schnitte man sich den eigenen Fuß ab, um dem Kriegsdienst zu entgehen! Und doch, ich brauchte seine Zustimmung so sehr, daß ich es tat. Ich wurde Isadora Wing – und Bennett nahm mich und meine Gedichte an die Brust und hatte für meine Arbeit danach nur noch Lob. Nicht jedoch bis *heute*. Bis ich andeutete, daß ich mein Erstgeburtsrecht für seinen Beifall eingetauscht hatte. Frauen tun das. Oder jedenfalls *Mädchen*. Damals war ich noch keine Frau, ich hätte es sonst nicht getan. Jetzt aber bin ich eine. Aber nun ist es zu spät, die Sache rückgängig zu machen.
Ich saß in der Falle. Seit ich den Namen *Wing* berühmt gemacht hatte, wollte Bennett bestimmen, was ich zu schreiben hatte. Wenn das nicht wäre, würde ich mich den Teufel um diesen Namen scheren. Manchmal sehe ich meinen Namen auf einem Buch und finde ihn seltsam. Das stimmt. Meine Großeltern stammen aus Rußland und Polen, meine Eltern aus Glasgow, London und Brownsville, und ich trage einen chinesischen Namen! Manchmal habe ich das Gefühl, als habe ich überhaupt keine Identität. Ich bewohne abwechselnd verschiedene Seelen. Und wer weiß, vielleicht ist das für eine Dichterin das beste.

Trotzdem bin ich Bennett gegenüber manchmal verbittert. Welches Recht hatte er, meine Kindheit solchermaßen zu vereinnahmen? (Und warum hatte ich das zugelassen? Warum war ich so verzweifelt, so unfähig, meinen Standpunkt zu vertreten?) Ich brauchte seine Liebe so sehr, daß ich ihm den Teil meiner selbst gab, der am tiefsten in mir verwurzelt war: meine Arbeit. Bennett, der so mühsam las und schrieb, hatte sich damit einen Platz in der amerikanischen Literatur gesichert. Von Hongkong zu Who's Who in einer Generation – und ohne die geringste eigene Anstrengung.

Bennett hätte Penny heiraten sollen. Das wäre für uns alle besser gewesen. Ich wäre dann noch immer Isadora White. Sie wäre Penny Wing – und ich wäre frei und könnte fliegen. Ich könnte über Eifersucht schreiben – über alles, was mir einfällt. Ich müßte meine Rebellion nicht in Grenzen halten. Während ich da so im Bett lag, über Namen und Ehen nachdachte, über die Vergangenheit, spürte ich plötzlich das Verlangen, Penny anzurufen, sie zur Rede zu stellen, sie zu bemitleiden, sie anzuschreien.
Wie von einem Dämon besessen sprang ich aus dem Bett, raste ins Wohnzimmer und suchte Bennetts Adreßbuch. Ich fand seinen alten Wochenterminkalender und war ganz in die Lektüre der eingetragenen Patiententermine versunken, versuchte herauszubekommen, welche davon vielleicht in Wirklichkeit Stelldicheins waren (seit ich das von Penny wußte, traute ich Bennett alles zu), und gewahrte mit beträchtlichem Erstaunen, daß Bennett nur berufliche Termine notiert hatte, keine Einladungen, keine Verabredungen, die uns beide betrafen, sondern ausschließlich seine Arbeitstermine. Der Terminkalender war ein vollkommener Mikrokosmos seiner Persönlichkeit: lauter Arbeit, kein Vergnügen.
Am Ende des Kalenders standen Telefonnummern. Ich schlug P auf für Penny Prather. Sie hatte wieder geheiratet. Sie hieß jetzt Forbes. Da war es, unter F. Penny Forbes. Als echter Patriarch hatte Bennett den alten Namen ausgestrichen und den neuen vermerkt. Eine Frau wechselt mit jedem neuen Ehemann ihre Identität. Sie hat niemals einen Nachnamen, auf den sie sich verlassen kann. Mit klopfendem Herzen wählte ich die Nummer von Bennetts Apparat aus. Vorwahl Pennsylvania. Leise klingelt am anderen Ende das Telefon – und mit jedem Läuten wächst meine Angst. Schließlich ein Klicken, und ein Roboter sagt: KEIN ANSCHLUSS UNTER DIESER NUMMER. ODER: VORÜBERGEHEND NICHT

ERREICHBAR, PRÜFEN SIE, OB SIE DIE RICHTIGE NUMMER GEWÄHLT HABEN. DIE VON IHNEN GEWÄHLTE NUMMER IST NICHT IN …

Ich legte erleichtert den Hörer auf.
Wozu wollte ich Penny überhaupt anrufen? Wozu die Nummer der Vergangenheit wählen? Penny und ich waren keine Feindinnen. Wir waren Leidensgenossinnen. Meine Wut auf sie war vielleicht genau das, was Bennett erreichen wollte. So übel war sie gar nicht. Eine intelligente Person, die das College abbrach, um einen West-Point-Kadetten zu heiraten und um schnell nacheinander sechs Kinder zu bekommen. Alle zwei Jahre zog sie von einem Ende der Welt zum anderen um, bekam wieder ein Kind, während Leutnant, Hauptmann, Major und schließlich Oberstleutnant Robby Prather in Korea, Vietnam, Kambodscha oder zu Manövern in Deutschland war. Er kam eigentlich nur nach Hause, um sie zu schwängern. Zunächst war das gar nicht so schlecht – mindestens glaubte sie, es gäbe nichts Besseres. Sie war darin wie ich. Sie fand Vernunftgründe für ihre Ehe. Aber sie war tapferer als ich. Nach sechs Kindern, im Alter von 32 Jahren, raffte sie sich auf und verließ Robby, dem sie erklärte, es müsse doch noch etwas anderes im Leben geben, als von einer Garnison zur anderen zu ziehen und zuzusehen, wie er mehr und mehr Lametta an seiner Uniform verdiente. Ihre Affäre mit Bennett war der Katalysator für ihren Ausbruch gewesen. Die hatte ihr die Augen geöffnet. Gut für sie. Auch mir waren die Augen aufgegangen. Aber *sie* war die Mutige gewesen. Mit 32 Jahren ging sie noch mal aufs College zurück und schloß ihr Studium in Psychologie ab. Hatte Bennett ihr dabei geholfen? Na gut, dann hatte er wenigstens einmal im Leben einem Menschen geholfen. Mag sein, daß wir gelegentlich fremden Ehepartnern helfen können, wenn schon nicht den eigenen. Vielleicht ist das besser, als keinem zu helfen.
Das Telefon klingelte in meinem Arbeitszimmer, und ich rannte hin. Ich hatte so intensiv über Penny nachgedacht, daß ich sicher war, es würde Penny *sein.*
»Hallo«, sagte ich atemlos.
»Hallo.« Die Stimme war nicht vertraut, nicht wie die von Penny.
»Wer ist denn da?« fragte ich.
»Wer ist denn dort?« kam die gereizte Antwort im Brooklyn-Tonfall. Ich bekam es plötzlich mit der Angst. Schon die Sprechweise schüchterte mich ein. »Hier ist Britt Goldstein«, fuhr die Stimme fort. »Ich bin gerade aus Kalifornien angekommen.«

Hallo, Hollywood ...

Wo Hollywood liegt? Zwischen den Ohren.
In jenem Teil des amerikanischen Hirns, den Gott kürzlich verlassen hat.

Britt Goldstein gehörte zu einer Spielart Mensch, die kennenzulernen ich erst die Ehre hatte, als ich berühmt wurde: sie gehörte zu den totalen Parasiten. Sie hatte weder Talent noch Fähigkeiten, noch Charme, sondern nur grenzenlose *Chuzpe.* Sie lebte davon, andere Menschen um ihre Leistungen zu bringen: um ihre Arbeit, ihr Leben, ihr Geld. Geld war noch das geringste. Was mich an Britt so empörte, war die Art, wie sie sich mit mir identifizierte, behauptete, mein Buch zu verstehen und noch offenherziger zu sein als die echte Candida.

Britt und ich waren so verschieden wie Adolf Hitler und John Keats, und doch glaube ich, daß ich eine Weile von ihr ebenso fasziniert wie abgestoßen war. Schriftsteller geraten unweigerlich in Schwierigkeiten, weil sie auf Charisma hereinfallen – falls äußerste Gewöhnlichkeit eine Form von Charisma sein kann.

Britt redete von sich selbst als »B. G.«, von der Klimaanlage als der »K. A.«, von ihren Antibabypillen als den »A. B.-Pillen«, ihr Rolls Royce »Silver Cloud« war der »S. C.«. In Flatbush geboren, kam sie nach einem kurzen Umweg über die Upper East Side von Manhattan schnurstracks nach Hollywood. Sie lebte in »Bev. Hills«, aß gern »mex«-Gerichte, schnupfte »K«, rollte die strammsten »J« in der Geschichte der Marihuanaraucher der Mittelklasse, ließ ihre »B« bei Elizabeth Arden in Beverly Hills enthaaren, ihr »H« von Kenneth in New York striegeln, und ihre beiden Lieblingsausdrücke waren »Ohne Fleiß kein Preis« und »Das ist mindernd«. (»Ohne Fleiß kein Preis« bedeutete im Klartext »*Dein* Fleiß, *mein* Preis«, und »mindernd« bedeutete »Wenn du's tust, ist es schäbig, aber wenn ich es tue, ist es toll«.) Sie wäre ganz einfach nur komisch gewesen, wenn sie nicht so vielen Menschen großes Leid zugefügt hätte in ihrem Bemühen, möglichst viele »Scheine« zusammenzuraffen. Der Schlüssel zu Britts Persönlichkeit war ihre Stimme: ein nörgelndes, bohrendes Gewinsel, das die Intelligenz jedes Ohres beleidigte, in das sie es träufelte. Es war eine so schlechte Imitation von List und Tücke, daß zuerst sie

niemand für das hielt, was sie war: List und Tücke. Britt entzog sich zuerst allen Urteilen, weil niemand glauben konnte, daß sie wirklich war, was sie zu sein schien: ein Hai im Haifischpelz.
Ich lernte Britt durch meine skrupellosen New Yorker Agenten kennen, eine Firma mit dem unglaubwürdigen Namen Kreativität und Ruhm GmbH (besser bekannt als K & R). Britt hatte eine Zeitlang in New Yorker Verlagen gearbeitet (wo sie stapelweise Schund lektorierte), in einer Werbeagentur (wo sie Werbetexte für Intimsprays schrieb), bei einer Frauenzeitschrift (wo sie das Monatshoroskop lieferte), in einer Agentur, die Vortragsreisen vermittelt, gelernt, Spesenrechnungen zu frisieren. Als Filmproduzentin gelang es ihr dann, all diese ruchlosen Kniffe anzuwenden.
Phantasielos wie alle Leute ihres Genres, stieg Britt im Sherry-Netherland ab und bewohnte eine riesige Suite mit gelb-grünen Seidenvorhängen und Telefon in den Badezimmern. In dieser Hinsicht gleichen sich das »Sherry« und das »Bev. Hills«: Telefone überall. Da sei Gott vor, daß man einen Telefonanruf verpaßt, während man scheißt oder einen Cocktail trinkt! In allen diesen Hotels hat jede der Plüsch-Suiten haufenweise Telefone, und in der Cocktail Lounge gibt es jede Menge Anschlüsse für tragbare Apparate. Beides, so möchte ich schlicht behaupten, ist ausschließlich zum Bestaunen da. Welcher Produzent, wie grobschlächtig auch immer, würde Telefonverhandlungen führen und ächzend seinen Stuhl ablegen? In einer Branche, in der Schein alles ist, Substanz ganz und gar entbehrlich ist, würde keinem Menschen einfallen, das Telefon für solche Zwecke zu gebrauchen. Niemand würde sich einfallen lassen, ein geschäftlich wichtiges Telefonat in einer Cocktail Lounge zu führen, die von Konkurrenten wimmelt. Das Überangebot an Telefonen ist also nur dazu da, die Greenhorns zu beeindrucken. Wie mich. Auftritt: Isadora Greenhorn, arglose Autorin, im Begriff, mit Hollywood Bekanntschaft zu machen.
Britt hielt stets darauf, daß man ihr auf ihrem eigenen Terrain begegnete. Sie war zwar nach New York gekommen, um *mich* zu umwerben, eröffnete mir aber gleichzeitig, daß sie darauf bestand, ich möge in *ihr* Hotel kommen. Die großen Gangster machen es angeblich ebenso. Der Zauberer von Oos auch. Der zitternde Bewerber soll sich gefälligst auf ihr eigenes Territorium bemühen. Das Sherry-Netherland ist für Hollywood, was russische Botschaftsgebäude im Ausland für Rußland sind: tritt man ein, ist man nicht länger Bürger seines eigenen Landes.

Hätte ich mich nur auf meinen ersten Eindruck von Britt Goldstein verlassen! Wieviel Kummer könnte man sich ersparen, wenn man sich im Leben immer auf den ersten Eindruck verließe! Aber ich täuschte mich selbst. Ich war, wie die meisten meiner Generation, in den Film verliebt. Ich liebte seine einzigartige Fähigkeit, sich Zugang zu unseren Träumen zu verschaffen, den Träumer vergessen zu machen, welche Bilder Zelluloid waren und welche spontane Erzeugnisse der Synapse. Auch Hollywood faszinierte mich – dieses legendäre Sündenbabel mit der Macht der Medusa, den zu zerstören, der es anblickte. Natürlich tat ich, als glaubte ich diesen Geschichten nicht. Ich wußte, welche meiner Mitschülerinnen in Hollywood gelandet waren – fast ausschließlich die, von denen man sich am wenigsten versprochen hatte, die mit der geringsten Phantasie, jene, die sich ihre Entrüstung über die Ungerechtigkeit dieser Welt mit einem Rolls Royce, einer Villa, einem Swimmingpool und reichlichem Vorrat an Kokain abkaufen ließen. Und doch war ich von Hollywood fasziniert. Ich hatte die meisten der gängigen Klischeevorstellungen geprüft und verworfen. Es wurde also Zeit, das Klischee vom sündhaften Hollywood auszuprobieren.

Die Prüfung beginnt im Sherry-Netherland am Tag nach Britts verhängnisvollem Anruf.
Erste Eindrücke: Britt liegt auf einer gelben Chaiselongue und schlürft Gin Tonic, während ihre ehemalige Schulfreundin aus Flatbush, Sue Slotnik, mich hereinläßt. Das allein verrät schon alles: sie steht nicht etwa auf, um mich zu begrüßen. Sie lehnt sich zurück, im Schlitz eines indischen Kaftans von Bendels wird das von Elizabeth Arden gepflegte Bein sichtbar. Sie ist klein (ungefähr einen Meter fünfzig), mager (so mageren Frauen traue ich nie), hat leuchtend rotblondes Haar, eiskalte Augen und einen harten, kleinen Mund. Ihre Nase ist zu jener kuriosen S-Kurve gebogen (eine Käseflocke? ein Halbmond?), wie sie gut die Hälfte aller Jüdinnen in Beverly Hills aufzuweisen hat. (Wenn man die wegoperierten Nasenteile von Beverly Hills aneinanderlegen würde, reichte die Kette geradewegs bis nach Polen!) Aber ihr Mund spricht Bände. Die verkrampften Muskeln, die die schmalen Lippen an den Mundwinkeln bewegen, enthüllen ihren innerlichen Geiz, das völlige Fehlen von Großzügigkeit. »Ohne Fleiß kein Preis«, ist offenbar kein Motto, das geistiges Wachstum beflügelt.
»Hei!« Die Stimme klang nasal, eine Parodie auf die Stimme einer jungen Jüdin aus Brooklyn. In der Umschreibung des Dialekt-

schriftstellers müßte es ungefähr wie »Hoyyy« klingen. »Das hier ist meine Freundin Sue Slotnik – wir sprechen gerade über alte Zeiten.«

»Hoyyy«, sagte Sue.

»Hei«, sagte ich.

Die Anordnung der Figuren im Raum sagte schon alles – wie bei einer Pietà von Michelangelo. Britt ist immer noch zurückgelehnt. Sue fummelt an ihrer Handtasche herum, ich stehe linkisch vor der Couch, bereit, die Hand auszustrecken.

Ich muß hier daran erinnern – und auch mich selbst –, daß ich Nobelpreisträgern, Bürgermeistern (wenn nicht schon Präsidenten) und Prinzen (wenn schon keinen Königen) ohne die geringste Nervosität begegnet bin, aber hier mit Britt (deren Redeweise allein mich in meinen jüngeren Jahren, als ich noch versnobter war, schon veranlaßt hätte, sie abblitzen zu lassen) war ich voller Furcht. Sie hatte eine gespenstische Art von Autorität, vielleicht die des Gassenjungen, des Raufbolds vom Kinderspielplatz, auf jeden Fall aber Autorität. Man spürte sofort, daß Britt über andere triumphieren würde – nicht, weil sie intelligenter oder gerissener war –, sondern weil sie Mittel anwendete, die so verworfen waren, daß sie anderen nicht gleich einfielen. Ich erfuhr zum Beispiel später von einer ihrer früheren Freundinnen, daß sie beim Einkaufen von Stoffen für Gardinen oder Kissenbezüge (zu Zeiten, als sie sich mit so irdischen Dingen noch befaßte) hinter dem Rücken des Verkäufers den Stoff beschädigte und dann, ohne mit der Wimper zu zucken, einen Preisnachlaß verlangte. Wäre ich Christin, ich sähe alle meine schlimmsten Vorurteile über Juden durch sie bestätigt. Wäre ich ein Mann, rechtfertigte sie meine Vorurteile über Frauen. Wäre ich alt, sie hätte mir alles Vertrauen in die junge Generation geraubt. Aber ich war nichts von alledem – also unterdrückte ich mein Mißtrauen gegen sie und hörte begierig zu, als sie mir auseinandersetzte, »worüber« mein Buch »handelte«.

Sue Slotnik zog sich bald zurück. In der Erinnerung scheint es mir, als habe sie das Zimmer rückwärts gehend verlassen – wie Höflinge sich einst aus der Gegenwart ihres Herrschers zurückzogen –, doch ganz sicher täuscht mich da meine Erinnerung. Jedenfalls ging sie. Demutsvoll. Und Britt lag weiter auf der Chaiselongue wie die Königin vom Dreckhaufen, die Königin der enthaarten Beine, die Königin der Plastik-Kreditkarte.

»Als ich Ihr Buch zum ersten Male las, wußte ich sofort: das ist die Geschichte meines Lebens«, sagte sie, »und ich wußte auch, daß

wir Freundinnen fürs Leben werden müssen.« (Ich habe, teils dank meinen Erfahrungen mit Britt, gelernt, jedem zu mißtrauen, der eine Geschäftsverbindung mit der Beteuerung lebenslanger Freundschaft einleitet. Je weniger von Freundschaft geredet wird, desto besser. Je mehr von Freundschaft die Rede ist, desto weniger darf man hoffen, je Geld zu sehen.) »Ich sehe Ihr Buch als die Geschichte einer Frau an, die entdeckt, daß sie ihr Leben retten kann ...« (Man muß sich den Akzent und die näselnde Aussprache zu diesem Schwulst vorstellen.) Und ich saß da wie eine Idiotin und ließ mir die irrige *explication de texte* eines Buches geben, von dem ich bis zu diesem Tage geglaubt hatte, es sei von *mir*.
Sie wollte eine Option auf die Filmrechte, und zwar für eine beleidigend niedrige Summe. Ich würde meinen Agenten zu Rate ziehen, sagte ich, und sofort nahm sie die Haltung des Raufbolds ein. Niemand sonst würde die Filmrechte wollen, sagte sie, niemand sonst würde sich dafür interessieren. Anstatt jetzt zu sagen »Na wenn schon«, bekam ich es mit der Angst und sah meine Zelluloidträume schon in Flammen aufgehen.
»Wenn Sie das Buch wirklich so schätzen, wie Sie sagen, warum behaupten Sie dann, daß niemand sonst die Filmrechte kaufen wird?« Diese Frage war schon ein Beweis der eigenen Schwäche. Raufbolden stellt man keine Fragen, man stellt Forderungen. Oder man geht. Aber leider brauchte ich noch ganze zwei Jahre, bis ich das gelernt hatte.
»Es macht mir nun mal Spaß, Risiken einzugehen, und in Ihrem Fall will ich's riskieren.«
Mit mir will sie's riskieren! Das war der Kern von Britts Strategie. Sie hatte die Stirn, mir zu sagen – deren Buch schon eine Millionenauflage erreicht hatte –, sie wolle es mit mir »riskieren«. Man verstehe: sie tat mir einen Gefallen! Wie die Verkäuferin bei Saks, die sich herabläßt, einem ein Modell von Trigère zu verkaufen.
Und es funktionierte! Plötzlich kam ich ins Schwitzen, war nervös, geriet fast in Panik. Ich stellte mir ein wundervolles Truffaut-Fellini-Bergman-Meisterwerk vor, das auf *meinem* Buch basierte – und schon ging alles den Bach hinunter.
»Sie haben keine Ahnung, was all die männlich-chauvinistischen Produzenten aus Ihrem Werk machen würden. Sie würden es vollkommen zerstören. Vernichten. Wenn Sie es machen, wie ich vorschlage, behalten Sie die künstlerische Kontrolle.«
Ah, der alte Sirenengesang: *Kontrolle. Künstlerische Kontrolle. Man soll auf Geld verzichten, um ... künstlerische Kontrolle zu bekommen.* Der Hollywood-Trick. Elegant. Gerissen. Natürlich

bekommt man niemals die Kontrolle. Man verzichtet also auf Geld, was bekommt man dafür? Nichts. Nur daß einen alle alten Freunde aus der Welt der Literatur beschuldigen, sich »verkauft« zu haben. Ah, die Welt der Literatur. Versager werden dort gehaßt, Erfolgreiche verabscheut. Autoren, deren Bücher nicht gelesen werden, straft man mit Verachtung, und blanker Haß trifft alle, die hohe Auflagen erzielen. Wer versucht, der Welt der Literatur zu gefallen, verbringt sein Leben in Wut und Verbitterung. Aber Hollywood ist schlicht und eindeutig – wenn totale Käuflichkeit auch eine Form von Eindeutigkeit ist. Nichts zählt dort außer Geldverdienen. Je mehr man verdient, desto besser ist man. Und der Zweck heiligt wirklich jedes Mittel.

Deshalb war es richtig, Britts beleidigend niedriges Angebot nicht gleich anzunehmen. Sie drückte darin ihre Verachtung für mich und für meine Arbeit aus. Wenn ich das gleich akzeptierte, würden die Beleidigungen danach kein Ende nehmen. Hätte ich sie einfach stehengelassen, wäre sie gleich netter geworden. Leider war ich dazu erzogen worden, mich kränken zu lassen und dann auch noch die andere Wange hinzuhalten, mich kränken zu lassen und mich dafür auch noch schuldig zu fühlen. Britt mit ihrem Gassenjungeninstinkt hatte mich sofort durchschaut.

»Schauen Sie«, sagte sie und betrachtete sich aufmerksam in einem Handspiegel – Britt betrachtete sich unentwegt in irgendwelchen Spiegeln –, »nichts kann mich daran hindern, Ihr Buch von einem meiner Drehbuchschreiber nachempfinden zu lassen. So originell ist es nun wieder nicht.«

Ich starrte sie ungläubig an. Noch vor zwei Minuten hatte sie genau das Gegenteil gesagt. Mein Buch sei die Geschichte ihres Lebens. Absolut einzigartig! Und nun konnte man es also ohne jede Schwierigkeit nachempfinden. Was hielt mich davon ab, ihr zu sagen: Leck mich am Arsch! Warum sagte ich nicht »Geh'n Sie doch zum Teufel« und machte die Tür hinter mir zu? Angst? Höflichkeit? Die Unfähigkeit zu glauben, daß jemand wirklich so ordinär, grob und tyrannisch sein könnte?

»Ich muß erst mit meinem Agenten reden«, sagte ich.

»Tun Sie das«, sagte sie.

An den folgenden Tagen tat ich das auch. Nur durchschaute ich nicht, daß meine Agenten auch Britts Agenten waren. Ich wußte auch nicht, daß Britt schon in ganz Hollywood herumerzählt hatte, sie »habe« mein Buch – also *Hände weg*. Britt gehörte zu jener uralten jüdischen Kaufmannsklasse, deren Philosophie zu sein scheint, daß man eine Sache nicht unbedingt noch *kaufen* müsse, wenn man alle Welt glauben machen könne, man besitze sie schon. Publizität statt Kauf. Natürlich schüchterte sie nicht nur mich, sondern auch alle anderen Produzenten so ein, daß keiner wagte, mir ein Angebot für das Buch zu machen. So saß ich in der Falle. Ich versuchte zu verhandeln, aber Verhandlungen führten zu nichts. Ich kam mir vor wie ein Christ in der Arena, der mit einem hungrigen Löwen zu verhandeln versuchte.

Mittagessen mit meiner Agentin, Eliza Rushmore. Eliza hat eine sacharinsüße Stimme, strähniges Haar und hat in Skidmore Examen gemacht. Sie nannte mich Isadora, bis die erste Million meines Buches verkauft war, »Meine Liebe« nach der zweiten Million, »Süße« nach der dritten und »Geliebteste« nach der vierten. Ich würde ihr 10% meiner Jahreseinkommen gern dafür hergeben, um nicht mehr mit ihr reden zu müssen.

»Geliebteste«, sagte sie also (über einem flambierten Rotbarsch bei Laurent), »wir haben Ihr Buch überall angeboten, aber niemand wollte die Filmrechte haben.« Sie redete unheimlich manieriert. »Es ist *wirklich* wahnsinnig schwer zu verfilmen. Mit all diesen Rückblenden ...«

»Aber Filme haben *immer* Rückblenden ...«

»Ja, Liebste, aber alle waren der Meinung, daß das literarische *Flair*, der *Humor*, wenn Sie wollen, die Bearbeitung ungeheuer erschwert. Die *besten* Drehbücher basieren immer noch auf den primitivsten Vorlagen. Es spricht sehr für Sie als Künstlerin, daß Ihr Buch als Film praktisch *unverkäuflich* ist.« Dabei unterdrückte sie ein gojisches Lächeln, das ihre Raffzähne zur Geltung gebracht hätte.

»Darauf gebe ich einen Scheiß, Eliza, ich weigere mich einfach, eine winzige Option für ein Buch zu akzeptieren, das in Millionenauflage verkauft wurde. Das ist kränkend. Wenn man sich schon an Hollywood verkauft, bitte, dann aber muß es sich lohnen. Oder man läßt es. Dort wird sowieso alles verdorben – und wenn ich also weiter nichts zu sehen bekomme als ein bißchen Geld für diese Option, dann verkaufe ich lieber überhaupt nicht.«

»Aber ein Film hebt den Absatz des Buches. Und außerdem ist Britt eine gewiefte Macherin ...«

»Eine was?«

»Eine gewiefte Macherin – sehr viel mehr als eine große Rednerin – im Gegensatz zu vielen Hollywoodtypen.«

»Wenn die zu den Besten zählt, möchte ich die anderen lieber nicht sehen. Großer Gott.«

»Außerdem, meine Süße, verdienen Sie an Ihrer Beteiligung.«
»Ich habe mir aber sagen lassen, daß man von einer prozentualen Beteiligung am Nettogewinn *nie* einen Pfennig sieht. Die Filmgesellschaften beschäftigen im Keller lauter Buchhalter, die dafür sorgen, daß kein Profit gemacht wird.«
»Ach, glauben Sie doch diesen Quatsch von Leuten nicht, denen die Trauben zu sauer sind. Natürlich kriegen Sie Prozente. Reich können Sie davon werden.«
»Ich bin gar nicht so sicher, ob ich das möchte.«
»Geliebteste«, sagte sie und schaufelte noch mehr Rotbarsch auf die Gabel, »es tut nicht weh.«

Für den nächsten Morgen zitierte Britt mich wieder ins Sherry-Netherland. Sie fühlte meinen Widerstand und stellte fest, daß schärfere Maßnahmen notwendig waren.
»Frühstücken wir doch zusammen, ja? Ich mach mir eigentlich gar nichts aus dem Film – aber ich möchte Sie *wirklich* besser kennenlernen.«
Ich trottete also um 10 Uhr morgens ins Sherry-Netherland. Als ich dort ankam, erwartete Britt mich nicht im Café des Hotels. Ich wartete eine halbe Stunde, ich kam mir immer alberner vor und hatte dann den Einfall, sie in ihren Gemächern anzurufen. Die Leitung war für eine halbe Stunde besetzt, besetzt, besetzt. Als ich schließlich durchkam, schien sie unsere Verabredung ganz vergessen zu haben.
»O Gott, ich hab den ganzen Morgen mit Bob Redford telefoniert; dann rief mein Anwalt von der Westküste an – könnten Sie sich noch Zeit für einen Kaffee mit mir nehmen? Ich komme gleich.«
Ich wartete weitere vierzig Minuten, und Britt kam noch immer nicht. Ich hatte eine andere Verabredung für den Nachmittag – also rief ich sie noch einmal an. Wieder schien sie meine Existenz vergessen zu haben.
»Ach, unverzeihlich. Ich bin heute morgen ganz desorganisiert. Warum kommen Sie nicht rauf?«
Im Zimmer wurde es mir sonnenklar, daß Britt auch nicht die geringste Absicht gehabt hatte, zu mir herunterzukommen. Sie fönte gerade ihr Haar und hatte außer einem schwarzen Bikini-Slip nichts an. Ihre wohlgeformten, enthaarten Beine endeten in sorgfältig pedikürten Füßen. Sie fönte wie besessen ihr rotblondes Kraushaar, neigte sich vor, zurück, seitwärts, wie im heißen Luftstrom des Apparates. Ihr Körper war winzig. Es überraschte mich immer, wie klein sie war. Mit einem Meter fünfzig und praktisch

splitternackt hätte sie mich nicht so einschüchtern dürfen – aber sie tat es doch. Ihre Brüste waren winzige Erhebungen. Die Brustwarzen verschrumpelte Rosinen. Ich kam mir vor wie ein Höfling beim Lever des Königs. Tyrannen etablieren ihre Vorherrschaft immer dadurch, daß sie sich beim Anziehen, Essen und Scheißen zuschauen lassen. Während ich wartete, fühlte ich in zunehmendem Maße alle Fähigkeit von mir weichen, aufzubegehren, meinen Fall zu vertreten, meine Position zu behaupten.

»Ich bin um 12 Uhr verabredet«, sagte ich matt.

»Mit wem?«

»Was geht Sie das an?« hätte ich sagen sollen, aber ich fühlte mich gezwungen, Auskunft zu geben. Manchmal spucke ich vor lauter Nervosität meine ganze Lebensgeschichte aus, manchmal, um mich einzuschmeicheln, um jemanden zu entwaffnen.

»Mit dem Psychiater, mit dem ich eine lockere Beziehung habe. Mein Mann erzählte mir erst kürzlich, daß er während der ersten Jahre unserer Ehe – als er besonders brutal mit mir umging – heftig verliebt war in eine Person namens Penny, die Frau eines Offiziers, und ...«

Das Telefon klingelte. Da stand ich nun mit meiner Lebensgeschichte im Hemd.

»Hallo?« Diese nasale Stimme! Die Stimme eines Telefon-Vertreters, der Tanzkurse anbietet, oder eines Straßenverkäufers, der gestohlene Armbanduhren verhökert.

»Nein, nicht einmal seine verdammte Provision bekommt er – dieser Hundesohn ... Warum?. ... Ich höre Sie sehr gut, Murray, aber der ist so widerlich, daß man ihn nicht einmal einsperren will ... Nein, wir brauchen ihn nicht ... Was? ... Sagen Sie ihm, ich werde es auf die Auktion geben. Sagen Sie ihm, ich habe ein anderes Studio, das für ihn einspringt ... Warum zum Teufel sollte ich? ... Ich sage Ihnen doch, ich brauche ihn nicht ... *Wagen* Sie es nicht, mich hier wieder anzurufen, bevor Sie den Kerl losgeworden sind. Ist das klar? Oder ich suche mir einen anderen Rechtsanwalt, haben Sie mich verstanden? Tun Sie, was ich sage.« Und sie knallte den Hörer auf.

Dann zuckersüß zu mir: »Warum sagen Sie Ihre Verabredung nicht ab und gehen statt dessen mit mir zum Lunch? Gespräch von Frau zu Frau, keine geschäftlichen Dinge.«

Und ich sagte ab, verbrachte die nächste Stunde mit dem Fön, wenn sie nicht ins Telefon schrie – ich wartete und kam mir dumm und dümmer vor. Damit hatte ich alles verloren: meine Würde, meinen Widerstandswillen, meine Integrität. Ich kannte sie erst einen Tag, und schon wartete ich drei volle Stunden im Hotel auf sie. Das Muster lag fest.

Beim Mittagessen versuchte sie, mich davon zu überzeugen, daß wir Schwestern im Geist seien.
Es stimmte, viele Leute hatten auf Candidas Bekenntnisse angebissen – aber ich hatte noch nicht bemerkt, daß das Buch wie Lackmuspapier alle möglichen individuellen Verrücktheiten sichtbar macht. Es sagt jedermann zu, Gebildeten und Ungebildeten. Es wurde mir erst später klar, daß Leute, die auf mich zutraten und sagten »Ich bin wie Sie«, nicht unbedingt recht hatten damit. Die meisten Kritiker haben so irrige Ansichten über Literatur, daß sie sogar Schriftsteller, die es besser wissen müßten, irreführen können. Eine Autobiographie ist nicht interessant, wenn sie nur von ihrem Subjekt handelt. Verwandelt sich dieses Subjekt nicht in eine Jedefrau, die Geschichte nicht in einen Mythos, so ist sie für niemanden außer der Erzählerin von Interesse – vielleicht noch für ihre Mutter. Sobald sie aber zum Mythos wird, ist sie mehr als Autobiographie und mehr als reine Erfindung.
Also identifizierte sich Britt natürlich mit Candida. Wie konnte sie anders. Sie war schließlich eine Jüdin aus Flatbush. Sie war überzeugt, vom männlichen Geschlecht, von der ganzen Welt malträtiert worden zu sein. Dies war besonders interessant, denn falls jemand malträtiert worden sein sollte, dann war Britt mit Sicherheit die Täterin. Was aber schlechte Behandlung von seiten der Männer anbetraf, so war es schwer, sich vorzustellen, daß jemand, der Britt vögelte, mit intakten Geschlechtsteilen davonkommen könnte. So, wie ihr Lachen metallisch klang, konnte man sich ihre inneren Organe aus ähnlichem Material bestehend vorstellen.
»Der springende Punkt ist«, sagte sie beim Mittagessen, »daß Frauen von Männern beschissen werden.« Sie sah dabei so selbstgefällig aus, als hätte sie gerade die Schriftrollen vom Toten Meer übersetzt.
Was sollte ich darauf sagen? Daß ich das überhaupt nicht für den Hauptpunkt meines Buches hielt? Daß ich sie nur selbstgefällig und nicht besonders intelligent fand? Daß sie sich über die ganz realen Leiden mancher Frauen lustig machte, um für sich selbst Profit herauszuschlagen! Wir saßen im Café des Sherry-Netherland, Britt selbstverständlich auf der Polsterbank, ich auf dem Stühlchen in Erwartung von Forelle nach Müllerinart. Der Weißwein war serviert und fing das Licht in langstieligen Gläsern auf ... Wir nippten. »Auf das Jahr der Frau«, toastete Britt. Genau

in diesem Augenblick kroch ein Kakerlak direkt hinter Britts knochiger Schulter über das Rückenpolster. Er ging langsam seines Wegs, auf Britts Hermès-Handtasche zu, auf der einen Seite hinauf, über den Bügel, und stieg dann in ihre karamelfarbene, lederne Tiefe auf der Suche nach Tabakkrümeln, halbgerauchten Joints, einem verborgenen Kokslöffelchen, einem Sammelsurium französischer Kosmetika, einer Handvoll oxydierter Pennies, einem Halbmonatsvorrat an Pillen, einem alten Valium-Tabletten-Röhrchen, voll reinstem, weißestem Kokain, einer zusammengerollten Hundertdollarnote zum Schnupfen (sie hatte vergessen, daß sie einen Kokslöffel besaß) und einem Geldbeutel voller Kreditkarten, Reiseschecks und Visitenkarten von Leuten, die anzurufen ihr niemals einfallen würde.
Ich sah den Kakerlaken in Britts Handtasche kriechen und sagte nichts. Britt und ich würden uns wiedertreffen.

Die Rolls Royce Liebesaffäre . . .

Tue ich es einmal, bin ich Philosoph. Tue ich es zweimal, bin ich pervers. (Voltaire möge mir verzeihen.)

Mein Leben trieb mich vorwärts und fort von der 77. Straße – obwohl ich es zu diesem Zeitpunkt noch nicht wußte. Vorboten erschienen mit der Nachricht, daß der Augenblick gekommen sei, das alte Viertel zu verlassen, die Wurzeln auszureißen und sich in Bewegung zu setzen. Britt war einer dieser Vorboten – ein weiblicher Mephisto in Bikini-Unterwäsche. Rosanna Howard war der andere. Der Tag, an dem ihr Rolls Royce Corniche die 77. Straße heraufrollte, wurde manch einem – wenn auch noch nicht mir – ganz klar, daß alles im Begriff war, sich zu verändern.

Rosanna war eine meiner Studentinnen, die seit Monaten Freundschaft zu mir gesucht hatte. Man konnte nicht umhin, sie besonders zu bemerken, weil sie zu dem Seminar über die Technik des Schreibens (das in meiner Wohnung abgehalten wurde) in diesem Rolls Royce Corniche mit Chauffeur erschien, in Satin-Jeans und straßbesetztem T-shirt, wie es zu einem Rock-Star gepaßt hätte. Sie trug außerdem schwarzen Lippenstift, Plateau-Sandalen mit fünfzehn Zentimeter hohen Pfennigabsätzen und ein schweres Moschus-Körperöl, welches suggerierte, daß die ganz Reichen *wirklich* anders wären als du und ich. Aber *auf welche Weise* sie anders waren, sollte ich erst viel später erfahren. Sie schrieb Gedichte über zerfallende Familienlandsitze und überspannten Sex. Ich fand Rosanna zwar leidlich interessant, aber ich hatte zuviel Arbeit für eine neue Freundin (in jenem Jahr blieb mir kaum Zeit für die alten), außerdem hatte ich schon früher jede Menge reicher Mädchen kennengelernt und war keineswegs fasziniert von ihnen. Die ganz Reichen sammeln gern Autoren, und ich war nicht gerne Sammelobjekt. Es macht mich nervös. Eines Morgens, nach einer besonders häßlichen Szene mit Bennett, rief Rosanna zufällig an.

»Hier ist Rosanna Howard.« Die Stimme klang spröde, nach Mittelwesten und nach Internat. Ich muß enttäuscht gewesen sein, von ihr zu hören, denn sie fragte gleich darauf: »Kommt mein Anruf ungelegen?«

»Nein«, log ich, »es ist schon recht.« Aber meine Gefühle kann ich nie verbergen. Am Telefon verrät mich meine Stimme. In der persönlichen Begegnung verrät mich mein Gesicht.
»Sie klingen erregt«, stellte sie sachlich fest. »Kann ich irgend etwas für Sie tun?«
»Nein, es ist sehr freundlich, daß Sie fragen, aber wirklich, ich bin nicht...« Nur bei Rosanna würde ich das Wort »freundlich« gebrauchen.
»Sind Sie zum Mittagessen frei? Ich würde Sie gern einladen.«
Zum Teufel, dachte ich, heute bringst du doch keine Arbeit mehr zustande.
Zwanzig Minuten später fuhr ihr Wagen vor. Mein arschkriecherischer Portier, ein öliger Osteuropäer namens Valerian, ging vor der Chromverzierung der Kühlerhaube in die Knie. »Scheenes Auto«, sagte er, »scheene Laite.« Valerian litt nicht am verklemmten Gewissen der Liberalen. Geld war gut, Armut schlecht. Reiche Leute waren »scheener« als arme Leute. Lehre ein Kind von klein auf den Kommunismus, und es wird, sobald es erwachsen ist, ein furioser Kapitalist. Ganz einfach.
Rosanna und ich aßen im Carlyle zu Mittag, und ich bestand darauf zu zahlen, weil ich wußte, daß einen bei den Reichen nichts beliebter macht als dies.
Rosanna war in Chicago aufgewachsen, hatte »eine winzige Eisenbahnlinie« geerbt (die ganz zufällig die großen Schlachthöfe bediente), sie hatte das Bryn Mawr College besucht (und war dann am Sarah Lawrence College graduiert worden), hatte einen verklemmt-korrekten, langweiligen Rechtsanwalt geheiratet, der in ihr Geld verliebt war, hatte einen Sohn mit ihm gezeugt und ihn dann verlassen wegen eines *Swingers,* auch ein Rechtsanwalt (der ebenso in ihr Geld verliebt war, wie sich herausstellte, aber auf eine Weise, die weniger offensichtlich für sie war). Er hieß Robert Czerny (und ich nannte ihn später »den wilden Tschechen«). Für ein Mädchen aus der guten Gesellschaft von Chicago war er der Inbegriff von Rebellion, Freiheit, Stanley Kowalski, Sex, Selbstzerstörung, Begeisterung, Aufregung. Er trug einen goldenen Ring um den Penis und Fünfundzwanzig-Dollar-Krawatten – er leckte sie, wenn sie ihre Periode hatte (was ein Angelsachse nie tun würde). So gewinnt man Frauenherzen.
Sie hatten eine Wohnung am Lake Shore Drive in Chicago (wo der Sohn und die Kinderschwester untergebracht waren), aber Rosanna und Robert reisten viel. Als Rosanna beschloß »zu schreiben«, nahm sie sich eine Atelier-Wohnung in den East Fifties von

New York, stellte einen Chauffeur für den Corniche ein und machte sich daran (wie jeder aufstrebende Dichter), ihren literarischen Weg zu gehen. Robert wechselte zwischen Chicago, New York und Wahington hin und her (wo er für mysteriöse Prozesse Lobby-Kontakte herstellte und viel herumbumste). Die Czernys führten eine ultraliberale Ehe; sie sahen sich nie. Aber Rosanna verteidigte ›Rob‹ leidenschaftlich. Er war ihre Rebellion, aber er war auch ihre Respektabilität – weil sie, muß man wissen, in Wirklichkeit Frauen mochte. Und jede Lesbierin wider Willen braucht nun mal einen abwesenden Ehemann als Alibi. Ich habe niemanden so oft ›mein Mann‹ sagen hören wie Rosanna.
Ich öffne eine Flasche Moschus-Öl, um Rosanna heraufzubeschwören. Ich sprühe etwas auf mein Handgelenk, reibe es ein, atme tief seinen Duft, rufe seinen Genius an, und plötzlich fällt mir alles wieder ein: die aalglatte Fahrweise des Corniche, die Leute, die uns mit einer Mischung aus Ablehnung und Scheu anstarren, die polierten Parkettfußböden in Rosannas Schreib-›Studio‹, die Wiener Möbel, die hängenden Körbe mit Farnen, die praktisch leeren Räume, der Schrank voller Rock-Star-Klamotten, das Bett mit seinem weißen korbgeflochtenen Kopfteil, mit Baldachin und Bettwäsche mit eingesticktem Monogramm – und was wir dort taten.
Das erste Mal ging ich mit Rosanna aus lauter Neugier ins Bett, das zweite Mal aus Lust, gemischt mit etwas, das ich nur ›bisexuellen Chic‹ nennen kann, und irgendwie aus Verpflichtung alle folgenden Male. Es war sehr chic in jenem Jahr, eine lesbische Affäre zu haben, ich dachte, ich würde vielleicht darüber schreiben wollen, außerdem sorgte Bennett dafür, daß ich mich elend fühlte. Wenn Männer hier die Frage waren, dann waren Frauen vielleicht die Antwort. Ich malte mir aus, zusammen mit Rosanna einen Salon zu führen (oder gar ein Haus) – alles sehr à la Vita Sackville-West oder Colette-liebt-Missy oder Stein-liebt-Toklas. Wir würden getreulich füreinander sorgen und gelegentlich Männer mitbringen, die wir miteinander teilen konnten.
Als wir es zum erstenmal miteinander trieben, war ich vor allem von dem Gefühl entzückt, etwas Verbotenes zu tun, ohne daß sich die Erde aufgetan hätte, mich zu verschlingen. Es lag etwas besonders Befreiendes in der Übertretung dieses Tabus. Es war nicht, als verlöre man seine Jungfernschaft – was unter Schuldgefühl und Tränen der Zärtlichkeit vor sich gegangen war. Und es war nicht wie der erste Ehebruch – der so etwas wie ein achterbahnartiges Auf und Ab zwischen Panik und Vergnügen gewesen war. Wie soll

ich es beschreiben? Das Wort *selbstgefällig* kommt mir in den Sinn. Das Wort *selbstgefällig* und der Duft von Moschus. Ich fühlte mich all den Leuten, die dies nicht wagen würden, so verdammt überlegen; ich hatte ein Gefühl, als hätte ich mit meiner Mutter geschlafen.

Ah, Sex. Eine mysteriöse Kraft. War es Lawrence, der gesagt hat, »je mehr wir darüber nachdenken, um so weniger wissen wir«? Ich glaube. Versuchen Sie, sich oral-genitale Kontakte (wie die Sexual-Lexika es schelmisch bezeichnen) aus dem Blickwinkel eines Marsbewohners oder eines tieffliegenden UFO-Piloten vorzustellen, der von einem anderen Sonnensystem kommt. Wie lächerlich es denen vorkommen müßte. Es würde aussehen wie eine Form von Kannibalismus, vielleicht. Und vielleicht ist es das auch. Was Rosanna sich durch meine Möse einzuverleiben suchte, waren meine dichterischen Fähigkeiten, meine Verletzlichkeit, meine jüdische Wärme. Was ich aus der ihren zu gewinnen suchte, war ihre angelsächsische Kühle, ihre Millionen oder vielleicht die Freiheit, von der ich glaubte, daß sie mit alledem verbunden sei. Nie in meinem Leben habe ich mich so verzweifelt und so in der Falle gefühlt wie in jenem Sommer. Ich hatte schon alles ausprobiert: Ruhm, Wohlstand, Ehebruch, hatte eine Zeitlang nicht von der Schreibmaschine aufgeschaut, mein Leben dem Schreiben gewidmet, war fortgerannt, zurückgekommen, hatte immer auf des Messers Schneide gesessen. Vielleicht hatte Rosanna die Antwort auf alles. *Irgendwo* mußte es doch eine Antwort geben.

Ich hatte nie zuvor mit einer meiner Studentinnen geschlafen. Das war gegen meine Prinzipien. Wenn ich mich wegen irgend etwas schuldig fühlte, dann war es deswegen – nicht, weil ich die sahnige, leicht ranzig riechende Möse einer anderen Frau berührte. Und doch war ich auch von dem Akt selbst fasziniert, in einem anderen Körper das Spiegelbild meines eigenen Körpers zu sehen, nicht den kosmischen Zusammenprall von Möse und Schwanz, sondern die sich wiegende, sanfte, sichere Bewegung einer Frau gegen eine andere Frau. *Sicher.* Das ist das Wort, nach dem ich gesucht habe. Männer waren tödlich; dies hier war *sicher.*

Rosanna muß mein Bedürfnis nach Sicherheit gleich an dem Morgen gespürt haben, an dem sie auftauchte. Sie muß meine Verletzlichkeit gespürt haben. Das ganze Jahr über war sie schon scharf auf mich gewesen, hatte mich während des Seminars über den Tisch (der auch mein Eßtisch war) hinweg angeschaut, gierig, verliebt in mich. Für mich war sie vor allem ein Kuriosum: männlicher Haarschnitt, hochgewachsener Bohnenstangenkörper, Mick-Jagger-Klamotten, Cartierschmuck und dieser Duft von Moschus. Ich brauchte keine neuen Beziehungen in diesem Jahr. Ich war so in diese zugrunde gehende Ehe eingesperrt, so ohne Hoffnung, was eine Änderung anging; so zynisch, was Liebe, Freiheit, Ausbruch anging. Rosanna mußte sich durch meinen Zynismus hindurchhämmern, damit ich sie hören konnte.

Der Corniche gleitet heran wie ein Gefährt von einem anderen Stern; Valerian geht auf die Knie, und schon ziehen wir dahin in einer Wolke von Moschus und Kohlenmonoxyd. Beim Essen reden wir über Männer, Eifersucht, Ehe, Mütter, Dichtung, Bloomsbury, gute Weinjahrgänge. Wir konsumieren zwei Flaschen Mouton-Cadet – Rosannas Lieblingswein. Oder vielmehr konsumiert sie, ich helfe ein bißchen dabei. Da sie keine Jüdin ist, kann sie einen Stiefel vertragen. Als ich meine Geschichte von Bennetts Treuebruch – schon wieder! – ausspucke, nimmt sie meine Hand! Ich fühle mich bemuttert, bedauert, umsorgt, verletzlich, verstanden. Und ich trinke noch mehr Wein.
Dann wartet der Chauffeur, und wir fahren zurück in ihr ›Studio‹. Wie einfach alles ist mit einem wartenden Chauffeur! Wie wenig man denken, Rücksicht nehmen, sich placken muß.
Noch mehr Wein, noch mehr Gespräch, dazu heiße Rockmusik zuerst, dann Cole Porter. Rosanna hat die Situation gut im Griff. Ihr Gesicht verrät keine Emotion, sondern Ruhe und Verständnis. Ich bin wieder das Kind, das zu seiner Mutter mit einem aufgeschlagenen Knie kommt. Plötzlich ist Bennett nur noch ein aufgeschlagenes Knie! Eine kleine Verletzung auf der glatten Haut meines Lebens.
Rosanna entschuldigt sich, geht ins Schlafzimmer, kommt wieder in einem bis zur Hüfte geschlitzten Kaftan und noch mehr Moschus. Das Oberteil des Kaftans öffnet sich, als sie sich neben mich auf die Couch setzt. Ich sehe ihre kleinen, spitzen Brüste und möchte sie gern berühren. Sie sieht meinen Blick und errät meine Gedanken. Sie führt meine Hand an ihre Brust. Die Brustwarze ist fest und runzlig, aber der Busen ist glatt, kühl, geschmeidig. Rosanna streicht mir über das Haar, dann über die Wange, dann hebt sie mein Kinn an, damit sie mich küssen kann. Ich habe das Gefühl, ich küsse mein Spiegelbild, weiche Frauenlippen, ein bißchen schmal, kühl, sicher.
Hier ist eine Frau, die ihre Briefe mit ›Teuerste‹ anfängt und mit ›zärtlich Deine ...‹ unterschreibt; so ist sie auch im Bett – als wäre

es ein Kursus, der im Internat abgehalten wird. Klopft mein Herz und trieft meine Möse, weil es mich entzückt, ein Tabu zu brechen? Weil ich auf Rosanna scharf bin? Wer kann es sagen? Mein Mann ist Analytiker und Freudianer, er zieht einen scharfen Trennungsstrich bei bisexuellen Betrügereien. Gewiß ist das ein Teil der Sensation. *Er würde mich umbringen, wenn er's wüßte.* Bennett hat es nie besonders gemocht, mich zu lecken. Rosanna liebt es. Ich liege da und versuche zu denken, versuche nicht zu denken, versuche, meine Urteilskraft abzuschalten und urteile wie wild drauflos, versuche zu rechtfertigen und fühle keine Notwendigkeit dazu ... All diese Gefühle stürmen gleichzeitig auf mich ein. Inzwischen knabbert sie sanft mit ihren teuren Jacketkronen an meinem Kitzler, gleitet mit manikürten Fingern in meiner Möse ein und aus und streichelt mit der anderen Hand, an deren Ringfinger sie einen Siegelring mit dem Familienwappen trägt, meine Brustwarzen. Polenflüchtling begegnet Tochter der amerikanischen Revolution! Brownsville begegnet Lake Shore Drive! Central Park West begegnet Beekman Place!
Ich schließe die Augen und versuche, nichts zu fühlen als die Sensation, die Wein-Benommenheit und die konzentrischen Kreise der Lust in meiner Möse – aber unvermeidlicherweise ist da noch etwas. Sie tastet sich an das Zentrum meines Judentums heran; ich werde von altehrwürdigem Reichtum vergewaltigt. Dieser schlanke Finger, der in meiner warmen, nassen Möse ein und aus gleitet, gehört einer Mayflower-Nachfahrin! Diese kühlen Lippen, die an meiner jüdischen Möse knabbern, sind der Mund des angelsächsischen Mittelwestens, der Mund, der Amerika groß gemacht hat, der Mund, der die Leckerbissen Amerikas allein verschlang und dabei selbst schlank blieb, der Mund, der brüllte wie ein Löwe! Aber das Brüllen kommt von mir. Ich stöhne, summe, ächze vor Lust. Der Mund der amerikanisch-jüdischen Bardin besingt die Leidenschaften des angelsächsischen Amerika! Was Sam Goldwyn auf Zelluloid machte und Saul Bellow in Großbuchstaben – ich besorge es hier im Bett mit Rosanna (jedenfalls redete ich mir das ein damals).
Es machte Spaß. Sie betete mich an, war eine Expertin im Möseknabbern und war einsame Klasse. Es war auch alles sehr stimmungsvoll. Es schien weniger ein sexueller als vielmehr ein kultureller Akt zu sein. Vita Sackville-West war groß in diesem Jahr – und Rosanna wollte eine zeitgenössische Vita sein. Passend wäre gewesen, ihr eine silberne Fingerschale zu bringen (in der Rosenblätter schwimmen), nachdem sie meine Möse berührt hatte. Und

irische Leinenservietten zum Trocknen der Finger. Und danach irgendein köstliches Dessert.
Aber dann war ich dran. Oder jedenfalls hatte ich das *Gefühl*, ich müsse mich revanchieren. Das war schon problematischer.
Ach, wäre ich ein antiker Sänger oder wenigstens ein Satiriker aus dem 18. Jahrhundert und könnte die Musen der Bilitis anrufen (Vita, Virginia, Gertrude, Alice, Sidonie, Gabrielle, Missy – sogar unsere Zeitgenossinnen Kate, Robin und Jill), bevor ich mich darauf einlasse! Gott helfe mir, ich bin im Begriff, meine ersten Erfahrungen im Möselecken zu schildern und den Zorn meiner Schwestern zu riskieren: Geneigte Leserin, gut schmeckte es nicht.
Kunst und Politik, Politik und Kunst. Ungleiche Bettgenossen. Ungleicher als Rosanna Howard und ich. Kann eine Feministin es wagen, heute und in dieser Zeit die Wahrheit über das Möselecken zu sagen? Soll ich es wagen – wohl wissend, daß man mich von beiden Seiten angreifen wird – von seiten der Herren, weil ich zu weit gehe, von seiten der Damen, weil ich nicht weit genug gehe?
Ich *versuchte* es. Ich schob nach besten Kräften meine Zunge vor und stürzte mich in den Abgrund. *Du wirst dich an den Geruch gewöhnen*, sagte ich mir. *Du selber riechst nicht anders*, sagte ich mir, aber es nützte nicht viel, Rosanna kam und kam es nicht, und meine Nase fühlte sich an, als hätte sie ihr ganzes Leben da drinnen zugebracht. Ich knabberte an ihrem Kitzler, wie sie zuvor an meinem, glitt mit zwei Fingern ein und aus, versuchte, nicht an den Geruch zu denken, nicht an die Haare, die zwischen meinen Zähnen hängenblieben, nicht daran, daß mein Handgelenk von dem dauernden Vor und Zurück, Vor und Zurück allmählich müde wurde. Wie lange ging das schon? Eine Stunde? Zwei? Ich fing an nachzuempfinden, daß Bennett mich nicht lecken wollte; ich fing an zu verstehen, was es für einen Mann bedeutete, auf gut Glück herumzufummeln – ist *hier* die richtige Stelle oder *da*? –, während man von der Partnerin keinerlei Hinweis bekommt (weil sie zu artig und zu sehr Lady ist, etwas zu sagen) und er sich immer wieder fragt, ob es ihr jetzt wohl kommt oder jetzt oder *jetzt* – oder *ist* es ihr schon gekommen, oder *wird* es ihr erst nächsten Sommer kommen, oder *was*? Hilfe! Ich brauche Anleitung. Dies ist noch unerforschtes Gebiet, ein weißer Fleck auf der Landkarte. Wenn ich weiter mit zwei Fingern ein und aus gleite und meine Zunge um ihren Kitzler rotieren lasse und sie mit meinen Zähnen beknabbere, wird es ihr dann vielleicht kommen? Oder wird es ihr

erst 1984 kommen? Wird sie es mir sagen, wenn es ihr kommt? Stöhnen weiße angelsächsische Protestanten? Ich weiß, daß Chinesen es *nicht* tun – aber Angelsachsen? Fluch über meine kosmopolitische Familie (der es nicht eingefallen wäre, mir zu sagen, daß ich mich an meinesgleichen halten solle). Warum haben sie mich nicht gewarnt? Warum hat meine Mutter mir niemals gesagt: »Angelsachsen stöhnen nicht im Bett!« Darum ist es unmöglich zu wissen, *wann* sie einen Orgasmus haben. Oder ob überhaupt.
Ah! Ein Schauder durchzuckt ihr Becken. Sie drängt sich rhythmisch auf meinen Mund zu, schneller und schneller. Jetzt wird es klappen! Endlich wird's ihr kommen! Juchhe! Ich werde also nicht dastehen wie ein Schwein, das nur auf sein eigenes Vergnügen aus ist. Ich bin kein weibliches Chauvinistenschwein!
Falscher Alarm! Das Becken hat sich beruhigt, der Schauder hat sich gelegt, mir bleibt fast das Herz stehen.
»Rosanna?« fragte ich schwach. »War es in Ordnung? Ist dir's gekommen?«
»Es ist schon recht«, sagt sie. »Es macht mir nichts aus.«
»Du bist also nicht gekommen?«
»Es ist in Ordnung, Liebchen, wirklich.«
»Du bist nicht –«, sage ich, das Herz sinkt mir, mein Handgelenk schmerzt, mein Mund ist voller Haare. Nach so viel Mühe kein Orgasmus. Ich fühle mich wie ein Tropf, ein unfähiger Liebhaber, ein besoffener Mann im Bett mit einer frigiden Frau. Zum erstenmal in meinem Leben kann ich mich mit dem sportlichen, erschöpften Helden in ›The Time of Her Time‹ identifizieren. Du lieber Himmel. Ich bin wirklich in schlechter Verfassung, wenn mich meine erste lesbische Erfahrung an Norman Mailer denken läßt.
»Es macht nichts!« sagt sie und lächelt zu mir herab, »ich bin dir wirklich dankbar, daß du es versucht hast.«
Auf einmal scheine ich alles zu verstehen, den Krieg der Geschlechter, den ›egoistischen‹ Mann und die ›selbstlose‹ Frau, das Rollenspiel, die Kopfkissen-Diplomatie, den Matratzen-Schwachsinn, der seit Jahrhunderten bis heute weiterwirkt zu unser aller Nachteil. Egal ob Mann oder Frau, Vibrator oder Handbrause, mir kommt's pünktlich nach drei Minuten. Wenn nicht, bin ich mürrisch, verärgert, knurrig, ekelhaft. Für mich gibt es kein »Mir macht das nichts aus«; meine Gefühle sind gleich da, ganz vorne. Meine Möse knurrt, heult, bellt den Mond an.
Aber Rosanna »macht es wirklich nichts aus«, wie sie sagt. Und fortan war es mein persönlicher Ehrgeiz, sie zum Orgasmus zu

bringen. Ich würde eine Möglichkeit *finden.* Und wenn ich ein Rube Goldberg des künstlichen Penis, ein Thomas Alva Edison der Vibratioren, ein Luther Burbank der penisähnlichen Obstsorten und Gemüse werden müßte – ich würde diese weiße protestantische, angelsächsische Möse dazu bringen, daß sie kommt.

Der Corniche brachte mich nach Hause. Ich war noch nicht so kühn, die ganze Nacht mit Rosanna zu verbringen. Wieder zu Hause bei meinem Mann – den ich haßte, mit dem zu vögeln aber immer aufregender wurde, weil ich meine Wut auf ihn zwischen unsere starren Körper schob – und nun auch noch meine Geliebte Rosanna.

Gleich am anderen Morgen war ich wieder in ihrem Haus, mit meinen Büchern, meinen Manuskripten, meiner Zahnbürste. Nicht, daß ich jemals die ganze Nacht über wegblieb – aber für die nächsten paar Monate lebte ich – mit kurzen Unterbrechungen – praktisch dort. Rosanna versuchte, mich zu überzeugen, mit ihr zu verreisen. Sie hatte ein Ferienhaus in Aspen, das ich diesen Sommer mit ihr bewohnen sollte. Ich war hin und her gerissen. Ich war, auf meine halbärschige Weise, immer noch dabei, die Dinge mit Bennett zu ordnen – außerdem war ich nicht so sicher, einen ganzen Monat mit Rosanna allein sein zu wollen. Bennett hätte mich gehen ›lassen‹ – in seiner gewohnten, übelnehmenden, vorwurfsvollen Art, aber *wollte* ich wirklich? Es schien meinen Zwekken mehr zu entsprechen, wenn ich mich zwischen Rosanna und Bennett aufteilte. Tage mit ihr, Nächte mit ihm. In ihrer Wohnung schreiben, Rotwein trinken, mich auf das weiße korbgeflochtene Himmelbett zurückziehen (so daß sie mich zärtlich lecken konnte – und ich sie verzweifelt). Später fuhren wir gewöhnlich in der Stadt herum, im offenen Rolls, und sonnten uns in dem Eindruck, den wir machten, beide im gleichen Rock-Star-Jeans-Anzug, mit dem gleichen Duft von Moschusöl, über Roethke, Virginia Woolf, Neruda plaudernd. Ich half ihr beim Durcharbeiten ihrer Gedichte, sie tröstete mich bei meinen wilden Eifersuchtsanfällen. Wir waren gut für- und zueinander. Es war eine echte Freundschaft – oder zumindest gab es Regungen davon. Aber das Bett war ein Problem. Ich schaffte drauflos mit künstlichen Penissen, Cocaflaschen, grünen Plastikvibratoren aus Japan. Ein großer in die Möse, ein kleiner in den Hintern. Vibratoren in allen Farben des Regenbogens. Ich überzog Gurken mit genoppten Kondomen und Bananen mit französischen Kitzlern. Ich kaufte eine vibrierende Handbrause, und wir nahmen zusammen lange Bäder.

Es klappte nie. Sie kam immer bis ganz dicht an den zitternden Rand eines Orgasmus und zog sich dann zurück, zitternd, bebend, weich in den Knien. Mir gab sie nie die Schuld. Dazu war sie viel zu höflich. Sie nahm die Tatsache, daß es ihr nicht kam, stets sehr gelassen hin. Und doch fing ich im Laufe der Zeit an zu glauben, daß ihre Möse unbewußt antisemitisch sei.
Aber das wagte ich ihr nie zu sagen. Es war etwas um Rosanna, das einen taktvoll machte, feinfühlig – wenn nicht gar ängstlich. Sie schien weit über einer so niedrigen Sache wie einem Orgasmus zu stehen. Sie bestand aus reinem Geist – wie ein Börsengerücht.
Dann, eines Tages im Hochsommer, kam ich mit einer Flasche eiskaltem Dom Pérignon zur Feier ihres 33. Geburtstages. Zum Champagner knabberten wir *pâté de foie Strasbourg truffé* und *Jarlsberg Swiss.* Als die verführerische dunkelgrüne Champagnerflasche leer war, waren wir betrunken genug, auf ihre wulstige Öffnung zu schauen und beide denselben Gedanken zu haben. Wir gingen mit der Flasche ins Bett, umarmten und küßten uns, saugten einander an den Brustwarzen, streichelten einander die Oberschenkel, bis endlich, endlich nach einem Monat Mühe mit Flaschen, Vibratoren, Bananen und Wassermassagen ich das Vergnügen hatte, Rosanna Howard einen explosiven Orgasmus erleben zu sehen, dank dem grünen Hals einer Dom-Pérignon-Flasche, die aus ihrer widerspenstigen Möse herausragte.
Sie dankte mir überschwenglich, weinte Tränen der Dankbarkeit. Offenbar kam es ihr sonst nur, wenn ihr Mann sie leckte, während sie ihre Periode hatte. Sie schrieb ihren wundervollen Orgasmus meiner Geschicklichkeit zu. Ich schrieb ihn Moët et Chandon von Epernay zu. Wäre sie auch mit einem Produkt der heimischen Firma, ›Paul Masson‹ oder ›Taylor's New York State‹, gekommen?
Ich glaube, die Antwort ist klar.

Die dichtende Hausfrau ...

Es ist Ziel meines Schreibens, die Distanz zwischen Autor und Leser aufzuheben; das Buch soll eine Art Membran werden, durchlässig für Gefühle, Ideen und Nährstoffe ...

Im August brach Rosanna ohne mich nach Aspen auf. Ich war entschlossen, einen letzten Versuch mit Bennett zu unternehmen. Ich mißtraute ihm, ich verachtete ihn, doch hatte ich Respekt vor der Ehe als einer durch nichts zu erschütternden Einrichtung. Wir waren acht Jahre zusammen gewesen, hatten so mancherlei Leid und auch Freude miteinander geteilt. Acht Jahre waren nicht auf die leichte Schulter zu nehmen. Da mußte doch *etwas* uns die ganze Zeit verbunden haben, oder es wollte mir nur so scheinen.
Warum ist mein Leben immer im Sommer so katastrophal? Ist es die Hitze? Es scheint tatsächlich so, daß im Sommer der Kitt, der die schlecht zueinander passenden Fragmente meines Lebens zusammenhält, schmilzt. Die Hauptkrisen meines Lebens ereignen sich immer zwischen Juni und September, und Männer, die ich heiraten will, begegnen mir immer im Herbst.

Diesen ganzen Sommer über lag unsere Ehe im Sterben. Zwischen meiner verzweifelten Affäre mit Rosanna und den hektischen Konsultationen bei Freunden wiederholte ich wie besessen meine Eifersuchtsszenen, wie ein kleines Kind immer von neuem Spielzeughäuser aufstellt. Nach und nach fügten sich auch die kleinen Einzelteile ins Bild: Straßen, Bäume, geparkte Autos. Wessen Auto parkte vor wessen Haus? Ich verstand jetzt die bisher unbemerkten versteckten Anspielungen, die Gesprächsfetzen, die unfreiwillig mitgehörten Bruchstücke von Dialogen, die wie verwehende Rauchwölkchen über den Köpfen der betreffenden Personen hingen.
Warum machte es mich so wütend? Warum artete das zu totaler Besessenheit aus? Vielleicht, weil Bennett immer den Heiligen gespielt hatte, mich aber in die Rolle der Sünderin verwies. Vielleicht, weil ich selber während meiner ersten Ehejahre so unglücklich gewesen war, weil ich so viele Schuldgefühle gehabt hatte, ans Weggehen oder an eine Affäre auch nur *gedacht* zu haben. In einer glücklichen Ehe ist Eifersucht schmerzlich, aber nicht notwendi-

gerweise tödlich; doch in einer unglücklichen Ehe ist Eifersucht oft der Tropfen, der das Faß überlaufen läßt. Es hatte zwischen Bennett und mir fast nichts als Schmerz gegeben. Und Schmerz ist nur so lange ein gutes Bindemittel, wie man jung oder dumm genug ist zu glauben, daß er tugendhafter sei als Lust. So jung und so dumm war ich jetzt nicht mehr.

Von nun an war es nur noch eine Frage der Zeit. Es ging nur noch darum, ob ich meine Füße dazu bringen konnte, dem Herzen zu folgen. Es dauerte eine Weile, bis der Schock der Entdeckung, acht Jahre lang mit einem völlig Fremden zusammengelebt zu haben, mir bewußt wurde. Auch gehörte ich nicht zu denen, die eine Ehe so leicht aufgeben. Ich gab mir große Mühe, Bennett zu verzeihen. Ich stellte mir eindringlich vor, daß er auch nur ein Mensch sei. Er hatte alles verraten, woran ich glaube: Aufrichtigkeit, Ehrlichkeit, Offenherzigkeit. Aber ich gab mir Mühe. Wir machten eine teure Ferienreise nach Italien, in der Absicht, unsere Ehe zu flicken. Wir machten die Art von Ferien, die unweigerlich mißlingen: ein Flitterwochenhotel in Capri mit Blick aufs Mittelmeer, Champagner in dem kleinen Kühlschrank neben dem übergroßen Bett. Alles Plüsch und Romantik, nur zu sagen hat man sich nichts. Die ganze Nacht lag ich wach im Bett, und mein Herz pochte immer: Ich will weg, ich will weg, ich will weg. Worauf mein Kopf antwortete: Feigling, Feigling, Feigling, Feigling. Meine ganze Seele befand sich im Bürgerkrieg. Ich lächelte Bennett verzeihend an – und trug Mordlust im Herzen. Ich *wollte* ihn lieben – empfand aber doch nur ein Schuldgefühl, weil ich ihn nicht lieben konnte. Liebe und Schuldgefühl passen nicht zusammen – obwohl man manchmal das Gegenteil simuliert. Wie konnte ich einen Menschen lieben, der so erbärmlich und gemein war? Einen Sadisten? »Du mußt ihn lieben, weil er dein Mann ist«, wiederholte eine Tante aus dem 19. Jahrhundert immer wieder in meinem Kopf. Aber ich wußte, sie hatte unrecht. Wer mit 24 Jahren einen Fehler gemacht hat, ist deswegen noch nicht verdammt, diesen Fehler den Rest seines Lebens zu wiederholen. Doch ist es nicht leicht, eine achtjährige Ehe aufzulösen. Dazu ist mehr nötig als Ehebruch. Dazu gehört der Tod.

New York, Anfang Oktober. Ich fahre im Taxi durch die Stadt (wieder zu meiner Analytikerin!), als ich plötzlich im Radio höre, daß Jeannie Morton, »die dichtende Hausfrau« – wie der Sprecher sie nennt – gestorben ist. Eine verschlossene Garagentür. Ein Auto im Leerlauf. Ein umgekipptes Glas Wodka in ihrer Hand. Das Blut voller Lithium oder Valium oder irgendeiner anderen gebräuchlichen Chemikalie gegen Angst, Lebensüberdruß und die Krankheit zum Tode. Der Sprecher sagt ein paar Banalitäten über ihren »unzeitigen Tod« (sie war 45) und zitiert dann irgendeinen bösartigen, neidischen literarischen Guru, der ihre Kunst »beschränkt und selbstbezogen« nannte, eine Kunst, die sich »zwischen Irrenanstalt und Gynäkologenpraxis bewegte«. Der betreffende Guru *selbst* bewegt sich zwischen anonymen Alkoholikern und Vorträgen an höheren Mädchenschulen, wo er ahnungslose Neunzehnjährige bumst – aber das tut nichts zur Sache. Er urteilt über sie – nicht umgekehrt. Jeannie hatte sowieso nie den Wunsch, über andere als sich selbst zu urteilen. Sie war die Seele der Großzügigkeit für jedermann, außer für sich selbst. Zum Glücklichsein hatte sie kein Talent. Man könnte sogar sagen, sie habe Talent fürs Unglücklichsein gehabt, aber ich ziehe es vor, Unglück für die Abwesenheit von Glück zu halten und nicht für einen absichtlich kultivierten Zustand. Doch das ist ein umstrittener Standpunkt. Manche Dichter kultivieren Unglück wie Banjospieler ihre langen Fingernägel. Aber Jeannie war keine von diesen. Ihr Unglück war echt und legal erworben. Der Tod war ihr Zimmergenosse, gelegentlicher Liebhaber, ihre Mutter, ihr Freund.

Ich hatte sie nur einige Male getroffen, doch es verband uns eine spontane Freundschaft. Sie begann ihre Briefe vom ersten Tag an mit ›Liebste Isadora‹ und schloß sie mit ›Zärtlich Deine‹. Nicht ›Teuerste‹ oder ›Liebes Herz‹. Sie war keine Jüdin, sie glich Walt Whitman. Manisch depressiv war sie auch, leider. Es war immer schon klargewesen, daß sie sich eines Tages etwas antun würde. Ihre Gedichte waren Linderungsmittel. Sie hätte nur durch einen Zug mit dem Springer vor dem Selbstmord gerettet werden können. Oder, indem sie den Spiegel durchschnitten hätte. Und doch war ich schockiert, als ich die Todesnachricht hörte. Betroffen und voller Schuldgefühl. Als sie starb, schuldete ich ihr seit drei Monaten einen Brief.

Und zwar nicht einen gewöhnlichen Brief – sondern einen, der auf Gedichte eingegangen wäre, die sie mir in diesem letzten Sommer ihres Lebens geschickt hatte. Es waren seltsame Gedichte. Nicht, daß die anderen nicht auch seltsam gewesen wären, diese aber waren die seltsamsten von allen. In unserer gottverlassenen Welt wagte Jeannie, an Gott zu glauben. Inmitten von Zynismus und Materialismus wagte Jeannie, den Geist zu bejahen. In einer Welt, in der Schriftsteller und Kritiker einen Kult aus dem Elend machen,

Fruchtbarkeit hassen, der Freude mißtrauen – wagte Jeannie, die Freude zu bejahen, wagte sie, Gott zu suchen (und das auch zu sagen), wagte, gegen das Unglück anzugehen – auch gegen ihr eigenes.

Es war so leicht, sich über sie lustig zu machen. Sie war eine Frau, und ihre Bilder (sogar die von Gott) waren Bilder aus der Küche, sie diente Gott mit einfachen Aluminiumgegenständen, schmorte den Heiligen Geist in Schüsseln aus feuerfestem Glas. Es war leicht, sich über sie lustig zu machen. Ein männlicher Dichter wäre ernst genommen worden – auch wenn er Gott in einem Jagdmesser oder in der tödlichen Wunde eines Kriegskameraden gesehen hätte –, sie aber wurde lächerlich gemacht, weil viele Menschen nicht verstehen können, daß der Mutterleib (mit seinem roten Blut) ein ebenso geeignetes Gefäß für die Muse oder für Gott darstellen kann wie der Penis (mit seinem weißen Sperma). Vielleicht sind dies die Rosenkriege unserer Zeit. Unser Zeitalter hat vergessen, wie man Maria verehrt, wie man Gott liebt, wie man Gedichte spricht, seinen Glauben erhält, Liebe erweckt. Voller Gier und Neid bezweifeln wir die Existenz alles anderen außer Gier und Neid. Und Jeannie hatte für beides auch nicht die geringste Verwendung.

»Würden Sie das Radio lauter drehen?« bat ich den Taxifahrer, einen gewissen Seymour Asofsky.

»Was hamse gesagt?«

»Würden Sie das Radio lauter stellen?«

Das gelbe Taxi (Mitglied der Lucky Cab Corporation) war erst ein Jahr alt, sah aber aus wie der Veteran eines Wüsten-Feldzugs. Es ratterte und schepperte die Madison Avenue hinauf, und ich konnte die Worte des Ansagers kaum verstehen. Schrille Rock-Musik ertönte. Der Nachruf auf Jeannie war schon vorüber.

»Eine Freundin von mir ist gestorben«, vertraute ich Seymour an. Wir waren noch zwanzig Blocks von der Praxis meiner Analytikerin entfernt; vielleicht hatte ich den Wunsch, meine Sitzung vorzeitig zu beginnen.

»Was hamse gesagt?«

»Meine Freundin ist eben gestorben«, schrie ich und wollte meinen Kummer teilen – mit ihm, mit irgend jemandem. »Eben wurde es angesagt. Die Dichterin – Jeannie Morton. – Sie ist *gestorben.*«

»Ach, na so was. Nie von ihr gehört. Sind Sie auch 'ne Dichterin?«

»Ja«, sagte ich und schämte mich für dieses Geständnis vor einem

Taxifahrer. Als wollte ich damit prahlen. Wo wir doch alle beide Handarbeiter waren.

»Ich les' nich viel Gedichte. In der Schule hab ich mal eins gelernt, von Kipling glaub ich: ›Als Kublai Khan in Xanadu.‹ – Tolles Gedicht. Sollte man öfter lesen. Wie heißt'n Ihr Buch?«

»Hm, ich habe zwei Gedichtbände geschrieben, aber mein bekanntestes Buch ist ein Roman.« Plötzlich stottere ich vor Schüchternheit.

»Wasse nich sagen.«

»Es heißt *Candidas Bekenntnisse*.«

Seymour wirbelt in seinem Sitz herum und stößt beinahe mit einem Gemüsekarren der Firma Gristede zusammen, den ein junger, nun zu Tode erschrockener Puertorikaner schiebt. Er möchte mich durch die verkratzte Trennscheibe aus Plexiglas ganz genau erkennen.

»Sie schreiben also diese Sachen – Das Lustige Laster!«

Ich lache, zutiefst verletzt.

»He – ich hab Sie im Fernsehen gesehen.«

Ich lächle wie beim Autogrammgeben, aber ich bin schon Meilen, Lichtjahre weit weg. Ich bin am Cape Cod bei Jeannie.

Die Nachricht von Jeannies Tod hatte vom ersten Augenblick an eine seltsame Wirkung auf mich. Ich war bekümmert, ja. Sie fehlte mir sehr. Aber ich fühlte mich plötzlich auch erleichtert. Die Last meiner sommerlangen Depression war von mir gewichen. Manchmal greift jemand aus dem Grab zu uns herüber und erzielt einen gewichtigeren Einfluß auf uns als im Leben. Um die Wahrheit zu sagen, war Jeannies Wirkung auf mich immer eine aus der Ferne gewesen. Dichter wirken aufeinander durch bedruckte Seiten, durch Worte, durch die Post, aus dem Grab heraus. Wir träumen einander. Wir träumen im Wachen.

Im Leben waren wir uns wenig begegnet, aber jede Begegnung war eine Offenbarung gewesen. Im übrigen begegneten wir uns auf Buchseiten. Ich las ihre Gedichte zum erstenmal in Europa, während dieser grimmigen Ehejahre mit Bennett, überlebte sein Schweigen dank dem gedruckten Wort.

Jeannies Gedichte waren in einer Art tapfer, wie es mir noch nie zuvor begegnet war. Sie hatte den Mut, ein Narr zu sein. Sie schrieb über all jene Dinge, vor denen man uns im College gewarnt hatte, Dinge, die angeblich als Gegenstand der Dichtung ungeeignet waren – Blut, Wahnsinn, Exkremente, Seelenwanderung. Ich weiß nicht, woher meine Generation von Collegeabsolventen diese sonderbare Auffassung von Dichtung bezogen hat. Vielleicht war es der Einfluß all jener kleinen Eliot-Nachäffer, die uns unterrichteten. Wir hätten Whitman lesen sollen oder Blake oder andere dionysische Geister, um zu erkennen, daß Dichtung nichts Prätentiöses ist, daß eine Art inspirierter Wahnsinn den Zugang zum Unbewußten öffnet und auch den Weg zum Kosmos. Aber diese Lektion muß immer wieder neu gelernt werden. Eine Generation lernt sie, die nächste begräbt sie. Die darauffolgende Generation gräbt alles wieder aus, als hätte sie sie selbst erfunden – und so geht das weiter. In diesem Fall handelte es sich aber um mehr als nur den üblichen Tangoschritt des Zeitgeistes. Die weibliche Hälfte der Menschheit war im Aufruhr begriffen, die verschütteten Leben der Frauen kamen plötzlich zum Vorschein – Erde fiel von ihren Gesichtern wie von den Gesichtern der Toten, und der dionysische Geist bestätigte sich wieder in Brüsten, Möse, Gebärmutter.

Es war an der Zeit, daß Frauen die Führung übernahmen und Männer folgten – jedenfalls auf geistigem Gebiet. Lawrence hatte es vorausgesagt: auch Whitman und Mallarmé. Weise Männer, von gefestigtem Selbstgefühl und bereit zu lernen, wußten dies und hatten keine Angst. Sie empfanden keine besondere Scham, geistige Belehrung von Frauen anzunehmen. – Sie nahmen ja auch geistige Belehrung von anderen Männern an. Weisheit sammelt man, wo man sie finden kann, und man bereichert sich damit. Aber viele Männer *hatten* Angst und reagierten heftig. Auch hatten sich viele Frauen an ängstliche Männer gebunden, bevor sie ihre eigene Stärke entdeckten. Sie hatten jetzt Häuser, Kinder, hatten feste Gewohnheiten, einen festen Wohnsitz. Sie saßen auf besonders schmerzhafte Weise in der Falle. Ihr Geist war frei, er gierte nach Bewegung, ihr Körper aber war dem Mann, den Kindern, den Häusern ausgeliefert. Der klassische Konflikt zwischen Freiheit und Pflicht. Jeannie war eine von denen, die darunter litten.

Wir trafen uns verschiedentlich auf Dichterlesungen. Wir wechselten leidenschaftliche Briefe, wir telefonierten – aber unsere erste lange, persönliche Begegnung fand erst statt, nachdem sie ihren Mann verlassen hatte.

Sie wohnte damals im Algonquin, bereitete die Schallplattenaufnahme ihrer Gedichte für Bardic Records vor. Bardic war ein ›Klasse‹-Laden, und Jeannie hatte jahrelang darum gekämpft, eine eigene Schallplatte mit ihren Gedichten zu bekommen – wie Yeats, wie Dylan Thomas, wie Auden.

»Ich bin die zweite lebende Dichterin, von der Platten gemacht

werden«, sagte sie fröhlich, als wir uns im Algonquin trafen. Aber so blieb sie nicht lange. Als die Schallplatte herauskam, sprach sie schon aus dem Grab.
Sie war dünn, hysterisch, voller Spannungen an jenem Abend im Algonquin. Sie hatte 25 Pfund Gewicht verloren, seit sie Bumby nach 25 Ehejahren verlassen hatte. Ihre beiden Kinder waren auf dem College, und sie hatte gerade einen wunderbaren verheirateten Liebhaber verloren – einen jener singenden Dichterprofessoren, die sich in große Dichterinnen verlieben, ihnen alles versprechen und dann zu Frau, Hund und Besitz zurückkehren. Windelweichlinge.

»Die Männer sind heutzutage windelweich«, sagte sie. »Aber wer will ihnen das vorwerfen? Ich habe oft selber Angst«, und ihr Lachen klang wie ein Hagelschauer, der gegen die Fenster schlägt.
Sie war auf eine hysterische Art und Weise fröhlich. Sie trank Wodka, Marke Stolichnaya, pur mit ein paar Tropfen Limonensaft, raste ruhelos im Zimmer umher, suchte unter dem Bett nach heruntergefallenen Papieren, schenkte sich nach, füllte mein Glas, telefonierte. Mir schienen sehr viel mehr Leute im Zimmer zu sein als nur wir beide. Von Zeit zu Zeit fixierten mich ihre großen blaugrünen Augen, und sie sagte: »Vergib mir, bitte, vergib mir, daß ich so hysterisch bin«, – und fing von neuem an herumzurasen. Es war nicht nötig, ihr zu vergeben. Ich liebte sie. Ihre Offenheit, ihre Verwundbarkeit, die in ihren Augen zu lesen war, zwangen einen, ihr alles zu vergeben. Außerdem sind mir Unordnung, Besessenheit, Angst vor Hotelzimmern nicht fremd. Ich hätte sie am liebsten umarmt und ihr gesagt, daß alles so in Ordnung sei. Bennett hatte seine Woodstock-Beichte noch nicht abgelegt, und Jeannies eigenes eheliches Desaster muß mir wie ein Vorbeben erschienen sein. Vielleicht wollte ich deshalb ebensosehr sie selbst als auch mich trösten, indem ich sie umarmte.
»Ich bin blind!« rief sie aus und starrte auf eine Seite ihrer frühen Gedichte. »Die Wörter verschwimmen auf der Seite! Sie sehen aus wie Rorschachkleckse! Kannst du dir vorstellen – jahrelang habe ich gekämpft um diese Platte, diesen Schwachsinn bei Bardic, und jetzt bin ich *blind*! Wie Homer! Ein Schulbeispiel für Erfolgsphobien! Alle meine Analytiker haben mir gesagt, ich hätte immer den Wunsch nach Mißerfolg!« Ihre Stimme klang rauh, hatte aber Resonanz. Es war die Stimme einer Sibylle, des Delphischen Orakels. Während man dort Lorbeerblätter kaute, trank Jeannie mit

mir Stolichnaya. Doch was machte das? Hauptsache, das Unbewußte wird geschmiert.

»Weißt du, was ich brauche?« fragte sie.

»Nein. Was?«

»Ein Vergrößerungsglas. Glaubst du, wir können hier irgendwo eines auftreiben?«

Es war zehn Uhr abends geworden. Alle Geschäfte hatten geschlossen. Ich schlug vor, es in einem Drugstore zu versuchen, der die ganze Nacht geöffnet hat, aber das ließ sie nicht zu. Sie klingelte statt dessen nach dem Zimmerkellner.

Als er kam – ein aufgeweckter irischer Achtzehnjähriger mit strahlenden Augen, starkem Akzent und Lockenschopf –, fing sie an, mit ihm wie wild zu flirten, das gewünschte Vergrößerungsglas als Vorwand benutzend, ob er wohl ihr zuliebe einen geöffneten Drugstore suchen und dort ein Vergrößerungsglas kaufen wolle, aber keines von den schäbigen kleinen Plastikdingern, sondern ein richtig großes? Das Vergrößerungsglas war offensichtlich eine Metapher für etwas anderes, und der Kellner stieg sofort darauf ein. Schließlich war er Ire, hatte also von Geburt an eine Beziehung zum Wort! Auch hatte er ein dichterisches Zwinkern im Auge. Der Playboy der westlichen Welt – von der Stellenvermittlung für Schauspieler.

»Ein kräftiges, festes hätten Sie gerne?«

»Richtig«, sagte Jeannie, lachte, meinte damit das Glas und zugleich etwas anderes. Sie wußte, daß sie durchschaut wurde. Sie wollte nicht nur den unlesbaren Druck vergrößern, sondern auch das Spiel, hatte Spaß an ihrer hysterisch homerischen Blindheit, warf dem jungen Menschen Blicke zu (für den sie *nicht* blind war) und unterhielt sich großartig.

»Ich werde Ihnen mit Vergnügen eines besorgen und es Ihnen später aufs Zimmer bringen, Madam. Aber jetzt gleich geht es nicht, weil ich noch nicht von meiner Arbeit weg kann.« Der irische Akzent wurde stark hervorgehoben, vielleicht wußte er, daß er dadurch das Trinkgeld vergrößern konnte.

»Wollen Sie ehrlich versprechen, später wiederzukommen?« fragte Jeannie verführerisch.

»Ich verspreche es, ehrlich«, sagte der Bursche, irischer als je zuvor.

Mir war, als hätte ich eine Zeitverschiebung erlebt, zurück in die Tage, als das Algonquin noch neu war. Es gab heutzutage keine Iren mehr in New York. Dies hier war Fernsehen oder Hollywood – nicht die Wirklichkeit. Aber Jeannie hatte eine Art,

einen in die Zeit der Vergangenheit zurückzuversetzen, in ein legendäres Zeitalter – unter Mythen, Dichter und Gottheiten der Unterwelt.
Der Ire zog unter Verbeugungen ab, versprach, später mit einem »wirklich prachtvollen Vergrößerungsglas« wiederzukommen.
Jeannie ließ es ihn noch sechsmal versprechen, sagte ihm, sie sei schließlich Dichterin und müsse ihre Arbeiten lesen, klapperte ihm mit den Augenwimpern zu, flirtete, zitierte sich selbst, bis der arme Mann ganz überwältigt war.
Sobald er gegangen war, wurde sie wieder wie besessen, trotz seiner wiederholten Beteuerungen. Bestimmt würde er es vergessen. Sie würde nicht ein einziges Wort lesen können. Sie würde diese einmalige Gelegenheit verpassen, ihr Werk aufnehmen zu lassen. Sie war erledigt. Ihr Traum, für Bardic Records Gedichte zu lesen, war ausgeträumt.
»Ich kann ja mal in der Rezeption anrufen?« sagte ich schlau.
»Ganz sicher muß es hier irgendwo im Hotel ein Vergrößerungsglas geben.«
»Oh, du *bist* ebenso schön wie gescheit, Isadora!« Sie war aberwitzig, leidenschaftlich dankbar für diesen doch auf der Hand liegenden Vorschlag.
Ich fühlte mich großartig, setzte mich auf die Bettkante und rief die Rezeption an. Ich war inzwischen betrunken von Wodka und hatte auch den Redefluß einer Betrunkenen.
»Das Hotel Algonquin«, sagte ich großspurig ins Telefon, »ist als dichterfreundlich bekannt. Bei Ihnen wohnt im Augenblick eine sehr berühmte Dichterin – Trägerin des Pulitzer-Preises – und ...«
»Sag lieber *Nobel*preis!« soufflierte mir Jeannie mit ihrer knirschen Stimme, »die kennen doch nicht den Unterschied!«
»Eine Nobelpeisträgerin«, fuhr ich fort, »und schon bei Lebzeiten eine Legende ...«
Jeannie lachte ihr wundervoll kehliges Lachen.
»Und wir fragten uns, ob Sie zufällig ein Vergrößerungsglas im Hause haben – weil, verstehen Sie, die Dichterin ihre Brille nicht finden kann und sich auf eine Dichterlesung vorbereiten muß und ... ja? Sie haben eines? Würden Sie es liebenswürdigerweise heraufschicken? Vielen herzlichen Dank ... Zimmer 614. Ja, verbindlichsten Dank. Danke sehr.«
Jeannie schnappte über vor Freude. Sie tanzte mit ihrem mit dem Pulitzer-Preis ausgezeichneten dritten Gedichtband im Zimmer umher. Tag des Heiligen Narren (dessen letztes Gedicht endet:

»Ja, ein Narr zu sein,
bedarf es vielleicht des größten Mutes«).

Das Vergrößerungsglas wurde gebracht, das *andere* Vergrößerungsglas kam (in Gestalt des Iren), wir tranken alle zusammen, und tags darauf las Jeannie ihre Gedichte für Bardic Records ohne Zwischenfall. Als ihre Schallplatte schließlich an den Fachhandel ausgeliefert wurde, war dies auch alles, was von ihrer Stimme noch übrig war.

Zwei Tage nach der Episode im Algonquin kam Jeannie zu einer Party in meine Wohnung. Ich war angewiesen worden, so viele »knackige Junggesellen« einzuladen, als ich nur auftreiben konnte.

Es war eine sehr hastig zusammengewürfelte Party, weil ich am nächsten Tag zu jenem Buchhändlertreffen in Chicago mußte, aber sie war trotzdem sehr fröhlich. Bennett und ich waren immer groß in Form bei unseren Parties – wenn nur genügend andere Leute das Vakuum zwischen uns ausfüllten. Zu essen gab es chinesisch aus dem Restaurant, reichlich Käse und Wein; die Gäste waren hauptsächlich Literaten, mit Ausnahme von Holly, die Jeannie an diesem Abend kennenlernte und sich hoffnungslos in sie verliebte; aber der einzige »knackige Junggeselle«, den ich für Jeannie hatte auftreiben können, ging, allerdings ohne sie nach Hause zu bringen. Nicht, weil sie nicht schön war, sondern weil sie am Rande eines hysterischen Anfalls war, den jeder spüren konnte. Der betreffende Mann war selbst ziemlich durcheinander – und ganz eindeutig wollte er nicht mit jemandem schlafen, der mehr Probleme hatte als er selbst. Es war das erste und einzige Mal, daß ich ihn so vorsichtig erlebte. Seine Ehefrauen waren beide Psychopathinnen *und* Alkoholikerinnen.

Jeannie war selten so gut in Form wie an diesem Abend. Sie leuchtete von innen (um ein sehr abgenutztes Wort zu gebrauchen, das in diesem Fall wörtlich zutraf). Sie saß auf einem Stuhl mit aufrechter Lehne mitten im Zimmer (während alle anderen in Polstersesseln saßen) und nahm mit erstaunlicher Grazie und Gewandtheit die Fragen auf, die von ihrer hingerissenen Zuhörerschaft auf sie einstürmten.

Alle Gäste waren Fans von Jeannie, und alle fragten sie nach ihrer Arbeitsweise, ihrem Leben, ihrer Kunst. Sie bewies außerordentlich viel Geduld mit ihnen. Auch mit mir. Ich mußte schon früh am nächsten Morgen aufbrechen und fürchtete mich vor dem Flug, vor den öffentlichen Auftritten, dem einsamen Hotelzimmer.

Trotzdem habe ich diese ganz und gar paradoxe Gabe, bei öffentlichem Auftreten, vor der Fernsehkamera, bei Interviews völlig ruhig und furchtlos zu wirken. Meine Angst bade ich dann später aus, im Hotelzimmer oder im Flugzeug. Ich versuche ständig, meine Freunde und meine Familie davon zu überzeugen, daß ich blute, wenn man mich sticht – aber niemand glaubt mir, weil ich so munter aussehe.
Und dann war da noch das Thema Sex. Ich hatte Angst davor, wie sich das Publikum verhalten würde, und ich hatte Jeannies Rat bitter nötig. Wir leben in einer Welt, die in das Thema Sex so vernarrt ist, daß ein Gedichtband, der Sex als ständige Metapher verwendet, leicht mißverstanden werden kann als Memoirenbuch einer abgetakelten Nutte, die ihre Erfahrungen vermarktet. Das beunruhigte mich sehr, und Jeannie wußte es. Ich wollte von ihr hören, wie ich mich verhalten sollte. Es war mir ärgerlich, natürliche Erdhaftigkeit mit Schlüpfrigkeit verwechselt zu sehen und Aufrichtigkeit und ungekünsteltes Wesen mit der Absicht, zu erregen und zu schockieren.
»Was mache ich, wenn jemand mich anspricht und mich zu einem Spontanfick einlädt?« fragte ich Jeannie.
»Dann bedanke dich«, sagte Jeannie bestimmt.
»Bedanken?« Ich war ungläubig. »Warum?«
»Bedanke dich trotzdem«, sagte sie noch einmal, »denn, ganz gleich, wie ordinär sie sich ausdrücken, ganz gleich, wie vulgär ihre Rede ist, auch wenn sie dir in den Arsch kneifen oder dir obszöne Briefe schreiben: deine Leser wollen dir zeigen, daß du sie *bewegt* hast. Sie können sich nicht anders als grob ausdrücken, aber in Wahrheit sagen sie: Ich bin bewegt. Du hast mich gerührt, an einem sehr tief sitzenden Punkt, den ich nicht meine Seele zu nennen wage, darum nenne ich es meinen Schwanz. Also danke ihnen und sage: ›Heben Sie Ihre Spontaneität auf, bis ich Lust darauf bekomme.‹« Jeannies Publikum raste vor Lachen.
»Gott, was für eine wundervolle Zeile. Darf ich sie verwenden?«
»Warum nicht?« sagte Jeannie leidenschaftlich. »Eigentum an Worten gibt es nicht, keiner kann sich die Sprache aneignen, die Wörter gehören uns allen. In Wirklichkeit gehören sie Gott.« Und sie starrte vor sich hin, als hätte sie eine Vision von IHM.
Sie *ist* wirklich die Reinkarnation des Delphischen Orakels, dachte ich.
»Verstehst du nicht, Isadora, daß es kein ›dein Gedicht, mein Gedicht‹ *gibt*? Kein ›deine Zeile, meine Zeile‹? Es gibt Sprache, und wir alle sind ihre Gefäße. Wir sprechen für die Münder, die nicht

selber sprechen können, wir sprechen *ihre* Gedanken aus – nicht unsere eigenen. Wenn wir dichten, wenn wir rein sind. Solange wir nicht schreiben, grübeln wir nun um unser Ego, Ego, Ego. Die Kritiker reden nur von Ego, Ego, Ego. Wessen Name? Wessen Buch? Wie lang ist es? Welcher Literaturpreis? Aber die Gabe der Sprache ist nicht den Rezensenten vorbehalten – genau wie ein Fluß sich nicht darum kümmert, ob er in einem einzigen Land fließt. Er fließt über Grenzen hinaus, die Berge hinab, von einem Land in ein anderes, von einer Zivilisation zur nächsten. Die kleinen Geister sitzen da und kleben Etiketten auf, argumentieren darüber, wie die Dinge zu benennen sind, streiten darüber, wer rezensieren darf. Der Fluß fließt einfach weiter. Er kümmert sich nicht darum, ob er Jeannie-Fluß oder Isadora-Fluß genannt wird. Er kümmert sich nicht darum, ob er in dem einen Staat »der«, im anderen »die« genannt wird. Er kümmert sich nicht darum, wie viele Exemplare verkauft werden, wie die Kritiken ausfallen oder ob jemand sein Geld bekommt. Der Fluß will weiter nichts als fließen. Und *du* bist seine Dienerin. Deine Aufgabe, deine einzige Aufgabe besteht darin, seinen Lauf nicht mit deinem albernen Ego zu hemmen, durch Grübeln über Lob und Tadel, über Rezensionen, darüber, ob dir jemand eine Zeile gestohlen hat oder wie du dich bei deinen Lesern beliebt machst. Dein *einziger* Job ist, mit der Strömung zu schwimmen. Der Rest ist nicht deine Sache. Noch meine.«

Jeannies Zuhörerschaft war sprachlos und hingerissen.

»Verstehst du«, fuhr sie fort, »der Fluß hat mehr Rechte als ein Ich, das Bestätigung sucht. Der Fluß hat die einzigen Rechte, die es überhaupt gibt. *Dein* großer Fehler, Isadora, ist, daß du glaubst, es sei von Bedeutung, wie der Fluß heißt oder wer was sagt über ihn. Ist es ein ›tiefer‹ Fluß? Ist er ›flink und lyrisch‹? Ist es ein gewaltiger Fluß? Wen kümmert das, solange er nur fließt. Alles andere ist Torheit, Verwirrung, der Zank um Stellung und Ruhm – kurzum Politik. Dein *Ich* hat in dieser Sache *überhaupt* keine Rechte geltend zu machen. Noch haben die Egos der Kritiker irgendwelche Rechte. Nur der Fluß hat Rechte. Und die des Flusses entsprechen denen der Leser. Niemand sonst hat über den Fluß zu bestimmen – nicht der Autor, nicht der Rezensent. Es gibt nur Fluß und Leser. Der Leser ist wie ein Fischer, der in hüfthohen Stiefeln mitten im brausenden Fluß steht und fängt, was er kann, er sucht im bewegten Wasser sein Gesicht zu erkennen und will sich eine Mahlzeit angeln. Er hat Ansprüche – nicht du. Du hast nur darauf zu achten, daß der Fluß nicht gestaut oder abgeleitet wird. Du mußt den Fluß fließen lassen, damit der Leser sein Gesicht in ihm sehen kann und vielleicht auch seine Mahlzeit angelt. Das ist alles. Weiter gibt es darüber nichts zu sagen.«

Bevor Jeannie ging, nahm sie mich beiseite und gab mir ein flaches, rechteckiges, in Seidenpapier eingewickeltes Päckchen.

»Was ist das?«

»Zur Erinnerung an mich«, sagte sie rätselhaft.

»Zur Erinnerung? Ich werde dich nicht vergessen, solange ich lebe.«

»Auch später nicht«, sagte sie lächelnd.

Ich riß das Päckchen auf und fand ein Notizbuch, in marmoriertes Papier gebunden, Rücken und Ecken aus rotem Saffianleder. Auf das Vorsatzblatt hatte Jeannie geschrieben (in einer Handschrift, die die Unterlängen zu vergewaltigen schien, auf daß die Oberlängen desto steiler wirkten):

> *Man versteht das Leben*
> *nur im Rückblick, leben*
> *muß man es aber vor-*
> *wärtsblickend.*
> *Kierkegaard, via Jeannie Morton.*

»Ein Notizbuch«, sagte Jeannie, »damit du dein Leben verstehst – oder rettest. Du könntest es nennen: *Rette sich, wer kann.*«

»Woher wußtest du, daß ich genau das brauche?« fragte ich.

»Weil ich eine Hexe bin«, lachte sie und umarmte mich. »Sorge nur dafür, daß du es füllst. Tu es mir zuliebe.«

»Ich schicke es dir, sobald es vollgeschrieben ist.«

»Vielleicht wird es nie voll«, sagte Jeannie.

Meine Freunde Louise und Robert Miller brachten Jeannie um Mitternacht ins Algonquin zurück und nahmen einen letzten Drink mit ihr. Dann wollten sie heimfahren. Jeannie aber wollte sie nicht gehen lassen, hielt sie in der Halle fest, bestellte einen Drink nach dem anderen, nahm ihre Schlaftabletten mit Wodka, wartete darauf, daß die Pillen wirkten, ihre Angst beschwichtigten, die Dämonen zähmten.

Jeannie umklammerte mit hysterischer Spannung Bobs Handgelenk, fester und fester, je mehr ihre Angst vor dem Hinaufgehen wuchs. Sie flehte die beiden an, bei ihr zu bleiben, aber gegen drei Uhr morgens waren sie völlig erschöpft. Jeannie nahm noch ein Valium und lehnte sich im Sessel zurück, um ein bißchen zu dösen. So verließen sie sie schließlich, da sie nicht wußten, was sie sonst für sie hätten tun können, außer beide mit ihr ins Bett zu gehen.

Im Oktober war sie tot. Sie wurde schon in der Totenhalle aufgebahrt, man ließ die Kinder vom College kommen, ihr Mann und ihre Liebhaber vermählten sich im Tode noch einmal mit ihr, und überall in der Welt machten junge Dichterinnen Verse auf sie. Schon erstarrte sie zum Mythos. Wieder eine Dichterin mit Selbstmord abgegangen. Sie, die so lustig, so skandalträchtig, so rein in ihrer Institution, so warmherzig, wurde nun zum Kult eingefroren.

Am Wochenende nach ihrem Tod ließ ich im Central Park von einem Burschen namens Rod Thomas, der Berufsfotograf, Dichter und Verehrer von Jeannie war, Aufnahmen von mir machen. Rod wanderte mit mir durch den Park, wo wir Erinnerungen über sie austauschten. Er fotografierte mich unter Bäumen, vor Felsblökken, im Ruderboot. Es sollten Aufnahmen für meinen neuen Gedichtband werden, aber ich sah auf allen so zerquält aus, daß wir sie nicht verwendeten. Ich werde wohl nie erfahren, ob das richtig war. Auf keinem der Bilder sehe ich mir wirklich ähnlich – noch ähnelte ich Jeannie –, aber eine Transfiguration hatte stattgefunden. Ob der Seele oder eines anderen Teils kann ich nicht sagen.

Fotos sind jedenfalls die seltsamsten Indikatoren der Wirklichkeit. Man sagt, sie gäben die materielle Welt genau wieder, aber in Wirklichkeit ist das, was sie wiedergeben, geistiger Art und nur zum Teil das Ergebnis von Licht- und Schattenmengen in einer Welt der Steine, Bäume und lebendigen Menschen. Auf Fotos kann man Dinge sehen, die in der Wirklichkeit unsichtbar sind. Ist Wahrnehmung gleich Existenz? Sie ist die Voraussetzung, auf der wir unser Leben gründen, doch mag sie irrig sein. Auf diesen Fotos war etwas Neues in mein Gesicht gekommen: eine Kühnheit, der Mut, eine Närrin zu sein.

Alles ist retrospekt, Rückblick. »Man versteht das Leben nur im Rückblick, leben muß man es aber vorwärtsblickend« hieß es in dem Notizbuch, das ich in den Monaten, seit Jeannie es mir gegeben hatte, zu schön fand (und mich selbst zu deprimiert), um es zu benutzen. Natürlich hatte es mir auch vor Jeannies Tod nicht ganz am Mut der Närrin gemangelt. Ich hatte viele Dummheiten gemacht, darunter gelitten, daraus gelernt. Mit ihrem Tod allerdings kam ein neues Element in meine krankhafte, ängstliche Unentschlossenheit.

»Lebe oder stirb«, schien sie mir aus dem Grab zu sagen, »nur

vergifte dich um Himmels willen nicht mit Unentschlossenheit.«
Unser ganzes Leben hindurch werden wir mit geistigen Ratgebern in Kontakt gebracht; die Kunst besteht nicht darin, sie kennenzulernen, sondern sie zu erkennen, wenn sie uns begegnen. Ich erkannte Jeannie im ersten Augenblick, aber hätte ich ihren Rat befolgt, wenn sie nicht gestorben wäre? Das frage ich mich.
Als wir die Aufnahmen im Central Park machten, war es Sonntag. Zurück in der Wohnung, hörte ich Bennett in Pantoffeln herumschlurfen und sich die immer gleichen Bach-Kantaten anhören, während er die immer gleichen psychoanalytischen Fachzeitschriften las. Sein obligatorisches Tennis hatte er bereits vormittags absolviert.
Rod begleitete mich mit den belichteten Filmrollen, und wir tranken zu dritt Tee. Da klingelte das Telefon.
Ein starkes Summen in der Leitung sagte mir, daß der Anruf aus dem sonnigen Kalifornien kam.
»Hallo? Isadora? Hier ist Britt.« (Sie brauchte ihren Namen kaum zu nennen – die nasale Stimme war nicht zu verkennen).
»Hei«, sagte ich, und mein Herz klopfte wild von der Angst, die Britt mir stets verursachte.
»Hei«, sagte sie und kam gleich zur Sache.
»Hören Sie zu, ich kann nicht lange sprechen, weil Paul Newman in der Polo-Lounge auf mich wartet, aber ich glaube, ich kann Ihnen ein fabelhaftes Angebot machen. Nur müßten Sie dazu herkommen.«

Weissagende Wogen . . .

Es gibt Menschen auf dieser Welt, die fröhlich sind, und sie scheinen viel mehr Kraft zu haben als wir anderen, weil sie ihre Kraft nicht an Verdrängung und Selbsttäuschung verschwenden. Elend sein ist kein Hobby, sondern tägliche Schwerarbeit.

Die Westküste. Ich fürchtete mich davor, an die Westküste zu reisen. Dort legten sich Schriftsteller zum Sterben nieder, dort zerstäubten die Verse der Dichter, dort sogen Werbeagenturen und Parasiten blühenden Talenten Lebenskraft aus, versetzten dem sterbenden Genie den Todesstoß, drehten aufstrebende Begabungen, wenn sie ihrer habhaft werden konnten, durch den Fleischwolf.
Filmproduzenten. Die verspeisten Autoren zum Frühstück, Regisseure zum Lunch, und ihr abendliches Dinner von sieben Gängen bestand aus Schauspielern. Doch trotz all meiner Befürchtungen und obwohl ich schon wußte, wie sehr Britt mir in Wirklichkeit Argwohn und Angst machte, war ich von ihrem Anruf besonders beflügelt. Zwischen mir und Bennett herrschte totaler Stillstand. Dies war ein Vorwand zu fliegen.

Auf dem Flugplatz. Ein letzter Blick auf Bennett. In gewisser Weise sehe ich ihn zum letzten Mal. Für immer. Sein Haar glänzt rabenschwarz, seine Augen wirken traurig und klein hinter den dicken Gläsern, seine Haltung ist starr. Nein – halt. Es gibt davor noch ein anderes Bild, das letzte Mal mit Bennett im Bett.
Das war am Nachmittag. Um 19 Uhr sollte ich fliegen. Wir waren beide früh aufgestanden, beide nervös wegen meiner Abreise. Er machte das Frühstück. Ich fing an zu packen. Danach spielte er Tennis. Ich bereitete den Lunch vor. Er kam wieder. Ich hatte schon fertig gepackt. Wir gingen zu Bett.
Jetzt folgt eine seltsam leere Stelle in meinem Gedächtnis – ein weißer Fleck, wie ein Laken über den Augen eines verängstigten Träumers, der bei Sonnenaufgang erwacht. Dann schimmert ein gläserner, silbriger Gegenstand vom Grund meiner Erinnerung auf. Was ist es? Es hat die Form eines kleinen Dirigentenstabes, glänzend, zerbrechlich, mondsilbern, es ist der Silberstab eines Zwergenquirls – nur hat er glitzernd geschliffene Ränder und Zahlen an der Kante.

Es ist ein Thermometer! Eines, an dem Frauen ihre fruchtbaren Tage ablesen – und es liegt auf meinem Nachttisch, weil ich (mitten in meiner schrecklichen Verzweiflung über meine Ehe mit Bennett und meiner ständigen Ausbruchswut) seit einiger Zeit meine Temperatur messe, um meine fruchtbaren Tage zu kennen. Mehrfach habe ich bereits das Pessar »vergessen« einzusetzen, um »zufällig« schwanger zu werden.
Diese fruchtlosen Versuche, einen »Zufall« herbeizuführen, erfüllen mich mit Zwiespältigkeit und Angst. Einerseits weiß ich, daß Babies eine zerbrochene Ehe nicht kitten können, andererseits wünsche ich mir ein Kind, das mir Gesellschaft leistet in einem Leben voll Verzweiflung und Einsamkeit, die mich sicherlich erwarten, wenn ich Bennett verlasse. Vielleicht verwandelt ein Baby uns auch, wird uns den Willen zum Leben wiedergeben, bewirken, daß wir uns wieder lieben. Auch Jeannies Tod deutet auf Fortpflanzung. Ich will ein Mädchen und es Jeannie nennen.
Jetzt aber, vor dem Aufbruch nach Kalifornien, wo mich vielleicht ein neues, außerordentliches Schicksal erwartet, hole ich mein Pessar (es liegt schon in meinem Koffer) und setze es ein, bevor Bennett vom Tennisspielen heimkommt.
Im Bett reden wir miteinander.
»Bist du sauer, weil ich wegfahre?« frage ich, denn ich sehe Bennetts mürrisches Gesicht.
»Du wirst mir fehlen.«
Das rührt mich. Zum erstenmal in unserer Ehe läßt er mich so etwas wie Zärtlichkeit spüren. Es ist noch immer scheu, knapp, knausrig, alles andere als ungehemmt – aber es ist Zärtlichkeit. Ich weine.
»Ich will keinen anderen als dich«, schluchze ich.
Warum aber muß alles zwischen uns immer so verbissen sein? Sogar die zärtlichen Augenblicke sind es. Wir haben nicht ein einziges Mal im Bett gelacht.
Er macht es mir routiniert, mechanisch, kalt. Weder wild – wie im Sommer unserer rasenden Eifersucht – noch liebevoll. Er drückt auf alle meine Knöpfe, als wäre ich ein Taschenrechner.
Im Flugzeug fehlt mir etwas. Meine Angst. Ich lehne mich erwartungsvoll in meinen Sitz zurück und lauere auf die vertraute Panik, auf die alte Freundin Furcht, die mir einflüstert, daß ich gewiß gleich sterben werde. Aber ich schließe den Sicherheitsgurt und fühle mich völlig ruhig. Die Maschine hebt ganz selbstverständlich und ohne besondere Ereignisse ab. Das Flugzeug steigt wie durch die Kraft von Jeannies Tod angezogen. Mir ist, als

bezöge mein Leben seine Antriebskraft aus ihrem Sterben und daß alles, was geschieht, schon vorbestimmt ist. Ich bin nicht mehr dafür verantwortlich, die Maschine in der Luft zu halten. Entweder Jeannie tut das, oder es wird abstürzen – so oder so bin ich in Hände gegeben, die stärker und stetiger sind als die meinen.
Fliegen ist plötzlich wunderbar! Wir ziehen eine Schleife und wenden über Queens, wo die zahllosen Swimming-pools in den Gärten der Reihenhäuser der Arbeiterklasse wie runde blaue Augen glimmen. Ich wünschte, Leonardo da Vinci könnte hier neben mir sitzen. Wenn er nur einmal in einer 747 fliegen könnte! Wenn nur Jeannie hier neben mir sein könnte, aufsteigen über die Rokkies, dem großen westlichen Himmel entgegen, könnte sie noch einmal durchstarten, noch einmal ins Leben starten.
War es wirklich Jeannies Tod, der mich von meiner Angst vorm Fliegen befreite, die mich so viele Jahre geplagt hatte – oder war es etwas anderes? War es die neugewonnene Einsicht, wie unkontrollierbar das Leben ist, wie wenig Einfluß unsere Ängste auf unsere Zukunft haben? Oder war ich plötzlich erwachsen geworden, hatte keine Angst mehr, mein Zuhause, meine Mutter zu verlassen, die Erde, die Straße, in der ich aufgewachsen war, Bennett, den Mann, der mich zu einer »Wing« gemacht hatte, mir aber das Fliegen verboten hatte?
In den Jahren meiner Angst vorm Fliegen hatte ich den Start am meisten gefürchtet und fast immer Spaß an der Landung gehabt. Das war absurd, denn tatsächlich ist die Landung der gefährlichste Teil des Unternehmens. Vielleicht fürchtete ich das Weggehen von zu Hause am meisten, und plötzlich war mir diese Angst genommen. Zu Hause war jetzt überall, wo ich mich befand. Und jetzt gerade flog ich.
Ich beginne eine Unterhaltung mit dem Mann neben mir – Geschäftsführer einer Schallplattenfirma, elegant gekleidet im California-Look, eine Mischung aus Gucci, Hermès und Cardin. Das Seidenhemd bis zum Brustbein aufgeknöpft, enthüllte Perlen, Kettchen und reichlich krauses Haar über sonnenverbrannter Haut.
Wir unterhielten uns drei Stunden lang, tranken etwas, nahmen Vorspeisen, die Abendmahlzeit, danach Cognac, ohne uns vorzustellen. Kurz vor der Landung fragte er mich plötzlich: »Ist Ihr Familienname nicht White? Hatten Ihre Eltern nicht eine große Wohnung mit einer Wendeltreppe?«
»Ja«, sagte ich überrascht. Und dann kam mir die Erleuchtung: Das ist der erste Kerl, der dich angefaßt hat, der seine Hand unter

deinen Rock tat, als du zwölf warst! Lieber Himmel! Isadora auf dem Weg nach Hollywood! Das ist also Hollywood – lauter Leute, mit denen du als Kind in der Upper West Side aufgewachsen bist, verzaubert jetzt in wandelnde Reklame für Gucci, Hermès, Cardin und die bräunende Kraft der südlichen Sonne? Plötzlich war Hollywood überhaupt nicht mehr furchterregend.

»Ihr Vater hatte Trommeln«, sagte mein alter Spielkamerad. »Ich erinnere mich, daß ich mal trommeln durfte.«

»Und ich erinnere mich, wie Sie mir unter den Rock gefaßt haben«, sagte ich frech.

»Komisch, daran erinnere ich mich *überhaupt nicht.*«

»Wie kränkend!«

»Aber die Trommeln Ihres Vaters waren *großartig.*« Er dachte einen Augenblick nach. »Ich frage mich, warum wir nur zweimal miteinander ausgegangen sind. Sie galten allgemein als ein *außergewöhnliches* Mädchen ...«

Dann fiel mir ein, wie er mir damals vorgekommen war (abgesehen davon, daß ich erregt, aber doch in Schrecken versetzt worden war von der Geschwindigkeit, mit der seine Hand unter meinen Rock schnellte): noch so ein schnoddriger Horace-Mann-Typ, noch so ein jüdischer Vorschulprinz. Ich fühlte mich *überlegen.* Aber mit zwölf fühlte ich mich *jedem* überlegen.

Meine Maschine hatte dreißig Minuten Verspätung, und zu ihrem grenzenlosen Kummer war die chronisch verspätete Britt diesmal nur zwanzig Minuten zu spät gekommen. Als ich sie entdeckte, qualmte sie wie die Camel-Reklame am Times Square, kaute gleichzeitig Kaugummi und ging rastlos auf und ab wie ein gefangener Tiger. Sie trug Patchworkjeans, die wie eine zweite Haut ihre Kurven nachzeichneten (es waren nicht viele), dazu trug sie eine aus alten Seidentaschentüchern genähte Bluse und einen kleinen Ring mit dem Wort LOVE in goldenen Blockbuchstaben. Ihr verkniffener Mund allerdings sprach nicht von ›love‹, und ihr wolliges rotblondes Haar war nagelneuer Afrolook à la Beverly Hills. Ein Heiligenschein gekräuselten Haars umgab ihr schmales, willensstarkes Gesicht, Nasen und Wangen waren von karamelfarbenen Sommerprossen übersät.

»Kommen Sie«, sagte sie, sobald wir mein Gepäck auf dem Karussell gefunden hatten, »ich muß Sie möglichst *schnell* in Ihrem Hotel absetzen, denn später am Abend treffe ich noch einen ganz, ganz tollen Typ.«

»Und Ihr Mann?« fragte ich überrascht.

»Ich habe ihn als direktes Ergebnis Ihres Buches verlassen. Ich habe Ihnen doch *gesagt*, wieviel Ihr Buch mir bedeutet. Na, und Sie sollten den Burschen *sehen*, den ich heute abend treffe. Sie würden sich in ihn verlieben. Und deshalb werde ich ihn auch nicht vorführen ...« Sie machte eine Pause, schaute mich kritisch an und sagte: »Oder doch – ich habe eigentlich doch nichts dagegen, solange Sie nicht abnehmen ...«

Das war typisch Britt. Sie würde niemals etwas Freundliches tun (mich vom Flughafen abholen), ohne einem gleichzeitig klarzumachen, wie sehr sie eins besser war als man selber.

Mager war sie. Gewiß wesentlich dünner als ich. Die Bosheit hielt sie mager. Die – und eine Reihe von eingebildeten Störungen, mit denen man das Handbuch der Firma Merck füllen könnte.

Das Beverly Hills Hotel. Wer kann hinreichend den ersten Blick einer New Yorkerin auf das Beverly Hills Hotel beschreiben? Es ragte undeutlich vor uns auf, rosa wie der Geburtstagskuchen für ein kleines Mädchen, mit schlanken, sich wiegenden Palmen statt Kerzen und mysteriösem Flutlicht, das das Laubwerk hervorhob. Der Name dieses Etablissements aus rosa Gips leuchtete in furchterregenden grünlichen Schriftzügen. Rolls Royces mit ausgefallenen Nummernschildern wurden von fürstlichen jungen Männern mit platinblonden Haaren am Eingang in Empfang genommen. Wenn das die Parkwächter waren, wie mußten da erst die Gäste aussehen? Welch unvorstellbarer Glanz! Ich dachte an das Land Oos, an Alice im Wunderland – da war ja auch Britt, meine Rote Königin, die mich wütend in die Lobby mit dem riesigen, überflüssigen Kamin führte, vorbei an den lächelnden Herren von der Rezeption, einen langen Flur hinunter (wo tatsächlich jemand den weißen Himmel zwischen den dschungelgrünen Palmwedeln auf der Tapete neu anstrich). Die Rosen rot anpinseln! Das also ist Beverly Hills, wo richtiger Rasen wie Kunststoffrasen aussieht, wo man Palmen für Plastikgebilde hält, wo tropische Blumen keinen Duft haben und Advokaten im Rolls Royce herumfahren, das Aktenköfferchen von Vuitton auf den Knien.

Dies ist das Land der großen Geschäfte: hier heißt es bezahlen oder mitspielen, hier macht man heute Millionen und ist nächstes Jahr pleite, hier finden Konferenzen, Konferenzen, Konferenzen statt (unterbrochen gelegentlich von einer Filmvorführung), hier wird sehr viel geschwatzt und wenig getan, hier herrschen emsigster Leerlauf, Gier und Tücke. GIER lauteten die Kennbuchstaben des

Nummernschilds an einem Rolls Royce, der an jenem Abend vor dem Hotel parkte. Britt war aufrichtig.
»Ich will einen wirklichen Qualitätsfilm aus Ihrem Buch machen«, sagte sie in der Suite (wo wir unser üppiges Mahl aus Lammkeule aßen, die der Maître persönlich zerlegte – assistiert von einem Lakaien).
»Ich denke, für die Regie sollten wir Truffaut nehmen oder Ingmar Bergman – vielleicht sogar John Schlesinger«, sagte Britt und kaute einen Mundvoll Lamm. Sie war nervös wegen ihrer Verabredung – und entschuldigte sich, sie müsse gleich weg. Ich sah förmlich ihr Hirn ticken. Sie hatte für mich das Nötigste getan (mich am Flughafen abgeholt), jetzt war es an der Zeit, an sich selber zu denken. Schon verschlang sie die Schokoladenspeise (Britt aß viel Schokolade, wurde aber nie dick – ein sicheres Zeichen für dämonische Besessenheit), trug ihren blutroten Lippenstift auf und rannte los zu ihrem spätabendlichen Rendezvous mit einem Kerl, dessen Freundin zufällig übers Wochenende nicht zu Hause war.
Ich blieb also allein in der Suite zurück, wartete darauf, daß meine Hotelzimmer-Panik mich ergriff – aber das geschah nicht. Ich sah mir die Zimmer an, duschte, deckte mein Bett auf, warf die zahllosen Kopfkissen zusammen und trat dann auf die Terrasse, die auf den jetzt verlassenen Swimming-pool und die Badehütten hinausging. Die Luft war sanft und mild. Ich war ganz ruhig. Ich war entzückt darüber, allein zu sein, entzückt, einen Flug über einen ganzen Kontinent ohne einen einzigen Augenblick des Schreckens erlebt zu haben, und fand es herrlich, im sündhaften, schrecklichen Los Angeles zu sein.
Während ich draußen auf der Terrasse stand, klingelte das Telefon. Obwohl ich im ersten Augenblick verärgert war, daß meine Träumerei unterbrochen wurde, nahm ich den Hörer ab. Ich wußte sofort, als ich Hollys bebende Stimme über dreitausend Meilen Entfernung hörte, daß es etwas Ernstes war. In New York war es jetzt vier Uhr morgens. Holly war manchmal verrückt, doch nicht so sehr, um zu dieser Zeit Ferngespräche zu führen.
»Was ist los?« fragte ich fröhlich, als könnte ich damit alles auslöschen, was sie beunruhigte.
»Hältst du mich für verrückt? Isadora?« fragte Holly. »Ich will, daß du mir die Wahrheit sagst.«
»Natürlich nicht«, log ich.
»Du, es ist mir *Ernst*. Du sollst mir ganz offen sagen, ob du mich für verrückt hältst.«

»Was ist schon verrückt?«
»Das ist keine Antwort, und du weißt das. Ich verzichte auf billige Semantik oder Schlauheit. Ich will einfach wissen, ob du je an mir Anzeichen von Geistesverwirrung festgestellt hast – nichts, was mit Phantasie zu tun hat oder den Sachen, die ich male –, sondern Wahnvorstellungen, das Heraufbeschwören von Dingen, die gar nicht existieren, *so* was.«
»Nein«, sagte ich bestimmt und überlegte angestrengt, ob das stimmte. »Nein, absolut nicht.«
»Gut«, sagte Holly und klang erleichtert, »während der letzten Tage – ich weiß nicht, warum ich dir's nicht gesagt habe, bevor du abfuhrst, es klang mir selbst einfach zu verrückt – habe ich ständig an Jeannie Morton gedacht. Ich weiß, das klingt verrückt, aber mir ist, als wäre sie hier oben bei mir in der Dachkammer, als schwebte sie über den Pflanzen, beobachtete mich beim Malen, ich spüre ihre Anwesenheit. Ich nehme ihre Bücher zur Hand, lese darin, male ein bißchen weiter, füttere die Katze, lese wieder eines ihrer Gedichte, male, denke an sie –, aber die ganze Zeit bin ich so aufgeregt, als versuchte sie mir etwas zu sagen, als wäre sie hier. Die ganze Zeit denke ich auch, ich wäre verrückt, ich will dich anrufen, aber ich weiß nicht, ob du schon angekommen bist, und ich habe auch Angst, daß du mich für verrückt hältst ... Also nehme ich schließlich (du weißt, ich male *niemals* Leute) eine neue Leinwand heraus, suche eines der Fotos von ihr auf den Schutzumschlägen – das, wo sie im Solarium sitzt mit der weißen Angorakatze im Schoß –, und ich male ein *Porträt* von ihr. Ich *weiß*, es ist verrückt von mir, aber während ich das male, kehrt wieder Frieden ein, es wird alles wieder friedlich ... ich male also weiter, bis ich sehr müde werde (ich nahm Seymour als Modell für Jeannies Katze, aber Jeannie habe ich hoffentlich nach dem Foto gemalt) und schließlich einschlafe, ohne Valium genommen zu haben – was ein völliges Novum für mich ist. Und nun – *das* ist das Gespenstische – träumte ich von ihr; sie sah wie immer aus und redete wie immer und sagte etwas sehr Seltsames, das ich nicht verstehe, aber vielleicht verstehst du es ...«
»Was?«
»Sie sagte: ›Sag deiner Freundin, sie soll das Notizbuch benutzen.‹ Und sie sagte es sehr bestimmt, es war ein Befehl. Da stand ich auf und rief dich an.«
»Wieso weißt du, daß ich die Freundin bin?«
»Weil du meine einzige Freundin bist, Dummchen. Hör zu, Isadora, *sagt* dir das irgend etwas?«

»Ich denke darüber nach. Warte – kannst du für einen Augenblick dranbleiben? Da klopft jemand ...«
»Es ist Jeannie«, sagte Holly erschreckt.
»Mach dich nicht lächerlich.«
Ich ging an meinen Koffer, zog das rotmarmorierte Notizbuch hervor und ging wieder ans Telefon.
»Es ist niemand da«, sagte ich, »nur ein paar besoffene Filmfritzen auf dem Flur ...«
»Gott sei Dank«, seufzte Holly am Ende dieser langen Nabelschnur. Ich öffnete das Notizbuch und sah erleichtert, daß auf dem Vorsatzblatt nur die Worte zu finden waren, die schon vorher da waren.
»Ich glaube, du bist bloß überarbeitet«, sagte ich Holly, um sie und gleichzeitig mich zu beruhigen. Ich blätterte mit der freien Hand die Seiten um und bemerkte in der Buchmitte etwas, das mir bislang entgangen war:

»Wie kann ich mein Leben retten?« fragte der Dichter.
»Sei ein Narr«, antwortete Gott.

Das war unverkennbar Jeannies Handschrift. Aber es war auch unverkennbar Jeannies Stimme.
»Hör mal, Holly, ich lehne es ab, diesen übernatürlichen Unsinn anzuhören. Sie fehlt dir einfach, das ist alles. Mir fehlt sie *auch*. Heimsuchung hat noch einen anderen Namen: Liebe.«
»He – das gefällt mir. Du solltest vielleicht Texte für Grußkarten schreiben!«
»Sehr komisch.«
»Im Ernst. Du könntest vielleicht eines Tages sogar einen Bestseller schreiben, nach Hollywood gehen, massenhaft Geld verdienen. Das ist bestimmt besser, als Farne malen.«
»Glaubst du, daß du jetzt einschlafen kannst?«
»Ich glaube schon, ich fühle mich jetzt gut, wirklich, es war nur ein vorübergehender Irrsinn.«
»Versprich mir, daß du mich sofort anrufst, wenn du dich wieder aufregst? Ruf per R-Gespräch an, es geht dann auf Britts Rechnung, sie kann es sich eher leisten als du.«
»Ich glaube, ich bin wieder in Ordnung.«
»Gut.«
»Ich hab dich sehr gern«, sagte Holly.
»Ich dich auch. Ruf mich jederzeit an, wenn du dich wieder komisch fühlst. Versprichst du's?«
»Versprech' ich.«

»Ich umarme dich und küsse dich.«
»Ich dich auch«, sagte sie.
Wir hauchten uns ein paar transkontinentale Küsse zu und legten auf.

Britt bereitete mir die Hölle. In der folgenden Woche lernte ich sie kennen, und was ich kennenlernte, konnte ich nicht ausstehen. Sie war unverbesserlich, ließ mich vier und fünf Stunden warten, blieb für eine Stunde oder zwei und raste dann fort zu irgendeinem Boyfriend, ließ meinen Bettüberwurf im Hotelzimmer mit Marihuanakrümeln und Spuren von Kokain übersät zurück.
In mir sah sie die Dumme, und sie hatte recht. Wer sonst wäre für weiter nichts als ein Gratis-Flugticket und eine bezahlte Hotelrechnung nach Hollywood gekommen? Wer sonst außer mir hätte Tag umd Tag Drehbücher entworfen, die sich als falsch konzipiert, falsch aufgebaut und als völlig unspielbar herausstellten – weil sie ein Flickwerk aus meinem Buch und Britts Anweisungen waren. In Wahrheit wußte zu diesem Zeitpunkt keine von uns beiden, was sie wirklich wollte. »Verlassen Sie sich auf mich«, sagte Britt. Und das tat ich. Oh, ich verstehe es glänzend, mich auf alle falschen Leute zu verlassen.
Ich wußte, daß *ich* keine Ahnung von solchen Sachen hatte, aber ich nahm an, daß Britt wußte, was *sie* tat. Also tat ich, was ein Schriftsteller *niemals* tun darf: ich legte mein Buch in ihre Hand. Ich nahm Anweisungen von ihr an. Ich ließ zu, daß sie mir sagte, was ich schreiben sollte. Meine Naivität führte denn auch zu einem Desaster. Das Drehbuch, das daraus entstand, hatte weder mit meinem Buch, noch mit Britts Vorstellungen von einem Film etwas zu tun. Es war ein Flickwerk aus falsch verstandenen Vorbildern.
Wir arbeiten daran im Beverly Hills Hotel, in Britts Büro, auf dem Gelände von Paradigm Pictures, in ihrem Haus in Beverly Hills.
Arbeit ist allerdings ein ziemlich starkes Wort für das, was wirklich vor sich ging. Es war unmöglich, Britt länger als zehn Minuten für etwas zu interessieren. Sie ging rastlos auf und ab, rauchte, schnupfte, beantwortete Anrufe, traf Verabredungen, machte Pausen, benutzte mich als Babysitter bei ihren beiden neurotischen Kötern (Lhasa Apsos), schickte mich einkaufen – und behandelte mich im großen und ganzen wie eine Hausangestellte oder Sekretärin. Ich war so verblüfft über diese Behandlung, daß ich kaum Worte des Protests fand. Niemand hatte mich je zuvor so behandelt. *Wußte* Britt eigentlich, was sie da tat, oder geschah das

unbewußt? Ich vermute das letztere. Jedesmal, wenn ich meinen Mut zusammennahm und ihr andeutete, daß ich nicht ihre Magd war, ihre Amme, ihr Kindermädchen, brach sie zusammen und weinte, beteuerte mir ihre Freundschaft, ihre Liebe. Sie schwor, sie identifiziere sich völlig mit mir und wolle *niemals* etwas tun, das mir weh täte. Mit Mühe und Not kamen wir schließlich so weit, *Candidas Bekenntnisse* in Szenen aufzuteilen und diese auf Karteikarten festzuhalten. Dann krochen wir auf Händen und Knien im Hotelzimmer herum und ordneten diese Szenen auf dem Teppich. Mein ganzes Leben auf Karteikarten am Fußboden! Als wir das Buch auseinandernahmen, erkannte ich, daß ich mein Leben auf gleiche Art würde auseinandernehmen müssen. Ob ich es aber jemals wieder zusammensetzen könnte, war eine andere Geschichte.

Als ich knapp zwei Wochen in Kalifornien war, verschwand Britt. Weder ihre Sekretärin noch ihre Wirtschafterin, noch ihr entfremdeter Ehemann wußten, wo sie war. Ich wartete einen ganzen Tag auf sie, und als mir schien, daß niemand sonst ernstlich besorgt um sie war (sie hatte das schon früher getan und war immer wiedergekommen, oft mit einem neuen Freund), beschloß ich, auch Ferien zu machen. Ich besuchte in Berkeley eine frühere Collegefreundin und bewunderte während des Flugs die erstaunlichen Gebirgsformationen. Noch nie zuvor hatte ich mich in der Luft so absurd heimisch gefühlt. Auch in der Welt nicht. Noch nie hatte ich so wenig an Bennett gedacht. Er war weg, meine Depression war weg, und mein ganzes Leben schien neu zu beginnen.

Am Morgen meiner Rückkehr meldete ich mich bei Britts Sekretärin und erfuhr, daß sie noch immer weg war. Also verlängerte ich meine Ferien und verbrachte meine Zeit mit anderen Dingen.

Ich mietete einen Wagen und fuhr nach Disneyland. Ich fuhr allein nach Malibu, dachte am Strand im Wind von Santa Ana über mein Leben nach und prüfte mit den Zehen die Wahrsagekraft der Wellen.

Der Ozean war hier ein erstaunliches Gemisch aus Purpur, Azur und Grün, auf seiner glitzernden Oberfläche spielte der Wind Tonleitern. Die Luft war so klar, daß der Horizont wie eine Messerschneide in Richtung Japan wirkte, und der Ozean stürzte in sich zusammen.

Ich stand, die bloßen Füße in den Sand gebohrt, am Rande des Wassers und wartete darauf, daß die züngelnden Wogen mir

sagten, was ich mit meinem Leben anfangen sollte. Benetzte eine Welle meine Zehen, schwor ich mir, Bennett zu verlassen.
Dann wartete ich mit wachsender Verzweiflung, daß die Wellen meine Zehen beleckten. Ich stand bewegungslos, ich sah Hunderte von Wellen heranrollen und versuchte, dem Meer nicht zu zeigen, wie sehr es mich enttäuscht hatte, weil meine Zehen trocken blieben. Bis es endlich geschah: ein glitzernder Zylinder aus blauem Wasser zerbarst zu weißem Schaum, sandte seine Gischt schäumend den Strand entlang bis zu meinen wartenden Zehen, Knöcheln, Waden und Knien. Ich fühlte wie der Sand unter meinen Füßen weggespült wurde, und ich empfand Panik – und Jubel. Das Meer hatte mich gerade von Bennett geschieden.

Später am Nachmittag war ich bei einem berühmten alten amerikanischen Schriftsteller eingeladen (der früher in Paris im Exil gelebt hatte), dem seine späten Jahre wie so vielen wilden Bohemiens bürgerlichen Komfort an den Gestaden des Pazifiks beschert hatten. Kurt Hammer war berüchtigt gewesen für seine angeblich pornographischen Romane, die man in den Tagen, als Sex noch für nicht literaturfähig gehalten wurde, in zerfledderten Exemplaren durch den Zoll schmuggelte. Seit Sex überall literaturfähig war, nahmen seine Tantiemen ab. Die Zensur, die ihn einst zu einem Marquis de Sade erhoben hatte, war zurückgegangen, und er fand sich wieder, entlarvt als ein Romantiker, der in die Liebe verliebt war und besonders in die Liebe zu den Wörtern.
Nun, 87jährig, verbrachte er seine Tage im Bett, wo er schrieb und schlief und seine Schüler amüsierte. Sie kamen aus allen Teilen der Welt zu ihm, und denen, die ausblieben, schrieb er handschriftlich auf gelbem Papier. Von seinem Bett aus stand er mit der ganzen Welt in Verbindung! Er schrieb mit einer locker-geschwungenen Handschrift, der meinen nicht unähnlich, und es war für ihn nichts Ungewöhnliches, im Verlaufe eines Tages an die zwanzig Briefe zu schreiben. Jedenfalls steckte ich an dem Nachmittag meines Besuches an die zweiundzwanzig für ihn in den Briefkasten. Sie waren nach Schweden, Japan, Frankreich, Jugoslawien, den Nahen Osten adressiert. Kurt war von der Frauenbewegung ein männlicher Chauvinist genannt worden, und das fand er gar nicht reizend. Er korrespondierte mit Feministinnen überall in der Welt und gab so oft wie möglich zu, daß Frauen das überlegene Geschlecht seien. »Kein Mann lebt so lange wie ich«, sagte er, »ohne das zu entdecken.«
Wenn man diesen koboldhaften, mageren Achtzigjährigen sah,

mit sommersprossigem Kahlschädel und dem schelmischen Lachen eines Kindes, das gerade etwas ganz Köstliches angestellt hatte, war es schwer, sein Image als depraviertes Monster und Inbegriff des Machismus zu verstehen.

»Man sagt, ich bin ein schmutziger alter Mann, wissen Sie das nicht«, sagte Kurt salopp in einem Tonfall, der immer noch Brooklyn verriet. »Haben Sie nicht Angst, auf meiner Bettkante zu sitzen?«

Ich kicherte, denn er erschien mir reichlich harmlos. »Ganz gleich, was ich darauf sage, Sie werden gekränkt sein.«

»*Darüber* bin ich *hinaus*. Die ganze Welt ist wunderbar. Wenn ich morgens aufwache, frage ich mich: Was? *Noch* nicht tot? Manchmal fühle ich mich so lausig, daß ich denke, ich *bin* schon tot. Aber alles, was ich mir wünsche, ist, daß die nächste Welt so faszinierend sein möge wie diese. An einem Nirwana bin ich nicht interessiert, Nirwana ist verdammt langweilig. Ich kann mir wirklich nichts *Schlimmeres* vorstellen. Was ich suche, sind Extreme – das Gute, das Böse, die Scheiße, der Chopin. Übrigens, mögen Sie Chopin?« Ich nickte.

»Ich *liebe* ihn. Nichts und niemand berührt so sehr mein Herz wie Chopin. Ich würde jedes meiner Bücher dafür geben – jedes einzelne Buch, wenn ich dafür nur ein einziges Prélude geschrieben hätte wie Chopin. Das ist die reine Wahrheit.«

Ich blieb viele Stunden bei Kurt, wir redeten über sein Schreiben, meine Bücher, über Feminismus, Dichtung, meine Ehe, seine Ehen. Er hatte das intensive Interesse an der Jugend, das sich bei Schriftstellern einstellt, die nicht mehr im Rennen sind, deren Lebenswerk vollendet ist, eine runde geschlossene Einheit. Als ich ihm erzählte, wie schmerzhaft es sei, boshafte Dinge über mich in der Presse zu lesen, fauchte er mich an.

»Ich möchte nie wieder das Wort *schmerzhaft* aus Ihrem Munde hören. Wissen Sie, was man über Walt Whitman gesagt hat?«

»Nein«, gestand ich.

»›Ein Schwein, das sich im Unrat suhlt.‹ So lautete die Rezension, als *Leaves of Grass* erschien. Sie kennen es?«

»Ja, ich habe es sehr gern.«

»Und kannten Sie diese Rezension?«

»Nein«, gestand ich.

»Also lassen Sie mich nie wieder hören, daß Sie einen Verriß als ›schmerzhaft‹ empfinden. Schmierfinken können einem keine Schmerzen zufügen. Wirklich, ich habe den Sinn von Schmerz und Leiden sowieso nie eingesehen. Wichtig ist nicht, wieviel

Schmerz man erduldet, sondern wieviel Freude man empfindet. Jeder Idiot kann Schmerz erdulden. Das Leben ist voller Vorwände, Schmerz zu empfinden, voller Vorwände, nicht leben zu wollen, Vorwände *en masse.* Wenn man schließlich im Alter von 87 Jahren im Bett endet wie ich, dann ist der einzige Schmerz bloß, was einem alles entgangen ist, weil man nicht mutig genug, weil man feige war. Man leidet, weil einem einfällt, wie oft man sich von den Lebensverneinern, den Nassauern, den Spielverderbern hat abhalten lassen. Hüten Sie sich vor toten Menschen, verstehen Sie, was ich meine? Vor Leuten, die sterben wollen und alle anderen gleich mitnehmen wollen. Vor denen muß man sich hüten. Wenn Sie das gelernt haben, wird es Ihnen gutgehen. Hören Sie auch nicht darauf, was sie über Ihre Schreiberei sagen. Sie wollen nur zerstören, alles zum Schweigen bringen, *sich selbst* eingeschlossen. Die *brauchen* Sie – sonst haben sie nichts, worüber sie schreiben können, aber Sie selbst brauchen *sie* nicht. Verstehen Sie, was ich meine? Verstehen Sie, warum ich dieses Wort *schmerzhaft* hasse?«

Der Pazifik ging unterdessen daran, die Sonne zu verschlucken, man sah es durch Kurts Fenster. In New York war schon Nacht – falls es New York überhaupt noch gab. Ich fing an, zu zweifeln. Was war das für eine Legende, fragte ich mich, während ich den Pacific Coast Highway hinauffuhr, wonach die Welt der Literatur an der Stadtgrenze von New York endet. Gewiß bin ich eine eingefleischte New Yorkerin und lasse auf die Stadt nichts kommen, in der ich aufgewachsen bin. Darum war es so erheiternd für mich, daß es auch westlich der Rockies gescheite Menschen gab. Ich dachte an meinen Nachmittag mit Kurt, als ich ins Beverly Hills Hotel zurückraste. Freunde von der Ostküste gaben mir zu Ehren eine Party, und ich mußte mich noch umziehen. Kurt hatte mich davon überzeugt, daß man getrost 87 werden darf, solange man möglichst wenig zu bereuen hat.

Arthritis und Arteriosklerose und all die anderen todbringenden Krankheiten des Fleisches wird es immer geben, aber der Geist muß keineswegs absterben. Zum erstenmal sah ich mich selbst mit 87 Jahren, in einer vagen Vorstellung vielleicht, aber immerhin. Bestimmt würde ich eines Tages eine tolle Alte abgeben! Ich würde von Jüngerinnen umgeben sein, vielleicht von Enkeln und Urenkeln. Mein Leben – noch vor einem Monat so gut wie zu Ende – fing gerade erst neu an. Was waren 32 Jahre verglichen mit Kurts 87? Was war mir bloß eingefallen, *ihm* von Schmerz zu reden? Ich war ohne mein Zutun in diese Welt geboren worden – aber am

Leben geblieben war ich aus freiem Entschluß, und niemand sollte mich hinauswerfen, bevor ich selber darum bat.
Ich ließ meinen Leihwagen auf dem Parkplatz stehen und rannte, hüpfte, lief in meine Suite zurück, begierig, Sätze zu Papier zu bringen. Ich schlug die Tür hinter mir zu, kickte meine Schuhe von den Füßen, warf mich mit Jeannies Notizbuch aufs Bett, schlug die erste Seite auf und schrieb kichernd:

Rette sich wer kann

Geistreiches und Weisheiten der Isadora Wing
(Famula des Zeitgeists)

Jederzeit schreibbereit.

1. Sinnlose Schuldgefühle sind abzuweisen.
2. Leiden darf nicht zum Kult erhoben werden.
3. Gelebt wird jetzt (mindestens demnächst).
4. Man tue stets, was man am meisten fürchtet.
   Mut ist ein anerzogener Geschmack
   wie die Vorliebe für Kaviar.
5. Vertraue allen Freuden.
6. Fällt der böse Blick auf dich, schau woanders hin.
7. Gewöhne dich an den Gedanken, 87 zu werden.

(*wird fortgesetzt*)

Um halb sieben stand ich an jenem Abend vor dem Beverly Hills Hotel, ohne Brille, und konnte deshalb nicht die weißblonden Adonisse sehen, die teure Limousinen mit anspielungsreichen Nummernschildern diensteifrig in Empfang nahmen, auch nicht die braungebrannten Makler in Jeans von Fred Segal und Schuhen von Gucci, nicht die schnatternden Gänse, die für Sternchen gehalten werden wollten, nicht die Sternchen, die gern für Stars gegolten hätten, nicht die Fernsehgrößen, die Ghostwriter, die Drehbuchautoren, die Gespenster.
»Ms. Wing?« fragte plötzlich ein junger Mann, der offensichtlich korrekt sein wollte.
»Nennen Sie mich Isadora«, sagte ich und lachte erstaunlicherweise nicht einmal bei diesen lächerlichen Worten, denn ich war gerade in das bärtige, warme, seltsam anziehende Gesicht vertieft, das soeben in meinen kurzsichtigen Blickwinkel geschwommen war.

»Josh Ace«, sagte er, schüttelte meine Hand und führte mich zu einem in der zweiten Reihe parkenden erbsgrünen MG mit heruntergelassenem Verdeck. (So viel konnte ich sogar ohne Brille erkennen). Josh war der Sohn von Robert und Ruth Ace, die heute abend die Party für mich gaben. Sie waren seit den dreißiger Jahren ein sehr bekanntes Autorenteam für Drehbücher, standen in den fünfziger Jahren auf der schwarzen Liste, hatten die McCarthy-Ära überlebt, indem sie ein gutes Dutzend Jahre hindurch in Rom Spaghetti-Western geschrieben hatten, und lebten nun glücklich wieder in Kalifornien. Die radikale Schickeria der Filmindustrie von Hollywood – radikale Schafe nannte ich sie gerne – bewunderte sie beide. Ich hatte die Aces durch Schriftstellerfreunde in New York kennengelernt (wo sie die vergangenen fünf Jahre verbracht hatten). Bis heute wußte ich aber nicht einmal, daß sie einen Sohn *hatten*.

Josh war groß, schlank, rotbärtig und hatte sehr sanfte Manieren. Ich verallgemeinerte sofort: Blumenkind. Er schloß die Tür des MG und kletterte wieder hinters Steuer.

»Schnallen Sie sich an«, sagte er (was ich vorschnell als ein Zeichen der Fürsorge deutete, aber es war nur ein neues Auto, das nicht startete, bevor ich meinen Gurt anlegte). Schon ging es los zum Haus seiner Eltern in den Bergen, wo mir und anderen literarischen Exilanten aus New York eine Party gegeben werden sollte.

»Es ist wirklich nett von Ihren Eltern, diese Party zu geben«, sagte ich.

»Sie lieben Sie«, sagte Josh. »Sie sind ganz wild drauf. Mein Vater wollte Sie eigentlich selbst abholen, aber ich bestand darauf.«

»Warum?«

»Weil ich neugierig auf Sie war. Ich habe Ihre Gedichte gelesen und finde sie sehr gelungen. Wirklich, nach Ihrem Image in der Presse erwartete ich so eine Art Brunhilde mit Lanze und Brustpanzer. Ich bin heilfroh, daß Sie nicht so sind.«

»Dafür schreibe ich aber steil«, sagte ich.

»Steil schon, aber ich hatte Sie mir *furchterregend* gedacht.«

»Woher wissen Sie, daß ich es *nicht* bin?« fragte ich und wußte nicht, ob ich mich geschmeichelt oder beleidigt fühlen sollte.

»Ich weiß es wirklich nicht, aber mein erster Eindruck von Leuten ist meist ziemlich richtig. Möglicherweise hat mein Vater, ein schrecklich schlechter Beurteiler von Charakteren, sich dieses Mal nicht geirrt.«

»Die Leute verwechseln Schriftsteller immer mit ihren Ideen«, wehrte ich ab, »besonders Schriftstellerinnen.«
»Hmmmm«, sagte Josh. »Es muß ganz schön schwer sein, als Schriftstellerin zu leben.«
»Es ist nett von Ihnen, daß Sie das sagen. Im allgemeinen treffe ich auf sehr viel Widerstand.«
»Ich verstehe nicht, wie Ihnen jemand widerstehen kann«, sagte er.
Das ist ein Hammer, dachte ich, betrachtete sein offenes Gesicht, seine Adlernase, die Sommersprossen, den pelzigen Bart, die beim Lächeln sichtbar werdenden Kaninchenzähne, das ist ein Hammer, fast schon Kinderschändung.
»Sie denken vielleicht, ich sei noch ein Kind«, sagte er und verblüffte mich mit soviel Talent im Gedankenlesen.
»Überhaupt nicht«, log ich. »Warum? Wie alt sind Sie?«
»Sechsundzwanzig, aber meine Seele ist uralt.«
Mein Gott, dachte ich, *sechsundzwanzig.* »Sechsundzwanzig war ich vor einem halben Jahrhundert«, sagte ich.
Er sah mich an, als hielte er mich für verrückt.
Wir fuhren zu einer Tankstelle, wo ich meinen Mut zusammennahm und ihn nach seiner Tätigkeit fragte. Die Frage schien absurd. Als sei es nicht genug, so charmant zu sein?
»Beziehungen«, sagte Josh. »Ich habe gerade ein Drehbuch für De Laurentiis geschrieben – einen furchtbaren Schinken, die 29. Bearbeitung. Wenn ich Glück habe, wird sie niemals zur Produktion freigegeben. Glauben Sie nur ja nicht, daß ich ein arrivierter Drehbuchschreiber bin. Ich habe überhaupt keinen Ruf in der Branche. Diesen Auftrag bekam ich nur durch Beziehungen. Reiner Nepotismus.«
Als er ›Nepotismus‹ sagte, wollte ich ihn am liebsten an mich drücken. Es war die Ehrlichkeit, die mich so anrührte, besonders nach der Zeit mit Britt. Britt – die überhaupt nichts wußte und alles für sich in Anspruch nahm. Josh stellte sich unwissend – und wußte gewiß viel. Das sah ich an seiner Bescheidenheit.
»Tatsächlich«, sagte Josh und bezahlte das Benzin, »habe ich seither nichts mehr gearbeitet, sondern treibe mich stundenlang bei der Arbeitsvermittlung herum.«
»Arbeit wird stark überschätzt«, sagte ich.
»Nur von Ihrer Generation. Ich habe vier Jahre auf dem College verbracht und in LSD promoviert. Ich kann mir nicht vorstellen, was ich lieber täte als arbeiten – wenn mich wer nehmen würde.«
»Das gibt's doch nicht!« widersprach ich. O Schöne Neue Welt,

daß du so sanfte *Männer* hervorgebracht hast. Warum nur, so fragte ich mich, warum hatte ich mich *früher* nie für Zwanzigjährige interessiert? Und kam mir dabei vor wie eine hartgesottene Kuppelmutter oder Chaucers Wife of Bath.

Die Party. Ich hatte mich auf die Party gefreut, aber jetzt erschien sie mir eher lästig. Ein Mob aus störenden Leuten, die mich von Josh trennten. Er war der einzige Anwesende, mit dem ich reden wollte, doch ignorierte ich ihn und widmete mich pflichtbewußt den Gästen, als wollte ich die sündigen Gedanken loswerden, die ich schon über ihn hatte.
»Ein ziemlich großzügiges Haus für Kommunisten«, sagte ich zu Robert Ace und betrachtete mir den zehn Meter langen Wohnraum mit dem knöcheltiefen Veloursteppich. Der Swimming-pool hatte Olympia-Ausmaße, schwarze Diener reichten Tabletts mit *hors-d'œuvres* herum. Robert erklärte mir (mit einer dicken Zigarre gestikulierend), daß er vom Kommunismus zum Zen-Buddhismus übergewechselt sei und daß Meditation durch große Räume weder unterstützt noch gestört würde. Robert war ein kleiner, schlanker Mann mit einem Groucho-Marx-Schnurrbart und einer ständig rutschenden Brille.
»Er ist in Wirklichkeit Zen-Judist«, sagte Josh, der hinter mir stand und lächelnd seine Kaninchenzähne zeigte. Dieses Lächeln sagte alles. Zuneigung zum Vater, gemischt mit einem untrüglichen Sensor für Unechtes – vormachen konnte man ihm nichts.
Inzwischen bedrängte mich ein Agent namens Greg Granite (vielleicht von Greenberg umgeändert?) – der mich an diesem Abend nach Hause bringen wollte, und wenn das nicht möglich war, mich am nächsten Abend heimbringen wollte, und wenn auch das unmöglich war, wollte er mich Fernsehdrehbücher schreiben lassen, die er verkaufen wollte. Ah, Hollywood! Hier ist das Vergnügen Geschäft, die Geschäfte Vergnügen. Kommunisten bewohnen eine Villa für 400 000 Dollar mit olympiareifem Swimming-pool. Agenten ändern ihre Namen in die von Eruptivgestein und hetzen an milden Oktoberabenden Schriftstellerinnen durch eine gekünstelte Landschaft! Es war das alles wert – das Elend mit Britt, das Elend mit Bennett, die Plage mit den Ruhmsüchtigen –, weil das alles mich hierhergebracht hatte, in dieses Zauberland, wo der Troll mit seinem lieben Gesicht mich aus grün-goldenen Augen anfunkelte, als wolle er sagen: Laß mich dich entführen von alldem hier in die lustige, kitzlige, warme Welt meines Bartes.
Bis zwei Uhr früh war ich Löwin, Lamm und Tigerin – als Heldin

gefeiert. Meditierende buddhistische Filmstars, leutselige Agenten (die Tai Chi lernten) und ausgeschriebene Autoren, die transzendentale Meditation betrieben und mit dem Übersinnlichen liebäugelten, redeten abwechselnd auf mich ein. Man trifft in Hollywood einen bestimmten Typ des grauen, hängeschultrigen, ergrauten Drehbuchschreibers, ein Mann mit einer halben Million im Jahr und doch ohne jede Hoffnung. Ich unterhielt mich eine ganze Weile mit einem solchen Typ – einem gewissen Hermann Kessler, der sagte, er *wisse*, daß er niemals einen Roman schreiben werde. Vielleicht hätte er es früher einmal gekonnt, aber nun sei es zu spät dazu. Und außerdem, wie solle er drei Jahre mit einem Vorschuß von 20 000 Dollar an einem Roman arbeiten, wenn er die gleiche Summe mit dem Schreiben von Drehbüchern in zwei Monaten verdienen könne?

»Da haben Sie ein echtes Problem«, pflichtete ich ihm bei.

Er war reich, aber nicht glücklich. Sein Lebenswerk war von analphabetischen Produzenten verschandelt worden, seine brillantesten Aphorismen von arroganten Schauspielern plattgewalzt, seine philosophischen Eingebungen von Regisseuren verfälscht, von Regieassistenten verhunzt und von Produktionsgehilfen verdorben worden. Er war ein geschlagener Mann, ein intellektuelles Wrack, ein literarisch gebildeter Landstreicher. Man hatte ihm seine Sprache für Geld abgehandelt, und das war ein lausiger Handel für ihn geworden. Er verbrachte eine ganze Stunde damit, mir zu beteuern, wie gern er an meiner Stelle wäre.

Gegen 2 Uhr morgens kam Josh als Retter. Er murmelte etwas, daß er mich auf seinem Weg über den Mulholland Drive mitnehme – oder so ähnlich. Ich verstand nichts, aber wir verdrückten uns unter dem versteckten Gespött und dem höflichen Grinsen der anderen Typen, die mich ebenfalls nach Hause bringen wollten.

Worauf läßt du dich da ein, Isadora? dachte ich, als ich in Joshs MG einstieg. Ich wußte, es lag etwas in der Luft – aber ich tat, als merkte ich nichts. Ich dachte an Jeannies Notizbuch und alles, was ich seit meinem Besuch bei Kurt eingetragen hatte. Was hätte *Kurt* in meiner Situation getan? Wie hätte *er* sich darauf vorbereitet, 87 zu werden? Auf dieselbe Weise, wie Jeannie es getan hätte, wenn sie hier gewesen wäre: indem sie den Narren spielte. Und doch war ich Josh gegenüber seltsam schüchtern. Auf keinen Fall wollte ich die Heldin spielen, der ich meine Berühmtheit verdankte.

Josh und ich fuhren stundenlang umher. Zuerst betrachteten wir am Mulholland Drive die Lichter von Los Angeles, die durch den Smog wie die Positionslampen kleiner Ufos heraufblinkten. Dann fuhren wir den Sunset Strip entlang, wo er mir das Institut für Orale Liebe (ein Massagesalon), das Phantasieerfüllungscenter (ebenfalls ein Massagesalon), das Kosherama (ein ganz gewöhnlicher Delikatessenladen), ferner verschiedene riesige Leuchtreklameflächen zeigte, die irgendwelche gigantische Rockstars ankündigten. Die Luft war immer noch unglaublich mild, ich fühlte mich gelassen und nervös zugleich, als stünde ich unter Drogeneinfluß. Ich wünschte, die Fahrt würde nie enden, wir würden beide allein eng beieinander in der Stadt herumfahren, dabei reden, reden, reden, zusammen sein, Seite an Seite, einander nahe.

Ich wußte, daß wir unweigerlich eine Entscheidung zu treffen haben würden – zu Bett oder nicht zu Bett (mit allen damit verbundenen Möglichkeiten der Enttäuschung, des Schmerzes, unerwiderter Liebe, unerwiderter Lust), aber im Augenblick genoß ich die Spannung, das Gefühl, daß der Schlaf nie kommen würde, die Überzeugung, nur die Fahrt zähle, nicht die Ankunft.

Es wurde drei, dann vier, schließlich fünf. Wir fuhren noch immer umher, wußten nicht, was tun, wollten uns noch nicht trennen, aber auch noch nicht vereinigen. Mehr als alles wollten wir dieses köstlich prickelnde Gefühl der gemeinsamen Spannung bis zum Äußersten verlängern.

Und dann posaunte ich es heraus – in meinem gottverdammten Bedürfnis, alles in Worte fassen zu wollen.

»Ich habe das Gefühl, daß zwischen uns etwas Unausgesprochenes in der Luft hängt«, platzte ich los (während wir den menschenleeren Strip vielleicht zum zehnten Male entlangfuhren).

»Etwas Unausgesprochenes?« fragte Josh vage.

»Vielleicht wollen Sie mit mir ins Bett gehen?« (Mein Herz hämmerte plötzlich vor Erstaunen über meine eigene Chuzpe.)

»Bett?« fragte er, als höre er das Wort zum erstenmal, als sei der so bezeichnete Gegenstand ihm unbekannt, ein archäologischer Fund, ein Einrichtungsgegenstand aus frühgriechischer Zeit, längst nicht mehr in Gebrauch und nur noch Experten bekannt. »Bett?« wiederholte er in dem gleichen verblüfften Ton. »Ach so, ja – in New York würde ich vielleicht darauf drängen, aber hier in L. A. ist alles soviel angelehnter.«

»Viel was?«

»Viel angelehnter. Ein hiesiger Ausdruck für ›entspannt‹. Wollen Sie mit mir in meine Wohnung kommen? Sie ist sehr hübsch. Spanisch-Los Angeles der zwanziger Jahre. Sehr wie in *The Day of the Locust*. Sehr nostalgisch.«

Ich war in Panik. Wenn ich in seine Wohnung ginge, war klar, daß ich mit ihm schlafen wollte. (Das war sowieso klar, aber ich wollte noch ein Weilchen mich selbst betrügen.)
»Wie wär's mit der Polo Lounge?«
»Okay«, sagte Josh.
Er parkte seinen Wagen in der zweiten Reihe vor dem Hotel, wie um zu demonstrieren, daß alles noch offen war, oder vielleicht war er auch nur höflich und wollte mir zeigen, daß er nicht sicher war, ob er auf mein Zimmer gebeten werden würde.
Die Polo Lounge allerdings war geschlossen.
»Wo können wir jetzt noch einen Drink bekommen?« fragte ich etwas naiv den übermüdeten Nachtportier. (Josh und ich standen da wie zwei Waisenkinder, Hänsel und Gretel auf der Suche nach Wasser und Brot.)
»Zimmer-Service« grinste er boshaft. Die Entscheidung war also gefallen, herbeigeführt von einem unbeteiligten Dritten.
Wir gingen sofort in meine Suite, bestellten züchtig Diät-Cola und Ginger Ale und setzten uns vollständig bekleidet einander gegenüber, legten unsere Füße mitsamt Schuhen aufs Bett. Kinderverführung, dachte ich. Ein Stück aus dem Tollhaus. Er überlegt vielleicht gerade, wie er am besten nicht in den Fehler verfällt, dich mit Candida zu verwechseln und sich so in deinen Augen als unbelesener Barbar zu brandmarken, der nicht einmal den Unterschied zwischen Literatur und Leben erkennen kann, zwischen Kunst und Illusion, Erfindung und Autobiographie. Oder will er mit Rücksicht auf die feinen Gefühle der Dichterin Zurückhaltung wahren? Denkt er, daß Männer dich das ganze Jahr hindurch bedrängt haben und er das nicht mitmachen will? Keine dieser Überlegungen beruhigte mich. Ich wußte, daß ich es nicht ertrage, ihn aus den Augen zu lassen.
Wir nuckelten an unseren alkoholfreien Drinks. Die Eiswürfel klirrten in den Gläsern.
»Keine Sorge, ich bin ein Gentleman«, sagte Josh zweideutig mit einem unzweideutigen Nicken in Richtung Bett. Wir betrachteten beide dieses übergroße Polstergebilde, das uns trennte, und machten mühsam Konversation. Seine Tennisschuhe waren schmutzig, die Schnürsenkel zerrissen. Ich fand das rührend. Am rechten waren sie nicht einmal gebunden. Das Bett zwischen uns brachte unsere scherzhafte Unterhaltung zum Stillstand, Eiswürfel klirrten. Ich hustete. Wir rauchten. Schließlich stand Josh auf, er wußte nicht weiter. Du kannst ihn nicht einfach aus deinem Leben gehen lassen, dachte ich. Darum schaute ich auf, verlangte unmiß-

verständlich nach einem Kuß. Als unsere Lippen sich berührten, war alles entschieden.
»Bitte, bleib über Nacht.« (Damit schockierte ich mich selbst. Die Frau als Aggressor.) »Stell deinen Wagen auf den Parkplatz.« Er küßte mich wieder. Wir hingen aneinander wie zwei Menschen, die im letzten Augenblick ein Rettungsboot gefunden haben.
ICH: Geh, bring deinen Wagen weg.
ER (jungenhaft): Versprich, daß du dir's nicht unterdessen anders überlegst.
ICH (ganz Weib): Tu ich nicht. Mein kleiner Dummkopf.

Er ging nach dem Auto sehen, und während ich mein Pessar einsetzte, den Kaftan anlegte und Parfüm zerstäubte, dachte ich: Du bist verrückt. Du bist verheiratet. Er ist ganze 26, und du bist eine Freundin seiner *Eltern*. Lieber Himmel – dich mit einem einzulassen, der noch ein halbes Kind ist. Er kam zurück, er klopfte, wir umarmten uns, als gälte es unser Leben.
Dann waren da Jeans auf dem Fußboden, Tennisschuhe mit zerrissenen Schnürsenkeln. Ich entdeckte seine Brust mit rötlichem Flaum, weich wie Mohair, seinen dicken Schwanz, seinen zärtlichen Humor im Bett. Er rammelte, als wolle er zurück in den Mutterleib. Mein Herz schlug so sehr, daß es mir nicht kam. Unsere Rhythmen waren noch nicht gleich. Es kam ihm, er stöhnte, lag schwer auf mir. Dann schlief ich in seinen Armen, als wäre ich zum ersten Male wieder zu Hause.

Frühstück im Lande Oos. Knusprig gebratener Speck. Orangensaft in einem Kübel voll Eis. Würfelförmige Wärmeplatten mit Rührei. Ich lag nackt unter der Decke. Josh öffnete die Tür nur mit Jeans bekleidet.
Eine welke Rose lag auf dem Serviertisch. Josh zieht seine Jeans aus und leistet mir Gesellschaft. In gemeinsamer Nacktheit aßen wir unser Frühstück.
Ich war erstaunt, daß er sich in seiner Haut so wohl fühlte. Bennett, der doch auch einen schönen Körper hat, verbarg ihn unweigerlich. Pyjamajacken, Socken, Unterhosen. Er zog sich immer vor der Nacktheit in seine Kleider zurück. Josh hingegen füllte das Zimmer mit seiner sonnengebräunten Haut.
Zu Rührei und Orangensaft las er mir die Comics vor.
Ein Akt des Übermuts, dachte ich, und dann zurück zu Bennett. Ich redete mir alle möglichen Lügen ein, wie wichtig es für mich sei, diese ›Erfahrung‹ mit einem ›jüngeren Mann‹ zu haben. Ich tat

sehr pompös und kam mir selbst unbedeutend vor. Ich erforschte das Leben, ich lebte es nicht nur. In meinem nächsten Dasein würde ich dann richtig leben. Da würde ich alles wissen, was ich wissen müßte. Dies hier war nur zum Anwärmen.
»Weißt du, was erstaunlich ist?« sagte ich.
»Was?«
»Daß ich letzte Nacht so fest geschlafen habe. Das tue ich sonst nie – bei Fremden.«
Josh sagte verletzt: »Machst du das oft – nimmst du Männer immer gleich in der ersten Nacht mit ins Bett?« Er verstand nicht, was ich meinte – daß er ein Fremder war, bei dem ich mich wohl fühlte. Nie zuvor konnte ich in den Armen eines Mannes einschlafen, den ich nicht gut kannte. Ich wälzte mich hin und her, ich wachte um 6 Uhr spätestens auf und fragte mich angstvoll: was tust du hier? Was hast du angestellt? Josh aber empfand ich wie einen Verwandten, einen lange verloren geglaubten Bruder. Wenn ich das jetzt sagte, mußte es rührselig klingen. Also hielt ich den Mund.
»Machst du das öfters?« fragte er wieder.
Er war unsicher, hielt mich für eine leichte Beute. Ich mußte ihn irgendwie beschwichtigen. Das Ganze war voreilig gewesen, es würde ihn vertreiben. Er war schließlich sechs Jahre jünger, der Sohn meiner Freunde, ein zarter Sproß. Auf mich wartete zu Hause ein Ehemann, die Karriere, das Leben, dieser merkwürdige Hausgast RUHM. Ich hatte das Gefühl, daß mein ganzes Leben sich einschneidend verändern wollte. Josh aber war arm wie eine Kirchenmaus, jung, eine andere Generation.
Wie konnte ich jetzt schon wissen, daß wir ein Jahr später auf wunderbare Weise gleichaltrig werden sollten?

Beschwingt ...

Von allen menschlichen Tätigkeiten ist keine so zwecklos und potentiell destruktiv wie der Versuch, die Zukunft vorauszusagen. Die Zukunft ist weiter nichts als ein Schatten, der die Freuden der Gegenwart auslöscht und das Elend der Vergangenheit scharf ins Bewußtsein hebt.

Als ich am anderen Morgen neben Josh erwachte, fühlte ich mich beschwingt. Er schlief noch, die hellbraunen Wimpern gegen die Wange gekräuselt. Ich empfand so viel Zärtlichkeit für ihn, daß mir die Fingerspitzen davon weh taten. (Wo fühlt man Liebe? In der Brust, wenn das Herz gegen die Rippen drängt? In den Fingerkuppen, wenn das Blut aus der Haut treten möchte?) Für mich war Liebe bisher immer Kampf gewesen. Kampf gegen mich selbst, oder Krieg gegen den Mann. Ein Kampf darum, möglichst keine Zuneigung zum Gegner aufkommen zu lassen, mindestens keine zu zeigen. Es war ein Kampf gegen meinen eigenen Zynismus, meine Naivität. Hier aber war das ganz anders. Ich fühlte mich zu Hause. Dies war kein Gegner, Feind, Tyrann, Gewalthaber, und es gab auch kein Opfer. Josh war mein Bruder, meine andere Hälfte.

Auch sein Körper fühlte sich gut an für mich. Wir schmiegten uns ineinander wie Teile eines Mosaiks. Ich schlief in seinen Armen, und mir war, als hätte ich bisher nicht gewußt, was schlafen heißt. Ich erwachte so glücklich – als erlebte ich auch das Glück zum erstenmal.

In die Zukunft schauen, Pläne machen, das wollte ich nicht. Denk nicht nach. Laß dich treiben. Flieg einfach nur.

Das Telefon störte unser Liebesnest auf wie die Schlange das Paradies. Ich schreckte auf und nahm den Hörer ab. Josh erwachte und hörte, wie ich zu Bennett sagte:

»Ich weiß nicht, wann ich zurückfliegen kann. Ich warte noch darauf, daß Britt zurückkommt ... Nein, ich weiß nicht, wann. Sie hat tagelang nichts von sich hören lassen ... Natürlich fehlst du mir ... Natürlich ...«

Konnte er nicht meiner Stimme anhören, daß er mir überhaupt nicht im geringsten fehlte, daß es ihn niemals gegeben hatte, daß er ein Gespenst war, ein Schatten? Wohl nicht. Obgleich Bennett Psychiater war, stellte er sich offensichtlich taub für die Nuancen menschlicher Gefühle. Keinen Mann konnte man so leicht betrügen, weil er sich selbst so sehr betrog. Aber das gefiel mir auch nicht. Hatte es Sinn, mit einem Menschen zu leben, den man ständig zu betrügen suchte? Es stimmt, die meisten Menschen leben so, die übliche eheliche Heuchelei, »weiße« Lügen, »diskrete« Nachmittagsaffären, die das Gefüge des eigenen Lebens angeblich nicht einreißen. In Wahrheit tun sie es selbstverständlich *doch*. Warum sonst werden sie *überhaupt* veranstaltet? Welcher andere Sinn liegt in der Vereinigung von Mann und Frau, *wenn nicht* der, ihre Seelen zu erweitern, die Phantasie zu beleben und in anderer Form neu zu knüpfen? Von einer gewissen Lebensphase an ist es nicht mehr mit dem Aneinanderreiben der Körper getan, aus dem früher oder später der Orgasmus entsteht. Dazu reicht ein Vibrator.

Aber es war immer noch ein Wagnis, mich Josh zu nähern. Gewiß hatte er irgendwelche Macken, würde er mich ausbeuten wollen. Das konnte doch nicht gutgehen, die Enttäuschung war gewiß unvermeidlich!

»Das läuft doch nie mit uns beiden«, murmelte ich, als er mich streichelte, küßte, mich wieder anfing zu lieben.

»Aber vielleicht fliegt es?« fragte er mit einem Zwinkern in den Augen. »Ist diese Liebe noch zu retten?«

Ich lachte. Sein Schwanz glitt tief in mich hinein, füllte mich aus, trieb mir meinen Zynismus aus. Er war groß und heiß, ich mußte an Dauerlutscher denken, an Zuckerstangen, an diese unglaubliche, schmelzende Süße. Ich liebe diesen Mann, dachte ich, fühlte mich ganz durchdrungen, ganz ihm gehörig. Ich war völlig hingerissen von seiner Lust, seinem drolligen Übermut, seiner Erregung, seiner stöhnenden Glückseligkeit – ich kam sofort bis an den Rand des Orgasmus, aber leider nicht drüber. In der Nacht zuvor war es genauso gewesen. Und in der Nacht davor auch. Und das Seltsamste war: es machte mir nichts aus. Mit der Zeit würden wir beide gemeinsam kommen oder auch nicht. Ich mochte nicht mehr urteilen, hatte nicht mehr das Bedürfnis, die Zukunft zu ordnen. Ich wußte nur, ich liebte dieses lustige Gesicht, diesen rotbärtigen Plüschbären. Jemanden so sehr lieben zu können, war schon ein Wunder für sich, ein Geschenk, daß ich einfach nur dankbar sein wollte, daß wir einander begegnet waren.

»Weißt du überhaupt, was für ein Glück wir haben?« sagte Josh, küßte mich auf die Augen, die Falte zwischen den Brauen, mein Kinn, meine Nase.

»O ja«, sagte ich. Aber ich hatte immer noch Angst zu sagen: Ich liebe dich. Wir wußten es beide.

An diesem Abend lud uns Kurt Hammer in ein japanisches Restaurant ein. Er hielt Hof an einem Ecktisch, umgeben von zwei seiner geschiedenen Gattinnen, einer derzeitigen Freundin, seiner Sekretärin, einem Pfleger und einer jungen Schauspielerin, die sich bei ihm als Au-pair-Mädchen und Köchin verdingt hatte. Sie war eine rasante Rothaarige namens Liane (mit indianischem Gesichtsschnitt und explosivem Kichern). Sie hatte ihren gegenwärtigen Freund mitgebracht, einen albernen Burschen namens Ralph Battaglia, der es zwar zum Millionär gebracht hatte, sich aber jeder Modeströmung unterwarf und im Augenblick einen kalifornischen Kahlil Gibran mimte. Er war groß, schlank, grauhaarig, mit Schnurrbart und dashiki (was ich ihm so übelnahm, als wäre ich eine Schwarze).

»Ich nenne meine geschiedene Gattin nicht länger meine ›Ehemalige‹« erklärte Ralph ernsthaft, »weil das bedeuten würde, daß sie eine gewesene Person ist.«

»Ich nehme es nicht so genau«, sagte Kurt. »Sehen Sie her, da sitzen gleich zwei meiner Ehemaligen.« Die zwei blutjung aussehenden Japanerinnen kicherten. Sie konnten unmöglich so jung sein, wie sie aussahen.

»Wer aus der englischen Sprache Brezeln machen kann, hat damit nicht gleich eine neue Religion gegründet«, fuhr Kurt fort. »Was hat man sich unter einer ehemaligen Person vorzustellen?«

»Ich meine, sie hat ein Recht auf eigene Identität, auch wenn sie nicht mehr meine Frau ist...«, sagte Ralph einfältig.

»Dann hat sie vielleicht sogar ein größeres Recht drauf, was?« sagte Kurt lachend. »Es könnte das Beste für sie sein, von Ihnen geschieden worden zu sein. Manche Frauen blühen *auf*, wenn sie ihren Mann endlich loswerden. Ich habe das Tausende von Malen erlebt. Es sind die Männer, die vor die Hunde gehen. Sie sind in Wahrheit das schwächere Geschlecht. Zweifellos.«

Und er nahm noch einen Schluck Sake.

»Ich benutze die Worte *stärker* und *schwächer* nicht gern. Sie enthalten ein Urteil. Sagen wir lieber: verschieden«, sagte Ralph.

»Was paßt Ihnen nicht an *stärker* oder *schwächer*?« donnerte Kurt. »Wollen Sie die englische Sprache etwa kastrieren?«

Ralph verschlug es die Sprache, ihm fiel kein anderes Klischee ein. Er entschuldigte sich und verschwand auf die Toilette (vielleicht wollte er nachsehen, ob er schon kastriert war).

»Das ist der größte Trottel, den du dir je geangelt hast«, sagte Kurt zu Liane, sobald Ralph außer Hörweite war.

»Verstand ist nicht seine starke Seite«, gab sie zu. »Aber er tut nichts lieber als Rechnungen bezahlen.« Und das tat Ralph denn auch pflichtgemäß, als er zurückkam.
»Danke«, sagte Kurt grinsend. In seinen Pariser Bohemientagen hatte er das Parasitieren zu einer Kunst entwickelt. Jetzt war er alt und schwer beweglich, bewirtete seine Gäste meist zu Hause. Für Ralph allerdings hatte er sich ausnahmsweise herbemüht.
»Gute Nacht«, rief er, schwenkte seine Baskenmütze und ließ sich von seinen beiden ›Ehemaligen‹ zum Wagen führen. »Kommt bald wieder! Bonne chance!«
»Was für ein grand old man«, sagte Ralph, der Kurt bewundernd nachblickte und offensichtlich keine Ahnung hatte, wie sehr man ihn zum Narren gehalten hatte. (Leuten, die das Wort *grand* gebrauchen, habe ich immer mißtraut – außer in bezug auf Hotels.)
Dann wandte er sich an Josh und mich: »Ich möchte Ihnen ein besonderes Erlebnis vermitteln«, sagte er. »Ihren Gedichten nach werden Sie Gefallen daran finden ...«
Josh und ich schauten einander unternehmungslustig an.
»Na, warum nicht«, sagte Josh.

Also folgten wir Ralph zu seinem Wohnsitz. Chez Ralph. Wie kann man das sonst nennen? Ralphs ›Haus‹? Nein, das würde eine gewisse Wohnlichkeit einschließen, die nicht vorhanden war.
Ralphs ›Absteige‹? Ralphs ›Emporium‹. Es war eher ein Palais. Manche Leute würden in einem Ausstellungsraum eines Warenhauses wohnen, wenn man ihnen einredete, daß das der letzte Schrei sei. Ralph war einer von dieser Sorte. Sein ›Heim‹ war eine besondere Art von Wohnsitz, wie es ihn wohl nur in Kalifornien gibt, bewohnt von geschiedenen Junggesellen mittleren Alters mit einem Hang zum letzten Schrei und nachgepflanzter Kopfbehaarung. Archäologen werden später bewundernd vor solchen Stätten stehen und sich fragen, wozu sie gedient haben mögen.
Wir entstiegen Joshs MG in einer Garage, deren Tore sich elektrisch gesteuert hinter uns schlossen. Um uns herum standen Ralphs Wagen: ein Cord Phaeton Kompressor, Jahrgang '36, ein neuer Rolls Royce Corniche, mittelmeerblau, mit weißen Lederpolstern und dem Kennzeichen ZEN. Ein silbergrauer Jaguar XKE mit dem Kennzeichen PEACE und ein goldfarbener Strandbuggy mit dem neckischen Kennzeichen BUGGY.
Ein Fahrstuhl (Glas, eingefaßt von Chrom und Stahl) brachte uns in die oberen Geschosse, die Ralph ›bewohnte‹ (oder vielleicht

sollte man sagen: die Ralph ›beralphte‹). Wir betraten eine sehr dunkle Diele mit kakaobraunen Velourswänden, kakaobraunem Teppich und kakaobraunen Wildlederbänken an den Wänden entlang. (Jemand muß Ralph eingeredet haben, Kakaobraun sei eine »männliche« Farbe.) Punktstrahler (in die kakaobraune Decke eingelassen) hoben einzelne *Objekte* hervor (›objektiv scheußliche Sachen‹ nannte sie Josh): den Kopf eines siamesischen Buddhas, (der sich sicher über die Gesellschaft entsetzte, in die er geraten war); einen Reibedruck von einem mittelalterlichen Grabstein; eine Pergamentrolle mit dem Gestaltgebet Fritz Perls: »Du tu Deines, ich tu Meines ...«, angefertigt von einem bescheuerten Kalligraphen. (Ich würde gerne sehen, was künftige Archäologen *daraus* deuten!)
Ralph bat uns in eine kakaobraune Wohnhöhle, zog einen wildledernen, kakaobraunen Hocker vor den Kamin und legte dort Feuer (indem er auf die hierzulande beklagenswerte übliche Manier unter Holzscheiten eine Gasflamme entzündete). Dann drehte er die quadrophonische Anlage auf (Gesänge aus einem orientalischen Kloster, garantiert authentisch), ließ ein paar Joints herumgehen (die zu rollen ihn den ganzen Nachmittag gekostet haben mußte – wenn sie nicht von einem Händler gerollt worden waren, der zur Szene gehörte) und ging dann in seine kakaobraune vollelektrische Küche, um Irish Coffee zu brauen und sich mit seinem orientalischen Diener zu beraten.
»Wartet nur, bis Sie den Jacuzzi sehen«, sagte Liane, sog heftig an einem Joint und gab ihn an uns weiter.
»Was ist ein Jacuzzi?« fragte ich.
Sehr bald schon ließen wir uns alle nackt in einem großen Holzbottich sieden. Das Wasser blubberte wie Nudelsuppe im Kochtopf. Durch die Bougainvillea, die über unseren Köpfen eine Pergola berankten, erblickte man die Sterne, unter uns schoß heißes, duftendes Wasser aus den Düsen im Bottich provozierend zwischen unsere Beine. Wir wurden mehr und mehr vom Hasch umnebelt, die quadrophonischen orientalischen Mönche wurden ebenfalls umnebelt, und unser Gastgeber traktierte uns unermüdlich mit noch mehr Joints und Irish Coffee. Das muß der Himmel sein, dachte ich – oder Kalifornien.
Inzwischen hatte Ralph angefangen, Reden zu halten – konfuse Reden in unfertigen Sätzen, wie sie Leute halten, die berauscht sind; aber ich war selber viel zu berauscht, um zu erkennen, ob er so konfus war – oder ich.
»Das Wichtigste ist«, sagte Ralph im Ton einer Kanzelrede, »die

Besitzgier zu überwinden, geben und nehmen, Freude und Schmerz empfinden wie einen einzigen Strom, Teile des gleichen Organismus – wir alle sind Teile eines einzigen Organismus und ...«

»Ich glaube, er will das hier zu einer Orgie machen«, flüsterte Josh mir zu, »und ich weiß nicht, was in einer solchen Situation die *Etikette* vorschreibt. Ich meine, ist man als Gast gehalten, da mitzumachen?«

Alles, was Josh sagte, war mir aus der Seele gesprochen.

»Ich weiß nicht«, flüsterte ich zurück, »aber er klingt wie jemand, der seinem eigenen Geschwätz aufsitzen würde.«

»Werdet eines mit dem Wasser, den Blasen, dem Dampf, der zu den Sternen aufsteigt«, intonierte Ralph.

»Ich fühle mich wie ein Huhn, das in einem Kessel mit Hühnerbrühe brodelt«, sagte Josh trocken.

Ralph war entzückt. »Dann seien Sie meine Hühnerbrühe!« rief er, total übermannt von der Gestalttheorie.

Josh machte blubbernde Geräusch in der Kehle und brachte gelegentlich ein gurgelndes *oi woi* heraus. Ralph war hingerissen. Dies war nicht nur seine Gestalttheorie, es war auch urtümlich.

»Jetzt sind Sie die Karotten«, unterwies er mich.

»Ich weiß nicht, *wie* man eine Karotte ist.«

»Versuchen Sie es«, sagte Ralph herablassend. »Sträuben Sie sich nicht.«

»Was macht eine Karotte?«

»Eine Karotte karottiert einfach bloß.«

»Aha«, sagte ich. »Ich verstehe.«

»Also fangen Sie an.«

»Einen Moment, ich muß mich erst einfühlen.« Ich saß einen Augenblick schweigend und fühlte das dampfende Wasser zwischen meinen Beinen sprudeln.

»Nun?« sagte Ralph ungeduldig.

»Ich *mach's* doch schon«, sagte ich.

»Aber Sie *sitzen* einfach da«, klagte unser Gastgeber.

»Ich karottiere«, behauptete ich, »und zwar auf meine ganz persönliche Weise. Wer gibt Ihnen das Recht, über meine Art des Karottierens zu urteilen? Warum fühlen Sie sich überhaupt unentwegt gedrängt, Urteile abzugeben? Jeder hat das Recht, auf *seine* persönliche Weise zu karottieren, nicht wahr?« Josh barst vor Lachen. Liane auch. Ich karottierte würdevoll weiter.

»Nun, das klingt bedenkenswert«, sagte Ralph gewichtig. Als wir schließlich alle so durchweicht waren, daß unsere Fingerspitzen

wie gebleichte Rosinen aussahen und wir vom dampfenden Wasser weiche Knie hatten, klingelte Ralph nach dem chinesischen Diener, der uns Handtücher und Irish Coffee brachte.
»Er ist nicht nur mein Diener«, sagte Ralph verlegen, »er unterrichtet mich auch im Zen.«
»Eine höchst praktische Kombination«, sagte Liane, »vielleicht sollten wir ihn einladen, hier mitzumachen.«
»Nein, er ist wasserscheu«, wehrte Ralph hastig ab.

Die Beleuchtung im Wohnraum war schummrig. Wir lagen alle total benommen vor dem Feuer und starrten wortlos hinein. Josh und ich streichelten einander auf jene verträumte Weise, die ein Resultat des Haschgenusses ist.
»Glaubst du, wir werden noch mal eingeladen?« flüsterte ich. »Ich habe Wasserflecken auf die *Leder*polster gemacht.«
»Habe ich auch gerade überlegt, puh«, sagte Josh. »Mein Gott – hier soll eigentlich eine *Orgie* stattfinden, aber alles, woran wir denken sind die *Polstermöbel.* Gott – sind wir verklemmt und jüdisch!«
»Realistisch«, sagte ich.
In diesem Augenblick begriffen Ralph und Liane wohl, daß wir keine Lust zum Partnertausch hatten, und huschten ohne uns davon ins Schlafzimmer. Wir blieben allein am Kamin. Stunden, Jahre, Jahrzehnte vergingen. Das Feuer flackerte, ich streichelte Joshs Rücken. Er den meinen. Endlich kam Ralph nackt zum Vorschein und sagte: »Übrigens ist da hinten noch ein Schlafzimmer, kommen Sie, ich zeige es Ihnen.«
Wir wurden in ein weiteres kakaobraunes Zimmer mit einem riesigen fellbedeckten Wasserbett geführt, das in ein Podest unter einem Glasdach eingelassen war. Neben dem Bett blinkte eine ›Skulptur‹ aus Leuchtstoffröhren, die abwechselnd LIEBE, LIEBE NICHT, LIEBE blinkte. Unter der Leuchtschrift lag eine halbleere Tube Vaginalcreme, daneben ein französisches Kitzelwerk mit lebensgefährlich aussehenden rosa Noppen. Hier wurde ostentativ mit Sexualkonsum geprotzt.
Das Wasserbett wies die obligatorischen schwarzen Seidenbetttücher auf, ein bißchen zerknittert, vermutlich von Ralphs und Lianes Fick vor dem Abendessen. Josh und ich bestiegen das Bett, krochen unter die Felldecke und umarmten uns. LIEBE, LIEBE NICHT blinkte es unablässig.
»Ich möchte wissen, ob man dieses Monstrum abschalten kann«, sagte Josh.

»Das bezweifle ich.« In Wahrheit wollte ich ihn nur nicht mehr freigeben und aus dem Bett steigen lassen. Also fanden wir uns mit dem grellen LIEBE, LIEBE NICHT ab.
»Weißt du«, sagte Josh nachdenklich, »mein ganzes Leben lang haben die Leute mir gesagt: ›Besitz macht nicht glücklich.‹ Aber würden wir ohne Jacuzzi, ohne Hasch, ohne die ausgefallenen Möbel die Nacht hier verbringen? Wahrscheinlich nicht.«
Ich lachte und drückte ihn an mich. Joshs Ansicht von den Dingen war so klar, so liebenswert. Er brachte es fertig, ehrlich zu sein in einer Welt, in der sonst niemand es war, wo Ehrlichkeit aus der Mode gekommen war.
Es war nicht so, daß ich mir verbot, Bennetts wegen Schuldgefühle zu haben. Vielmehr gab es nichts, dessentwegen ich Schuldgefühle hätte empfinden müssen. Ich ›beging‹ weder ›Ehebruch‹, noch ›hatte‹ ich eine ›Affäre‹. Meine Ehe mit Bennett war zu einer kaum noch wahrnehmbaren Erinnerung geworden.
Wir redeten die ganze Nacht hindurch. Unter dem blinkenden LIEBE, LIEBE NICHT, untermalt vom Plätschern des Wasserbetts, hielt Josh sich fest an mir, als ginge es um sein Leben, und erzählte mir von sich. Er wollte in dieser Nacht nur reden. »Ich verliere den Partner im Bett, wenn ich vögele«, sagte er. »Ich tauche in mein eigenes Vergnügen ein und werde autistisch.«
Ich verstand. Ich verstand alles, was er sagte. Zum erstenmal in meinem Leben verstand ich, was es hieß, ein Mann zu sein, aufzuwachsen mit einem pochenden Schwanz zwischen den Beinen, Angst vor Frauen zu haben und sie zugleich zu begehren, immer zu hören, der Mann sei stark, wenn man sich selber schwach und verwundbar fühlte, Schutz und Zuflucht in den Armen einer Frau zu suchen und doch Angst haben zu müssen, in die Falle gelockt zu werden. Bisher hatte ich immer vorausgesetzt, Männer seien weniger empfindsam, vielleicht weil die mir bekannten Männer ihre Gefühle nie hatten in Worte kleiden können. Ich hatte sie immer verachtet, ihre Arroganz, ihre Art, sich zu brüsten, ihr Bedürfnis, ihre Gefühle zu verleugnen. Frauen hatten wenigstens eine Beziehung zu ihren Gefühlen. Josh wußte einiges über sich selbst und war willens, mich an diesem Wissen teilhaben zu lassen. War dies etwas Neues? Eine Sache der neuen Generation? Waren Männer unter dreißig besser geraten, oder war das nur mit Josh so? Nun, wie auch immer, ich mochte es. Plötzlich wurde nichts mehr vorgetäuscht, kein so tun als ob. Wir waren im Moment nichts weiter als zwei Freunde, die einander die ganze Nacht hindurch ihre Lebensgeschichte erzählten.

Wir redeten über das Erwachsenwerden, von der Schule, von Ferienlagern, von unseren Eltern. Wir fanden beide, daß jüdische Eltern dazu neigen, ihre Kinder so zu erziehen, daß sie zerbrechlich und zart fühlen. Wenn sie sie dann mit neurotischen Ängsten vor ganz gewöhnlichen Dingen angefüllt haben, spielen sie sich als Retter auf, die die lieben Kleinen vor allem Bösen bewahren. Wenn du einen Toast mit dem Messer aus dem Toaster holst, holst du dir einen tödlichen Stromschlag. Wenn du Popcorn am Feuer röstest, wird dir Fett ins Augen spritzen, und du wirst erblinden. Wenn das Fett dich ausnahmsweise nicht erblinden läßt, wirst du an einer Lebensmittelvergiftung sterben, weil das Fett ranzig war. Vergiftet man sich nicht an ranzigem Fett, dann doch mit Sicherheit an Thunfisch in Dosen. Wer dem entgeht, der stirbt an dem Quecksilber, das dieser Thunfisch enthält. Wer schließlich im letzten Moment davon absteht, den Fisch zu essen, hat sich beim Öffnen der Dose aber schon den Finger verletzt und muß auf der Stelle eine Spritze gegen Wundstarrkrampf bekommen. Wir redeten darüber, wie wir jetzt alle Ghetto-Ängste unserer Eltern verinnerlicht hatten und damit uns, gelähmt von Angst, nach Abenteuern verzehrten.
Es stellte sich heraus, daß wir beide die gleichen Dialoge mit unserer Familie über das Thema gehabt hatten, wo die Babies herkommen.
»Woher *weiß* dein Bauch, daß du verheiratet bist und daß er darum ein Baby machen kann?« fragte Josh seine Mutter und seine ältere Schwester, als er sechs war. Beide hatten ihn ausgelacht, genau wie meine Mutter und meine Schwester mich ausgelacht hatten, als ich ihnen die gleiche Frage stellte.
»Typisch Mittelstand!« lachte ich. »Weder du noch ich kannten Frauen, die ein Baby hatten, ohne verheiratet zu sein.«
»Ja, daran lag es wohl. Ich erinnere mich, daß ich stundenlang darüber grübelte: Woher weiß der Bauch, daß er verheiratet ist? Ich war richtig verwirrt darüber.«
»Ich auch«, sagte ich, und diese Übereinstimmung verblüffte mich. »Ich auch. Ich auch. Ich auch.«
Es war, als hätte ich in Josh meinen verloren gewesenen Zwilling gefunden. Was immer wir einander sagten, fand Verständnis beim anderen. Manchmal schienen wir ohne Worte die gleichen Gedanken zu haben, ohne daß wir dies einander mit Worten sagten. Dann schien es, als hätten wir uns schon immer gekannt, wären nie getrennt gewesen. Möglich, daß es mich eines Tages langweilen würde, mit einem Double zu leben, aber in diesem Augenblick

war es eine willkommene Abwechslung nach soviel Schweigen und Feindseligkeit, die ich acht Jahre lang erfahren hatte. Ich war darum bereit, dieses Risiko einzugehen, jedes Risiko einzugehen. Es schien mir, als wäre ich mein ganzes bisheriges Leben lang einsam gewesen.

»Weißt du, eines sollte ich dir noch sagen«, eröffnete mir Josh gegen halb sechs Uhr morgens.

»Was?«

»Insgeheim bin ich ein männlicher Chauvinist.«

»Wer ist das nicht? Die meisten machen kein Geheimnis draus.«

»Nein, ich meine es ernst. Ich tue nicht so, als hätte ich einen höheren Bewußtseinsgrad als du. Als mir zum erstenmal ein Mädchen sagte: ›Hör mal, es kommt mir nicht, wenn du nicht mit meinem Kitzler spielst‹, da fühlte ich mein Männlichkeitsgefühl zusammenbrechen. Ich hatte bis dahin geglaubt, es reicht, wenn man den Penis einführt. Mehr wußte ich nie. Das brachte mich *schrecklich* aus der Fassung. Daß mir das gesagt wurde.«

Ich wurde von dieser Eröffnung ebenfalls umgehauen, ich dachte mit Schrecken daran, daß ich in den vergangenen Nächten nicht zum Orgasmus gekommen war. Isadora, altes Mädchen, dachte ich, da tust du es *schon wieder*, wirfst dich Hals über Kopf einem hilflosen, unverbesserlichen Mannsbild in die Arme ...

Schweigen. Das Wasserbett schwappt.

JOSH (schwermütig): »Sag, daß es nicht darauf ankommt. Stärke mein Selbstvertrauen.«

Kein Wort kam über meine Lippen.

JOSH (verletzt, traurig): »Ich vertraue dir meine tiefsten, dunkelsten Geheimnisse an, Dinge von denen ich noch *nie zu jemandem* gesprochen habe, Dinge, deren ich mich schäme – und du beruhigst mich nicht einmal ...«

»Ich schätze«, sagte ich stockend, »ich glaube, alle Männer empfinden so, aber keiner von ihnen ist ehrlich genug, es zuzugeben.«

»Vielleicht«, sagte Josh.

»Es ist so fürchterlich schwer, ehrlich zu sein – sogar wenn man den andern ... richtig gern hat.«

»Du wolltest sagen ›richtig liebt‹, nicht wahr, aber du hast dich davor gedrückt.«

»Ich glaube, vielleicht ...«, sagte ich zögernd.

»Ich liebe dich auch«, platzte er heraus, »aber wozu nutzt mir das? Du bist sechs Jahre älter, verheiratet, berühmt – und außerdem stehe ich auf magere Mannequinfiguren.«

Er rollte sich weg, wohl wissend, daß er mich verletzt hatte. Ich sprang aus dem Bett (fast unmöglich bei einem Wasserbett) und brach in Tränen aus. Nie zuvor hatte ich mich so dick, so weggestoßen, so verwundet gefühlt.

»Warum ziehst du dich zurück, noch bevor wir richtig *angefangen* haben?« heulte ich. »Warum hast du soviel Angst davor, das kleinste bißchen zu empfinden?«

Josh vergrub seinen Kopf in den Kissen. Ich stand da, fühlte mich häßlicher und dicker mit jeder Minute, war aber entschlossen, ihn nicht zu trösten.

»Was zum Teufel los ist?« brüllte er. »Du bringst mich dazu, dir alles von mir zu erzählen, mich in dich zu verlieben, dich zu brauchen, mich auf dich zu verlassen, aber für dich ist das ganze bloß noch eine Affäre mehr. Denn bald wirst du ja zu deinem langweiligen Mann zurückkehren und mich allein zurücklassen. – Dann werde ich einsamer und schlimmer dran sein als *zuvor*.« Er setzte sich im Bett auf und glotzte wie ein Verrückter. »Ich weiß, daß es dir gestern abend nicht gekommen ist, ich bin kein Idiot – aber, wozu noch darüber reden? Wozu es besser machen? Was hat es für einen Sinn, sich zu befriedigen? Es so zu machen, daß es dir kommt? Du wirst nur zu deinem Mann nach Hause gehen und mich sitzenlassen. Du hast das bestimmt auch *schon öfter* gemacht. Du nimmst mich ohnehin nicht ernst. Ich bin für dich nur ein Kind, eine Eskapade, reine Sexualfürsorge. Deine verdammten Kolleginnen in New York werden wissen wollen: ›Wie vögelt sich's mit 'nem Hippie? Und du wirst sagen: *›Große Klasse.‹* Aber für mich ist es gar nicht so toll! Ich bin der Hippie, der verdammte Säugling in dem Spiel. Aber mach nur so weiter, probier sie *alle* durch, du Candida – Engländer, Chinesen, Schwarze, Lesbierinnen, jetzt auch noch einen Hippie. Ich geh derweil wieder in meine Bude in Hollywood, zu meinem wöchentlichen Fick mit einer Bibliothekarin, lese deine Gedichte, seh dich im Fernsehen und warte auf dein nächstes Buch, in dem ich dann sehen kann, wie ich abgeschnitten habe. Toll, was? Ja. Toll für *dich*. Aber für den Kleinen gar nicht so toll. Nein, *vielen Dank*. Durch diese Mühle wirst du *mich* nicht drehen. Ich liebe dich – aber wozu soll das gut sein? Ich habe keine Lust, in einem Buch aufzutreten. Ich scheiße auf Unsterblichkeit. Ich habe dich einfach nur lieb, weiter nichts.« Und er vergrub wieder seinen Kopf in den Kissen und schluchzte laut.

Ich war perplex. Ich wußte gar nicht, daß Männer weinen konnten, und dafür liebte ich ihn noch mehr. Ich setzte mich zu ihm und

nahm ihn in die Arme. »Woher weißt du das? Woher weißt du, daß ich es mit einer Frau getrieben habe?« fragte ich.
»Habe ich das etwa gesagt?« fragte er verblüfft. »Wußte ich überhaupt nicht. Habe ich mir nur so *vorgestellt.*«
»Du erstaunst mich. Du liest meine Gedanken. Wie könnte ich einen Mann verlassen, der meine *Gedanken* liest? Mein ganzes Leben habe ich auf dich gewartet. Wenn ich dich gehen ließe, nachdem du mir endlich begegnet bist, wäre ich doch verrückt. Ich würde mir mein Leben lang Vorwürfe machen.«
»Und was ist mit Bennett?«
»Was soll mit ihm sein?«
Wir sahen einander fest in die Augen, unsere Gesichter waren von Tränen und Schlaflosigkeit verschmiert, wir zitterten, waren total erschöpft, überreizt. Die Morgendämmerung kam herauf. Wir sahen beide entsetzlich aus in diesem Licht.
»Ach, Josh, nehmen wir es einfach, wie's kommt. Denken wir nicht an die Zukunft.«
»Einverstanden«, sagte er.

Zurück nach dem Osten . . .

Jedes Land hat den Zirkus, den es verdient: Spanien den Stierkampf. Italien die katholische Kirche. Amerika hat Hollywood.

Am nächsten Morgen bereitete Ralphs Diener uns ein umfangreiches Frühstück. Ralph bestand darauf, uns dazu aus seinem Lieblingsbuch vorzulesen: Weiß ich, wer ich bin, ich sagte es dir (auf Reispapier in Big Sur gedruckt und von Hippiehand in braunes Batikleder gebunden). Verfasser war ein Freund von Ralph, ein gewisser Dwayne Hoggs, laut Ralph ein Philosoph, ein Bildhauer und ein ›wunderschönes Menschenkind‹. Sein Prosastil ließ zu wünschen übrig, aber was ihm an Stil fehlte, ersetzte er durch Schmalz.

Ralph las getragen: » ›Ich fragte den Bach: Sag mir, wer du bist, und der Bach antwortete: Mein Name ist in Silben aus Wasser geschrieben. Mein Name plätschert sich dir zu. Benetze deinen Fuß mit meinem Namen‹ . . . Ist das nicht *großartig*?«

»Hmmmm«, machte ich.

»Hmmmm«, machte Josh.

»Ich weiß, warum er uns nicht sagen kann, wer er ist«, sagte Josh über Hoggs, als wir Ralphs Palast verließen. »Weil er der Dorftrottel ist. Wenn er wüßte, wer er ist, wäre ihm das ganz ungemein peinlich.«

»Heißt es nicht ›*Wüßte* ich, wer ich bin?‹«

»Nicht in Big Sur, gewiß nicht«, sagte Josh. »Da gilt Grammatik für bürgerlich und repressiv.« (Er imitierte Kurts rauchige Brooklyn-Ausdrucksweise.) »Außerdem habe ich dich unendlich lieb.«

»Ich dich auch.«

»Versprich mir eines«, sagte Josh leidenschaftlich.

»Was? Alles, was du willst . . .«

»Schwöre mir, daß wir Ralph Battaglia nie wieder besuchen.«

»Ich schwöre«, sagte ich.

Als wir ins Beverly Hills zurückkehrten, fanden wir zu unserer Verblüffung unsere Suite von niemand geringerem als Britt Goldstein belegt, dieser geschrumpften Schreckschraube in Person, nebst zwei männlichen Besuchern. Sie frühstückten gemeinsam gemütlich im Bett. Die Herren trugen nur goldene Halskettchen mit dem heiligen Christopherus und sahen außerordentlich widerlich aus. Sie zerrten sich die Decken bis unter die haarigen Achselhöhlen, als wir eintraten.

»Hoy, Isadora«, näselte Britt wie gewöhnlich. »Es macht Ihnen wohl nichts aus ...« Sie warf einen Blick über ihre Mitesser, die sich den gebratenen Schinken einschaufelten, als wäre er ihre Henkersmahlzeit, ...»aber wir kamen gestern sehr spät zurück, und das Geschäft läßt sich so glänzend an....« (Sie warf ihren Kumpanen je einen Blick zu), »... daß ich es Ihnen *sofort* erzählen wollte. Als wir sahen, daß Sie nicht hier waren ... tja, da dachten wir, wir könnten hier auf Sie *warten* ... und dann haben wir etwas Hasch geraucht und ... und na, Sie *wissen* schon.« Sie sah mich beschämt, trotzig und einschmeichelnd an. Ihre beiden Leibwächter widmeten sich ausschließlich dem Frühstück.

»Dies ist Sonny Spinoza« (sie deutete auf den Totschläger zu ihrer Rechten) »und Danny Dante« (jener zur Linken).

»Hei«, sagten sie verdrossen wie aus einem Mund.

»Und das ist Josh Ace«, sagte ich.

Britt musterte ihn mit kalter Berechnung. Besonders die zerrissenen Schnürsenkel hielten ihren Blick gefangen.

»Nicht übel«, sagte sie zu mir, als hätte ich Josh wie einen Sklaven gekauft. »Ich sehe, Sie haben sich inzwischen gut versorgt. Möchten Sie Frühstück haben?«

»Vielen Dank, wir haben schon gegessen.«

Josh sah aus, als wollte er so schnell wie möglich hinaus. Ich hatte ihm von Britt erzählt, aber er hatte mir nicht ganz geglaubt.

»Hör mal, Schatz«, sagte Josh, »ich geh jetzt mal nach Hause, erledige dies und das und hole dich später hier ab, was meinst du?«

»Ein guter Vorschlag«, sagte Britt, »ich meine das nicht persönlich, aber hier müssen jetzt Geschäfte abgewickelt werden.«

»Richtig«, sagte ich und fragte mich, ob diese drei Bettlägerigen wohl ein paar *Kleider* anziehen würden, ehe sie mit den Geschäften begannen. Ich wäre auch gern unter die Dusche gegangen, aber Britt hatte jetzt eindeutig von meinem Zimmer Besitz ergriffen. Sie zahlte, also wurde nach ihrer Pfeife getanzt. Produzenten – *großer Gott.* Nächstes Mal bezahlst du deine Hotelrechnung *selber,* nahm ich mir vor.

»Würde es Ihnen was ausmachen, Kindchen, einen Augenblick hinauszugehen, damit wir uns anziehen können?« sagte einer der

Totschläger so höflich wie möglich. »Sie könnten sich dort von Ihrem Freund verabschieden.«
»Meinetwegen«, sagte ich verwirrt. Britt war erst seit zwei Minuten wieder in mein Leben getreten, und schon fühlte ich mich wie ein Dienstbote.
Draußen verabschiedete ich mich von Josh. »Hol mich hier bloß raus, rette mich«, sagte ich. »Das da drinnen sieht aus wie eine der Schere zum Opfer gefallene Szene aus *Der Pate.*«
»Sagen wir so gegen fünf? Schrei einfach laut, wenn du Hilfe brauchst, aber die beiden sehen doch ziemlich redlich aus. Bißchen schräg, aber redlich. Denk dran, die Mafia ist ein seriöserer Geschäftspartner als die Multis. Im übrigen haben alle dieselben Advokaten.«
»O Gott«, sagte ich mit gespieltem Entsetzen. »Fortsetzung: *Candida begegnet dem Mob.*«
»Darauf kannst du deine Titten verwetten«, sagte Josh, küßte mich und eilte durch die Lobby fort. Er winkte noch einmal, bevor er um die Ecke verschwand. »Schreib mir, wenn du bei denen angestellt wirst . . .«, rief er.
»Sehr komisch«, rief ich zurück.
Ich klopfte an die Tür zu meiner Suite.
»Eine Minute noch, Süße«, sagte einer der Totschläger.
Nach ungefähr fünf Minuten ging die Tür auf, und es erschien Danny Dante in hirschledernen Jeans, barfuß, mit nackter Brust, ganze ein Meter sechzig groß. Gerade zehn Zentimeter größer als Britt. Ich kam mir allmählich wie die Riesendame mit den goldenen Locken vor.
»Hei«, sagte er, »willkommen in unserer bescheidenen Hütte.«
»Danke«, sagte ich.
Britt war dem Bett entstiegen, sie ging wie gewöhnlich wild rauchend auf und ab, trug einen Kaftan, drängte mir Kaffee auf. Sonny Spinoza saß auf der Bettkante und schlüpfte in seine Schlangenlederschuhe.
»Zur Sache«, begann Britt. »Danny und Sonny kennen Leute, die *Candidas Bekenntnisse* finanzieren wollen, eine Abschreibungsgesellschaft. Sechs Millionen können sie sofort für den Film bekommen. Die Geldgeber verlangen weiter nichts, als daß wir den Titel in *Candida*! ändern und noch ein paar unbedeutende Veränderungen – die Heldin soll keine Jüdin sein, sondern Italienerin. Aber darüber kann man noch verhandeln . . .« (sie blinzelte mir vielsagend zu), ». . . und wir sollten einen großen Star für die Hauptrolle engagieren, der bei Banken zieht. Offen gestanden, ich

habe mich bei den anderen Gesellschaften umgesehen – wir müßten verrückt sein, dieses Angebot nicht anzunehmen. Vorausfinanzierung ist großartig – *wenn* wir das Geschäft jetzt abschließen. Denn in zweiundsiebzig Stunden wird ein neues Steuergesetz gültig, das die Finanzierung von Filmen durch Abschreibungsgesellschaften verbietet. Also müssen wir *schnell* handeln – weshalb ich diese beiden Herren gleich mitgebracht habe. Sie sollen sich überzeugen, daß Sie es mit anständigen Leuten zu tun haben. Alles, was wir von Ihnen jetzt brauchen, ist eine Option auf die Filmrechte. Die einzelnen Bedingungen können später ausgehandelt werden. Man muß den Geldgebern die Option vorzeigen können, damit das Geld angewiesen wird. Den ganzen Vertrag mit allen Einzelheiten werden wir später ausarbeiten. Na, was meinen Sie?«

Dabei blies sie mir andauernd ihren Rauch ins Gesicht. »Ich denke, wir müßten verrückt sein, um uns das durch die Lappen gehen zu lassen.«

Sie war eine perfekte Anreißerin und überfuhr mich glatt. Sechs Millionen, das erinnerte mich immer gleich an die Juden, die von den Nazis umgebracht wurden, und was eine Abschreibungsgesellschaft ist, davon hatte ich überhaupt keine Ahnung. Ich wollte darum eine hinhaltende Antwort geben, die nichts von meiner Unwissenheit verriet. Also fragte ich: »Wer soll übrigens der Star sein, an den Sie denken?«

Danny hatte auf diese Frage schon gewartet. Es sprang auf (sah im Stehen aber nicht größer aus als im Sitzen).

»Hören Sie zu, Süße«, sagte er, »ich will jetzt keine Namen nennen, aber seit zwei Jahren habe ich für Robyn Barrow Szenen arrangiert. Wir sind sehr gute Freunde – obwohl sie, offen gestanden, auf Frauen steht. – Ich kann Ihnen versichern, daß ich sie für hundert Tausender bar in einer Tüte für dieses Projekt festmachen kann. Von da an haben wir freie Fahrt.« Was er da über Robyn Barrow – die italienische Nachtigall von Flatbush – sagte, klang frei erfunden. Szenen? Steht auf Frauen? Die hunderttausend, nun ja, das mochte sein. Wer zahlt schon gern Steuern? Warum sollte eine Klassepuppe wie die Barrow sich mit einem Typen wie Danny abgeben? (Hollywood wird immerhin von Juden und Italienern aus New York beherrscht, die weitaus mehr auf Immobilien aus sind als auf ausgefallenen Sex.)

»Kann sein«, sagte Danny, »vielleicht hat sie die hunderttausend auch lieber auf einem Schweizer Bankkonto als bar in der Tüte, aber das macht keinen Unterschied, klar? Hauptsache, sie ist ein

gutes Kind, vernünftig, im Grunde ihres Herzens eine von uns. Ich hab mal zu ihr gesagt, ›Robyn, wenn dir je einer an den Karren fährt, brech ich ihm alle Knochen – und wenn du mich nicht zu Hilfe holst, wenn du mich brauchst, brech ich sie auch dir‹. Verstehen Sie mich?«
Ich verstand ihn. Welch interessante Lebenstheorie. Hunderttausend bar in der Tüte oder gebrochene Knochen als Heilmittel für alle Wechselfälle des Lebens, die das Schicksal bereithält. Wenn ich mich lange genug mit den Typen unterhielt, müßte dabei ein Ratgeberbuch herauskommen.
»Sie gefallen mir, Püppchen«, sagte Danny zu mir. »Und die da auch« (er wies zu Britt hinüber). »Die sieht aus wie ein Pudel und Sie wie ein Cocker Spaniel. Jedem, der sich auch nur mit einer von Ihnen anlegt, breche ich die Knochen. Wenn Danny Ihr Freund ist, Püppchen, dann lernen Sie die Bedeutung des Wortes Freundschaft zum erstenmal in Ihrem Leben kennen.« Sein Freund Spinoza, ein wahrer Hüne, fast so groß wie ich, nickte gewichtig mit dem Kopf. »Das stimmt«, sagte er. »Danny lügt nie.«
»Also«, wollte Britt wissen, »was meinen Sie?«
»Muß Candida *Italienerin* sein?« fragte ich, »oder war das nur ein Scherz?«
»Ja, ja, nur ein kleiner privater Spaß«, beteuerte Britt. »Die Burschen hier sind sehr clever, die mögen solche Scherze. Robyn Barrow wäre in der Rolle übrigens gar nicht übel. Aber niemand wird eine Italienerin aus ihr machen können. Sie wissen doch, was ich Ihnen zugesagt habe: absolute künstlerische Kontrolle.«
Sonny und Danny nickten schweigend.
»Sie sind die Künstlerin«, bestätigte Danny. »Sie haben die Begabung. Wir sind bloß die Promoter. Mit Ihrem Talent wäre ich auch mißtrauisch. Lassen Sie sich also Zeit. Lernen Sie uns näher kennen. Je besser Sie uns kennen, je mehr von den Tricks in diesem irren Geschäft Sie wissen, desto besser für *uns*. Es wimmelt in dieser Branche von Haien – und die sind nicht von Pappe. Dieses Geschäft verschlingt alles.«
Britt nickte. »Offen gestanden, ich hasse das Filmgeschäft. Eines Tages schmeiße ich alles hin und *schreibe* nur noch ... Das ist es, was ich schon lange *wirklich* tun will. Aber das Problem ist, wir haben nur wenig Zeit. 72 Stunden, dann ist der Markt verlaufen. Und in diesen 72 Stunden müssen wir nicht nur hier zur Unterschrift kommen, sondern auch in New York es von den Steuerberatern absegnen lassen. Außerdem möchte ich vor Ihrer Abreise eine richtige Hollywood-Party für Sie geben ... Ich habe offen

gestanden schon ein halbes Hundert Leute für morgen abend zu meinem Rechtsanwalt eingeladen – und Plätze im Flugzeug für uns alle gebucht – das beste also wäre, wenn Sie jetzt gleich die Option unterschreiben, die Details können wir in New York festlegen.« Sie zog aus ihrer karamelfarbenen Ledertasche ein zerknittertes Stück Papier und reichte es mir. Es war vollgedruckt mit kleingedruckten Vereinbarungen, zu entziffern war nur die Überschrift in Großbuchstaben: UNIVERSALVERTRAG FÜR OPTIONEN. Und irgendwo weiter unten entdeckte ich die Unterüberschrift: *Weltrecht auf unbefristete Zeit.* Da überlief es mich kalt.

»Was muß ich jetzt tun? Mit Blut unterzeichnen?« stichelte ich. (Typisch für mich, daß ich genau die richtige Reaktion im Bauch hatte, sie aber dann völlig außer acht ließ.)

»Achten Sie nicht auf das Kleingedruckte, das ist bloß für Advokaten«, sagte Britt, »wir werden die Einzelheiten gemeinsam in New York regeln. Die Hauptsache ist, das Projekt erst einmal in Gang zu bringen. Später machen wir dann ein Vertragsprotokoll – mit Rechtsanwälten und Agenten und allem Drum und Dran. Im Moment brauchen wir nur das Stück Papier für die Abschreibungsfritzen, woraus sie entnehmen können, daß wir wirklich die Rechte haben. Wer spuckt schon sechs Millionen ohne jede Sicherheit aus? Weiter brauchen wir nichts von Ihnen, nur ein Stück Papier.«

»Ich sollte besser erst die Agentin anrufen, nicht wahr? Oder meinen Anwalt?«

»Ich möchte, daß Sie voll abgesichert sind. Das will ich wirklich«, behauptete Britt. »Wenn Sie jetzt Rechtsanwälte anrufen, werden sie nach den Papieren fragen, und das wird Zeit kosten. Wir haben doch bloß 72 Stunden Zeit. Aber rufen Sie sie an. Ziehen Sie welche bei, wenn Sie wollen. Andererseits könnten Sie mir als Freundin vertrauen – und später sorgen wir dafür, daß Sie voll abgesichert werden. Ich bin schon jahrelang in diesem Geschäft, und ich sage Ihnen, daß ohne *Vertrauen* hier überhaupt nichts geht. Darum will ich das Projekt einfach erst mal in Gang bringen. Überlegen Sie mal, Sie sind jetzt hier, jeder weiß, daß ich den Film mache, und weil alle wissen, daß ich ihn habe, macht niemand Ihnen noch ein Angebot auf die Rechte. Also machen Sie keine Schwierigkeiten, stehen Sie nicht der Finanzierung im Wege. Sie schneiden sich einfach ins eigene Fleisch. Und dieses Stück Papier hier ist *bedeutungslos,* wirklich bedeutungslos. Später setzen wir den richtigen Vertrag auf.«

»Wenn das Papier so bedeutungslos ist, warum brauchen Sie es dann? Können Sie nicht einfach sagen, ich sei bereit, die Option zu vergeben, wenn die Bedingungen mir zusagen?« fragte ich.
»Sie wissen doch, wie Geldleute sind«, sagte Britt. »Sie leiden an Zwangsvorstellungen. Sie brauchen das schwarz auf weiß.«
Sonny zuckte mit den Achseln, als ob er sein Mitgefühl mit der armen, überforderten Autorin ausdrücken möchte, die sich mit neurotischen Geldleuten konfrontiert sieht.
»Manchmal muß man auch mit Idioten Geschäfte machen«, sagte er.
»Stimmt«, sagte Danny, »wir haben es hier mit einer privaten Investmentgesellschaft mit fünfzehn, vielleicht auch fünfundzwanzig Mitgliedern zu tun. Denen können wir nur Feuer unterm Arsch machen, wenn wir etwas Schriftliches in der Hand haben. Wir wissen aber, daß das nicht wirklich zählt. Die Burschen haben einfach keine Ahnung vom Filmgeschäft. Das sind private Investoren, verstehen Sie?«
»Hier.« Britt reichte mir das Formular und einen Filzstift, Sonny und Danny rückten mir dicht auf den Pelz. Ich war umstellt. Was Britt sagte, stimmte. Jeder wußte, daß sie mein Buch hatte, ob ich nun unterschrieb oder *nicht*. Was konnte ich noch tun? Sollte ich es an der Straßenecke feilbieten? Meine eigene Agentin hatte ja auch gesagt, daß es keine weiteren ernsthaften Interessenten gab. Ich unterzeichnete also mit sinkendem Mut.

Auf der ›Hollywood-Party‹ am folgenden Abend erschienen alle, die etwas auf sich hielten – Gastgeber, Parasiten und ein paar undefinierbare Typen kreisten träge umeinander im Patio der im maurischen Stil von 1920 erbauten Villa, die sich ein Stummfilmstar hatte bauen lassen und die nun Britts Rechtsanwalt gehörte. Robyn Barrow war persönlich erschienen, mit ihren braunen Kulleraugen, der winzigen operierten Nase und ihrem Hippiefreund aus Big Sur. Man sagte, sie könne wirklich jedes Projekt realisieren, sie werde von jeder Bank akzeptiert. Ihre Agentin wußte das auch. Deena Maltzberg war so breit wie Robyn lang, sie trug ein rosafarbenes, herzförmiges Brillengestell und hatte lange, platinfarbene Fingernägel. Sie besaß außerdem einen umwerfenden Humor. Sie galt als gerissene Verhandlungspartnerin, doch log sie nie. Leider hatte sie aber die Neigung, ihre Filmstarklienten wie Kinder zu behandeln; sie ließ sie nicht aus ihrer Nähe und nannte sie ›Baby‹. Ich hörte sogar, wie sie Robyn ermutigte, ordentlich zu essen.

»Honey-Baby, iß wenigstens ein paar Selleriestangen, damit du mir nicht ohnmächtig wirst«, sagte sie zu Robyn.
»Muß ich wirklich?« wehrte Robyn sich mit Babystimme.
»Ja gewiß, Baby, das mußt du – sonst wird Mami sehr, sehr böse mit dir«, und Deena wechselte in Babysprache über.
»Dies ist *Candida*«, sagte sie zu mir gewandt. »Candida, dies ist Candida«, und sie zwinkerte erst mir und dann Robyn zu. Da stand ich vor dieser Märchenfee und wußte nichts zu sagen. Wer so berühmt ist, den kennt man von so vielen irreführenden Berichten aus Zeitschriften und von der Leinwand, daß man das *richtige* Gesicht kaum erkennen kann unter dem Wust aus Bildern.
»Ich fand Ihr Buch wunderbar«, sagte Robyn scheu und zupfte an einer langen, schwarzen Haarsträhne, die echt sein mochte oder auch nicht. »Es muß *so* wunderbar sein, so schreiben zu können wie Sie.«
»Es muß so wunderbar sein, singen zu können wie Sie«, sagte ich. Oder fünf Millionen Dollar im Jahr zu verdienen. Oder so viel Macht zu haben. Aber ich glaubte dies nicht wirklich. Ich wußte, daß Geld den Menschen keine innere Sicherheit verschafft und daß Robyn vielleicht auf Gedeih und Verderb von ihrer Agentin, ihrem Anwalt, ihrem Bankdirektor, ihrem Freund, ihren Fans abhängig war. Berühmtheit gibt einem ebenso viele Probleme auf, wie sie löst... Das wußte ich bereits. Besonders jene Art von Berühmtheit, die sie genoß. Sie konnte niemals unsichtbar bleiben, ganz gleich, wo sie war. Dafür wurde sie bezahlt: daß sie ständig sichtbar war, ständig zur Verfügung stand. In einer Zivilisation, in der Berühmtheit gleich Macht bedeutet, ist man um so mächtiger, je sichtbarer man ist. Aber es ist eine merkwürdige Macht, die aus ihren Besitzern Opfer macht. Da war die Macht eines Sonny Spinoza vorzuziehen – unsichtbare Macht. Wer unsichtbar ist, genießt eine gewisse Freiheit, an die niemand glaubt, bis er sie verloren hat.
Robyn zappelte nervös und schaute scheu zu Boden. Es war dies die mir vertraute Unbehaglichkeit der unmäßig Berühmten, die immer anderswohin schauen, meist auf ihre Füße, die sich hinter langem Haar oder riesigen Sonnenbrillen oder großrandigen Hüten verstecken – vielleicht, weil sie sich so ausgesetzt fühlen, immer dem Blick von Millionen Augen ausgeliefert. Robyn trug ein großartiges *chemise* aus grauem Chiffon, das mit Silberspangen besetzt und mit Silberfuchs verbrämt war.
»Was für ein wundervolles Kleid«, sagte ich.
»Ach«, sagte sie und zuckte die Achseln, als trüge sie Jeans. »Ich

hasse solche Kleider, aber Deena glaubt, sie seien gut für mein Image. Paffff...«, und sie schnitt eine Grimasse wie ein kleines Mädchen, das lieber ein Junge wäre, aber von der Mutter gezwungen wird, Organdykleider und Spangenschuhe zu tragen.
»Wissen Sie was? Ich sollte es Ihnen nicht sagen, aber ich habe so viel Hasch in mir, daß es mir scheißegal ist. Deena ist meine beste Freundin, meine allerbeste Freundin, so eine, wie man mit zwölf hat, verstehen Sie, wenn man sich in den Finger sticht und Blutsfreundschaft schließt. Und trotzdem weiß ich nicht, ob sie überhaupt meine Freundin wäre, wenn sie mich nicht zur Klientin hätte. Ist so was nicht ein Jammer? Finden Sie nicht?« Aber Robyn wartete meine Antwort nicht ab. »Entschuldigen Sie mich«, sagte sie, »ich muß mal pinkeln.«
Ich blieb ziemlich verloren stehen und betrachtete die anderen anwesenden Berühmtheiten: die schwedische Filmschauspielerin Siv Bergstrom; ihre elegante ›Begleiterin‹ Ninka Bernadotte (hochgewachsen und dunkelhaarig, trug sie einen schwarzen Samtblazer zu Silberlaméhosen); Sally Sloane, die englische Biene, die 1968 aus dem damals tonangebenden London angereist gekommen und nie wieder nach Hause gefahren war; dazu zahllose junge amerikanische Stars, Sternchen, Halb- und Viertelsternchen samt Begleitung. (Warum der Star nicht ohne Begleitung erscheinen kann, habe ich erst verstanden, als ich selbst berühmt wurde. Ich begriff, daß, wer nicht mehr unsichtbar sein kann, damit bis zu einem gewissen Grad seine natürliche Schutzfarbe verliert, die nun andere beisteuern müssen. Man ist wie eine wandelnde Zielscheibe, wie eine Schnecke ohne Haus, ein Ren ohne Geweih. Man braucht normal unbekannte, unberühmte Leute um sich herum, deren Unsichtbarkeit man sich ausborgen kann.)
Britt stand in einer baumüberschatteten Ecke des Patio, konspirierte mit ihrem Anwalt und schnupfte gelegentlich aus ihrer winzigen Phiole schneeweißes Pulver. Ihr Anwalt war vermutlich der einzige Glatzkopf in ganz Beverly Hills, immerhin eine gewisse Auszeichnung in einem Ort, wo verpflanztes Haar üppiger wächst als Unkraut. Er trug ein T-shirt mit der Aufschrift GOOCHY. Ein alter Witzbold. Er konnte sich das *leisten.* In seiner Branche, in der auch der größte Star von heute auf morgen so pleite sein kann, daß er nicht weiß, wie er seine Einkommensteuer zahlen soll, sind Anwälte die einzigen Mitspieler, die nie um ihren Job fürchten müssen und immer kassieren, ob ihre Klienten gewinnen oder verlieren. In Beverly Hills Anwalt zu sein, muß wohl

dem entsprechen, was im England des 18. Jahrhunderts ein Squire war.
Besagter Squire, er hieß Melvin Weston – geborener Weinstein? – näherte sich mir auf leisen Sohlen und lud mich zu einem Rundgang durch sein Anwesen ein.
»Vielleicht können Sie eines Tages in einem Ihrer Bücher davon Gebrauch machen«, lächelte er in süßlicher Zustimmung. (O Gott, dachte ich, welche Gruppe hasse ich mehr? Anwälte oder Psychiater? Die geben und nehmen sich nichts. Man hüte sich vor *jedem*, der stundenweise bezahlt wird; deren Uhren gehen mit Sicherheit zu schnell.)
Trotzdem lächelte ich Melvin freundlich zu. »Das wäre himmlisch«, sagte ich. Britt lief eilig davon, um mit Deena Maltzberg zu reden; Spinoza und Dante umschwärmten Robyn Barrow; und Josh (den solche Gesellschaften etwas einschüchterten) war von einer vollbusigen, sehr betrunkenen Agentin namens Maxine Medoff unter die ausladenden Fittiche genommen worden; man hatte ihr attraktiverweise den Spitznamen »Maxine Messer« gegeben.
»Folgen Sie mir«, sagte Melvin.
In diesem Augenblick gesellte sich ein hochgewachsener Mann mit bekanntem Gesicht zu uns (jetzt grau, weil nicht mehr benötigt). Er bewegte sich ungraziös und fragte, eine Grimasse schneidend: »Kann ich auch mitkommen?« Ich blickte in sein müdes, verzogenes Gesicht, in die großen, meergrünen Augen mit den tiefen Ringen und erkannte Boyd McCloud, den ich für tot gehalten hatte – obwohl er noch keine vierzig war. (Warum glauben wir eigentlich, gewisse Leute seien tot, wenn sie nicht mehr in der Presse erwähnt werden? Tod durch Publicity – oder den Mangel daran.) Boyd McCloud war vor zehn Jahren im Begriff gewesen, der neue James Bond zu werden – oder war es Tarzan? Er war Olympiasieger im Skilaufen, Held der Medien, Modell für Zigarettenwerbung, für Titelseiten von Zeitschriften. Es gab Probeaufnahmen von ihm, er machte verbissen männliche Reklame für Schmerzmittel. Ein einziger Film wurde mit ihm gedreht – er stellte einen Olympiaschwimmer dar –, und dann versank er total von der Bildfläche, ein Opfer von zuviel Presse und zuwenig Substanz. Früher war er so weit oben gewesen, daß er drei Anwälte, zwei Agenten und zwei Pressesekretäre beschäftigte, jetzt war er so weit unten, daß man seiner verblichenen Fotografie in der Sammlung berühmter Steuerschuldner auf dem Finanzamt begegnen kann, wenn man dort um Zahlungsaufschub betteln geht.
Ich war überrascht, daß Melvin ihn überhaupt hier duldete. In

Amerika, vor allem aber in Hollywood, wird Mißerfolg für äußerst ansteckend gehalten, besonders der Mißerfolg, den Hollywood *selbst* hervorruft. Aber Boyd stand bei Melvin in der Kreide, und Schuldner ließ Melvin ungern aus den Augen.

»Er fährt jetzt meinen Rolls«, erklärte Boyd herablassend.

»Jetzt ist es *mein* Rolls«, berichtigte Melvin.

»Anstelle von Honoraren«, fügte Boyd hinzu, der mich als Neuling ansah.

»Zum Teufel, Boyd – das ist nur eine Anzahlung auf das, was Sie mir wirklich schulden: Ihre Seele.«

»Welche Seele?« sagte Boyd. »Was heißt Seele?«

Wir drei traten den Rundgang an. Wir besichtigten den im maurischen Stil gehaltenen Projektionsraum mit riesigen Polstern auf dem Fußboden anstelle von Sitzen. Wir besichtigten die höhlenartige Küche im Untergeschoß, in der ganze Sammlungen mit Kelchgläsern von Tiffany, vergoldete Servierplatten und Massen von Porzellan aus den Beständen längst vergessener Ozeandampfer standen. Wir besichtigten das im Jugendstil gehaltene Gewächshaus mit handverbleiten Glasfenstern und der echt italienischen Fontäne in der Mitte, deren Wasser als Bächlein zwischen Töpfen mit Springkraut und stark duftenden Gardenien dahinplätscherte. Der Swimming-pool war in einen Garten aus Bananenstauden eingelassen, mit großen, häßlichen, kubistischen Plastiken durchsetzt, die auf das Wasser hinunterblickten. Das Badezimmer des Hausherrn war mit weißem Teppich ausgelegt und mit einem Leuchter aus einer der Staats-Suiten der *Ile de France* ausgestattet. Ein Jacuzzi aus weißem Marmor war in tiefen Plüsch gebettet. Jeder Gegenstand wurde liebevoll und mit Besitzerstolz von Melvin selbst beschrieben, Boyd begleitete Melvins Erklärungen mit höhnischen Anmerkungen, er gab zu verstehen, daß jeder Gegenstand von zahlungsunfähigen Klienten eingetrieben worden war, offensichtlich auch das Grundstück samt Villa. Melvin stritt das ab. »Geben Sie es zu, Melvin«, sagte Boyd, »Sie würden noch bei Ihrer eigenen Mutter zwangsvollstrecken, wenn sie keine Miete mehr zahlen kann.«

»Zumindest würde ich sie nicht auf Zahlung verklagen, wie gewisse Leute, die ich beim Namen nennen könnte«, sagte Melvin unbekümmert. Beide brüllten vor Lachen.

Ich wagte nicht zu fragen, wer von den hier versammelten Zelebritäten seine eigene Mutter verklagt haben könnte. Ich wollte es auch nicht wissen.

»Kommt, kommt, Kinderchen!« Die Stunde des Hexenrittes nahte – 21 Uhr. Britt trommelte uns zusammen. Wir mußten die Maschine nach New York erreichen, und zuvor mußten Koffer abgeholt, Verabredungen getroffen, Abschiede genommen werden.
»Ich fahre dich zum Flugplatz«, sagte Josh wehmütig.
Wir standen und sahen einander an, wußten nicht, wann und ob überhaupt wir uns wiedersehen würden.
»Gut«, sagte Britt, »Sonny und Danny fahren mit mir. Wir müssen noch meinen Koffer abholen und Shelley Granowitz. Vielleicht nehme ich auch noch Cliff mit ...«
Cliff war ihre neue Errungenschaft – errungen nicht anstelle von Honoraren, aber in genau der Zeit, in der Melvin und Boyd mir das Anwesen zeigten. Clifford Bing sah atemberaubend aus, hatte einen glasigen Blick und war 24 Jahre alt. Er hatte türkisfarbene Augen, trug ein türkisfarbenes Stirnband und unglaublich blondes Haar. Er sagte kein einziges Wort. Wenn ich einen Sechsundzwanzigjährigen hatte, konnte Britt mich mit einem Vierundzwanzigjährigen übertrumpfen. So ein Konkurrenztier war sie.
»Ich bin dagegen«, sagte ich schwach. »Wenn Sie Cliff mitnehmen, nehme ich Josh mit –.«
»Kindchen«, sagte Britt und starrte mich aus kalten Augen an, »Josh können wir uns nicht mehr leisten. Und außerdem haben Sie schon einen Mann in New York, vergessen Sie das nicht.« Dann ließ sie mich an ihrem Joint ziehen. Mitleidige Henkerin, die sie war.
»Das habe ich jetzt nötig«, murmelte ich.
»Behalten Sie ihn meinetwegen ganz«, sagte Britt freigebig – und hastete los, um überall auf Wiedersehen zu sagen.
Josh und ich legten die Fahrt zum Flugplatz völlig benommen zurück und verabschiedeten uns unterwegs voneinander, auf dem Flugplatz und sogar auf dem Korridor zur Maschine.
»Schreib mir«, bat ich.
»Aber wohin?«
Jetzt wurde uns plötzlich klar, daß ich eine verheiratete Frau war, die nicht ohne weiteres Liebesbriefe empfangen konnte.
»Ich habe zwei absolut zuverlässige Freundinnen«, sagte ich. Ich gab ihm Hopes Adresse und die von Rosanna Howard.
»Ich liebe dich und möchte nicht abreisen«, sagte ich.
»Ich liebe dich auch, aber ist das *genug*?« Er blieb zurück und lächelte sein schiefes Lächeln, winkte vom Eingang her zum Korridor, während ich rückwärts durch ihn hindurchging, unfähig, meine Augen von ihm loszureißen, bis der Korridor seine unver-

meidliche Kurve machte und Josh, nun winzig am Ende des Tunnels, aus dem Blick verschwand.

Die Maschine startete. Die Lichter von Los Angeles blinkten durch den Smog herauf. Ich hatte das Gefühl, gegen die Bewegung des Flugzeugs ankämpfen zu müssen. Wenn wir höher stiegen, schmerzten mir die Fingerspitzen, so sehr vermißte ich Josh. Die Wände des Flugzeugs rückten enger zusammen, drohten mich zu erdrücken. Als wir über dem Pazifik eine Schleife zogen und dann ostwärts flogen, wünschte ich mit aller Kraft, hierzubleiben, anzuhalten, nicht fortzufliegen. Ich war wütend auf mich selbst, daß ich mich von Britt hatte überreden lassen, diesen Flug zu unternehmen, die Option zu unterschreiben, die Maschine nach New York zu besteigen. Britt war so entschieden und verstand es so gut, die Leute herumzukommandieren, daß sie auch die absurdesten Projekte durchsetzte. Man kam nie auf die Idee, ihre Autorität anzuzweifeln. Säße ich sonst im Haschrausch mit einer Sammlung so gespenstischer Typen im Flugzeug Richtung New York? Wir waren eine komische Karawane, eine Schar Hampelmänner, eine Bande von Betrügern, eine Ladung Lustmolche – und Britt war unsere Anführerin. Unsere seltsame Gruppe hatte die ganze Erste Klasse für sich. Sonny und Danny, Britt und Cliff, Shelly Granowitz und ihr Yorkshire Terrier Bogart (den sie unter ihrem Cape versteckt hatte und der mich sogleich anpinkelte, kaum daß wir an Bord waren) sowie zwei ungemein schwul aussehende Produzenten namens Sam Fink und Dan Fox (von Fox-Fink-Productions), die zusammen arbeiteten, zusammen lebten, ganz zufällig dasselbe Flugzeug benutzten wie wir und mir versicherten, daß sie nicht das geringste Interesse hätten, sich in Britts Produktion von *Candida* hineinzudrängen. Einer von ihnen (Sam) ließ sich stets per Telefon von seiner Ärztin in New York analysieren. Täglich um 13 Uhr (in New York also um 16 Uhr) wählte er in Beverly Hills einfach ihre Nummer, legte sich in seinem Büro auf die Couch und quakte in das Telefon, was ihm gerade in den Sinn kam, 50 Minuten lang. Das kostete ihn etwa 500 Dollar pro Woche – aber natürlich bezahlte das die Firma. Seine Analytikerin figurierte in New York als »Beraterin in Drehbuchfragen«.

»Darum schätze ich Ihr Buch so sehr«, vertraute er mir lispelnd an, »ich mußte selber durch den ganzen analytischen Quatsch durch.«

»Es ist immer tröstlich, einer verwandten Seele zu begegnen«, sagte ich.

Die altvertraute Straße ...

Kalifornien ist ein erotischer Traum in der Vorstellung New Yorks ... New York ist ein Alptraum, aus dem Los Angeles gern erwachen möchte ...

Der Flug von Los Angeles nach New York dauerte nur fünf Stunden, die wirkliche Entfernung beträgt aber ebenso viele Lichtjahre. Los Angeles unterscheidet sich stärker von New York als New York sich von London, Stockholm oder Paris unterscheidet. Eines Tages werden Wissenschaftler das noch unbekannte Gas entdekken, das der kalifornischen Atmosphäre beigemischt ist und selbst den verklemmtesten, zynischsten Ostküstenbewohner entspannt, so daß er seine Kleider abstreift, sich in der Sonne aalt, sich scheiden läßt, Swimmig-pools baut, meditiert, mit dem Übernatürlichen liebäugelt und allgemein so tut, als hätte er durch Sex, Nacktheit und Sonnenanbetung das Paradies entdeckt.
Aus Los Angeles nach New York zurückzukehren ist immer ein tiefer psychischer Schock. Plötzlich sind die Straßen eng, die Körper verhüllt, der Himmel ist zu einem grauen Streifen geschrumpft, zwischen Häusern eingekeilt – und man wird abrupt in eine meist sterile Aufgeregtheit gestürzt, die die New Yorker Leben nennen. Lärm, Schmutz, Gedränge. Leute blicken finster, schützen ihre Körper mit gekreuzten Armen, scharfen Worten, dicker Kleidung. Frauen umklammern ihre Handtaschen. Gepäckträger, Taxifahrer und Klofrauen sind grob und abweisend. Der Himmel bedrückt sie. Die Wolkenkratzer bedrücken sie. Sie sind unwillig aus Mangel an Raum zum Atmen und um sich zu bewegen. Sie wären alle lieber im Westen.
Als wir gelandet waren und auf unser Gepäck warteten, bemerkte ich, wie kalt es in New York war. Ich war in Los Angeles in dem dünnen Kaftan ins Flugzeug gestiegen, den ich auf der Party getragen hatte, an den Füßen nur Sandalen. Shelleys widerlicher Köter hatte meine Sandalen bepinkelt, und meine Füße fühlten sich seitdem klebrig und kalt an. Britt und ihr Anhang lachten und scherzten darüber, und ich kam mir vor wie das Kind im Ferienlager, das zu keiner Clique gehörte.
Die anderen wollten alle ins Sherry-Netherland, allein ich mußte in die 77. Straße, zu den Überbleibseln eines Lebens, das ich schon

hinter mir gelassen hatte. Ich vermißte Josh noch immer schmerzlich, mit schmerzenden Fingerspitzen und einer Enge in der Brust. Alle zehn Jahre reise ich nach Kalifornien, und jedesmal verändert sich mein ganzes Leben, dachte ich und bemerkte im gleichen Augenblick, daß dies gar kein so schlechter Satz für den Anfang eines Buches sei. Und dann verfluchte ich mich für diesen Einfall. Ich brauchte jetzt kein neues Buch, ich brauchte Josh. Ich *weigerte* mich, ein neues Buch zu schreiben, in dem die Heldin sich wieder einmal nach Liebe sehnt und mit Zynismus abgespeist wird. Diese Geschichte hatte ich oft genug erzählt in Gedichten, in einem Roman, nun auch noch in einem Drehbuch – warum also das alles noch einmal aufwärmen?
Und doch mißtraute alles in mir dem Gefühl, das ich für Josh empfand. Das Beverly Hills Hotel schien mir wie ein Traum. Die langen Stunden im Bett, die komischen Bestellungen beim Zimmerkellner mitten in der Nacht (Stachelbeermarmelade ohne Toast hatte Josh bestellt, die wir uns gegenseitig ablecken wollten), die stundenlangen Gespräche über alles und jedes, das endlose Gekicher, die überraschende Einsicht, daß wir trotz des Altersunterschiedes im Grunde Zwillinge waren – alldem mißtraute ich. Es war einfach zu gut, zu glücklich. Es *konnte* nur von kurzer Dauer sein, *mußte* sich in einem Monat abnutzen – oder in zweien. Und wenn schon! Was sonst? Etwa zurück zu Bennett und noch ein zynisches Buch schreiben, mit dem man beweist, daß Liebe eine Illusion ist? Die Welt besaß mehr als genügend solcher Bücher. Die größten Romane der Neuzeit handeln von edlen Frauen, die lüsternen Verführern zum Opfer fallen und daran sterben, indem sie sich vor den Zug werfen oder ins Meer oder ins Kindbett. Jemand *mußte* diesen Fluch doch einmal brechen, jemand *müßte* doch Dornröschen erwecken, ohne daß das gleich ihren Untergang herbeiführte! Irgend jemand *sollte* es endlich einmal hinausschreien: Fliegt und lebt und erzählt, wie es war!
»Kommt, Kinder«, sagte Britt. »Hier geht's lang!«
Und wir zwängten uns alle in ihre Limousine.
Die grauen Straßen von Queens, mein Herz rutschte mir in die Schuhe. Gewöhnlich versetzt mich der Anblick von Queensboro Bridge in freudige Beschwingtheit. Sie bedeutet New York, zu Hause, eine eigentümlich prickelnde Atmosphäre, die man nirgendwo sonst auf der Welt erlebt. Aber jetzt empfinde ich New York nur düster, ein Gefängnis, dreitausend Meilen von Josh entfernt. New York war die Vergangenheit, Kalifornien ist die Zukunft. Was hatte ich hier überhaupt zu suchen? Weshalb war

ich überhaupt noch einmal in die Vergangenheit zurückgekehrt?

Die 77. Straße an einem feuchtkalten Oktobermorgen. Das Museum of National History taucht drohend wie ein Alptraum aus Sandstein auf, Blätter treiben im Wind, Leute führen ihre Hunde aus und beobachten sie gewissenhaft beim Scheißen. Hier war ich zu Hause – aber es kam mir nicht mehr so vor. Zu Hause war, wo Josh war.

Ich dachte an meine Rückkehr in die 77. Straße mit Bennett im Sommer '69. Es war der Sommer der Mondlandung, der Sommer nach dem Tod meiner Großmutter, der Sommer, als mein Großvater einen Herzinfarkt erlitt und nicht mehr leben mochte.

Was zog mich damals zurück in die 77. Straße? Zum Teil war es gewiß Bennetts Drohung, mich zu verlassen, falls ich mich weigerte, die Eigentumswohnung meines Großvaters anzunehmen, aber es gab wohl auch noch tiefere Ursachen: ich wollte mich nach meiner Selbstentfremdung in Deutschland meiner Wurzeln vergewissern, meine Kindheit noch einmal vergegenwärtigen, so daß ich darüber schreiben und so über sie hinauswachsen könnte. Es war das Bedürfnis, die Vergangenheit verstehen zu können. Mag sein, die Dichterin in mir hatte diese Rückkehr an den Schauplatz meiner Kindheit nötig.

Ich hatte vom 2. bis zum 12. Lebensjahr in der 77. Straße gewohnt. (Später zogen wir um in eine weitläufige, durch drei Geschosse reichende Wohnung am Central Park West – eine Wohnung, die der ersten nicht unähnlich war, aber ich war nun eben älter.) In der 77. Straße bekam ich mein erstes Dreirad. Hier lernte ich auf einem Zweirad fahren, auf dem Weg zur Schule richtig die Straße überqueren.

Ich war noch sehr klein, als wir in die 77. Straße zogen und erinnere mich nicht an eine frühere Wohnung. Ich erinnere mich an die Columbus Avenue, als die Kneipen noch irisch waren und nicht von Puertorikanern betrieben wurden; als dort noch zwei Buslinien verkehrten und die Fahrt fünf Cent kostete, dann sieben Cent, dann fünfzehn; als man umsteigen durfte, was anfangs gar nichts kostete, dann zwei Cent und dann plötzlich nicht mehr möglich war. Heute kostet nichts mehr zwei Cent in der 77. Straße – auch keine Postkarte. Vielmehr verschwindet häufig der Briefkasten an der Ecke, hinterläßt keine Spur außer den Bolzen im Zement des Bürgersteigs. Wochen später taucht er aufgebrochen wieder auf, im Keller irgendeines Wohnhauses, der Schecks für die Fürsorgeempfänger beraubt. Daß man ganze Briefkästen stiehlt, erscheint mir der Höhepunkt städtischer Anarchie. Raubüberfälle kommen nun mal in Großstädten vor. Hundedreck und grölende Transistorradios kann man noch ertragen oder ignorieren, aber die Post ist tabu – besonders für den Schriftsteller. Auf die Post warten gehört zu den Hauptbeschäftigungen des Schriftstellers. Wenn Briefkästen am hellichten Tag von der Straße geraubt werden, dann ist nichts mehr sicher. Ich erinnere mich an meine Straße während des großen Schneefalls 1947. Autos waren darunter begraben, der Aufgang zum Museum ein weißer Hang. Alle Kinder der Nachbarschaft liefen schreiend durch den tiefen Schnee, bohrten mit ihren Stiefeln Löcher in das weiße Schweigen. Ich erinnere mich an den Umzug zu Halloween in der 77. Straße, ich erlebe die Wiederkehr des Frühlings an den blühenden Obstbäumen vor dem Museum, und natürlich ist mir das Ritual am Thanksgiving gegenwärtig, das Aufblasen der Riesenballons.

In der 77. Straße aufzuwachsen war für ein Kind wie die Zugehörigkeit zu einem auserlesenen Kreis. *Andere* Kinder sahen aus der Ferne die Ballons durch die Luft schweben; *wir* hingegen konnte zusehen, wie sie aufgeblasen wurden! Andere Kinder kamen mit der U-Bahn her, um die Dinosaurier anzustaunen, wir *lebten* mit ihnen. Wir fühlten uns dazugehörig zum Land der Titanen. Wir selber waren zwar Zwerge, aber wir hatten Umgang mit märchenhaften Riesen. Wir waren zwar Kinder, aber wir hatten Umgang mit Göttern.

Als ich heranwuchs, verleugnete ich den alten Block natürlich. Ich wollte im Village wohnen, im Gramercy Park, in Paris oder Rom. Überall, nur nicht in der 77. Straße. Tatsächlich zogen wir aus der alten, baufälligen Atelierwohnung in der 77. Straße in eine etwas weniger verfallene Atelierwohnung auf der anderen Seite des Museums. Keine große Entfernung – aber eine andere Welt. Nun waren wir nicht mehr in der Nähe der Dinosaurier, sondern beim Planetarium: ein Riesensprung.

Was Bennett und mich 1969 doch wieder in die 77. Straße zurückzog, ist schwer zu sagen. Vielleicht Angst? Oder eine geheime Übereinstimmung? Die Sehnsucht, Wurzeln zu schlagen. Autoren aus dem Süden haben ihre Magnolienblüten und verfallenden Plantagen, ich hatte Hundedreck und gestohlene Briefkästen. Es roch vielleicht alles nach Müllhaufen – aber es war mein Zuhause. Der Tourist nimmt vielleicht den häßlichen Anblick eines von der Fürsorge geleiteten Hotels wahr, überquellende Müllsäcke, riesige Wasserwanzen, die am hellichten Tag die Straßen überqueren, er hört herumlungernde Puertorikaner vorübergehenden Frauen an-

bieten: »He, Biene, willst 'n Fick?« Ich aber sah hier meine Kindheit. Was die Rue des Vignes und die Rue des Hospices für Colette, waren die 77. Straße und Central Park West für mich. Meine Freunde machten sich über mich lustig, weil ich immer noch dort wohnte, wo ich als Kind gespielt hatte, aber ich wußte genau, jedenfalls in einer bestimmten Phase meines Lebens, daß der Aufenthalt in dieser Straße mir zuträglich war.
Diese Phase war nun vorüber. Die 77. Straße wirkte, verglichen mit Kalifornien und seinem riesigen westlichen Himmel, erstikkend. Mein ganzes Leben hier war ein künstliches Gebilde. Zu Hause war ich jetzt in Joshs warmem, lustigem Lächeln.
Ich schleppte meine Koffer in die Halle und rief über das Haustelefon meine Wohnung an. Bennett meldete sich. Bennett (der niemals und für niemanden sein Tagesprogramm änderte) war wunderbarerweise zu Hause geblieben, um mich zu erwarten. Je weiter ich mich von ihm entfernte, desto enger fühlte er sich mit mir verbunden. Als ich in den ersten Jahren unserer Ehe alles versuchte, eine richtige Ehe zu führen, wies er mich zurück, verachtete mich, fiel in Schweigen, griff mich an, wandte sich Penny zu und schickte mich zu einem Analytiker, anstatt mich in die Arme zu nehmen. Jetzt gab er sich Mühe, etwas aus dieser Ehe zu machen, aber es war der falsche Zeitpunkt.
Es war bereits zu spät.
Er hörte meine Schlüssel in der Tür und öffnete.
»Liebling«, sagte er und nahm mich in die Arme. Nach so vielen Jahren der Kälte schien mir seine Wärme unecht. Sein Körper fühlte sich fremd an, kalt, reptilhaft. Es war nicht der Körper, zu dem ich jetzt gehörte. Ich war in eine andere Sphäre eingetreten. Ich berührte Bennett, ohne ihn eigentlich zu berühren – als wäre eine unsichtbare Haut zwischen uns.
Er hatte sich das Haar kurz schneiden lassen, seinen hängenden Schnurrbart gestutzt und sich dazu einen Freudschen Kinnbart wachsen lassen. Der war recht dünn, aber man sah, hier wurde der Meister verehrt. Seine Ohren standen ab – oder hatten sie immer abgestanden? Ich konnte es nicht sagen.
»Laß dich anschauen«, sagte er, »du siehst großartig aus.« Sah er nicht überall Josh an mir? War er denn blind?
»Warum hast du dir das Haar kurz schneiden lassen?« fragte ich und wich vor ihm zurück. »Und warum läßt du dir diesen albernen Ziegenbart wachsen?«
»Oh, das habe ich mit Doktor Steingesser diskutiert. Ich sah zu kindlich aus.«

»Ich fand die langen Haare besser.«
Er tat das mit einem Achselzucken ab. Die Meinung seines Analytikers war wichtiger als meine.
»Warum sollst du übrigens nicht jung aussehen?«
»Das ist nicht gut für die Patienten.«
»Ach, das ist doch albern, Patienten kommen doch nicht, um dein *Haar* zu bewundern. Oder weil du einen Freudschen Bart trägst.«
»Das glaubst *du*«, sagte er verächtlich. »Ich *will* einfach nicht mehr aussehen wie ein Kind. Steingesser hat mich auf meinen unbewußten Wunsch aufmerksam gemacht, jung auszusehen. Immerhin bin ich vierzig.«
»Ich habe nie verstanden, wieso es dem Unbewußten helfen soll, wenn man wie ein kompletter Konformist aussieht. Offen gestanden, ich glaube, das ich schlichter Blödsinn. Stumpfsinnigkeit und Nüchternheit können doch unmöglich dabei helfen, *Träume* zu deuten.«
Bennett sah gereizt aus, aber er war entschlossen, nicht nachzugeben. Er war eigens zu Hause geblieben, um mich zu erwarten, hatte meinetwegen Patienten abbestellt – alles Dinge, die mein Herz zum Schmelzen gebracht hätten, wären sie vor Jahren, sogar noch vor Monaten geschehen. Aber jetzt ließ mich das kalt. Ein schmerzliches Gefühl der Heuchelei war alles, was ich bei meinem Wiedersehen mit Bennett empfand. Wie konnte ich ihm das klarmachen? Wie konnte ich es ausdrücken, verstand ich es doch selber kaum.
Er legte seine Arme um mich und preßte seinen Unterleib an meinen. Ich spürte seine Erektion und empfand Ekel davor, gefolgt von unbeschreiblicher Trauer. Bei früheren Trennungen von Bennett hatte ich immer gefürchtet, daß er herumvögelt oder eine Frau fürs Herz findet oder daß er mich nicht mehr will. Jetzt war ich seiner Treue ganz sicher, ich wußte, daß er mich vermißt hatte, aber nun war es einfach zu spät.
»Laß uns ins Bett gehen«, sagte er und führte mich an der Hand ins Schlafzimmer.
»Wie spät ist es eigentlich? Mußt du nicht in die Praxis?«
»Ich habe noch ungefähr eine halbe Stunde«, versetzte er und nahm mein Widerstreben gar nicht wahr. Im allgemeinen sträubte ich mich nie, ins Bett zu gehen. Bennett war gewöhnlich der Widerstrebende; er war es, der sich darüber beschwerte, daß ich immer geil war, jederzeit und überall vögeln wollte.
»Da hat sich soviel Post angesammelt«, sagte ich, als wir an

meinem Arbeitszimmer vorüberkamen. »Der bloße Anblick macht mich schon nervös ...«
»Die Post kann warten«, sagte Bennett – ein absolut neuer Einfall von ihm. Offenbar hatten wir die Persönlichkeiten ausgetauscht, er war geworden wie ich.
Er zog mir ungeduldig die Kleider vom Leib, begann pflichtschuldig an meinen Brustwarzen zu nuckeln, massierte meinen Kitzler, stieß seinen Schwanz in mich hinein, stöhnte dabei, wie schön es sei, wie eng meine Möse, wie *gut* ich mich anfühlte. Mein Körper reagierte wie gewohnt, fast gegen den Willen des Verstandes, der in ihm wohnt. Meine Möse wurde feucht für ihn, mein Herz klopfte rasend, meine Brustwarzen wurden fest, es kam mir – und ich dachte an Josh (bei dem zu kommen so schwer gewesen war).
Ach, meine liebe Doris Lessing – deine Anna irrt mit dem, was sie über den Orgasmus sagt. Er ist kein Beweis für Liebe – ebensowenig wie der Sturz einer anderen Anna vor die Räder jener russischen Eisenbahn ein Liebesbeweis war. Alles weibliche Täuschungsmanöver, Schnörkel im Überbau, Konditionierung, Gehirnwäsche, Erfindungen von Männern.
Was will denn die Frau? Sie will, was sie wollen soll. Anna Wulf wünscht sich Orgasmus, Anna Karenina den Tod. Orgasmus beweist nichts. Orgasmus beweist Orgasmus. Eines Tages wird jede Frau Orgasmen haben – wie jede Familie Farbfernseher hat, und dann können wir uns alle endlich dem eigentlichen Leben widmen.
»Woran denkst du?« fragte Bennett.
»An Tolstoi und Doris Lessing«, antwortete ich.
Bennett gluckste. Das war die Isadora, die er kannte, die Isadora, mit der er es aushielt, die Isadora, die er in der Gewalt hatte. Das war die Frau, die sich um Literatur bekümmerte, nicht um das Leben. Mit solch einer Frau fühlte er sich wohl. Ich aber hatte mich in meinem ganzen Leben noch nie so *unbehaglich* mit dieser Frau gefühlt.

Später am Tag schrieb ich einen Brief an Josh, darin stand unter anderem: Zum erstenmal scheint es mir möglich, Schreiben und Leben zu integrieren. Anders ausgedrückt: bis jetzt habe ich immer angenommen, daß ich unglücklich sein müsse, um im Schreiben produktiv zu sein. Ob ich mir das je klargemacht habe, weiß ich nicht, aber ich *lebte* danach. Jetzt frage ich mich, *warum* ich so gelebt habe. Nur, um den bösen Blick abzuwehren? Ich habe den Verdacht, irgendwann einmal einen Pakt mit mir selbst geschlossen zu haben, in dem ich die Liebe zugunsten der Literatur aufgab. Männer dürfen beides haben, Frauen aber mußten schon immer zwischen beiden wählen. Und wenn ich schon wählen mußte, wollte ich Schriftstellerin werden. Da fürchtete ich weniger Enttäuschungen als in der Liebe. Also lebte ich mit jemandem, mit dem ich nicht reden konnte. Meine Rechtfertigung dafür war: *er läßt mich ungestört schreiben.*

Er *läßt* mich. Erst seit kurzem merke ich, wie herzzerreißend sich das anhört. Lasse ich ihn etwa Psychiatrie praktizieren? Es würde mir niemals einfallen, ihn zu lassen oder nicht zu lassen. Das ist nicht meine Sache. Und doch war ich jahrelang Bennett dankbar dafür (und hatte Schuldgefühle deswegen), daß er *mich schreiben ließ.* Das sollte alles andere wettmachen: die fehlende Wärme, die fehlende Kommunikation, das fehlende Lachen.

Ich glaube, erst als ich begriff, was mein Schreiben für andere Menschen *bedeutete,* daß es ihnen *half,* hörte ich auf, es als einen albernen Zeitvertreib anzusehen, die mein kalter, aber nachsichtiger Mann zuließ, und sah es als mein Recht an, das ich in Anspruch nehmen mußte.

Anerkennung half mir enorm – besonders die Anerkennung der Leser. Jetzt hatte ich doch einen Platz auf der Welt, war auf meine Weise mit der menschlichen Gesellschaft verbunden. Ich fühlte mich nützlich und produktiv wie damals, als ich erste Semester in Englisch unterrichtete. Ich saß jedenfalls nicht mehr im dunklen Zimmer und befriedigte mich selbst.

Wir leben in einer Gesellschaft, in der gewöhnlich keiner über seine Gefühle die Wahrheit sagt, und wenn jemand den Versuch macht, aufrichtig auszusprechen, was er empfindet, ist man ihm dankbar dafür. Darum werden bestimmte Autoren wie Kultfiguren verehrt. Wer selber im Alltagsleben die Wahrheit verschmäht, fühlt sich erhoben, wenn er ihr wenigstens in einem Buch begegnet.

Ein halbes Jahr, wenn nicht länger, habe ich unter dem lächerlichen Ruhm gelitten, der mir zuteil wurde, war überwältigt, fühlte mich deswegen schuldig, lag mit mir selbst im Streit. Aber jetzt (wenn ich an Kalifornien und Dich denke, an den ewig lebenden Kurt und an Jeannies Tod) kommt es mir vor, daß dieser Ruhm mir zu einem bestimmten Zweck zuteil wurde, als eine Art Aufklärung, als ein Mittel, mich zu befreien.

So lange ich denken kann, war ich vom Ehrgeiz zerrissen, krank vor Neid auf alle, die publizierten, die bekannt waren, öffentlich gelobt wurden. Als ich dann selber bekannt geworden war, stürzte

mich dies in Verzweiflung, in Angst, in die Furcht abzustürzen. Ich vergoß Tränen, wenn meine Gebete erhört wurden. Ich ahne aber jetzt, daß jemand, der so ehrgeizig ist wie ich, den Ehrgeiz nur überwinden kann, wenn er diesen Berühmtheitsrummel einmal durchgemacht hat. Erst danach konnte ich mich dem widmen, worauf es wirklich ankommt – jemand von ganzem Herzen zu lieben, zu schreiben, anstatt als Medienpersönlichkeit in Rauch aufzugehen; *Gebrauch* zu machen vom Erfolg, statt mich vom Erfolg mißbrauchen zu lassen ...
Zum erstenmal in meinem Leben kommt es mir vor, als säße mir der Kopf richtig auf den Schultern. Es spricht nichts dagegen, daß wir einander lieben und ich trotzdem schreibe. Doch wenn ich das sage, packt mich die Angst. Wir wollen unser Glück nicht zu sichtbar werden lassen. Sonst trifft uns der böse Blick ...

In den folgenden Tagen gab es viele Zweifel. Von Josh keine Zeile. Rosanna Howard versuchte, mir Josh auszureden, sagte, ich sei verrückt, mich schon wieder an einen anderen Mann zu klammern, wo ich doch gerade dabei war, mich aus der Abhängigkeit von Männern zu lösen, jetzt, wo ich mich endlich innerlich von Bennett losmachen und mit ihr leben könnte. Aber wie sollte ich ihr erklären, daß meine Sache mit Josh mit der ›Abhängigkeit von Männern‹ ebensowenig zu tun hatte wie mit feministischer Politik oder anderen doktrinären Disputen? Josh war weiter nichts als der beste Freund, den ich je gefunden hatte. Warum aber schrieb er dann nicht? Hatte ich mich wieder einmal geirrt? Hatte ich mir wieder einen Sieger ausgesucht? Die Briefe mußten verlorengegangen sein. Das konnte ich mir ein, zwei, drei Tage einreden, dann fing ich an, mir Gedanken zu machen.
Britt bereitete mir inzwischen nichts als Ärger. Nachdem sie sich mit ihrem Gefolge im Sherry-Netherland einquartiert hatte, streckte sie ihre Fühler in alle Richtungen aus und rief mich in Abständen zu sich, um mich über den Stand ihrer Verhandlungen genau zu informieren und mir Dinge zu erzählen, die völlig konfus waren.
Es schien nun, daß Spinoza und Dante ganz von der Bildfläche verschwunden waren, daß sie »mit einer großen Gesellschaft in Verhandlung stand«, daß sie »Besprechungen mit Regisseuren führte« und daß sie »mich wissen lassen wollte, was sich daraus entwickelte«. Sie sprach bereits hochmütig davon, daß sie die Hauptrolle in dem Film selber übernehmen würde. Zwar hatte sie überhaupt keine Erfahrung als Schauspielerin, zwar kam ihre

Stimme nicht aus der Kehle, sondern aus der Nase, doch sie hatte beschlossen, sie, nur sie allein sei die richtige Candida – und irgendwie hatte sie einen wichtigen Regisseur davon überzeugen können.
Das Buch verkaufte sich unterdessen reißend. Es lag in allen Auslagen, mein Telefon stand nicht mehr still. Der Posteingang wurde beängstigend, und Britt gab unterdessen Pressekonferenzen und Interviews im Sherry-Netherland, in denen sie Reklame machte für den Film, in dem sie der Star sein würde. Sie ritt auf den Rockschößen von *Candida* zum Ruhm, behauptete sogar in einem Interview, daß sie »Isadora Wing erst zu der gemacht habe, was sie heute ist...« Ihre *Chuzpe* brachte mich zur Weißglut. Britt hatte nie im Leben ein einziges Buch geschrieben oder einen Film gemacht. Sie hatte nie etwas anderes getan als ihr eigenes Lob gesungen und andere Leute herumkommandiert. Ihre ganze Reputation basierte auf einem Western, den zu finanzieren sie ihren Mann beschwatzt hatte (dem eine Maklerfirma gehörte). Ohne ihr Zutun wurde dieser Film ein großer finanzieller Erfolg, und nach der Art Hollywoods galten Leute, die Geld auftrieben, als Produzenten. So wurde Britt eine »Produzentin«, ohne jemals auch nur einen einzigen Film gemacht zu haben.
Als ich mich genügend beruhigt hatte, um zu begreifen, was ich da mit dem Optionsvertrag unterzeichnet hatte, und daß der Vertrag bindend war, geriet ich in Verzweiflung. Für Britt war selbstverständlich nichts bindend. Ihr ganzes Gerede von Qualitätsfilm, von privater Finanzierung und künstlerischer Kontrolle war vergessen, sobald sie das unterschriebene Schriftstück von mir hatte. Nun stellte es sich heraus, daß es die Abschreibungsfinanziers nie gegeben hatte, daß Britt schon die ganze Zeit mit Paradigm Pictures unter einer Decke steckte und daß Sonny und Danny nur zwei Typen waren, die sie irgendwo unterwegs aufgelesen hatte. Sie gehörten ebensowenig zur Mafia wie sie auf die Leinwand. Echte Mafiosi hätten sich vermutlich ehrenhafter benommen.
Meine Agentin erwies sich als totale Niete. Sie war jung und unerfahren, ihr Arbeitgeber eine Riesenagentur, für die Britt wichtiger war als ich. Zehn Prozent von meinen Einkünften waren nichts im Vergleich zu zehn Prozent von dem, was ein Film – egal welcher – einspielte, und Britts letzter Film hatte Millionen abgeworfen.
»Du brauchst einen tüchtigen Rechtsanwalt«, sagte Rosanna Howard. »Geld verdienen kann jeder, aber reich wird und bleibt nur, wer einen guten Anwalt hat.«

»Wie wär's mit Gretchen?« fragte ich.
Rosanna war amüsiert. »Man geht wegen eines Filmvertrags doch nicht zu einer Feministin. Du brauchst jemanden, der ihnen Angst macht. Wenn man das Recht zu seinem eigenen Vorteil benutzen will, ist Einschüchterung die richtige Methode. Die meisten Prozesse enden ohnehin durch Vergleich, und wenn sie vor den Richter kommen, hat das, was dort geschieht, mit Gerechtigkeit nichts zu tun. Also ist die Frage: wieviel Angst kann man der Gegenseite einjagen? Ich glaube, man hat dich ganz klar betrogen und eingeschüchtert, etwas zu unterschreiben, was du erstens nicht unterzeichnen wolltest und zweitens nicht verstanden hast. Du brauchst einen knallharten Anwalt. Und du brauchst ihn *sofort.*«
Ich dachte an den Herrensitz von Britts Anwalt in Bel Air, an die Rolls Royces und die vergoldeten Servierplatten, die Kelche von Tiffany – alles eingetrieben an Zahlungs Statt.
Wenn schon Filmstars ihre Anwaltsrechnungen nicht bezahlen konnten, wie sollte ich es können?
»Ich bin nicht sicher, ob ich mir einen Anwalt *leisten* kann«, sagte ich deshalb zu Rosanna.
»Du kannst es dir nicht leisten, dir *keinen* zu leisten«, war ihre Antwort.

Intuition, Extuition . . .

Samuel Johnson definiert den Roman als ›kleine Erzählung, die meist von Liebe handelt‹. Die Franzosen sagen: ›Ohne Ehebruch kein Roman‹. Wer bin ich, daß ich da widersprechen könnte?

In den folgenden Wochen war mein Leben eine richtige Karussellfahrt: Besprechungen beim Anwalt, Telefonate, Interviews und wachsende Angst, weil ich von Josh nichts hörte. Dazu die wachsende Gewißheit, daß ich ihn liebte. Allein an ihn zu denken, machte mich schon glücklich. Ich hüpfte im Tanzschritt zu meinen Verabredungen, ins Sherry-Netherland (wo Britt mich immer wieder beschwor, ihr zu vertrauen, keine Angst zu haben wegen des Films, nicht auf meine Anwälte zu hören), zu meiner Analytikerin (die total perplex war, weil sie in meinen Empfindungen für Josh nichts Ödipales und Selbstzerstörerisches entdecken konnte), die Madison Avenue hinunter zu Rosanna (die mich überreden wollte, Josh zu vergessen und mit ihr zusammenzuziehen), zu Hope in ihr Büro (wo ich vergebens Briefe von Josh vorzufinden erwartete, stundenlang herumsaß und Hope immer wieder versicherte, wie großartig ich ihn fand).

Ich war verliebt. Meine Haut war glatt wie Porzellan. Innerhalb einer einzigen Woche nahm ich zehn Pfund ab, denn ich hatte kein Verlangen mehr nach Nahrung. Auf der Straße hüpfte, rannte und sang ich. Fremde lächelten über mich. Hunde liefen mir nach. Beide Jeffreys erkundigten sich, was denn in Kalifornien vorgefallen sei, wie er denn hieße? Die wußten gleich Bescheid. Der einzige, der sich absolut stumm und taub stellte, war Bennett. Der einzige, der überhaupt nichts argwöhnte, war mein mir angetrauter Gatte. Statt den Vormittag im Bett zu verbringen, an die Decke zu stieren und mir den Tod zu wünschen, stand ich jetzt um sechs Uhr früh auf und trippelte mit einem Song von Cole Porter auf den Lippen ins Bad, aber Bennett fiel nichts auf. Hätte ich ihm was sagen sollen? Er hätte mir nur geraten, mit meiner Analytikerin darüber zu reden, bis ich mir die Sache ausgeredet hätte.

Nach einem wildbewegten Tag setzte ich mich abends hin und schrieb Liebesgedichte. Bennett legte sich schlafen, ich aber blieb bis zwei Uhr auf und dichtete. Die Gedichte quollen aus mir hervor wie von einem Geist diktiert. Sie waren nicht zu bremsen. Morgens sprang ich – nicht im geringsten müde – aus dem Bett und schickte die Gedichte an Josh. Ich schickte ihm Bücher, Fotos, Briefe sowie Gedicht um Gedicht. Ich war so davon überzeugt, daß wir uns zusammentun würden, daß ich nicht einmal Abschriften von den Gedichten machte. Ich, die doch sonst das ganze Drum und Dran der schriftstellerischen Praxis so ernst nimmt, die Durchschläge, die Xerokopien, ich schickte meine hingekritzelten Produkte hinaus ins Blaue, ganz überzeugt, sie müßten irgendwo hängenbleiben, wie die Webfäden von Whitmans lautloser, geduldiger Spinne.

Mein Leben lang hatte ich geschrieben in der Hoffnung, durch das gedruckte Wort meinen Geliebten, mein Double, meinen Freund zu finden. Bücher gehen hinaus in die Welt, sie wandern geheimnisvoll von Hand zu Hand und finden im rechten Moment irgendwie den Weg zu den Menschen, die sie brauchen. Josh hatte meine Gedichte zwei Jahre zuvor gelesen, denn seine Eltern und ich hatten gemeinsame Freunde, und so war das Bändchen weitergereicht worden. Über solchen Vorgängen wachen kosmische Mächte. Die Fingerspitzen solcher Buchverleiher sind ebenso mit kosmischer Energie geladen wie die von Menschen, die an einer spiritistischen Sitzung teilnehmen. Das Buch schnellt von Hand zu Hand, angetrieben von den Wünschen des Verfassers, die aus der Ferne wirksam sind. Man findet nicht zufällig in verlassenen Badehütten oder in der Bibliothek eines Ozeandampfers ein bestimmtes Buch, sondern das hat einen dort erwartet, Sommer nach Sommer, um vielleicht ein Leben zu verändern. Und der Verfasser (der verstorben sein mag) schwebt nahebei im Äther und sieht zu.

Joshs erster Eindruck beim Lesen meiner Gedichte war gewesen: da schreibt jemand, mit dem ich reden könnte. Ihm war der Gedanke gekommen, ich könnte die passende Frau für ihn sein, den hatte er aber als reines Wunschdenken von sich geschoben. Es gibt Intuition und Extuition. Intuition ist die Stimme des inneren Beraters, Extuition ist das Produkt des bösen Blicks. Der böse Blick sagte Josh: »Die würde sich nie für dich interessieren«, also lagerte er die Gedichte in einer Bodenkammer seines Gedächtnisses ab und fuhr fort, seine damalige Freundin zu vögeln, deren Titten ihm zwar sehr gefielen, deren Bewußtsein ihm aber nicht zugänglich war. »Ich entdeckte, daß man Beziehung nicht einzig auf schöne Titten gründen kann«, berichtete er mir.

Kann man aber eine Beziehung auf Gedichte gründen? Oder auf einige wenige Tage in einem Bett des Beverly Hills Hotels? Oder

auf gleichgeartete Kindheitseindrücke? Oder darauf, daß man unter dem gleichen Tierkreiszeichen geboren ist? Wer weiß das schon?
Ich weiß nur, daß wir uns bei der Wahl unserer Freunde, Liebhaber und Lehrer, die unser Leben verändern, von Kräften leiten lassen, die nichts mit dem zu tun haben, was wir als Vernunftgründe vorschieben. Der beste Beweis dafür sind Gedichte. Wieder und wieder habe ich bemerkt, daß meine Gedichte meine Zukunft vorhersagen, daß ich in allen Einzelheiten ein Erlebnis beschreibe, das erst Monate später stattfindet. Das gilt auch von einigen der Gedichte, die ich an Josh schickte. Auch sie handelten von Ereignissen, die erst später eintraten. Es war fast, als schriebe ich und wartete dann ab, bis das Leben das Geschriebene einholte. Ich, die stets an Zweifeln und Unentschlossenheit litt, war gleich fest davon überzeugt, daß Josh der Mann sei, der mein Leben zu einem Ganzen machen könnte. Obwohl wir im Bett keineswegs völlig übereinstimmten, obwohl meine Freundinnen es für glatten Wahnsinn hielten, daß ich, eine »erfolgreiche« Schriftstellerin aus New York, mich mit einem »kleinen Hippie« zusammentat, der überdies ein arbeitsloser Drehbuchautor war, wußte ich, dies ist das Richtige. Jedenfalls wußten es meine Gedichte.
Und doch, wenn ich diese tiefinnerlichen Überzeugungen in den frühen Morgenstunden zu Papier gebracht hatte, begann mein Alltags-Ich (das nicht auf Intuition hört, sondern auf Extuition), schwankend zu werden. Eine ganze Woche war jetzt verstrichen ohne einen einzigen Brief von Josh.
»Vielleicht ist er kein Briefeschreiber«, tröstete mich Hope.
»Er ist Schriftsteller! Alle Schriftsteller schreiben für ihr Leben gern Briefe, denn Briefe sind ein willkommener Vorwand, nicht an dem zu arbeiten, woran man eigentlich arbeiten soll.«
»Vielleicht sind seine Briefe verlorengegangen?«
»Aber wie? Bei dir gehen sie doch nicht verloren.« (Die Person, die in Hopes Büro den Posteingang überwachte, hielt bereits scharf nach seinen Briefen Ausschau).
»Ich passe auf wie ein Schießhund, Isadora. Hast du schon Rosanna gefragt?«
Hope konnte Rosanna nicht leiden, fand sie kalt und opportunistisch, doch neigte sie nicht dazu, sich einzumischen, wenn es um Sachen ging, auf die ich versessen war. Wenn ich unbedingt ein lesbisches Verhältnis haben wollte, bitte sehr. Hope war unendlich duldsam, das Leben war in ihren Augen nichts Statisches, sondern immer in Bewegung.

»Rosanna hat auch keine Briefe gesehen. Sie drängt mich unentwegt, ich soll Josh vergessen. Sie hält ihn für den geborenen Verlierer – allerdings sagt sie das nicht so deutlich. Sie meint, wenn ich einen Teilzeitliebhaber brauche, weil ich mich immer noch nicht ganz zu den Lesben bekehrt habe, soll ich mir wenigstens einen in New York suchen, einen reichen, berühmten. Sie ist damit einverstanden, daß ich nicht nur sie habe, sondern auch so einen Liebhaber auf Zeit. Ihretwegen dürfte ich sogar heiraten. Aber die Ehe muß dann natürlich so sein, wie sie sich das vorstellt – viele lange Trennungen, Wohnungen und Häuser in allen Weltgegenden. Aber das kostet eine Kleinigkeit.«
»Geld wirst du reichlich haben«, meinte Hope, »je weniger du dir darüber den Kopf zerbrichst, und je intensiver du arbeitest, desto mehr wirst du haben.«
»Aber im Moment kann ich überhaupt nicht arbeiten! Die Sache mit dem Film ist ein totales Durcheinander, und schon regnet es Anwaltskosten. Von dem Bestseller, der mich angeblich so reich gemacht hat, habe ich noch keinen Cent Tantieme gesehen. Wenn ich Bennett verlasse, bin ich völlig blank, und Josh hat keinen Cent. Ich bezweifle, ob ich in meinem Alter noch mal leben möchte wie eine Studentin.«
»Verlaß dich auf mich«, sagte Hope. »Habe ich mich jemals in solchen Sachen geirrt?«
»Nein«, gab ich zu.

Doch insgeheim tat ich Hope als eine sentimentale Schwätzerin ab, denn nun war mir himmelangst geworden. Die Woche war vorüber. Die Gedichte waren geschrieben. Nun machte sich eine andere Seite meines Charakters bemerkbar. Angst übermannte mich, Angst und Verzweiflung. Alles, was ich für Josh empfand, meine Gedichte, die Heiterkeit, die ich genossen, das alles tat ich nun ab als wieder eine Verblendung, wieder einen Spontanfick. Bennett war grausam, doch er war verläßlich. Josh war eine Schimäre.

»Warum rufst du ihn nicht einfach an?« fragte Holly, als ich mich auf ihrem begrünten Dachboden ausweinte.
»Weil ich mir vorkomme wie eine Idiotin. Seit einer Woche bombardiere ich ihn mit Briefen und Gedichten, und er bringt keine einzige Zeile fertig. Es ist immer wieder der alte Mist – ich verliebe mich in so einen Lumpenhund, den ich mir selber erfinde. Wer ist Josh? Vielleicht eine Hippieversion von Adrian Goodlove. Wer

weiß das schon. Und ich dachte, das hätte ich hinter mir. Auf keinen Fall gebe ich mir die Blöße, ihn anzurufen. Das hab ich früher mal gemacht.«

»Wann? Wen hast du angerufen?« wollte Holly wissen.

»Ach, als ich mit Gretchen in London war. Da haben wir bei Adrian angerufen und sind sogar nach Hampstead rausgefahren, um die häusliche Idylle mit eigenen Augen zu sehen. Er hat Esther schließlich doch geheiratet, und sie hatten schon ein Kind, eine Tochter, die genauso schielt wie der Papa. Adrian nannte mich ihre Patentante. Offenbar hat er sie gezeugt, nachdem er mich in Paris hat sitzenlassen. Er hat damals so scharf mit Gretchen geflirtet, daß Esther und ich vor Eifersucht fast geplatzt wären. Als ich ihn schließlich fragte, ob er mit mir allein essen gehen würde – ich wollte mich mit ihm darüber unterhalten, was unsere gemeinsame Zeit für jeden von uns bedeutete –, da zog er sich plötzlich zurück, wich aus, wies mich ab. Und dem will ich mich auf keinen Fall noch mal aussetzen. Schon, daß ich Josh alle diese Gedichte geschickt habe, dürfte mich in seinen Augen schwachsinnig erscheinen lassen. Wahrscheinlich sehe ich die Originale nie wieder. Bei der Verrücktheit mit Adrian ist wenigstens ein Buch herausgekommen, aber diesmal sind sogar die Notizen für immer verloren.«

»Man kann sehr wohl allein leben«, sagte Holly. »Du mußt nicht von einem Mann zum nächsten hüpfen. Und zu Vampira Howard mußt du auch nicht unbedingt unter die Decke kriechen. Es gibt schon die eine oder andere, die es allein aushält –«

»– mit ihren Pflanzen.«

»Und was, bitte schön, hast du gegen Pflanzen?« kreischte Holly.

Die Veränderungen, die im Laufe der Woche mit mir vorgingen, blieben einzig Bennett verborgen. Weder hatte er meine manische Phase beobachtet, noch nahm er die depressive Phase zur Kenntnis. Wir sahen einander nur selten, doch wenn wir uns zufällig mal in der Wohnung begegneten, war er völlig blind für alles, was in mir vorging. Oberflächlich betrachtet, lebten wir wie immer. Ich teilte meine Zeit zwischen Freundinnen, Anwälten, Interviews, Dichterlesungen und dem Zank mit Britt um das Filmprojekt. Auf diesem Felde gab es keinerlei Fortschritte. Die Anwälte konferierten gegen 100 Dollar Stundenlohn, nicht gerechnet Telefonspesen. Britt lag mir in den Ohren, nicht auf die Advokaten zu hören, sie sei meine beste Freundin, und nie werde sie mich hintergehen.

Rosanna Howard sagte, Britt sei eine Lügnerin. Hope sagte, ich möge mir keine Sorgen machen, alles werde gut ausgehen. Holly riet mir, allein zu leben und das zu genießen. Beide Jeffreys dienten an, was sie immer schon angedient hatten: eine kleine Zerstreuung während der Mittagspause mit der Aussicht auf mehr von der gleichen Medizin. Beide kamen mir jetzt albern vor. Menschen, die den ehelichen Kompromiß zur schönen Kunst erhoben und mit religiösem Eifer rechtfertigten, waren mir zuwider. Beide Jeffreys waren verheiratet, konnten aber mit ihren Frauen nicht reden. Ich hatte einen Mann, mit dem ich nicht reden konnte. Das sollte nun in alle Ewigkeit so weitergehen. Mittags ein kleiner Ehebruch, zur Teezeit in einem leeren Büro eine gemütliche Vögelei, alles zur Begleitung vager Andeutungen, man wolle eines schönen Tages den Ehepartner vielleicht doch mal verlassen. Aber weder der eine noch der andere Jeffrey würde das jemals tun. Soviel stand fest. Beide fanden Gefallen an dem zerstückten Dasein, in dem sie sich eingerichtet hatten. So waren sie doch niemals genötigt, sich festzulegen, weder gegenüber ihren Frauen noch ihren Mätressen und schon überhaupt nicht sich selber gegenüber. Sie taten genau das, was Bennett mit Penny und mir gemacht hatte, sie schwankten zwischen zwei Frauen, verursachten beiden Schmerzen und vermieden hinterlistig, die Verantwortung für einen Entschluß auf sich zu nehmen.
Ich war, was Adrian Goodlove betraf, wenigstens aufrichtig gewesen. Es hatte Bennett freigestanden, mich zurückzunehmen oder nicht. Er blieb bei mir, und das war sein freier Entschluß. Er begriff wohl, daß diese sommerliche Eskapade, verglichen mit seiner ausgedehnten, heimlichen, leidenschaftlichen Affäre mit Penny, wenig bedeutete. Weil ich damals von Penny nichts wußte, stärkte das auch seine Position mir gegenüber. Ich war geblendet von dem, was ich für seine Großmut hielt. Ferner war er so gütig, mich ›schreiben zu lassen‹, jenes Buch nämlich, das letzten Endes mein Leben änderte, weil es mir half, meine Angst zu überwinden. Während ich an *Candidas Bekenntnissen* schrieb, war ich von Schuldgefühlen und von Angst schier zerfetzt worden. Ich glaubte, nicht das Recht zu haben, die Wahrheit über mein Leben auszusprechen, aber ein anderer Dämon trieb meine Feder an, während ich mir zugleich einredete, ja förmlich schwor, das Buch niemals einem Verlag anzubieten. Doch es mußte alles heraus, alles mußte aufs Papier, auch wenn es schließlich einzig für meine Augen bestimmt sein sollte.
Aber dann wurde es doch gedruckt, und siehe da! Millionen

Frauen auf der ganzen Welt empfanden wie Candida. Was wäre das für eine Revolution, wenn alle Menschen, die ein zerstücktes Leben führen, die mit Heimlichkeiten und Lügen leben, die sie Wirklichkeitssinn nennen, Kompromisse, Ehrfurcht vor dem Über-Ich, Unbehagen an der Kultur, wenn die sich entschlössen, die selbstgeschmiedeten Ketten abzuwerfen und ihre wahren Gefühle auszuleben! Man würde nicht augenblicks anfangen auf offener Straße zu vögeln und einander abzustechen. Keineswegs. Man würde vielmehr für sein eigenes Glück und Unglück selbst die Verantwortung übernehmen müssen. Man würde die Schuld nicht mehr auf Ehefrauen, Kinder, Eltern, Analytiker, Bosse schieben können. Und das wäre ein furchtbarer Verlust! Niemand mehr, dem man die Schuld zuschieben kann! Warum blieben meine beiden Jeffreys denn in Wahrheit bei ihren Frauen? Doch nur, damit sie jemand hatten, dem sie die Schuld zuschieben konnten. Aus diesem Grunde führen viele Menschen ein Leben, das ihnen widersteht, mit Partnern, die ihnen zuwider sind. Darum offenbarte sich Bennett mir nicht und verließ mich nicht um Pennys willen. Und darum blieb ich bei Bennett, als ich längst wußte, daß die Ehe im Eimer war. Wie schön, wenn man jemandem die Schuld zuschieben kann. Wie herrlich, mit der eigenen Nemesis zusammenzuleben! Man fühlt sich elend, aber man weiß, der andere hat schuld. Dein Leben ist zerstückt, doch du hast keine Schuld daran. Wenn man das Leben aber in die eigenen Hände nimmt, passiert was Fürchterliches: Es ist niemand mehr vorhanden, dem man die Schuld zuschieben kann.
Was ich für Josh empfand, hatte mir die Augen dafür geöffnet, daß man auch ein makelloses, offenes Leben führen kann. Ich hatte nur einen kurzen Blick darauf geworfen, hatte es in meinen Gedichten vorausgesagt, ihm in meinen Briefen davon geschrieben. Und nun – Schweigen. Er antwortete nicht. Ich war wieder nirgendwo. Ich konnte unmöglich mein altes Leben wiederaufnehmen, mit Bennett, den beiden Jeffreys, Restaurantgeschwätz, jeder Menge törichter Bettgeschichten, dem Haß gegen meinen Mann, dem Glücksspiel mit dem Pessar, der zufälligen Schwangerschaft, die mir die Entscheidung abnehmen, mich der Notwendigkeit entheben würde, in eigener Verantwortung mein Leben zu ändern. *Wohin* aber dann?

Im Moment kam es mir vor, als verbrächte ich übertrieben viel Zeit bei Rosanna.
Rosanna verstand es, immer dann aufzutauchen, wenn ich mich

am jämmerlichsten fühlte, und mich in dem Corniche zum Essen oder auf einen Drink zu entführen. Sie machte einen glauben, alles im Leben sei ganz einfach (außer, sie zum Orgasmus zu bringen). Sie war ebenso kühl wie ich leidenschaftlich, so maßvoll wie ich maßlos, so ausgeglichen wie ich schwankend. In ihrem Atelier gab es massenhaft Gedichtbände und Kisten mit Rotwein. Aus dem Stereogerät kam immer Musik, auf dem Kaffeetisch häuften sich die Neuerscheinungen, und es fehlte nie an frisch gebrühtem Kaffee, der aus einer erstaunlich schönen, kupfernen Espressomaschine rann, die eine ganze Küchenwand einnahm. Und immer war die Luft von Rosannas Moschusduft geschwängert.

Zwischen ihr und mir war sogar etwas wie echte Freundschaft entstanden. Man konnte ihr wirklich nicht übelnehmen, daß sie ebenso wie die meisten Menschen nicht über die eigene Nasenspitze sehen konnte und versuchte, jeden zu ihren Auffassungen zu bekehren, die damit gerechtfertigt gewesen wären. Rosanna war in erster Ehe mit einem verklemmten Advokaten verheiratet gewesen, an den Bennett sie erinnerte, während sie in ihrer zweiten Ehe, einer sehr lockeren, offenen Verbindung mit einem Mann, der gern umherreiste und herumvögelte, eine gewisse Zufriedenheit gefunden hatte. So, wie sie es hielten, entsprach es ihren Temperamenten. Rosanna war sich selber überlassen, ihrer Schreiberei, ihren Freundinnen, ihrer kühlen Atelierwohnung mit dem heißen Espresso, und Robert hatte alle Freiheit, die er sich wünschte, in aller Offenheit. Er brauchte nicht zu lügen und durfte noch dazu von Rosannas Vermögen Gebrauch machen. Bestimmt liebten sie einander à la Harold und Vita, und ich weiß, daß sie sich all den umnachteten Seelen unermeßlich überlegen fühlten, die sich zu einer offenen Ehe nicht durchringen konnten. Rosanna nahm als selbstverständlich an, ein Arrangement, das ihr wohltat, müsse auch für mich wohltätig sein. Wenn sie mir das wünschte, wünschte sie mir also nichts Böses. Sie liebte mich und gönnte mir vom Besten. Auch glaubte sie wohl, es wäre großartig, mit mir zusammenzuziehen, und wo sie zu diesem Zweck den Hebel ansetzen mußte, hatte sie bald erkannt: bei meiner Schreiberei.

»Du könntest viel mehr schaffen, wenn wir zusammen lebten«, versicherte sie mir eines Sonntagnachmittags, als wir in ihrer Wohnung herumsaßen, Rotwein tranken, gemeinsam Gedichte lasen, schwatzten. Der Chauffeur war unterwegs zum Flugplatz, um Robert abzuholen, der dann abends zu Besuch kommen sollte. Bennett war beim Tennis. Ich hatte gesagt, ich wolle den Abend auch bei Rosanna verbringen, er möge doch ebenfalls kommen, wußte aber, daß er das nicht tun würde, denn Rosanna konnte er nicht leiden, und im übrigen mußte er sich noch vorbereiten, denn er gab seit neuestem im Krankenhaus Vorlesungen.

»Tja«, sagte ich, »*irgendwas* muß jedenfalls geschehen, denn wenn ich so weitermache, bringe ich nie ein neues Buch zustande.«

»Wir könnten in mein Haus nach Aspen fahren. Da stört uns niemand. Es gibt dort sogar eine elektrische Schreibmaschine.«

Ich dachte darüber nach. Rosanna hatte das schon früher vorgeschlagen, es war aber nie was draus geworden, weil ich mich davor fürchtete, längere Zeit mit Rosanna allein zu sein. Als Freundin war sie mir lieb, aber ich fand, der Sex hatte alles verdorben. Nicht, daß ich die Affäre bedauerte oder etwas dagegen hatte, daß Frauen es mit Frauen trieben, nur wenn es zwischen uns zu sexuellen Handlungen kam, verspürte ich ein leichtes Widerstreben, so wie ich Jeffrey Rudner gegenüber leichte Verachtung spürte. Sex gab mir seit neuestem Rätsel auf. In meinem Leben gab es jede Menge Sex, aber wenig Intimität. Es schien, daß ich dabei nicht einbezogen wurde, daß ich außerhalb blieb und nur urteilend zusah – bei allen, außer bei Josh. War ich bei Josh, so war ich ganz und gar und ohne allen Vorbehalt bei ihm, ob nun mit oder ohne Orgasmus. Wir bewohnten einer des anderen Denken, wir kannten einander aus dem Grunde unserer Seelen schon in dem Augenblick, da wir uns begegneten. Mit Josh könnte ich überall allein sein, ohne mich zu langweilen. Aber warum an ihn denken? Er hatte keine Zeile geschrieben.

»Nun«, sagte ich zögernd. »Wir könnten es *wirklich* mit Aspen versuchen, sobald diese Filmgeschichte ausgebügelt ist. Dann bringe ich womöglich was zustande.«

»Das ist das Vernünftigste, was ich in dieser Woche von dir gehört habe«, meinte Rosanna und goß mir noch ein Glas Mouton-Cadet ein.

Es klingelte. Man hörte Rumoren auf dem Korridor, Rosanna ging aufmachen, und wer stand draußen? Ein stark angetrunkener Robert Czerny samt einem Herrn und einer Dame, die er im Flugzeug kennengelernt hatte. Robert war groß, beleibt, grauhaarig und hatte die fatale Angewohnheit, andern Leuten auf den Hintern zu klopfen. Von der Dichtkunst hielt er nicht viel, mich mochte er aber trotzdem recht gern. Und ich mochte ihn. Er war unprätentiös und machte keinerlei Hehl daraus, daß er ein Opportunist war. Keine Heimlichtuerei. Man fand ihn entweder nett

oder nicht. Politisch war er ein Neokonservativer und hatte auch die dazu passende Stimme: dröhnend.
Im Flugzeug war er mit zwei Sexualforschern bekannt geworden, die gemeinsam Bücher verfaßten, erotische Kunstgegenstände sammelten und geübte Orgienteilnehmer waren. Beide waren um die Vierzig, sahen gut aus, die Frau eine blonde Schwedin namens Kirsten, in den USA aufgewachsen und mit enormen Titten behaftet (zwischen denen an einem Kettchen ein Anhänger in Form eines erigierten Penis baumelte, nur abwärts gerichtet, der Ärmste). Der Mann hieß Hans, sprach mit Wiener Akzent und war in Paris aufgewachsen. Beide waren erschreckend lustig und fidel, richtige Sexualmissionare (oder Emissionare, wie ich sie später nannte) und hatten Robert offensichtlich begleitet in der Hoffnung, an einer Orgie teilnehmen oder einem Millionär Geld für ihre Sammlung von Erotika abschmeicheln zu können oder beides.
Die kühle Rosanna war also wenigstens so gescheit, sich mit warmblütigen, lebendigen Menschen zu umgeben. Robert legte seinen Schafpelz ab, rieb sich tatenlustig die Hände und fragte: »Nun? Jemand was zu trinken? Was soll's denn sein?«
Hans und Kirsten waren sehr zufrieden mit dem Wein und dem Käse, an denen Rosanna und ich uns schon den ganzen Nachmittag über delektiert hatten, Robert aber verlangte Scotch, einen zwanzig Jahre abgelagerten, der durch die Kehle rann wie Honig.
Dann folgte ein sachverständiges und höchst seriöses Gespräch über erotische Kunst. In der Sammlung von Hans und Kirsten fand sich so gut wie alles, von Hokusai bis George Grosz. Sie hatten ihr Material mit eigenen finanziellen Mitteln in der ganzen Welt gezeigt, derzeit mangelte es ihnen aber leider an Geld, um eine Galerie zu mieten, die Versicherung zu bezahlen und die Stücke zu präsentieren (eine besonders passende Redewendung). Ruhm und Profit wollten sie gern mit ihrem Geldgeber teilen. Allerdings war dieser Ruhm etwas zweifelhafter Natur und hatte bereits zur Folge gehabt, daß Hans und Kirsten aus unerfindlichen Gründen – sieht man mal davon ab, daß sie nicht gerade prüde waren – vom FBI belästigt wurden. Man hatte ihre Telefongespräche abgehört, die Steuerprüfung rückte ihnen Jahr um Jahr pünktlich auf den Pelz.
Als sie dies erwähnten, wurde Rosanna nervös. Sie hätte sich aus Prestigegründen gern an solch einem Unternehmen beteiligt, doch wenn das Steuerfahndung bedeuten konnte, war es viel zu gefährlich. Hans, ein Psychoanalytiker – wenn auch ein total unorthodoxer – hatte ein wesentlich schärferes Gespür für die Reaktionen

seines Gegenübers als die meisten mir bekannten orthodoxen Analytiker und sagte denn auch gleich: »Bitte, bitte, Rosanna, keine Sorge. Sie können sich die Sachen ansehen und *hinterher* in Ruhe überlegen, ob Sie sich beteiligen wollen. Warum machen wir's uns unterdessen nicht gemütlich?«
»Ganz Ihrer Meinung!« stimmte Rob zu, der vom ersten Moment an darauf aus gewesen war, eine Orgie abzuziehen.

Es gibt Augenblicke, da prickelt die Luft von Sex, es ist schummerig, der Mond hängt über den Dächern, das Blut ist ebenso warm wie die weiche Luft, und wenn einen ein auch nur halbwegs passabler Mann ansieht, weiß man: mit dem könntest du sofort ins Bett gehen. Ein solcher Moment war dies *nicht*.
Es war kühl, die Anwesenden waren einander mehr oder weniger fremd, der Umgangston noch etwas gezwungen, und die Luft prickelte keineswegs von Sex. Doch da saßen wir nun mal beieinander, und Rob war ein Mann der Praxis. Eine solche Gelegenheit mochte sich so bald nicht wieder bieten, und in solchen Augenblikken ist Hasch unersetzlich. Hasch und die Beatles. Wie viele Orgien wären wohl schon auf halbem Wege versandet ohne Hasch und die Beatles! Diese klitoralen Triller, diese vögelnden Bässe! Süßlicher Rauch füllt die Lungen, den Kopf, die Möse ..., und die Beatles singen dazu: *Because the world is round it turns me on ...*
Oh, *verdammt*, wie *sehnte* ich mich nach den sechziger Jahren! Als alle Welt haschte und alle es unentwegt mit allen trieben. Nur ich saß derweil mit meinem blöden Bennett in Deutschland und spielte die brave Hausfrau, dachte mir schmackhafte Mahlzeiten aus und brach mir das Bein zur Strafe dafür, daß ich mir wünschte, was jeder Mensch sich wünscht – Freiheit. Ich wäre in Heidelberg gern zu den Studentenparties gegangen, hätte gern Hasch geraucht, herumgevögelt, meinem Alter entsprechend gelebt. Bennett jedoch, der Penny regelmäßig zweimal wöchentlich in meinem Arbeitszimmer vögelte, der nannte das alles *infantil* und schickte mich zu einem Analytiker, mit dem ich das ›durcharbeiten‹ sollte. Endlich, im gefährlichen Alter von 29 Jahren, machte ich einen einzigen Seitensprung, nämlich mit Adrian Goodlove, und trollte mich wieder heim – nicht pflichtschuldigst, sondern, schlimmer, voll von Zynismus. Bislang unterwürfig, wurde ich nun aufsässig, hatte mich aber damit abgefunden, mich niemals mit meinem Mann verständigen, nie jemand finden zu können, der mich dauerhaft liebte, die schmerzende Leere in mir mit

törichten, bedeutungslosen Liebeleien am Nachmittag ausfüllen zu müssen ...

Ach, hätte ich doch nur die sechziger Jahre nicht verpaßt! Hätte ich mir doch nur damals die Hörner abgestoßen wie Josh es jetzt tat.

Josh. Ich kniff die Augen zu und sah Josh vor mir. Ich lag auf der Couch, in einer Hand ein Weinglas, einen Joint in der anderen, als Joshs warmes, bepelztes, ulkiges Gesicht in mein Blickfeld geschwommen kam. »Ich liebe dich auch, aber *reicht* das?« fragte er. Er stand auf dem Flugplatz, am Ende der Rampe, und nie würde ich es schaffen, die Entfernung zwischen uns zu überwinden und mich in seine Arme zu werfen. Ich hatte wie Alice den falschen Zaubertrunk erwischt, und nun war ich zu dick geworden, zu alt, zu traurig, zu enttäuscht ...

»Möchten Sie tanzen?« Hans faßte meine Hand. Er war ein gutaussehender, etwas knochiger Europäer, aber eben nicht Josh.

Na, *wenn schon,* dachte ich. Hans zog mich von der Couch hoch. Aus dem Lautsprecher kam jetzt *Sgt. Pepper's Lonely Hearts Club Band* und versetzte mich zurück in jene sechziger Jahre in Deutschland, als ich mich schuldig fühlte, weil ich jung war, weil ich geil war, weil ich mir wünschte, was jeder sich mit 25 Jahren wünschte, während mein ältlicher (schon ältlich *geborener*) Gatte es sich an nichts fehlen ließ und mich infantil nannte, weil ich mir wünschte, was er hatte. Unverzeihlich!

Aber es war vielleicht noch nicht zu spät, 25 Jahre alt zu sein. Lieber bin ich mit 32 Jahren 25 als überhaupt nicht!

Tanzen. Ich hatte schon fast vergessen, wir rasend gern ich tanze. Mit etwas Hasch, bei guter Musik und mit einer Prise Verzweiflung als Treibladung kann ich mich in den Tanz werfen, als wäre der mein Leben. Mein Körper paßte sich der Musik an, als wäre er darin zu Hause. Und ich tanze nicht wie jemand, der unentwegt jeden Schritt und dies und das bedenkt, der alles und jedes analysiert und wieder analysiert, ich tanze wie eine Frau, die keinen anderen Rhythmus fühlt als den, der zwischen ihren Schenkeln pochte. Ich *verwandle* mich ganz in diese Frau.

Hans und ich tanzten und tanzten, bis wir ins Schlafzimmer getanzt waren. »Irgendwer muß mit der Orgie anfangen, also warum nicht wir?« sagte ich zu ihm.

»Einverstanden«, sagte er lachend. Er lachte bei *allem,* was er sagte, er war lustig und gescheit, und wenn ich die Augen zukniff, seinen knochigen Körper, das fremde Gesicht und das fremde Lachen nicht beachtete, nicht seinen ulkigen Akzent und den Kopf, der geformt war wie ein Totenschädel, dann konnte ich mir fast einreden, es sei Josh, der mich da auszog. Josh, der den glatten Finger zwischen den feuchten Lippen meiner Möse durchzog, Josh, der den Hosenschlitz öffnete, Joshs dicker Schwanz, der in mich eindrang, Joshs Gesicht, welches das meine mit Küssen bedeckte... Ich schaute Hans an und sah durch sein Gesicht hindurch – wie man es nur im schweren Haschrausch kann – die Gesichter aller Männer, die ich geliebt oder begehrt hatte, in eines verschmelzen. Josh vermischte sich mit Bennett, Bennett mit Adrian, Adrian mit Charlie, Charlie mit Brian, Brian mit meinem Vater. Sie alle waren derselbe Mann, es war zwischen ihnen kein Unterschied. Ich krallte die Nägel in Hans' Rücken, ich kreischte und heulte, als es mir kam: »Das ist gemein, gemein, gemein!«

Hans war sehr empfindsam und hatte einen guten Instinkt. Er wurde weder wütend, noch bekam er es mit der Angst. Er streichelte mir das Haar.

»*Was* ist denn so gemein, Isadora?« fragte er.

Ich war aber zu hinüber, um Erklärungen abgeben zu können, und unterdessen waren die anderen, von meinem Gekreisch angelockt, hereingekommen und umtanzten das Bett wie Bacchanten – teils um mich zu trösten, teils in der Absicht, aktiv teilzunehmen. Ich war wie gesagt hinüber, ich sah alles verschwommen. Die Musik war laut, *I'd love to turn you on...*, und ich weiß nicht mehr, wie die erste, die zweite oder dritte Kombination zustande kamen, ja, ich konnte genaugenommen keine von der anderen *unterscheiden.*

Irgendwann, im Urnebel sozusagen, fickte Hans mich von hinten, während Rosanna mich leckte und ihr Mann an meinen Titten sog. Dann erschien Kirsten mit den Riesentitten und nahm in dieser Abteilung meine Stelle ein. Als es später, feuchter und verschwitzter wurde, vögelte mich Robert, angefeuert von Rosanna, die hinter ihm stand und seine Eier streichelte.

Es war nicht zu verkennen, daß Roberts Schwanz nicht besonders steif wurde. Mir ging wie fernes Wetterleuchten durch den Sinn, daß hier wohl die geheimen Motive der *meisten* Sexbesessenen liegen, der sexuellen Emissionare: sie waren ohne den Leistungsdruck, der von der Gegenwart anderer Teilnehmer ausgeht, nicht sehr potent. Irgendwann später fickte Robert auch Rosanna, und ich hatte deutlich den Eindruck, es war nur der Anwesenheit *mehrerer* Zuschauer zu danken, daß die beiden eine schlichte Kopulation in der Missionarsstellung zustande brachten.

»Aber hat es denn *Spaß* gemacht?« fragen meine Freundinnen mich immer wieder. Die Wahrheit lautet, ich kann mich kaum

daran *erinnern*. So was ist selbstverständlich spannend. Und ebenso selbstverständlich gibt es massenhaft Orgasmen – meine, ihre, seine, jedermanns. Ferner fühlt man sich erhoben, befreit, hoch erhaben über die verklemmte Bourgeoisie, die es nur paarweise treibt.
Ich mußte immer wieder daran denken: also jetzt leckst du diese Frau, und du wirst dabei von jener geleckt, die zugleich von einem Mann gefickt wird, den ein anderer von hinten vögelt. Ah, das ist gewiß das erste Mal seit der Erschaffung der Welt. Überwiegend ist aber der Eindruck, daß wir eigentlich jemanden gebraucht hätten, der Ordnung in dieses Chaos gebracht, der, möglichst mit einem Megaphon versehen, den Verkehr geregelt hätte, denn was sich abspielte, erinnerte stark an die *Stoßzeiten* im Straßenverkehr. Man mußte immer wieder die Stellung verändern, um den Anschluß nicht zu verlieren, und die Positionen, die sich dabei ergaben, waren eigentlich nur von geübten Yogapraktikanten durchzuhalten. Indessen, wir schlugen uns tapfer. Es entstand eine Art Gruppengier, und wer normalerweise mit zwei, drei, vier Orgasmen zufrieden war, wollte es nun auf Dutzende bringen, in allen erdenklichen Stellungen, mit jedem Partner.
Ich war über meine eigene Ausdauer erstaunt. Der nunmehr anonyme Gliederhaufen wurde zum Organismus, der sich ausdehnte, zusammenzog, Nahrung aufnahm und ausschied, von der beschmutzten Unterlage einer trockeneren zustrebte. Er zählte zehn Arme, zehn Beine, zwei Schwänze, drei Vaginen und sechs Titten unterschiedlicher Größe, nicht zu reden von zehn Augen, zehn Ohren, fünf Mündern (fast ständig gefüllt). Irgendwas war stets im Ausbruch begriffen – etwa wie in vulkanreicher Gegend. Irgendwas wurde immer irgendwo von irgendeiner Öffnung verschlungen. Als Kirsten schließlich aufstand, um aus dem Wohnzimmer Wein zu holen, war das wie eine Amputation.
Und doch, es herrschte auch ein ganz wunderbares Gefühl von Nähe, von intensiver Körperlichkeit, das Bewußtsein, nichts zu sein als Körper, und daß dies *ausreichend* war. Ich kam mir beinahe vor wie am Strand in Kalifornien, wo ich in die Brandung schaute, die milde Luft genoß und meinte, es könne einfach nichts schiefgehen mit der Welt, wenn der Himmel so klar ist, daß man bis nach Japan sehen kann – oder bis Catalina.
Bei Kalifornien mußte ich gleich wieder an Josh denken, und schon wurde ich betrübt. Ich hatte ihn verraten. Mir fiel ein, daß wir uns bei Ralph Battaglia um die Orgie gedrückt hatten, und ich empfand wegen dieser bereits Schuldgefühle. Dies waren nicht Menschen,

die ich liebte, dies waren bloß *Leiber.* Das Gefühl der Nähe, das ich eben noch verspürte, schlug in Ekel um. Die anderen schliefen bereits in allen möglichen Haltungen auf dem Bett und auf dem Fußboden ein. Ich wanderte ins Badezimmer und starrte mich eine Weile im Spiegel über dem Waschbecken an. Was sollte *bloß* aus mir werden?

Ich habe mich da wohl eine ganze Weile selber im Spiegel hypnotisiert. Die Tür stand halb offen, und ich sah anfangs nicht, daß Hans nach mir hereingekommen war und auf dem geschlossenen Klodeckel saß.

»Faszinierend, nicht wahr?« sagte er.

»Was?«

»Wenn man sich selber in die Pupillen schaut.«

»Ja. Man denkt nach einer Weile, man könnte da hinuntersteigen wie in einen Schacht. Noch lieber allerdings knipse ich das Licht an und aus und beobachte, wie die Iris sich verengt.«

»Na, dann machen wir das doch«, sagte Hans, stand auf und knipste das Licht mehrmals an und aus. Ich beobachtete die Reaktion meiner Augen. »Schluß jetzt«, sagte ich dann, »ich möchte mich lieber unterhalten.«

»Fangen Sie an.« Er nahm wieder auf dem Klodeckel Platz, in der Haltung von Rodins *Denker.* Wir waren beide nackt, das machte aber sonderbarerweise weder ihm noch mir was aus, obwohl es sehr hell war im Bad.

»Naja ... mein Leben ist ein einziges Durcheinander, ein totaler Reinfall. Ich bin mit einem Mann verheiratet, dem ich nach Möglichkeit aus dem Wege gehe, in Kalifornien habe ich einen Liebhaber, der mich vielleicht überhaupt nicht liebt, mir steht ein Prozeß bevor, der wahrscheinlich das Doppelte von dem kostet, was ich je im Leben verdienen werde ...«

»Ist denn nicht Rosanna Ihre Liebhaberin?« unterbrach er.

»Rosanna ist meine *Freundin.*«

»Ah, ich verstehe.« Er kicherte. »Sie sind ihr gewissermaßen gefällig.«

»So kann man das auch nicht sagen.«

»Lassen wir das. Ich bin nicht ganz so blöde wie die Psychiater Ihrer Bekanntschaft. Niemand kann mehr tun, als ihr gefällig sein, denn sie ist eine *kalte* Person ... also wer ist der Kerl in Kalifornien?«

»Ein lieber, putziger, sanfter Mensch namens Josh, der außerdem gescheit ist und witzig, aus dem Stegreif jede Menge Wortspiele macht, der schreiben, zeichnen und Banjo spielen kann und mich ganz lächerlich glücklich macht. Nur schreibt er mir nicht. Keine Zeile. Und jetzt habe ich dieser blöden Orgie wegen Schuldgefühle ...«

Hans legte mir verweisend einen Finger auf die Lippen.

»Das Wort *Schuld* möchte ich von Ihnen nicht noch mal hören. Das ist ein absolut nutzloses Wort. Bedeutungslos. Was Orgien angeht, so sind sie, was sie sind, nicht mehr und nicht weniger, und kein Anlaß, sich schuldig zu fühlen. Sie sind kein Ersatz für Liebe. Das *sollen* sie auch gar nicht sein. Was man bestenfalls bei einer Orgie gewinnt, ist, daß einen das Über-Ich nicht mehr so furchtbar drückt. Ist die Wirkung *umgekehrt*, dann war alles vergebens, oder *schlimmer* als vergebens. Was wir da heute abend gemacht haben, darf man nicht ernst nehmen. Es ist eine Erfahrung, die man nicht zu wiederholen braucht, wenn sie einem nicht gefallen hat. Immerhin, man weiß nun, wie es *ist*. Was sollen *da* Schuldgefühle?«

»Das würde Josh wohl auch sagen.«

»Der scheint ja soweit in Ordnung zu sein. Warum schreiben Sie ihm nicht, rufen ihn nicht an, stellen fest, was da los ist?«

Ich seufzte tief und setzte mich auf den Rand der Badewanne.

»Ich bombardiere ihn mit *Briefen*, Gedichten, *allem* möglichen, aber er antwortet nicht ...«

»Und wissen Sie denn, ob er Ihre Briefe bekommen hat?«

»O ja, bestimmt.«

»Und woher wissen Sie, daß er nicht geantwortet hat?«

»Das weiß ich eben auch ... so.«

»Sie wissen wirklich eine Menge«, lachte Hans.

»Es ist hoffnungslos. Er ist sechs Jahre jünger als ich, und der Gedanke, wir könnten uns zusammentun, ist völlig abwegig.«

»Wieso denn? Er ist doch nicht tot. Und Sie auch nicht. Die Verhältnisse ändern sich, die Lebensumstände der Menschen ändern sich auch. Hat er einen Beruf?«

»Was wird er schon für einen Beruf haben? Schreiben tut er. Es könnte alles gar nicht *schlimmer* sein. Jeder *weiß*, was passiert, wenn zwei Schriftsteller sich zusammentun – absolute Katastrophe.«

Hans lachte mich wieder aus. »Sie denken sich da ein hübsches Drehbuch aus, und wenn Sie am Ende noch selber dran glauben, wird alles sich so abspielen, und dann können Sie sich *wirklich* gerechtfertigt fühlen. Schön, er ist sechs Jahre jünger. Was heißt das schon? Und wer hat Ihnen eigentlich eingeredet, daß Schriftsteller unverträglich sind? Kirsten und ich sind schließlich auch

Schriftsteller und leben jetzt seit zwanzig Jahren zusammen. Wir verreisen gemeinsam. Unsere Arbeitszimmer liegen Tür an Tür. Sie haben heute abend vielleicht einen falschen Eindruck bekommen. Wir führen ein sehr solides Leben, wir schreiben den ganzen Tag, wir stellen das Telefon ab, bringen einer dem anderen Kaffee, redigieren gegenseitig unsere Manuskripte. Das ist eine *wunderbare* Existenz, ich kann mir nichts *Angenehmeres* vorstellen als zwei Schriftsteller, die zusammenleben. Man verbringt unheimlich viel Zeit miteinander, das können andere Leute nicht. Jetzt denken Sie sich bloß nicht den üblichen Hollywoodschmus aus und richten auch noch Ihr Leben danach ein. Er ist also jünger – na und? Wie alt ist Ihr Mann?«

»Vierzig.«

»Und *das* macht Sie glücklich?«

»Augenscheinlich nicht.«

»Und was hat der für einen Beruf?«

»Psychiater.«

»Na, schlimmer geht's nimmer. Ein Herr Doktor. Solide Verhältnisse. Eigentumswohnung. Kreditkonto bei Bloomingdale. Aber gibt Ihnen das alles wirklich innere Sicherheit? Offenbar doch *nicht*. Warum also kein Risiko eingehen? Ist es nicht riskant, eine Ehe fortzusetzen, in der man *Jahr* um *Jahr* mit Gewißheit unglücklich sein wird? Bloß *sieht* man das nicht als Risiko an. Das wirkliche Risiko liegt darin, daß man riskiert, sein Leben wegzuwerfen. Und das ist ein kolossales Wagnis.«

Ich nickte.

»Machen Sie sich mal klar, Isadora – nicht Sicherheit ist wichtig, sondern Liebe. Soll ich Ihnen mal was sehr Subversives sagen? Liebe *ist wirklich* genau das, als was man sie anpreist. Deshalb reden die Menschen auch so zynisch davon. Mit jemandem leben, die Dinge des Lebens mit jemandem teilen, *ist* nicht nur tatsächlich so schön, wie es in unzähligen Schnulzen behauptet wird, es ist sogar noch *schöner*. Es *lohnt* tatsächlich, dafür zu kämpfen, tapfer zu sein, alles aufs Spiel zu setzen. Genaugenommen riskiert man sogar noch *mehr*, wenn man nicht alles aufs Spiel setzt. Man kann im Leben nur selten wählen, es ist nämlich ziemlich hart. Sie haben jetzt die Wahl: entweder Sie schmoren weiter so vor sich hin, oder Sie machen einen Versuch mit Josh – der vielleicht schiefgeht –, aber hinterher halten Sie dann wenigstens nicht mehr am gleichen Punkt wie jetzt. Sie schmoren nicht ununterbrochen.«

»Es ist vielleicht wirklich besser, einen Versuch zu machen, dabei

zu scheitern und schlimmstenfalls vereinsamt zu enden, als immer so weiterzumachen . . .«
»Sie, vereinsamt? Na, das sehe ich nun nicht. Vielleicht geht mit Josh *nicht* alles klar, aber wenn Sie den Versuch nicht wagen, werden Sie sich das niemals verzeihen.«
»Sie haben recht.« Ich blickte zu Boden.
»Na, dann rufen Sie ihn endlich an, worauf warten Sie denn?«
»Wie spät haben wir?«
»Weiß ich nicht. Elf vielleicht oder zwölf. Im Westen ist noch heller Tag. Los, rufen Sie an, versuchen Sie es.« Er nahm mich bei den Händen und zerrte mich vom Wannenrand hoch. »Marsch«, sagte er und gab mir einen Klaps auf den nackten Popo.

Nackt und fröstelnd setzte ich mich im Wohnzimmer an Rosannas Schreibtisch. »Jetzt geht's los«, sagte ich zu mir und suchte Deckung vor dem bösen Blick. »Es wird schon schiefgehen.« Ich drehte die Vorwahlnummer für Los Angeles und hielt ein. Verflucht, ich hatte Joshs Nummer vergessen. Sie stand in meinem Adreßbuch, das steckte in meiner Handtasche, und die lag im Schlafzimmer. Ich konnte unmöglich dort herumsuchen und alle aufwecken. War das ein Omen? Bedeutete es: ruf nicht an?
Ruf die Auskunft an, Schwachkopf, sagte ich zu mir.
Ich wählte die Auskunft von Los Angeles, und es dauerte ewig, bis jemand antwortete. Ich fragte nach der Nummer und suchte auf Rosannas Tisch nach Bleistift und Papier, sie zu notieren. Kein Fetzen Papier weit und breit. Aber hier, unter der Schreibunterlage, was sehe ich da? Braune Briefbogen.
»Können Sie mal einen Moment dranbleiben?« frage ich die Auskunft.
»Aber *gewiß* doch«, kommt die Antwort in dem besonderen kalifornischen Ton, dem zu entnehmen ist, daß kein Mensch Eile hat, daß dort ebensoviel Zeit zur Verfügung steht wie Himmel und Ozean. Keine unziemliche Hast. Ich ziehe also einen braunen Bogen hervor und kritzele Joshs Nummer auf die Rückseite.
»Schönsten Dank«, sage ich zu Kalifornien.
»Aber bitte schön«, antwortet Kalifornien anonym.
Ich drehe den braunen Bogen um und sehe in Druckbuchstaben den Briefkopf JOSHUA ACE. Die Luft bleibt mir weg, mein Herz hämmert, ich lese:

Isadoritis. Besonders anfällig zwischen 23 Uhr und 2 Uhr. Auslösende Faktoren: u. a. Fotos, Isadorawerke, Tagträume. Primärsymptome: unkontrollierbarer Drang, Seele zu verströmen, gefolgt von Angstzuständen,

rastlosem Hin und Her im Wohnzimmer. Bedürfnis nach Anschmiegen. Sekundärsymptome: starke Sehnsucht, krankhafte Herzschmerzen. Temporäre Linderung: Briefe, Gedichte, Phantasien. Dauernde Linderung: intensive Behandlung mit gleicher Medikation, dauernd fortzusetzen.
Ich lebe in größter Unruhe. Deine Gedichte werfen mich um. Sind die wirklich für mich? Wirst Du je wiederkommen? Oder muß ich selber nach New York fahren und Dich gewaltsam aus der 77. Straße holen? Enttäuschungen sind wohl mein Los, aber was soll's. Komm, komm, komm. Ich strahle Fernwellen an Dich aus und benutze als Reflektor eine Kuchenform aus Aluminium der Moronosphäre.

Ich mußte lachen. Ich hielt immer noch den Hörer am Ohr, darinnen es aber nicht mehr tutete, vielmehr ließ sich eine Stimme vom Band vernehmen: »Bitte legen Sie auf ... Ihr Hörer liegt nicht auf der Gabel. Bitte legen Sie auf, Ihr Hörer ...« Ich lege auf. Die Moronosphäre kommt in *Flesh Gordon* vor, einem Film, den wir zusammen gesehen hatten, und seither gehörte sie zu unserem ganz privaten Sprachschatz. Zwar waren wir nur eine knappe Woche beisammen gewesen, doch teilten wir bereits hundert gemeinsame Erinnerungen, hundert ganz private Anspielungen, die nur wir verstanden.

Isadora, mein kleiner Pumpernickel, der bloße Gedanke an Dich macht mich glücklich. Ich schreibe das so hin, und mir wird klar, daß ich Dich doch kaum *kenne*. Aber ich kenne Dich eben *doch*, nicht wahr? Du *mußt* herkommen.
Die letzte Woche war, was meine Gefühle angeht, eine schnelle Nummer, und ich bin davon verwirrt, leide an Weltschmerz und Angst. Ich möchte so dringend mit Dir sprechen. Ich komme mir vor, als hätte ich jahrelang in Einzelhaft gesessen. In meinem Kopf hat sich unheimlich viel Zeug angesammelt, ein bißchen habe ich aussprechen können, aber dann war es gleich wieder vorbei. Als ob man beim Pissen mittendrin aufhört. Auch möchte ich Dich so vögeln, wie es Dir Spaß macht, und das haben wir überhaupt nicht geübt.
Du mußt verstehen, daß ich es so aus dem Stand nur mit Plastikmösen à la *Playboy* kann, denn die werden eigens zu diesem Zweck hergestellt. Es ist schon so, wie ich Dir sagte – es ist die Dichotomie zwischen Mama und Mätresse. Du gehörst zu den Mamas, du bist für mich die erste Frau, die schlauer ist als ich, die sich *post coitus* nicht beträgt wie eine Schwachsinnige. Es ist Dir vielleicht nicht bekannt, aber ein Penis wirkt auf die Damen immer noch wie eine Lobotomie, trotz der Frauenbefreiungsbewegung. Sogar auf sehr fortschrittliche Damen. Die Einführung der Glans in den Mund bewirkt möglicherweise eine chemische Kettenreaktion ... Eine dauernde Beziehung, der zuliebe man diesen Aufruhr der Gefühle auf sich nimmt, ist nur zwischen Gleichen möglich. Trotzdem habe ich Angst. Meine Hirnzellen sind bereits vorgeprägt ...
Habe ich gesagt, daß Du mich glücklich machtest? Gestern habe ich den ganzen Abend nur an Dich gedacht. Dein Haar gefällt mir wirklich, beson-

ders, wie es Dir in die Stirn fällt, und Du hast den intensivsten, glücklichsten, traurigsten, besorgtesten Blick, alles gleichzeitig. Ich sehe mir das Foto an, das Du mir geschenkt hast (das mit dem vielen Haar und dem ophelia-irren Blick), und mir ist, als hätte ich einen Stein im Magen und könnte zugleich zerfließen, wenn man mich anrührt. Ich sehne mich. Was das bedeutet, habe ich bislang nicht gewußt, aber jetzt weiß ich's ...

Zwölf Briefe lagen da, oder fünfzehn. Sie handelten von uns, von meinen Gedichten, von Gurdjieff, Castaneda, Charles Dickens, von Filmen, dem *Hamburger* als Symbol des Lebens in Amerika, der Moronosphäre, meinem Drehbuch zu *Candida* (das ich Josh dagelassen hatte), von seiner wachsenden Angst um mich, seiner Sehnsucht nach mir, seinem Wunsch, ständig mit mir zu leben ...
Ich nahm den Hörer ab und wählte. Meine Gefühle gingen wirr durcheinander. Jubel, weil ich seine Briefe gefunden hatte, Abscheu vor mir selber, weil ich an Josh gezweifelt hatte; Wut auf Rosanna, weil sie mir die Briefe unterschlagen hatte; Verblüffung darüber, daß sie einer solchen Verzweiflungstat fähig war; der Verdacht, ob sie nicht vielleicht doch *gewollt* hatte, daß ich die Briefe fände ...
Jetzt klingelte es in West-Hollywood.
»Hallo?« ertönte Joshs ulkige Telefonstimme, und allein schon ihr Klang, gab mir die Gewißheit, daß ich ihn liebte.
»Josh? Ich bin es, deine alte Freundin, Isadora!«
»Baby!« Ich hörte über 3000 Meilen hinweg einen schmatzenden Laut. »Ich *liebe* dich!«
»Ach Gott, ich liebe dich auch. Du fehlst mir so ...« Und ich kam mir erzdumm vor, weil ich so banales Zeug schwatzte. Da war ich nun in die einmaligste Liebesaffäre der *Weltgeschichte* verwickelt und redete wie eine Kuh. Aber das Telefon eignet sich ja überhaupt nicht zur Übermittlung von irgendwas Menschlichem. Es führt Liebende nicht zusammen, sondern trennt sie. Man möchte die Zunge rausstrecken und einen Kuß haben, aber küssen kann man nur einen Trichter aus Plastik.
»Warum schreibst du nicht mehr? Ich bin ganz *wild* auf deine Gedichte. Es schmeichelt mir so sehr, daß sie für mich bestimmt sind – ich kann es kaum glauben.«
»Ich habe eben erst deine Briefe gefunden, Rosanna hatte sie versteckt.«
»*Versteckt*? Na, das ist doch ein starkes Stück. Hat *Bennett* dir nicht ausgerichtet, daß ich angerufen habe? Bei dir zu Hause, vor einer Stunde. Ich dachte, du rufst zurück?«
»Nein. Ich bin bei Rosanna. Die Briefe habe ich ganz zufällig

entdeckt ... gespenstisch, wie?« Ich wollte ihm am Telefon nichts von der Orgie erzählen, das konnte ich tun, wenn wir wieder zusammen sein würden, dann konnte ich alles mit dem richtigen Pfiff schildern, und wir würden gemeinsam darüber lachen.
»Ich *muß* dich unbedingt wiedersehen«, sagte ich.
»Wann denn nur? Kommst du her, oder soll ich zu dir kommen? Ich halte diese Trennung nicht aus, sie ist *sinnlos* und albern.«
»Du könntest schon herkommen, aber wo sollen wir *wohnen*?«
»Warum läßt du dich nicht von Britt wieder herbringen?«
»Ich *hasse* Britt. Sie bestiehlt mich nach Strich und Faden, und ich sollte sie lieber verklagen als mit ihr auf Reisen gehen. Sie hat mir meine Arbeit buchstäblich *geklaut*, und jetzt behandelt sie mich wie Dreck. Aber der zeig' ich's noch. Vielleicht können wir das Haus von Rosanna in Aspen benutzen ... dort könnten wir schreiben ...«
»Willst du Rosanna nach allem denn noch um Gefälligkeiten bitten?«
»Aber ich weiß nicht, wo *sonst* wir bleiben könnten ...«
»Hör mal, Schatz, komm einfach her. Du wohnst erst mal bei mir, und wenn es zu eng wird, suchen wir was anderes ...«
»Ich liebe dich ungeheuerlich.«
»Aber wirst du *kommen*?«
»Mir fällt schon was ein, ich schwöre es. Morgen rufe ich wieder an.«
Wir wechselten mehrere Schmatze und legten widerstrebend auf.
Ich suchte die Briefe zusammen und schlich ins Schlafzimmer, wo es immer noch nach Aufstieg und Fall des Römischen Reiches aussah. Rosanna lag nach Löffelart an Kirsten geschmiegt und umklammerte deren prachtvolle Brüste. Robert lag der Länge nach auf dem Rücken am Boden, Hans stand unter der Dusche und sang. Die drei im Schlafzimmer waren so gut wie tot. Ich klaubte meine Kleider, Handtasche, Stiefel, Hut und Mantel zusammen und ging auf Zehenspitzen ins Badezimmer. Dort faltete ich die Briefe sorgsam und verstaute sie in der Handtasche.
»Sie sind großartig«, sagte ich durch die Dampfwolken zu Hans.
»Was ist passiert?«
»Ich hab ihn angerufen, und genau im gleichen Moment spielten mir kosmische Kräfte seine Briefe in die Hand.«
»Was?« Er steckte den tropfnassen Kopf aus dem Duschvorhang.
»Ich fand seine Briefe, und er liebt mich, und ich habe mit ihm

geredet, und ich fahre hin, und Sie haben in jeder Beziehung recht.« Ich ließ alle Kleider fallen, sprang unter die Dusche und umarmte ihn. »Sie sind *großartig.*«
Hans schaute mich völlig verdutzt an, dann grinste er spitzbübisch. »Die Briefe kamen also hier bei Rosanna zum Vorschein? Das läßt nur einen einzigen Schluß zu, mein lieber Holmes ...«
»Und welchen, mein lieber Dr. Watson?«
»Sie brauchen dringend ein kräftiges Schaumbad, gratis verabreicht von ihrem Lieblingsanalytiker.«
»Das ist eine zweifelhafte Auszeichnung, aber säubern möchte ich mich schon.« Und wir seiften einander kichernd ab, von Kopf bis Fuß.
Als wir uns abtrockneten, sagte ich zu Hans: »Eigentlich müßte ich auf Rosanna richtig wütend sein, aber ich bin so froh darüber, daß ich die Briefe gefunden habe.«
»Das war ein Akt der Verzweiflung«, meinte Hans. »Rosanna weiß, daß Sie nicht zu halten sind, und sie klammert sich an Strohhalme. Wahrscheinlich schämt sie sich darüber, daß sie die Briefe versteckt hat, aber genau das ist eine der Zwangshandlungen, zu denen die Eifersucht uns treibt. Ich an Ihrer Stelle würde ihr das nicht noch unter die Nase reiben. ›Die Rache ist mein, sagt der Herr ...‹ «
»Ich liebe Sie richtig, Hans«, sagte ich und meinte es aufrichtig.

Mein Haar war noch naß (und unter den weichen, roten Hut gestopft), als ich um ein Uhr früh in die Wohnung schlich, wo Bennett zu meiner Verblüffung auf mich wartete, eben jener Bennett, der mir zuliebe niemals aufblieb, schon gar nicht, wenn er am Abend »Schule« gehalten hatte.
Er saß auf der weißen Couch im Wohnzimmer, vertieft in *Neurotische Entstellungen im Schöpferischen Prozeß.*
»Es war ein Anruf für dich da«, sagte er bedrohlich.
»So? Wer hat denn angerufen?« Ich stellte mich uninteressiert und suchte zu verbergen, daß ich nasse Haare hatte. Ich setzte mich in Hut, Mantel und Stiefeln hin, die Handtasche voller Liebesbriefe. Hoffentlich sieht er nicht die nassen Haarsträhnen unter dem Hut heraushängen, dachte ich.
»Ich wußte gar nicht, daß es regnet?« bemerkte er kalt.
»Ach, es regnet?« Ich tönte wohl wie die sprichwörtliche dumme Blondine, doch verblüffte es mich zutiefst, daß der ansonsten blinde und taube Bennett *überhaupt* etwas wahrgenommen hatte.

»Wer hat angerufen?«
»Auf wen tippst du?«
»Keine Ahnung. Wirklich.«
»Jemand aus Los Angeles.«
Bei den Worten *Los Angeles* pochte mein Herz.
»Britt?«
»Ich denke, Britt ist in New York!«
»Stimmt.«
»Du machst einen sonderbar verwirrten Eindruck. Wo hast du überhaupt *gesteckt*?«
»Bei Rosanna.«
»Unter der Dusche? Oder habt ihr bloß ein kleines, wildes Gelage abgehalten und euch gegenseitig mit Champagner bespritzt?«
»Warum bist du nicht mitgekommen, wenn es dich so interessiert? Du warst eingeladen ...«, sagte ich schrecklich unaufrichtig.
»Deine Millionärsfreunde liegen mir nicht. Und deine Hippiefreunde auch nicht.«
»Wen meinst du damit?«
»Wer, zum Teufel, ist Josh, Isadora?«
Der Name schlug in mich ein wie ein Blitz. »Das habe ich dir doch gesagt. Josh Ace. Der Sohn von Robert und Ruth Ace. Ich bin ihm in Los Angeles im Hause seiner Eltern begegnet. Ich soll ihm bei seinen Kurzgeschichten helfen. Er ist noch ein richtiger Junge, sehr lieb und sehr beeindruckbar. Ich hab ihm versprochen, seine Sachen zu lesen und mit ihm darüber zu sprechen.«
»Ach nein. Und ich glaubte fest, er sei dein Liebhaber.«
»Wie das? Was, zum Teufel, hat er gesagt?«
»Nur, daß er dich sprechen wollte. Er schien überrascht, daß du nicht zu Hause warst, irgendwie niedergeschlagen und betreten.«
»Nun ja, er ist noch sehr jung.«
»Wie jung?«
»Sechsundzwanzig.«
»Und was kannst du ihm beibringen – willst du ihm Nachhilfestunden in Liebe geben?«
Das nun versetzte mich in Rage, ich weiß nicht warum. Mein Geheimnis flatterte in meinem Brustkasten wie ein Vogel im Käfig, der gern heraus wollte. Meine Lüge war mir praktisch geglückt, aber nun wurde mir mit einem Mal klar, daß ich sie nicht verbergen *wollte.*
»Nun, genau betrachtet kann er *mir* noch das eine oder andere beibringen – von *dir* mal ganz zu schweigen.«

»Ah?« Bennett zog eine Augenbraue hoch. Er lächelte geheimnisvoll, stand auf und drehte das Licht aus.
»Gute Nacht, Isadora. Angenehme Träume.« Und er verschwand den Flur hinunter ins Schlafzimmer.
Da stand ich nun in Hut und Mantel, mit Stiefeln und nassem Haar und barst schier vor *Wut*. Bennett sollte auf der Stelle alles *wissen*, ich wollte ihm die Briefe vorlesen, wollte ihm sagen, daß es Menschen gibt, die wirklich *lieben können*, die warmherzig sein *können*, nicht Abend für Abend daheim sitzen, von neurotischen Entstellungen lesen und sich aller Welt überlegen fühlen.
Ich rannte ihm ins Schlafzimmer nach und kreischte in die Dunkelheit: »Also gut! Er ist mein Liebhaber! Er macht mich glücklich, und ich werde dich um seinetwillen *verlassen*! Wir wachen morgens schon lachend auf und reden den ganzen Tag miteinander über alles! Er macht mir keine Schuldkomplexe, er sitzt nicht rum und hätschelt seine unglückliche Kindheit, er ist kein Heuchler, kein Zyniker, er fühlt sich nicht über alles und jedes erhaben!«
Bennett richtete sich im Bett auf, knipste das Licht an und sagte: »Also dann verschwinde. Du wirst nie wieder ein Buch schreiben, und wenn du tausend Jahre alt wirst.« Damit knipste er das Licht aus und legte sich schlafen.

Ich schloß mich im Bad ein und heulte wohl eine Stunde lang. Dann nahm ich Valium und schlief angezogen, die Handtasche mit Joshs Briefen im Arm, in meinem schwarzen Ledersessel im Arbeitszimmer.

Bullwinkles Runzeln ...

Heute ist Thanksgiving, und ich gehe aus der 77. Straße fort, für immer. Der Tag ist kalt, weiße Wolkenkissen treiben über den porzellanblauen Himmel. Bullwinkle und die anderen Ballons werden von ihren Netzen am Boden festgehalten, ihre schwangeren Bäuche schwellen den üppig dahinsegelnden Wolken entgegen. In zwei Stunden wird der Umzug beginnen, aber ohne mich. Ich werde dann schon fliegen. Eine Straße voll gestürzter Riesen, am Boden gehalten von Netzen und Sandsäcken, und ich mit dem schweren Gepäck, beiges Leinen mit Veilchen bedruckt. An der Ecke rufe ich ein Taxi und fahre zum Kennedy-Flughafen.
Ich winke meinen Ballons zum Abschied. Sie erproben ungeduldig die Heliumschwingen, sie möchten sich losreißen, es scheint, sie wollen steigen. Doch einerlei, wie leichtgläubig Kinder das ansehen, Ballons fliegen nicht richtig. In ein oder zwei Stunden wird man winzigen Menschen in Clownskostümen ihre Leitleinen in die Hände legen und sie durch ganz New York zerren wie gefangene Tiere der Wildnis, wie Gulliver zwischen den Wolkenkratzern der Liliputaner.
Einmal, ein einziges Mal, ich war noch keinen Meter groß, riß der Panda-Ballon sich frei und entschwebte über das Museum of Natural History, über den Park, über den Obelisk – wir Kinder nannten ihn die Nadel der Kleopatra – wo er ein Weilchen verharrte, vielleicht in Gefahr zu platzen, dann schwebte er höher und höher, hinein in die Wolken.
An diesen Vorfall erinnern sich nur sehr wenige New Yorker, doch in mein Gedächtnis ist er für alle Zeit eingegraben, und sollte ich ihn auch nur geträumt haben, als ich noch ganz klein war.

EPILOG

EPILOG

Sie hatten gestritten ...

Sie hatten gestritten. Es war ein häßlicher Streit gewesen, in dessen Verlauf er sie eine heißhungrige, unersättliche Fotze nannte und sie ihm vorwarf, er habe sie nie befriedigt, niemals. Und er sagte, dann solle sie sich gefälligst auf der Straße Kerle auflesen, die sie befriedigten, denn er könne es nicht, wolle es auch nicht, lege keinerlei Wert darauf. Und kehrte ihr im Bett den Rücken zu.

Er wollte sie nicht vögeln. Sosehr sie auch bettelte und flehte, er tat es nicht. Diese Macht besaß er über sie. In dieser Hinsicht war sie ihm ganz ausgeliefert, mit all ihrer Berühmtheit, ihrem blonden Haar, ihrem Geld, auch wenn sie älter war als er und klüger (ha!) und geiler. Mit ihren dreiunddreißig war sie das Opfer ihrer unentwegt zuckenden Möse, er hingegen war kühle siebenundzwanzig und konnte ihr seinen mächtigen Schwanz nach Lust und Laune zukommen lassen oder vorenthalten. Er war kein Plastik-Penis, kein Spielzeug, kein Vibrator, er war ihr Mann.

Er besaß den Schwanz. Sie konnte noch so sehr jammern und winseln und sich an seinen harten Rücken pressen, der Schwanz blieb sein Eigentum. Er las, er wahrte seine Würde, er arbeitete mit dem Kopf, er tat, als wüßte er nichts davon, daß ihre Möse naß für ihn war, daß ihre Glieder schmerzhaft nach ihm zuckten, daß ihr Becken sich anfühlte, als hätte jemand die Knochen verknotet.

Sie konnte sich im Badezimmer mit der Handbrause selbst befriedigen, oder mit einer Flasche, das alles rührte ihn nicht im mindesten, er lag kühl im Bett und las, ein junger Flußgott mit rötlichem Flaum an seinen langen Gliedmaßen. Der kleine rosa Mund schaute nachdenklich aus dem kupferfarbenen Bart, hinter den Brillengläsern träumten grünlich-braune Augen.

Sie hätte sich gern das Haar gerauft, geheult, immer wieder masturbiert, ihn gebissen, geprügelt, die herrlichen weißen Zähne in seinen Hals geschlagen, ihm die Schlagader durchgebissen. Aber sie bezwang sich. Statt dessen sagte sie möglichst würdevoll: »Du hast mich nie befriedigt, kein einziges Mal, du machst mich so nervös, daß ich nichts empfinde, wenn es mir kommt, oder es kommt mir nicht, überhaupt nicht.«

Das kränkte ihn. Der rote Mund bebte wie eine Wunde. Die grünbraunen Augen wollten sich mit Tränen füllen. Sogar der kupferfarbene Bart schaute besiegt drein. Sie aber triumphierte, denn nun hatte sie ihn getroffen, ihren Kleinen, ihren Liebling, und sie nahm ihn in die weit geöffneten Arme. »Ich liebe dich doch«, sagte sie dazu, sie umklammerten einander und schluchzten.

Und doch wollte er sie nicht vögeln, nicht an diesem Abend. Dies war seine Macht, und er gab sie nicht leichtsinnig aus der Hand. Er hielt sie in den Armen, er wiegte sie, aber der Schwanz war sein Eigentum.

Sie war feucht für ihn. Sie führte seine Hand an die Stelle zwischen ihre Schenkel, wo die Lippen so schlüpfrig waren wie der moosbewachsene Stein am Seeufer, und sagte: »Das ist für dich.« Er aber zog die Hand weg.

Da wollte sie ihn beißen, ihn töten, sein Blut vergießen, doch statt dessen umklammerte sie ihn fester und fester, dachte dabei an den Mann, der weiter oben am Strand wohnte, an den sie auch beim Masturbieren immer dachte, den Mann, auf den er eifersüchtig war, den Schauspieler mit den meerblauen Augen, den breiten Schultern, dem (vermutlich) gigantischen Schwanz, der die Frauen behandelte wie Dreck. Sie wollte ihn nicht, und das war es ja, das war es, was sie so wütend machte. *Diesen* hier wollte sie, diesen kupferfarbenen Geliebten, *diesen* rosigen Schwanz. Die Möse ist ein sehr wählerisches Organ, sie hatte sich nun mal auf diesen Mann eingestellt, sich nach diesem Schwanz geformt, fühlte sich in dieser einzigartigen Umarmung zu Hause, in diesen Armen, dieser bärenhaften, haarigen Umklammerung. Sie kniff die Lider zu, und Tränen schossen hervor, als wollten sie dabei schreien.

Sie schlief ein mit dem Kopf auf seiner Brust, der Pelz seiner Brustbehaarung kitzelte ihre Nasenlöcher, und von ihren Wangen tropften Tränen hinein.

Alpträume. Gesichte. Wogen türmen sich, brechen donnernd hernieder, türmen sich von neuem. Der schwarze Kater von nebenan jagt Kaninchen, Feldmäuse, Eidechsen, lauter kleine Geschöpfe, die er lange foltern kann, bevor er sie tötet.

Am nächsten Morgen wollte sie ihn immer noch. Er hatte Kopfschmerzen, sagte ihr das auch gleich, sprang fast aus dem Bett, stapfte ins Bad, unter die Dusche. Lange Zeit lief das Wasser, die

Hähne quiekten, Flaschen klirrten. Sie lag auf dem Wasserbett, masturbierte mit klebrigem Finger, ließ ihn um die Klitoris kreisen, steckte noch zwei Finger tief, tief hinein und dachte dabei an den blauäugigen Schauspieler weiter oben am Strand, den sie nicht leiden mochte.
Er fuhr im offenen Wagen in die Stadt, auf dem Kopf die Mütze, ein Geschenk von ihr aus ihrer ersten gemeinsamen Woche. Er drückte das Gaspedal durch und dachte dabei an seine Verflossene in der Stadt, und ob er sie nicht besuchen und vögeln sollte. Die empfand er nicht als Bedrohung, sie betete ihn an, sie war lieb und häuslich und in keiner Hinsicht auffallend, eine Bibliothekarin, im Bett durchaus wollüstig. Sie hatte einen noch nicht den Windeln entwachsenen Sohn, der überraschend zu ihnen ins Bett gekrabbelt kam. Bei Frauen kam er gut an, zu gut vielleicht. Sie verliebten sich in seine Jungenhaftigkeit, sein Kindergesicht, den verwundeten Blick, seine Verletzlichkeit. Er konnte sie verlassen. Jederzeit. Noch war er nicht völlig ihr Gefangener, noch war er sein eigener Herr.
Später rief er sie aus der Stadt an. Er hatte Sehnsucht. »Ich liebe dich«, sagte er, und sie erwiderte: »Ich liebe dich immens.«
Als er heimkam, diktierte sie gerade ihrer Sekretärin die Post, und auch diese Dame hatte eine Schwäche für ihn. Den Nachmittag hindurch arbeiteten alle drei in dem Haus am Strand. Sie schrieben, brühten Kaffee auf, für das Abendessen mußte dies und das vorbereitet werden. Das Telefon klingelte. Sie schrieb ein Weilchen in der Sonne, das Geräusch der Brandung übertönte das Tippen der Sekretärin. Die Glut der Sonne auf ihren Schultern machte sie geil, und sie ging zu ihm ins Arbeitszimmer, wo auch er schrieb. Sie setzte sich auf sein Knie, kitzelte seine Eier, wartete, daß er einen Steifen bekam, und lief davon.
Die Sekretärin war gegangen, die Gäste mußten jede Minute kommen. Sie stand in der Küche, schälte eine reife Avocado für den Salat. Die glitschige grüne Frucht fühlte sich schleimig an wie ihre Möse, die den ganzen Tag auf ihn gewartet hatte. Sie hatte einmal, zweimal, dreimal masturbiert, brauchte ihn aber trotzdem noch. Nur sein Schwanz in ihr konnte ihr Ruhe verschaffen. Alles übrige waren Nervenzuckungen.
Ihre Finger konnten die glitschige Frucht kaum noch halten, und sie rief ihn zu Hilfe. Während er Scheiben schnitt, wusch sie ihre Hände, trocknete sie an einem Papierhandtuch, schob sie in den Bund seiner Jeans, zwischen seine Schenkel, umschloß seine Eier, die so wunderhübsch gerundet, so glatt, so rosig waren. Dann fuhr

sie ihm mit der Zungenspitze ins Ohr, leckte den Fruchtsaft von seinen Fingern. »Ich bin ganz steif für dich«, murmelte er, »ist noch Zeit zum Ficken?«
»Die Gäste kommen jede Minute«, neckte sie ihn. Sie war parfümiert, gepudert, frisiert, sie trug hochhackige Sandalen zu einem halb aufgeknöpften Kaftan und nichts darunter. Er tastete über den weichen Venushügel. »Pelzernes Pudendum«, sagte er, ein Ausdruck, der auf den köstlichen ersten gemeinsam verbrachten Monat zurückging. »Junge, bin ich steif, haben wir wirklich keine *Zeit?*« »Nein, jetzt nicht«, und sie genoß es, ihn hinhalten zu können. Sein Schwanz spannte sich unter den Kupferknöpfen der Jeans, und sie mußte an ihre Schulzeit denken, ans Fingervögeln im elterlichen Wohnzimmer, an den köstlichen, schuldbewußten Sex der Heranwachsenden. »Ich kann so nicht an die Haustür gehen«, sagte er und deutete auf seine eindrucksvolle Erektion. Sie befühlte ihn, um sich noch einmal davon zu überzeugen. »Laß das«, sagte er, aber nicht streng.

Die Gäste gingen. Auf dem niedrigen Kaffeetisch volle Aschenbecher, fleckige Weingläser, leere Flaschen Mouton-Cadet, ausgetrockneter Käse, feucht gewordenes Salzgebäck, angeknabberte *petit fours,* eine geleerte Cognacflasche, zwei Schwenker, in denen noch goldener Branntwein stand. »Aufzuräumen brauchen wir doch wohl nicht mehr, oder?« sagte sie. »Nein, das können wir morgen früh erledigen.«
Sie war jetzt müde, fast zu müde zum Vögeln. Komisch, nicht wahr? Sie wusch ihr Gesicht im Badezimmer mit kaltem Wasser, fuhr mit der Bürste über das Haar, versprühte Parfüm.
»Ich weiß nicht, ob man Joanna trauen kann«, sagte sie. Joanna war unter den Gästen gewesen. »Sie macht mir einen ziemlich abgebrühten Eindruck. Findest du nicht?« Sie fand alle anderen unweigerlich abgebrühter, gerissener als sich selber; andere ließen sich nicht so leicht übers Ohr hauen, waren weniger offenherzig, mehr darauf bedacht, sich keine Blöße zu geben. Vielleicht galt das auch für *ihn,* so lieb er auch war. Vielleicht war auch er ein abgefeimter Bursche?
»Dir sollte ich eigentlich auch nicht trauen«, sagte sie vom Ankleidezimmer her.
»Was?« Er war gekränkt, fühlte sich abgewiesen.
Sie trat ans Bett und sah ihn scharf an.
»So was kannst du doch nicht zu einem Mann sagen, mit dem du gleich vögeln willst.«

»Ich meine es anders als du. Und im übrigen brauchst du dich meinetwegen nicht zu bemühen.«

»Ich weiß, daß ich es nicht brauche, ich *will* aber. Nur, wenn du mir nicht sagen willst, weshalb du mir nicht traust, dann lasse ich's.«

Alle möglichen Gedanken gingen ihr durch den Sinn. Die gescheiterte Ehe; die unstillbare Sehnsucht nach diesem Mann neben ihr, der sich ihr tropfenweise austeilte, immer darauf achtend, daß sie niemals vergaß, wer der Herr war; ihre Zärtlichkeit, die nur ihm galt; die Angst, verwundbar zu werden, ihn allzusehr zu brauchen. Das konnte sie ihm jetzt unmöglich alles erklären, auch wenn sie sich ihm verwandt fühlte, auch wenn er der Mann war, der sie beinahe besser verstand als sie sich selber, ihr bester Freund. Denn auch hier, auch in dem zärtlichen Miteinander, das sie jetzt schon beinahe ein Jahr verband, gab es Unvereinbarkeiten, mangelte es gelegentlich an Einfühlungsvermögen, die Schlange lauerte im Gras.

»Ich habe es nicht so gemeint, wie du denkst. Und wenn ich es dir erkläre, wird das Mißverständnis noch größer. Manchmal frage ich mich, ob du bei all deiner Sanftheit nicht doch hart bist wie Stein. Weiter nichts. Es ist nicht wichtig. Ich kann es nicht näher erklären ...«

Er sah sie gekränkt an. »Ich hätte dich gern gevögelt«, sagte er. »Ich hatte so Lust darauf und war dir so zugetan. Warum mußt du jetzt eine Mauer aufrichten?«

Das wußte sie auch nicht. Er stand auf und knipste die Lampen aus. Aus dem Wohnzimmer brachte er eine Kerze, die nach Fichtennadeln roch, und suchte nach seinem Feuerzeug.

»Ich werde eine romantische Stimmung hervorzaubern«, sagte er sarkastisch. Die Kerze wollte nicht brennen. Sie rutschte über das Wasserbett, daß er ins Schaukeln kam. Sie probierte es jetzt mit dem Feuerzeug, drehte die Kerze um, verbrannte sich die Finger, beschmierte sich mit grünem Wachs, aber der Docht wollte nicht brennen.

»Laß, ich hole eine andere Kerze aus dem Wohnzimmer. Warum ziehst du nicht das tolle schwarze Nachthemd an?«

Sie hatte auf einer ihrer Reisen billige Reizwäsche gekauft, weil er daran Gefallen fand, unter anderem ein Korsett aus schwarzem Satin mit roten Spitzen und breitem, schwarzem Seidenbesatz, langen Strumpfhaltern, schwarzen Strümpfen mit Naht, ferner mehrere durchsichtige schwarze Nachthemden, eines mit rosa Bändern unter dem eingearbeiteten BH, der ihre Brüste steil an-

hob, daß die Warzen über den schwarzseidenen Rand hinwegstanden. Das Nachthemd sprang vorn auf. Dies zog sie nun über, ohne die winzigen Höschen, die dazu gehörten. Ihre Möse tropfte. Nun trafen sie im Bett aufeinander. Die Kerze brannte.
»Du kannst doch nicht an meiner Liebe zweifeln«, sagte er, so als wüßte er, daß es jetzt besser war, nicht von den anderen Dingen zu reden, von Vertrauen, Kränkung, Härte.
»Das tue ich auch nicht«, sagte sie. Er war ihre Liebe, der einzige Mann, bei dem sie sich ganz als Frau, ganz besessen, ganz geöffnet und verletzlich gefühlt hatte. Wenn er ihre Möse berührte, fühlte sie sich so nackt wie die geschälte Avocado vorhin.
»Wie eine Blume ist das«, sagte er, umkreiste mit den Fingern ihre Klitoris, berührte die empfindliche Stelle gleich hinter der Öffnung, beugte sich darüber und führte die Bewegung mit der Zungenspitze fort.
»Ich bin naß für dich«, murmelte sie.
Sie wollte jetzt nicht ans Vögeln denken, nicht ans Kommen, ans Streiten, nur an die Zunge, die da am Rande ihrer Möse entlangfuhr, an die Glitschigkeit, die Schlüpfrigkeit der Avocado, das Schaukeln des Wasserbettes, an das Rauschen der Brandung. Sie beugte sich zu seinem Penis hinunter und kitzelte ihn mit ihrer Zunge, dann seine Eier, den Schaft, die Haut, leckte, hörte auf, leckte wieder, bis sie ihn ächzen hörte und meinte, sie könnte seinem Schwanz nicht nur Sperma entlocken, sondern auch Gesang, Ächzen, Wörter, könnte ihn zum Sprechen bringen.
Nun saugte er an ihren Brustwarzen, knetete die über den Rand des Nachthemdes quellenden Brüste. Sie öffnete für den Bruchteil einer Sekunde die Augen, sah ihm dabei zu, sah ihn an ihren Brüsten saugen, dieses rotbärtige Baby mit dem riesigen, harten Schwanz, diesen Mann, dieses erstaunliche Wunder.
Also war alles vergebens gewesen: ihr Feminismus, ihr Unabhängigkeitsdrang, ihr Ruhm, das alles hatte sie nicht von dieser Hilflosigkeit befreit, von dieser Bedürftigkeit. Sie brauchte ihn, sie brauchte diesen Mann.
Als er in sie eindrang, als sein heißer Schwanz in sie hineinglitt, ächzte sie etwas von Ergebung, Kapitulation, wie sie sich dessen schäme, daß sie seiner so bedürftig sei, daß sie ihn so verzweifelt liebe. »Ich brauche dich ebensosehr«, widersprach er. »Ich kann das doch nicht ohne dich machen, ich brauche dich auch.«
Anfangs saß sie auf ihm, glitt gleichmäßig auf seinem Schwanz auf und nieder, und er hielt ihre Klitoris mit zwei glitschigen Fingern, einen Finger in ihrem Arsch. Die Welt versank bis auf das Pochen

in ihrer Möse, welche für sie jetzt das gesamte Universum darstellte, eine Milchstraße, ein schwarzes Loch im Weltraum. Das erste Mal kam es ihr zitternd und schreiend, und sie biß in seine Schulter. Der Orgasmus war offenbar nicht nur in ihrer Möse, sondern auch in der Kehle, überhaupt im ganzen Körper, und der Schrei gehörte dazu, mit ihm löste sich die Spannung. Er drehte sie abrupt, aber nicht unzart auf den Rücken und fickte sie von oben. Als sie seinen Schwanz raus und rein gleiten fühlte, als gehöre ihm ihre Seele, meinte sie, es wäre ihr recht, wenn sie so in dieser Minute stürbe, denn dann hätte sie gelebt, hätte das meiste erfahren, empfunden. Mehr noch: sie wollte sein Kind, ihr und sein Kind, wollte den Schmerz spüren, die Lust, aber wenn sie in diesem Augenblick stürbe, würde sie sich nicht vom Leben betrogen fühlen.

Wieder kam es ihr. Sie sagte es ihm. Ob er warten könne? Ob sie mal einen Moment stilliegen könne? Sie lag still, sie drückte seinen Schwanz nur mit den Muskeln ihrer Möse und er ächzte. Sein Mund lag weich und zärtlich auf dem ihren, die Augen waren weit genug geöffnet, um die ganze Dunkelheit einzulassen. Wieder rollte er sie herum, bis sie auf ihm saß, sein Schwanz war ganz reglos, auch die Hüften. Sie massierte seinen Schwanz mit ihren Muskeln, mied aber möglichst jede Bewegung. Er sollte sich erst beruhigen.

Dann legten sie beide los, gleichzeitig, im gleichen Rhythmus, Schwanz und Möse, und nun gab es nichts anderes mehr auf der Welt. Sie kam mit einem Schauder, der sie von Kopf bis Fuß schüttelte und ihr noch einen Schrei entrang, der kaum menschlich war. Alles löste sich, sie schrie, es kam ihr, sie pinkelte, und das war ihr peinlich, aber er sagte bloß: »Auch deine Pisse liebe ich, deine Fürze, deine Scheiße, deine enge Fotze.« Und dabei krallte er seine Nägel in ihren Arsch und zog ihre Möse auf seinen Schwanz herunter wie einen Handschuh über den Finger. »Willst du mein Sperma?« fragte er überflüssigerweise, denn selbstverständlich wollte sie es, sie wollte es gegen ihre Gebärmutter spritzen fühlen, gegen ihr Herz, bis in die Fingerspitzen, und er ächzte, er schluchzte, zitterte und weinte, als es ihm kam, und sie spürte, wie sein Penis zuckte, als er den Samen in ihren Schoß verspritzte, wo er, wie sie hoffte, aufgehen würde.

In der Stille nach dem Erdbeben lagen sie reglos. Sie spürte im Zwerchfell eine kleine Sonne glühen. Ihre Arme und Beine waren schwer und unbeweglich, Raumanzüge mit Quecksilber gefüllt, bleierne Gliedmaßen. Auch als sein Schwanz schlaff wurde und sich von ihr wegkringelte, hielt er sie noch umfangen. »Ich will dich nie verlassen«, sagte er. »Nie.«

Mit vom Schreien heiserer, von Liebe gedämpfter Stimme fragte sie: »Glaubst du, daß viele Liebende so etwas empfunden haben und dann doch gestorben sind?«

»Das ist doch egal«, sagte er. »Das ist doch egal.«

»Das heißt also: *ja,* nicht wahr?«

Er zog sie fester an sich.

DIE LIEBESGEDICHTE

DAS PUZZLE

Sie schlangen sich ineinander
wie Bruder& Schwester,
verlorene Geschwister,
Waisen, getrennt durch die Zeit.

Er biß ihre Schulter
& drang ein in ihr Blut
unwiderruflich.
Sie biß seine Zunge,
& fortan singt er
mit anderer Stimme.

Sie wanderten gemeinsam,
erstaunt, nicht mehr einsam zu sein.
Sie suchten ihre Einsamkeit
wie verirrte Hunde.

Doch sie hingen aneinander
durch Zunge & Schulter.
Seine Alpträume weckten sie,
ihre Tagträume schreckten ihn.

Er fickte so wütig,
daß er meinte, in sie zurückzusteigen
Ihr kam es so wild,
daß ihre Haut von ihr abzufallen schien.

Sie fürchtete, den Drang
zum Schreiben zu verlieren.
Er fürchtete, sie wolle ihn aussaugen
& verlassen.

Sie sprachen von all diesen Dingen
& schlangen sich ineinander.
Sie fand das Bild heraus
vom Rätsel seines Herzens.

& er entwirrte sie
& ordnete die Teile
so sorgsam neu,
daß nichts mehr auseinanderfiel.

TRAUERBETT

Dies ist das Trauerbett
selbstauferlegter Enthaltsamkeit,
denn du bist Meilen & Gebirge entfernt
über Canyons, unter Kondensstreifen &
Cirruswolken von Ost bis West.
Kumuluswolken
kopulieren uns zum Verdruß,
& der harte Schwanz des Windes klopft
an den Bauch der Flugzeuge.

Wir sind nicht im Fluge
& wir seufzen auf unserem Trauerbett.
Dreitausend Meilen voneinander entfernt,
aber Erinnerung gespeichert in des anderen Augen & Hüften,
erfüllt von einander
sind wir leer für die Welt.

Ich fände einen Schwanz, mich zu stopfen,
doch zum Fliegen brächte er mich nicht.
Du fändest eine Möse, die dich umklammert,
aber du würdest nicht weinen
& nicht ihre Schulter beißen,
nicht Eingang suchen in ihr Blut.

Das ganze Land ist unser Bett,
darin wir auf zwei Küsten liegen,
getrennt durch die erbarmungslosen Gebirge
unserer hartnäckigen Liebe
& wünschen ein Beben herbei,
das den Erdteil erschüttert
& uns zusammenwirft.

DER LANGE TUNNEL MEINES VERLANGENS NACH DIR

Dies ist der lange Tunnel meines Verlangens nach dir.
Seine Wände sind geschmückt mit erinnerten Küssen,
feucht & rot wie das Innere deines Mundes,
rund & saftig wie deine drängende Zunge,
warm wie dein Bauch an meinem,
tief wie der Nabel, der in dich heim führt,
weich wie dein schlafender Schwanz, der sich regt,
fest wie die Klammer deiner Beine,
gerade wie deine aufs Bett zeigenden Zehen,

wenn du dich auf mich legst & deine Härte
in den langen Tunnel meines Verlangens stößt,
ihn mit Träumen & unerträglichen Hoffnungen besamst,
Erinnerungen an die Zukunft zeugst,
meine verbogene Vergangenheit begradigst,
mich in der Gegenwart leben lehrst,
mit vollendeter Vergangenheit und ungewisser Zukunft,
plötzlich sicher, ganz sicher
im langen Tunnel meines alten Verlangens,
das früher immer ein Ende hatte,
nun aber beginnt & wieder erwacht
mit dir, mit dir, mit dir.

DIE MUSE KAM UND BLIEB

Du bist die erste Muse, die bei mir blieb.
Alle anderen begannen & endeten mit einem Wunsch,
einem Blick oder Kuß zwischen den Strophen.
Die andern rückten ab in den spitzen Stiefeln ihrer Angst
oder wurden von meiner Angst mit spitzem Absatz vertrieben
oder tappten auf nackten Sohlen davon,
wenn der Boden zu hart war und kalt
oder so heiß wie der weiße Sand in der Mittagssonne.

Du aber schwebtest herein auf den Flügeln deines Lächelns,
bewegt von der Maschine deines Schwanzes,
getrieben von deinem einsam pumpenden Herzen,
das durch deine Adern mit meinem verwurzelt ist.

Wir wurden ein Baum mit doppelter Krone,
beide nach dem uns reckend, was manche Himmel nennen,
singend im Wind mit unseren Zweigen,
teilten wir Saft & Süße,
an der der Stamm erstarkt.

Wir besamen den Boden mit Gedichten & Kindern.
Aus uns werden Bücher und neuwachsende Wälder.
Wir erneuern die Erde mit unseren Wurzeln,
die Luft mit Liedern aus reinem Sauerstoff,
das nahe Meer mit dem Laub, das wir abwerfen,
um grüneres noch zu treiben.

Einst sprang ich von Baum zu Baum,
sprach von Druiden mit leichter Zunge,
sah mich als moderne Dryade,
als Waldnymphe aus der steinernen Stadt

oder als eine andere Chimäre,
beschworen in falschem Dichterherzen.

Doch nun bleibe ich, wissend, die Muse ist mein,
wissend, keine Bücher, keine verstimmten Lieder
werden ihn vertreiben.

Ich beginne & beginne; pfeife richtig, pfeife falsch.
Ist das Ende nahe, so denk ich nicht daran.
Kommt die Dürre, machen wir unseren eigenen Regen.
Kann die Muse nicht fliegen, heile ich ihre Schwingen,
& fällt er, fange ich ihn in meinen Armen,
bis er wieder mit mir fliegt.

ZEITZONEN

Ich beginne den Tag, wenn die Träume dich noch würgen,
wenn deine Lieder noch flattern vom Anblick der Melonenbrüste
von Frauen, die es so riesenhaft nicht gibt.
In deinen Träumen vögelst du, du knurrst & liebst;
ich fahre in einem Taxi unterwegs zur Stadt.

Dann wachst du auf – ich setze mich zum Essen,
von wieder einem Interview gelangweilt.
Ich interviewe das nur zu bekannte Selbst.
Mein Gegenüber interviewt seine Träume.

Du verströmst derweil die Seele in die Fingerspitzen
& tippst die gesammelten Träume der Nacht.
& dann such ich mir wieder ein Taxi.
Der Fahrer fährt sich selbst & denkt, er führe mich.

Um drei Uhr bin ich dann allein.
Du läufst in der Sonne am Strand entlang.
Du liegst im blendenden Licht & siehst mich.
Ich tippe auf die Tasten, um dich durch Wolken zu erreichen.

& dann gehe ich wieder essen; du bist zu Hause,
& schreibst mir & dir.
Beides ist eins. Wir brauchen kein Kohlepapier.
Ich spüre deine Gedanken, bevor du sie schreibst.

& dann zu Bett – ich liege wach bis drei –
um dich im Mitternachtsbett noch anzurufen, eh ich die Augen schließe.
Träumerisch umarme ich dich durch das Gewirr
vielfarbiger kontinentaler Kabel.

Ich würde den Hörer zwischen die Schenkel klemmen,
Kabel & Litze mir um die Taille winden,
wenn dich das mir näher brächte,
aber es ist die falsche Zeit, die falsche –
wir müssen die Sonne von Ost nach West jagen,
ehe wir beide heimkehren können.

ICH SCHLAFE MIT

Ich schlafe mit zwei Kissen, seit du fort bist.
Ist eines davon für dich? Bist du's vielleicht?
Mein Bett liegt voll von Büchern mit Gedichten.
Ich schlafe auf Notizzetteln ein.

Ah, die Orgien in Papiergeschäften!
Liebe zu Druckerschwärze & dicken, frischen Blöcken!
Die Dichterin muß erst lieben, um zu dichten.
Ihr Bett liegt voller Papiere oder Männer.

Meine Bücher liegen auf deinem Kissen.
Die hinterlassen einen Eindruck wie dein Kopf.
Ich kann dich hier nicht bei mir haben, ich begnüge mich
mit kalten Lettern & Wörtern:
das Wärmste was es gibt – außer dir.

BESCHWINGTE & UNBESCHWINGTE

der mensch, das schwingenlose wesen . . .
E. E. CUMMINGS

Die meisten Männer nutzen ihre Schwänze
für zwei Dinge nur:
Im Stehen pissen sie,
im Liegen ficken sie.
Die Welt ist voller Männer –
horizontal oder vertikal –
& wirklich, alles ist die gleiche Krankheit.

Aber dein Schwanz fliegt
über die Erde,
wirft Schatten
auf die Körper der Frauen,
& wilde Vogelschreie
kommen aus seinem winzigen Mund.

Musik macht er
& gibt Gedanken Nahrung.
Er ist durchaus kein schwingenloses Wesen.

Pegasus könnte man ihn nennen,
ließe uns das nicht
an Tankstellen denken;
oder könnten ihn
Ikarus nennen,
ließe uns das nicht
an Absturz denken.

Aber noch kurvt & taucht er
durch den Himmel wie ein Segler
auf der Suche nach einer Wiese,
einem Feld,
einem sonnengefleckten Moor,
aus dem (wie du so richtig sagtest)
alles Leben beginnt.

IHR MUND, SEIN SAMEN, IHRE SEELE

Mein Mund besamt
mit deinem Sperma
gab ich dem Interviewer
Widerrede.

So mag es auch
mit Gott sein

Nähere dich mir mit dem Mund
voller Steine, & du bist stumm.
Sprich aber Samen & Saat,
& die Worte werden strömen.

Ist der Himmel
eine Fernsehshow?
Alles deutet darauf hin:

flackernde Lichtringe,
wolkige Punkte,
die das gerundete Rätsel
des Himmels durchbohren.

»Wovon handelt Ihre Seele?
Beschreiben Sie sie den Zuschauern,
die nicht lesen können.«

Mein Mund ist heiß
von deinem Samen
& so spreche ich
frei wie
das Orakel von Delphi,
das berauscht ist von Lorbeerblättern.

»Meine Seele handelt von einem Mädchen
das sich selber findet.
Meine Seele wird erwachsen.
Meine Seele kennt keine Furcht mehr
vorm Fliegen.«

(Meine Seele gehört mir;
mein Mund ist dein.)

DAS FÜLLHORN

Bislang war da
immer Zurückhaltung:

Zeig deine Liebe nicht zu sehr,
sonst läuft er weg.

Gib Worte wie kleine Geschenke
& sage nie:

Ich liebe dich
zu früh, zu früh.

Immer war es
viel zu früh.

Dir aber habe ich meine Liebe aufgeladen,
& du verlangtest noch mehr.

Ich sprach & sprach & sprach,
& du hast mir unermüdlich erwidert.

Ich lud meine Liebe auf dich
& du beludest mich mit der deinen.

Was *hielten* wir denn
mit unserer Zurückhaltung?

Warum glaubten wir uns *sicher*,
wenn wir Liebe horteten?

Das Füllhorn füllt sich
immer wieder.

Die Früchte fallen heraus,
wir essen sie & sie reifen.

WIR ERLERNTEN

das zeremoniell des feuers . . .
PABLO NERUDA

Wir haben das Zeremoniell des Feuers erlernt,
die seltsame Symmetrie der Flamme,
die blaue Hitze zwischen den Schenkeln,
das flackernde Rot der Hüften
& das sahnige Gold der Brüste,
von innen erleuchtet
durch die Laterne zwischen den Rippen.

Du reißt dich aus mir heraus
wie ein Zweig, der
auf den Obstbaum gepfropft werden möchte,
Birne & Pfirsich
miteinander gekreuzt.
Feige & Banane auf gleichem Teller serviert,
das Blatt & die leuchtende Schnecke,
die daran haftet.

Wir lernen, daß auch Herausreißen
Vereinigung sein konnte,
daß ein flackerndes Feuer
noch angefacht werden kann,
daß das alte Zeremoniell der Liebe –
im Gedicht zu ersterben,
die Liebende bleibt allein mit ihrer Feder –
nur eine uralte Lüge war.

Und so verbannten wir den Bösen Blick:
Nur der Unglückliche ist schöpferisch:
nur die erstorbene Liebe kann schreiben;
nur die verlorene Freude ergibt ein Gedicht –
& wir schrieben unser Leben neu mit Feuer.

Seht das Manuskript,
bedeckt mit fleischfarbenen Wörtern –
Es wurde mit unsichtbarer Tinte geschrieben
& gegen unsere Flamme gehalten.

Die Wörter dunkelten auf dem Papier,
als wir ineinander sanken.

Wir sind Tinte & Blut
& alles, was Flecken macht.
Wir vergolden einander beim Wenden,
wir bräunen einander die Haut wie Sonnen.

Halte mich gegen das Licht;
du wirst Gedichte sehen.
Halte mich in der Dunkelheit;
du wirst Licht sehen.

ZWEIFEL VOR DEM TRÄUMEN

Im Kampf mit dem Dämon Zweifel:
wenn dir das ganze Leben in die Kehle steigt;
Lügen, die du ausspucktest mit deiner Muttermilch,
Männer, die du liebtest & haßtest & betrogst;
Gatten, die in stürmischer Nacht fest schliefen,
klappernde Fensterscheiben.

Schmerz, Zweifel, die Sehnsucht, wieder zu lieben.
Der Mann, den du an den Busen drücktest
& der dich verließ . . .
Der Dämon Zweifel kommt wieder, um dich zu quälen.
Du wähltest das Leben, & Leben heißt Leiden.

Fort mit den Verallgemeinerungen!
Was du sagen willst – verlogene Dichterin –
mit der Leier im Mund . . .
Du willst sagen: Einst liebte ich ihn,
jetzt kann ich nicht mehr.
Du meintest: Ich habe immer Schuld mit Liebe verwechselt.

Das Problem besteht darin: Wir leben,
& da wir leben, muß jede Zelle unseres Körpers sich ändern.
Wir träumen, & schon im Traume müssen unsere Träume sich ändern.
Wir essen, & das Leben verschlingend ändern wir uns.

Wir träumen, wir läsen unser Leben in einem großen Buch.
Unsere träumenden Lider blättern die Seiten um.
Die Muse schreibt in unseren Träumen
& träumt unser Leben.
Seiten sind aus dem Buch gerissen, und der Druck ist schlecht.

& manche Absätze verschwimmen beim Träumen.
& beim Lesen erfinden wir die Handlung neu.
Die Augen sind träumende Zellen, die Lider bewegen sich.
Die Zellen teilen sich wie Liebende, die voneinander lassen.

Sie gleiten in den Schlaf, er entschlüpft ihr.
Er sinkt in ihren Traum, ihr Traum ist gefüllt.
& als sie von ihm erfüllt wurde, ändern sich ihre Augen.
Er träumt von einer Frau, die er nie gesehen.

Nichts bleibt: Der Schwanz erschlafft beim Morgengrauen.
& sie rollt hinüber wie eine Jungfrau, nur von Träumen vergewaltigt.
Sie umklammern sich und treiben doch auseinander.
Ihre Hände sind ein Paar, ihre träumenden Herzen getrennt.

Sie tanzen den Tanz der Träumenden im Schlaf.
Dieser Träumertanz: das Muster ihres Lebens.
Die Partner wechseln & bleiben doch die gleichen.
Die Partner beugen sich, ihre Herzen prallen zusammen & brechen.

Pantoffeln unter dem Bett, bloße Zehen himmelwärts weisend.
Sohlen ins Laken geborgen, so schlafen die Tänzer.
Im Traume tanzen & tanzen & tanzen sie wieder.
Sie träumen den Tanz von Träumern ohne Füße.

Was ist hier die Frage? Ich kann es nicht sagen.
Ich schlafe, meine Zunge ist schwer vom Tod.
Ich spucke die Kerne des Todes übers Bett.
Ich liebe meine Liebe, doch ich esse ihn, während er schläft.

Der Tod ist verwirrend, das Leben noch verwirrender.
Lebend träumen wir & tot – wer kann das wissen?
Da wir nichts als Träume haben,
laß uns beieinander schlafen.

VÖLLIGE VERFINSTERUNG

Ich will nicht schreiben,
weil ich fürchte, alles –
die Liebe zum Papier,
zu Farbbändern & Radiergummi –
könnte mich von deinem Gesicht ablenken,
von deinen Augen, grün
wie der flackernde Grund der Flammen,
& deinem stumpfen Kupferhaar.

Meine Liebe ist dick wie Rost
& ebenso schwer abzukratzen.
Sie glüht wie die grünen Dächer von Paris:
sie leuchtet in der Sonne wie verlorene Münzen.

Ich starre dein Gesicht an,
bis alles verschwimmt,
bis meine Augen nichts mehr sehen
& alle Worte eins werden.

Oh, laß mich dich in mein Leben schreiben!
Ich fürchte Rost und Grünspan,
aber mehr noch dies Leuchten.

Wenn meine Augen dich aufsogen,
mein Leib dich verzehrt
& wieder ausgespien hat,
wenn mein Herz endlich wieder schlägt
& meine Finger wieder zur Feder greifen –

werde ich auch dann noch an dich denken,
knabenhaft und schelmisch –
Verfinsterer meiner Sonne?

GEDICHT VON DER SCHMUTZIGEN WÄSCHE

Dies ist das Gedicht von der schmutzigen Wäsche –
denn wir sind von Stadt zu Stadt gezogen,
Drecklaken & verschwitzte Hemden sind zusammengekommen
& blue jeans, steif und getränkt von unserem Saft,
& T-shirts, zerdrückt von unserer ruhmreichen Lotterleidenschaft,
& Wäsche, wie gestärkt von unserer Lust.

Ich kam heim, meine Wäsche zu waschen,
sie ergießt sich auf den Badezimmerboden wie Regen.
Die Tropfen zählen die Tage bis zu dir.
Das Schmutzwasser spricht mir von Liebe.

Dampf steigt aus dem Schaumbad unserer Liebe,
ich habe die Hände tief in heißes Wasser getaucht,
tief, als stieße ich sie
in dein Herz.

Nach Jahren voller Flecken und Spritzern
werde ich endlich rein.

Mit einem Koffer frischer Wäsche werd ich zu dir fliegen,
mir die Kleider vom Leibe reißen, sie auf dem Boden häufen,
& du darfst meinen Leib mit deiner Liebe seifen.

GÜTERTRENNUNG

Als wir die Möbel kauften,
glaubten wir, sie würden unsere Wurzeln sein:
jeder Stuhl ein Kind,
jeder Spiegel ein Widerschein unserer Leidenschaft,
jedes Bild ein Pflaster für den Riß im Putz,
auf alle Zeiten zugedeckt.

Nun aber ziehen wir weiter, –
& all der so hochgeschätzte Plunder,
der so verläßlich schien, so unbeweglich,
ist wie Asche in der Hand eines Trauernden
vor dem Krematorium.

Streue sie ins Meer!
Ich ziehe in ein leeres Haus auf einem Fels
des Pazifischen Ozeans.
Ich möbliere es mit der vielfarbigen Liebe
meines rotbärtigen, grünäugigen Liebhabers,
mit dem zerstampften Kaleidoskop unserer Leidenschaft
& den Scherben, die wir am Strand finden,
& dem reinen, wolkenlosen Sonnenlicht, das wir
über & über uns ausgießen.

Haben wir kein Bett,
machen wir nährende Liebe
auf dem sonnenwarmen Küchenfußboden.
Haben wir keinen Stuhl,
üben wir die Schenkelschaukel.
Haben wir keinen Tisch,
essen wir von unseren leckeren Leibern.
Er wird Honig aus meiner Möse schlürfen.
Ich werde seinen Schwanz mit Marmelade ölen
& schlecke sie ab wie ein hungriges Baby.

Behalte den Tisch, die Analyse-Couch,
die Plakate aus dem toten Wien,
nimm die Fachzeitschriften, die Quittungen vom Makler,
das Geld, das Geld, das Geld
& schlag Schaum aus deinen wertlosen Aktien.

Steck dir Münzen in die Tasche,
Liebe werden sie dir nicht kaufen.
Mach dir eine Decke aus Wertpapieren & Sparbüchern,
warm hält sie dich nicht.
Mach einen Flickenteppich aus Scheckformularen,
sie werden dich nicht betten
so wie ich es tat.

Du wirst zahlungsfähig sein & vernünftig,
zugedeckt mit der Münze deiner Kälte –
ich aber bin fort.

DEM HEIMATHAFEN ENTGEGEN

In dem Haus aus Tannenholz segle ich
hinaus aufs Meer.
Schlafe ich mit dir –
unsere Träume vermischen sich,
unser Atem kommt & geht
wie Windstöße,
spielt mit der Brandung,
unsere Arme berühren einander,
& unsere Beine & unser Haar
tasten sich vor wie Fühler,
die sich umschlingen wollen.

Das erste Mal,
als ich in deinen Armen schlief,
wußte ich, ich bin zu Hause.
Dein Leib war ein Schiff,
& ich wiege mich darin,
auch in der Brandung ungefährdet,
gewiß deiner Liebe.

Ich schmiege mich in deine Arme
wie das Schiff ins Wasser,
die Kaktuswurzeln in den Boden,
die Sonne in den glühenden Horizont.

Das Haus segelt die Nacht.
Unsere Träume sind Flaggen
kleiner Schiffe,
dein Penis der Mast
des kühnsten Seglers,
& meine Brüste schweben,
halb in halb über dem Wasser
wie Flaschenpost.

Dieses Gedicht hat keinen Sinn.
Was im Meer verlorengeht,
taucht immer wieder auf;
nur fragt sich, an welcher Küste.

LEBEN AM MEER

Die Wahrheit lautet:
Ich habe niemals die Botschaften anderer verstanden …
Vorhanden war einzig der Ozean.

PABLO NERUDA

Nun, da du hier bist,
muß ich das Buch im Liegen
beenden.
Schwer, Liebesgeschichten zu schreiben,
weil Tinte nicht nach oben fließt.
Schwer, Liebesgeschichten zu schreiben,
mittendrin.
Schwer, überhaupt zu schreiben,
mit dir im Bett

Früher füllte ich
mein leeres Bett
mit Worten für dich.
Synonyme als Laken
& wärmende Metaphern.
In der Zäsur unserer Liebe
schrieb ich dir.
Ich vereinte unsere Schenkel mit Wörtern,
unsere Hüften pumpten Tinte.

Jetzt leben wir am Meer –
das keinen Reim kennt.
Unser Bett ist jetzt salzig, & die Laken
sind bedruckt mit weißen Botschaften.

Es gibt nur den Ozean
& dich & mich.
Wir schreiben einander
mit Schaum auf die Lippen.

UND WENN SIE NICHT GESTORBEN SIND

Wir schlugen früher
Funken voneinander –
Unsere Blicke trafen sich
oder unsere Hände,
& der blaue Blitz der Liebe
sengte die Luft.

Jetzt sind wir sanft.
Wir rekeln uns im
gleichen zerschlafenen Bett,
Haut von meiner Haut,
Haar von meinem Kopf,
Schweiß von meinem Schweiß –
du bist verwandt,
Bruder & Mutter,
alles in einem,
Gatte, Geliebter,
Muse & Tröster.
Ohne Funken liebe ich
dich sogar noch mehr.

Wir sind Kiesel in der Flut,
reiben uns aneinander.
Über uns dröhnt die Brandung;
der unregelmäßige Puls
des Meeres
treibt unser Blut,
aber wir schleifen uns ab aneinander.

Sind wir schon gestorben?
Was soll aus meinem Hang
zum Umsturz werden?
Meiner Liebe zu Funken & Feuer,
meiner Liebe zum Eis?

Bruderkiesel,
laß uns
aneinander reiben.
Vielleicht sind unter Wasser
die Funken heller.

DIE CHIRURGIE DES MEERES

Ans äußerste Ende des Meeres,
wo Atlantis unter wachenden Wellen versinkt,
bin ich gekommen, mein Leben zu heilen.

Ich wachse zusammen wie ein gebrochener Arm.
Salz füllt die Risse im Knochen.
Das Meer nimmt alle Bruchstücke meines Lebens
& mahlt sie klein.

Ich erwache mit dir in einem Wasserbett.
Das Meer singt & meine Haut
singt an deiner Haut.
Die Wellen sind rings um uns & in uns.
Wir schlafen in des anderen Salz.

Ich heile in deinen Armen.
Ich lerne schreiben ohne Liebesverlust,
hier am Meer weiten sich meine Lungen.
Die Wellen sind Messer; sie glitzern & schneiden sauber.

Das ist die Chirurgie des Meeres,
Schneiden & Heilen zugleich.
Hier wärmt helles Sonnenlicht den Knochen,
& Nebel löscht uns aus, macht uns dann ganz.

NACH DEM ERDBEBEN

Nach dem ersten überraschenden Stoß,
nach den Wochen am See,
dem Kristallblau, den Wolken, dem Wasser, das an den Felsen leckt,
dem Schnee, unter den Stiefeln brechend wie Haut
& den langen Morgenstunden im Bett . . .

Nach dem Tango in der Küche
& den versunkenen Blicken bei Tisch,
als wollten wir uns mit den Lidern essen,
als wollten wir einander verschlingen . . .

Finde ich dich immer noch
hier neben mir im Bett,
(meine Feder kratzt auf dem Block
& deine Haut glüht beim Lesen)
& mein Leben so gemildert & anders,

daß ich manchmal vergessen kann,
welcher Krampf im Herzen mich zu dir trieb,
die Qual einer Ehe wie ein altvertrauter Schmerz,
den Mann wie ein gichtiger Knöchel.

Hier mit dir lebend,
ist Liebe noch immer alles, was zählt.
Ich öffne mich dir wie eine blühende Wunde,
oder ein Wellental voll träumender Fische,
oder ein dampfender Erdspalt
nach einem schweren Beben.

Du hast das Antlitz der Erde verändert.
Wo Täler waren,
sind jetzt Gebirge.
Wo Wüste war,
ist jetzt das Meer.

Wir reiben uns aneinander,
doch nutzen wir uns nicht ab.

Der Sand wird feiner
& seiden unsere Haut.

Unterhaltsame Literatur

Eine Auswahl

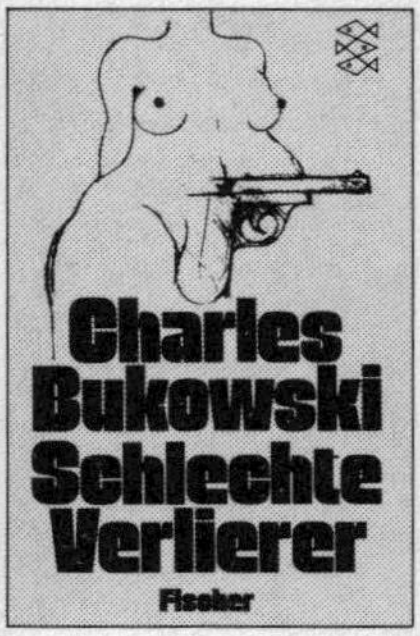

Robert Alley
Der letzte Tango in Paris
Roman. Band 8080

Frank Baer
Die Magermilch-bande
Mai 1945: Fünf Kinder auf der Flucht nach Hause
Roman. Band 5167

Stefan Békeffy
Der Hund, der Herr Bozzi hieß
Roman. Band 8305

Martin Bettinger
Der Himmel ist einssiebzig groß
Roman. Band 7573

Roger Borniche
Elf Uhr nachts
Roman. Band 8354
Schach und matt
Roman. Band 8355

Thomas C. Breuer
Huren, Hänger und Hanutas
Roman. Band 8365

Pearl S. Buck
Ein angenehmer Abend
Erzählungen
Band 8330
Die Frau, die sich wandelt
Roman. Band 8329
Wie Götter werden
Roman. Band 8334
Zurück in den Himmel
Erzählungen
Band 8336

Charles Bukowski
Die Ochsentour
Bukowski auf Deutschland Tournee
Band 5255
Das Leben und Sterben im Uncle Sam Hotel
Stories. Band 5164
Schlechte Verlierer
Stories. Band 5135

Peter Butschkow
Grufties
Der alte Mensch ab dreißig
Cartoons. Band 8273
Mamas & Papas um Jahre geeltert
Cartoons. Band 8292
Matschoo!!
Cartoons. Band 8214

Fischer Taschenbuch Verlag

fi 1220/1a

Unterhaltsame Literatur

Eine Auswahl

Dummdeutsch
Ein satirisch-polemisches Wörterbuch.
Eckhard Henscheid, Carl Lierow, Elsemarie Maletzke und Chlodwig Poth (Hg.)
Band 7583

Werner J. Egli
Die Nacht, als der Kojote schwieg
Der Roman vom Untergang der Apachen
Band 8279

Stanley Ellin
Die geordnete Welt des Mr. Appleby
Kriminalstories
Band 8286

Der Tag der Kugel
Kriminalstories
Band 8295

Stanley Ellin
Tod am Weihnachtsabend
Kriminalstories
Band 8267

Paul E. Erdman
Crash '81
Der große Schock
Band 2606

Iring Fetscher
Der Nulltarif der Wichtelmänner
Märchen – u.a. Verwirrspiele
Band 5806

Wer hat Dornröschen wachgeküßt?
Das Märchen-Verwirrbuch
Band 1446

Klaus Fröba
Wölfe in Blinding
Band 8293

Catherine Gaskin
Alles andere ist Torheit
Roman. Band 8244

Denn das Leben ist Liebe
Roman. Band 2513

Der Fall Devlin
Roman. Band 2511

Die englische Erbschaft
Roman. Band 2408

Das grünäugige Mädchen
Roman. Band 1957

Im Schatten ihrer Männer
Roman. Band 8245

Wie Sand am Meer
Roman. Band 2435

Fischer Taschenbuch Verlag

fi 1220/1c

Unterhaltsame Literatur

Eine Auswahl

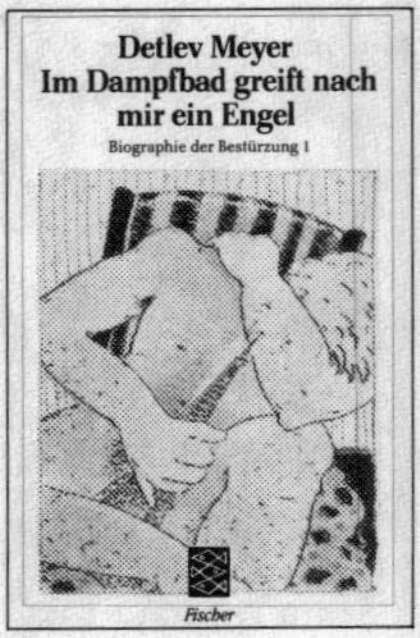

Pat Mallet
... die kleinen grünen Männchen sind immer noch dabei
Band 8153
Die kleinen grünen Männchen werden aktiv
Band 8084

Daphne Du Maurier
Cornwall-Saga
Roman einer Landschaft
Band 8182

Detlev Meyer
Im Dampfbad greift nach mir ein Engel
Biographie der Bestürzung I. Band
Band 8261
David steigt aufs Riesenrad
Biographie der Bestürzung II. Band
Band 8306

Jon Michelet
In letzter Sekunde
Thriller. Band 8374

Werner Möllenkamp
Hackers Traum
Ein Computerroman
Band 8720

Hubert Monteilhet
Darwins Insel
Ein fabelhafter Roman vom Ursprung der Arten
Band 8718

Timeri N. Murari
Ein Tempel unserer Liebe
Der Tadsch-Mahal-Roman. Band 8303

Hendrik Nachtsheim
Über Leben im Rockbusiness
Von Abräumen bis Zugabe. Band 7612

Robert Stuart Nathan
Der weiße Tiger
Roman. Band 8370

Josef Nyáry
Das Haupt des Täufers
Ein Roman aus Europas dunkler Zeit
Band 8258
Nimrods letzte Jagd
Roman. Band 8073

Leonie Ossowski
Die große Flatter
Roman. Band 2474
Wilhelm Meisters Abschied
Roman. Band 7587

Chlodwig Poth
Elternalltag
Cartoons. Band 2442
Taktik des Ehekriegs
Cartoons. Band 2484

Fischer Taschenbuch Verlag

fi 1220/1f